ALY MENNUTI
Aber der Sex war gut

ALY MENNUTI

ROMAN

Übersetzung aus dem amerikanischen Englisch von
Eva Bauche-Eppers

lübbe

Dieser Titel ist auch als E-Book erschienen

Titel der Originalausgabe:
»Real Fake«

Für die Originalausgabe:
Copyright © 2020 Aly Mennuti – Bolinda Publishing Pty Ltd

Für die deutschsprachige Ausgabe:
Copyright © 2021 by Bastei Lübbe AG, Köln
Textredaktion: Anne Schünemann, Lektorat am Meer, Schönberg
Umschlaggestaltung: FAVORITBUERO, München
Einband-/Umschlagmotiv: Cover illustration
© 2020 Bolinda Publishing PTY LTD
Satz: hanseatenSatz-bremen, Bremen
Gesetzt aus der Adobe Garamond Pro
Druck und Einband: GGP Media GmbH, Pößneck

Printed in Germany
ISBN 978-3-7857-2766-9

5   4   3   2   1

Sie finden uns im Internet unter luebbe.de
Bitte beachten Sie auch: lesejury.de

PROLOG

EIN GESTÄNDNIS ...

Einige von euch werden meinen Namen kennen, einige vielleicht nicht. Aber auch wenn euch mein Name nichts sagt, seid ihr bestimmt schon mal über meine Bücher gestolpert. Und falls es auch da noch nicht Klick macht, die Filme habt ihr unter Garantie gesehen. Die mit Julia Roberts in der Hauptrolle. Jep. Julia Roberts. *Pretty Woman* höchstpersönlich. Jetzt habt ihr's erraten, stimmt's? Ich bin Annie Shepherd. Schriftstellerin für Frauenliteratur. Seit mehr als zehn Jahren an der Spitze der Beststellerlisten weltweit. Keine Sorge, die Bezeichnung »Frauenliteratur« stammt aus dem elitären Sprachschatz meines Agenten, für mich ist das, was ich schreibe, »Chick-Lit«. Er behauptet aber, meine Romane seien anspruchsvoller als der Durchschnitt, mit Anklängen an das gehobene Thriller-Genre. Immer noch überfordert? Ich auch. Das ist okay.

Um nochmal auf meinen Agenten zurückzukommen, er liebt es, über Literatur zu reden. Alle Arten von Literatur. Französische, russische, amerikanische, britische. Aus dem 19. Jahrhundert, 20. Jahrhundert, bis zu den Veröffentlichungen von letzter Woche. Ihr werdet's noch merken. Tatsächlich redet er mit Begeisterung über alle Bücher der gesamten Weltliteratur – nur über meine nicht. Und sollte er nicht umhinkönnen, sie zu erwähnen, dann auf eine Art, die ich höflich als »herablassend« bezeichnen würde. Und weniger höflich? Na ja, dann würde ich vermutlich sagen, dass er ein aufgeblasenes, arrogantes Arschloch ist. Aber er ist Brite. Vielleicht kann er nicht anders. »Wir haben der Welt Shakespeare geschenkt, Annie.« Damit kommt er mir jedes Mal, wenn ich mich über sein erhabenes Getue beschwere. Aber genug von ihm. Ihr lernt ihn noch früh genug kennen.

Warum erzähle ich euch das alles? Weshalb ist es mir wichtig, dass ihr mich in diesem Vorwort kennenlernt? Schließlich habe ich noch ein ganzes Buch, um einen guten Eindruck zu vermitteln. Die Sache ist die: Ich möchte wirklich, dass ihr mich mögt. Und ich will nicht auf mein Geheimnis reduziert werden.

Ich bin nämlich wirklich ein netter Mensch, ganz ehrlich. Aber wenn ich will, dass ihr mich wirklich kennenlernt, die echte Annie Shepard, müsst ihr alles erfahren, das Gute wie das Schlechte. Deshalb: Los geht's. Bereit?

Der Ort: eine Kirche, randvoll bis auf den letzten Stehplatz. Der Anlass: eine Beerdigung, die Totenmesse für Joseph Duke Eszterhazy, kurz Joe Duke. Gewinner des National Book Award 1985. Bei euren Eltern steht wahrscheinlich eins seiner Bücher im Regal, und ebenso wahrscheinlich wurde es nie gelesen. Joe war *diese* Art von Schriftsteller. Der Besitz einer seiner Romane sollte Bildung und sozialen Status demonstrieren, man kaufte einen Joe Duke nicht für die entspannte Lektüre am Kamin. Außerdem war Joe mein Professor für Kreatives Schreiben an der Uni. Ach so, und in den letzten dreizehn Jahren die Liebe meines Lebens.

Und ich habe ihn umgebracht.

1

ANNIE

Autsch, das klang jetzt noch schlimmer als befürchtet. Ich bin ja auch nicht wirklich eine Mörderin. Aber wie soll ich es anders ausdrücken ... Ich habe ihn nicht im strengen Sinne ermordet, ich habe ihn nur totgevögelt. Was immer noch ziemlich übel klingt. Vermutlich geht es nicht ohne ein bisschen mehr Kontext, ohne ein paar unschöne Details, auch wenn es noch so peinlich und unangenehm wird. Das ist es doch, was große Schriftsteller tun, oder? Sie zapfen eine Ader an und bluten Wahrheiten aufs Papier. Macht euch bereit, hier kommt Annies Aderlass.

Ehrlich, ich hatte im Traum nicht die Absicht, ihn umzubringen. Da war ich, Annie Shepherd, mitten in einer heißen Rodeonummer. Mehr muss ich, glaube ich, nicht sagen, ihr habt das Bild vor Augen. Ich ließ genüsslich die Hüften kreisen, hinter meinen geschlossenen Lidern explodierte ein Feuerwerk, da umklammerte Joe mit beiden Händen meine Hüften und keuchte: »Annie! Hör auf, ich kann nicht mehr. Stopp, um Himmels willen.«

Für mich klang es nach Ekstase und so, als wollte Joe jetzt noch nicht zum Ende kommen. Deshalb – und das klingt fast noch schlimmer – beschloss ich, ein bisschen zu spielen: ordentlich Gas geben, Pause, Tempo wieder anziehen. Stellt euch vor, wie überrascht ich war, als mir klar wurde, dass seine Worte nicht die Aufforderung gewesen waren, den Weg zum Gipfel lustvoll zu verlängern, sondern dass er ernsthaft gewollt hatte, dass ich aufhöre. Denn als ich schließlich zu ihm hinunterschaute, war er tot.

Ich weiß, ich bin ein schrecklicher Mensch, weil ich so mit meiner eigenen Lust beschäftigt gewesen war, dass ich ihn erst jetzt richtig ansah. Aber ich bin fünfunddreißig Jahre alt und ziehe mich nur aus, wenn es sich auch lohnt. Ich hätte bloß nie für möglich gehalten, dass mein entschlossenes Streben nach einem Höhepunkt einen ehedem großen amerikanischen Autor das Leben kosten könnte. Das liegt einem wie eine Zentnerlast auf dem Gewissen.

Und es ist noch nicht einmal das Schlimmste. Ich hoffe, dass niemand je erleben muss, was danach kam. Zum Beispiel der Anruf bei der Notfallambulanz, während dessen ich immer wieder bestätigen musste: »Ja, er ist tot, ganz bestimmt«, und gefragt wurde, weshalb ich mir so sicher sei. Oh, wegen Kleinigkeiten ... Unter anderem, weil ich ihn umgebracht habe.

Dann sprang ich schnell unter die Dusche, damit die Rettungssanitäter nicht gleich merkten, dass Joe und ich gerade Sex gehabt hatten. Während ich mich einseifte und gründlich abschrubbte, betete ich, dass seine enorme Erektion abflaute, bevor sie eintrafen. Deshalb könnt ihr euch vielleicht vorstellen, dass mich fast der Schlag traf, als ich aus der Dusche kam und feststellen musste, dass das verdammte Ding noch *größer* geworden zu sein schien. Wie konnte das sein? Er war immerhin tot. Als er noch lebte, konnte ich ihm einen schönen Ständer bescheren, aber nicht einmal annähernd so einen Mast wie diesen da. Es war grotesk. Und für einen kurzen Moment war ich fast beleidigt. Warum hatte er nie mit diesem Riesenwuchs auf mich reagiert? Erst als mir einfiel, dass wahrscheinlich eine Art Blutstau im Körper nach Eintritt des Todes dafür verantwortlich war, fühlte ich mich wieder besser.

Nein, stimmt nicht ganz. Ich fühlte mich besser, bis die Sanitäter kamen und die Decke wegzogen, die ich in der Hoffnung, sie würden pietätvoll darauf verzichten, den Verstorbenen zu entblößen, über Joes untere Körperhälfte ausgebreitet hatte. Fehlanzeige. Es gelang ihnen, professionell zu bleiben, aber ich sah, wie sie bedeutungsvolle Blicke tauschten, miteinander flüsterten und den Atem anhielten, um nicht loszuprusten. Als sie schon auf dem Weg nach draußen waren, sagte einer von ihnen halblaut:

»Verdammt, so einen Abgang würde ich mir auch wünschen.«

Woraufhin ich ihnen nachrief: »Das habe ich gehört!«

So. Jetzt kennt ihr mein Geheimnis. Ich habe Joe Duke das angetan, was ich laut meines Agenten seit Jahren der englischen Prosa antue. Er sollte seine Zunge hüten. Annie Shepherd hat schon einmal gemordet.

Aber zurück in die Gegenwart. Trauergottesdienst, wie gesagt. Ich sitze ganz vorn in der Kirche, mit freier Sicht auf Joes Sarg aus poliertem Mahagoni und das Foto von ihm, auf dem er mit der Sonne von Maui um die Wette strahlt. Es war unser fünfter Jahrestag. Er trägt seine schwarze Ray-Ban und hält einen Fisch hoch, mit dem er sich einen epischen Kampf à la Hemingway liefern musste, bis er ihn endlich an Land ziehen konnte. Der Schmerz trifft mich, als würde mir jemand ein Messer in den Bauch stoßen, jedes Mal, wenn ich den Kopf wende und realisiere, dass Joe nicht neben mir sitzt. Ich kann immer noch nicht fassen, dass ich ihn niemals wiedersehen werde.

Ich werde ihn niemals wiedersehen.

Der einzige Mensch, von dem ich mir vorstellen kann,

dass er mein Gefühl des Aus-der-Bahn-Geworfenseins teilt, ist mein Agent. Aber nicht etwa, weil wir und der Rest der Welt durch Joes Tod einen unersetzlichen Verlust erlitten haben. Das wird ihm erst später bewusst werden, falls überhaupt. Nein, er trauert, weil er nun nicht mehr für lau in der Weltgeschichte herumreisen kann. Wenn alles so gelaufen wäre wie geplant, wären wir jetzt auf dem Weg nach Dublin, wo ich im Rahmen mehrerer literarischer Veranstaltungen über die Kunst, einen feministischen Thriller zu schreiben, diskutieren sollte.

Warum besteht ein Agent darauf, seinen Schützling auf allen Reisen zu begleiten? Gute Frage. Die Gründe eines Agenten sind nie selbstloser Natur, egal, was er behauptet. Er wird wahrscheinlich sagen, er opfere sich auf, weil er glaube, mir fehle als Markenbotschafterin ein gewisser Schliff oder, wie er es gern ausdrückt, es mangele mir »an der erforderlichen Contenance.« So ein Schwachsinn. Er klebt mir an den Hacken, weil mein Leben aufregend ist und seins nicht. Würde man unsere beiden Karrieren auf den Enden einer Großartigkeitswippe platzieren, würde sein Hintern innerhalb von dreißig Sekunden in der Luft schweben.

Ach so, und wisst ihr, was der Mistkerl noch tut, während ich in einer Podiumsdiskussion sitze? Er konfisziert mein Handy! Er hat Angst, ich könnte der Versuchung erliegen, damit herumzuspielen, während andere Teilnehmer reden. Dabei habe ich das nur ein einziges Mal gemacht. Und das auch nur, weil mir langweilig war. Alle anderen waren auch mit ihrem Handy zugange, nur unauffälliger als ich. Aber auch seine angebliche Sorge, ich könnte mich in der Öffentlichkeit danebenbenehmen, ist eine Lüge. Er kassiert mein Handy ein, um durch meine privaten Accounts bei Twitter und Instagram zu scrollen und sich in meiner Berühmtheit und der Lobrede meiner Millionen Fans zu suhlen, während er, ein Möchtegern-Topagent, kaum fünfhundert Freunde auf seinem Facebook-Account zählen kann. Aber er beschränkt sich nicht auf Reisen ins Ausland, er begleitet mich auch zu all meinen Signierstunden im Inland. Ich versuche, so viele öffentliche Auftritte in meinen Terminkalender zu quetschen wie nur möglich, weil ich es liebe, mit meinen Fans in Kontakt zu bleiben. Ich kommuniziere gern und viel mit ihnen in den sozialen Medien. Einige meiner Schriftstellerkollegen sind der Meinung, sich derart ansprechbar zu machen, grenze an Anbiederung und zeuge von einer aggressiven Verkaufsstrategie. Von mir aus. Mein Agent denkt das auch. Aber ich will einfach nur meinen Fans dafür danken, dass sie meine Bücher lesen. Sie haben so viele andere Freizeitangebote, besonders heutzutage, deshalb möchte ich, dass sie wissen, wie sehr ich mich freue, dass sie sich immer wieder für Elizabeth entscheiden.

Da wir gerade von Fans sprechen, wir waren auch eingeladen, dem Set des neuen Trust-Me-Films auf dem Studiogelände in Los Angeles einen Besuch abzustatten, wo momentan die Innenaufnahmen gedreht werden. Ich konnte es kaum erwarten, Julia wiederzutreffen. Sie ist unfassbar liebenswürdig und so großzügig mit ihrer Zeit. Sie verschiebt ihre Termine, damit wir wenigstens einmal zusammen essen gehen können. Und sie zuckt nicht mit der Wimper, wenn ich in den Super-Fan-Modus verfalle und sie mit Vivian Ward anrede.

Zufälligerweise ist auch mein Agent Julias größter Fan. Er himmelt sie an und wird nicht müde, zu beteuern, *Notting Hill* sei der großartigste aller Filme, in denen sie je mitgespielt habe. Für gewöhnlich beglückt er sie dann mit seiner besten Imitation von Hugh Grants charmantem Liebesgestammel. Nicht zu fassen. Muss er uns beide auf sein Niveau runterziehen? Und wenn meine Romane um Elizabeth Sunderland in seinen Augen so trivial sind, weshalb flirtet er so hemmungslos mit der Besetzung von Elizabeth?

Ich schaue mich in der Kirche um – wo steckt der verdammte Kerl eigentlich? Aus welchem Grund ist Henry Higgins nicht da, wo er sein müsste, nämlich hier, bei mir? Wenn er ohne mich schon zu unserem nächsten Termin abgereist ist, kann er was erleben. Sähe ihm ähnlich. Erst das Vergnügen, dann die Arbeit, lautet sein Motto.

Ihr habt recht. Der Name. Wie konnte ich den übergehen? Henry Higgins. Das erinnert doch stark an *My Fair Lady*, nicht wahr? Treffer! Es war der Lieblingsfilm seines Vaters. Nebenbei bemerkt, mein Henry – nicht der fiktive – leidet unter ernsthaften Vater-Problemen, und ich vermute, diese Probleme beschränken sich nicht nur darauf, dass er seinem alten Herrn diesen bescheuerten Namen verdankt, aber geholfen hat es ihrer Beziehung sicher nicht.

Zurück zu *My Fair Lady*. Sowohl im Film als auch im Theaterstück verwandelt Henry Higgins die junge Eliza Doolittle in eine Dame von Welt, mit Stil, Geschmack und tadellosen Umgangsformen. Anfangs will er nur eine unter zwei bornierten Snobs – ihm und seinem Freund – abgeschlossene Wette gewinnen, am Ende überfällt ihn wie ein Schock die Erkenntnis, dass das einstige Versuchsobjekt bisher ungekannte menschliche Gefühle in ihm erweckt hat. Die große Ironie des Henry Higgins von Leinwand und Bühne liegt darin, dass er gar nichts hatte, was er Eliza beibringen konnte: Er lernte von ihr. Mein Henry Higgins, Literaturagent der Extraklasse, betrachtet mich wie eine unbefristete Haftstrafe in einem Luxus-Knast, die er absitzen muss, wenn er seine Prozente kassieren will. Und die Gefühle, die er für mich hegt, sind nicht romantischer Natur, sie gelten den Summen, die er für den Verkauf meiner internationalen Rechte einstreichen kann, und den coolen Extras, die mein Ruhm ihm beschert. Die Vorstellung, einer von uns könne von dem anderen etwas lernen, ist ein Witz. Ein schlechter. Aber selbst im besten Fall, was sollte ich denn von ihm lernen? Von meiner Romanreihe *Trust Me* über die im Film von Julia Roberts verkörperte Heldin Elizabeth Sunderland sind einhundertfünfzig Millionen Exemplare verkauft worden. Ups, wieder zu schnell. Hier eine kurze Inhaltsangabe für die Uneingeweihten:

Elizabeth Sunderland, das Opfer einer Trennung weit jenseits von einvernehmlich, lässt sich den ihr zustehenden stattlichen Unterhalt in einer Summe auszahlen und eröffnet damit eine Detektei, die ihre Dienste ausschließlich Frauen anbietet, die in einer schmutzigen Scheidung stecken. Je aussichtsloser der Fall, je dringender das Opfer einen Mitstreiter braucht, um die Sünden des Ex auszugraben und als Munition zu verwenden, desto entschlossener stürzt sie sich ins Gefecht.

Die Welt braucht jemanden wie Elizabeth, auch wenn Henry Higgins das nicht begreift. Sie ist Wonder Woman für Trennungsgeschädigte. Habt ihr je eine betrogene Frau mit gebrochenem Herzen getroffen? Jede einzelne wird euch berichten, dass es Kränkungen gibt, deren Schmerzen auch mit der Hälfte des gemeinsamen Vermögens nicht annähernd zu lindern sind. Manchmal muss eine höhere Macht eingreifen. In Gestalt von Elizabeth Sunderland. Inzwischen ist sie zu einer Ikone des Feminismus geworden, mit einer eigenen Parole:

»Rosenkrieg und kein Ende? Vertrauen Sie mir!«

Es klingt unglaublich gut, wenn Julia es sagt. *Wenn Julia es sagt.* Manchmal muss ich mich immer noch selbst kneifen. Nimm das, Henry Higgins. Erzähl mir doch nochmal, wie du über hundert Millionen Bücher verkauft und einen der größten weiblichen Filmstars Hollywoods dazu gebracht hast, die Protagonistin deiner Romane auf der Leinwand zu verkörpern. Moment. Irrtum meinerseits. Das warst ja gar nicht du, sondern ich. Du Versager.

Oh mein Gott, Annie. Wieso denkst du ausgerechnet jetzt an diese taube Nuss? Weil du nicht an Joe denken willst? Oder daran, wie unmöglich es ist, sich eine Welt vorzustellen, in der es ihn nicht gibt?

Weil er faszinierend war, wirklich und wahrhaftig der faszinierendste Mensch, der mir je begegnet ist. Er sprengte jede Schablone. Das Universum könnte keinen zweiten wie ihn erschaffen, selbst wenn es das Rezept hätte.

Zugegeben, er war vom Typ her eher rustikal: Vollbart und die Statur eines Grizzlys. Es stimmt, dass er als Rausschmeißer in einer Bar gearbeitet hat, bevor sein erstes Buch anfing, sich zu verkaufen. Er liebte Motorräder und schnelle Autos, andererseits auch Dichter der Romantik, wie Keats und Coleridge. Er liebte Schusswaffen, je größer, desto besser, aber weil ich mich damit nicht anfreunden konnte, trennte er sich von ihnen, bereitwillig, ohne Diskussion. Und er war total verrückt nach mir, genau wie ich nach ihm. Wir hatten so viel gemeinsam. Manches davon war nicht gerade vorteilhaft. Wir sind beide vor unseren Familien davongelaufen und haben jeden Tag so gelebt, als sei es unser letzter.

Tja, und da sind wir nun, hier und jetzt. Joe ist tot. Nie wieder werde ich seine raue Stimme hören, die mir sagt, dass wir Seelenverwandte sind. Nie wieder werde ich die Wärme und Geborgenheit seiner bärenhaften Umarmung fühlen.

Ich fühle die Tränen in mir aufsteigen, den Druck hinter meinen Augen. Schau woanders hin, nicht auf den Sarg. Heute geht es nicht um dich. Heute geht es darum, Joes Leben zu feiern. Dreh den Kopf zur Seite. Tu's.

Kopf drehen in fünf, vier, drei, zwei, eins …

… und da ist er.

Henry Higgins. Beehrt uns endlich mit seiner Anwesenheit. Er sitzt in der fünften Reihe und trägt einen seiner maßgeschneiderten Nadelstreifenanzüge, die ihre schlanke Linienführung bewahrt haben, im Gegensatz zu ihm. Dieser Mann muss mindestens zwanzig Pfund zugenommen haben, seit ich seine Klientin bin. Wenigstens hat er heute Gel für seine Haare benutzt, statt sie wie sonst so lässig zerzaust zu tragen, als wäre er ein gelackter Eliteinternatsbubi an einem stürmischen Tag. Und das Einstecktuch mit Paisleymuster sieht ebenfalls gut aus. Aber was ist das? Er trägt eine Sonnenbrille? Hier, im andachtsvollen Halbdunkel? Und mit wem redet er da? Ist das etwa …? Tatsache, Henry Arschloch Higgins unterhält sich mit Lacey, Joes ältester Tochter. Sie sitzen in einer Bankreihe mit den zahlreich erschienenen Größen der schreibenden Zunft und, wie es scheint, jedem einzelnen Agenten der Stadt. Oh, und da entdecke ich meine beste Freundin Christine, ganz am Ende der Bank. Sie ist von Europa herübergeflogen. Ich werde später mehr Zeit mit ihr verbringen. Jetzt schicke ich ihr nur einen kurzen Blick zu, der ihr sagen soll: Hi, Christine, du hast mir gefehlt.

Aber diese Lacey. Gott, ich hasse sie. Sie ist ein absolutes Ekel. Sie ist ein Jahr älter als ich, und unser Verhältnis ist, vornehm ausgedrückt, kontrovers. Oder auf der fiktiven Ebene, zum Beispiel in einem meiner Romane, wäre Lacey die Nemesis, die schrille Gegenspielerin, die meine Elizabeth fast in die Knie zwingt. Aber das hier ist kein Roman. Das hier ist mein Leben. Lacey konnte mich nicht ausstehen, als Joe noch lebte. Ich kann mir nur zu gut vorstellen, wie ausgesprochen unangenehm die Situation sein wird, jetzt, da er nicht mehr unter uns ist. Und Henry Higgins, die treulose Tomate, hat nichts Besseres zu tun, als mit ihr zu sprechen. Selbst wenn es nur flüchtig ist.

Lass das. Solltest du nicht auf meiner Seite sein?

Na wunderbar, endlich hat er mich gesehen. Aber er winkt. Tatsächlich, er winkt, und das, während er noch seine blöde Sonnenbrille trägt. Henry, das hier ist eine Beerdigung und kein roter Teppich!

2

HENRY

Wer um Gottes willen ist diese Vollidiotin, mit der ich mich der Höflichkeit halber unterhalte? Auf jeden Fall ist sie noch bescheideneren Geistes als die, der ich gerade zuwinke. Lächeln, Henry, lächeln, sie ist deine Klientin. In der Tat, meine Klientin. Annie Shepherd. Nennt mich einen Glückspilz. Und lasst euch gesagt sein, keiner hat je schwerer für seine Prozente geackert als ich bei ihr. Sie ist ein Fulltime-Job. Erst letztes Jahr hat sie während eines Aufenthalts in Frankfurt, bei dem sie an einer Podiumsdiskussion teilnehmen sollte, ihren Reisepass verbummelt und versucht, ohne dieses Dokument wieder aus Deutschland auszureisen. Sie hat sich wahrhaftig eingebildet, man würde sie wegen ihres netten Lächelns einfach zu ihrer Maschine durchwinken. Natürlich wurde sie umgehend in Gewahrsam genommen, und ich musste ein Krisentreffen mit dem amerikanischen Konsulat einberufen – als wäre die Tochter des Präsidenten entführt worden –, damit wir den Rückflug antreten durften.

Die halbe Zeit frage ich mich, ob ich ihr Agent bin oder ihr Betreuer. Könnt ihr euch vorstellen, dass ich ihr bei öffentlichen Auftritten ihre verdammte Chloé-Tasche hinterhertragen muss? Ich bin Seniorpartner einer internationalen Agentur, die annähernd siebzig Prozent dessen, was man wohlwollend als kulturellen Zeitgeist bezeichnen kann, unter ihrem Dach versammelt, aber interessiert sie das? Keine Spur. Ich muss mich behandeln lassen wie ein Lakai.

Ein Lakai, der seine beste Zeit so ziemlich hinter sich hat. Ich musste mich praktisch mit Butter einschmieren, um in diese Hose hineinzukommen, und ich kann das Jackett nicht zuknöpfen. Ich war Frust-Raucher, bis ich vierzig wurde, danach bin ich zum Frust-Esser mutiert. Zwei oder drei Schachteln Zigaretten entsprechen heute zwei oder drei Packungen Kekse, zwei oder drei Esslöffeln Mayonnaise auf der Pizza, zwei oder drei Litern Diätcola vor dem Mittagessen.

Ich würde wieder anfangen zu rauchen, das Einzige was mich davon abhält, ist der Blick, den mein Sohn mir zuwirft, wenn ich etwas Dahingehendes äußere. Er sagt, er wolle seinen Vater noch lange bei sich haben, am liebsten für immer. Allerdings kann ich mir nicht vorstellen, dass dieses Sich-Vollstopfen mit Fett und Kohlenhydraten besser fürs Herz sein soll als Nikotin. Ich werde es ohnehin nicht mehr lange machen. Leb wohl, Will, ich habe dich mehr geliebt als alles andere auf der Welt, aber die Buchindustrie ist ein Nullsummenspiel. Da wir gerade von Kindern sprechen, möchte ich auf Vollidiotin Nummer eins neben mir zurückkommen. Da sie Schwarz trägt und Joe wie aus dem Gesicht geschnitten ist, vermute ich, dass es sich bei ihr um ein Exemplar seiner vielköpfigen Brut handelt. Nach meinem Stand beläuft sich die Zahl seiner Sprösslinge auf elf, verteilt auf vier oder fünf Mütter. Ab einem gewissen Punkt verliert man den Überblick. Elf Kinder! Der Mann war erschreckend potent.

Warum konnte ich nicht Joe Duke Eszterhazy als Klienten erben, einen richtigen Schriftsteller, statt seines instagramsüchtigen, weiße Jeans tragenden, nahezu analphabetischen, Schrägstrich, Viagra in den Schatten stellenden Schützlings? Ja, warum nicht? Weil sich Joe in der Minute, als Annie Shepherd die Elizabeth-Sunderland-Geldlawine ins Rollen brachte, däumchendrehend zurücklehnte und nie wieder ein Wort zu Papier brachte. Und der Teufelskerl schien glücklicher zu sein denn je.

Ein alter Spruch im Literaturbetrieb lautet: Wenn ein Schriftsteller nicht schreiben müsste, um seine Brötchen zu verdienen, würde er dann trotzdem schreiben? In Joes Fall lautete die Antwort kurz und knapp: Nein.

Welch Ironie. Joe Duke und ich waren, respektive sind, beide finanziell von Annie Shepherd abhängig. Und man kann nicht sagen, dass es ihm gut bekommen ist. Ein Geistlicher schwenkt soeben das Weihrauchfass über seinem Sarg. Schöne Aussichten für meine Wenigkeit.

Nicht immer alles negativ sehen, Henry. Das predigt mir mein Therapeut ständig. Also schiebe ich unauffällig die Hand in die Innentasche des Jacketts, vorbei an den puddingweichen Brustmuskeln und fördere die Packung Adderall zutage, die ich in ein Papiertaschentuch eingewickelt habe.

Runter mit der Pille. Zurücklehnen. Auf den Kick warten. Ah, es geht los. Du bist ein Hai, Henry Higgins. Du bist ein Hai in einem zwei Nummern zu kleinen Anzug. Ein Hai mit Gummizähnen. Offen gestanden hast du kaum noch Ähnlichkeit mit einem Hai, sondern mutierst im Zeitraffer zu einem aufgedunsenen, quäkenden Delfin. Nicht mehr lange, und man wird dich zu einem Freizeitpark auf Jamaika transportieren, wo du den Rest deines traurigen Daseins damit verbringen wirst, zur Belustigung der Touristenkinder alberne Kunststücke zu vollführen.

Schluss mit dem Selbstmitleid! Du bist kein Delfin. Das hier ist mehr als bloß eine Beerdigung, das hier ist ein Schlachtfeld. Vergiss das nicht.

Sondiere das Terrain wie ein guter Soldat. Deshalb trägst du doch die Sonnenbrille, um die Angst und Paranoia in deinen Augen vor den anderen Agenten zu verbergen. Denk dran, sie sind alle Haie und verspeisen dich zum Frühstück. Und ihre nächste Beute ist …

… deine Gans, die goldene Eier legt. Annie Shepherd.

Sie riechen das Blut im Wasser, sie halten sie für Freiwild. Warum? Weil sie nicht wirklich deine Klientin ist, du hast sie nicht selbst an Land gezogen, du hast sie geerbt, weshalb du dir immer ein Bein ausgerissen hast, um sie bei Laune zu halten, obwohl sie dir den letzten Nerv raubt. Niemand, erst recht niemand so Talentbefreites wie sie, dürfte so viel Erfolg haben. Glaubt mir, ich hätte sie nie als Klientin haben wollen, aber leider ist ausgerechnet sie es, die verhindert, dass ich in der Bedeutungslosigkeit versinke. Und ja, ihr verdanke ich es auch, dass ich noch einen Job habe. Hört ihr, wie ich mit den Zähnen knirsche? Ich bin ihr ausgeliefert, dieser Annie Shepherd, auf Gedeih und Verderb.

Der Sermon nähert sich dem Ende. Klingt aus mit einem Psalm hier, einem Matthäus dort. Der erste Trauergast begibt sich für eine kurze Rede gemessenen Schrittes nach vorn, und wer sollte es anderes sein als mein alter Herr, Edward Higgins? Der Mann, der Joe Duke im reifen Alter von achtundzwanzig unter Vertrag nahm, weil er die Brillanz seines Erstlingswerks *Burn* erkannte und ihn in der Folge zu der geachtetsten und am meisten gefeierten Stimme seiner Generation aufbaute. Aber sie waren mehr als Autor und Agent. Sie waren Freunde. Sie standen sich nahe. Der gute alte Edward liebte ihn, liebte ihn mehr, als er mich je geliebt hat. Ja, schon gut, es klingt, als würde ich einen Groll auf alles und jeden hegen.

Aber die Beziehung zwischen meinem alten Herrn und Joe ist ein gutes Beispiel für den Punkt, an dem unsere Auffassungen von der Funktion eines Literaturagenten auseinandergehen. Dad betrachtete es als seine Pflicht, seine Autoren in jeder Hinsicht zu fördern und zu unterstützen: finanziell durch günstige Vertragsbedingungen, menschlich, indem er ihnen den geistigen Freiraum für ihre Arbeit ließ, emotional, indem er sie behandelte wie Wesen von einem anderen Stern, mit Fähigkeiten gesegnet, wie sie uns Normalsterblichen nicht gegeben sind. Kurz, er umsorgte sie, als wären sie seine Kinder. Vermutlich hatte er sich damit in Wirklichkeit manchmal ins eigene Fleisch geschnitten, denn bei einer Rekordzahl seiner Schützlinge erlosch der schöpferische Funke nach kurzem Auflodern, so auch bei Joe. Sie wurden nachlässig und ließen ihr Talent verkümmern. Edwards Methode produzierte ebenso viele One-Hit-Wonder wie Klassiker. Was mich angeht, ich halte Schriftsteller nicht für überirdische Wesen. Ich glaube, sie brauchen uns, damit wir ihnen in den Hintern treten, um ihnen beizubringen, dass Talent eine gute Basis ist, Erfolg aber das Ergebnis von Disziplin und Fleiß. Und wenn es dafür nötig ist, dass harte Worte fallen, dann muss es eben sein. Hemingway wurde erst durch seinen Lektor Max Perkins zu dem Hemingway, den die Welt heute kennt. Ich möchte jemandes Max Perkins sein. Ich möchte einem Schriftsteller helfen, ein Werk zu erschaffen, das Tiefe und Gewicht hat. Etwas von zeitloser Bedeutung. Mein Vater weiß nicht einmal, wer Max Perkins ist, geschweige, dass er sich wünscht, Max Perkins zu sein. Nein. Edward liebte das Produkt, die Ware. Er ist im Herzen Kaufmann, nicht Künstler. Deshalb hat er, als er vor fünf Jahren beschloss, sich zur Ruhe zu setzen, seine Agentur an einen Medienkonzern verkauft, der wie ein Vampirkrake am Gesicht der Unterhaltungsindustrie klebt und sie aussaugt, statt mich zu seinem Nachfolger zu machen. Ich will nicht ungerecht sein, er hat mich nicht ganz vergessen. Neben einem rein dekorativen Titel, den mir die neuen Chefs bei der erstbesten Gelegenheit aberkennen werden, hinterließ er mir seine goldene Klientenkartei mit dem Star Annie Shepherd.

Ja, er hatte in den Vertrag schreiben lassen, dass ich als Seniorpartner im Unternehmen verbleibe, aber das war nie in Stein gemeißelt worden, und die obwaltenden Mächte haben vom ersten Tag an überlegt, wie sie mich loswerden können. Neuerdings wittern sie ihre Chance, durch meine eigene Schludrigkeit, wie ich zugeben muss, und wenn ich Annie verliere, können sie mich mit Fug und Recht vor die Tür setzen …

Ah, er räuspert sich, mein alter Herr.

»Joe und ich haben uns lange gekannt, fünfunddreißig Jahre. Wir sind zusammen in dieser Branche aufgestiegen. Meine Erfolge waren seine Erfolge. Ich glaubte, ihn gut zu kennen, aber wirklich kennengelernt habe ich ihn erst, als er mit Annie zusammenkam. Ich sage das als jemand, der viele Schriftsteller gekannt hat, aber die Art, wie ein Schriftsteller liebt, sagt mehr über ihn aus als die Art, wie er schreibt. Ich durfte Zeuge einer großen Liebe sein, Joes Liebe zu Annie und Annies Liebe zu Joe. Durfte erleben, wie der Mann den Schriftsteller überstrahlte, und mein Gott, was für ein prachtvoller Mann er war! Deshalb möchte ich dir meinen Dank aussprechen, Annie, denn ohne dich hätte ich nur den Schriftsteller Joe gekannt, nicht den Joe, den du mir gezeigt hast. Aber, Annie, und vielleicht möchtest du dir jetzt kurz die Ohren zuhalten, vor dir haben Joe und ich schon ein buntes und reiches Leben geführt. Zum Beispiel habe ich eine Agentur gegründet, und Joe hat elf Kinder gezeugt. Einer von uns hat zuerst graue Haare bekommen. Ihr dürft raten, wer …«

Zur Hölle mit dir, Edward!

Man beachte dieses Lächeln unter Tränen. Das ist alles improvisiert. Keine Notizen. Irgendwie denkt dieser Mann, der nie ein Buch zu Ende gelesen hat, in druckreifen Absätzen mit Pointe. So war das schon mein ganzes Leben lang, und deshalb kennt mich auch niemand als Henry Higgins. Ich bin entweder der Sohn von Edward Higgins. Oder Annie Shepherds Lakai.

So oder so bin ich ein Witz.

3

ANNIE

Vor weniger als zwei Stunden haben wir Joe zu Grabe getragen, und jetzt stehe ich als Gastgeberin inmitten der Trauergäste, die zum Leichenschmaus in unsere Wohnung an der Upper East Side geladen wurden. Die fünfzehn Zimmer sind voller Menschen, und ich habe das Gefühl zu ersticken. Alle kommen zu mir herüber, um ihr Beileid auszusprechen und mich an ihrem kleinen Schatz bittersüßer Erinnerungen und Gefühle teilhaben zu lassen, und ich weiß, meine Aufgabe besteht darin, zuzuhören und zu nicken. Dazu bin ich hier. So läuft dieser Tag für mich. Und nachdem sie ihre Trauer zum Ausdruck gebracht haben, fragen alle, ob ich Hilfe brauche. Ich spiele die gute Gastgeberin und bedanke mich. Ich halte die Tränen zurück und versichere ihnen, dass ich zurechtkommen werde, mit der Zeit.

Ich möchte wirklich nicht undankbar erscheinen, aber vielleicht bin ich's. Alle sind heute gekommen, um, nachdem sie Joes Tod betrauert haben, sein Leben zu feiern. Aber damit sie Trost in ihren ganz persönlichen Erinnerungen an ihn finden können, darf ich mir nicht anmerken lassen, wie es in mir aussieht. Ich habe die Pflicht, mit einem aufgesetzten Lächeln herumzugehen und »die Contenance zu wahren«, wie Henry es ausdrücken würde, damit niemand glaubt, er müsse mich bemitleiden. Ich habe zu warten, bis jeder, der Joe ge-

24

kannt hat, seinen eigenen Schmerz verarbeitet hat, bevor ich zusammenbrechen darf. Bevor ich mir erlauben kann zu begreifen, dass ich allein bin, und ich weiß nicht, wie lange ich es noch aufhalten kann. Es fühlt sich an wie Nadelstiche bis in die Finger- und Zehenspitzen. Mir ist, als lägen meine Nervenenden bloß und ich wäre schutzlos allen äußeren Einflüssen ausgeliefert. Reiß dich zusammen, Annie! Mein Blick irrt durch unser Wohnzimmer. Kaum eine Lücke zwischen all den Leuten. Sie stehen dicht an dicht vor dem Kamin, den Joe schon mit Holz bestückt hat, damit wir mit einem wärmenden Feuer den Beginn der Adventszeit einläuten können. Vor den raumhohen Bücherregalen mit der fahrbaren Leiter, die man braucht, um an die obersten Reihen heranzukommen. Vor unserem Entertainmentcenter samt dem riesigen Flachbildfernseher, auf dessen Festplatte eine riesige Sammlung alter Spielfilme gespeichert ist, die er liebte. Slipper von Ferragamo und Louboutins auf dem Orientteppich. Eingeschlossen von diesen schwarzgekleideten Gestalten habe ich das Gefühl, erdrückt zu werden. Alles hier erinnert mich an Joe, erinnert mich daran, dass ich jetzt allein bin.

Dann sehe ich Christine mit einem Umschlag in der Hand in Richtung Küche gehen, um nach den Leuten vom Partyservice zu schauen und sie zu bezahlen. Sie hat mich nicht nach Geld gefragt und überhaupt die ganze Organisation dieser Feier übernommen. Sie wusste sofort instinktiv, wie sie mich entlasten und mir wenigstens diese Sorge abnehmen kann. Deshalb ist sie meine beste Freundin. Wir verstehen uns ohne Worte. Wohlgemerkt ist sie zu alldem imstande, während ihr Baby in weniger als einem Monat das Licht der Welt erblicken wird.

Ihre hyperfunktionelle, perfektionistische Art ist auch der Grund, weshalb sie keine Schriftstellerin geworden ist.

Dabei hätte sie das Talent dazu gehabt. Joe war unglaublich beeindruckt von ihr. Sie war die Beste in unserer Abschlussklasse. Doch schlussendlich hat ihr vermutlich ihr eigener Verstand gesagt, das Schreiben zu seinem Beruf zu machen sei eine frivole Verschwendung wertvoller Lebenszeit, mit der man Besseres anfangen könne. Und sie hat vollkommen recht. Schreiben ist eine wunderbar frivole Betätigung. Reiner Selbstzweck, im Grunde genommen nutzlos und gerade deshalb so besonders. Auch wenn das Schreiben mir Ruhm und Reichtum gebracht hat, war das nie meine Motivation. Meine Motivation war, Menschen glücklich zu machen, ihnen Freude zu bereiten, ihnen mit meiner Elizabeth Sunderland die Möglichkeit zu geben, für ein paar Stunden ihrem Alltag zu entfliehen.

Christine hat das nie so gesehen. Sie sah nur, wie schwer man darum ringen muss, etwas halbwegs Sinnvolles zu Papier zu bringen, erst recht etwas, das *ihren* Ansprüchen genügte, und entschied, dass es die Mühe nicht wert war. Folglich sitzt sie heute im Vorstand einer Non-Profit-Umweltschutzorganisation mit weltweiten Niederlassungen. Sie hat Karriere gemacht. Sie hat einen tollen Ehemann, einen drei Jahre alten Sohn und erwartet momentan das zweite Kind. Ich habe nichts davon vorzuweisen, stattdessen vierzehn Bücher mit meinem Namen in Großbuchstaben auf dem Einband und einen toten Lebensgefährten, an dessen Ableben ich nicht ganz unschuldig bin.

Jetzt seht ihr das Autorendasein in einem anderen Licht, stimmt's? Ist es vielleicht noch möglich, das Hauptfach zu wechseln? Aber wem versuche ich was vorzumachen? Schreiben ist meine Bestimmung. Alle diese Zweifel entspringen nur der Leere, die Joe in meinem Leben hinterlassen hat.

Und gerade, als ich in ein neues seelisches Tief rutsche, kommt Christine aus der Küche zurück, signalisiert mit ei-

nem erhobenen Daumen, dass alles okay ist, und wirft mir
einen dicken Luftkuss zu.

Mir fällt eine Last von den Schultern. Für das leibliche
Wohl der Gäste ist gesorgt. Genau so hätte Joe es sich gewünscht. Er liebte es, Gäste zu bewirten, und er liebte seine
Freunde. Er würde nicht wollen, dass auch nur einer nüchtern von seiner Lebewohlparty nach Hause geht. Ich atme
auf. Vielen Dank, Christine.

Dann registriere ich, wie sich eine Gruppe in der Zimmer-
ecke auflöst. Ich sehe Henry aus der Mitte herauskommen
und auf mich zusteuern. Das Wohlgefühl der Erleichterung
verpufft schlagartig. Er kommt näher. Sein Blick fixiert mich,
ich kann nicht entkommen, ohne eine Szene zu machen.
Hilfe! Mir wird nichts anderes übrigbleiben, als mit ihm
Smalltalk zu halten, ausgerechnet heute. Ich wünschte, ich
könnte mit der Wand hinter mir verschmelzen. Ich wünschte,
der Teppich würde mich verschlingen.

Völlig unerwartet kommt die Rettung. Während ich wie
hypnotisiert Henry entgegenstarre, steht plötzlich eine Frau
neben mir. Ich habe keine Ahnung, wer sie ist oder was sie
will. Ich bin eigentlich nicht in der Stimmung für höfliche
Konversation, aber wenn sie mich davor bewahrt, von Henry
in die Ecke gedrängt und festgenagelt zu werden, bin ich bereit für neue Bekanntschaften.

Sie ist attraktiv, klein und zierlich. Ihre natürliche Haar-
farbe scheint Rot zu sein, aber sie hat sie aufhellen lassen. Bis
auf etwas Mascara ist sie ungeschminkt. Ihre grünen Augen
sind voller Wärme, und doch betrachtet sie einen mit einem
durchbohrenden Blick. Als wollte sie ihrem Gegenüber bis
auf den Grund der Seele schauen. Und habe ich schon erwähnt, dass sie fantastisch aussieht? Ihr ist das seltene Privileg
einer vollkommenen, natürlichen Schönheit zuteilgeworden,
einer Schönheit, die auch in dreißig Jahren noch zum Nie-

derknien sein wird. Man könnte neidisch werden, okay, ich *bin* neidisch, aber in diesem Moment überwiegend dankbar für ihre Anwesenheit.

Sie streckt mir die Hand entgegen. »Amber Rosebloom.«

Vielen Dank, Amber Rosebloom, vielen Dank, dass du mich gerettet hast. Wer auch immer du sein magst.

Und mein Gott, sie ist nicht nur meine Retterin, sie ist ein Engel! Sie hat mir ein Glas Champagner gebracht, mein Lieblingsgetränk, und Kaviar mit Blinis, elegant auf einer Serviette arrangiert. Ich liebe diese Frau.

4

HENRY

Wie kann sie es wagen? Wie kann sie es gottverdammt wagen? Ich hasse sie!

Amber Rosebloom. Sie ist wie eine Bombe in unseren etablierten Agentenzirkel eingeschlagen. Sie ist das neue It-Girl der Branche. Das Wunderkind mit eigener Agentur – The Bloom – und einer Armee von Mini-Ambers, die für sie auf Beutefang gehen. Sie ist die Person, die man kennen muss, wenn man in unserer Branche auf dem aktuellen Stand ist.

Aber daher kommt nicht meine Feindseligkeit. Amber Rosebloom hat so viele Klienten gewildert – auch bei mir – und so knallharte Verträge ausgehandelt, dass mittlerweile viele, die einst über die Methoden des guten alten Edward Higgins gelästert haben, nun für seine Rückkehr beten. Wenn man schon Edward den »Pfähler« genannt hat, wäre für Amber »Die rote Axt« eine passende Bezeichnung.

In einem Punkt hingegen ist sie der ehrwürdigen Tradition von Edward Higgins treu geblieben, denn sie ist nicht daran interessiert, etwas zu schaffen, das die Zeiten überdauert. Sie ist das, was man in der Wirtschaft eine Heuschrecke nennt, die kommt, alles kahl frisst und dann weiterzieht. Kein sehr zukunftsfähiges Konzept, aber aktuell bringt sie uns alle in Bedrängnis.

Schwing die Hufe, Henry, schieb deinen Alabasterkörper

dahin, wo die Musik spielt. Die Teufelin hat Annie Kaviar und Alkohol gebracht, die beiden Hauptbestandteile ihres Nahrungsspektrums. Und sie scheinen sich anzulächeln. Schneller, Higgins, schneller.

Aber es soll nicht sein. Wenige Meter vor dem Ziel wird mein von Panik beflügelter Eilmarsch gestoppt. Ausgerechnet von Josh Kendall. Ich kann ihn nicht ignorieren und einfach weitergehen. Er ist der CEO eines der fünf größten Verlage, und wir haben regelmäßig geschäftlich miteinander zu tun. Ich kann nicht einfach an ihm vorbeihuschen und so tun, als hätte ich ihn nicht bemerkt. Himmelherrgott, Josh! Nie konnte ich dich weniger gebrauchen als gerade jetzt.

»Henry«, sagt er. »Tragisch, das mit Joe.«

Ich nicke. »Ja, wirklich. Und komplett unerwartet. Wer hätte gedacht, dass der Tod diesem Bären von einem Mann etwas anhaben könnte.« Mehr bringt mein mit Adrenalin geflutetes Hirn nicht zustande – Amber ist im Begriff, meine goldene Gans zu entführen. Für absolut niemanden kann Joes Tod eine Überraschung gewesen sein. Der Kerl hat gesoffen wie ein Rodeoreiter am Ende seiner Karriere, geraucht, als würde er von der Tabakindustrie nach Menge bezahlt, und wie ein Weltmeister eine Frau gevögelt, die dreißig Jahre jünger ist als er. Wer hätte da gedacht, dass ein Herzinfarkt nur eine Frage der Zeit ist?

»Man kommt ins Grübeln«, sagt Josh.

»Allerdings.« Ich tätschele meinen Bauch. »Vielleicht sollte man sich überwinden, regelmäßig Sport zu treiben.«

»Meine Frau und ich haben vor Kurzem mit Pilates angefangen. Es ist lebensverändernd. Ich hatte keine Ahnung, wie extrem mein seelisches und körperliches Gleichgewicht gestört war. Die gesamte Ausrichtung meines Körpers hat sich verändert.« Er stellt sich in Positur. »Siehst du?«

Hör auf, Josh, halt keine Vorträge. Und verschone mich

mit der Zurschaustellung deiner Pilates-optimierten Wirbelsäule. Ich habe gerade echt andere Probleme.

»Unsere Trainerin sagte, ich wäre krumm wie ein Fragezeichen.«

Ich lache gezwungen. »Überaus charmant.«

Er lässt die Arme kreisen wie Windmühlenflügel, um seine Beweglichkeit zu demonstrieren. »Ich fühle mich wie ein neuer Mensch.«

Fast hätte ich vergessen, dass Josh die Angewohnheit hat, sich beim Sprechen unendlich viel Zeit zu lassen. Man könnte sagen, er ist der ungekrönte König der antiklimaktischen Gesprächspause, an deren Ende regelmäßig eine Äußerung von unfassbarer Belanglosigkeit steht. Ich werde die aktuelle Schweigeminute zum Anlass nehmen, mich grußlos zu entfernen und, falls er mir nachruft, was mir einfiele, ihn einfach stehenzulassen, mit gespielter Betroffenheit signalisieren, ich hätte geglaubt, die Unterhaltung sei beendet. Irgendwann wird sich die Gelegenheit bieten, mit überschwänglichen Entschuldigungen wieder gut Wetter zu machen.

Gerade will ich den Gedanken in die Tat umsetzen, als er mich mit der Hand auf der Schulter festhält und fragt:

»Bleibt es übrigens bei unserem Trip nach Aspen im Februar?«

»Selbstverständlich!«, versichere ich ihm und habe eine schlimme Vorahnung. Fang nicht mit Aspen an, Josh, bitte nicht.

»Großartig«, sagt er und lächelt. »Oh, Moment noch ...«

Einer der befrackten Kellner tänzelt an uns vorbei. Josh hält ihn an, nimmt ein paar Shrimps-Häppchen von seinem Tablett und führt sie sich eins nach dem anderen zu Gemüte. Kaut hingebungsvoll. Und weil man ihm piekfeine Manieren anerzogen hat, würde er natürlich unter keinen Umständen mit vollem Mund sprechen. Er strahlt mich nur über seine malmenden Kiefer hinweg wohlwollend an.

Ich schaue nervös zu Annie hinüber. Sie ist von Amber hingerissen. Sie lachen sich an, synchronisieren ihre Körpersprache. Und was ist das? Hat Annie gerade Ambers Arm getätschelt? Das war definitiv ein Tätscheln! Ich wende den Blick wieder zu Josh. Er kaut und kaut. Am liebsten würde ich seine Eier packen und zudrücken, bis er in die Knie geht. Er macht mich wahnsinnig. Seine Kinnlade wandert träge hin und her, hin und her. Geht das vielleicht auch etwas schneller?

Ah, es sieht aus, als wäre er im Begriff, den letzten Bissen hinunterzuschlucken. Die Lippen spannen sich über seinen Zähnen, der Adamsapfel hüpft. Schluck endlich. *Runter damit!*

»Wo ich dich gerade hier habe«, sagt er, »lass uns doch gleich ein Datum festmachen.«

Ich ringe mir ein Lächeln ab. »Gute Idee.«

Er zückt sein Handy und öffnet die Kalender-App. Fängt an, seinen Anzug abzuklopfen, greift in alle Taschen. Was braucht er denn so unbedingt? Und warum dauert das so lange? Wie viele Taschen hat dieses Jackett? Dem Anschein nach mehr als der Utensiliengürtel eines Superhelden. Gott sei Dank, er hat's gefunden, und es ist …

… ein verdammter Eingabestift. Warum nicht? Jeder braucht den. Er sticht damit auf die Tastatur los, als würde er versuchen, die letzte Olive auf einem Teller aufzuspießen.

Meine Aufmerksamkeit kehrt wie magisch angezogen zu Annie und Amber zurück. Amber hat aus ihrer Handtasche eine Visitenkarte zutage gefördert. Du Hexe! Untersteh dich, meiner Klientin heimtückisch deine Kontaktdaten unterzujubeln. Denk nicht mal dran. Okay. Sie reicht ihr die Karte. Verdammt nochmal! Annie. Annie Shepherd. Nach allem, was ich für dich getan habe. Wehe, du nimmst diese Karte. Loyalität, kennst du das Wort? Weiß du, wie man das schrei...

Sie hat die Karte genommen.

Mit dieser einen Handbewegung, dem Griff nach der feindlichen Visitenkarte, bist du zum Judas geworden, Annie Shepherd.

Und wenn es mir irgendwann in ferner Zukunft gelungen sein wird, die letzten paar Meter bis zu ihr zurückzulegen, werde ich ihr diese Karte aus der Hand schnappen und vor ihren Augen zerreißen.

Josh fängt plötzlich an zu lachen und zeigt mir das Display seines Smartphones. »Du wirst es nicht glauben, Henry. Das ist nicht mein Arbeitshandy, das ist mein privates. Ich habe den falschen Kalender.«

Ich unterdrücke den Impuls, ihn zu schütteln, bis seine Zähne klappern, und höre mich durch das Rauschen in meinen Ohren säuseln: »Ist mir auch schon mehr als einmal passiert. Ruf mich wegen des Termins im Büro an, und stell dich schon mal darauf ein, dass du auf der Piste nur meinen Kondensstreifen sehen wirst.«

Und bevor er begreift, dass das meine Abschiedsworte waren, stehe ich schon vor Annie Shepherd, die mit selbstzufriedener Miene ihr Champagnerglas leert.

»Gib mir die verdammte Visitenkarte«, fordere ich.

Sie tut, als hätte sie mich nicht gehört, und sagt verträumt: »Ambers Lieblingsbuch aus der Trust-Me-Reihe ist *Tropisches Inferno*, wo Elizabeth sich nicht zwischen dem Kartellboss und dem verdeckten Ermittler, der ihn hopsnehmen will, entscheiden kann. Welches hat dir denn am besten gefallen, Henry?«

Ich kann mich beim besten Willen nicht an die Handlung eines dieser überlangen Groschenromane erinnern. Denk nach! Sie sind alle gleich. Immer wieder dasselbe. Aber ich darf mich nicht von Amber übertrumpfen lassen, irgendwas muss mir einfallen.

»Mein liebstes Buch ist immer das, an dem du gerade arbeitest«, sage ich aalglatt, »weil deine Geschichten von Mal zu Mal besser werden. Jetzt her mit der verdammten Karte.«

»Lügner.« Sie schwenkt die Karte vor meinem Gesicht hin und her: elegant geschwungener Prägedruck auf garantiert handgeschöpftem Büttenpapier. »Du hast noch keinen einzigen meiner Romane gelesen.«

»Aber ja doch«, antworte ich. »Und ich fiebere deinem nächsten Werk entgegen, das ich in sechs Wochen auf meinem Schreibtisch zu finden hoffe. Wirst du den Abgabetermin halten können?«

»Meinen Abgabetermin?«

Das klingt, als hätte ich einen Nerv getroffen. »Ja. In sechs Wochen.«

»Als wenn ich das nicht wüsste!«

»Natürlich weißt du das. Deshalb verstehe ich nicht, warum du mich anschreist.«

»Weil ich heute die Liebe meines Lebens beerdigt habe, du kaltherziges Ungeheuer.«

»Eben hast du noch mit Amber zusammen gekichert wie ein Schulmädchen. Was habe ich denn falsch gemacht?«

»Alles. Und das ist immer das Problem mit dir, Henry. Sie sagt, sie wird meinen Verleger anrufen und ihn bitten, mir etwas mehr Zeit zu geben. Sie steht auf bestem Fuß mit ihm. In diesem Monat hat sie mit meinem Verlag schon drei Verträge über Neuerscheinungen abgeschlossen.«

»Ich hoffe, du hast sie daran erinnert, dass du bereits einen bis zur Selbstaufgabe für dich schuftenden Agenten hast.«

»Musste ich gar nicht. Amber tut es als Fan und als Freundin. Willst du wissen, was sie mir sonst noch angeboten hat? Einen Aufenthalt auf der Spring Creek Ranch in Jackson Hole. Matthew McConaughey verbringt da regelmäßig seinen Winterurlaub. Sie meint, eine Zeit der Ruhe und inneren Einkehr könnte mir helfen, nach diesem schweren Schicksalsschlag meine kreativen Säfte wieder zum Fließen zu bringen.«

»Kreative Säfte?«, frage ich spöttischer als beabsichtigt.

Sie wirft mir Ambers Visitenkarte ins Gesicht, eine Ecke trifft mich an der Schläfe. »Amber weiß, wie man mit mir umgehen muss. Vielleicht solltest du bei ihr in die Lehre gehen.«

In mir beginnt es zu brodeln. »Ich soll bei ihr in die Lehre gehen? Sie ist bei mir in die Lehre gegangen. Ich habe sie ausgebildet.«

Annie muss so unmäßig lachen, dass ihr die Luft wegbleibt. »Oh Mann, erzähl mir mehr davon.«

»Keine Chance«, entgegne ich. »Und komm nicht auf dumme Gedanken, was sie betrifft. Du stehst bei mir unter Vertrag. *Ich* bin dein Agent.«

Sie verschränkt die Arme vor der Brust. »Verträge sind nicht für die Ewigkeit, Henry.«

»Meine Verträge sind es.«

»Was bist du? Jemand von Scientology?« Sie hebt maliziös eine Augenbraue. »Ich habe das ganze Kleingedruckte nicht gelesen, aber ich glaube, ich würde mich erinnern, wenn ich denen beigetreten wäre und ein Treuegelübde über eine Million Jahre abgelegt hätte.«

Ich kontere: »Vielleicht hättest du dir doch die Mühe machen sollen, das Kleingedruckte zu lesen.«

»Vielleicht solltest du dir die Mühe machen, eins meiner Bücher zu lesen.«

Ich hebe Ambers Visitenkarte auf und zeige damit auf Annie. »Werde ich. Das neue, das in sechs Wochen fällig ist, wie du ja weißt. Ich freue mich drauf. Man sieht sich.«

5

ANNIE

Endlich allein. Die Gäste sind alle gegangen, die Wohnung ist leer. Den ganzen Tag habe ich mich nach Ruhe gesehnt, aber jetzt, da alles ruhig ist, wünsche ich mir die Geräuschkulisse von vorhin zurück. Alles ist besser, als in der Stille meinen Gedanken ausgeliefert zu sein. Und das Gespräch mit Henry hat es nicht besser gemacht.

Sechs Wochen, um das Buch fertigzustellen. Ich weiß, kaum zu glauben, dass ich den Termin vergessen habe, aber die Stunden, die vergangen sind, seit ich von Joe Abschied genommen habe, sind mir vorgekommen wie Jahre.

Ich kann mir nicht vorstellen, wie sich sechs Wochen ohne ihn anfühlen werden. Ich lebe nur noch von Minute zu Minute. Schließlich entscheide ich mich, das neue Buch aus meinem Kopf zu verbannen und in etwas Bequemeres zu schlüpfen. Ich wanke ins Schlafzimmer, nicht ganz nüchtern und kolossal übermüdet. Ich will nur noch dieses Kleid loswerden, die High Heels und die elende figurformende Strumpfhose. Warum soll man an Tagen wie diesem neben dem unermesslichen Schmerz eines gebrochenen Herzens auch noch die Qualen von Shaping-Unterwäsche ertragen müssen? Noch bevor ich das Licht einschalte, ziehe ich den Reißverschluss meines Kleides nach unten. Verträumt denke ich daran, gleich in meine Jogginghose und in ein T-Shirt zu schlüpfen und mir die Haare entspannt zu einem Pferdeschwanz zu binden.

Aber die Stille scheint hier noch bedrückender zu sein. Ich greife nach der Fernbedienung für die Soundanlage und natürlich, als wäre ich nicht schon deprimiert genug, dröhnt mir Joes Lieblingssong entgegen:»Wild Horses« von den Rolling Stones. Wahrscheinlich ist es der letzte Song, den Joe vor seinem Ableben gehört hat. Er war ein fanatischer Rolling-Stones-Fan und hat mich sogar auf ein Konzert von ihnen geschleppt. Mick und Konsorten turnten auf der Bühne herum, und Joe tat es ihnen an seinem Platz gleich. Ich stand daneben und fragte mich, wer sich zuerst die Hüfte ausrenken würde, Mick oder er. Mag sein, dass Rock 'n' Roll niemals stirbt, aber die Musiker und die mit ihnen gealterten Fans tun es. Ich sollte es wissen. Ich habe einen der Letzteren heute Vormittag beerdigt.

Endlich habe ich mich aus dem Kleid und der beengenden Strumpfhose herausgewunden. Meine Haut kann wieder atmen. Ich schlüpfe in die Jogginghose, beuge mich über das Waschbecken, knipse das Licht an und mustere mein Gesicht im Spiegel. Mein Make-up bröckelt an einigen Stellen. Kein Wunder, nachdem ich mich über Stunden hinweg bemühen musste, die Tränen zurückzuhalten.

Und während ich mich im Spiegel anstarre, singe ich plötzlich mit den Stones mit. Mir war gar nicht bewusst, dass ich den Text auswendig kann. Seltsamerweise kommt es mir vor, als wäre dies mein letzter Gruß an Joe. Als würde er mir sagen:»*Hey, schade, dass ich nicht länger bleiben konnte, aber du wirst drüber wegkommen. Hör dir diesen Song an, Annie, und erinnere dich, wie wir uns damals gefühlt haben. Vergiss es nie, denn was wir hatten, wir beide, das war echt und groß. Und wir werden uns wiedersehen.*«

Ich schaue zur Wand rechts neben unserem Himmelbett,

wo das gerahmte Cover des Buchs hängt, das sein Durchbruch war: *Burn*. Plötzlich bekomme ich Lust, es zu lesen, was ich bisher trotz meiner gegenteiligen Beteuerungen nicht getan habe. Nun entdecke ich den Autor nach seinem Ableben. Aber was soll ich sagen? Ich bin ein wandelndes Klischee. Fragt jemanden, der meine Bücher gelesen hat.

Im Gegensatz zu meinem Agenten.

Liebe Güte, nicht er schon wieder! Es sieht wirklich danach aus, dass Henry Higgins Dauermieter in meinem Kopf ist. Wann immer ich mich in letzter Zeit bedrückt oder einsam fühle, denke ich an ihn, aber bestimmt nicht, weil ich glaube, bei ihm Halt zu finden oder ein mitfühlendes Ohr.

Ein Poltern ertönt aus dem begehbaren Kleiderschrank. Ich bin nicht allein.

Wer kann das sein? Ich habe alle die Wohnung verlassen sehen. Hat der Concierge unten jemanden übersehen, der sich in die Wohnung geschlichen hat? Mir bleibt keine Zeit zum Nachdenken. Mit dem Smartphone in der Hand, um blitzschnell den Notruf wählen zu können, gehe ich auf Zehenspitzen zum Schrank und reiße die Tür auf.

Es ist Lacey.

»Was machst du in meinem Kleiderschrank?«

Sie rückt ein Stück von den Umzugskartons ab, in denen Joes Manuskripte und Notizen verstaut sind sowie Aktenordner und ungefähr ein Dutzend Lederjacken, die er sich im Lauf der Jahre zugelegt hat. »Ich suche nach etwas, das ich zur Erinnerung an meinen Vater behalten möchte.«

Wie rührend. Ich weiß nicht, was sie wirklich will, aber ich traue ihr nicht. »Hast du nicht gemerkt, dass die anderen schon gegangen sind?«

»Willst du mich rausschmeißen, Annie?«

»Bewahre. Aber ich wäre jetzt gern allein. Ich habe einen

furchtbaren Tag hinter mir und keine Energie mehr, um mit dir zu streiten.«

Sie setzt ihr falsches Lächeln auf. »Du bist nicht die Einzige, die heute einen schweren Tag gehabt hat, aber weshalb sollte dich das interessieren?«

»Und dein Tag war so anstrengend, dass du beschlossen hast, noch kurz nachzuschauen, ob es hier etwas für dich zu holen gibt.« Ich kann auch biestig sein. »Jeder trauert auf seine Art, nehme ich an.«

»Du hast kein Recht, über mich zu urteilen. Du weißt nicht, wie ich mich fühle.«

»Seit wann hast du Gefühle? Hat der neue Therapeut, den Joe dir besorgt hat, einen Durchbruch erreicht? Nebenbei bemerkt, er wird von meinem Geld bezahlt.«

»Ich habe dich nie um Geld gebeten.«

»Oh doch. Weil jeder Dollar, den Joe dir zugesteckt hat, von mir kam. Du kannst nicht so naiv sein zu glauben, dass die Tantiemen von *Burn* noch so üppig fließen. Wie viel hat er dir letztes Jahr in den Rachen geworfen? Hunderttausend? Hundertfünfzigtausend?«

Lass gut sein, Annie. Mach jetzt lieber keine Szene. Aber es bricht aus mir heraus, alles, was ich ihr schon lange an den Kopf werfen wollte.

»Was mich stört, Lacey, ist nicht, dass du von meinem Geld lebst, was mich stört, ist dein Verhalten. Dein Dank dafür, dass wir dich durchgefüttert haben, besteht darin, dass du ein verfluchtes Enthüllungsbuch über deinen Vater und mich schreibst, worin du mich als strunzdummen Bauerntrampel bezeichnest oder, Verzeihung, als Schlampe. Zwischendurch beschuldigst du mich, meine Bücher nicht selbst geschrieben zu haben. Es war ein Albtraum für deinen Vater und mich.«

Sie gibt nicht klein bei. »Du bist mein Albtraum.«

»Ich hoffe, dein Enthüllungswerk bringt dir genug ein, um ohne die Zuschüsse von Daddy auszukommen.«

»Darum mache ich mir keine Sorgen. Ich werde bald finanziell ausgesorgt haben.« Sie schlägt mit der geballten Faust gegen die Wand. »Das einzig Gute am Tod meines Vaters ist, dass ich dich nie wiedersehen muss.«

Ich verliere den letzten Rest Beherrschung. »Das kannst du sofort haben! Hau endlich ab!«, schreie ich sie an.

Lacey schreit zurück: »Du hast mir meinen Vater gestohlen! Als du aufgetaucht bist, war ich für ihn gestorben!«

In diesem Moment und nicht eine Sekunde zu früh rauscht Christine ins Zimmer, die im Gästebad unter der Dusche gestanden hat. Sie bewährt sich wieder einmal als Friedensstifterin. Sagt zu Lacey, dass sie versteht, wie furchtbar dieser Tag für sie gewesen sein muss. Dass, auch wenn sie mich hasst, jetzt nicht der Zeitpunkt ist, Konflikte auszutragen. Wir hätten beide einen tragischen Verlust erlitten. Ich muss weinen. Dann bricht auch Lacey in Tränen aus. Fast bekomme ich Mitleid mit ihr.

Ich erinnere mich noch daran, wie es war, als mein Vater gestorben ist. Den eigenen Vater zu verlieren, und sei er noch so schlecht gewesen, stellt dein Leben von jetzt auf gleich auf den Kopf. Und zu Laceys Verteidigung muss ich sagen, dass Joe die meiste Zeit ihres Lebens der denkbar schlechteste Vater gewesen ist. In den ersten zwanzig Jahren kannte sie ihn nur betrunken, zugekokst oder abwesend, weil er wieder eine neue Affäre hatte. Dann kam die Phase, in der er von einer Entzugsklinik zur nächsten tourte, immer wieder rückfällig wurde und bei seiner Tochter Halt suchte. Kurz nachdem er den Absprung endlich geschafft hatte, kam er mit mir zusammen, und seine Tochter war wieder abgeschrieben.

Am Anfang unserer Beziehung habe ich wirklich versucht,

Lacey in unser Leben einzubeziehen, trotz Joes Warnung vor ihrer Launenhaftigkeit.

Dann aber hatte sie nichts Besseres zu tun, als dieses Buch zu schreiben, in dem sie mich gnadenlos heruntermachte und an den Pranger stellte. Ich bin kein nachtragender Mensch, aber seither ist sie bei mir unten durch. Ein für alle Mal. Christine legt den Arm um Lacey, führt sie aus dem Schlafzimmer und kommt dann zu mir zurück, während Lacey hinausgeht. Wir lauschen beide stumm auf das Klackern ihrer Absätze auf dem Parkett, das Geräusch der Wohnungstür, die geöffnet wird, und schweigen weiter, bis wir hören, wie das Schloss einschnappt.

Endlich ist sie weg. Meine Anspannung löst sich, ich gehe mit weichen Knien zum Bett und lasse mich auf den Kissenberg plumpsen. Ich schaue Christine an, dann auf Joes leere Betthälfte. »Kannst du bei mir bleiben, bis ich einschlafe?«

Christine kommt im typischen Watschelgang der Hochschwangeren zum Bett herüber, die Hände in den Rücken gestemmt, sodass ihr kugelrunder Babybauch gleich noch ein wenig größer wirkt. Sie lässt sich vorsichtig auf die Matratze sinken, streckt sich lang aus, und als sie den Kopf zur Seite wendet, um mich anzuschauen, lässt sie den lautesten Schwangerschaftswind rauschen, den ich je gehört habe. Wir müssen beide lachen und können nicht aufhören.

»Ich schwöre, dieses Kind wird mit einer üppigen Haarpracht zur Welt kommen«, schnauft sie. »Diese Blähungen und das Sodbrennen bringen mich um.«

Ich wedele mit gespieltem Entsetzen mit der Hand vor meinem Gesicht. »Mich auch, fürchte ich.«

Sie lächelt. »Ich kann noch ein oder zwei Tage bleiben, wenn du mich brauchst.«

»Kommt nicht infrage. Du gehörst in die Obhut deines

Arztes. Das Kind kommt in einem Monat, du hättest dir die Reise gar nicht antun sollen.«

»Ich hab's für dich getan. Und für Joe. Ich habe eure Beziehung all die Jahre miterlebt. Es war mir wichtig, mich von ihm zu verabschieden.«

Ich nehme ihre Hand in meine. »Ich weiß.« Dann streiche ich behutsam über ihren Bauch. Es ist überwältigend, die Bewegungen des Babys zu spüren, des neuen Lebens, das da in ihr heranwächst.

»Ich werde erst fahren, wenn ich weiß, dass du das Schlimmste überstanden hast.«

Ich nehme mir Zeit zu überlegen, was ich antworten soll. Christine redet nie einfach so daher – sie meint immer, was sie sagt. Deshalb mag ich sie ja so. Andererseits kann ich sie deshalb auch nicht mit den üblichen Phrasen abspeisen, was absolut nervtötend ist, wenn man nicht zu den Leuten gehört, die anderen gern ungehemmt ihr Herz ausschütten.

»Es ist komisch. Ich kann's mir selbst nicht erklären. Natürlich bin ich traurig, schließlich habe ich den Mann verloren, mit dem ich dreizehn Jahre zusammen gewesen bin. Aber es ist mehr als das. Ich habe Angst und nicht nur vor dem Leben ohne ihn, von dem ich noch nicht weiß, wie es aussehen wird. Es kommt mir vor, als wäre meine Kindheit zu Ende. Als wäre ich heute auf einen Schlag erwachsen geworden. Dabei kann ich mich nicht erinnern, je eine Kindheit gehabt zu haben.«

Sie nickt. »So ist es mir ergangen, als dein Patensohn geboren wurde. Es war ein Schock. Mir wurde bewusst, dass da nun ein Lebewesen ist, für das ich die Verantwortung trage und immer tragen werde, und zwar eine verdammt große Verantwortung. Wenn man Kinder hat, hört man auf, Kind zu sein, damit sie es sein können.«

Genau bei Christines letztem Wort verkündet das Ping

meines Smartphones eine neue Nachricht. Ich angle es vom Nachttisch und schaue nach. Sie ist von Joes Anwalt. Er habe mich während der Trauerfeierlichkeiten nicht behelligen wollen, aber ich solle ihn bitte morgen in seiner Kanzlei aufsuchen, es gebe einiges zu regeln und etliche Dokumente zu unterzeichnen. Alles nur Formalitäten.

6

ANNIE

Ich sitze im Vorzimmer der Kanzlei von Joes Anwalt, blättere in einer fast zwei Jahre alten Ausgabe von *Bon Appétit* und nippe an dem Mineralwasser, das einem standardmäßig angeboten wird. Wenn ich so darüber nachdenke, wird mir bewusst, dass ich den guten Mann seit einer halben Ewigkeit nicht gesehen habe und gar nicht mehr weiß, wie er aussieht. Glücklicherweise trage ich meine Sonnenbrille, deshalb wird er meinen leeren Blick nicht bemerken, wenn er vor mir steht und ich keine Ahnung habe, wer er ist. Lieber Gott, nicht einmal an seinen Namen kann ich mich erinnern. In meinem Handy ist er nur als *Joes Anwalt* eingespeichert.

Wenigstens kenne ich die Frau, die hinter der Rezeption sitzt. Meine gute Freundin Catherine. Sie ruft mich jedes Quartal an, um mir zu sagen, welcher Betrag von meinen Tantiemen in den Treuhandfonds geflossen ist, den Joe für uns beide eingerichtet hat. Darüber hinaus ist Catherine ein großer Fan der Trust-Me-Romane. Ich persönlich glaube, dass sie mir die Zahlen ebenso gut per E-Mail schicken könnte und der Anruf ihr nur einen Vorwand bietet, sich mit mir über den neusten Klatsch und Tratsch auszutauschen. Leider wirkt sie heute zu beschäftigt, um mit mir zu plaudern. Das Problem ist, mir ist furchtbar langweilig. Seit ich hier sitze, habe ich die ersten fünfzehn Minuten auf

Instagram verbracht und bin jetzt auf dem neusten Stand, was die Aktivitäten meiner Fans angeht. Und diese Bon-Appétit-Ausgabe vom Juni 2017 ist auch nicht das Wahre. Zumal ich erstens nicht kochen kann und es zweitens gar nicht will.

Tut mir leid, Catherine, solange dein Chef sich nicht blicken lässt, musst du mich wohl unterhalten.

»Hallo, Catherine«, sage ich. »Ihr Chef sorgt anscheinend dafür, dass Sie keine Langeweile haben.«

Seht ihr? Deswegen bin ich als Schriftstellerin so gut. In einem Satz habe ich nicht nur Verständnis für ihre Arbeitsbelastung suggeriert, sondern sie unterschwellig dazu animiert, mir den Namen ihres Chefs zu verraten. Die Annie-Shepherd-Samthandschuhmethode. Sie wird gar nicht merken, dass ich sie manipuliert habe.

Doch bevor Catherine antworten kann, öffnet sich die Tür, und Joes Anwalt kommt aus seinem Büro.

»Catherine«, wendet er sich an seine Sekretärin, »wie sieht es mit den Flugtickets aus?«

Sie nickt. »Ich beobachte die Entwicklung der Preise.«

»Es ist keine Geschäftsreise«, sagt er, »sondern privat. Buchen Sie den Flug. Ich muss diesmal keine Quittung vorlegen.« Dann wendet er sich an mich. »Annie, ich bedaure, dass Sie warten müssen. Geben Sie mir noch fünf Minuten. Es ist unerwartet ein kleines Problem aufgetreten, um das ich mich erst kümmern muss. Danach bin ich sofort für Sie da.«

Natürlich heuchle ich Verständnis, wie es sich gehört, aber langsam frage ich mich, was das Ganze hier soll. Ich habe Joe gestern zu Grabe getragen und die ganze letzte Nacht kaum ein Auge zugetan. Hätte der Papierkram nicht noch Zeit gehabt? Was kann so furchtbar wichtig sein?

Er dankt mir für mein Verständnis und verschwindet wieder in seinem Büro. Und ich bin nach wie vor weit entfernt davon, seinen Namen herausgefunden zu haben. Okay. Bleibt noch Christine.

Ich lehne mich an den Tresen der Rezeption und liefere Catherine die Steilvorlage für ein bisschen Gossip. »Er will verreisen?«

»Ja, nach Saint Augustine.« Sie winkt mich näher heran, senkt die Stimme und lächelt verschwörerisch. »Ich glaube, er trifft sich mit einer erheblich jüngeren Frau.« Sie beugt sich vor und flüstert: »Und ziemlich reich muss sie sein.«

Der Typ? Niemals! Also ich habe ja was übrig für ältere Männer, siehe Joe, aber so alt wie er?

»Catherine, Sie sind ja eine Schlimme«, sage ich und lächle. »Erzählen Sie weiter.«

»Nun«, sie wirft einen prüfenden Blick zur Bürotür, »er hat abgenommen, ziemlich viel.«

»Ein sicherer Hinweis auf eine neue Beziehung. Und macht er auch Sport?«

»Regelmäßig. Er war lange nur zahlendes Mitglied in diesem einen Luxus-Fitness-Club, ist aber nie hingegangen. Jetzt trainiert er jeden Tag da, schon bevor er ins Büro kommt.«

»Plötzlich erwachtes Interesse an körperlicher Fitness, ein weiteres Indiz.«

»Seit ich vor zehn Jahren angefangen habe für ihn zu arbeiten, ist er immer ein überzeugter Junggeselle gewesen.« Sie kichert leise. »Und neuerdings scheint er in Eau de Cologne zu baden. Wenn ich seine Anzüge in die Reinigung bringe, verströmen sie ganze Duftwolken.«

»So ein Schlawiner«, sage ich und hoffe, dass Catherine noch mehr pikante Details auf Lager hat. »Was deutet noch darauf hin?«

»Na ja, er lässt mich Sachen bestellen, die nur jemandem in den Zwanzigern oder Dreißigern gefallen würden.« Sie zwinkert vielsagend. »Oder passen.«

Ich muss lachen. »Haben Sie sie schon mal gesehen, seine neue Flamme?«

»Noch nie.« Sie seufzt. »Und ich sterbe fast vor Neugier. Manchmal hätte ich Lust, mir heimlich sein Handy zu schnappen und nachzuschauen, ob er irgendwelche Fotos von ihr hat.«

»Oh ja, das sollten wir definitiv tun«, sage ich. »Oder wir könnten ihn stalken.«

Manchmal bin ich wirklich ein böses, böses Mädchen. Ich kann einfach nicht anders, als mich bei jeder sich bietenden Gelegenheit in Schwierigkeiten zu bringen, und ziehe immer auch noch andere mit hinein, weil ich, falls die Sache schiefgeht, nicht allein im Regen stehen will.

»Das können wir nicht tun«, wehrt Catherine ab, »völlig unmöglich.«

»Wirklich?« Ich schaue sie herausfordernd an. Mal wieder bin ich kurz davor, die Grenze zu überschreiten. Ich entschärfe die Situation, indem ich kurz auflache. »Ja, natürlich. Ich weiß. Berufskrankheit wahrscheinlich.«

Sie atmet sichtlich erleichtert auf, dann zeigt sie auf meine Sonnenbrille und sagt: »Die letzten Tage müssen für Sie schrecklich gewesen sein. Es tut mir leid, dass ich es nicht geschafft habe, zur Beerdigung zu kommen. Ich wollte anrufen und Ihnen mein Beileid aussprechen, doch dann dachte ich, dass Sie sicherlich schon genug um die Ohren haben. Aber ich habe Blumen geschickt und eine Karte.«

»Ach, Catherine, vielen Dank, das ist so lieb. Leider hatte ich bis jetzt noch gar keine Zeit …«

»Das habe ich mir gedacht«, erwidert sie verständnisvoll.

»Es wäre gar nicht nötig gewesen. Ich bin für Sie doch nur eine Stimme am Telefon.«

»Bitte«, sagt sie, »Sie sind viel mehr als das. Elizabeth Sunderland ist seit Jahren meine treue Gefährtin. Sie begleitet mich im Flugzeug. Sie begleitet mich an den Strand. In manchen Nächten schlafe ich mit ihr ein.«

»Ich hoffe doch nicht, dass die Lektüre so einschläfernd ist«, scherze ich.

»Ganz und gar nicht. Ich habe alle Romane mehrmals gelesen. Sie sind für mich wie gute Freunde.«

Seht ihr, deshalb liebe ich meinen Beruf. Als Schriftstellerin habe ich Gelegenheit, persönlich mit meinen Lesern zu interagieren. Ich darf erfahren, dass ich etwas Farbe in ihr Leben gebracht habe. Und sie geben mir die Gewissheit, dass ich in meiner großen Trauer nicht allein bin. Meine treuen Leser sind in Gedanken bei mir.

Wieder geht die Bürotür auf. Der Schatten des Anwalts fällt auf den Teppich.

»Annie«, sagt der Mann, »jetzt habe ich endlich Zeit für Sie. Ich muss mich nochmals entschuldigen, dass ich Sie so lange habe warten lassen. Folgen Sie mir bitte.«

Ich folge ihm in sein Büro und nehme in dem Besuchersessel vor seinem Schreibtisch Platz. Er lässt sich mir gegenüber auf der anderen Tischseite nieder, nimmt einen Schluck Kaffee und schiebt ein paar Papiere hin und her.

»Ich bedaure, Sie in Anbetracht der besonderen Umstände mit Formalitäten behelligen zu müssen«, sagt Joes Anwalt, »aber die Bedingungen des Treuhandfonds sind in dieser Hinsicht sehr streng gefasst.«

Ich nicke.

Er trinkt noch einen Schluck Kaffee. »Nun, kommen wir zur Sache. Ich muss Sie bitten, mir alle von Ihnen und Joe gemeinsam genutzten Bankkarten auszuhändigen.«

»Oh.« Ich werde hellhörig. »Dann gibt es neue, auf meinen Namen, für die ich unterschreiben muss?«

»Eigentlich nicht.« Er sieht verdutzt aus.

»Dann muss ich meine Karten noch behalten, bis die

neuen da sind. Sämtliche unserer Konten laufen auf uns gemeinsam, ich könnte ja sonst keine Zahlungen tätigen.«
»Annie.« Sein Gesicht wird ernst. »Es wird keine neuen Karten geben.« Ich sage nichts dazu.
»Haben Sie sich schon überlegt, wo Sie künftig wohnen werden?«, erkundigt er sich. »Wollen Sie in Manhattan bleiben?«
Wovon spricht Joes Anwalt da? »Meinen Sie, weil die Wohnung so voller Erinnerungen ist? Ja, es ist schwer, sehr schwer, aber ich glaube, für den Stress eines Umzugs habe ich jetzt nicht die Kraft.«
»Annie«, sagt er wieder, »ist Ihnen klar, weshalb ich Sie heute hergebeten habe?«
Wie gebannt starre ich auf seinen Kaffeebecher. Gott, heute Vormittag brauche ich mehr als die übliche Dosis. »Können Sie Catherine bitten, mir auch einen Kaffee zu bringen?«
Er lehnt sich zurück und seufzt. »Sie haben nicht die geringste Ahnung, stimmt's?«
Mein Handy vibriert, und eine Benachrichtigung erscheint auf dem Display, aber ich ignoriere sie.
»Annie«, er klingt nun ziemlich ernst, »ich muss Sie bitten, mir jetzt genau zuzuhören.«
»Das mit den Finanzen und so weiter hat immer Joe geregelt«, sage ich, »und er hat Ihnen vertraut. Zeigen Sie mir einfach, wo ich unterschreiben soll, und ich tu's. Ich habe nicht den Nerv, mich mit dem ganzen Kram zu befassen.«
»Sie brauchen nichts zu unterschreiben. Was Sie tun müssen, ist, mir Ihre Kredit- und Bankkarten auszuhändigen und Vorkehrungen zu treffen, um in dreißig Tagen aus Ihrer Wohnung auszuziehen.«
Jetzt bin ich hellwach, auch ohne Kaffee. »Und warum genau sollte ich all das tun?«

»Weil es so in dem Vertrag steht, den Sie unterschrieben haben. Nach dem Tod von Joe wird das Vermögen, welches sie gemeinsam erwirtschaftet haben, an Lacey Duke Eszterhazy vermacht. Alles, was nach seinem Tod hinzukommt, gehört Ihnen.«

Es dauert eine Weile, bis seine Worte zu mir durchdringen. Und das Einzige, was ich schließlich herausbringe, ist: »Wovon zum Teufel reden Sie?«

»Das sind die Bedingungen des Vertrags, den Sie 2005 unterzeichnet haben.« Er zieht die oberste Schreibtischschublade auf und nimmt eine Aktenmappe heraus, die sich unter der Last des umfangreichen Vertrages verbiegt.

»Moment«, sage ich, »auf keinen Fall lese ich mir das alles durch. Beantworten Sie mir nur eine Frage. Sie haben gesagt, alles Geld, das Joe und ich in unserer gemeinsamen Zeit verdient haben. Meinen Sie wirklich *alles*?«

»Jeden Cent aus den zurückliegenden dreizehn Jahren.«

Ich schlage mit der flachen Hand auf die Schreibtischplatte. »Gottverdammt, wie kann das möglich sein? Wieso *alles*?«

Er hält die Aktenmappe hoch.

»Nerven Sie mich nicht mit dem verfluchten Vertrag. Wie kann mein ganzes Geld weg sein?« Ich starre ihn an. »Was haben Sie damit gemacht – alles für Ihre junge Freundin ausgegeben?«

Er wirft beide Hände in die Höhe. »Ihr Geld ist nicht *weg*, Annie. Es ist nur nicht mehr *Ihr* Geld.«

Ich schlage noch einmal mit der Hand auf den Tisch. »Aber das ist nicht fair, verdammt. Ich will mein Geld haben.«

Er kann froh sein, dass ich diese Sonnenbrille aufhabe, sonst würden meine Blicke ihn erdolchen.

»Weshalb hätte ich sowas unterschreiben sollen? Ich bin doch nicht dumm.«

»Das behauptet auch niemand.«

»Aber ich müsste es sein, um das zu unterschreiben.«

»Die Tatsache bleibt bestehen, dass Sie es getan haben.« Er schiebt mir den Vertrag zu. »Da steht es schwarz auf weiß. Sie können es nachlesen.«

»Ich bin überfordert – *emotional*«, sage ich und muss schlucken. »Ich kann nicht glauben, dass ich erst Joe verloren habe und jetzt auch noch mein ganzes Geld.« Ich nehme die Sonnenbrille ab und merke, dass mir Tränen über das Gesicht laufen.

»Würden Sie mir bitte erklären, wie das möglich sein kann?«

»Womit soll ich anfangen?«

Ich schnaufe und rutsche tiefer in den Sessel. »Damit, wie Sie es geschafft haben, mein ganzes verdammtes Geld in den Wind zu schießen.«

Eine Viertelstunde später verlasse ich sein Büro mit einem ungefähren Verständnis von der Funktion eines Treuhandfonds, dem definitiven Beweis, dass ich kein Geld mehr habe, und immer noch ohne zu wissen, wie er heißt. Das Leben ist eine Hühnerleiter, von oben bis unten beschissen.

Panik erfasst mich. Ich muss hier raus, bevor ich umkippe.

»Annie!«, ruft Catherine mir nach, als ich auf dem Weg zum Aufzug das Wartezimmer durchquere. »Annie, geht es Ihnen nicht gut?«

Ich bleibe stehen. »Kennen Sie das Gefühl, wenn Sie überzeugt waren, gestern wäre der schlimmste Tag Ihres Lebens gewesen, und dann stellt sich heraus, nein, das war er nicht, der schlimmste Tag ist heute?«

Catherine nickt. »Ich war siebzehn Jahre verheiratet.«

Ich wische mir die Tränen aus den Augen, und der verdammte Mascara bleibt an meinem Zeigefinger kleben. »Ich bin nach allen Regeln der Kunst verarscht worden, von dem Menschen, den ich am meisten geliebt habe, dem Menschen, dem ich in allen Angelegenheiten vertraut habe, besonders in finanziellen.« Mehr kriege ich nicht heraus.

Sie lächelt tröstend. »Das schaffen Sie schon, Annie. Ihr neues Buch erscheint bald. Das ist nur ein vorübergehender Rückschlag für jemanden mit Ihrem Talent.«

»Ich glaube, mir bleiben ungefähr vierhundert Dollar«, sage ich.

Jetzt sieht sogar Catherine geschockt aus. »Dann sollten Sie lieber an die Arbeit gehen.«

Ach, Catherine, Sie haben ja keine Ahnung.

Ich sollte schleunigst verschwinden, bevor ich den letzten Rest meiner Fassung verliere. Also reiße ich die Glastür auf und stürme in den Aufzug. Auf meinem Handy öffne ich die Uber-App, bestelle einen schwarzen Wagen mit Ledersitzen, aber meine Zahlung wird nicht ausgeführt. Verflucht seist du, Anwalt! Bloß keine Zeit verlieren, wie? Du konntest es mir nicht einmal zugestehen, in Würde dein Büro zu verlassen, bevor du alle Konten für mich einfrierst.

7

ANNIE

Unten auf der Straße weine ich zwanzig Minuten lang hemmungslos und spiele mit dem Gedanken, mich vor ein Auto zu werfen. Dann entdecke ich meine Rettung: einen Starbucks. Der Wunsch eines Suizids vergeht, aber ich muss trotzdem noch fünf Minuten weinen, bevor ich reingehe und meine ganze Tragödie en détail vor einem Barista ausbreite, während er meinen Iced Cold Foam Cappuccino zubereitet. Sobald die Kälte mein Gehirn flutet und meine Frontallappen zufrieren, verblasst meine Panik, und mir kommt aus heiterem Himmel die Erleuchtung: okay, nicht genau *die* Erleuchtung, aber immerhin eine richtig gute Idee.

Ich bin Annie Shepherd. Habe ich nicht *die* berühmteste Detektivin der Welt in Sachen finanzieller Schikane gegenüber scheidungswilligen Ehepartnern erfunden? Ich weiß, Joe und ich waren nicht offiziell verheiratet, aber unsere Beziehung funktionierte wie eine Ehe. Folglich frage ich mich: WWET – was würde Elizabeth tun? Und die Antwort kenne ich besser als jeder andere. Mit Sicherheit würde Elizabeth weder vor noch in einem Starbucks Rotz und Wasser heulen. Nie und nimmer. Sie würde aktiv werden. Sie würde sich auf die Suche nach potenziellen Verdächtigen begeben. Und ich habe bereits eine Hauptverdächtige – Lacey.

Ich greife nach meinem Handy und öffne meine Kontaktliste. Die blöde Kuh wäre normalerweise nicht da drin gespeichert, aber ich musste sie anrufen, um ihr zu sagen, dass Joe gestorben ist, und habe vergessen, den Eintrag wieder zu löschen. Jetzt bin ich froh darüber. Ah, da hätten wir's: Sie wohnt in einem Apartment an der Ecke 84ste und Lexington. Ziemlich prahlerisch, zumal man bedenkt, dass die Miete indirekt von Elizabeth bezahlt wird.

Die gute Nachricht ist, dass es nur sechzehn Blocks und drei Querstraßen entfernt liegt. Ich beschließe, zu Fuß zu gehen und so meinen inneren Aufruhr abzureagieren, aber ich hätte vorher überlegen sollen, dass ich hohe Schuhe trage. Eine Zeitlang registriere ich die Schmerzen gar nicht, weil der Ärger jedes Gefühl betäubt, bis es in meinen Füßen zu pochen anfängt. Während ich vor meinem inneren Auge die mit jedem Schritt dicker werdenden Blasen sehe, arbeite ich in Gedanken an dem Skript für meinen Auftritt:

Wie hast du es geschafft, deinen Vater dazu zu bringen, dass er mich dermaßen hintergeht? Wann wurde der Vertrag geändert? Denn nie – nie! – wäre Joe von sich aus auf so eine Idee gekommen. Hast du sein Schuldbewusstsein dir gegenüber ausgenutzt, um ihn zu erpressen?

Als ich endlich vor dem Gebäude stehe, in dem sich ihre Wohnung befindet, bin ich kurz davor zu explodieren. Ich atme ein paarmal tief ein und aus. Ich muss mich beruhigen. Wenn Lacey mich so sieht, gewinnt sie. Und diese Genugtuung will ich ihr nicht geben.

Die Eingangstür des Gebäudes ist verschlossen. Sie wohnt in Apartment 5C. Ich drücke auf die Klingel, schreie in die Sprechanlage, dass sie gefälligst aufmachen soll. Dass sie gewusst haben muss, dass ich komme, nach dem üblen Streich, den sie mir gespielt hat. Nichts. Also drücke ich auf den Klingelknopf und lasse nicht mehr los. Irgendwann wird sie das Gebimmel nicht mehr ertragen können und mich hereinlassen. Wenn ich diesen Knopf den ganzen Tag drücken muss – auch gut. Kein Erbarmen. Ich tue, was Elizabeth tun würde.

Nachdem ich ein paar Minuten den Klingelknopf gedrückt gehalten habe, schmerzt mein Handgelenk. Laceys Nachbarn lehnen sich bereits aus dem Fenster und schreien mich an, dass sie die Polizei rufen, wenn ich nicht gleich aufhöre. Meinetwegen. Das hier bringt mich sowieso nicht weiter. Lacey ist entweder nicht zu Hause oder will mich das zumindest glauben lassen. Also rufe ich sie an. Und wie ich mir eigentlich hätte denken können, wird der Anruf direkt an die Mailbox weitergeleitet. Also hinterlasse ich eine Nachricht: »Lacey, hier ist Annie. Wenn du das hier abhörst, ruf mich sofort zurück, sofort! Du kannst mir nicht so ein Ding reinwürgen und dich dann verkriechen. Joe ist nicht mehr hier, um hinter dir aufzuräumen. Ruf mich an, verflucht!«

Okay, erledigt. Konzentrier dich, Annie, WWET. Elizabeth würde zur Bank gehen und sich Klarheit über ihre Finanzlage verschaffen. Wer weiß? Vielleicht sind es mehr als vierhundert Dollar.

In Manhattan gibt es an jeder Ecke eine Bank, manchmal gleich zwei nebeneinander. Ich setze mich in Trab, auch wenn ich das Gefühl habe, meine Schuhe füllen sich mit Blut aus den selbstverschuldeten Blasen. Da, eine Filiale der Citibank.

Ich stürme in den Vorraum, greife nach meinem Portemonnaie und fummle meine persönliche Bankkarte heraus. Meinen Notgroschen. Ja! Sie wird akzeptiert. Ein gutes Zeichen. Nein! Es sind wirklich nur vierhundert Dollar verfügbar. Ich hebe alles ab, stopfe die Scheine ins Portemonnaie und bin schon wieder draußen. Vierhundert Dollar, die reichen müssen bis zu einem nicht näher definierbaren Ultimo. Jetzt ist Schluss mit lustig.

WWET. Das Problem ist nur, dass ich mir meine eigene Figur zum aktuellen Zeitpunkt nicht mit bloß vierhundert Dollar vorstellen kann.

Was würde Christine tun? Ich rufe sie an und werde direkt an ihre Mailbox weitergeleitet. Stimmt – sie sitzt im Flieger zurück nach London. Ich schicke ihr eine Mail, dass sie mich anrufen soll, sobald sie gelandet ist. Alarmstufe Rot.

Bei dieser Gelegenheit wird mir bewusst, dass ich nicht sehr viele echte Freunde habe. Einige lose Bekanntschaften mit ein paar anderen Autoren, die im selben Genre schreiben wie ich, aber natürlich konkurrieren wir miteinander. Und mit dem Rest meiner Familie rede ich nicht. Würdet ihr auch nicht. Ich hatte Joe. Er war der einzige Mensch, dem ich wirklich vertraut habe. Und was ist der Dank? Ich habe wirklich den schlechtesten Männergeschmack. Hörst du das, Joe? Wegen dir verbringe ich zehn weitere Jahre auf der Therapiecouch. Auch auf die Gefahr hin, dass ich mich anhöre wie eine Schallplatte mit Sprung: Ich wurde nicht nur betrogen und alleingelassen, ich habe auch nur noch genau vierhundert Dollar, dann war's das.

Mir bleibt nichts anderes übrig, ich muss die größte aller Kröten schlucken. Der einzige Ausweg aus der Misere, der mir noch einfällt, bedeutet gleichzeitig, mich an die Person zu wenden, mit der ich jetzt von allen Menschen auf der Welt am allerwenigsten sprechen möchte.

Henry Higgins. Ich kann schon hören, wie er mir mit erhobenem Zeigefinger Vorträge hält. Wie er sich auf seine perfide britische Art über mich lustig macht. Aber er ist auch der einzige Strohhalm, an den ich mich klammern kann. Schwer zu sagen, ob Henry um Hilfe zu bitten noch unter WWET fällt, aber Elizabeth hat auch noch nie vor den Trümmern ihrer eigenen finanziellen Existenz gestanden – vielleicht wäre das ein Plot für Buch Nummer fünfzehn. Jedenfalls ist das die Situation, mit der Annie sich konfrontiert sieht, und sie hat keine Wahl. Ich muss Henry eine Nachricht schicken.

Hey, Henry. Wenn du das hier liest, ruf mich an. Stecke in der Klemme, könnte deine Hilfe gebrauchen.

Nichts. Ich warte fünf Minuten. Dann:

Hey. Ich weiß, du bist ein vielbeschäftigter Mann. Aber es ist wichtig. Wenn du also fünf Minuten für mich erübrigen könntest. Ich wäre dir zutiefst dankbar.

Es ist wohl kein Geheimnis: Wenn ich so liebenswürdig zu ihm bin, muss es schlimm um mich bestellt sein. Aber in der nächsten Nachricht ist mein Ton schon wieder spürbar kühler:

Okay, ist angekommen. Du bist immer noch sauer wegen der Sache mit Amber gestern. Ich war einfach nur gemein und wollte dich ärgern. Komm schon. Du weißt, du kannst mir nicht lange böse sein. Ruf mich an, ich habe Neuigkeiten, die wirst du nicht glauben!

Fünf Minuten später ist meine Schmerzgrenze endgültig überschritten:

Weißt du was? Ich nehme die Entschuldigung zurück. Es tut mir nicht leid wegen Amber. Sie würde mir das nicht antun. Ich flehe dich förmlich an, mich anzurufen, und nichts, keine Reaktion. Ich hoffe zu deinen Gunsten, du bist unter einen Bus gekommen und ringst in der Notaufnahme um dein Leben. Es ist buchstäblich die einzige Entschuldigung, die ich gelten lassen würde.

Diesmal warte ich nur dreieinhalb Minuten, bevor ich die nächste Nachricht raushaue:

Du hast fünf Minuten, um mich zurückzurufen, bevor ich in Ambers Büro marschiere. Du hast mir zwar ihre Karte weggenommen, aber es gibt diese wunderbare Erfindung namens Google. Fünf Minuten, Henry. Und wenn du wüsstest,

was mir passiert ist und was ich hier nicht hinschreiben kann,
weil ich sonst einen Heulkrampf kriege, würdest du mich nicht
so hängenlassen.

Weitere fünf Minuten vergehen. Ich bin kurz davor, in Tränen auszubrechen, aber stattdessen schreibe ich bloß: *DU BIST DAS GRÖSSTE RIESENARSCHLOCH ALLER ZEITEN.*

Schön, Henry. Sehr schön. Antworte mir eben nicht. Du undankbarer britischer Bock.

Na gut. Ich werde Daphne anrufen, Henrys Assistentin, und sie dazu bringen, ihn wenn nötig am Kragen aus dem Loch zu zerren, in dem er sich verkrochen hat. Du wirst es bereuen, wenn Daphne für dich herhalten muss, Henry Higgins. Sie meldet sich nach dem zweiten Klingeln.

»Daphne«, sage ich, »hier ist Annie Shepherd. Können Sie mir Henry geben?«

»Hi, Annie. Er hat gerade einen Termin mit einer Klientin. Kann ich ihm etwas ausrichten?«

»Ich müsste ihn dringend sprechen. Sehr dringend.«

»Oh, das tut mir leid. Bleiben Sie dran, Annie. Ich werde mal anklopfen. Geben Sie mir eine Sekunde.«

Ich liebe dich, Daphne. Klopf an die Tür. Tritt sie für mich ein. Schleif ihn aus seinem Büro und drück ihm den Hörer in die Hand.

Ich höre, wie Daphne zurückkehrt.

»Annie, ich hab's versucht, aber Henry hat gesagt, dass er Sie anruft, sobald die Besprechung zu Ende ist.«

»Das hat er gesagt?«

»Wortwörtlich.«

Ich lege auf.

Ich werde ihn umbringen. Was erlaubt sich Henry Higgins, mich in die zweite Reihe zu schieben? Jeder einzelne seiner Gedanken sollte mir gelten, seiner Topklientin. Als ein

Agent in seiner Position sollte er nichts anderes denken als: *Was kann ich Annie heute Gutes tun?*

Du willst dieses Spiel spielen, Higgins? Fein, dann spielen wir. Ich werde höchstpersönlich vorbeikommen und deine Tür eintreten. Du wirst deinen Job machen und diese Sache für mich in Ordnung bringen, Henry. Die fünfzehn Prozent Provision sollen sich auch bezahlt machen.

Ich stelle mich an die Bürgersteigkante und winke ein Taxi heran.

8

HENRY

Eine Woche lang habe ich dieses Gespräch mit Kate Mitchell vor mir hergeschoben, weil ich mir ziemlich genau vorstellen kann, was das Thema sein wird. Sie ist jung, in den frühen Dreißigern, und der sprichwörtliche ungeschliffene Diamant. Ihr Talent wird eines Tages die Welt in Staunen versetzen, aber noch ist sie nicht so weit. Ich glaube an sie. Ich glaube an ihre Arbeit. Aber wie die meisten jungen Leute ist sie ungeduldig, sie will alles, jetzt sofort. Ihre Botschaft ist noch nicht genügend ausgereift und ausformuliert, um sie der Öffentlichkeit zu präsentieren. Ich will ihr helfen, sich zu entwickeln, aber es geht ihr einfach nicht schnell genug. Das ist mir bei diesen jungen Leuten immer rätselhaft gewesen. Sie haben so viel Zeit, so viele Jahre, um zu erreichen, wovon sie träumen, aber sie sind unfähig zu begreifen, dass es nicht gleich morgen sein muss. Lieber nehmen sie das Unfertige und leben mit den Konsequenzen. Ergo bin ich so gut wie sicher, dass Kate mich feuern und durch jemanden ersetzen will, der nicht dauernd predigt, dass man Geduld haben muss. Oder, um es unverblümt zu sagen: Sie wird mich feuern, weil ich kein Agent wie mein Vater bin.

»Ich habe mich entschlossen, mir einen anderen Agenten zu suchen«, sagt sie.

Ich leiere meine eingeübte Standardantwort herunter. Natürlich eingeübt, ich habe sie in letzter Zeit schon oft aufsagen müssen.« »Oh, es tut mir leid, das zu hören.« Ihre Reaktion überrascht mich allerdings. »Herrjeh, ist Ihnen das völlig egal? Wollen Sie nicht, dass ich bei Ihnen bleibe?« »Selbstverständlich will ich Sie behalten, nichts lieber als das.« Und das meine ich ehrlich. Schließlich habe ich nahezu ein Jahr lang mit ihr zusammen an dem Text gefeilt. Natürlich will ich die ganze zermürbende Schinderei nicht in den Rauch schreiben. Ihr neuer Agent würde sich die Hände reiben, weil ich ihm die meiste Arbeit bereits abgenommen habe. »Nur leider kann ich Ihnen nicht sagen, was Sie von mir hören wollen, Kate, nämlich, dass das Buch fantastisch ist, alle Probleme behoben sind und ich morgen bei den Verlagen damit auf der Matte stehe.«

»Und weshalb können Sie das nicht sagen? Amber Rosebloom hat mir versichert, das Buch wäre perfekt so, wie es ist.«

Oh ja, ich wette, das hat sie. In dieser Hinsicht ist Amber nicht anders als mein alter Herr. Beide betrachten Literatur als reines Geschäft, das Buch als Produkt. Amber will den Markt füttern, fette Verträge aushandeln, ihre Prozente kassieren und verschwendet keinen Gedanken, erst recht keine Mühe, an Inhalte oder die Weiterentwicklung ihrer Autoren. Und ich sehe es schon vor mir, dass Kate genau wie Joe und unzählige andere wie eine Sternschnuppe verglühen wird, weil niemand sie sorgsam aufgebaut, ihr Zeit zum Wachsen gegeben hat. Sie wird einzig als Mittel zum Zweck fungieren, um schnelles Geld zu machen. »Ich bin überzeugt, dass Amber so denkt.«

»Und wenn sie recht hat? Sie haben mir jetzt schon tausend Änderungen aufgedrückt und finden immer noch etwas am Text auszusetzen. So wird das Buch niemals fertig.«

Ich lehne mich zurück. »Gut Ding will Weile haben. Man darf bei einem Buch nichts übereilen.«

Sie beugt sich vor. »Ein kreativer Prozess ist niemals abgeschlossen, Henry, aber an irgendeinem Punkt muss man die Nabelschnur durchtrennen. Wenn Sie mein Buch ebenso lieben, wie ich es tue, ist es das Risiko wert.«

»Ich liebe Ihr Buch. Es stecken auch ein paar Tropfen von meinem Herzblut darin. Und was das Risiko angeht – das trage immerhin ich.«

»Mir kommt es eher so vor, als würden Sie Nachwuchsautoren anlocken, um dann endlos an ihren Werken herumzuschleifen, während Sie jedoch vor allem mit Annie Shepherd beschäftigt sind. Und wir anderen, die darauf hoffen, die nächste Annie Shepherd zu sein, müssen uns mit den wenigen Krumen Ihrer Zeit zufriedengeben, die Annie uns übrig lässt.«

»Das ist nicht wahr!« Gibt es wirklich Menschen, die den Ehrgeiz haben, die nächste Annie Shepherd zu werden? Oh, welch Grauen! Bitte sagt mir, dass es nicht so ist!

»Doch«, beharrt Kate entkräftet. »Annie bringt jedes Jahr ein bis zwei Bücher heraus. Darauf konzentrieren Sie sich, und alles andere wird nur nebenbei erledigt. Unterm Strich läuft es darauf hinaus, dass Sie mit ihr allein schon genug verdienen und wir nur eine Art Hobby sind, damit Sie sich nicht wie ein Betrüger fühlen.«

»Kate.« Ich schüttle den Kopf. Wie kann sie so schlecht von mir denken? »Die Verlagslektoren ertrinken in einer Flut von Manuskripten. Die Zahl der Bücher, die sie betreuen, wächst zusehends. Ihnen bleibt nicht die Zeit, die Werke unbekannter Nachwuchsautoren zu studieren und sich länger damit auseinanderzusetzen, wie ich es tue. Wenn ich ein Buch anpreise, muss es perfekt sein, das gilt für Annie Shepherd ebenso wie für Sie, Kate. Die Aufgaben eines Literaturagenten gehen heute weit über das reine Aushandeln von Verträgen hinaus. Die Lektoren möchten sich darauf verlassen können, dass ich ein Manuskript auf alle denkbaren Fehler und Schwächen abgeklopft habe. Amber versteht es, den Verlagen jedes Buch als künftigen Bestseller zu verkaufen, doch das böse Erwachen kommt, wenn es auf dem Markt ist und die Leser ihr vernichtendes Urteil fällen.«

»Aber wenigstens ist es auf dem Markt und verstaubt nicht in Ihrer Schreibtischschublade.«

Das reicht. Kate sucht den Disput – meinetwegen. »Ansichtssache«, sage ich. »Und übrigens, bei mir dreht sich nicht alles ausschließlich um Annie Shepherd. Um genau zu sein, genießt Annie Shepherd bei mir nicht die exklusive Sonderbehandlung, die anderswo für eine Bestsellerautorin ihres Kalibers selbstverständlich wäre. Ich betreue alle meine Klienten mit der gleichen Sorgfalt, ob sie Annie Shepherd heißen oder«, ich schaue sie an, »Kate Mitchell. Und wenn Sie auch nur eine Minute glauben, ich würde Ihr Buch zur Seite schieben, weil Annie Shepherd –«

Und wie aufs Stichwort, als hätten die griechischen Götter den Ablauf dieser Besprechung geplant, geht die Tür auf. Daphne kommt unter tausend Entschuldigungen als Erste herein, hinter ihr Annie, die mit dem Finger auf mich zeigt und Verwünschungen ausstößt, weil ich ihre Anrufe ignorieren und nicht auf ihre Nachrichten antworten würde.

Himmel, nur Annie Shepherd kann so schrill sein, so übergriffig, so vulgär, so *amerikanisch*. Als ich das letzte Mal dermaßen beschimpft und beleidigt wurde, waren es zwei Typen auf einer Vespa, die fanden, ich würde ihnen nicht schnell genug Platz machen. Diese Motorrollerfahrer bilden sich wahrhaftig ein, sie hätten auch den Bürgersteig für sich gepachtet.

Aber was immer Annie für ein Problem hat, sich derart unprofessionell aufzuführen, ist vollkommen inakzeptabel, selbst für sie. Was soll schon passiert sein, dass es nicht fünf Minuten warten kann?

Ich schaue von Annie zu Kate, die ihre Tasche und Jacke gegriffen hat und zur Tür geht. Zum Abschied wirft sie mir einen vernichtenden Blick zu, der mir folgende Botschaft übermittelt: *Es ist die absolut richtige Entscheidung, Sie zu feuern. Dass Annie Shepherd es sich erlauben kann, ohne Rücksicht auf Verluste in Ihr Büro zu platzen, beweist, dass ich recht hatte, und ich werde allen anderen interessierten Autoren davon erzählen.* Rums! Die Tür ist zu.

Ich bin bedient. Es schert mich nicht, wie viel Geld Annie mir einbringt, sie hat mich soeben eine Klientin gekostet. Kate könnte eine bemerkenswerte literarische Karriere vor sich haben, auch, weil ich ein Jahr Arbeit in ihr Manuskript gesteckt habe. Aber Annie hat sie vertrieben, mit einem ihrer periodisch auftretenden hysterischen Anfälle, die sich wie damals, als wir in Frankfurt gestrandet sind, wie der sprichwörtliche Sturm im Wasserglas innerhalb von zehn Minuten ausgetobt haben.

»Du traust dich was, dich hier derart aufzuführen. Dein Auftritt ist geschäftsschädigend, du hast mich soeben eine meiner Klientinnen gekostet.«

Sie lässt sich auf mein Sofa fallen, nimmt den Kopf zwischen die Hände und bricht in Tränen aus.

»Tut mir leid, entschuldige. Aber ich habe kein Geld mehr. Alles ist weg. Und ehrlich gesagt war es nie wirklich da.« Der Tränenstrom schwillt an. »Ich weiß nicht, was ich tun soll, Henry. Ich stehe vor dem Nichts. Tut mir leid, dass ich deine Klientin verjagt habe.«

Das ist doch verrückt. Ich kann nicht glauben, dass ich gezwungen bin, mich mit so etwas zu beschäftigen.

»Wovon redest du? Du bist reicher als Krösus, Annie. Du hast absurd viel Geld, so viel, dass ich es schon obszön finde, und das habe ich dir auch mehr als einmal gesagt.«

Sie blickt aus rotgeweinten Augen zu mir auf. Sie will mich nicht verschaukeln. Es ist ihr voller Ernst.

»Annie«, sage ich. »Wie um alles in der Welt kann dein ganzes Geld auf einmal weg sein?«

Annie greift nach einem Taschenbuch aus der Box hinter meinem Sofa und schnupft so laut wie ein Schiff, das andere vor aufkommendem Nebel warnen will.

»Weil ich den Vertrag für einen Treuhandfonds unterschrieben habe, als der erste Trust-Me-Roman anfing, sich gut zu verkaufen. Joe hat gesagt, es wäre wegen der Steuer. Wir erhielten jeder fünfzig Prozent der Zinsen, die der Fonds generierte. Aber in dem Vertrag stand auch, dass der Fonds nur so lange bestehen soll, wie wir beide am Leben sind. Falls Joe stirbt, fällt die gesamte Summe an die Begünstigten in seinem Testament. Er hat sein ganzes Geld Lacey vermacht, ich kriege nicht einen Cent.« Sie endet halb weinend, halb schreiend. »Es waren mehr als hundert Millionen Dollar.«

Fast bin ich versucht, zu ihr hinzugehen, ihr den Arm um die Schultern zu legen und sie zu trösten. Andererseits sagt jeder über mich, dass ich kein Trost in Krisensituationen bin, weil ich, statt emphatisch zu agieren, pragmatisch werde.

»Hast du den Vertrag denn nicht gelesen? Oder ihn deinem Anwalt gegeben, damit er ihn durchsieht?«

Sie seufzt. »Ich war dreiundzwanzig, Henry. Wer hat in dem Alter einen Anwalt? Und ich habe es gestern zwar nur im Spaß gesagt, aber es stimmt, dass ich das Kleingedruckte nicht lese.«

»Tja, und ein Fall wie dieser ist exakt der Grund, weshalb man es trotzdem tun sollte.« Ich gebe mir Mühe, nicht allzu belehrend zu klingen, aber es kommt genau so bei ihr an.

»Klugscheißer.« Sie schnieft laut. »Wo warst du vor zwölf Jahren mit deinem weisen Rat?«

Ich ignoriere den Seitenhieb. »Aber ich kann das immer noch nicht verstehen. Weshalb hast du Joe deine Einkünfte aus der Trust-Me-Reihe überhaupt überschrieben? Dir muss doch klar gewesen sein, dass du damit die Verfügungsgewalt über deine Finanzen aus der Hand gibst.«

Sie antwortet nicht sofort, schaut mich nur abwesend mit ihren braunen Augen an, oder vielmehr durch mich hindurch in eine andere Dimension. »Du solltest dich lieber hinsetzen.«

Oh Himmel. Nach meiner bisherigen Erfahrung hat es nie etwas Gutes zu bedeuten, wenn eine Frau zu mir sagt, ich solle mich hinsetzen. Meistens war es die schonende Vorbereitung auf eine der folgenden Eröffnungen:

1) Sie hat eine Affäre.

2) Obiges entweder mit meinem besten Freund oder jemandem aus meiner näheren Verwandtschaft, mit an Sicherheit grenzender Wahrscheinlichkeit meinem alten Herrn.

3) Falls 1 und 2 nicht zutreffen: Sie kann mich einfach nicht länger ertragen. Es ist nicht die Flucht in die Arme eines anderen, es ist nur eine Flucht. Vor mir.

4) Sie hat Commodore Jack überfahren, meinen getigerten Kater, und zwar mit dem Mercedes, den ich ihr zum Geburtstag geschenkt habe.

»Ich stehe gut«, sage ich tapfer. Niemals Schwäche zeigen, schau der Katastrophe aufrecht entgegen.

»Wie du meinst. Also, der Grund, weshalb Joe und ich uns den Gewinn geteilt haben …«

Sie macht eine Pause. Die Spannung wächst ins Unerträgliche, ich krümme die Zehen und verlagere in Erwartung des Tiefschlags mein ganzes Gewicht auf die Ballen. Dann sprudelt sie den Rest des Satzes hervor, ohne Punkt und Komma, und es hört sich in etwa an wie:

»Die Bücher hat alle Joe geschrieben.«

Ich könnte nicht beschwören, dass es das ist, was sie gesagt hat, aber ich will sie nicht auffordern, es zu wiederholen, für den Fall, dass mein Gehör mich nicht getrogen haben sollte. Denn wenn ich richtig gehört habe, könnte dieser kurze Satz zu Recht für sich in Anspruch nehmen, die größte Katastrophennachricht aller Zeiten zu sein. Automatisch rasselt in meinem Kopf der geistige Rollladen herunter, ein Versuch, mich vor dem Begreifen des Unbegreiflichen zu schützen. »So sieht deine ganze Reaktion aus?«, fährt sie mich an. »Du stehst einfach nur stumm da?«

Mir bricht der Schweiß aus, dafür wird mein Mund trocken, und ich fühle mich schwindelig.

»Sag was, Henry!« Sie funkelt mich durch die Tränen hindurch an. »Ich habe dir eben verraten, dass Joe die Bücher geschrieben hat. Er ist der Autor von *Trust Me,* und es war seine Idee, dass ich mich dafür ausgeben soll.«

Die schwache Hoffnung, ich hätte mich verhört, ist dahin. Die Lähmung fällt von mir ab, ich bin fähig zu reagieren, aber die Art meiner Reaktion erstaunt mich selbst. Ich bin sechsundvierzig Jahre alt, ich habe geglaubt, mich könnte nichts mehr erschüttern. Doch nicht jeden Tag findest du heraus, dass der Star deines Portfolios und zufällig auch eine der reichsten und berühmtesten Autorinnen der Welt nie auch nur eine einzige Zeile ihrer Werke selbst geschrieben hat. Ich billige mir deshalb guten Gewissens wegen des nun Folgenden mildernde Umstände zu. Niemand weiß, wozu er fähig ist, bis er sich in einem Dilemma dieses kosmischen Ausmaßes wiederfindet. Und das wünsche ich keinem von euch.

Das hier ist ebenfalls eine gute Gelegenheit, um euch zu erzählen, dass mein riesiges Büro sich im zweiundfünfzigsten Stock eines Hochhauses befindet. Ich habe es mit Andenken ausstaffiert, mit Preisen, moderner Kunst und einem Teppich im Zebra-Look, den ich einfach unglaublich hip finde. Das gestalterische Merkmal der Außenwand ist eine lange Fensterreihe, die mit der Aussicht auf die Baumwipfel des Central Park die Illusion erweckt, in einem grün belaubten Elysium zu schweben.

Blitzartig, beflügelt von einer Energie ungekannter Größe, setze ich zu einem Sturmlauf an. Und ich laufe nicht nur, ich sprinte. Ich bin schnell wie der Wind. Als hätte ein ungeahntes athletisches Talent in mir geschlummert. Meine Oberschenkelmuskeln pumpen, meine Gelenke federn, meine Bauchmuskeln verhärten sich vor Anstrengung.

Ich bin auf direkter Luftlinie unterwegs Richtung Fensterfront. Ich habe den Entschluss gefällt, mich durch die Scheibe eines der Fenster zu stürzen, zu einer intimen Verabredung mit dem Betonpflaster zweiundfünfzig Stockwerke tiefer.

Leider gibt es da ein Problem. Welches mir erst bewusst wird, als ich ungebremst mit der Fensterscheibe kollidiere.

Die Scheiben bestehen nicht aus normalem, sondern aus Sicherheitsacrylglas, eine herbe Enttäuschung für jeden Selbstmörder mit ernsthaften Absichten. Ich pralle davon ab wie von einem horizontalen Trampolin, schlage einen Purzelbaum und noch einen und küsse schließlich statt Beton den Parkettboden meines Büros.

Und alles, was ich sagen kann, ist: »Verdammt, das hat wehgetan!«

Annie fällt neben mir auf die Knie, sie lacht hysterisch. »Mannomann, nimm's mir nicht übel, aber das war ein Bild für die Götter.«

Ich seufze. Wie schön, dass sie über meinem Unglück ihre eigenen Probleme vergessen kann. »Nichts passiert, mir geht es gut. Danke der Nachfrage.«

»Ich wusste, dass das Glas bruchsicher ist. Deshalb habe ich nicht versucht, dich aufzuhalten.« Sie bläst sich eine Locke ihres kastanienbraunen Haars aus den Augen. Während ich aus diesem Blickwinkel zu ihr aufschaue, wird mir bewusst, dass ich nie bemerkt habe, wie unverschämt attraktiv sie ist. Ihre Augen sind nahezu mandelförmig, die Wimpern dicht und lang. Die Stupsnase über dem herzförmigen Mund verleiht ihrem Gesicht etwas Mädchenhaftes, Freches. Einige feine Falten verlaufen auf ihrer Stirn und zieren ihre Augenwinkel, doch sie haben nichts mit dem Alter zu tun, sondern damit, dass sie gern und viel lacht. Wohlgeformte Ohrmuscheln lugen aus einer prachtvollen Haarmähne hervor, um die Lady Godiva sie beneidet hätte. So ein perfektes Gesicht, ich könnte es stundenlang betrachten und fände immer noch einen neuen anbetungswürdigen Zug. Und dann zerstört sie den Zauber des Augenblicks, indem sie den Mund aufmacht und sagt:»Chapeau, Henry, ich hätte nicht gedacht, dass du so ein Tempo vorlegen kannst.«

Ich schaue Annie an und sage sehr langsam und sehr leise, weil lautes Sprechen mit Schmerzen verbunden ist:»Kannst du mir vielleicht erklären, wie ihr auf so eine verdammte Schnapsidee gekommen seid?«

9

ANNIE

Ja, wie sind wir auf diese verdammte Schnapsidee gekommen? Gute Frage, Henry. Wie bin ich die berühmteste Fake-Autorin der Welt geworden?

Es begann mit Joe, in jenen düsteren, deprimierenden Tagen, bevor er das Glück hatte, mich zu treffen. Er litt unter dem sogenannten »Norman-Mailer-Syndrom«, das offenbar bei Autoren eines bestimmten Jahrgangs nicht selten ist, aber weil es Norman Mailer schlimmer erwischte als andere, hat man es nach ihm benannt. Ehrlich gesagt, habe ich von Norman Mailer nie etwas gehört oder gelesen, aber ich weiß von dieser Krankheit. Mailer war sechsmal verheiratet und hatte neun Kinder. Um Alimente und Unterhalt bezahlen zu können, sah er sich gezwungen, über einen Zeitraum von fünfzehn Jahren ein bis zwei Bücher pro Jahr zu verfassen, dazu Unmengen Zeitungsartikel, in unzähligen Talkshows aufzutreten und sich als Drehbuchautor zu versuchen. Das meiste von dem, was er in dieser Zeit produzierte, trug dazu bei, die makellose literarische Reputation zu untergraben, die er sich in erster Linie mit einem preisgekrönten Debütroman erworben hatte – ebenfalls wie Joe.

Joe war gefährlich nahe daran, Mailers Geschichte zu wiederholen. Er hatte alle sechzehn Monate ein neues Buch herausgebracht. Das ist kein Problem, wenn man Bücher schreibt wie meine, aber Joe versuchte, in diesem Zeitrahmen anspruchsvolle Literatur zu Papier zu bringen. Das Ergebnis? Eine Übersättigung des Marktes und ein mit der Zunahme an Quantität einhergehendes Nachlassen der Qualität seiner Arbeit. Zu guter Letzt ließ *Little Brown* ihn fallen wie eine heiße Kartoffel. Und kein anderer Verlag zeigte Interesse, Joe in sein Autoren-Portfolio aufzunehmen. Weshalb auch? Die Welt konnte ohne einen weiteren Roman von ihm auskommen. Er war so produktiv gewesen, dass ein neuer Joe Duke keinen Hund mehr hinter dem Ofen hervorlockte. Ein Verlag konnte sich nicht im Kritikerlob sonnen, und mit nennenswerten Verkaufszahlen war ebenso wenig zu rechnen.

Um ihm finanziell unter die Arme zu greifen, besorgte einer von Joes Freunden aus Collegezeiten ihm einen Job in *The Writers' Room*, einer fürs Fernsehen produzierten Serie. Das war durchaus nett gemeint, aber Joe konnte sich nur eine halbe Staffel lang halten, dann trennte man sich, und nicht im Guten. Die meiste Zeit war er entweder betrunken oder high und – wahrscheinlich der Hauptgrund, weshalb er sich in dem Metier nicht zurechtfinden konnte – er hatte keine Ahnung von den Elementen einer Fünf-Akt-Struktur und auch kein Interesse, diese Wissenslücke zu füllen. Er hatte keinen blassen Schimmer, wie man den Handlungsbogen einer TV-Staffel plant. Und das für Joe wahrscheinlich Unerträglichste an der ganzen Sache war der Zwang, dem Diktat des Senders folgend, Produktplatzierung und Gastauftritte von Stars aus anderen Serien in die Episoden einzubauen. Mein sturer Joe, der sich, wie ich nochmals betonen möchte, posthum als echtes Arschloch entpuppt hat, war nicht bereit, Kunst als Werbevehikel für Kosmetikprodukte und Weinkühler zu missbrauchen. Wie dem auch sei, die Arbeit an der Show war für ihn eine wertvolle Lektion, was die speziellen Regeln kommerziellen Schreibens anging, und sollte uns beiden später von großem Nutzen sein.

Wieder arbeitslos und mit der traurigen Gewissheit, dass der Unterhalt ihn um seinen letzten Cent bringen würde, musste Joe sich eine Möglichkeit überlegen, Geld zu verdienen. Widerwillig, weil er die Ansicht vertrat, man könne Schreiben nicht lernen, akzeptierte er das Angebot der Columbia University, die ihn als Dozenten für ein Seminar im Fachbereich Literaturwissenschaften anstellen wollte.

Und da kreuzten sich unsere Wege, in seinem Kurs »Kreatives Schreiben«.

Joe vertrat eine ungewöhnliche Philosophie, im Vergleich zu meinen anderen Profs, die besessen waren von Struktur, Sequenz, narrativem Experimentieren und dem Thema. Er sagte, das sei alles Quatsch, das Äquivalent von Malen nach Zahlen. Der Plot solle möglichst einfach sein, der Stil nicht unnötig verklausuliert. Joe hegte die Überzeugung, es komme vor allem auf die individuelle Stimme eines Autors an. Das »Handwerk«, grausiges Wort in dem Zusammenhang, komme erst an zweiter Stelle, zuerst einmal müsse man etwas zu sagen haben. Hatte ich etwas zu sagen? Die Antwort auf diese Frage hoffte ich in Joes Kurs zu finden.

Bevor ich in seinem Seminar landete, hatte ich in Harvard Politikwissenschaften studiert und wollte entweder Anwältin oder Lobbyistin werden. Doch dann setzte ich meinen Eignungstest für Jura in den Sand. Zwei Mal. Die Juristenkarriere war ausgeträumt. Um die Wahrheit zu sagen, ich habe immer geglaubt, man wird Anwalt, wenn nichts anderes mehr geht. Und so sehr am Ende mit meinen Optionen war ich noch nicht.

Doch ich hatte auch keine rechte Vorstellung davon, wie es weitergehen sollte. Ich schrieb gern Facharbeiten. Es machte mir Spaß, auf der Basis gesammelter Fakten eine stichfeste Argumentation auszuarbeiten. Ob literarisches Schreiben ebenso befriedigend sein würde? Es gab nur eine

Möglichkeit, das herauszufinden. Also meldete ich mich für
den Kurs »Kreatives Schreiben« an.

Der erste Dämpfer ließ nicht lange auf sich warten. Joe
hatte meine eingereichte Kurzgeschichte mittelmäßig be-
notet und mich gebeten, ihn in seiner Sprechstunde aufzu-
suchen. Er trug eine abgewetzte Lederjacke, ein schwarzes
T-Shirt und, falls mich die Erinnerung nicht trügt, eine dieser Bikerbrieftaschen, ihr wisst schon: ein Portemonnaie an
einer dicken Kette. Dieser Mann brauchte dringend meine
Hilfe. In seinem Bart kämpften braune und graue Stoppeln
um die Oberhand, die grauen waren auf dem Vormarsch. Er
trank Kaffee mit Schuss aus einer Thermoskanne und hatte
sich eine Zigarette hinters Ohr gesteckt. Salem, seine übliche
Marke.

»Warum möchtest du schreiben, Annie?«

Ich fühlte mich von der direkten Frage überrumpelt.
»Weil es mir Spaß macht.«

»Sehr schön, aber du gehst es verkehrt an. Ich mache gern
ab und zu ein Feuer, um es dann wieder zu löschen. Das bedeutet nicht, dass ich zum Feuerwehrmann berufen wäre.«
Er kreuzte die Beine, befingerte die Zigarette hinter seinem
Ohr. »Sieh mal, in deiner Geschichte gibt es für die Personen keine echten Prüfungen. Ihnen passiert nichts, ihr Leben
bleibt immer gleich, ob sie bekommen, was sie wollen, oder
nicht. Ergo – keine Dramatik. Es kommt mir vor, als hättest
du Angst, ihnen wehzutun.«

»Ich liebe sie«, hielt ich dagegen. »Weshalb sollte ich sie
quälen?«

»Eben weil du sie liebst. Weil Leiden eine Erfahrung ist,
aus der man lernt. In allen Geschichten geht es im Kern um
einen Lernprozess. Die Figuren gelangen von absoluter Igno-
ranz zu einem bescheidenen Grad von Reife und Erkenntnis.
Du tust deinen Figuren keinen Gefallen, wenn du es ihnen

zu leicht machst. Wie sollen sie sich weiterentwickeln, wenn du sie nicht zwingst, ihre Komfortzone zu verlassen?«

»Haben Sie mich herbestellt, um mir zu sagen, dass meine Geschichte Mist ist?«

»Nein«, sagte er, »das hätte ich einfach drunterschreiben können. Was ich übrigens auch getan habe. Ich habe dich zum Gespräch gebeten, weil du ein gewisses Talent erkennen lässt, was die Technik des Schreibens angeht. Dein Stil ist flüssig, leicht konsumierbar. Aber genau da liegt auch der Hund begraben. Alles plätschert so dahin, glatt, belanglos. Einfach zu … nett.«

Ich lächelte, was ich immer tue, wenn ich mich in der Defensive fühle. »Lassen Sie mich jetzt leiden, damit ich klüger werde?«

Mein Lächeln schien ihn alles andere vergessen lassen. Dann lächelte er auch und sagte: »Ich glaube, ich habe dich unterschätzt, Annie Shepherd. Du bist vielleicht die vielschichtigste und komplexeste Person, die ich je kennenlernen durfte. Weißt du überhaupt, wie faszinierend du bist?«

Ich errötete. »Zu schade, dass mein Schreiben es nicht ist.«

Er griff nach der Zigarette hinter seinem Ohr und steckte sie sich in den Mund. »Scheiß auf das Schreiben. Die Langweiler dieses Planeten sind alle Autoren. Kann ich dich auf einen Drink einladen? Ich würde gerne mehr über die faszinierende Seite von Annie Shepherd hören.«

Obwohl er mich als Autorin nicht ernst nahm, war Joe die erste Person, die mich nicht nur faszinierend und lustig fand, sondern die auch verstand, dass ich ein Mensch mit Gefühlen war. Auf unserem ersten Date sprachen wir, bis die Sonne bereits wieder auf unseren Gesichtern kitzelte. So lange hatte ich noch nie mit jemandem gesprochen. Klingt wie ein Klischee, ich weiß, aber ich bin ja auch ein wandelndes Klischee. Doch Joe und ich gingen weit über die simplen

Schüler-Lehrer-Beziehungen hinaus. Es war unbestreitbar, dass er ganze dreißig Jahre älter war als ich, aber ich hatte noch nie solch intensive Gefühle für jemanden empfunden. Zurückblickend gesehen, hätte mir das vermutlich zu denken geben sollen, aber damals war ich wie hypnotisiert von seiner Tiefe. Joe Duke war für mich wie ein fahrender Ritter, einer, der zu gut und empfindsam für diese Welt und deshalb von den Stürmen seines Lebens gezeichnet war.

Ganz bestimmt war es nicht sein Geld, das ihn für mich attraktiv machte, denn er hatte keins. Bei unseren Dates war meistens ich es, die die Rechnung übernahm.

Ungefähr sechs Monate nach dem Beginn unserer verbotenen Affäre – nur Christine hatte ich eingeweiht – schlug der Blitz ein, der unser beider Leben auf den Kopf stellte und unserer finanziellen Zukunft eine Wendung zum Besseren bescherte. Ich erinnere mich ganz genau an die Nacht, in der es passierte. Wir hatten gerade miteinander geschlafen, saßen auf der Feuertreppe seiner Wohnung in Chelsea und teilten uns die Zigarette danach. Als er nach einem Zug die Kippe an mich weiterreichte, sagte er ganz beiläufig, er habe da etwas, das ich mir anschauen solle. Dann goss er uns beiden einen Drink ein und machte mir das sensationellste Geschenk meines Lebens: Elizabeth Sunderland.

Er bat mich, das Manuskript des ersten Trust-Me-Romans zu lesen und ihm zu sagen, was ich davon halte. Ungefähr nach der Hälfte wusste ich, das Ding war ein Hauptgewinn. Ich konnte es buchstäblich nicht aus der Hand legen. Es machte süchtig nach mehr. Diese Elizabeth war unglaublich. Der Plot, um den sich die Geschichte rankte, blieb spannend bis zum Schluss.

Seit Jahren hatte kein Buch mich so gefesselt, und mir war klar, jede Frau würde es verschlingen.

Joe sagte mir, er habe geglaubt, das könne eine große Sache sein, und wäre froh, von mir die Bestätigung zu erhalten. Er war auf die Idee für diesen Roman gekommen, weil er einen großen kommerziellen Erfolg brauchte, eine Möglichkeit, sich neu zu erfinden und – *last but not least* – endlich das Geld zu verdienen, das er so dringend benötigte. Aber die Sache hatte einen Haken. Niemand hätte einen neuen Joe-Duke-Roman auch nur mit der Kneifzange angefasst. Er trug das Schandmal des Autors auf der Stirn, den sein Verlag fallenließ. Und selbst wenn ein Lektor sich seiner erbarmt hätte, hätte man das Buch nur oberflächlich auf den Markt geworfen, ohne groß die Werbetrommel zu rühren. Seine einzige Chance wäre vertan gewesen, bevor der Leser überhaupt Gelegenheit gehabt hätte, sich in Elizabeth Sunderland zu verlieben. Außerdem – würden Frauen einen Frauenroman lesen wollen, den ein Mann geschrieben hatte?

Nach langem Schweigen teilte er mir dann mit, was er sich überlegt hatte. Er wollte das Manuskript unter meinem Namen an seinen Agenten schicken und mich der Welt als seine Autorin präsentieren. Ein unglaubliches Talent, das er glücklicherweise in seinem Kurs entdeckt habe.

Meine spontane Antwort lautete Nein. Es kam mir schäbig vor, das Verdienst für die Leistung eines anderen für mich zu beanspruchen. Davon abgesehen, verfolgte ich nach wie vor meine eigenen schriftstellerischen Ambitionen. Ich hatte Joes Rat beherzigt und mich bemüht herauszufinden, was meine »unverwechselbare Stimme« war. Ich hatte ein paar neue Geschichten geschrieben, glaubte, den Dreh rauszuhaben, und als Verfasserin von trivialen Frauenromanen berühmt zu werden war nicht die Art von Karriere, die mir vorschwebte.

Seine Erwiderung wird mir für immer in Erinnerung bleiben: »Schatz, ich liebe dich ...«

Stopp, kurze Zwischenbemerkung: Das war das erste Mal,

dass er sich dazu hinreißen ließ, sie auszusprechen, die drei magischen Worte. Typisch Joe. Er liebte das Schreiben, und diese Liebe war eine Waffe.

»… aber du bist keine Schriftstellerin und wirst nie eine sein. Du besitzt absolut kein schöpferisches Talent. Vielleicht reicht es für ein paar stilistisch annehmbare sachbezogene Texte, etwas journalistische Arbeit, aber eine echte Schriftstellerin – nein. Du hast keine Vision, keine Seele, keine Tiefe.« Er hielt das Manuskript von *Trust Me* hoch.

»Das hier ist deine einzige Chance, zu literarischem Ruhm zu gelangen, Annie. Und es ist guter Stoff. Du solltest stolz sein, deinen Namen auf dem Cover stehen zu sehen. Anders wird es dir nie gelingen, glaub mir.«

Ich wusste nicht, ob ich weinen oder mich geschmeichelt fühlen sollte, weil er mir sein Werk anvertraute. »Ist das ein Versuch, mir schonend beizubringen, dass ich mich damit abfinden muss, die Schriftstellerin Annie Shepherd immer nur zu spielen?«

Er zündete sich eine neue Zigarette an und stieß den Rauch durch die Nase aus. »Du hast es erfasst, Annie.«

Danach habe ich nie wieder ein Wort geschrieben.

10

HENRY

»Willst du mir allen Ernstes erzählen, dass nicht ein Wort in den vierzehn Büchern von dir stammt?«, frage ich Annie, aber ich bin ziemlich sicher, dass es mir nicht so druckreif über die Lippen kommt, sondern vielmehr als ein entsetzt hervorgesprudelter Schwall von alkoholbedingt nur unzureichend artikulierten Worten.

Kaum, dass Annie und ich die Eckkneipe neben meinem Büro betreten hatten, orderte ich einen doppelten Whisky zum Eingewöhnen und gleich danach einen Whisky Soda. Das ist jetzt zwei Stunden her. Aktuell hebe ich die jüngste Runde an die Lippen, während mein Blick auf den bereits geleerten Gläsern ruht, die ich vor mir auf der Theke zu einer Pyramide aufgestapelt habe. Seit ich nicht mehr rauche, muss ich beim Trinken eine andere Beschäftigung für meine Hände finden. Meine Blase drückt unangenehm, aber jetzt aufzustehen wäre ein mit unwägbaren Gefahren behaftetes Unterfangen.

»Wie oft soll ich das noch wiederholen?« Annie nippt an ihrem French 75. »Außerdem bin ich pleite und muss in dreißig Tagen aus meiner Wohnung raus sein. Er hat sie Lacey vermacht.« Sie knirscht mit den Zähnen. »Der blöden Kuh.«

»Genau.« Ich nicke, ohne den geringsten Schimmer zu haben, wer diese offenbar verachtungswürdige Lacey ist. »Sie ist eine Bitch. Fort mit ihr. Buh.« Ich kippe meinen Whisky und lutsche an dem Eiswürfel herum. »Aber mir dämmert jetzt erst, dass ich ein … Krimineller bin.«

»Mach mal halblang, Henry«, sagt sie. »Es geht um ein paar Bücher, nicht um einen großangelegten Aktienbetrug. Die Börsenaufsicht wird nicht kommen, um dich vor den Richter zu schleifen.«

Es juckt mich in den Fingern, die große Schleife am Kragen ihrer Bluse zu packen und sie damit zu erwürgen. »Ich habe wissentlich Etikettenschwindel betrieben.«

»Nicht wissentlich. Du hast doch nichts geahnt.«

»Das macht es umso schlimmer. Ich stehe auch noch da wie ein Idiot. Dich werden die Leute hassen, weil du ihnen ein gefälschtes Produkt untergejubelt hast. Aber mich werden sie noch viel mehr hassen, den ahnungslosen Komplizen, der es dir ermöglicht hat, sie zu verarschen.«

Ihre Miene verrät tiefe Bestürzung. »Man wird mich nicht hassen. Oder doch?«

»Annie.« Ich greife nach ihrer Hand. »Du hast Tausende Amateurschriftsteller ermutigt, ihr Manuskript aus der Schublade zu holen und es an Verlage zu schicken. Sie sehen dich und denken, wenn diese Irre es schafft, dann schaffe ich es auch. Kann ja nicht allzu schwer sein.«

Sie kneift die Augen zusammen. »Du findest immer die richtigen Worte.«

Ich winke ab. »Schon gut, hör mir lieber zu. Wir sind heutzutage so kommunikationsgeil, dass Schreiben von einer Kunst zu einer Lebensnotwendigkeit geworden ist, einer Form von Therapie. Die Menschen müssen ihren emotionalen Ballast loswerden, ihn sich von der Seele schreiben, aber sie haben keinerlei Talent. Du bist ihr Idol. Wenn sich herausstellt, dass du nur ein Fake bist, eine Täuschung, würden ihre Träume zerplatzen. Sie hätten keine Zuversicht mehr. Deshalb dürfen sie es nicht erfahren.«

Nun lächelt sie glücklich. »Ich schenke den Menschen Zuversicht?«

Ich seufze in mein leeres Glas. »Ja. Allen, außer mir.«

»Du bist mein Agent. Du wirst dafür bezahlt, mir Zuversicht zu schenken.«

»Da hast du dir den Falschen ausgesucht, Annie.« Ich lenke den Blick auf das Basketballspiel, das im Fernseher hinter der Theke läuft. So merke ich immerhin nicht, dass der Raum um mich schwankt wie ein Schiff in stürmischer See. »Du hast keinen der Trust-Me-Romane geschrieben. Das ist ein ziemlicher Hammer. Aber ich muss dich das fragen, weil ich betrunken bin und Hiobsbotschaften in diesem Zustand leichter ertragen kann: Gibt es da noch etwas, das ich wissen sollte?« Ich lege flehend die Hände zusammen. »Aber sei barmherzig mit mir.«

Sie massiert ihre Schläfen, man sieht ihr an, dass sie angestrengt überlegt. »Keine Ahnung, wie barmherzig das ist, aber man könnte sagen, dass ich Joe ermordet habe.«

Ich schiebe meinen Hocker ein Stück nach hinten und befinde mich nunmehr in der perfekten Position, um mit der Stirn auf die Theke zu schlagen, bis gnädiges Vergessen mich umfängt. »Ich will's nicht hören.«

»Na ja, nicht wirklich ermordet, nur gewissermaßen.«

»Wie ermordet man jemanden gewissermaßen, Annie?«

Sie senkt die Stimme. »Es ist beim Sex passiert. Ich bin ein sehr leidenschaftlicher Typ, Henry.«

»Heiliger Strohsack! Lass mich rekapitulieren: Du hast keines dieser Bücher geschrieben und den wahren Verfasser noch dazu ins Grab gevögelt?« Auf den Schreck brauche ich unbedingt noch einen Drink. Ich hämmere auf den Tresen, bis der Barkeeper herüberschaut. »Dasselbe nochmal, aber doppelt.«

Annie mustert mich besorgt. »Vielleicht solltest du ein bisschen kürzertreten.«

»Deine Vagina hat den Gewinner des National Book Awards von 1985 umgebracht.«

Sie kräuselt angewidert die Oberlippe. »Ich hasse dieses Wort.«

»Umgebracht? Soll ja auch nicht lustig sein, wird behauptet.«

»Nein. Vagina. Hört sich so klinisch an. Sie ist etwas, das man feiern sollte. Nicht diagnostizieren.«

Der Barkeeper schiebt mir den Doppelten zu, und ich klammere mich an dem Glas fest. »Vielleicht wäre das eine schöne Anfangszeile für dein neues Buch. Nein, warte. Wie konnte ich das vergessen? Du schreibst ja gar keine Bücher.«

»Jetzt wirst du aber gehässig.«

»Findest du? Du hast mich noch nie gehässig erlebt.«

»Wenn ich überlege, kenne ich dich nur so.«

Sie macht Anstalten, von ihrem Hocker herunterzurutschen. Irgendwie muss ich sie gekränkt haben. »Weißt du was, Henry? Fick dich. Ich bin nicht auf dich angewiesen. Ich gehe jetzt zu Amber und sage ihr, dass sie mich in Zukunft vertreten soll. Und du kannst dir den Vertrag in deinen widerlichen, fetten, arroganten britischen Arsch schieben.«

Ich halte sie nicht auf. »Was sagst du ihr als Erstes? Dass die Bücher nicht von dir sind? Oder dass du den eigentlichen Verfasser in einem wagnerschen Walkürenritt nach Walhalla befördert hast?«

Sie schweigt einen Augenblick. Offenbar denkt sie nach. Oder tut das, was bei Annie Shepherd dem Denken am nächsten kommt.

»Nicht alle sind so wie du.«

»Da hast du recht. Alle anderen hätten dich nach deinem Geständnis, keinen deiner Romane geschrieben zu haben, hochkant aus dem Büro befördert.«

»Meinetwegen, Henry, aber auch du tust es nur deshalb

nicht, weil ich dein goldener Fallschirm bin. Du interessierst dich weder für mich noch für meine Bücher. Hast du nie.«

Ich muss kurz in mich gehen. Habe ich mich je aufrichtig für meine Autoren und ihre Werke interessiert? Ich würde nur zu gern behaupten, dass zumindest ich für mich in Anspruch nehmen kann, der gute Hirte meiner schreibenden Schäfchen zu sein, aber womöglich enthalten die Gerüchte über unsere Zunft ein Fünkchen Wahrheit.

»Und du glaubst, Amber ist anders? Dass sie sich für dich interessiert? Ich kenne sie länger und besser als du und kann dir versichern, da bist du sowas von schief gewickelt. Aber versuch dein Glück, meinen Segen hast du.«

Sie setzt sich wieder hin. »Nenn mir einen Grund, weshalb ich bei dir bleiben sollte.«

Ich lache laut auf. »Ich muss dir meine Dienste nicht anpreisen. Ich arbeite nur mit echten Autoren.«

»Ach, solchen wie die junge Dame, die dich gefeuert hat, als ich vorhin in dein Büro gekommen bin? Oder all die anderen, die aus deiner Agentur flüchten wie die Ratten von einem sinkenden Schiff? Sieh den Tatsachen ins Auge, Henry: Wir brauchen einander. Wenn meine Reputation den Bach runtergeht, ist auch dein Geschäft erledigt.«

»Was genau brauche ich denn angeblich von dir?«

»Dasselbe, was ich brauche. Den neuen Trust-Me-Roman. Band fünfzehn. Wir dürfen nicht zugeben, dass alles ein Fake war. Wir wären beide ruiniert. Mein Vertrag mit dem Verlag endet nach diesem Buch, du kannst neu verhandeln und dafür sorgen, dass mehr Geld in meine Richtung fließt. Dann bin ich aus dem Schneider, und du erhältst eine fette Provision, was bedeutet, du bleibst im Geschäft.«

So schwer es mir fällt, ich muss zugeben, ihre Argumentation ist stichhaltig. Es bleibt mir also nichts anderes übrig, als wohl oder übel in den sauren Apfel zu beißen. »Mal ehrlich, die Bücher sind unterirdisch. Wie schwer kann es sein, sowas zu schreiben?«

»Richtig.« Sie nickt.

»Du musst doch im Lauf der Zeit einige Hinweise von Joe aufgeschnappt haben.«

Sie nickt wieder. »Ja, definitiv. Den ein oder anderen Tipp.«

»Wunderbar. Und kannst du daraus einen Roman basteln? Ich meine, du hast einen Uni-Kurs in kreativem Schreiben besucht.«

»Oh nein, keine Chance«, wehrt sie ab. »Ich habe absolut kein schriftstellerisches Talent. Joes Worte.«

»Aber die Bücher sind schlecht.«

»Ja, aber ich bin noch schlechter. Wenn wir beim Verlag ein von mir geschriebenes Manuskript einreichen, streichen sie das Buch aus dem Programm und stellen die Reihe ein.«

Ich bin so aufgewühlt, dass ich mich zwingen muss, ruhig zu bleiben. »Warum zeigst du mir nicht ein paar Sachen, die du bisher geschrieben hast? Ich bin Literaturagent. Ich habe ein Gespür für verborgene Talente.«

Sie schüttelt den Kopf. »Das hatte Joe auch, und sein Gespür war bestimmt noch besser als deines und meines zusammen. Sein Urteil war unmissverständlich: Ich habe keinerlei schriftstellerisches Talent, auch kein verborgenes. Punkt.« Kurz hält sie inne, dann fügt sie hinzu: »Und wenn du sie dazu überreden kannst, den Abgabetermin zu verschieben?«

»Das Buch ist in sechs – ich wiederhole, sechs – Wochen fällig. Etwas zu spät für eine Fristverlängerung. Außerdem kannst du doch nicht schreiben. Was nützen uns ein paar Wochen mehr oder weniger?«

»Du schreibst es an meiner Stelle.«

Ich pruste meinen Mundvoll Whisky über die Theke. »Ich soll das Buch schreiben? Ich bin kein Schriftsteller. Ich bin Geschäftsmann.«

»Nicht, soweit ich es beurteilen kann.«

»Sehr witzig.«

»Okay, wenn du so argumentieren willst. Genau genommen bin ich dann Geschäftsfrau. Ich bin das Gesicht eines international erfolgreichen Produkts. Die Leute kaufen die Bücher nicht, weil sie so fantastisch geschrieben sind. Sie kaufen sie wegen mir. Sie lieben mich. Ich bin ihre Freundin, die sie nie belügen würde. Genauso mache ich es, wenn ich ein Buch kaufe. Ich lese die Autorenvita auf der Rückseite, und wenn mir nicht gefällt, was da steht, wenn es klingt, als wäre die Person, die das Buch geschrieben hat, ein Arschloch, kaufe ich das Buch nicht.«

»Deine literarischen Qualitätsmaßstäbe sind haarsträubend.«

»Und wenn schon. Du musst es ja nicht besser machen als Joe, nur genauso gut wie er.«

»Der Mann hat im Lauf seines Lebens vierzig Bücher geschrieben, Annie. Ich dagegen nie auch nur ein einziges.«

Sie grinst. »Dito.«

Wo sie recht hat … »Dann haben wir keine Wahl. So ganz beispiellos ist dieser Fall im Literaturgeschäft nicht. Ich gehe zu deinem Verlag, ich kenne den CEO und sage ihm, du hättest die Bücher nicht geschrieben. Ich glaube nicht, dass es ihn oder den Vorstand allzu sehr erschüttert. Sie werden Geld in die Hand nehmen, um die Wogen zu glätten, und finden garantiert eine Lösung, einen tüchtigen Ghostwriter oder was auch immer. Deine Bücher bringen ihnen Millionen, sie werden uns nicht den Kopf abreißen.«

»Kommt überhaupt nicht infrage«, sagt sie entschieden. »Du darfst ihnen nicht verraten, dass die Bücher nicht von mir sind.«

»Annie, es geht nicht anders.«

»Wenn du mich als Betrügerin outest, werden sie dich

beim nächsten Vertrag auf ein Taschengeld runterhandeln. Aber ich bin pleite, Henry. Ich brauche einen Vertrag, der richtig Geld bringt. Und du genauso. Verraten wir es ihnen, sind wir erledigt, sobald die erste Fassung auf dem Tisch des Lektors liegt.«

Daran ist nicht zu rütteln. Was wir brauchen, ist eine kurzfristige Lösung für ein längerfristiges Problem.

»Wie genau ist Joe beim Schreiben vorgegangen? Wie war seine Arbeitsmethode?«

Sie hebt die Augenbrauen. »Arbeitsmethode?«

»Sein kreativer Prozess. Wie hat er es geschafft, diese Schmonzetten so schnell hintereinander rauszuhauen?«

»Ach so. Der kreative Prozess.«

Bitte erschießt mich. Ladet die Pistole, setzt mir die Mündung an die Schläfe und drückt ab, damit der Jammer ein Ende hat.

»Na ja«, sagt sie. »Zuerst hat er sich immer ein Wasserglas voll Scotch auf Eis genehmigt. Er sagte, das würde das Mikroklima seines Gehirns verändern. Dann hat er sich eine Salem angezündet.«

»Das Schreiben!«, fahre ich sie an. »Wie ist das Schreiben abgelaufen?«

»Dazu komme ich gleich. Du hast mich gefragt, wie er es gemacht hat.«

»Seine Bücher zu schreiben, nicht Selbstmord auf Raten zu begehen.«

»Immer charmant, der gute Henry. Also, zweieinhalb Monate vor dem jeweiligen Abgabetermin hat er damit begonnen, den Handlungsablauf zu skizzieren. Dafür brauchte er ungefähr zwei Wochen. Dann setzte er sich hin und fing an zu schreiben.«

»Warte. Wir haben noch sechs Wochen bis zur Deadline. Joe müsste schon einen Entwurf für das neue Buch angefertigt haben. Vielleicht hat er sogar schon angefangen zu schreiben. Hat er dir was gezeigt?«

»Nein und nein«, antwortet sie. »Aber das hätte er auch nicht getan. Erst wenn er fertig war, hat er mir das Manuskript zu lesen gegeben.«

Vor Aufregung schnippe ich wieder mit den Fingern. »Wir brauchen seinen Computer. Wenn wir Glück haben, werden wir dort fündig. Los! Wir müssen in eure Wohnung.«

»Zu Befehl. Auf in den Kampf, Zorro.«

Ich ignoriere dieses Paradebeispiel für Annie Shepherds sprühenden Humor, rutsche von meinem Hocker und muss mich sofort an der Theke festhalten.

Verdammt. Ich werde zu alt für dieses Literatur-Monopoly. Edward hatte recht, dieser unerschöpfliche Quell der Weisheit. Das Wettrennen um den nächsten Bestseller, den besten Vertrag, den genialsten Autor ist ein Sport für die Jugend.

11

ANNIE

Mit Henry im Schlepptau betrete ich meine Wohnung und werde sofort melancholisch. Das hier war in den letzten zehn Jahren mein Zuhause, bei Weitem die längste Zeit, die ich an einem Ort gelebt habe, und jetzt werde ich daraus vertrieben. Was kann ein Mensch alles in weniger als einer Woche verlieren? Bei mir waren es die Liebe meines Lebens, mein ganzes Geld und meine Würde, als ich Henry gestehen musste, keins meiner Bücher selbst geschrieben zu haben. Da hat mir einer mit der großen Kelle eingeschenkt, oder?

»Henry«, sage ich, während ich zur Seite trete, um ihn ins Wohnzimmer vorgehen zu lassen, »wie soll man bitte zehn Jahre seines Lebens in Kartons verpacken?«

Er schaut sich im Wohnzimmer um, und statt etwas Mitfühlendes zu äußern, wird er pragmatisch. »Warum war diese Wohnung auf Joes Namen eingetragen?«

»Er hat sie als Geschenk für mich gekauft, nachdem Elizabeth es auf den ersten Platz der Bestsellerliste der New York Times geschafft hatte. Es war der dritte Band der Reihe. Damals hielt ich es für eine Art Liebesbeweis, sehr romantisch. Wie ich jetzt weiß, war es von Anfang an seine Absicht, dass Lacey sie nach seinem Tod bekommen sollte. Eine fette Wertanlage für sie.«

»Er hat es gemacht wie die Chinesen, die ihr Geld in Immobilien anlegen, weil sie keinen funktionierenden Aktienmarkt haben.«

Ich werfe ihm einen vernichtenden Blick zu. »Klappe!«
Zu meiner Überraschung verfällt er wirklich in Schweigen.
»Ich kann nicht glauben, dass ich ihn geliebt habe! An ihn geglaubt …« Ich bremse mich, bevor ich wieder anfange zu weinen. Joe hat meine Tränen nicht verdient. Außerdem steht die Frage, warum er es getan hat, momentan nicht ganz oben auf meiner Prioritätenliste. Ich muss mich mit der Tatsache abfinden, dass er es getan hat, und irgendwie mein Leben wieder auf die Reihe kriegen.

Henry pflanzt sich auf das Sofa, sinkt nach hinten in die Kissen, und ich setze mich in den Sessel gegenüber.

»Ich brauche Geld«, sage ich zu ihm.

»Dann bring mir Joes Computer. Das ist deine Gelddruckmaschine.«

»Nein. Bis ich von da etwas erwarten kann, dauert es noch sechs Wochen.«

Henry verdreht die Augen. »Du willst mich doch jetzt nicht anpumpen, oder?«

»Nein! Gott bewahre, dass du mir aus der Klemme hilfst.«

Er zeigt mit dem Finger auf mich. »Ich helfe dir bei einem gigantischen Betrug.«

»Ja, um deinen eigenen Hintern zu retten!«

»Na gut. Ich werde mich erkundigen, ob irgendwo neue Autowaschsalons eröffnen und was man bereit wäre zu zahlen, damit du dabei das Band durchschneidest und in die Kameras strahlst.« Er kichert. »Ich höre dich schon sagen: ›Nicht nur sauber, sondern wie neu.‹«

Soll ich ihm die Augen auskratzen? Nein, noch brauche ich ihn. »Ich bin nicht irgendein abgehalfterter C-Promi, Henry. Ich bin weltberühmt. Die Menschen lieben mich. Zumindest die Einladung in eine Koch-Show sollte für mich drin sein.« Ich stehe auf. Wusste ich's doch, dass man in einer ausweglosen Lage lieber von einer Brücke springen sollte, als sich an Henry zu wenden. Keine Spur von Empathie, der Mann. Meine Angst, in naher Zukunft arm und obdachlos zu sein, lässt ihn vollkommen kalt. Er sorgt sich nur um seine eigene Reputation. »Vielen Dank für gar nichts, Blödmann. Ich hole jetzt den Computer.«

»Kannst du auch noch irgendwas Hochprozentiges mitbringen? Ich sehe das Schreckgespenst der Nüchternheit am Horizont dräuen, ein Zustand, der in der momentanen Situation absolut kontraproduktiv wäre.«

Ich ignoriere die letzte Bemerkung und gehe die Treppe hinauf. Hinter der dritten Tür links befindet sich Joes Arbeitszimmer. Ich habe es seit seinem Tod noch nicht wieder betreten. Ich öffne die Tür einen Spalt, knipse das Licht an und schiebe mich langsam ins Zimmer. Schaler Zigarettengeruch haftet an den Wänden und in den Gardinen. Ein Rest Kaffee steht noch in der French Press, die ich ihm gekauft habe, um ihn von der geschmacklosen Brühe zu entwöhnen, die er für gewöhnlich konsumierte. Wir zwei betreiben ein Multimillionendollarunternehmen, habe ich ihm wieder und wieder gesagt, du kannst nicht so ein Zeug trinken, wie man es dir im Schnellimbiss kostenlos in die Tasse kippt. Joe hat nie gelebt wie jemand, der Geld hat, es schien ihm egal zu sein. Auch so eine Sache, die ich nicht begreife. Weshalb sollte jemand, den es nicht die Bohne interessierte, dass er reicher war als Krösus, heimlich dafür sorgen, dass ich nach seinem Tod mit leeren Händen dastehe?

Die Wände sind mit den gerahmten Covern der Trust-Me-Romane dekoriert, in der Reihenfolge ihres Erscheinens angeordnet. Ein paar der ausländischen Illustrationen gefallen mir am besten. Fantastisch, was die Italiener mit Elizabeth gemacht haben. Sie haben sich zu hundert Prozent auf ihren gefährlichen Glamour konzentriert. Ich gehe an den Bildern entlang und erinnere mich an einen von Joes nettesten Einfällen. Er bat mich, jede Ausgabe mit einer Widmung zu versehen:

Für Joe. Mit Liebe, die »echte« Elizabeth.

Ich wende mich ab, nehme den Laptop vom Schreibtisch und will gerade zur Tür gehen, als ich merke, dass das Ladekabel fehlt. Ich ziehe die Schublade auf und finde nicht nur das zusammengerollte Kabel, sondern auch einen kleinen Beutel Dope nebst einem Päckchen Zigarettenpapier. Ach, Joe … Für einen Moment wird mir warm ums Herz. Genau das, was ich jetzt brauche.

Normalerweise kiffe ich nicht, aber der heutige Tag war meilenweit entfernt von normal. Auf der Beschissenheitsskala von eins bis zehn erreicht er mit Leichtigkeit eine Zwölf.

Ich lasse den Blick noch einmal durch das Zimmer wandern, bevor ich das Licht ausknipse, und unwillkürlich kommt mir der Gedanke: Hat er mich immer schon gehasst? Mich verabscheut? Hat er nur so getan, als mache es ihm nichts aus, ein Dasein in meinem Schatten zu führen, während ihm doch der Platz im Rampenlicht gebührte? Hat unsere Beziehung nur deshalb dreizehn Jahre lang gehalten, weil er wusste, wenn er mich verlässt, fliegt der Schwindel auf? Gottverdammt. Vielleicht hat er mich mit jedem Buch mehr gehasst. Vielleicht wollte er deshalb das ganze Geld für sich und seine Familie? Rechtmäßig gehörte es ja ihm. Ich war lediglich die Werbeikone, Elizabeths Gesicht für die Öffentlichkeit. Jede andere hätte meinen Job machen können. Auch wenn ich mir gern einrede, es wäre anders, dass nur ich den Lesern seine Elizabeth verkaufen konnte, hätte es mit jeder anderen Frau genauso gut funktioniert. Bin ich all die Jahre blind gewesen? Habe ich mit einem Menschen zusammengelebt, der meinen Anblick nicht ertragen konnte?

Was bin ich froh, dass ich das Dope gefunden habe.

Ich kehre ins Wohnzimmer zurück, schiebe den Laptop über die Schieferplatte des Couchtischs zu Henry hinüber und halte das Tütchen mit Gras hoch. »Was meinst du, Henry? Ein bisschen Entspannung?«

Er hat sich in meiner Abwesenheit selbst mit einem Drink versorgt. »Wo hier gerade alles so super läuft?«

Er sagt es derart knochentrocken, dass ich lachen muss. Tatsache – Henry Higgins hat mich zum Lachen gebracht!

»Ja«, entgegne ich, »obwohl hier alles gerade so super läuft.«

»Lang, lang ist's her. Aber heute ist genau der richtige Tag, um alte Laster neu zu entdecken.«

12

HENRY

Ich greife über den Tisch und ziehe den Laptop näher zu mir heran. Die Hand über der Maus in der Schwebe schaue ich Annie an und sage: »Wünsch uns Glück.«

Sie verteilt Gras auf einem Blättchen Zigarettenpapier. »Glück. Davon können wir definitiv jede Menge gebrauchen.«

Ich tippe zweimal auf die Maus, der Schirm erwacht zu farbenfrohem Leben, und ich traue meinen Augen kaum. Tatsächlich muss ich ein paarmal blinzeln, bis ich sicher bin, dass ich nicht einer vom Whisky verursachten Sinnestäuschung erlegen bin. Aber nein. Es ist echt. Es ist real.

Joes Startbildschirm ziert das Foto einer splitterfasernackten Annie. Nüchtern oder wenigstens fast nüchtern wäre ich kommentarlos darüber hinweggegangen, in meinem derzeitigen Zustand aber kann ich mir eine Bemerkung nicht verkneifen. »Tja, ich habe noch keinen Handlungsabriss gefunden. Aber ich weiß jetzt, dass du auf Waxing stehst.«

Sie macht einen langen Hals. »Wie bitte?«

Ich drehe den Laptop zu ihr herum und zeige auf das Foto.

»Grundgütiger! Her mit dem Computer! Das hatte ich ganz vergessen.«

Ich lache. »Mir wird es unvergesslich bleiben.«

Sie wirft sich so hektisch über den Tisch, dass sie dabei Cannabiskrümel in der Gegend verteilt, und reißt mir den

Laptop aus den Händen. »Na toll«, faucht sie, »jetzt ist es passiert. Jetzt weiß ich offiziell, wie es sich anfühlt, auch den letzten Rest Würde zu verlieren.«

Ich öffne noch einen Knopf an meinem Hemd, der Alkohol treibt mir den Schweiß auf die Stirn. »Wenn alle Stricke reißen, haben wir nun einen Plan B, um deinen leeren Geldbeutel zu füllen. Mir schwebt ein Kalender vor: › Trust Me – Nackte Tatsachen‹.« Ich beginne langsam zu glauben, dass ich einer jener Trinker bin, die mit steigender Promillezahl immer lustiger werden.

Sie setzt sich hin, tippt, als hätte sie nichts gehört, auf der Tastatur herum, schüttelt frustriert den Kopf, dann dreht sie den Laptop wieder zu mir herum, auf dessen Bildschirm nun ein neuer Hintergrund prangt.

»Wie schön, jetzt sind es zwei Eisbären, die sich auf einer Eisscholle sonnen«, sage ich. »Das ist beinahe genauso unvergesslich.«

Sie widmet sich wieder ihrem Joint. »Ich rede nicht mehr mit dir.«

Besser so. Es gibt viel zu tun, packen wir's an. Noch einen Schluck Whisky. Ich klicke auf das Word-Icon am unteren Bildschirmrand und studiere das sich öffnende Verzeichnis aktueller Dokumente.

»Annie«, sage ich, »was sind ›Dalis Uhren‹?«

»Pfff«, macht sie. »Das ist diese furchtbare postapokalyptische SF-Geschichte, an der Joe zwischen den Trust-Me-Romanen gearbeitet hat.«

Ich hebe eine Augenbraue. »Unvollendetes Werk eines jüngst tragisch verblichenen Autors. Könnte noch etwas zusätzliche Kohle in die Kasse spülen.«

»Nicht, wenn jemand es tatsächlich liest. Glaub mir, die Geschichte ist absoluter Schrott. Sein guter Ruf wäre auf ewig zerstört.«

»Komm schon. So schlimm kann es unmöglich sein. Joe war immerhin ein preisgekrönter Schriftsteller.«

»Das meiste davon ist in einer von Joe selbst erfundenen Sprache geschrieben, denn, so sein Argument, weshalb sollten die Menschen nach der Apokalypse noch Englisch sprechen.«

»Ah. Guter Einwand. Lassen wir das bleiben.« Ich richte den Blick wieder auf den Laptop, und Fortuna scheint mir gewogen, denn der zweite Eintrag in der Liste lautet: *TrustMe15.Entwurf.* Ich schaue zu Annie hinüber, die den Joint angezündet hat und sich, von modrig riechenden Rauchschwaden umwogt, entspannt auf dem Sessel räkelt. »Ich glaube, wir sind endlich auf Öl gestoßen.«

Sie bläst ungerührt Rauch durch die gespitzten Lippen und beobachtet, wie der dünne Faden sich kräuselt und in der Luft verpufft. Offenbar ist sie immer noch sauer, weil ich sie nackt gesehen habe.

»Oh, fantastisch«, bringt sie schließlich über die Lippen.

»Wie wär's mit etwas mehr Enthusiasmus? Wir müssen nur noch das Skelett ausfüllen, das er uns hinterlassen hat.«

»Ich finde, ich habe dir genug geholfen, Henry. Mach du schön alleine weiter, ich bin durch für heute.« Sie zieht ihr Handy aus der Tasche. »Was ich jetzt dringend brauche, ist etwas entspanntes Instagram-Binging.«

»Fein«, sage ich. »Während du dich in dem narzisstischen Geplänkel anderer Menschen suhlst, werde ich mir Elizabeths neuste Abenteuer zu Gemüte führen.« Ich schnippe mit den Fingern und zeige auf den Joint. »Und einen Zug davon nehmen, wenn ich bitten darf.«

Sie reicht mir den Joint über den Tisch. Ich sauge den Rauch in die Lunge und halte den Atem an, bis ich husten muss. Schlagartig bin ich high wie tausend Mann, was mir sehr zupasskommt, denn um ohne Brechreiz etwas zu lesen, das mit den Trust-Me-Büchern zu tun hat, muss mein kritisches Bewusstsein weitestgehend lahmgelegt sein. Ich gebe ihr den Joint zurück, öffne das Dokument und lese. Die Geschichte beginnt ziemlich unspektakulär, alles nach Schema F. Elizabeth wird von einer Frau aufgesucht, die sich aus einer zerrütteten Ehe mit einem zwielichtigen Ehemann befreien möchte, dessen Reichtum aus noch zwielichtigeren Quellen stammt. Unsere Super-Detektivin willigt ein, der Sache nachzugehen. Gähn. Ich nehme noch einen Schluck Whisky. Vorhersehbarerweise – ihr werdet mich dieses Wort noch häufiger verwenden hören – findet Elizabeth nach und nach die Wahrheit über den designierten Ex-Ehemann ihrer Klientin heraus. Er wäscht Drogengeld durch seine Hedgefonds, nicht ohne einen beträchtlichen Anteil für sich selbst abzuschöpfen. Dann hat Elizabeth eine Affäre sowohl mit dem FBI-Agenten, der undercover als Fondsmanager arbeitet, als auch dem Drogenboss, den besagter Ex-Ehemann abgezockt hat. Das Gähnen ist mir inzwischen vergangen, denn mir sind zwei ungewöhnliche Elemente aufgefallen, die Joe in den Handlungsstrang eingebaut hat: Elizabeth hat sich eine jugendliche Assistentin zugelegt, die ihr helfen soll, die zunehmende Arbeitsbelastung zu bewältigen, aber auch dafür zuständig ist, die Agentur digital auf den neusten Stand der Technik zu bringen. Diese Angehörige der Generation Y programmiert Drohnen, klont Handys und hackt Server, alles im Akkord. Warum hat er Elizabeth eine Partnerin zur Seite gestellt? Das, was zu einem großen Teil ihre Faszination ausmacht, ist doch der Nimbus der Einzelkämpferin, der sie umgibt – die Frau, die sich, nur bewaffnet mit ihrem scharfen Verstand und ihrer Schönheit, in eine Welt voll gefährlicher Männer wagt. Aber diese Neuerung verblasst neben einer viel ominöseren Wendung. Elizabeth wird von dem Ex-Ehemann einer ihrer Klientinnen gestalkt, der sich ihretwegen bei der Scheidung nicht nur von einem großen Teil seines Vermögens trennen musste, sondern aufgrund seiner dubiosen Umtriebe auch für einige Jahre hinter schwedische Gardinen gewandert ist. Ich glaube, er ist in Band vier oder fünf zum ersten Mal aufgetreten. Jetzt hat er seine Gefängnisstrafe verbüßt, steht gewaltig unter Strom und lechzt nach Rache. Joe ist – war – ein smarter, ausgefuchster Schriftsteller, er kannte das Tschechow-Axiom. Man führt keinen psychopathischen Stalker in eine Handlung ein, wenn man nicht vorhat, ihn zu benutzen. Ein paar Schlucke Whisky und einen weiteren Zug am Joint später wird der Grund für das Auftreten des Stalkers klar, denn ungefähr in der Mitte des Entwurfs … ermordet er Elizabeth Sunderland.

Joe hat seine eigene verdammte Heldin abgemurkst. Die ganze Raison d'Être der Trust-Me-Reihe – falls man *Raison* und *Trust Me* ungestraft im selben Satz verwenden kann – wurde in einer düsteren Seitengasse gemeuchelt. Einfach so, ohne Tusch und Drama, wechselt die Handlung zu besagter jugendlichen Assistentin, die einen IT-gestützten Rachefeldzug gegen Elizabeths Mörder in Gang setzt.

Er hat Elizabeth Sunderland umgebracht.

Nur langsam begreife ich, was ich da eben gelesen habe. Der Kerl hat die goldene Gans gekillt. Er hat Hunderte Millionen Dollar durchs Klo gespült und mich und Annie gleich mit. Wie soll ich ihr das beibringen? Möglichst schonend beibringen?

»Annie«, sage ich, »war Joe irgendwie wütend auf dich, bevor er starb? Habt ihr in letzter Zeit öfter gestritten? Ist er dir vielleicht bedrückt vorgekommen, reizbar, nervös?«

»Eigentlich nicht. Er schien bester Laune zu sein. Unser Leben war ganz normal. Alles wie immer. Warum fragst du?«

»Nur so.« Ich kann es ihr nicht schonend beibringen. Glücklicherweise habe ich einen Liter Whisky intus, flüssige

Courage in reinster Form. »Weil er … wie soll ich sagen …
Er hat Elizabeth ermordet.«

Annie erhebt sich unheilverkündend langsam aus ihrem
Sessel. »Er hat Elizabeth ermordet? Dieser gottverdammte
Mistkerl! Was hat er sich dabei gedacht? Das kann er nicht
tun, das darf er nicht!« Sie reißt den Laptop an sich, überfliegt die geöffnete Seite
und schreit auf. »Sie gehört mir. Elizabeth gehört mir. Er
kann sie nicht töten. Er kann mir mein ganzes Geld wegneh-
men, aber nicht sie. Sie nicht! Niemand kann das. Ich liebe
sie!«

Ich fische einen Eiswürfel aus meinem Glas und werfe ihn
mir in den Mund wie ein Pfefferminzbonbon. »Er hat es getan. Da steht's.«

Sie ballt die Fäuste. »Was gibt ihm das Recht —«

»Er ist der Autor, Annie. Er kann tun, was immer er will.«

»Nein, kann er nicht. Es sind meine Bücher, meine.« Sie
zeigt auf mich und wackelt mit dem Finger. »Schlag dich
nicht auf seine Seite.«

»Ich habe mich nie auf Joes Seite geschlagen. Ich habe den
Mann kaum jemals persönlich getroffen. Erinnerst du dich?
Ihr zwei habt mich reingelegt. Und wahrscheinlich auch
schon meinen Vater …«

»Du stehst nie auf meiner Seite.«

Sie setzt sich wieder hin, tippt auf dem Laptop herum,
ein paar Mausklicks, dann erscheint ein breites Lächeln auf
ihrem Gesicht. Ich bin mir jedoch nicht sicher, ob es ihr
Sonnenschein-Lächeln oder das hinterhältige Grinsen eines
Krokodils ist.

»Da«, sagt sie und dreht den Laptop zu mir herum. Der
selbstgefällige Stolz strahlt ihr aus allen Knopflöchern. »Elizabeth lebt wieder. Sie ist auferstanden. Ich hab's getan. Ich
habe sie gerettet.«

Ich atme seufzend aus. »Gott sei Dank. Für einen Moment war ich aufrichtig besorgt, dass du etwas Intelligentes vollbracht haben könntest.« Ich unternehme den Versuch, ihr die Sache leichtverständlich zu erklären. »Es bringt nichts, den Mord einfach ungeschehen zu machen. Die ganze Handlung baut darauf auf, dass Elizabeth etwa in der Mitte der Geschichte getötet wird. Joe war ein guter Schriftsteller. Er hat ein logisches Konstrukt erschaffen. Verändert man ein Element, stürzt es zusammen.« Ich reibe mit beiden Händen über mein verschwitztes Gesicht. Mittlerweile fühle ich mich wie ein glasierter Schinken. »Dieser Handlungsabriss sollte unsere Rettung sein. Jetzt stehen wir wieder mit leeren Händen da.« Am liebsten würde ich laut schreien, reiße mich aber zusammen. »Hast du während der ganzen Jahre an Joes Seite denn überhaupt nichts gelernt? Du müsstest doch wenigstens etwas von seinem Handwerk aufgesogen haben, wenn schon nicht von seinem Genie.«

»Ich habe es dir doch erzählt«, sagt sie und schaut mich wütend und verletzt an. »Er hat mich nie in seine schriftstellerische Arbeit miteinbezogen. Joe dachte, dass ich zu dem Buch nichts beitragen konnte, außer das Aushängeschild zu sein. Er hat immer gesagt, dass ich als Person faszinierend bin, aber als Schriftstellerin eine Lachnummer. Nach einer Weile war ich es leid, ihn darum zu bitten, mich miteinzubeziehen.

Ich bin mir nicht sicher, was ich von Annie oder Joe halten soll – sei es als Schriftsteller oder als Menschen. Alles, was ich weiß, ist, dass sie mein Leben ins Chaos gestürzt haben.

»Sowieso unwichtig. Sechs Wochen …« Ich lasse den letzten Schluck Whisky aus dem Glas in meine Kehle rinnen. »Ein Buch in sechs Wochen zu schreiben würde eine verdammt steile Lernkurve voraussetzen, selbst für jemanden mit Talent und Erfahrung.«

»Schütte deinen Charme nicht gleich kübelweise über mir aus, Henry.«

Ich will Annie gerade daran erinnern, dass sie daran schuld ist, dass wir uns in dieser Misere befinden, als ich eine Nachricht von Daphne erhalte, meiner Assistentin. Sie möchte mich an das Essen morgen Abend mit Victoria Wingate erinnern. Charme. Abendessen mit Victoria Wingate. Lieber Himmel, ja! Ich ahne Licht am Ende des Tunnels. Alles hängt davon ab, ob der gute alte Higgins-Charme noch zündet.

Mein Plan nimmt langsam Gestalt an.

13

HENRY

Das Verlagshaus, in dem Annies Bücher erscheinen – und wenn ich »Annies Bücher« sage, müsst ihr euch vorstellen, dass ich huste, um das Lachen zu unterdrücken –, vereint unter seinem Dach neun verschiedene Imprints für die Bereiche Roman, Mystery, Thriller, Science-Fiction, Sachbuch, Romance und Kochen. Brett Kirkman, der Senior Vice President des Hauses und zugleich Cheflektor von dem Imprint, das Annies Romane herausgibt, ist, milde ausgedrückt, ein Arschloch. Er war der Grund, weshalb ich Annies Vorschlag, um eine Fristverlängerung zu bitten, abgelehnt habe. Kirkman würde nie auf die Idee kommen, jemandem einen Gefallen zu tun.

An der Stelle kommt Victoria Wingate ins Spiel: Sie ist CEO von Annies Verlagshaus. Was immer Victoria will, bekommt sie. Und seit einigen Jahren geht das Gerücht, dass sie gern ein großes Stück von dem Kuchen abhaben möchte, den Henry Higgins auf der Speisekarte hat.

Victoria und ich kennen uns schon seit einer halben Ewigkeit. Sie ist eine Freundin der Familie. Früher, als ihr Vater an der Spitze des Unternehmens stand, haben er und Edward viele lukrative Deals ausgehandelt. Sie und ich waren zur selben Zeit in Oxford, spielten am College in derselben Theatergruppe und versuchten beide, uns gegen die bestehenden

Erwartungen zu stellen, indem wir eine Karriere außerhalb des Verlagswesens anstrebten, um zu guter Letzt doch die Nachfolge unserer Väter anzutreten.

Inzwischen dürfte der Zeitpunkt gekommen sein, an dem ihr vom Team Henry euch die Frage aller Fragen stellt, denn schließlich seid ihr die mit Grips: Wird Henry sich dieser Frau an den Hals werfen? Wird er seinen Luxuskörper hergeben, selbstlos, um Annie eine Fristverlängerung zu verschaffen? Und die Antwort lautet: Zum Teufel, ja! Ich bin zu allem bereit. Dies sind die Zeiten, in denen ein Mann zeigen muss, aus welchem Holz er geschnitzt ist.

Und bei der Vorbereitung auf diesen Kampf der Geschlechter schrecke ich vor nichts zurück. Ich habe Daphne beauftragt, mir einen Tag der Kräftigung und ästhetischen Optimierung zu organisieren, an dessen Ende ich erschöpft, weinend, blutend und verdammt haarfrei Gott danken werde, überlebt zu haben.

Findet ihr extrem? Meine Antwort darauf lautet: Denkt an mich, wenn ihr auf der falschen Seite der vierzig angekommen seid. Dann werdet ihr begreifen, was man willens ist, sich antun zu lassen, um weiterhin als begehrenswert zu gelten.

Nun geht es also los: Wir beginnen mit der kosmetischen Gesichtsbehandlung. Dazu gehört, dass man meine leicht plissierte Visage mit heißen Handtüchern bedeckt, bis die Mitesser an die Oberfläche quellen und ausgedrückt werden können. In Schritt zwei wird eine Algenmaske aufgetragen und anschließend das Gesicht in Frischhaltefolie eingewickelt. Die Kombination aus der gestauten Wärme und den in den Algen enthaltenen Nährstoffen entgiftet die Haut und lässt die Poren atmen.

Nach der Entfernung der beiden Schichten lautet mein Kommentar: Sie mögen meiner Haut geholfen haben zu atmen, haben aber darüber hinaus die Umgebung meiner Nase in eine blutige Kraterlandschaft verwandelt.

Nachdem nunmehr, wie befürchtet, Blut geflossen ist, steige ich in das Spa hinab für einen sogenannten »Fitness Scrub«, was bedeutet, mein Oberkörper wird mit Mandelmehl bestäubt wie im Winter die Straßen mit Streusalz und anschließend volle sechzig Minuten von einem Muskelprotz mit dem Griff eines serbischen Metzgers durchgewalkt.

Die nächste Station für mich und meine porentief gereinigte und geschmirgelte Haut ist der Yoga-Kurs. Falls ich an diesem Abend ernsthafte sexuelle Leibesübungen vollführen muss, möchte ich geschmeidig sein. Und ich möchte ungern vor Victorias Augen auf die Knie fallen, um mich mit ein paar Dehnübungen aufzuwärmen. Körperliche Unzulänglichkeiten dieser Art gehören zu den gemeinsten Begleiterscheinungen des Älterwerdens. Simple Bewegungsabläufe, die man in seiner sorglosen Jugend für selbstverständlich gehalten hat, bergen plötzlich ein ernsthaftes Verletzungsrisiko. Wie zum Beispiel morgens aus dem Bett aufzustehen oder falsches Sitzen. Richtig gehört. Ich habe mir bei einer unvorsichtigen Bewegung in einem Sessel eine überaus schmerzhafte Muskelzerrung zugezogen. Aus gutem Grund will ich daher sichergehen, dass Bianca, die Yoga-Lehrerin, mir zu jugendlicher Biegsamkeit verhilft, bevor der Augenblick der Wahrheit gekommen ist.

Möglicherweise war es der Anblick von Annies Nacktfoto auf Joes Laptop, der mich zu der Überlegung veranlasste, ob der komplett haarlose Körper das moderne Schönheitsideal darstellt. Steige ich in der Wertschätzung einer Frau, wenn ich ihre Waxing-Begeisterung so bejahe, so zu schätzen weiß, dass ich es ihr gleichtue? Die Verlängerung der Abgabefrist eines Buches steht hier auf dem Spiel, entsprechend groß ist meine Verzweiflung. Ich frage Daphne nach ihrer Meinung.

Sie sagt mir, die Frau von heute liebe es nicht nur, sie erwarte es auch mehr oder weniger. Die Entscheidung ist gefallen, ich lasse mich von ihr zu einem Manzilian anmelden, der männlichen Version des Brazilian Waxing.

Bei meiner Ankunft werde ich gebeten, mich zu entkleiden und in einen dargereichten Bademantel zu hüllen. Die Rezeptionistin erscheint und hängt meine abgelegten Kleidungsstücke auf einen Bügel, während ich mich bemühe, den kühlen Luftzug zu ignorieren, der meine bloßgelegten edlen Teile umfächelt. Sodann kommt meine *Depiladora* herein, erläutert mir die Prozedur bis ins kleinste Detail, und ich kann wählen, wie weit ich bei meinem ersten Mal gehen möchte: Ganzkörper, Intimbereich, nur Shaping oder ratzekahl. Ich entscheide mich für Letzteres. Weg damit. Sie begutachtet kurz meine Brust- und Armbehaarung, grinst leicht und meint:»Okay. Alles weg. Ihre Wahl.«

Sie macht sich an die Arbeit und bestreicht der Reihe nach die empfindlichen Regionen unterhalb meiner Gürtellinie streifenweise mit heißem Wachs, das sie nach kurzem Antrocknen mit einem kräftigen Ruck wieder abreißt. Nach jedem *Ratsch* bestäubt sie die behandelte Stelle, wahrscheinlich als Reaktion auf mein ohrenbetäubendes Schmerzgebrüll, dermaßen großzügig mit Talkumpuder, dass mein Körper aussieht, als wäre er mit geplatzten Kokainpäckchen vollgestopft. Sie arbeitet sich weiter vor. Ich halte verzweifelt über meinem Kopf Ausschau nach einer Möglichkeit, mich festzuhalten, und schreie nach etwas zum Draufbeißen. An diesem Punkt gelangt die junge Dame, die ins Schwitzen geraten ist und Wachsstreifen aufhäuft, die so dicht mit meinem Pelz behaftet sind, dass es aussieht, als wäre ein Mann mit Toupet einem Flugzeugpropeller zu nahe gekommen, zu der Auffassung, eine Unterhaltung könne mich von meinen Qualen ablenken.

»Sie haben das bestimmt noch nie gemacht, oder?«

Ich kann nicht sprechen, nur mit dem Kopf schütteln.

»Sie sind Brite?«

»Ja«, presse ich zwischen zusammengebissenen Zähnen hervor.

»Ich habe daran gedacht zu expandieren. Niederlassungen in Europa und so. Glauben Sie, Ihre Landsleute lassen sich für Waxing begeistern?«

Ich nicke wieder. »Besonders im Sommer. Wenig Häuser mit Klimaanlage.«

Wir kommen gemeinsam zu dem Schluss, dass es vermutlich besser ist, nicht zu reden. Mir soll es nur recht sein. Ich bin ausreichend damit beschäftigt, im Kopf den heutigen Abend zu planen. Es darf einfach nichts schiefgehen.

14

HENRY

Victoria und ich treffen uns vor dem Restaurant, begrüßen uns mit einer Umarmung, bei der sie eindeutig meinen Nacken streichelt, und bekunden unsere Wiedersehensfreude, indem wir uns Küsschen links und rechts auf die Wangen hauchen. Alles positive Signale, Higgins. Der spielerische Flirt aus unserer Studentenzeit könnte heute Nacht zu mehr werden. Als wir reingehen und uns an einen Tisch setzen, mustert Victoria mich ausgiebig. »Henry, du strahlst heute regelrecht. Was hast du gemacht?«

»Nichts weiter«, lüge ich. »Ich habe nur diese neue After-shave-Lotion ausprobiert. Winter eben. Kälte und Heizungs-luft trocknen die Haut aus.«

Ein vor Diensteifer übersprudelnder Kellner kommt an den Tisch gewedelt. Ich ersticke jeden Vortrag über die Spe-zialitäten des Hauses im Keim und bestelle Weißwein. Er kehrt mit der gewünschten Flasche zurück und schenkt mir einen Schluck ein, damit ich probiere. Ich trinke, bewege den Wein im Mund, lasse ihn über die Zunge laufen. Dabei habe ich keine Ahnung, was ich da tue, ich ahme lediglich meinen Vater nach, wenn er im *Country Club* seinen Port kostet. Ich nicke dem Kellner zu. Der Wein ist akzeptabel. Der Kellner schenkt Victoria großzügig ein. Du wirst heute königlich verwöhnt, Vicki. Die Henry-Annie-Allianz erfordert es. Bei dem Gedanken überfällt mich schlagartig wieder die Erkenntnis: Meine berufliche Zukunft ist untrennbar verknüpft mit Annie Shepherd. Ich gieße mein Glas randvoll.

Zwanzig Minuten später nähern wir uns dem Ende der ersten Flasche, und ich lausche Victorias Monolog. Sie erzählt von ihrem Jetlag, wie anders es sich in Berlin lebt, verglichen mit England, was sie Weihnachten vorhat, und mir wird klar, sie braucht eigentlich keine Zuhörerschaft. Ich bin da, damit sie sich nicht mit der Tatsache auseinandersetzen muss, dass sie im Grunde genommen Selbstgespräche führt. Ironischerweise ist das ein Gefühl, das ich bei Annie nie habe. Zwar fühle ich mich immer wie der Dompteur in einem Löwenkäfig, und ihre symbiotische Verbindung mit ihrem Handy treibt mich in den Wahnsinn, aber es findet ein Dialog zwischen uns statt, auch wenn sie es dabei in der Regel nicht auslässt, mir die tausend Gründe aufzuzählen, weshalb ich der schlechteste Agent aller Zeiten sei.

Nach weiteren zehn Minuten weiß ich wieder genau, weshalb aus dem Flirt mit Victoria nie mehr geworden ist. Diese Frau ist langweilig. Dann aber eröffnet sich plötzlich eine Gelegenheit, als sie auf die für das Frühjahr geplanten Neuerscheinungen zu sprechen kommt.

»Tatsächlich mache ich mir Sorgen um Annie«, sage ich, während ich ihr Glas nachfülle.

Victoria setzt eine leidvolle Miene auf. »Die Ärmste. Ich wäre so gern zur Beerdigung gekommen, aber es ließ sich zeitlich nicht einrichten. Hoffentlich ergibt sich demnächst eine Gelegenheit für ein persönliches Treffen, damit ich ihr mein Beileid aussprechen kann.«

»Bedauerlicherweise«, sage ich und lege die Schlinge aus, »hat sie sich momentan ganz zurückgezogen und möchte niemanden sehen.«

Sie beugt sich vor. »Geht es ihr so schlecht?«

»Joe war ihr Ein und Alles.«

»Weißt du«, ein verträumter Glanz tritt in ihre Augen, »man könnte sie fast beneiden. Ich habe noch nie jemanden so sehr geliebt, dass ich ohne ihn nicht hätte leben können. Im Gegenteil, meistens hatte ich das Gefühl, es wäre eine Erleichterung, wenn er verschwinden würde.«

Ich hebe provokant eine Augenbraue. »Anwesende ausgenommen, hoffe ich doch.«

Sie lacht. »Selbstverständlich.«

»Aber ernsthaft. Annie verkriecht sich. Seit Joe gestorben ist, hat sie das Bett nicht mehr verlassen, außer am Tag seiner Beerdigung.«

»Verständlich, bei diesem schmerzlichen Verlust.«

Victoria wirkt zugänglich. Sie scheint zu begreifen, was Annie durchmacht. Ich beschließe, die Verhandlungen zu eröffnen. »Besteht noch etwas Spielraum, den Abgabetermin betreffend?«

»Henry«, sie schüttelt freundlich tadelnd den Kopf, »wie kannst du nur fragen?«

Ich habe den Tag gerettet. Verbeuge dich, Higgins, nimm die Ovationen entgegen. Du hast sie dir verdient.

»Wie viel Zeit braucht Annie denn noch? Ein, zwei Wochen? Sie müsste das Buch fast fertig haben, der ursprüngliche Abgabetermin ist in weniger als sechs Wochen. Für jemanden wie sie sind auch zwei Wochen extra kein Problem. Wir lieben sie. Wir sind eine Familie.«

Ein oder zwei Wochen? Ich würde ihr gern ins Gesicht schreien: *Bist du bescheuert? Kapierst du's nicht? Ich brauche zwei Jahre!* Aber ruhig bleiben, tief durchatmen. Du bist Literaturagent. Verhandeln ist dein Metier. Halte dich an den Plan. Schinde mehr Zeit heraus.

»Henry«, sagt sie, »ist das dein Fuß, der an meinem Bein hinaufwandert?«

Ich hebe das Glas an die Lippen, zucke mit den Schultern. »Würde es dir gefallen?«

»Nicht besonders«, antwortet sie ohne merkbare Gefühlsregung. Sie stützt die Ellenbogen auf den Tisch. »Warum sagst du mir nicht einfach, wie lange Annie deiner Meinung nach noch braucht?«

Sei ehrlich. Wähle die goldene Mitte, eine Schätzung, mit der ihr beide leben könnt. »Wo liegt deine Obergrenze?«

»Meine Obergrenze sind die erwähnten zwei Wochen. Das Buch ist bereits die Nummer eins im Vorverkauf bei Amazon, in sieben verschiedenen Kategorien. Die Marketingabteilung hat schon die Aufsteller für die Buchläden entworfen. Wir haben begonnen, die Termine für ihre Auftritte im Fernsehen und bei Festivals zu buchen. Der neue Trust-Me-Roman hat eine Verkaufserwartung von über eine Million Exemplaren in den ersten zwei Monaten. Außerdem wird er die jährlichen Backlist-Verkäufe um weitere 30 Prozent steigern. Unser Haus ist auf den Erfolg von Annies Büchern finanziell angewiesen. Das alles ist wie ein Multi-Millionen-Dollar-Zug, den man nicht stoppen kann, weil ein Eichhörnchen auf den Gleisen sitzt.«

Man bedenke, was ich meinen Hoden angetan habe für jämmerliche zwei Wochen. »Ich glaube nicht, dass man den Verlust von Joe mit einem Eichhörnchen auf dem Bahngleis gleichsetzen kann.«

»Nicht soweit es sie betrifft, Henry, natürlich nicht. Aber für die größere Maschinerie macht es keinen Unterschied. Wir haben eine Menge Geld in sie investiert.«

Ich rutsche auf meinem Stuhl herum wie auf einer heißen Herdplatte. »Ich verstehe deine Sichtweise, aber —«

Sie gießt sich den Rest Wein aus der Flasche ins Glas. »Kein Aber. Die Gier nach immer mehr Klicks in den sozialen Medien hat das Verlagswesen in den Fokus gerückt. Die Leute lieben es, die Meister der Worte vom Sockel stürzen zu sehen. Plagiatsvorwürfe von minder erfolgreichen Kollegen. Anfeindungen auf Twitter mit nachfolgendem Shitstorm. In der Presse breitgetretene Pillepalleskandale prominenter Autoren.« Ich mustere sie aus schmalen Augen. »Worauf willst du hinaus, Vicki?«

»Ich will, dass du mir gegenüber aufrichtig bist. Seit dem Buch von Joes Tochter bestehen Zweifel an der Autorenschaft der Trust-Me-Romane. Stammen sie aus Annies Feder? Oder hat Joe sie geschrieben?«

Meine Güte, langsam beginne ich, Annies Hass auf Lacey zu teilen. Ihr blödes Enthüllungsbuch ist bereits vor sechs oder sieben Jahren erschienen. Damals war Annie noch Edwards Autorin, deswegen habe ich die ganze Angelegenheit nur am Rande mitbekommen. Aber ich erinnere mich noch daran, dass mein Vater Laceys Buch weitgehend kleingehalten hat. Er ließ Anwälte die schäbigsten Details raussuchen, um sie dann zu streichen, inklusive der Beleidigungen über Annie. Edward drohte, Lacey wegen übler Nachrede anzuzeigen, wenn sie die Behauptung, Joe würde die Bücher in Wirklichkeit schreiben, nicht zurücknahm. Ich hatte nie in Erwägung gezogen, dass diese Gerüchte es bis in die obersten Etagen der Verlagshäuser geschafft hatten.

Denk nach, Higgins, denk nach. Hier geht es nicht allein darum, Annies Arsch zu retten. Wenn du dieses Buch nicht ablieferst, kannst du einen neuen, lukrativeren Vertrag in den Wind schreiben. Für deine Agentur der perfekte, langersehnte Vorwand, dich hochkant zu feuern. Antworte ihr. Sag was.

»Wir können helfen«, fährt sie fort. »Wirf einer Plattform genug Geld in den Rachen, und die Lippen sind versiegelt. Aber bevor wir in irgendeiner Richtung tätig werden, muss ich eins wissen: Ist sie die Autorin? Du musst ehrlich zu mir sein, Henry. Das gebietet das Berufsethos.«

»Vicki«, ich schnurre fast, »wer anders als Annie könnte diese Bücher schreiben? Du hast sie doch kennengelernt, oder? Sie glaubt, sie *ist* Elizabeth Sunderland.«

»Und Joe hat mit ihr zusammengelebt, mit Annie und ihrem Alter Ego.«

Ich lache. Viel zu laut, die anderen Gäste schauen zu uns herüber. »Joe? Der Mann, der *Burn* geschrieben hat, einen Thriller über Vietnamveteranen, die zu Drogenhändlern werden, soll sich eine Romanfigur wie Elizabeth Sunderland ausgedacht haben?« Der Angstschweiß verursacht einen juckenden Nesselausschlag an all den frisch enthaarten Regionen meines Körpers. »Sei nicht albern.«

Verdammter Mist. Jetzt kann ich nicht nur die vierzehn Tage Galgenfrist vergessen – die Wahrscheinlichkeit ist groß, dass man von mir erwartet, das verdammte Ding am besten vorgestern abgeliefert zu haben, und es sollte tunlichst auch noch der großartigste aller Trust-Me-Romane sein. Nur dann könnte ich bei der fälligen Neuverhandlung des Vertrags am längeren Hebel sitzen.

Sie atmet auf, dann lacht sie ebenfalls. »Gott sei Dank, ich habe schon angefangen, mir Sorgen zu machen.«

»Wirklich, Vicki, ich bin erstaunt, dass du dieses Gerücht nicht sofort ins Märchenreich verwiesen hast.«

Sie seufzt. »Du weißt doch selbst, wie das ist. Lügen und Betrügen sind im Literaturbetrieb heutzutage gang und gäbe. Lektoren und Agenten sortieren schlichtweg nicht sorgfältig genug. Aber unser Haus ist bisher verschont geblieben. Nicht ein Betrugsfall in unserer gesamten Firmengeschichte. Und darauf bin ich stolz.«

Ich nicke enthusiastisch. »Zu Recht. Völlig zu Recht.«

»Wenn Annie noch etwas Zeit braucht – nun, es ist Annie. Sie wird sie bekommen.«

»Man darf die Sache auch nicht zu schwarz sehen«, sage

ich in dem halsbrecherischen Versuch, das Ruder rumzureißen und das Gespräch wieder in sichere Gewässer zu manövrieren. »Annie hat von Natur aus ein sonniges Gemüt.« Und das aus meinem Munde? Ich kann es sogar noch besser: »Ich bin einfach nicht an eine Welt gewöhnt, in der sie nicht schon morgens Heiterkeit und Frohsinn verbreitet.« »Deshalb liebt man sie. Annie ist ein Star. Sie ist mehr als jemand, der Bücher schreibt. Sie ist eine Marke für sich. Sie hat Charisma. Sie ist praktisch ein Lifestyle.« »Das ist sie«, stimme ich zu und winde mich innerlich. »Sie durchläuft einen ganz normalen Trauerprozess, und ich muss lernen, damit umzugehen.« »Vor allem du solltest verstehen, wie es in ihr aussieht.« Ich nicke ernst. »Gottverdammt, Henry«, fährt sie fort, und ihre verbale Vehemenz prallt gegen mich wie eine Sturmbö, »du bist jetzt der Mann in ihrem Leben. Du musst ihr beistehen, sie stützen. Sie hat dich zum Millionär gemacht. Vergiss das mit der Fristverlängerung. Du gehst hin und holst sie aus ihrem seelischen Tief. Bringst sie zurück an den Schreibtisch. Das bist du ihr schuldig. Ich hoffe, du denkst nicht daran, dich vor dieser Verantwortung zu drücken.«

Zu sagen, dieses Treffen wäre anders abgelaufen als erhofft, wäre die Untertreibung des Jahrhunderts. Alles, was ich noch tun kann, bis der Kellner endlich die Rechnung bringt, ist, davon zu träumen, wie ich nach Hause komme, mir die Kleider vom Leib reiße und meinen Körper von oben bis unten mit Babypuder bestäube, um dieses brennende Inferno zu lindern.

15

ANNIE

Ich sitze auf meinem Sofa und esse Eis mit Cookie-Teig-Krümeln. Obwohl, so ganz stimmt das nicht. Ich puhle den Keksteig aus dem Eis und esse nur den. Auf diese Weise spare ich nicht nur Kalorien, sondern komme außerdem in den Genuss der Eiscremereste, die daran haften. Genial, oder? Ich muss auf nichts verzichten.

Nebenbei schaue ich eine Sendung im Fernsehen über eine Familie mit neunzehn Kindern. Ich habe Joe immer damit aufgezogen, dass er mit etwas mehr Eifer bei der Produktion von Nachkommen jetzt auch seine eigene Fernsehshow haben könnte. Was haben wir gelacht. Seit ich weiß, dass Lacey meine Wohnung und mein ganzes Geld kriegt, ist mir das Lachen gründlich vergangen. Aber ich will mir nicht selbst die Stimmung vermiesen. Und gerade, als ich das denke und spüre, wie mein Ärger verfliegt, surrt das Handy, und Henry ist am anderen Ende, mein persönliches rotes Tuch. Ich frage mich, was für einen phänomenalen pragmatischen Ratschlag er diesmal für mich auf Lager hat.

»Ich bin's«, meldet er sich.

»Weiß ich. Dein Name erscheint auf dem Display, wenn du anrufst. Verrückt, oder?«

Nach kurzem Schweigen redet er weiter: »Victoria kann uns nicht mehr als zwei weitere Wochen Zeit geben, der

Trust-Me-Express hat den Bahnhof verlassen. Es ist zu spät, um ihn zu stoppen.«

»Das ist alles? Bloß zwei jämmerliche Wochen hast du für mich rausgeholt? Das hört sich nicht so an, als hättest du dich besonders ins Zeug gelegt.«

»Du hast keine Ahnung, wie sehr ich mich ins Zeug gelegt habe und welche Qualen ich auf mich genommen habe!«, knurrt er.

»Hast du das? Im Ernst, Henry, wann bist du endlich ehrlich zu dir?«

»Ich hatte keinen Spielraum für Verhandlungen. Sie haben schon angefangen, die Veranstaltungsorte für deine Lesereise zu buchen.«

Endlich gute Neuigkeiten. Ich liebe es, meine Fans zu treffen. Ich stecke mir ein Stück Keksteig in den Mund und lutsche das Eis ab. »Echt? Was ist denn vorgesehen?«

Am anderen Ende höre ich ein Stöhnen, dann sagt er: »Vorgesehen ist, dass du ein gottverdammtes Buch schreibst.«

»Ich kann das Buch nicht schreiben. Der echte Autor der Bücher hat mir gesagt, dass ich nicht schreiben kann.«

»Annie«, sagt er. »Die letzten Trust-Me-Bücher sind immer fader geworden. Joe ist kein Schreibgott, und ganz sicher nicht das Maß aller Dinge. Hast du nie darüber nachgedacht, dass du etwas frischen Wind in die Bude bringen könntest?«

Wirklich süß, wie er versucht sich einzuschleimen. Ich kratze etwas Keksteig aus den Tiefen des Bechers. »Tu nicht so, als hättest du sie gelesen. Das ist beleidigend.«

»Ich habe sie gelesen!«, schreit er nun. »Und glaub mir, mehr als ein paar Kapitel habe ich nicht verkraftet.«

Er scheint die Wahrheit zu sagen, aber ich habe immer noch Zweifel. Was ist, wenn Joe recht hatte? »Vielleicht ist es Zeit, das Trust-Me-Fantasieland, in dem ich zwölf Jahre lang gelebt habe, zu verlassen. Es war nie echt, wir haben es nur auf Lügen gebaut. Vielleicht ist die Zeit gekommen, Elizabeth gehen zu lassen.«

»Himmelherrgott, Annie! Das Einzige, was noch unausstehlicher ist als dein schlechtes Benehmen, ist dein Selbstmitleid.«

»Es ist kein Selbstmitleid. Vielleicht bin ich nur zum ersten Mal in meinem Leben realistisch.«

Er schreit so laut, dass ich das Handy ein Stück vom Ohr weghalten muss. »Du willst realistisch sein? Dann erzähl mal. Womit willst du bitte schön in Zukunft deinen Lebensunterhalt verdienen?«

»Ich werde mir einen Job suchen.«

Er lacht. Ich hasse sein Lachen. Es klingt viel zu hoch und herablassend, ein bisschen wie eine sarkastische Ziege. »Du willst arbeiten? Als was denn?«

Nicht so von oben herab, Henry. Nicht so von oben herab. »Du traust es mir nicht zu, einen Job zu finden?«

Er kriegt sich vor Lachen gar nicht mehr ein. »Nein! Nie und nimmer!«

»Ich könnte ins Marketing gehen, Public Relations, Kommunikation vielleicht. Das mache ich ja sowieso die meiste Zeit.«

»Darling«, sagt er.

»Aus deinem Mund klingt das irgendwie gemein.«

»Darling«, wiederholt er, »für die meisten Menschen außerhalb der Blase, in der du lebst, sind Schriftsteller leichtfertig, nicht besonders helle und werden gern mal ausfallend gegenüber Leuten, die ihnen nicht in den Kram passen. Eine Bestsellerautorin zu sein, und dazu noch eine falsche, ist keine Empfehlung für irgendeine berufliche Tätigkeit. Ausgenommen die eine, die du nicht ausüben möchtest – Schreiben.«

Sosehr es mir gegen den Strich geht, muss ich zugeben,

dass er nicht ganz unrecht hat. Elizabeth ist schon so lange ein Teil von mir, dass ich gar nicht mehr weiß, was ich ohne sie tun soll.

»Sieh mal, Annie. Du hast das Gefühl, man hätte dir Elizabeth gestohlen und dass du nie die Chance hattest, ihre Geschichte auf deine Art zu schreiben. Und in gewisser Weise hast du recht, aber dann hol sie dir zurück. Schreib dieses Buch! Ich werde es für dich bearbeiten, ich helfe dir, den Plot zu entwickeln, aber du musst diejenige sein, die es schreibt. Wie schwer kann das schon sein? Joe hat doch nichts weiter getan, als dich eins zu eins in seinen Romanen abzubilden. Du bist Elizabeth.«

Das war süß, aber ich hätte wissen müssen, dass er sich einen Seitenhieb nicht verkneifen kann: »Und das weiß ich«, fährt er nämlich fort, »weil ich weder dich noch sie länger als fünf Minuten ertragen kann.«

Okay, dieses eine Mal lasse ich es ihm durchgehen. »Joe hat mir immer und immer wieder gesagt, dass ich kein Talent zum Schreiben habe. Dass ich nichts zu sagen habe. Keine Stimme mit Wiedererkennungswert.«

»Ganz ehrlich? Das Gleiche habe ich auch über Joe gesagt. Ich habe nie verstanden, was mein Vater in ihm gesehen hat.«

»Wirklich?« Meine Laune hebt sich.

»Das tut nichts zur Sache«, antwortet er. »Sowas muss sich jeder Schriftsteller anhören. Du musst nur ein Buch schreiben und nicht das Rad neu erfinden. Außerdem haben die Trust-Me-Leser geringe Anforderungen. Bleib dir treu, und die Worte kommen wie von selbst.«

Ich mochte es lieber, als er noch über Joe hergezogen hat. Aber jetzt ist er wieder der Alte. Kann er sich nicht mehr als ein paar Sekunden NICHT wie ein Idiot verhalten?

»In welchem Glückskeks hast du denn diesen Spruch gefunden? Du bist ein schrecklicher Agent. Kein Wunder, dass diese Autorin dich gefeuert hat, als ich in dein Büro gekommen bin.«

»Da hast du's«, sagt er. »Dieser Ton. Den musst du beibehalten, dann bist du Elizabeth. Also, ich muss jetzt zum Zug. Fang einfach mal an zu schreiben. Befreie deine innere Muse.«

Er legt auf. Offenbar werde ich die Inspiration für diese Herkulesaufgabe selbst finden müssen. Denn Henry Higgins ist ungefähr so inspirierend wie die Zubereitungshinweise auf der Rückseite eines Fertiggerichts.

16

ANNIE

Na ja, auch wenn man Henrys Versuch, mich zu motivieren, nur als kläglich bezeichnen kann, etwas davon ist doch bei mir hängengeblieben: Es stimmt – jedem Menschen mit schriftstellerischen Ambitionen wird nachgesagt, kein Talent zu haben, unoriginell oder hoffnungslos zu sein. Ich bin sicher, auch Joe hat sich das anhören müssen, obwohl er es mir nie erzählt hat. Es gibt ja anscheinend so einiges, das er mir nicht erzählt hat.

Aber wie fängt man an? Ich sollte mich eigentlich nicht an Joe orientieren, aber er war der einzige Autor, dem ich je bei der Arbeit zugesehen habe. Und die bestand darin, niemals um Rat zu fragen und am Ende meinen Namen unter das Manuskript zu setzen.

Konzentrier dich, Annie. Joe hat mir gepredigt, für einen Schriftsteller sei eine methodische Arbeitsweise unabdingbar. Ein immer gleiches Ritual. Die kleinste Veränderung könne zu einer Blockade führen oder bewirken, dass man den roten Faden ganz verliert. Mein Gott, wie habe ich diese Vorträge die ganzen Jahre ertragen? Blablabla-Kunst. Blablabla-Leiden. Blablabla-Ritual. Kein Wunder, dass Henry Schriftsteller hasst.

Als Anfängerin habe ich einen großen Vorteil: Ich kann mir nun meine eigene Schreibroutine aussuchen.

Was hätte Joe als Erstes getan? Sich ein paar doppelte Scotch einverleibt. Das kommt für mich weniger infrage. Kaffee ist die Droge meiner Wahl. Also gehe ich in die Küche, lege eine Kapsel in die Maschine – da ich nur noch vierhundert Dollar habe, werde ich sparsam sein müssen – und warte darauf, dass die ersten Tropfen in die Tasse fallen.

Ich trage die Tasse zum Schreibtisch und stelle sie neben meinen Laptop. Und nun? Joe würde sich eine von seinen Salems anstecken. Ich habe nie geraucht, und meine innere Stimme sagt mir, mit fünfunddreißig sollte man sich keine neuen schlechten Gewohnheiten mehr zulegen.

Ich trinke einen Schluck Kaffee, klappe den Laptop auf, lege ein neues Word-Dokument an und taufe es auf: ANNIES TRUST ME.docx.

Noch einen Schluck Kaffee. Ich fange an zu schreiben. KAPITEL EINS. Ich ändere die Formatierung zu fett. Ich füge eine Unterstreichung hinzu. Ich ändere die Formatierung zu kursiv. Dann ändere ich die Schriftgröße von 11,5 zu 12. Und zu guter Letzt kehre ich zurück zu fett und unterstrichen.

So, ich habe mir eine Pause bei Instagram verdient, um mich für meine erste Entscheidung als Autorin zu belohnen. Joe pflegte zu sagen: »Ein großer Schriftsteller trifft mutige Entscheidungen.« Zugegeben, es waren nur Font und Format, aber eine Entscheidung ist eine Entscheidung. Oh. Ich liebe dieses Kleid von Theory. Sobald ich wieder bei Kasse bin, gehört es mir. Und ein paar Idioten haben jede Menge Elefanten totgeschossen. Wer macht denn sowas? Ich nehme mir vor, dieser Organisation, die Elefanten schützt, auch etwas Geld zukommen zu lassen. Moment mal. *Schreib über Dinge, die du kennst.* Da klingelt doch was bei mir. Kleider. Elefanten. Kann man das irgendwie kombinieren?

Elizabeth Sunderland stand in der Umkleidekabine und

sehnte sich nach einem starken Kaffee als Muntermacher, während sie ein Cocktailkleid anprobierte, das für die Gala am Abend zur Auswahl stand.

Eine Undercover-Mission. Der Ehemann ihrer neuen Klientin, angeblich Mitarbeiter einer NGO, hatte sich mit einer Bande von Elfenbeinschmugglern eingelassen. Um herauszufinden, wie tief er in der Sache drinsteckte, wollte sie sich unter die Gäste der Weihnachtsfeier der Organisation mischen und bei sich bietender Gelegenheit sein Büro dort durchsuchen.

Ja, das gefällt mir. Es ist aktuell. Heutzutage möchte der Leser eine spannende Handlung mit Gegenwartsbezug. Mit einer Botschaft. Elizabeth hat sich zu einer Ikone des Feminismus entwickelt, aber vielleicht ist für sie die Zeit gekommen, neue Interessengebiete zu erschließen und zu einer Kämpferin für die Umwelt zu werden. Sehr schön, Annie, sehr schön. Weiter im Text. Was wird Elizabeth in den Büros der NGO entdecken? Ah, ich weiß. Irgendwelche Finanzunterlagen, so etwas wie eine Liste mit den Namen von Spendern.

Joe nannte solche »geheimen Papiere« einen MacGuffin. Das ist ein an sich bedeutungsloser Gegenstand, der bloß dazu dient, die Handlung voranzutreiben. Oh ja. Und die Spenderliste besteht, wie sich herausstellen wird, nur aus Briefkastenfirmen. Ist das nicht toll, wie eins zum anderen führt? Diese Schriftstellerei ist ein Klacks.

Nimm das, Henry Higgins. Mit links mache ich das, mit links. Ich hätte Joe nicht gebraucht, um meine Bücher zu schreiben. Ich glaube fast, nein, ich bin so gut wie sicher, dass die Männer in meinem Leben das Talent, das in mir schlummerte, fürchteten und es unterdrückten, damit sie weiter das Sagen hatten. Aber ich bin Annie Shepherd, Absolventin der Harvard University und Teilnehmerin des Seminars »Kreatives Schreiben« der Columbia University. Sollen die anderen doch denken, es sei albern und belanglos, auf schicke Klamotten zu stehen und ein tolles Leben zu führen, aber ich werde ihnen allen zeigen, dass sie es nun mit der selbstbewussten Annie zu tun haben, die schon vor Joe wusste, was sie wollte und konnte.

Das Geheimnis wird jetzt gelüftet. Annie Shepherd ist tot, es lebe Annie Shepherd. Henry Higgins, mein Freund, wenn du diese ersten Seiten liest, wirst du auf die Knie fallen, mein Genie preisen und alles zurücknehmen, was du je über mich gesagt hast.

17

HENRY

Herr, erbarme dich! Das ist hundertprozentig das Erbärmlichste, was ich je gelesen habe. Joe hat nicht übertrieben. Sie hat absolut keine schriftstellerische Begabung. Den ganzen Tag über hat Annie meine Anrufe und Nachrichten ignoriert. Um sechs Uhr verließ ich das Büro, fuhr nach Hause, besorgte mir unterwegs eine Kleinigkeit zu essen, und beim letzten Bissen meiner Shrimps-Tempura meldete mein Handy – *Ping* – den Eingang einer E-Mail mit folgendem Betreff:

BITTE NICHT STÖREN.

Und der Text lautete:

Lieber Henry, bitte zwischen acht und achtzehn Uhr weder anrufen noch texten, das ist die Zeit, in der ich schreibe. Heute musste ich das Handy ausschalten, weil deine dauernden Versuche, mich zu erreichen, eine zu große Ablenkung waren. Bitte nimm Rücksicht auf meinen Terminplan so wie ich auf deinen.

Sie nimmt Rücksicht auf meine Termine? Seit wann denn das? Erst kürzlich ist sie in mein Büro geplatzt, während ich im Gespräch mit einer Autorin war, die mir daraufhin prompt den Laufpass gegeben hat. Aber Annie hat noch mehr zu sagen:

Ich habe vor, dir jeden Abend um diese Zeit die Seiten zu

schicken, die ich an dem betreffenden Tag geschrieben habe. Im Anhang dieser Mail findest du Elizabeths neustes Abenteuer. Ich bin gespannt auf dein Feedback, auch wenn ich schon weiß, wie es ausfallen wird. Du kannst dir nicht vorstellen, wie die Ideen auf mich eingeprasselt sind, nachdem ich meiner Fantasie freien Lauf gelassen habe.

XO, Annie

Ich gebe zu, nach dem Lesen dieser Mail war ich für einen Moment positiv gestimmt. Vielleicht hat Annie eine Art Inselbegabung, dachte ich, und die hat die ganze Zeit in ihr geschlummert. Tief geschlummert. Wen juckt's, wie es passiert ist? Vielleicht vollbringt sie ja das Wunder, mit dem keiner gerechnet hat.

Nachdem ich den Anhang geöffnet und die ersten vier von den insgesamt sechzehn Seiten gelesen hatte, waren alle Fragen beantwortet. Mein Urteil stand fest. Das Wunder ist nicht geschehen, der Hoffnungsfunke erloschen. Der Text ist ein Spiegelbild ihrer sprunghaften Gedankengänge. Keine Spur von Struktur und Logik. Kein nachvollziehbarer Entwicklungsprozess. Kein erkennbarer Höhepunkt, auf den die Handlung zusteuert, kein erhaltenswerter Dialog und kein Stückchen Prosa, das so etwas wie Eleganz durchschimmern lässt. Die Erkenntnis trifft mich mit voller Wucht:

Mir wird nichts anderes übrigbleiben, als dieses verdammte Buch selbst zu schreiben. Schlimmer kann's nicht werden. Aus sechs Wochen sind fünf Wochen und fünf Tage geworden, und wir sind von unserem Ziel weiter entfernt als je zuvor.

Ich beschließe, mir einen Drink zu genehmigen, etwas Abstand zu gewinnen, mich zu sammeln, bevor ich Annie von ihrer rosaroten Wolke herunterhole. Ein Teil von mir fühlt sich schrecklich deswegen. Ob sie wirklich der Überzeugung ist, sie habe etwas Gutes geschrieben? Ich möchte ihr nicht das Herz brechen. Im Gegensatz zur landläufigen Meinung bin ich vom Wesen her nicht herzlos oder gemein. Andererseits könnten diese Seiten eine Gemeinheit ihrerseits sein. Ein hinterhältiger Streich, den sie sich für mich ausgedacht hat. Ihr ist alles zuzutrauen. Sie liebt es, mir Fallen zu stellen und zuzuschauen, wie ich blind hineintappe. Obwohl wir uns schon fünf Jahre kennen, weiß ich nie genau, wie viele von ihren Verrücktheiten echter Einfalt entspringen oder ob sie die Naive nur spielt, um sich dadurch einen Vorteil zu verschaffen.

Der Weg von meinem Büro in die Küche führt durchs Wohnzimmer. Ich bemühe mich, leise zu sein, weil Will, mein Sohn, zwölf Jahre alt, auf der Couch seine Hausaufgaben macht und ich vermeiden will, dass er mich mit irgendwelchen Fragen überfällt, die ich nicht beantworten kann.

Gut. Er hat mich nicht bemerkt. Ich schaffe es in die Küche, schnappe mir den Scotch und gieße zwei Finger hoch in einen Kognakschwenker, fülle zwei Eiswürfel in das Glas und einen Schuss Soda – pures Lebenswasser und das einzige von Menschen erschaffene Heilmittel gegen Annies Prosa.

Auf Zehenspitzen trete ich den Rückweg an, aber an der Tür zu meinem Arbeitszimmer holt Wills Stimme mich ein: »He, Dad«, sagt er. »Kannst du mir mal bei was helfen?«

Vielleicht, wenn ich nicht antworte und weitergehe, wird er glauben, ich hätte ihn nicht gehört, und gibt auf. Traurig, aber wahr, durch ihn merke ich mit erschreckender Klarheit, wie wenig von dem Wissen aus meiner Schulzeit mir in Erinnerung geblieben ist. Dabei muss ich doch die Illusion aufrechterhalten, dass ich klüger bin als er. Vor wenigen Jahren, als er noch in der dritten Klasse war, konnte ich ihm helfen, einen Familienstammbaum zu basteln oder ein Schuhkarton-Diorama von der Behausung einer Bärenfamilie. Mittlerweile jedoch besucht er die siebte Klasse, und da reden wir von Bruchrechnung, Landkarten, Geografie. Ich bin Literaturagent geworden, damit ich mich nie wieder mit sowas befassen muss.

»Dad!«, ruft er. »Dad! Bist du taub?«

Jetzt kann ich auch einem Kind nicht mehr vormachen, dass ich nichts gehört hätte.

»Ja, Sohn«, sage ich, gefangen auf der Schwelle zwischen zwei Welten. »Was möchtest du wissen?«

»Ich brauche Hilfe bei einer Lateinaufgabe.«

»Ich bin des Lateinischen nicht mächtig.«

»Ich auch nicht«, antwortet er, »behauptet jedenfalls mein Lehrer.«

Ich drehe mich um, gehe zum Sofa und bin darauf gefasst, den lieben langen Abend homerische Hexameter in Google Translate einzutippen, als mein Handy sich meldet. Ich schaue aufs Display. Oh. Vom Regen in die Traufe. Der Anrufer ist der ehemalige Leiter des CIA. Ich hebe den Zeigefinger an die Lippen und gebe Will zu verstehen, dass dieser Anruf wirklich wichtig ist.

Meine Agentur vertritt die Memoiren des Geheimdienstchefs. Tatsächlich war ich es, der den Mann aufgespürt und überredet hat, das Buch zu schreiben. Der größte Fehler meines Lebens. Wie schwer kann es sein, seine Memoiren zu schreiben, wenn etwa achtzig Prozent von allem, was man in seinem Leben getan hat, unter strengster Geheimhaltung stehen? Als wir den Vertrag unterzeichneten, dachte ich an rund hunderttausend Worte Pomp und Schwulst über das amerikanische Imperium sowie seine heroische Rolle bei dessen Verteidigung. Eben eins von diesen Büchern, die in Georgetown jeder kauft und niemals liest, aber in Gesellschaft en détail diskutiert. Zu meinem Leidwesen scheint der pensionierte CIA-Chef der Illusion zu unterliegen, er wäre der Marcel Proust des Spionagewesens und habe als dieser endlich seine wahre Bestimmung gefunden. Ich nehme den Anruf an, und er legt los, bevor ich Hallo sagen kann.

»Ich weigere mich, dieses Buch zu schreiben«, wettert er. »Aus und vorbei. Zerreißen Sie den verdammten Vertrag.« Normalerweise wäre ich beunruhigt, aber von ihm kriege ich Anrufe wie diesen mindestens einmal pro Woche.

»Was ist denn passiert?«, frage ich.

»Der Ghostwriter und ich haben nicht dieselbe Vision …«

Vision. Unter Garantie der am meisten missbrauchte Terminus in der gesamten Welt der schönen Künste. Die echten Visionäre, die ich in meinem Leben getroffen habe, lassen sich an den Fingern einer Hand abzählen. Und ich kann euch versichern, keiner davon hat je für die Regierung gearbeitet.

»Was stimmt denn nicht mit dem Ghostwriter?«, erkundige ich mich und erhalte als Antwort eine Mischung aus bürokratischem Jargon und Profanitäten.

Ghostwriter gibt es in der Branche viel häufiger, als man denkt. Im Literaturgeschäft sind Biografien Prominenter heutzutage die Profitgaranten. Marketingbudgets sind derart auf Kante genäht, dass Verleger vorzugsweise auf Bücher setzen, die sich praktisch selbst vermarkten. Würdet ihr euch darum reißen, der Leserschaft das Werk eines genialen Autors zu verkaufen, der nach zehn Jahren unermüdlichen Schaffens fahl und abgespannt aus seinem Kabuff herauskommt? Oder präsentiert ihr der Öffentlichkeit lieber ein Druckwerk mit dem Namen Ariana Grande auf dem Cover?

Aber die Sache hat einen Haken. Die meisten dieser prominenten Personen können nicht schreiben. Darum haben die Verlagshäuser Listen bewährter Ghostwriter, die in die Bresche springen und die Gestaltung des Projekts übernehmen.

Moment mal, Henry.

Ghostwriter. So einen brauchst du für Annies Buch. Sie ist doch wie eine dieser Prominenten, die nicht schreiben können.

Aber wie komme ich an einen? Ich kann schlecht bei den Verlagen herumfragen. Alle bedienen sich von derselben Liste, und es wäre ein Wunder, wenn Victoria nichts davon erführe. Dann wüsste sie, dass ich sie belogen habe, und das würde sie mir persönlich übelnehmen, mehr noch – seltsamerweise – als den Betrugsversuch mit dem Ghostwriter.

Denk nach, Higgins. Wie kannst du einen qualifizierten Ghostwriter auftreiben, ohne dass die gesamte Verlagswelt davon Wind bekommt?

18

ANNIE

Dieser gemeine Kerl. Hinter mir liegt eine schlaflose Nacht. Ich habe kein Auge zugetan, mich nur herumgewälzt und darauf gewartet, dass mein Handy eine Nachricht von Henry ankündigt, in der er mir schreibt: *Bin begeistert, großartig, bitte tausendmal um Vergebung dafür, dass ich dir bisher nichts zugetraut habe, gelobe Besserung.* Was habe ich stattdessen bekommen? Schweigen. Nichts. Im Gegenteil, mein normalerweise entspannter Schlaf wurde mir gestohlen.

Inzwischen bin ich aber schon wieder auf hundertachtzig, weil ich nach fünf Stunden beschissenen Schlafs auf mein Handy schaue und er sich immer noch nicht gemeldet hat. Ich springe aus dem Bett und stolpere fluchend durch die Wohnung. Mieser, undankbarer Gehirntroll! Oha – Gehirntroll? Mann, ich bin wirklich sauer.

Doch ganz plötzlich schlägt meine Stimmung um. Ich bin nicht mehr wütend. Ich fluche nicht mehr. Mich überkommt ein seltsames Gefühl. Es steigt in mir hoch und schnürt mir die Brust zu. Mir wird heiß. Und dann ... Moment ... Ich weine. Ich bin so außer mir, dass ich in Tränen ausbreche.

Ich hasse es zu weinen, und ich hasse es, verletzt zu werden. Er hat mir wehgetan. Henry Higgins hat mir verdammt nochmal wehgetan. Ich habe diese Seiten mit meinem Herzblut geschrieben. Ich habe mich rückhalt- und selbstlos entblößt. Und er? Nimmt mich einfach nicht ernst. Ich mag diese Bücher nicht geschrieben haben, aber ich habe diesem Mann Millionen beschert. Und das ist der Dank? Als ich begreife, wie angreifbar ich mich ihm gegenüber gemacht habe, heule ich los wie ein Schlosshund.

Oh nein. Jetzt kriege ich auch noch einen Schluckauf. Das passiert mir immer, wenn ich kurz davor bin, emotional komplett aus den Fugen zu geraten.

Mein Gott, ich führe mich auf wie Joe. Endlos hat er sich über die Menschenverachtung des Literaturgeschäfts beklagt. Jedes Mal dieselbe alte Leier: »Agenten und Herausgeber wollen, dass du dich für sie umbringst, in deine hintersten Gehirnwindungen kriechst, dein Innerstes nach außen kehrst und aufs Papier würgst, und nachdem du das alles getan hast, um sie zufriedenzustellen, lassen sie sich sechs Wochen Zeit mit dem Lesen des Manuskripts und sagen dir dann: ›Das ist zu extrem, das müssen wir glätten, das wird der Markt so nicht akzeptieren.‹« Kein Wunder, dass er geraucht und getrunken hat bis zum Umfallen. Damals glaubte ich, er wäre einfach nur melodramatisch.

Das kann doch unmöglich bei allen Schriftstellern der Normalzustand sein? Fühlen die sich immer so? Weshalb sollte irgendjemand sich das antun? Wer entscheidet sich freiwillig für so einen Beruf? Ich halte das nicht aus.

Stopp, Annie. Stopp. Du bist eine starke Frau. Elizabeth Sunderland und du, ihr seid aus dem gleichen Holz geschnitzt. Lass dich von sowas nicht runterziehen. Du wirst dafür sorgen, dass Henry Higgins dir Beachtung schenkt. Du sollst sein letzter Gedanke sein, bevor er einschläft, und morgens sein erster. Das kannst du verlangen. Er kann sich glücklich schätzen, dich zu haben, nicht umgekehrt. Gut, womöglich sieht er das anders, seitdem ich ihm offenbart habe, dass ich keine Autorin bin, aber wir stecken gemeinsam in diesem Schlamassel. Wenn ich untergehe, dann reiße ich ihn mit. Das Handy summt und unterbricht mein Ego-Coaching. Die Nummer kenne ich nicht. Soll ich trotzdem drangehen? Auf keinen Fall. Höchstwahrscheinlich ist es irgendein Werbefuzzi, und mir ist gerade nicht danach, mit einem von den Typen zu diskutieren. Und falls es jemand ist, den ich kenne, der durch den enggestrickten Filter meiner Kontaktliste geschlüpft ist, würde ich momentan nur rüberkommen wie eine übelgelaunte Zimtzicke. Soll die Mailbox sich damit herumärgern.

Ich rufe Daphne an, sage ihr, dass ich Henry sprechen will, sprechen *muss* und erfahre, dass er noch nicht im Büro ist. Na, das lässt ja tief blicken. Der hat Nerven. Ich bin auf den Beinen und bereit, an die Arbeit zu gehen. Warum er nicht? Ich hoffe für ihn, dass er zu Hause sitzt und liest. Es waren nur sechzehn Seiten. Selbst er sollte in der Lage sein, das intellektuell zu bewältigen.

Ein Ping von meinem Handy. Sieh an, der Anrufer von eben hat tatsächlich auf die Mailbox gesprochen.

»Hallo, Ms. Shepherd. Mein Name ist Tim Resnick. Ich schreibe für das Literaturmagazin Los Angeles Review of Books. *Ihr Verleger hat mir Ihre Telefonnummer gegeben. Wir planen für die nächste Ausgabe des Magazins einen Nachruf auf Joe Duke. Sie sind ein so essenzieller Teil seiner Vita, dass ich mir nicht vorstellen kann, den Artikel ohne Ihren Input zu schreiben. Mir ist bewusst, dass Sie eine schwere Zeit durchmachen, aber ich wäre Ihnen außerordentlich dankbar, wenn Sie mich zurückrufen und mir helfen würden, damit der Artikel Joe Duke als Mensch und Autor gerecht wird. Sie erreichen mich unter (917)571-5224.«*

Aber klar, träum weiter. Ich bin nicht in der Stimmung

für Lobeshymnen auf Joe. Sorry, Tim Resnick, den Stoff für deinen Artikel musst du dir anderswo besorgen. Frag Lacey. Ich bin sicher, sie kann ein paar herzerwärmende Anekdoten beisteuern. Und unter uns gesagt, was ich über Joe zu berichten hätte, wäre ohnehin nicht druckreif. Unsere Beziehung basierte auf einer Lüge. Wenn Elizabeth außen vor bleiben soll, habe ich kaum etwas zu erzählen.

Ich dachte, Joe und ich hätten uns geliebt. Wir sind zusammen in den Urlaub gefahren und haben alle Feiertage miteinander verbracht. Doch waren wir nicht vor allem zwei Menschen, die durch einen gemeinsamen gigantischen Betrug an der Öffentlichkeit aneinandergekettet waren? Und alles andere lief nebenher, eine angenehme Zugabe?

Je länger ich über uns nachdenke, Joe und mich, desto weniger kann ich die Augen vor der Realität verschließen. Wären Joe und ich dreizehn Jahre zusammengeblieben ohne Elizabeth?

Okay, Annie, konzentriere dich auf das, was jetzt wichtig ist.

Ich fasse den Entschluss, Henry auf seiner Festnetznummer zu Hause anzurufen – er muss die einzige Person sein, die in diesem Jahrhundert noch einen Festnetzanschluss hat – und ihm zu sagen, was ich von seinem Benehmen halte. Während ich darauf warte, dass er sich meldet, nimmt die Tirade in meinem Kopf epische Ausmaße an. Aber was passiert? Ich werde an die Mailbox weitergeleitet.

19

HENRY

Ich sitze an meinem Schreibtisch, massiere mir die Schläfen und bin noch keinen Schritt weitergekommen in Sachen Ghostwriter für Annie. Wir brauchen einen, unbedingt, aber wie soll ich ihn finden? Ich kann mir keinen aus der offiziellen Liste der Verlage aussuchen, und selbst wenn es theoretisch möglich wäre – die meisten von ihnen sind oft Jahre im Voraus ausgebucht. Wie es aussieht, muss ich mir einen aus dem Nichts herbeizaubern. Dabei bin ich mir ziemlich sicher, dass es im literarischen Untergrund nicht von gesichts- und namenlosen Autoren wimmelt, die nur darauf warten, dass ihre Zeit endlich kommt. Zweitens, selbst wenn es mir gelänge, von irgendwoher einen schriftstellerisch tätigen Menschen aufzutreiben, den noch niemand kennt, einen ohne jegliche Verbindungen zur Verlagsbranche, muss ich dem Glücklichen plausibel erklären, weshalb wir uns gezwungen sehen, seine Hilfe in Anspruch zu nehmen. Wir brauchen einen Ghostwriter, weil Annie vor Trauer einen Nervenzusammenbruch erlitten hat. Der Verlust von Joe, der Gedanke an ein Leben ohne ihn, hat sie so tief getroffen, dass sie nicht mehr schreiben kann. Schreibblockade. Tragisch. Unter dieser Prämisse muss ich nicht nur nach jemandem Ausschau halten, der in der Branche noch ein No-Name ist, sondern darüber hinaus absolut gutgläubig und ohne jeden persönlichen Ehrgeiz. Der sich damit abfindet, anonym zu bleiben und eine ellenlange Liste von Verschwiegenheitsklauseln zu unterzeichnen.

Schwierig, aber im Kern ist der Plan nicht schlecht. Zugegebenermaßen besitzt Annie einen ausgeprägten Instinkt für das, was ihre Leser wollen. Sie reist in der Welt herum und spricht mit ihnen. Ich habe es erlebt. Der reine Wahnsinn. Wenn ich es nicht besser wüsste, würde ich meine Hand dafür ins Feuer legen, dass sie die Bücher wahrhaftig selbst geschrieben hat. Wenn es mir gelänge, sie mit einem Ghostwriter zusammenzubringen, der die Gabe hat, Joes eher nüchterne, anspruchslose Prosa nachzuahmen, es hingegen Annie überließe, sich ein neues Abenteuer für Elizabeth zusammenzufantasieren – gern eins, bei dem sie nicht das Zeitliche segnet –, könnten wir tatsächlich lebend aus dieser Sache herauskommen.

Es gibt nur einen Ort, an dem sich unverbildete, verborgene Talente finden lassen. Ich weiß es. Verdammt, ich weiß es! Genial.

Dann öffnet sich die Tür, und Daphne kommt herein. »Klopfen wir jetzt nicht mehr an, bevor wir einen Raum betreten?«

»Henry«, sagt sie, »ich kann von meinem Schreibtisch in dein Büro sehen. Du starrst seit einer halben Stunde unentwegt auf die Wand.«

»Ich denke nach.«

»Das würde ich auch gern. Stattdessen werde ich im Fünf-Minuten-Takt mit Anrufen von Annie Shepherd bombardiert. Sie hat in nicht ganz vierzig Minuten sechsmal angerufen. Und sie hat mich jede einzelne Nachricht wiederholen lassen, damit ich sie originalgetreu übermitteln kann.«

Überrascht mich nicht. Annie fühlt sich von mir ignoriert.

Zu Recht. Ich ignoriere sie. »Mir bleibt auch nichts erspart. Fang an.«

Daphne hält einen Stapel beschriebener Notizzettel hoch. »Ich muss zugeben, ein paar davon haben Unterhaltungswert.«

Ich falte ergeben die Hände. »Lass hören.«

Daphne baut sich vor mir auf wie Annie, wenn sie zu einer ihrer Tiraden ansetzt.

»Wie kann sich jemand als Literaturagent bezeichnen, der nicht liest, was man ihm zuschickt?‹«

»Weiter.«

»Ich habe Ambers Visitenkarte hier in meiner Hand, und ich werde nicht zögern, sie anzurufen.«

Gähn, das ist eine leere Drohung.

»Du schuldest mir Respekt, Arschloch, ich habe dich reich gemacht.«

»Falsch. Mein Vater hat sie reich gemacht.« Verdammt, ich höre mich antworten, als wäre Daphne Annies Medium.

»Ich sollte mein Buch zu den anderen auf deinem Schundstapel legen«, sagt Daphne in Annies ätzendstem Ton.

»Dann hat es wahrscheinlich größere Chancen, gelesen zu werden.«

Der Schundstapel. Die Abraumhalde. Der Friedhof der Hoffnungen. Genau dahin wollte ich mit der virtuellen Schaufel über der Schulter, als Daphne mich so unsanft gestört hat. Für die Uneingeweihten: Der Schundstapel bezeichnet den Ort, an dem die unverlangt eingesandten Manuskripte landen. *Unter uns*, auf meinem Schreibtisch landen pro Jahr mehr als zehntausend Anfragen von Leuten, die möchten, dass ich ihr Werk lanciere. Ich sage das nicht, um zu prahlen, aber es ist nun mal so: Viele Menschen wollen Bücher schreiben.

Der Schundstapel wird zu der Fundgrube, in der Annie

Shepherds Ghostwriter der Entdeckung harrt. Gott weiß, die Absender dieser Manuskripte warten mit angehaltenem Atem darauf, von mir zu hören. Hallo, meine neuen Autorenfreunde. Ich kann einem unter euch einen Expresstransport aus dem Fegefeuer in die Hölle von *Trust Me* anbieten.

»Daphne«, sage ich, »wir haben Arbeit.«

»Soll heißen, ich habe Arbeit.«

Einfach überhören. »Es geht darum, das Netz nach neuen Klienten auszuwerten. Der Betrieb stagniert, das kann nicht so weitergehen. Wir brauchen aggressive Akquisition. Ich beauftrage dich hiermit, die Verfasser der zehn besten Manuskripte, die du in den vergangenen zwölf Monaten gelesen hast, anzurufen und einen Termin für ein persönliches Treffen zu vereinbaren. Zeitnah. Und wenn ich zeitnah sage, meine ich heute.«

Sie fixiert mich aus schmalen Augen. »Du willst neue Klienten annehmen?«

»Habe ich eben gesagt.«

Ihre Augen verengen sich zu Schlitzen. »Henry, wenn vielversprechende dabei waren, sind sie jetzt bestimmt nicht mehr zu haben. Ich habe dir im letzten Jahr Dutzende Bücher empfohlen, aber du hast dir kein einziges näher angeschaut.«

Für sowas habe ich nun wirklich keine Zeit. »Dann schau dir nur die Einsendungen der letzten sechs Monate an.«

»Ich habe dir vor fast sechs Monaten ein Buch gegeben, das der Bestseller des Jahres hätte werden können. Aber du hast es nie gelesen, obwohl ich es so ins Herz geschlossen habe.«

»Kann nicht sein.«

»Kann es doch.«

»Hast du's per E-Mail geschickt?«

»Nein.« Wenn sie eine Katze wäre, würde sie die Krallen ausfahren. »Ich habe es dir in die Hand gedrückt, und du hast gesagt, du könntest es kaum erwarten, das Manuskript zu lesen. Das war vor einem halben Jahr.«

Peinlich, peinlich. »Ich habe viel um die Ohren. Du musst mich erinnern.«

»Das tue ich. Allwöchentlich.«

Ich schweige, das scheint mir in dieser Situation die beste Taktik zu sein. Nach einer Weile wird mir klar, dass sie nicht weitersprechen wird, wenn ich nichts sage. Wenn ich aus dieser beklemmenden Sackgasse herauskommen will, muss ich mir etwas einfallen lassen.

»Wieso hast du den Wunsch, Agentin zu sein?«

»Ich bewundere Menschen, die Bücher schreiben können«, antwortet sie. »Ich möchte ihnen helfen, ihr Werk zu formen und zu verbessern. Du hast mir bei meinem Vorstellungsgespräch erzählt, dass du eng mit den Autoren zusammenarbeitest. Das war auch der Grund, warum ich mich für dich und nicht für einen der anderen Agenten entschieden habe, die mich nehmen wollten.«

Diese Frau ist mir ein Rätsel. »Aber warum?«

»Weil da draußen Menschen sind, die etwas zu sagen haben, aber nicht gehört werden. Und ich will dafür sorgen, dass man ihnen endlich Gehör schenkt.«

Mir reicht's jetzt. Ich bin hier der Boss. Daphne ist meine Angestellte. Natürlich kann ich das so nicht sagen, deshalb leite ich einen fliegenden Themenwechsel ein. »Warum erledigst du nicht die Telefonate, um die ich dich gebeten habe?«

Auf dem Weg zur Tür bleibt sie noch einmal stehen und dreht sich um. »Was ich noch fragen wollte – hat sich das Waxing für dich ausgezahlt?«

Augenblicklich überkommen mich schmerzhafte Erinnerungen an das durchlebte Trauma. Meine Hoden erschaudern und machen sich so klein wie möglich. »Ist das wirklich üblich bei den Männern meiner Generation?«

Sie kichert – hämisch, kommt es mir vor. »Oh ja. Alle lassen das machen.« Jetzt klingt das Kichern dämonisch. »Es zeigt, dass man sich bemüht.«

Sie verschwindet aus der Tür, und ich erkenne glasklar, dass die Hexe mich reingelegt hat. Ihre Rache dafür, dass ich ihr Herzensprojekt sechs Monate lang nicht gelesen habe. Chapeau, Daphne. Gut gespielt. Aber ich werde dir das nicht vergessen. Ich werde Annie Shepherds Ghostwriter zu einem vollwertigen Mitglied des PEN-Clubs erhoben haben, bevor ich auch nur über die erste Zeile deines Schundstapel-Funds hinaus bin. Mein Ego braucht diese Genugtuung.

20

HENRY

Ich sitze nun seit geschlagenen acht Stunden an diesem Tisch in diesem Restaurant. Ich hatte ein spätes Frühstück, drei Mittagessen, und jetzt steht meine zweite Bestellung des Abends vor mir, ein vor Mayonnaise triefendes Truthahn-Sandwich mit Pommes frites, die ebenfalls von einem dicken Klecks Mayonnaise gekrönt werden. Ich stopfe mir den Mund mit besagten Fritten voll – sie verhindern, dass ich meinen Frust hinausbrülle, was die übrigen Gäste dieses beschaulichen Lokals sicherlich zu schleuniger Flucht veranlassen würde. Die letzte von Daphne für mich ausgewählte Kandidatin ist soeben aufgestanden und gegangen. Sie war die Beste. Und wenn ich Beste sage, dann schlagt bitte im Lexikon den Begriff »pejorativ« nach. Genau.

Sie war sechsundzwanzig und betrachtete mich mit der typischen Geringschätzung, die Millennials für Angehörige der in ihren Augen verschnarchten älteren Generation hegen. Da stellt sich die Frage, weshalb hat sie mir geschrieben und wollte, dass ich sie vertrete? Zugegeben, das ist inzwischen elf Monate her. Daphne musste doch tiefer als erwartet im Schundstapel graben.

Egal. Sie hat ein literarisches Tagebuch geschrieben, ein Memoire, über ihre Kindheit und Jugend in Michigan, und schildert darin in ermüdender Ausführlichkeit, wie sie und ihre große Liebe aus dem College gemeinsam in die große weite Welt hinausziehen – in diesem Fall bedeutet das Manhattan –, wo er sie nach einem Monat wegen einer anderen Frau sitzenlässt, die er bei seinem Aushilfsjob kennengelernt hat.

Ein guter Rat von mir: Wenn du mich als Agent haben möchtest, solltest du nicht sechsundzwanzig sein und deine Lebenserinnerungen geschrieben haben, außer du bist von einer Sekte entführt worden, hast es überlebt und kannst davon berichten. Und erst recht verschone den Leser mit der alten Leier, dass dein Kerl dich sitzengelassen hat. Was ist daran auch nur im Geringsten überraschend?

Hat man diese junge Frau nicht darüber aufgeklärt, dass Männer bis zu ihrem vierzigsten Lebensjahr egoistische Charakterschweine sind? Manche auch darüber hinaus, hängt von den Optionen ab, die sie haben. Nur weil die Rolle der Frau in der modernen Gesellschaft eine bemerkenswerte Aufwertung erfahren hat, nur weil Frauen in den letzten Jahren auf dem Weg zur Gleichberechtigung ein gutes Stück vorangekommen sind, heißt das noch lange nicht, dass das männliche Geschlecht diese Leistung zur Kenntnis genommen hätte oder auf die Idee gekommen wäre, das eigene Verhalten den neuen Gegebenheiten entsprechend zu optimieren.

Man sollte meinen, dass die Frauen von heute es besser wüssten. Aber nein, sie gehen immer noch mit uns aus und lassen sich hold errötend den Ring an den Finger stecken, obwohl sie es gar nicht mehr nötig hätten.

Ich hatte Daphne angewiesen, diese Gespräche kurz zu halten. Vorerst kein Wort über eine Verpflichtung als Ghostwriter verlieren. Ich erzählte den Kandidaten, dies sei eine Art Kennenlerngespräch. Ich wollte Charaktere ausloten. Mein Modus Operandi bestand darin, nach jemandem zu suchen, dem ich eine erfolgreiche Zusammenarbeit mit Annie zutrauen konnte, das war mir wichtiger als schriftstellerische Qualität. Außerdem hatte ich die Manuskripte dieser Leute nicht gelesen und musste mich ausschließlich auf die von Daphne für mich erstellte Synopsis verlassen. Mit einer tiefschürfenden Diskussion des jeweiligen Werks konnte ich daher nicht dienen. Von den zehn Finalisten, die Daphne auserkoren hatte, kam letztlich nur mit sieben ein Treffen zustande. Einer war gestorben. Der andere verbüßte eine Haftstrafe, was mein Interesse weckte. Es gibt eine lange, ehrwürdige Tradition von Männern, die hinter Gefängnismauern Klassiker verfasst haben. Man denke nur an Jean Genet. Dostojewski. Und die besten Werke des göttlichen Marquis de Sade entstanden während seiner fünfeinhalb Jahre in der Bastille.

Nummer drei hatte sich einen anderen Agenten gesucht, und sein Buch soll im nächsten Jahr erscheinen.

Da hast du offenbar was verschlafen, Higgins, bravo. Großartig, wie du es geschafft hast, dass dir ein aussichtsreiches Projekt durch die Lappen geht. Vielleicht sollst du doch noch einen Blick auf Daphnes Herzensprojekt werfen. Es könnte sich lohnen.

Der erste Kandidat, der mir gegenübersaß, hatte einen wirklich gruseligen Krimi über einen Serienkiller geschrieben, allerdings mit einer starken weiblichen Hauptfigur, was mich hoffen ließ. Er war liebenswürdig. Ein wenig überspannt, aber hey, er ist Schriftsteller. Erst nach ungefähr der Hälfte des Gesprächs keimte in mir der Verdacht, der Roman könnte autobiografisch sein. Seine Fingernägel waren abgebissen und hatten Trauerränder. Er rieb sich zwanghaft immer wieder Hände und Unterarme bis zu den Ellenbogen mit Desinfektionsmittel aus einer mitgebrachten XXL-Flasche ein, die er auch noch mitten auf den Tisch stellte, wo alle sie sehen konnten. Vielleicht doch nicht die beste Wahl für eine Zusammenarbeit mit der wertvollsten Klientin meiner Agentur.

Auf ihn folgte eine entzückende, lebhafte Brünette. Mir

war auf den ersten Blick klar, dass sie nicht infrage kam, Annie würde in ihr eine Konkurrenz für ihren Alleinherrscherinnen-Status sehen. Andererseits, in Zeiten wie diesen darf man Stutenbissigkeit nicht überbewerten. War sie der Aufgabe gewachsen? Ich war zuversichtlich. Bis, ja, bis ich den Kellner fragte, ob es möglich sei, meinen Cheeseburger doppelt zu belegen, und dieses halbflügge Ding mich mit mahnend erhobenem Zeigefinger fragte, ob ich überhaupt wisse, wie lange mein Körper brauchen würde, um diese Menge roten Fleisches zu verstoffwechseln. Ade. Leb wohl. Auf Nimmerwiedersehen.

Der dritte Kandidat verfügte bereits – hurra! – über einige Erfahrungen als Ghostwriter, was meine Stimmung wieder hob. Leider fürchte ich, dass er einige Zeit gesundheitlich nicht auf der Höhe sein wird. Es könnte sein, dass ich ihm ein paar Rippen gebrochen habe.

Das sollte ich vermutlich näher erklären. In seiner freudigen Erregung über das Treffen mit mir versäumte er es, den Kellner von seiner Nussallergie in Kenntnis zu setzen. Schon nach der Vorspeise begannen sein Gesicht und seine Hände sich bläulich zu verfärben. Dann, nach dem Hauptgericht, griff er sich an den Hals, röchelte etwas wie »Kriege keine Luft« und bäumte sich krampfartig auf.

Ich musste ihn förmlich niederringen, bis ich ihm, beide Ellenbogen gegen seinen Brustkorb gestemmt, endlich den EpiPen in den Oberschenkel rammen konnte. Der typische Fehler eines Erste-Hilfe-Novizen. Äußerten jedenfalls die Rettungssanitäter, die zu guter Letzt erschienen, um ihn ins Krankenhaus zu transportieren. Was soll's, Leben zu retten kann brutal sein.

Nummer vier war wieder eine Frau, und sie erschien in Begleitung ihrer französischen Bulldogge. Ich hatte nicht gewusst, dass dies ein hundefreundliches Restaurant ist. Unglücklicherweise bin ich kein Hundefreund. Und wer bringt bitte zu einer geschäftlichen Besprechung seinen Köter mit? Es war nicht einmal ein speziell ausgebildeter Therapie- oder Begleithund, nur eine gewöhnliche, stupide, stinkende Töle, die diese Person am Tisch mit Häppchen von ihrem eigenen Teller fütterte. Der fünfte Kandidat hatte etwas ganz Besonderes zu bieten – er war erst vor Kurzem aus der Irrenanstalt entlassen worden, wobei »entlassen« vielleicht nicht das richtige Wort ist. Nach meinem Dafürhalten war er, nachdem er Daphnes Nachricht erhalten hatte, aus der Anstalt ausgebrochen. Wie ich darauf komme? Erstens, er trug das Plastikbändchen mit seinem Namen noch am Handgelenk. Zweitens schwöre ich, dass ich den zusammengeknüllten Saum eines Krankenhaushemdchens zwischen Blazer und Jeans hervorlugen sah.

Die vorletzte Kandidatin, unmittelbar vor Miss Michigan, bescherte mir das merkwürdigste Erlebnis. Sie wirkte unaufgeregt, wortgewandt, etwas zurückhaltend, aber genau deshalb wäre sie für Annie wahrscheinlich ideal gewesen. Ich war vorsichtig optimistisch, Betonung auf vorsichtig. Zum ersten Mal an diesem Tag fühlte ich mich entspannt genug, um den Gang zur Toilette zu wagen. Stellt euch meine Überraschung vor, als ich zurückkam und sie weg war. Verschwunden. Spurlos. Mit ihr verschwunden waren das Essbesteck und ein Teil meines Mittagessens.

Und jetzt, während ich meine Pommes kaue, meine Sorgen in Kartoffelstärke ersticke und noch ebenso weit davon entfernt bin, einen Ghostwriter gefunden zu haben, wie vor acht Stunden, erblicke ich eine ungeladene Kandidatin, die sich in kämpferischer Haltung meinem Tisch nähert, unter ihrer aggressiv gekräuselten Oberlippe blitzt ein leicht schiefstehender Vorderzahn auf. Die kleinen Fäuste sind geballt. Die Nasenflügel beben. Wie um alles in der Welt hat sie mich hier aufgespürt? Das muss Daphnes Schuld sein, natürlich. Diese infernalische Assistentin bringt mich noch ins Grab!

21

ANNIE

Ich ziehe einen Stuhl hervor, lasse mich darauf fallen und fixiere diesen verfluchten Henry Higgins mit dem durchbohrenden Blick eines Verhörspezialisten. Bis ich aus dem Augenwinkel die Pommes auf seinem Teller sehe und nicht widerstehen kann. Ich greife ein paar und stecke sie mir in den Mund, während ich diesen Verräter weiterhin unverwandt anstarre. Er soll sich nicht sicher fühlen. Er soll nicht glauben, diese unwahrscheinlich guten Pommes hätten mich milde gestimmt.

»Wie kannst du es wagen«, eröffne ich das Duell, »wie kannst du es wagen, mich den ganzen Tag zu ignorieren?« Ich schlage mit der flachen Hand auf den Tisch, dass die Teller hüpfen. »Arbeitest du nicht mehr für mich?«

Er stößt einen tiefen Seufzer aus. »Deshalb bin ich hier, weil ich für dich arbeite, du undankbare Nulpe.«

»Ich weiß nicht einmal, was eine Nulpe ist. Aber so, wie ich dich kenne, ist es eine Beleidigung.«

Er nickt.

Ein Glück für ihn, dass ich momentan andere Prioritäten habe. »Wie soll ich das verstehen, du sitzt hier, weil du für mich arbeitest? Von Daphne weiß ich, dass du hier neue Klienten treffen willst. Das Portfolio erweitern, stimmt's? Vorsorge treffen für meinen Untergang. Mistkerl.«

Er seufzt noch lauter, es klingt fast wie ein Schnarchen. »Ich musste Daphne sagen, dass ich mich hier mit neuen Autoren treffe, weil sie nicht wissen darf, was ich wirklich tue. Es ist ein Geheimnis.«

Ich hebe eine Augenbraue. »Willst du sie feuern? Mach das nicht. Ich liebe Daphne.«

»Wie kommst du darauf, dass ich sie feuern will?« Er senkt die Stimme. »Ich bin auf der Suche nach einem Ghostwriter.« Er deutet mit dem Zeigefinger auf mich. »Für dich.« Dann krallt er sich eine ganze Handvoll Pommes und stopft sie alle auf einmal in den Mund.

»Du solltest liebevoller mit deinem Körper umgehen.«

Er antwortet mit vollem Mund. »Was geht's dich an?«

Mein Versuch, Henry zu einer gutgemeinten Diät zu überreden, ist hiermit beendet. »Was soll das mit dem Ghostwriter? Hast du nicht gelesen, was ich dir geschickt habe?«

»Doch.« Er nickt langsam. »Habe ich.«

»Und? Hat es dir nicht gefallen?«

»So würde ich es nicht ausdrücken …«

»Ich weiß, man muss noch was dran tun …«

»… ich fand es grauenhaft.«

Oh, dieser … dieser … »Und ich finde dich grauenhaft!«

»Keine Neuigkeit.«

»Ehrlich, Henry, diese ersten Seiten waren gut, sie waren ein Anfang. Ich bin steigerungsfähig. Fällt es dir so schwer, mich ab und zu mal zu loben?«

»Ja.«

»Soll das heißen, du glaubst, Joe hatte recht mit dem, was er über mich gesagt hat?«

»Was hat er denn gesagt?«

»Das weißt du doch ganz genau.« Er lässt es mich nur wiederholen, weil er mich quälen will. »Er sagte, die einzige Möglichkeit für mich, mir als Schriftstellerin einen Namen zu machen, wäre, wenn er auf dem Einband der Bücher steht, die er geschrieben hat.«

Er antwortet nicht. Aber sein Schweigen ist mir genug Antwort. Na schön. Was du kannst, kann ich auch. »Du hättest mir verraten sollen, was du vorhast«, sage ich. »Schließlich muss ich für das Buch geradestehen.«

Er schnaubt wie ein Drache, der Feuer speien will. »Und du hättest mir verraten sollen, dass du keins dieser Bücher geschrieben hast. Sieht aus, als wären wir quitt.«

»Ist es nicht gefährlich?«, frage ich. »Einen Ghostwriter anzuheuern?« Ich schnappe mir schnell noch ein paar Pommes, bevor sie alle weg sind. »Sei bloß vorsichtig. Traue keinem.«

»Oh. Mein. Gott.«

Er sagt es genau so. Mit allen Pausen. »Wo hast du sie überhaupt hergeholt, deine Ghostwriter?«

»Aus meiner Schundablage. Sie waren die einzigen Hoffnungsschimmer am Horizont, aber auch komplett unbrauchbar.«

»Oh«, sage ich und trommle mit den Fingern beider Hände auf die Tischkante. »Ich habe eine Idee. Genau deshalb hättest du mich in deinen Plan einweihen sollen. Meine Einfälle sind immer richtig gut.«

Er verdreht die Augen. »Erleuchte mich.«

»Die Leute schreiben online massenweise Fanfiction mit Elizabeth als Hauptfigur.«

Er runzelt die Stirn. »Warum verklagen wir die Bande nicht wegen Verletzung des Copyrights?«

»Weil es das größte Kompliment für die Reihe ist, das man sich wünschen kann. Elizabeth bedeutet ihnen so viel, dass sie das Bedürfnis haben, eigene Abenteuer für ihre Heldin zu erfinden.«

»Ein Bedürfnis, welches du nie gehabt hast.«

Haha. »Du kannst mich mal«, antworte ich. »Das sind alles meine Fans. Sie sind wunderbar. Sie haben mit mir um Joe getrauert. Sie haben getweetet und gefragt, wie es mir geht, und mir viel Kraft gewünscht.«

Der Kellner zieht abwartende Kreise um unseren Tisch herum, und Henry bittet um die Rechnung.

»Ich vertraue meinen Fans«, fahre ich fort. »Sie lieben mich und würden die Chance mit beiden Händen ergreifen. Es wäre für sie ein Traum, der wahr wird.«

»Toll«, sagt er. »Noch mehr Pseudo-Autoren. Oder nein, Pseudo-Autoren zweiten Grades. Pseudo-Autoren, die einen Pseudo-Autor imitieren.«

»Stimmt nicht«, werfe ich ein. »Um bei deiner Logik zu bleiben. Sie schreiben diese Geschichten tatsächlich.«

»Annie, mein Herz«, er legt seine Black-Amex-Kreditkarte auf die Rechnung, »die gutgemeinten Bemühungen einer Horde minderbegabter Fanfiction-Schreiberlinge hilft uns nicht aus der Klemme. Was wir brauchen, ist ein Profi. Wir brauchen jemanden, der uns in weniger als fünf Wochen einen vermarktungsfähigen Roman zusammenklöppelt. Das schaffen deine Amateure aus dem Fandom nicht.«

»Dann müssen wir auf unseren ursprünglichen Plan zurückgreifen. Sieh den Tatsachen ins Auge, Henry. Du wirst dieses Buch für mich schreiben müssen. Ich dachte wirklich, dass meine ersten Seiten Potenzial haben, aber du hast selbst gesagt, dass sie nichts sind. Also musst du ran. Du bist der Einzige, dem ich vertrauen kann.«

»Ich kann nicht«, sagt er und läuft rot an. »Ich bin Seniorpartner einer international agierenden Literaturagentur. Ich habe mein eigenes Büro zu leiten. Amber Rosebloom wirbt mir die Klienten ab.«

»Amber ist wirklich gut. Ich studiere neuerdings die Fachpresse, musst du wissen. Seit ich angefangen habe zu schreiben.«

»Das war vor gerade mal vierundzwanzig Stunden.«

Dieser Spielverderber. »Danach muss sie in den letzten paar Monaten mindestens ein Dutzend hochdotierte Verträge abgeschlossen haben. Sie spielt ganz vorne mit.«

»Warten wir es ab, ob einer ihrer Fänge die Leser dazu bringt, sich von ihrem Geld zu trennen.«

»Ich habe deinen Namen auf keiner Liste mit den Verkäufen der letzten Monate entdecken können.«

Er unterschreibt die Rechnung und antwortet nicht.

»Möchtest du darüber reden?«

»Worüber?«

Als ob er das nicht wüsste. »Über die Flaute, in der du steckst. Vielleicht kann ich nicht schreiben, aber ich kann verkaufen. Annie Shepherd ist ein Topseller auf dem Buchmarkt. Und ich weiß, was Autoren hören wollen.«

»Und ich weiß das nicht?«

»Nein, nicht wirklich.«

Er steht auf, schiebt seinen Stuhl zurück. »Meine Verkaufszahlen sind okay. Nicht okay ist, dass wir immer noch ohne Ghostwriter dastehen.«

»Ist dir je der Gedanke gekommen, dass du mich fragen könntest, ob ich eine Idee habe, was wir tun könnten?«

Er schüttelt den Kopf. »Du hast uns in diesen Schlamassel hineingeritten. Wie beschränkt müsste ich sein, das Problem nach der Lösung zu fragen?«

»Oh, jetzt bin ich ein Problem?«

Er lacht kurz und gehässig. »Jetzt?«

»Vor ein paar Tagen saßen wir noch in einem Boot. ›Dein Untergang ist mein Untergang‹, hast du gesagt.«

»Ja und? Hast du geglaubt, das wäre irgendwie romantisch? Das Boot, in dem wir beide sitzen, treibt, wenn du so willst, auf die Niagarafälle zu. Wenn es ums Überleben geht, ist sich jeder selbst der Nächste.«

Ich folge ihm zwischen den Tischen hindurch zum Ausgang. Ich beeile mich, ihn einzuholen. Die Nachtluft ist frisch und kalt. Fast kalt genug für Schnee. Vielleicht bekommen wir weiße Weihnachten, das wäre schön. Ich bin ein großer Fan von Weihnachten, doch mit einem Gesamtvermögen von vierhundert Dollar, oder genau genommen noch dreihundertfünfundsiebzig, wird es in diesem Jahr leider nur einen Christbaum à la Charlie Brown geben. Einen schlappen Tannenzweig, an dem zwei traurige Kugeln baumeln.

»Henry!«, rufe ich, »nicht so schnell«, und höre gleichzeitig hinter mir aus der Richtung des Restaurants eine Stimme: »Geiler Arsch!«

Ich drehe mich um, bereit, die Elizabeth Sunderland in mir zu aktivieren. So eine primitive Anmache verlangt nach der Höchststrafe. Was denken die Kerle sich eigentlich? Glauben sie, sexistische Komplimente über die weibliche Anatomie wären das geeignete Mittel, sich bei uns beliebt zu machen?

Aber dann sehe ich ihn. Und mein Ärger ist schlagartig verflogen. Er ist höchstens Mitte zwanzig. Hat göttliches Haar. Stahlblaue Augen. Volle Lippen, zwischen denen eine Zigarette klemmt. Rauchen ist eklig. Aber bei ihm nicht, komischerweise. Bei ihm wirkt es wie eine sexy Requisite. Und sein Körper. Obwohl verhüllt von einer Livree, weiß man, dass man ihn nackt sehen will. Doch was mich vollends dahinschmelzen lässt, ist das, was er als Nächstes sagt: »Und geile Bücher, Annie Shepherd.«

Also jetzt gehe ich hin und unterhalte mich mit ihm. Er ist ein Fan. Ich liebe es, so attraktive Fans zu haben.

22

HENRY

Was hat sie denn jetzt wieder vor? Flirten? Will sie den jungen Mann dahinten anbaggern? Er sieht aus wie so ein dauerläufiger Liegestuhlaufklapper, der sich im Sommer ein Trinkgeld damit verdient, dass er mit den Vorzeigegemahlinnen reicher alter Männer schläft. Bei Gott, was ist das mit dieser Frau? Ich bin mit ihr um die ganze Welt gereist. Habe sie zu Podiumsdiskussionen begleitet, zu Signierstunden, Preisverleihungen, Buchmessen, Geschäftsessen, und jeder Mann lag ihr binnen Minuten zu Füßen. Wie kommt es, dass ich in dieser ganzen langen Zeit gegen ihren raffinierten Charme immun gewesen bin? Nun, das lässt sich leicht beantworten. Ich kenne sie.

Jetzt kommt sie von der anderen Straßenseite zu mir herüber, beschwingten Schrittes und mit einem Lächeln auf den Lippen. Natürlich. Sie hat den Kellner an der Angel. Ohne Umschweife hakt sie sich bei mir ein und sagt in verschwörerischem Ton: »Er ist Schriftsteller.«

Soll man diese Aussage einer Antwort würdigen? Eindeutig nein.

»Und er findet meinen Hintern geil.«

»Ein hervorragender Gradmesser persönlicher Wertschätzung.«

Untergehakt – meine diskreten Befreiungsversuche werden ignoriert – gehen wir die Straße entlang.

»Mach dich nicht lustig, Henry. Er ist wirklich ein Schrift-steller. Sein Name ist Chris Dake. Er hat seinen Abschluss in Iowa gemacht. Vor sechs Monaten ist er hergekommen, um seinen Traum zu leben.«

»Als Kellner?«

»Sei nicht so ein Ekel. Das macht er nur, um seine Rech-nungen bezahlen zu können.«

»Funktioniert ja großartig.«

»Du bist so ein arroganter Schnösel. Ich habe auch gekell-nert, während meiner Schulzeit und später am College.«

»Offenbar der Königsweg zu schriftstellerischer Vollkom-menheit.«

»Ich habe ihm deine E-Mail-Adresse gegeben, damit er dir eine Leseprobe schicken kann.«

Erbarmen! »Ich habe dir erklärt, dass ich nicht wirklich auf der Suche nach neuen Klienten bin.«

»Meine Gedanken gingen eigentlich in eine andere Rich-tung ...«

Und ich fürchte, ich weiß, in welche. Ich bleibe stehen. Schiebe ihren Arm weg. »Kommt nicht infrage, Annie.«

»Du weißt doch gar nicht, was ich sagen wollte.«

»Aber ich habe wieder dieses Gefühl, das sich immer mel-det, wenn du mit einer deiner Ideen daherkommst.«

»Ich denke nur, dass wir ihn als Ghostwriter in Erwägung ziehen sollten.«

Ich lege die Hände über die Ohren. »Ich wusste es. Ich wusste es!«

»Im Ernst? Du hältst dir die Ohren zu? Sehr erwachsen von dir, Henry, das muss ich dir lassen.«

Ich gehe schneller, ich brauche ein paar Schritte Abstand von dieser Frau. »Jedenfalls erwachsener, als ein Multi-Mil-lionen-Dollar-Projekt von dem unbewiesenen Talent eines Aushilfskellners abhängig zu machen.«

149

Sie hat mich eingeholt. »Henry, ich kann Menschen sehr gut einschätzen. Ich lese sie wie ein offenes Buch. Und ich sage dir, ich habe bei Chris ein gutes Gefühl. Außerdem hat er einen Abschluss von der University of Iowa.«

»Weißt du über die Universität überhaupt irgendetwas, abgesehen vom Namen?«

Wieder hakt sie sich bei mir unter, die falsche Schlange. Das ist ihre Masche. Sie schmeichelt sich ein, um zu bekommen, was sie will. »Darum geht es doch gar nicht.«

»Sieh mal, ich gönne dir von Herzen, dass er deinen Allerwertesten bewundert. Ich gehe da mit ihm konform.«

Sie strahlt mich an. »Ich habe gemerkt, dass du immer draufschaust.«

»Schätzchen, es ist unmöglich, nicht hinzuschauen. So schamlos, wie du damit kokettierst. Diese weißen Jeans …«

»Ich kokettiere nicht. Ich betone meine Vorzüge. Das hat Stil.«

»Aber nur, weil er einen Blick für weibliche Rundungen hat, muss er noch lange nicht schreiben können.«

»Vielleicht kann er es ja doch. Vielleicht ist er gut.« Sie stupst mich mit der Hüfte an. »Auf jeden Fall hat er einen guten Geschmack. Das heißt doch was.«

»Muss ich es dir buchstabieren? Nein. N-E-I-N.«

»Er weiß, wer du bist.«

Ah, jetzt versucht sie, mich bei meiner Eitelkeit zu packen. Sie kennt meine Schwachstellen. »Ach ja?«

»Er hat mir erzählt, dass er dich oft hier im Restaurant sieht. Dass er bisher nicht den Mut aufgebracht hat, dich anzusprechen. Er findet dich furchteinflößend.«

»Das bin ich«, sage ich. »Und ich hasse es, in der Öffentlichkeit von Fremden angesprochen zu werden.«

»Nicht hilfreich, wenn du neue Klienten gewinnen willst.«

»Wie oft soll ich noch sagen, dass ich keine —«

»Ja, ja. Aber sei ehrlich, im Grunde genommen hast du nur mich. Geh raus, sei aggressiv, zeig Amber, dass sie mit dir rechnen muss. Ich mag Gewinner, Henry. Ich möchte von dem besten Agenten von allen repräsentiert werden.« Sie lächelt wieder.

»Du hast den besten Agenten von allen.«

»Aber die meisten Leute wissen nicht, dass du das bist.« Sie kichert. »Ich am allerwenigsten.« Sie bemerkt offenbar, dass meine Miene sich bewölkt, und beschließt, das Schicksal nicht herauszufordern. »Komm schon. Lies Chris' Text, und dann kannst du dir eine Meinung bilden. Was hast du zu verlieren?«

Zu meinem Leidwesen muss ich mir eingestehen, dass sie recht hat. Mir gehen zwar die Optionen aus, aber ich bin noch nicht bereit, klein beizugeben. »Ich überleg's mir.«

Sie stupst mich wieder mit der Hüfte an. »Siehst du? Du kannst nicht ohne mich. Du hast einen ganzen Tag Sondierungsgespräche geführt und nichts erreicht. Dann erscheinen ich und mein Allerwertester auf der Bildfläche, und *Schwups!* haben wir einen Ghostwriter.«

»Du genießt diesen Augenblick so richtig, oder?«

»Und wie«, sagt sie und schenkt mir ihr strahlendstes Lächeln.

»Einmal angenommen, dieser Kellner entpuppt sich als annehmbarer Kandidat.« Ich halte ihr den Zeigefinger vor die Nase. »Du wirst ihn nicht ins Bett locken. Unser Vorhaben bedingt absolute Professionalität aller Beteiligten. Ich meine es ernst! Ich werde nicht dulden, dass du alles vermasselst, weil du auf Joe wütend bist und dir Genugtuung verschaffen willst.«

Sie lächelt spitzbübisch. »Eifersüchtig, Henry?«

»Ganz und gar nicht. Besorgt. Deinen letzten Schriftsteller hast du umgebracht.«

23

ANNIE

Henry überflog den Text, den Chris ihm geschickt hatte, und war nicht beeindruckt. Für mich keine Überraschung. Ich kann mich an keinen aktuellen Autor erinnern, den Henry nicht in der Luft zerrissen hätte, während er im selben Atemzug den Untergang der Literatur prophezeite. Wahlweise pflegt er zu verkünden, es müsse eine weltweite Verschwörung zur Verblödung der Menschheit existieren, anders wäre die Veröffentlichung von einem derartigen geistigen Dünnschiss – seine Worte – nicht zu erklären.

Jedes Mal frage ich ihn dann: »Wenn du Autoren hasst, weshalb bist du dann immer noch Agent? Warum suchst du dir nicht einen anderen Job?«

Und er antwortet jedes Mal: »Weil ich ein unverbesserlicher Optimist bin. Ich warte jeden Tag auf eine Neuentdeckung, die mir Anlass gibt, meine Meinung zu ändern. Die mir hilft, meinen Glauben an den Wert, an die Schönheit des geschriebenen Wortes wiederzufinden.« Dann schaut er auf seine Uhr, murmelt etwas von einem wichtigen Termin und verschwindet.

Wenn Henry sagt, er sei nicht beeindruckt, heißt das – nach dem Maßstab seiner literarischen Skala – nichts anderes, als dass der fragliche Text sich nicht mit James Joyce messen kann, aber um Längen besser ist als der Murks, den beispielsweise eine gewisse Annie Shepherd produziert. Doch ich war nicht gefasst auf das, was als Nächstes passierte.

Er vertiefte sich noch einmal in die Leseprobe von Chris. Stöhnte über eine unmögliche Wortwahl, schnaubte verächtlich am Ende einer Passage, schrie, dieses Zeug sei das Äquivalent des alltäglichen Staus im Berufsverkehr, denn»... es geht einfach nicht voran«. Zu guter Letzt schleuderte er meinen Küchenstuhl quer durch den Raum, fuhr sich wild mit beiden Händen durch die Haare und massierte sein Gesicht. Endlich ging er zur Spüle, füllte sich ein Glas Leitungswasser ein, trank es in einem Zug leer und sagte:

»Okay. Gekauft.«

»Es hat dir gefallen? Was er schreibt?«

»Ja. Ist nicht übel.«

»Henry ...« Ich deutete mit dem Kopf auf den zerbrochenen Stuhl, »hast du immer so heftige Ausraster beim Lesen von Manuskripten? Du siehst aus, als stündest du kurz vor einem Herzinfarkt.«

Er holte tief Luft und schien in sich hineinzuhorchen. »Das eben war weniger schlimm als sonst.«

»Und wie sieht es ›sonst‹ aus?«

»Komm in sechs Wochen vorbei, und ich zeig's dir.«

Sechsunddreißig Stunden später. Wir haben uns im Wohnzimmer meines Apartments versammelt. Chris und ich sitzen an entgegengesetzten Enden des Sofas, Henry und sein Sohn Will in zwei Ledersesseln uns gegenüber.

Wie gewöhnlich ist Henry der Einzige, der redet, er muss immer das Gespräch an sich reißen. Er hat eine ganze Hintergrundgeschichte erfunden, um Chris plausibel zu erklären, weshalb wir ihn brauchen. In Henrys alternativer Version der Realität hat Joe ein längeres Siechtum durchlitten. Und ich als seine liebende Partnerin habe ihn fast das ganze letzte

Jahr hindurch aufopfernd gepflegt. Während dieser Phase der vom nahen Abschied überschatteten Zweisamkeit hatte ich meine beruflichen Verpflichtungen hintangestellt. Ich wollte jede noch verbleibende Minute an der Seite des Mannes verbringen, den ich liebte, bis er, traurig für mich, aber für Joe eine Gnade, von seinen Leiden erlöst an einen besseren Ort gehen durfte. Und die ganze Zeit, während Henry diesen Schwachsinn absondert, schielt er zu mir herüber, mit einem komischen Lächeln im Mundwinkel, weil er natürlich genau weiß, wie Joe wirklich gestorben ist. Aber man muss es ihm lassen, seine Lügen sind Weltklasse.

»Dieses Projekt ist Teamwork«, sagt er zu Chris. »Annie hat ein Basiskonzept und bestimmte Vorstellungen für diesen Roman. Aber sie ist langsam, was das eigentliche Schreiben angeht. Meistens braucht sie die vollen zwölf Monate, um einen Roman fertigzustellen.«

Vielen Dank, Henry. Mir geht das Herz auf, wenn du so nette Sachen über mich sagst.

Er hustet laut in die vorgehaltene Faust. »Dir fällt nun die Aufgabe zu, ihre Vorstellungen in gut lesbare Prosa umzusetzen.«

»Dann sind Sie der Meinung, dass mein Stil für *Trust Me* geeignet ist?«, fragt Chris.

»Mein lieber Junge«, antwortet Henry in seinem besten Upperclass-Akzent für besondere Anlässe, »ich habe mit vielen Bewerbern für dieses Projekt gesprochen, und keiner, nicht ein einziger, war geeignet. Ich war verzweifelt. Ich fürchtete, dass wir das Erscheinungsdatum des Buches verschieben müssen. Dann habe ich deine Arbeit gesehen – ich darf ›du‹ sagen? –, und plötzlich rissen die Wolken auf, die Sonne kam hervor, und wir alle konnten wieder hoffen.« In gespielter Ergriffenheit hebt er die Arme gen Himmel, spricht zur Zimmerdecke.

Halleluja, der Mann ist zu einer Art Motivationsprediger mutiert.

»Und sobald dieses Projekt abgeschlossen ist«, fährt er fort, »freue ich mich darauf, dass wir uns in Ruhe zusammensetzen und überlegen, welches Projekt du als Nächstes angehen willst. Gemeinsam werden wir es weit bringen.«

Ach, komm schon, Henry. Mach Chris keine falschen Hoffnungen, dafür ist er zu süß.

»Mr. Higgins«, sagt der beeindruckt, »das von einem Mann Ihres Formats zu hören entschädigt für die ganze harte Arbeit.«

»Für alles, was einem wichtig ist, muss man hart arbeiten«, doziert Henry umgehend. »Fast wie in der Liebe, stimmt's?«

Was weißt du bitte von der Liebe oder harter Arbeit? Soweit ich weiß, bist du weder zu dem einen noch dem anderen fähig.

»Wir verfahren folgendermaßen«, sagt er, wieder ganz Geschäftsmann, »am Ende jedes Tages schickst du mir die fertigen Seiten, und ich fange sofort an zu lektorieren.« Dann wendet er sich mit dröhnender Stimme an mich: »Annie! Leg das Handy weg!«

Okay. Er hat's gemerkt. Aber das lasse ich mir nicht gefallen. »Na und? Du lässt mich doch wieso nichts hinzufügen, sondern redest munter vor dich hin.«

Er verdreht die Augen. »Was hast du hinzuzufügen?«

Er fordert mich heraus. »Du weißt, dass ich dir bei dem geschäftlichen Zeug vertraue. Genauso wie du mir vertraust, wenn es um mein Fachgebiet, das Schreiben, geht.«

Er täuscht einen übertriebenen Hustenanfall vor.

Mir langt's jetzt mit seinem herablassenden Gehabe. »Brauchst du einen Hustenbonbon?«

Unerwartet kommt Will mir zu Hilfe, und auch er spricht mit diesem anbetungswürdigen britischen Akzent. Ich kann

gar nicht beschreiben, wie herzig dieser Junge ist. Er hat asch-
blondes Haar, ein Mittelding zwischen gelockt und wellig.
Augen von einem faszinierenden Blau, *Swimmingpoolblau*,
eingerahmt von langen Wimpern. Eine Stupsnase und einen
Mund mit einem Amorbogen wie gemalt. Ich stelle mir vor,
dass er ungefähr so aussieht wie Henry früher, bevor seine
schwarze, boshafte Seele alles durchsäuert hat, was an ihm
attraktiv war.

»Dad, Annie hat recht«, sagt Will. »Wir müssen nicht hier
mit euch abhängen.«

Na sowas! Den Tag muss ich mir rot im Kalender anstrei-
chen. Nie hätte ich gedacht, dass jemand mit Namen Higgins
einmal sagen würde, dass ich mit etwas recht gehabt hätte.

Während Henry noch den Schock verarbeiten muss, dass
sein Sprössling meine Gesellschaft der seinen vorzieht, steht
Will auf, kommt um den Tisch herum zu mir, zieht an meinem Ärmel und sagt: »Komm mit. Wir gehen lieber raus, bevor wir hier vor Langeweile sterben.«

Henry hat die Sprache wiedergefunden. »Will! Möchtest
du nicht wissen, wie dein Vater arbeitet? Etwas über seinen
Beruf erfahren?« Es klingt tief verletzt.

Mit der typischen Kaltherzigkeit eines Heranwachsenden
zuckt Will die Schultern und sagt: »Eigentlich nicht. Ich will
Tierarzt werden. Etwas tun, um die Welt zu einem besseren
Ort zu machen.«

»Will! Kumpel!« Henry ist sichtlich fassungslos. »Ich helfe
Menschen jeden Tag. Ich helfe ihnen, ihre künstlerischen
Träume und Hoffnungen zu verwirklichen. Hast du eine Ah-
nung, wie arm eine Welt ohne Kunst wäre?«

Wieder zuckt Will mit den Schultern. »Ich finde eben
Tiere interessanter als Kunst. Und sie sind viel mehr auf unsere Hilfe angewiesen.«

Chris und ich lachen.

»Lust auf Plätzchenbacken?«, frage ich den künftigen Tierarzt. Alle Kinder backen gern. Den Trick habe ich gelernt, als ich das letzte Mal bei Christine und ihrem damals drei Jahre alten Sohn zu Besuch war. Egal was passiert ist, egal ob er geschrien, gekreischt oder geheult hat, bei dem magischen Wort »Plätzchen backen« war er wieder bester Laune. Mein Plan hat aber einen Haken, genau genommen sogar zwei. Erstens, ich kann nicht backen, weder Plätzchen noch irgendwas. Und zweitens, ich bin mir nicht sicher, ob ich einen zwölfjährigen Jungen wirklich noch mit Plätzchen überzeugen kann.

Er nickt begeistert. Plätzchen kommen immer gut an. Ich schaffe das schon. Wenn ich der ganzen Welt mehr als zehn Jahre lang die berühmte Autorin vorspielen konnte, wird es schon nicht so schwer sein, ein paar Plätzchen zu fabrizieren.

Ich lege Chris kurz die Hand aufs Knie und forme mit den Lippen: »Viel Glück!« Gott sei Dank muss ich mir Henrys Geschäftsgeplänkel nicht weiter anhören. In seinen »Lieblingssport« hängt er sich mit maximalem Engagement rein – zum Leidwesen der ahnungslosen Beteiligten, hier in Form von Chris.

Will und ich laufen gemeinsam in Richtung Küche. Er hält auf dem Weg dahin meine Hand, und ich finde das sowas von knuffig. Von seinem Vater hat er das nicht.

In der Küche angekommen, googele ich hektisch nach Schritt-für-Schritt-Anleitungen zum Plätzchenbacken. Wie es aussieht, stehen Hunderte Rezepte zur Auswahl. Für alberne Plätzchen! Wie viele verschiedene Sorten kann es bitte schön geben? Tja, Google gibt mir die Antwort. Endlos viele.

Ich schrecke zusammen, als Will sich plötzlich zu Wort meldet. »Zuallererst brauchen wir ein Backblech und ein Nudelbrett für unseren Teig.« Er öffnet Schränke und Schubladen, und im Handumdrehen sind alle Utensilien gefunden und liegen einsatzbereit auf der marmorgrauen Kücheninsel. Von der Hälfte wusste ich nicht einmal, dass wir sowas besitzen. Aber Joe hat leidenschaftlich gern gekocht und dafür gesorgt, dass die Küche, sein Allerheiligstes, mit allen Zutaten und Geräten bestückt war, die zum Einsatz kommen könnten.

»Gut gemacht«, lobe ich. »Du bist zu gebrauchen.«

Er strahlt, stolz auf seine Leistung.

»Und was kommt jetzt?«, frage ich, als ob ich es wüsste, ihn aber auf die Probe stellen will.

»Die Zutaten.« Er zählt auf: »Mehl. Eier. Milch. Dann brauchen wir noch Rohrzucker, Salz und Vanilleextrakt.«

»Na, dann los«, sage ich, setze mich an den Ecktisch und schaue zu, wie er die genannten Dinge zusammensucht.

»Ich nehme an, du hattest für deinen Sonntagnachmittag andere Pläne?«

Will sortiert die Zutaten auf dem Marmorblock. »Schon«, antwortet er. »Eigentlich sollte ich mit meinem Großvater Schlittschuh laufen gehen. Aber er hat jetzt ein Date. Und ich glaube, in seinem Alter ist mittags die beste Tageszeit für sowas.«

Er bringt mich wahrhaftig zum Lachen, dieser Higgins junior. Unglaublich.

»Würdest du die Eier aufschlagen?«, fragt er. »Mir fallen immer Schalenstückchen mit rein. Mein Vater meint, ich habe nicht das nötige Fingerspitzengefühl.«

Ich stehe auf, kremple die Ärmel hoch und stelle mich neben ihn an die Kücheninsel. »Wo hast du das alles gelernt?«

»Meine Mutter und ich haben oft zusammen Plätzchen gebacken, als ich noch klein war.«

Ich schlage das erste Ei auf. Keine Schalenstückchen, nur Dotter und Eiklar. Ich bin ein Naturtalent, wer hätte das gedacht? Das kann man mit dem entsprechenden Hashtag direkt auf Instagram posten.

»Heute ist also Vater-Sohn-Tag? Wochenenden sind ätzend, wenn die Eltern geschieden sind. Ich spreche aus Erfahrung.«

Er inspiziert das Ei, das ich aufgeschlagen habe. »Echt gut.« Dann wiegt er das Mehl ab. »Jeder Tag ist Vater-Sohn-Tag.«

Welche Scheidungsvereinbarung hat Henry Higgins durchgesetzt? Wollte seine Frau ihn so dringend loswerden, dass sie ihm ihren Sohn überlassen hat? Es gibt Tage, da bin ich geneigt, es für möglich zu halten …

»Weil meine Mutter gestorben ist, als ich fünf Jahre alt war«, sagt er.

Hastig blinzele ich die Tränen weg, die mir in die Augen schießen. Will tut mir so leid. Sogar Henry Higgins tut mir leid. Er hat mir nie erzählt, dass seine Frau gestorben ist. Ich habe immer angenommen, sie wären geschieden, und Henry hat mich nie korrigiert. Warum wollte er, dass ich das nicht über ihn weiß? Und warum hat mich nie jemand aufgeklärt? Danke Edward. So etwas hätte ich doch wissen müssen. Oder war ich zu sehr mit mir selbst beschäftigt?

Doch Will sieht nicht bedrückt aus. »Danke«, sagt er. »Es ist ja schon lange her. Schlimm war es, als wir von London hierher gezogen sind. Dad meinte, eine Veränderung wäre für uns beide gut.«

Ich habe von der Resilienz von Kindern gehört, aber Will ist wirklich erstaunlich. Ich wünschte, ich wäre so stark wie dieser kleine Junge. Wäre ich nur halb so gefestigt, hätte ich mich womöglich nie mit Joe eingelassen. Und im selben Zuge stelle ich mir die Frage: Könnte es tatsächlich sein, dass Henry Higgins ein guter Vater ist? Sollte er womöglich eine vor der Welt verborgen gehaltene weiche Seite haben, die für all seine Fehler entschädigt?

»Okay, aber wenn du mal jemanden zum Reden brauchst – ich bin hier«, sage ich.

»Ich möchte reden«, sagt er. »Deshalb habe ich dich aus dem Zimmer gelotst. Jetzt musst du meinen Babysitter spielen.« Er wirft einen kritischen Blick in die Teigschüssel. »Ich warte auf das vierte Ei, Annie. Reden können wir nach dem Backen.«

In das Redeverbot hinein klingelt es an der Tür. Ich höre Henrys Schritte auf dem Parkettboden, und während ich noch unterwegs ins Wohnzimmer bin, um zu sehen, wer es wohl sein mag, donnert er los: »Annie! Komm her, du musst mir was erklären.«

24

HENRY

Ich halte in jeder Hand einen Präsentkorb. Der linke ist bis zum Rand gefüllt mit luxuriösen Körperpflegeprodukten: Karaffen mit entspannenden ätherischen Ölen, Tiegeln mit pflegenden Badezusätzen, mit Schleifen zusammengebundenen Türmchen türkis- und rosafarbener Seifenstücke. Der zweite Korb enthält exquisiten Wein, Hart- und Weichkäse, verschiedene Sorten Geräuchertes, Baguettes und Marmeladen in ausreichender Menge, um eine siegreiche französische Armee zu verköstigen.

»Annie!«, brülle ich erneut, nachdem ich die handgeschriebenen Kärtchen gelesen habe, die an jedem Korb befestigt sind. Ich kenne diese Schrift nur zu gut: Auf den ersten Blick luftig, locker, leicht, feminin, aber wenn man genauer hinschaut, erkennt man Bajonette in den Ober- und Unterlängen und die gekringelten i-Punkte starren einen an wie Gewehrmündungen, die gleich Feuer spucken werden. Oh ja, ich weiß genau, wer du bist!

Amber Rosebloom. Du hinterhältige, verschlagene, diebische … Annies Erscheinen hindert mich daran, den Gedanken fortzuführen. Ich zeige mit einer der anstößigen Karten auf sie.

»So, du konspirierst also hinter meinem Rücken mit Amber Rosebloom. Wie's scheint, habt ihr zwei beiden schon innige Freundschaft geschlossen.« Ich lese ihr die letzten Zeilen der Karte vor. »»Mir kommt es in erster Linie gar nicht darauf an, dich als Agentin unter meine Fittiche zu nehmen. Deine freundliche Art und unsere netten Telefongespräche ...«« Ich schüttele den Kopf. »Verräterin!«

»Bin ich nicht. Und woher nimmst du dir überhaupt die Erlaubnis, meine Karten zu lesen? Es gibt etwas, das nennt sich Briefgeheimnis«, sagt sie im Ton gekränkter Unschuld,

Aus dem Augenwinkel nehme ich eine Bewegung auf dem Sofa wahr. Chris ist dabei, seine Sachen zusammenzupacken. Ganz offenbar fühlt er sich hier überflüssig.

»Wir sind noch nicht fertig!«, blaffe ich ihn an. Er setzt sich folgsam wie ein wohlerzogener Hund. Brav, Christopher. Ich bin hier der Boss. Ich bin der Alpharüde. Du magst ein Sixpack haben, aber ich bin Literaturagent mit internationaler Reputation. Ich richte meinen flammenden Blick wieder auf Annie.

»Nach allem, was ich für dich getan habe«, sage ich. »Du weiblicher Judas Iskariot.«

Sie macht ihr Kleinmädchengesicht. »Ich weiß gar nicht, wer dieser Judas ist ...«

»Er hat Jesus verraten«, souffliert Chris vom Sofa her.

Ich reiße den Kopf zu ihm herum. »Du hältst dich gefälligst raus.«

Annie deutet auf die Präsentkörbe. »Und was das angeht – kleine Aufmerksamkeiten erfreuen das Herz. Amber weiß das. Wann hast du mir das letzte Mal Wein und Badezusätze geschenkt?«

»Bitte tausendmal um Vergebung, Teuerste. Wie konnte ich nur vergessen, mitten in diesem unbeschreiblichen Chaos Daphne loszuschicken, damit sie dir duftende Essenzen und französische Delikatessen besorgt?«

»Du denkst eben immer nur ans Geschäft.« Sie beißt sich auf die Unterlippe, wie ein Kind, das dem Weinen nahe ist.

»Das ist zufällig mein Beruf.«

»Ja. Aber du lässt vor lauter Professionalität das Zwischenmenschliche außer Acht. Damit kann nicht jeder umgehen. Amber versteht mich.«

»Das tut sie ganz bestimmt nicht. So oder so, ich bin der Einzige, der dich wirklich kennt.« Stimmt das, was ich so daherrede? Verstehe und kenne ich diese Annie Shepherd wirklich am besten? Um mich von der aufsteigenden Angst abzulenken, inspiziere ich erneut die Badeprodukte. Dann dämmert es mir. »Amber investiert nicht, wo keine satte Dividende zu erwarten ist. Das habe ich ihr beigebracht. Hast du sie ermutigt?«

»Nicht direkt ermutigt.«

»Wie würdest du es nennen?«

»Nicht direkt … entmutigt.«

»Wunderbar, Annie.« Ich stelle ihr die Körbe vor die Füße.

»Ich gehe. Sieh zu, dass du dich am eigenen Schopf aus dem Sumpf ziehst. Weil Amber wird es ganz sicher nicht.« Ich winke Chris zu. »Schön, dich kennengelernt zu haben.«

Ich marschiere zur Wohnungstür, reiße sie beim Öffnen fast aus den Angeln und bin halb den Flur hinunter, bevor ich merke, dass ich Will vergessen habe. Ich drehe mich um, und er und Annie stehen in der offenen Tür und starren mich an.

»Dad?«, fragt Will.

»Tut mir leid, Kumpel.« Ich versuche, meine Verlegenheit wegzulachen, dabei muss ich zu meiner Schande gestehen, dass ich zu der Sorte Väter gehöre, die den Kindersitz mitsamt Baby auf dem Autodach abstellen und dann losfahren. »Ich dachte, du bist direkt hinter mir.«

Annie kommt auf mich zugelaufen. »Du kannst mich nicht einfach hängen lassen! Wir sind doch ein Team. Was ist mit unserem Plan? Ich besorge dir ein Buch und du mir einen neuen saftigen Vertrag. Wir retten einander.«

»Wer lässt hier wen hängen? Du nimmst Geschenke von dieser Schlange an, während sie schon ihre Schlingen um dich zusammenzieht.«

»Idiot!«, schimpft Annie, angetrieben von meiner geradezu kindischen Wut. »Das ist mein Nebenprojekt. Ich tue das doch für dich. Ich versuche, dir zu helfen.«

»Na, das interessiert mich jetzt aber brennend. Erklär mir, inwiefern deine Kollaboration mit dem Feind mir nützen soll.«

»Amber legt es darauf an, dir das Wasser abzugraben, und sie hat Erfolg damit. Wie ist das möglich? Entweder ist sie unglaublich clever, oder jemand versorgt sie mit Informationen.«

»Soll das heißen, du bist auf einer Undercover-Mission?«

»Genau. Ich will dir helfen, wieder ganz nach oben zu kommen. Deshalb rede ich mit Amber und tue so, als wäre ich an einem Wechsel interessiert. Nur so kann ich sie ausspionieren.«

»Und im Rahmen deiner Recherche lässt du dir Präsentkörbe schicken?«

»Henry«, sagt sie und schenkt mir einen unschuldigen Augenaufschlag, »meine Selbstlosigkeit hat Grenzen.«

»Und hat sie dich in das Geheimnis ihres Erfolgs eingeweiht?«

»Noch nicht. Das Einzige, was ich bis jetzt sicher weiß, ist, dass sie dich auf den Tod nicht ausstehen kann, sogar mehr als ich. Ihr hattet eindeutig kein harmonisches Arbeitsverhältnis.«

Ich reibe mir verzweifelt mit den Händen durchs Gesicht. »Du sollst nur eins tun, und zwar dafür sorgen, dass dieses verfluchte Buch fertig wird.«

»Dafür haben wir jetzt Chris. Er wird das Buch bis zur Deadline fertig schreiben. Um dich mache ich mir allerdings mehr Sorgen. Du denkst noch wie vorgestern. Die Branche verändert sich, aber du gehst nicht mit. Es dreht sich inzwischen nicht mehr einzig und allein um Literatur, sondern auch um den Namen und die Persönlichkeit, die dahintersteckt. Sowohl auf Seiten des Agenten als auch auf Seiten des Autors. Ich mag mich mit dem Schreiben nicht auskennen, aber …«

»Ganz genau, du kennst dich nicht aus«, unterbreche ich sie. »Und jetzt hör damit auf, mir helfen zu wollen. Ich komme schon allein zurecht.«

»Warum können wir uns nicht gegenseitig helfen?« Mein Gott, ist diese Frau hartnäckig. »Ich habe bereitwillig deine Hilfe angenommen.«

»Als hättest du eine Wahl gehabt«, entgegne ich, lauter als beabsichtigt. »Ich stehe tagtäglich in dem Shitstorm, mit dem du mich gewohnheitsmäßig bombardierst. Wie sind die Wetteraussichten? Nun ja, es wird eine brutale Woche. Tsunami-Annie überschwemmt wieder einmal die Higgins-Bucht mit gequirltem Schwachsinn. Die Bewohner sind geflüchtet. Die Küstenlinie ist so gut wie ausgelöscht –«

»Also bitte«, unterbricht sie mich. »Du musst meine Hilfe nicht annehmen. Aber musst du dich direkt wie ein Mistkerl benehmen, nur weil ich sie dir anbiete?«

»Ja, Dad«, pflichtet Will ihr bei, »warum könnt ihr euch nicht gegenseitig helfen?«

»Will, du hast hier nicht mitzureden. Komm jetzt, wir gehen.«

»Bye, Annie«, sagt Will. »Ich melde mich.«

»Du fängst morgen an, mit Chris zu arbeiten«, instruiere ich Annie auf dem Weg zum Lift. »Ich habe ihn einen zehn Zentimeter hohen Stapel Verschwiegenheitsklauseln unterschreiben lassen. Wenn er auch nur ein Wort von unserer Vereinbarung ausplaudert, sorge ich dafür, dass die nächsten sieben Generationen der Dake-Familie am Bettelstab gehen.«

»Da hast du's«, sagt Annie vorwurfsvoll. »Bestimmt hast du ihm genau damit gedroht. Kein Wunder, dass die Leute Angst haben, dich anzusprechen.«

Ihre Ablenkungsmanöver ziehen nicht bei mir, nicht mehr. »Das Buch, Annie. Anfangen. Pronto. Und jeden Abend will ich sehen, was ihr zwei tagsüber fabriziert habt.«

Sie salutiert ironisch. »Aye, aye, Captain Higgins.«

Während Will und ich auf den Aufzug warten, habe ich nur einen Gedanken:

Rache.

Niemand darf es wagen, mir hinter meinem Rücken die Klienten abspenstig zu machen, selbst wenn sie ihre Bücher nicht selbst geschrieben haben. Annie Shepherd ist der bekannteste Name in meinem Portfolio, ich muss verhindern, dass sie zur Konkurrenz wechselt. Ich werde Amber Rosebloom einen Schuss vor den Bug setzen, den sie ihr Lebtag nicht vergessen wird. Höchste Zeit, meine Autorität in der Branche wieder geltend zu machen. Höchste Zeit, sie daran zu erinnern, von wem sie alles gelernt hat, was sie weiß. Nachdem Annie und Chris vorläufig beschäftigt sind, habe ich genügend Zeit, meinerseits Intrigen zu spinnen. Und während die zwei arbeiten, werde ich meine triumphale Rückkehr an die Spitze der literarischen Nahrungskette in Angriff nehmen.

25

ANNIE

Ich überlege, was ich zu meiner ersten Sitzung mit Chris anziehen soll. Zwar musste ich Henry hoch und heilig schwören, alles zu unterlassen, was man auch nur annähernd als Flirtversuch deuten könnte, aber es war nie die Rede davon, dass ich nicht zumindest großartig aussehen darf. Ich grabe tiefer in meinem begehbaren Kleiderschrank und entscheide mich für meinen pinkfarbenen Lieblingspullover mit der Knopfleiste im Rücken und eine Skinny-Jeans, die sich höchst vorteilhaft an meinen Allerwertesten schmiegt. Ja. Okay. Henry hatte recht. Ich stelle meinen Hintern zur Schau. Aber seien wir ehrlich, jenseits der fünfunddreißig muss man Vorzüge betonen, um von den sich schleichend bemerkbar machenden Problemzonen abzulenken.

Nachdem ich mich etwa zwanzig Minuten im Spiegel betrachtet habe, beschließe ich, das Haar offen über meine Schultern fallen zu lassen. Beim Make-up beschränke ich mich auf einen Hauch Foundation, etwas Rouge und Wimperntusche. Kein Lippenstift. Den habe ich noch nie gemocht. Ich schiebe mir die Haut an der Stirn nach oben und studiere die Falten. Ich glaube, ich brauche Botox. Andererseits möchte ich auf keinen Fall ein Gesicht haben, das aussieht wie eingefroren. Wie soll Henry wissen, dass ich mich über ihn ärgere, wenn ich die Stirn nicht runzeln kann? Oh mein Gott, Annie! Wie kommt es, dass du immer, wenn du dich irgendwie unsicher fühlst, sofort an Henry denkst? Warum tust du dir das an?

Ich gehe in die Küche und bereite in der French Press einen Kaffee aus frisch gemahlenen Bohnen – *Espresso Roast* – zu. Nur weil ich aus Gründen stark eingeschränkter Bonität gezwungen bin, zu Hause Kaffee zu trinken, muss ich nicht gleich auf den gewohnten Standard verzichten. Ich gieße den Kaffee in zwei Becher und nehme anschließend Croissants und Marmelade aus dem Kühlschrank. Wie lange nach dem Kauf kann man ein Croissant noch gefahrlos verzehren? Ich bewahre sie immer im Kühlschrank auf. Höchstens sechs bis sieben Tage. Das ist noch okay, oder?

Was soll's? Chris ist jung. Und stark. Und potent.

Stopp, Annie, stopp. Du hast es ausgerechnet. Ihr müsst das Buch in fünf Wochen schreiben. Das heißt, ihr müsst wenigstens achtzig Seiten pro Woche schaffen, um das Manuskript pünktlich abzuliefern.

Zum Glück fand Henry nur meine Schreibe unmöglich, mit dem Konzept war er einverstanden. Er hatte kein Problem mit einer Elizabeth, die sich mit Wilderern anlegt, und NGO-Aktivisten, die zu Geldwäschern werden. Ich wüsste gern, wie viel Selbstüberwindung es ihn gekostet hat, etwas gut zu finden, das ich mir ausgedacht habe. Gibt es im Leben dieses Mannes überhaupt etwas, das ihn glücklich macht? Oh Mann, ich denke schon wieder an ihn.

Pünktlich auf die Minute klingelt es an der Tür. Sofort ist Henry vergessen. Ich beeile mich zu öffnen, und da steht er vor mir. Chris. Er trägt eine Lederjacke über einem lässigweiten Pullover und dunkelblaue Jeans, eng und weit an genau den richtigen Stellen. Gott, in diesem Alter ist jedes Kleidungsstück ein Figurschmeichler, man kann sich blind einen x-beliebigen Fetzen überwerfen und sieht fantastisch aus. Oh, und wenn das nicht süß von ihm ist – er hat mir einen Kaffee von Starbucks mitgebracht.

»Iced Cappuccino passt?«, fragt er und lacht dann. »Mehr kann ich mir von da auch nicht leisten. Aber ich kann mich erinnern, in einem Interview gelesen zu haben, dass man dich nie ohne einen Becher von Starbucks sieht.«

»Das ist so lieb von dir.« Spontan falle ich ihm um den Hals. Die Umarmung fällt etwas intensiver aus, als Henry es billigen würde. Meine Hände verweilen etwas zu lange auf seinem muskulösen Rücken, und ich muss mich zusammenreißen, sie nicht weiter nach unten wandern zu lassen, um seinen Hintern zu befühlen. Stopp. Achtzig Seiten pro Woche, Annie. Achtzig Seiten. Wenn du nicht den Rest deines Lebens am Hungertuch nagen willst. Trotzdem entgeht mir nicht, dass er keine Anstalten gemacht hat, mich wegzuschieben. Und er lächelt. Okay. Loslassen. Abstand herstellen. Achtzig Seiten pro Woche, Annie.

Außerdem, wenn du wartest, bis das Buch geschrieben und Henrys Keuschheitsgebot aufgehoben ist, wird die aufgestaute sexuelle Spannung dir Sex von der Art bescheren, wie man ihn sonst nur in Filmen sieht. Ich wurde noch nie gegen eine Wand gepresst oder über einen Stuhl gelehnt und einfach genommen. Haben reale Menschen diese Art Sex? Irgendjemand außer Elizabeth in ihren Büchern?

Ich hebe den Kaffeebecher an den Mund, nehme den Strohhalm zwischen die Lippen und sauge. Lasziv. Gott, ich bin schrecklich. Was ist los mit dir? Achtzig Seiten! Aber der Typ ist verboten heiß. Ich fühle mich wie früher in der Highschool.

»Sollen wir loslegen?«, frage ich. »Ich dachte, wir setzen uns zum Arbeiten ins Wohnzimmer.«

Daraufhin schließt er die Lippen um seinen Strohhalm und saugt so provozierend daran wie ich eben. Ist es zu glauben? Wir flirten mit der Hilfe kompostierbarer Trinkröhrchen. Wie die Amish vor der Hochzeit.

»Ist mir recht«, erwidert er.

Im Wohnzimmer nehme ich das ganze Sofa in Beschlag, drapiere mich quer über die Polster, damit er sich nicht zu mir setzen kann. Zwar wirkt diese Pose wie eine Einladung, als würde ich nur darauf warten, von kundiger Hand entkleidet zu werden, aber Chris bleibt nichts anderes übrig, als sich in den Sessel mir gegenüber zu setzen.

Sorry, Darling. Achtzig Seiten.

Er packt den Laptop aus und legt ihn vor sich auf den Tisch, dann zieht er eine Brille mit Hornfassung aus der Jacke und setzt sie auf. Er trägt eine Brille? Wie Superman? Und hinter den Gläsern strahlen seine Augen noch magischer.

Gedankenverloren nehme ich einen weiteren Schluck von meinem Cappuccino. »Also, ich habe schon ein Konzept für das neue Buch, das wir schreiben sollen.«

»Sehr gut.« Er nickt. »Lass hören.«

Ich schildere ihm den kompletten Handlungsablauf: Wilderer, Elfenbeinschmuggler, Geldwäsche durch eine ahnungslose NGO, das romantische Dreieck und wie immer, Elizabeths Dilemma, entweder ihrem Herzen zu folgen oder das Richtige zu tun. Sie tut immer das Richtige. So kennt und liebt man sie. Während ich rede, fällt mir auf, dass er sich keine Notizen macht und aussieht, als hätte er geistig abgeschaltet oder wäre – enttäuscht. Wie kann es sein, dass der Funke nicht überspringt? Was er hört, ist Annie pur, ungefiltert. Zum ersten Mal kann ich Elizabeth tun und sein lassen, was und wie ich es will. Als ich schließlich fertig bin, hängt Schweigen im Raum. Chris lässt ein paar respektvolle Minuten verstreichen, in denen er sich gedankenverloren mit dem Kugelschreiber gegen die Vorderzähne trommelt, dann sagt er:

»Ich habe gestern Abend einen Blick in die letzten paar Trust-Me-Romane geworfen. Und dabei ist mir eine Idee gekommen, die ich dir kurz darlegen möchte.«

»Okay.« Ich bin nicht sicher, was ich davon halten soll. Will dieser Bubi andeuten, meine Elizabeth sei nicht gut genug?

»Der Aufbau ist immer der gleiche«, sagt er.

»Weil die Leser es so wollen.« Viel zu defensiv, Annie! Du bist hier die berühmte Erfolgsautorin, und er ist nur dein Lohnsklave. »Sie möchten entspannt in ein vertrautes Szenario eintauchen.«

»Ich meine es nicht abwertend, und ich will auch gar nichts daran verändern.«

»Niemand will das.«

»Gut. Also, eine Frau kommt in Elizabeths Büro und beauftragt sie, Nachforschungen über ihren Ehemann anzustellen, von dem sie annimmt, dass er fremdgeht oder kriminell ist oder beides. Dann stürzt Elizabeth sich in ihr neues Abenteuer: Action, Gefahren, Romantik. Das ist fantastisch.«

»Millionen Leser sind derselben Meinung.« Kein provokantes Saugen am Strohhalm mehr, oh nein. Nicht für diesen neuen Chris.

»Korrekt. Aber möglicherweise gibt es einen kleinen Spielraum, den wir nutzen können, ohne ein funktionierendes System zu zerstören.«

»Habe ich doch getan. Die Umweltthematik hat es bei *Trust Me* bisher nie gegeben.«

»Ich maße mir nicht an, dich zu belehren. Deine Bücher verkaufen sich wie geschnitten Brot. Aber die Verkaufszahlen haben sich auf einem gleichbleibenden Level eingependelt. Ich habe das recherchiert. Vielleicht ist die Zeit gekommen, den Umsatz etwas anzukurbeln.«

»Dieser eingependelte Level steht für einen Umsatz in Millionenhöhe.«

»Unbestreitbar. Ich bin einfach nur der Meinung, mit einer kleinen Verjüngungskur könnten wir neue Leser erreichen, ohne dass wir Abstriche bei den Wünschen deiner langjährigen Fans machen müssen. Ich kann nur für meine Altersgruppe sprechen, aber die letzten Bücher wirkten ein wenig angestaubt. Ich möchte Elizabeth auf eine etwas andere Reise schicken.«

Ich beiße mir auf die Lippe, um nicht etwas zu sagen, das mir später leidtun wird. Komisch. Ich bin bereit, für eine Figur auf die Barrikaden zu gehen, die ich nicht einmal selbst erfunden habe, die aber so sehr Teil von mir ist, dass selbst die winzigste Veränderung wehtut.

»Die Leute in meinem Alter sind verrückt nach Büchern«, fährt er fort, mein Schweigen scheint ihn nicht zu tangieren oder es fällt ihm gar nicht auf. »Wir sind begeisterte Leser. Aber wir wünschen uns Charaktere mit mehr Facetten, vielschichtiger und realistischer. Figuren, mit denen man sich identifizieren kann. Einer der Gründe, weshalb wir die Filme aus dem Marvel-Universum lieben oder Star Wars oder Jugendliteratur, ist der Kick, mit Helden mitzufiebern, die bei allen außergewöhnlichen Fähigkeiten dieselben Probleme bewältigen müssen wie wir in unserem alltäglichen Leben. Egal ob es ein Superheld ist oder ein Magier oder auch eine Elizabeth Sunderland, sie haben alle Stress mit der Familie, Liebeskummer, sind unzufrieden mit der politischen Situation. Wir wollen Authentizität, wir wollen Emotionen, die wir nachempfinden können.«

Ich sage immer noch nichts. Vielleicht merkt er dann endlich was und hält den Mund. Ich will meine Elefantenstory, und ich werde keinen Millimeter weichen, nur weil dieser halbgare Chauvi sich einbildet, Elizabeth besser zu kennen als ich.

Er redet munter weiter: »Unter dieser Prämisse habe ich

überlegt, was wäre, wenn wir an den Anfang zurückkehren? Dorthin, wo alles begann? Elizabeth wurde die, die sie ist, weil sie sich nie an dem Mann rächen konnte, der sie für eine andere Frau verlassen hat. Was, wenn die neue Frau von Elizabeths Ex-Mann sie aufsucht, weil er mit ihr das gleiche Spiel treibt und sie Hilfe braucht? Für Elizabeth endlich die Gelegenheit, ihm den Verrat heimzuzahlen. Aber dann kommt alles ganz anders. Sie entwickelt wieder Gefühle für ihren Ex, und die Dinge werden kompliziert. Sie ist hin- und hergerissen zwischen dem Wunsch, ihre Selbstachtung zu bewahren, der Verpflichtung gegenüber ihrer Klientin und dem Drang, ihrem Herzen zu folgen.«

Ich sitze stumm da und schlürfe meinen Iced Cappuccino, damit ich etwas zu tun habe, während ich meine Gedanken sortiere.

Das ist tatsächlich eine absolut grandiose Idee. Warum ist mir das nicht eingefallen? Oder – schließlich bin ich ja nach allgemeiner Überzeugung keine Schriftstellerin – warum ist es Joe nicht eingefallen? Henry? Meinem Verleger? Da muss jemand von außen kommen, um einen frischen Ansatz zu erkennen.

»Chris …«, fange ich an, aber ich muss erst noch einmal durchatmen, bevor ich es ausspreche. Es wird wehtun. Ich tröste mich damit, dass es beweist, wie sehr ich Elizabeth liebe. So sehr, dass ich sie in die Freiheit entlassen kann. Ich glaube, dieses Abenteuer wird ihr helfen zu wachsen und Dinge über sich zu erfahren, die ihr bisher selbst verborgen waren. Ich will sehen, wie sie ihre Flügel ausbreitet und sich ihrer Vergangenheit stellt. »Ich finde, wir sollten deiner Idee eine Chance geben.« So, jetzt ist es heraus.

Er strahlt. »Wirklich?«

Ich nicke. »Bin ich. Machen wir einen Plan und schauen, wie es sich entwickelt.«

»Das wird echt cool«, sagt er, hat schon einen Notizblock gezückt und fängt an, wie wild darauf herumzukritzeln.

Ich versuche unauffällig zu erkennen, was er macht. Er skizziert eine Art Diagramm mit den einzelnen Etappen des Spannungsaufbaus und notiert Stichworte neben dicken Aufzählungspunkten. Was soll das bitte werden, wenn's fertig ist? In meinem Seminar zum Thema »Kreatives Schreiben« ist sowas nicht vorgekommen.

»Chris«, sage ich. »Hallo? Erde an Chris? Es wäre nett, wenn du mir erklären könntest, was du da tust.«

»Ganz einfach«, er tippt mit der Kugelschreiberspitze auf das Diagramm, »ich habe den Aufbau von ein paar deiner Romane analysiert. Wie es scheint, favorisierst du acht Handlungsschwerpunkte, um die Spannung zu halten.«

»Freut mich, dass dir das aufgefallen ist. Ich bin sehr stolz auf die durchgetaktete Struktur.«

»Genau das ist so gut an den Büchern. Das zugrunde liegende Gerüst ist so dezent konstruiert, dass man beim Lesen gar nichts davon merkt. Der Handlungsverlauf wirkt vollkommen natürlich.«

»Red weiter. Ich liebe es zu hören, wie du meine Arbeitsweise entschlüsselst.« Das ist die Art von Informationen, die ich gebrauchen kann. Falls ich mich entscheide, in Zukunft meine eigenen Elizabeth-Geschichten zu schreiben.

»Ich glaube, es funktioniert in etwa so. Aber du musst mir sagen, wenn ich falschliege.«

Auf meinem Gesicht breitet sich ein Lächeln aus. »Selbstverständlich. Du sollst ja auch von unserer Zusammenarbeit profitieren. Ich bringe dir bei, wie man den Bauplan für einen Roman erstellt, und du lieferst etwas frischen Input.«

Er ist jetzt euphorisch wie ein junger Hund, der gerade entdeckt hat, dass er seinen Schwanz jagen kann. »Okay. Jede Szene entwickelt sich zu einem dieser Eckpunkte hin, und dann, *Zack!*, wechselst du die Perspektive und rollst die Handlung neu auf.«

Ich applaudiere. »Ins Schwarze getroffen. Bravo.«

Er ist sichtlich stolz. »Jetzt müssen wir festlegen, was diese Eckpunkte im Rahmen unseres potenziellen Szenarios sein sollen. Dann können wir anfangen, die eigentliche Geschichte zu erzählen.«

»Wunderbar«, erwidere ich. »Fang mit Punkt eins an, und ich sage dir, ob du auf dem richtigen Weg bist. Wenn ja, gehen wir von da aus weiter. Aber ich verrate dir die Punkte nicht. Ich will sehen, ob du sie allein finden kannst.«

»Dass du mir so viel freie Hand lässt, weiß ich wirklich zu schätzen, Annie.« Er lässt seine perlweißen Zähne aufblitzen. »Ich kann mir vorstellen, dass es für dich todlangweilig ist.«

»Es ist mir eine Herzensangelegenheit, jungen Autoren zu helfen«, sage ich. »Deshalb veranstalte ich Seminare. Um andere an meiner Erfahrung teilhaben zu lassen.«

»Kann ich kurz nach unten gehen und eine rauchen?«, fragt er. »Mein Gehirn braucht ab und zu eine Dosis Nikotin, um richtig auf Touren zu kommen.«

»Nur zu.« Ich wedle mit der Hand in Richtung Tür. »Hauptsache, die Ideen sprudeln.«

Nachdem ich fast sieben Stunden dagesessen und zugehört habe, wie Chris Handlungsstränge aufdröselt und neu verknüpft, könnte ich vor Langeweile die Wände hochgehen. Wir haben die ganze Zeit kaum ein Wort miteinander gewechselt. Er malt mit Feuereifer etwas, das aussieht wie Venn-Diagramme zur grafischen Darstellung von Motivationen und der Abwägung, ob eine bestimmte Wendung der Geschichte sich im weiteren Verlauf auszahlen wird. Ab und zu lasse ich mir von ihm eine der Skizzen zeigen, damit er nicht merkt, dass ich mit offenen Augen vor mich hin döse.

Mannomann, kann Schreiben wirklich dermaßen öde sein? Es würde erklären, weshalb viele berühmte Schriftsteller die meiste Zeit ihres Lebens entweder betrunken oder high gewesen sind. Ich könnte mir vorstellen, dass dieser Prozess nur in benebeltem Zustand erträglich ist.

Mein Handy klingelt. Ich bin gerettet. Ohne nachzuschauen, wer anruft, melde ich mich sofort.

»Annie«, sagt die Stimme am anderen Ende. »Ich bin's, Will.«

»Hi, Will.« Ich sehe Chris an und zucke entschuldigend mit den Schultern. »Was gibt's, Kumpel?«

»Dad hat vergessen, mich von der Schule abzuholen, und die lassen mich nur weg, wenn mich ein Erwachsener abholt.«

Gut gemacht, Henry Higgins. Lässt den armen Jungen im Regen stehen, bildlich gesprochen, während du wahrscheinlich in deinem obszön großen Büro sitzt, umgeben von deiner albernen modernen Kunst, und falls du etwas liest, ist es garantiert nicht das Buch eines deiner Klienten.

»Okay. Keine Angst …«

»Ich habe keine Angst. Mein Vater wollte sowieso nur mit mir zurück ins Büro fahren. Was mit dir zu unternehmen ist um Längen besser.«

»Lieb von dir, aber ich wüsste doch gern, wie du an meine Nummer gekommen bist.«

»Dad hat sie mir gegeben. Er hat gesagt: ›Wenn du sie so nett findest, kannst du sie ja mal anrufen.‹ Na ja, und das habe ich jetzt getan.«

Ich muss lachen. Ich liebe diesen Jungen. »Wo ist denn deine Schule?«

»Kips Bay. Die British International School.«

»Gut«, sage ich. »Bleib, wo du bist, ich komme.«

Dann fällt mir siedend heiß ein, dass Taxifahrten in

meinem Budget nicht vorgesehen sind. Bisher habe ich es erfolgreich vermieden, öffentliche Verkehrsmittel zur Fortbewegung zu nutzen. Da bin ich regelrecht neurotisch – Menschengedränge, Keime, igitt. Doch heute ist der Tag, an dem ich diese Phobien besiegen werde. Ich muss dieses Kind aufrichtig gern haben, um so ein Opfer zu bringen. Ich brauche meine Handschuhe. Ich brauche mein Desinfektionsspray. Ich brauche eine halbe Xanax.

26

HENRY

Wieso habe ich einen verpassten Anruf und eine Nachricht von Annie auf dem Handy? Sollte sie nicht einen großen amerikanischen Trivialroman schreiben, zusammen mit Mr. Sixpack? Wie kann es sein, dass bereits an Tag eins ihrer Zusammenarbeit die Welt untergeht? Dumme Frage, Higgins. Annie ist involviert, das ist Erklärung genug. Allerdings habe ich gehofft, dass Chris Dake wenigstens eine Woche brauchen würde, um zu merken, dass sich hinter der ansprechenden äußeren Hülle die Seele einer Hexe verbirgt, die sich des Nachts mit deiner Konkurrentin verbündet und sich mit grauenhaft spießigen Geschenken bestechen lässt.

Ich erspare es mir, die Nachricht abzuhören, und rufe sie an.

»Hast du meine Nachricht bekommen?«, keift sie mir ins Ohr.

»Ja, habe ich.«

»Was bist du für ein Vater? Armer Will. Er ist wahrscheinlich total verängstigt.«

Ich bin erst einmal baff. Weshalb dieser aggressive Ton? Womit habe ich das verdient? Auch wenn ich daran gewöhnt bin, dass sie mich anschreit, in der Regel ist es doch nur viel Lärm um nichts. Diesmal aber klingt es ernst. »Warum armer Will?«

»Warum armer Will?«, schießt sie zurück. »Du hast vergessen, ihn von der Schule abzuholen.«

»Ich weiß nicht, was du meinst.«

»Will hat mich angerufen. Ich soll ihn abholen, weil du nicht gekommen bist. Eigentlich könntest du mich fürs Babysitten bezahlen, da du offenbar nicht in der Lage bist, mir einen Job zu verschaffen, der etwas Geld einbringt. Ich bin so pleite, dass ich sogar mit der Bahn fahren muss, und du weißt, wie sehr ich da Panik bekomme.«

»Annie«, ich wechsle das Handy ans andere Ohr, um einem einseitigen Hörschaden vorzubeugen, »ich bin auf dem Weg zu einem Termin, und ich habe wirklich keine Ahnung, wovon du redest.«

»Du hast Will vor der Schule stehen lassen. Du hast ihn vergessen, deinen eigenen Sohn. Brauchst du's schriftlich?«

»Das stimmt doch gar nicht. Er hat mir heute Morgen gesagt, dass du ihn abholst. Ihr hättet das gestern so verabredet. Dann bist wohl eher du es, die ihn vergessen hat.«

»Blödsinn! Es war nie die Rede davon, dass ich deinen Junior von der Schule abholen soll.«

Mir dämmert allmählich, dass Will sich offenbar einen Scherz auf unsere Kosten erlaubt und uns gegeneinander ausgespielt hat. »Ich nehme an, dass er dir diese Kleinigkeit verschwiegen hat.«

»Ich würde mich definitiv daran erinnern, wenn ich so etwas versprochen hätte. Und ich würde nie einen kleinen, hilflosen Jungen im Stich lassen.«

»Wenn du's sagst. Machen wir es doch so: In etwa einer Stunde sollte ich hier fertig sein. Wenn du ihn einsammelst und mit zu dir nimmst, komme ich dann vorbei und erlöse dich von dem kleinen Intriganten.«

»Aber ich —«

Ich lasse sie nicht weitersprechen. »Tut mir aufrichtig leid, dass er dich belästigt hat. Besonders heute. Ich weiß, dass du bis über beide Ohren in Arbeit steckst.«

»Nicht wirklich.«

»Aber das solltest du, verdammt nochmal.«

»Alles gut. Dake hat übernommen. Er hat schon ganze Stapel von Diagrammen gezeichnet, Plots und Zeitstrahlen und Spannungsbögen und was weiß ich.«

»Das wird deinen Lesern eine ganz neue Erfahrung bescheren.«

»Altes Lästermaul.«

»Will hat Probleme damit, auf Menschen zuzugehen, er fürchtet, man könnte ihn für aufdringlich halten. Andererseits wünscht er sich natürlich Kontakte und Freundschaften.« Ich mache eine Pause, weil es mir schwerfällt, zugeben zu müssen, dass mein eigen Fleisch und Blut mich verraten hat. »Er hat dich ins Herz geschlossen. Er ist regelrecht hingerissen von dir.«

Ich höre sie lachen. »Kluger Junge.«

»Er findet auch, dass du absolut nicht backen kannst.«

Wieder ertönt ihr Lachen. »Ich habe die Aufsicht geführt.«

»Ich melde mich, sobald ich hier fertig bin, und hole ihn dann bei dir ab.«

»Keine Eile. Es geht ihm gut. Wir werden uns schon die Zeit vertreiben.«

»Annie …« Ich hole tief Luft. »Du musst das nicht –«

»Weiß ich. Aber es macht mir wirklich nichts aus.« Am anderen Ende herrscht für einen Moment Schweigen, so lange, dass ich schon glaube, sie hätte aufgelegt, aber dann sagt sie: »Er ist ein großartiger Junge. Du kannst stolz auf ihn sein.«

Und das von Annie Shepherd! »Das bin ich.«

Ich beende das Gespräch und betrete das Restaurant an der Straßenecke. Hier bin ich mit dem Schriftsteller Mark

Land verabredet. Er ist ein brillanter Romancier oder vielmehr, er hat das Zeug zu einem brillanten Romancier. Seine Werke könnte man als nihilistische Krimiromane beschreiben, randvoll mit Rätseln und Geheimnissen, auf die der Leser keine Antworten bekommt, stattdessen wird ihm kosmischer Horror in all seinen Formen geliefert. Seine Bücher sind abgrundtief düster, aber so virtuos geschrieben, dass man sie nicht aus der Hand legen kann.

Korrektur, man konnte sie nicht aus der Hand legen, wenigstens war es so bis zu seinem letzten Roman, der ein totaler Flop gewesen ist. Seither ist Mark, dessen Name auf den Nominierungslisten sämtlicher Buchpreise stehen sollte, in der Kategorie der Midlist-Autoren gestrandet.

Ach ja, und er ist Klient der Agentur The Bloom. Während Ambers kurzer Zeit bei mir hatte ich ihn in ihre Obhut gegeben, und als unsere Wege sich trennten, ist der Verräter mit ihr gegangen. Jetzt ist der Moment gekommen, ihn zurückzuerobern. Mark Land soll der erste strategische Schachzug in meinem Krieg gegen Amber sein. Du versuchst, mir Annie Shepherd abspenstig zu machen? Gut, dann raube ich dir deinen renommiertesten Klienten, deine Eintrittskarte zu angesagten Cocktailpartys. Mach dich bereit für die Henry-Higgins-Charmeoffensive. Du wirst erkennen, Amber Rosebloom, weshalb ich eine Legende bin und du mir nie das Wasser reichen können wirst.

Ich winke der Empfangsdame zu, die mich gut kennt, und gehe weiter, an der Bar vorbei ins Restaurant. Marks imposanter kahler Schädel ist nicht zu übersehen. Er sitzt in einer Nische. Ich begrüße ihn mit einem festen Händedruck, er reagiert mit einer Umarmung und gibt mir einen freundschaftlichen Klaps auf den Rücken. Ein gutes Omen. Der Mann ist sonst nicht der körperliche Typ.

»Komme ich zu spät?«, frage ich und rutsche auf die Bank

an meiner Tischseite. »Ich habe noch mit meinem Sohn telefoniert. Warten Sie schon lange?«

»Nein«, sagt er. »Genau genommen kommen Sie zu früh. Momentan schreibe ich nicht und habe viel Zeit totzuschlagen.«

»Belastet Sie das?«

»Sie wissen doch, wie es bei mir ist. Ich hasse es zu schreiben. Ich hasse es, nicht zu schreiben. Ich liebe es, geschrieben zu haben. Im Prinzip ist es wie bei einer Droge.«

»Ich schäme mich fast es zuzugeben«, erwidere ich, »aber bei erfolgreichen Vertragsabschlüssen geht es mir genauso. Derselbe Sauerstoff-Dopamin-Kick. Ein Gefühl, als könnte man die Welt aus den Angeln heben. Und das Schöne ist, es gibt keinen Gewöhnungseffekt, auch nach Jahren nicht.«

Mark lacht. »Dann haben wir uns jetzt gegenseitig gestanden, dass wir Junkies sind.«

Ich winke die Kellnerin heran. Mark und ich ordern beide Whisky Sour. So weit läuft alles vorzüglich. Ich habe ihn zum Lachen gebracht, dabei ist es leichter, Blut aus einem Stein zu pressen, als Mark Land auch nur ein Lächeln zu entlocken.

»Ihr Anruf hat mich überrascht«, sagt er. »Ich war überzeugt, nachdem ich mit Amber gegangen war, würden Sie mich den Rest meines Lebens mit Nichtachtung strafen.«

Ich winke ab. »Nicht doch. Das war Loyalität Ihrerseits. Sie hat Ihnen gute Deals verschafft, als sie noch bei mir war.«

»Das tut sie immer noch.«

»Weshalb haben Sie dann eingewilligt, sich mit mir zu treffen?«

»Neugier.«

Er hat die Karten auf den Tisch gelegt. Jetzt bin ich an der Reihe.

»Mark, seit Sie damals zu mir gekommen sind, haben Sie sich als Schriftsteller in bemerkenswerter Weise weiterentwickelt. Aber entweder fehlt es an der entsprechenden Beratung durch Ihre Agentin oder am redaktionellen Know-how, damit Sie die nächsthöhere Stufe erreichen. Sie versuchen, sich der Schablone anzupassen, die andere Ihnen überstülpen, aber es funktioniert nicht mehr. Sie wollen wachsen, neues Terrain erobern. Mit dem letzten Buch haben Sie es versucht und sind abgestürzt. Weil niemand für Sie da war. Ein Autor wie Sie, der am besten ist, wenn er auf Messers Schneide balanciert, braucht mehr Unterstützung. Aber man muss ihn auch vor allzu waghalsigen Experimenten bewahren.«

»Ihnen hat mein letztes Buch auch nicht gefallen?«

»Ich habe erkannt, was Sie beim Schreiben versucht haben.« Ich beuge mich über den Tisch. »Was mir nicht gefallen hat, war, dass man Ihnen nicht das Netz ausgespannt hat, das ein Künstler braucht, der so einen Sprung wagen will.«

»Sie bieten mir an, meine Hand zu halten, bis ich meine neue Stimme gefunden habe?«

»Das tue ich, ganz recht. Sehen Sie, Amber ist noch dabei, ihre Agentur aufzubauen. Ihr Hauptaugenmerk liegt darauf, eine solide finanzielle Basis zu schaffen, um pünktliche Vorschüsse garantieren zu können, und auf dem Aufbau einer lukrativen Backlist. Was sie braucht, sind etablierte Geldbringer, die verlässlich jedes Jahr ein Buch abliefern. Zu denen gehören Sie nicht.«

»Die Frage mag naiv sein, aber sind das nicht alles Dinge, auf die auch Sie angewiesen sind?«

Ich lache. »Ich bin schon im Besitz einer Goldmine. Ich habe Annie Shepherd. Wenn man jemanden wie sie im Portfolio hat, kann man sich sorgenfrei der Betreuung und Förderung der übrigen Klientel widmen. Ich kann Ihre Hand halten, während Sie sich neu erfinden.«

Das war gut. Ich bin nach wie vor der Champion auf hartem Geläuf.

Mark schweigt. Ich sehe ihm an, dass er überlegt. Ich sehe ihm an, dass ich ihn aufgerüttelt habe. Er will überlaufen. Zu mir. Du willst es doch. Du weißt, du bist bei mir besser aufgehoben als bei Amber.

»Ich tendiere dazu, Ja zu sagen«, sagt er endlich. »Ich glaube, auf meinem Weg zu neuen Ufern hätte ich gern Sie an meiner Seite …«

Er redet weiter, aber ich höre nicht mehr zu. Ich habe etwas entdeckt, das meiner gesamten Aufmerksamkeit bedarf. Denn just in diesem Moment stolziert Amber Rosebloom in das Restaurant. Schlimm genug, aber ihr Begleiter ist der eigentliche Grund, weshalb ich das Gefühl habe, dass sich der Boden unter meinen Füßen auftut.

Es handelt sich nämlich um meinen Boss, Jake Thacker, der CEO meiner Agentur. Der Mann, von dem ich geglaubt habe, er wäre nicht nur eine Art Mentor, der meine Arbeit schätzt, sondern tatsächlich das, was in dieser Branche der Stuhlbeinsäger und Intriganten einem Freund am nächsten kommt.

Verdammt! Verdammt, verdammt, verdammt! Während ich glaubte, schon den Nagel für meine jüngste Trophäe in die Wand schlagen zu können, weil ich einen der Zwölfender in Ambers Revier gewildert habe, ist sie dabei, mich aus dem Hinterhalt abzuschießen. Ich stehle vielleicht einen ihrer Klienten, aber sie geht mit meinem Chef zum Essen aus.

Was könnte er von ihr wollen?

Was könnte sie von ihm wollen?

Ich dachte, ich bewege mich auf dünnem Eis, aber offenbar bin ich längst eingebrochen und just dabei zu ertrinken. Streng dein Gehirn an, Higgins. Lass dir was einfallen, sonst stehst du auf der Abschussliste.

27

ANNIE

Ich, Annie Shepherd, die kein Fünkchen Anmut besitzt, die Treppen hoch und runter fällt, habe zugestimmt, mit Will zum Schlittschuhlaufen in den Central Park zu fahren. Er hat so sehr gebettelt, dass ich nicht Nein sagen konnte. Schlittschuhlaufen ist seine liebste Beschäftigung in der Weihnachtszeit. Genauer gesagt, Schlittschuhlaufen und den riesigen Christbaum am Rockefeller Center zu bestaunen. Und durch die grell geschmückten Geschäfte zu stöbern. Oh, und seinen eigenen Baum aufzustellen und mit langen Popcorn-Girlanden zu schmücken. Nicht zu vergessen, selber Eierpunsch zu machen. Der Knabe ist weihnachtsverrückt. Kurz und gut, ich habe mich breitschlagen lassen. Außerdem konnte er sich für nichts von dem erwärmen, was ich gern tue. Delikatessen probieren bei *Dean and DeLuca*, Shoppen im *Bergdorf Goodman*, Bücherrecherche im *Strand Book Store* – kein Interesse. Ganz richtig, ich gehe regelmäßig zu Strand. Allgemein statte ich Buchhandlungen gern einen Besuch ab, um zu schauen, ob jemand etwas von mir kauft. Wenn ich sehe, dass jemand eins von Elizabeths Abenteuern erstanden hat, mache ich mit dem Käufer ein Instagram-Selfie. Man muss seinen Fans zeigen, dass man sie wertschätzt.

Aber zurück zu Will und mir an diesem späten Nachmittag im Central Park. Wir leihen uns Schlittschuhe, etwas, das ich absolut eklig finde. Ich bezahle für die Benutzung von Schuhen, in die wer weiß wie viele andere Leute schon ihre Käsefüße gesteckt haben. Während ich sie anziehe und mich dabei frage, wie ich je wieder diesen Mief aus Desinfektionsspray und Fußschweiß aus der Nase kriegen soll, fällt mir siedend heiß ein, dass ich meine andere Verpflichtung, die als Co-Autorin, sträflich vernachlässigt habe. Also rufe ich Chris an und erkundige mich, wie die Dinge stehen. Wie's scheint, hat er mich noch gar nicht vermisst. Sein komischer Handlungsabriss mit den vielen Pfeilen und Zickzackmustern samt kryptischen Anmerkungen sei fast fertig, und er habe schon angefangen, das erste Kapitel zu schreiben. Ich lobe ihn in den höchsten Tönen und sage ihm, dass er mich auf dem Laufenden halten soll. Er braucht mich nicht, das steht fest. Soll ich mich darüber freuen? Ich weiß nicht. Einerseits ist der Abgabetermin schon in fünf Wochen, nicht der ideale Zeitrahmen, um zu lernen, wie man ein Buch schreibt, von dem man erwartet, dass es ein Millionen-Dollar-Seller wird. Andererseits ... andererseits hatte ich mich bei aller Angst vor dem so gut wie sicheren Desaster auch ein kleines bisschen darauf gefreut, mein eigenes Elizabeth-Abenteuer zu schreiben. Joe hat mir nie etwas über die Handlung verraten, bis ein Buch fertig war. Er sagte, er wolle mich nicht damit langweilen. Ich glaube allerdings, er hat Elizabeth ebenso sehr geliebt wie ich und wollte sie nicht teilen. Klingt verrückt, ich weiß. Der Gewinner des National Book Awards hegte eine geheime Leidenschaft für das Schreiben von Frauenromanen. Aber in Elizabeth kam auch ein verborgener Teil von ihm zum Ausdruck. Ich wollte wissen, wie das ist. Vielleicht beim nächsten Buch. Doch wem versuche ich, etwas vorzumachen? Es wird kein nächstes Buch geben. Das Einzige, was zählt, ist dieses Buch.

Will stakst zur Eisfläche. Er ist startbereit. Und nochmal: Ich muss diesen Jungen wirklich gernhaben, denn ich bin abgebrannt bis auf etwa dreihundert Dollar Bargeld und verpulvere dreißig davon für diese Aktivität, bei der ich riskiere, erhebliche körperliche Schäden zu erleiden. Wie kommt es, dass er und ich sofort einen Draht zueinander hatten? Weil er altklug ist. Weil er Selbstbewusstsein hat. Weil er so viel Zeit in der Gesellschaft vermeintlich mächtiger Erwachsener verbracht hat, dass nichts Großes oder Extravagantes ihn noch beeindruckt. Umso wichtiger sind ihm die kleinen Dinge. Wie nach der Schule im Park Schlittschuh laufen zu gehen. Ich weiß, wie sich das anfühlt. Es ist die Geschichte meines Lebens mit Joe. Er hat mich reich gemacht – und wieder arm –, aber dass er mir etwas Persönliches gegeben hätte? Fehlanzeige. Die Bücher, sagt ihr vielleicht. Aber die gehörten immer ihm, und wenn zehnmal mein Name auf dem Einband steht. Ich habe von ihm nie etwas bekommen, das mir sagte, er habe an mich gedacht und nur an mich.

Ich schnüre meine pilzverseuchten Schlittschuhe zu und erhebe mich vorsichtig. Ich wage einen Schritt auf die frisch geschliffene Eisfläche und greife sofort nach dem Geländer. Und wieder fehlt jede Spur von Anmut in meinen Bewegungsabläufen, dazu entfährt mir ein lautes »Scheiße!«, und natürlich werde ich sofort zum Ziel strafender Blicke. Ich muss bescheuert ausgesehen haben, mit kreisenden Armen wie ein abstürzender Helikopter. Die meisten Zuschauer müssen davon ausgegangen sein, ich sei eine Art Pausenclown.

Will hält mich fest, bis ich mein Gleichgewicht wiedergefunden habe, schaut sich suchend um und zupft mich dann am Ärmel. »Bleib hier stehen«, sagt er mit diesem hinreißenden englischen Akzent. »Ich hole dir einen Pinguin.«

Und weg ist er, bevor ich ihn auffordern kann, mir das zu erklären. Einen Pinguin? Was für einen Pinguin? Natürlich weiß ich, was ein Pinguin ist, aber das kann er unmöglich meinen. Ein flugunfähiger Vogel, der aussieht, als trüge er einen

Frack, soll angewatschelt kommen, um mir Unterricht im Eislaufen zu geben? Oh, ich sehe Will zu mir zurückkommen.

Und der »Pinguin« ist das Plastikäquivalent der Bande beim Bowling. Eine Mogelei, damit die hoffnungslos Untalentierten nicht den Mut verlieren. Ich nehme an, dass ich mich an diesem Vogel festhalten soll, der eine rote Fliege trägt und auf Skiern übers Eis gleitet, während ich lerne, meine Füße zu sortieren. Auf geht's. Und nach einer kurzen Eingewöhnungsphase sind mein Pinguin und ich aufeinander eingestimmt, und ich erliege der Illusion, dass tatsächlich ich es bin, die den Kurs vorgibt. Aber das ist wohl meine persönliche Wahrnehmung, denn Will schlendert regelrecht auf seinen Schlittschuhen neben mir her.

»Will«, sage ich, »wenn du ein paar Runden ohne mich drehen willst, nehme ich dir das nicht übel, versprochen.«

»Keine Sorge«, antwortet er. »Dad kommt gar nicht erst mit aufs Eis. Er steht nur an der Seite und telefoniert oder schreibt Nachrichten. Und Großvater hangelt sich am Geländer entlang und flirtet mit sämtlichen Frauen an der Kakaobar.« Er grinst. »Demnach bist du die beste Begleitung, die ich bis jetzt hatte.«

»Aber meine Performance lässt sehr zu wünschen übrig. Wir müssen dir eine Freundin suchen, die mit dir mithalten kann.« Ich schaue zum Himmel. Sonnenuntergang. »Diese Orte sind so romantisch. Du bekommst garantiert deinen ersten Kuss.«

Er lacht. »Den hatte ich schon.«

»Oh, Entschuldigung. Mir war nicht klar, wie erwachsen du schon bist. Wie ist es mit dem Führerschein? Und ein Auto – hast du ein Auto? Kann ich mit dir nach Hause fahren? Wem hast du bei der letzten Wahl deine Stimme gegeben?«

»Annie«, er schaut mich mitleidig an. »Ich darf hier nicht wählen. Ich bin kein Bürger dieses Landes.«

»Vielleicht solltest du dich glücklich schätzen.«

»Ach, ich weiß nicht. Ich bin gern hier. Dad leider nicht.
Ich glaube, er hat oft Heimweh.«
Mein Pinguin und ich wollen einem händchenhaltenden
Paar ausweichen und prallen fast gegen die Begrenzung aus
Plexiglas. Mein Leben rast vor meinem inneren Auge vorbei,
aber ich erhole mich schnell. »Warum seid ihr aus England
weggegangen?«
»Dad war im Büro meines Großvaters in London auf dem
Weg nach oben, aber nachdem Grandpa sich zur Ruhe gesetzt
hatte und seine Agentur verkauft war, an diesen multinatio-
nalen Konzern, mussten wir zum Hauptsitz der Firma ziehen.
Eigentlich hatte ich gedacht, es wäre gut für ihn. London ist
doch voll von Erinnerungen an meine Mom.«
»Ich weiß gar nichts von deiner Mom. Was hat sie gemacht?«
»Außer meine Mutter zu sein?«
Ich lache. »Ja. Auch wenn ich mir vorstellen kann, dass sie
damit genug zu tun hatte.«
»Sie war Schriftstellerin.«
Aha. Das erklärt, weshalb der Junge sich gleich zu mir hingezogen gefühlt hat. Ich erinnere ihn an seine Mutter. Das ist
so süß und so traurig. »Schriftstellerin? Du meinst, wie ich?«
Er schüttelt den Kopf. »Nein. Sie war eine richtige Schriftstellerin.«
»Will ...« Jetzt bin ich doch etwas gekränkt. »Nur weil
dein Vater glaubt, meine Bücher wären literarisch nicht besonders wertvoll, ist das kein Grund –«
»Nein, tut mir leid. So war das nicht gemeint. Er hat mir
nur erzählt, dass du deine Bücher gar nicht selbst schreibst.«
Verflucht seist du, Henry Higgins. Wie war das mit deiner
»undurchdringlichen Mauer des Schweigens«? Wie war das
mit deinem »Niemand darf je etwas von unserem Projekt erfahren«?

Die tückische Eisfläche erfordert meine ungeteilte Aufmerksamkeit, für Will habe ich deshalb nur einen gespielt entrüsteten Blick aus dem Augenwinkel übrig. »Interessant. Hat er das?«

»Ja, klar. Wir reden über alles.«

Kinder können nicht gut lügen. Ist es verwerflich, das auszunutzen? Ich bin mir jedenfalls nicht zu schade dafür, ein ahnungsloses Opfer auszuhorchen. »Was sagt er denn sonst noch so über mich?«

»Dass deine Bücher gar nicht von dir sind, hat ihn ziemlich aufgeregt.«

»Davon abgesehen – das ist Schnee von gestern.«

»Davon abgesehen bist du seine Lieblingsklientin.«

Hui, das sind mal bemerkenswerte Neuigkeiten. »Ich? Bist du sicher? Ist da noch eine andere Annie Shepherd, die er vertritt?«

»Ganz sicher. Er geht super gern mit dir auf Lesereise.« Er greift nach meinem Handgelenk und hilft mir anzuhalten, damit wir nicht mit einem kleinen Mädchen zusammenstoßen, das auch mit einem Pinguin unterwegs ist. »Die Nacht davor kann er meistens nicht schlafen. Er packt x-mal den Koffer neu, damit er die richtigen Sachen dabeihat. Er sagt, du siehst immer toll aus und er will mithalten können. Vor anderen Leuten gibt er mit dir an. Hm … Was noch? Er sagt auch, du hast ein hinreißendes Lächeln.«

»Sowas sagt dein Vater über mich? Henry Higgins? Kenne ich diesen Mann? Wer ist dieser andere Henry Higgins, mit dem du zusammenlebst? Dieser Doppelgänger?«

»Es gibt nur einen. Ich schwör's.« Es geht um eine Kurve, und ich klammere mich an meinen vertrauenswürdigen Pinguin, als ginge es um mein Leben. »Weil er sowas sagt, bin ich ja auf die Idee gekommen, dass man mit dir Spaß haben kann. Mein Dad lächelt nie, außer wenn er von dir spricht.«

Wer bist du, Henry Higgins? Und warum habe ich mit dieser angenehmeren Version deiner selbst nie Bekanntschaft machen dürfen? Ich möchte mehr über diesen mysteriösen Henry erfahren.

»Also deine Mutter«, beginne ich, »die richtige Schriftstellerin ...«

Wieder lacht er. Ich liebe dieses Lachen. Es ist so echt. Spontan aus dem Bauch heraus. »Oh Mann, Annie. Ich habe doch gesagt, das war nicht so gemeint.«

»Aber ich hätte dir um ein Haar die Freundschaft gekündigt.«

»Dann sind wir also Freunde?«

»So genau weiß ich das noch nicht«, sage ich, um ihn aufzuziehen.

»Und wenn ich dich zu einer heißen Schokolade einlade? Mein Grandpa hat mir seine Kreditkarte gegeben.«

»Glückspilz. Ich kenne deinen Großvater. Mit dieser Kreditkarte könntest du mir einen Range Rover kaufen.«

»Ich glaube, das würde ihm auf der Abrechnung auffallen«, entgegnet er mit der umwerfenden Ernsthaftigkeit eines Zwölfjährigen. Er hat es für einen Moment tatsächlich erwogen.

»Heiße Schokolade wäre eine akzeptable Bestechung, aber nur mit Marshmallows und Sahne. Wenn schon, denn schon.«

»Auf jeden Fall. Ich will so viele Marshmallows, dass der Kakao ganz schleimig wird.«

»Sehr appetitlich.«

Er gluckst vergnügt.

»Wie hieß deine Mutter eigentlich? Jetzt möchte ich unbedingt ihr Buch lesen.«

»Sie hieß Charlotte. Charlotte Higgins. Mein Vater nannte sie Charlie.«

Charlie. Das klingt geradezu zärtlich. Ich entscheide mich, noch etwas zu bohren, um mehr über das Mysterium Henry zu erfahren. »Hatte dein Vater eine seriöse Beziehung, seit ihr zwei umgezogen seid?«

»Ein paar. Er war einmal sogar verlobt, aber er hat die Hochzeit nur ein paar Tage vorher abgesagt.« Wer hätte das gedacht? Henry Higgins ist die männliche Version von *Die Braut, die sich nicht traut*. Kein Wunder, dass er sich so an Julia ranschmeißt, wenn wir sie am Set besuchen.

»Amber war fuchsteufelswild«, erzählt Will weiter. »Sie hat Commodore Jack überfahren, seinen Kater. Es war aber ein Versehen. Es hat ihr sehr leidgetan.«

»Amber?«, frage ich.

»Jep, Amber Rosebloom. Sie wäre beinahe meine Stiefmutter geworden.« Er wischt sich imaginären Schweiß von der Stirn. »Gerade nochmal davongekommen.«

Henry war mit Amber Rosebloom verlobt und hat sie quasi vor dem Altar stehen lassen. Jetzt verstehe ich das ewige Hickhack zwischen den beiden. Und weder er noch sie hat diesen Umstand mir gegenüber je erwähnt. Nie. Kein Sterbenswörtchen. Ich hasse es, nicht eingeweiht zu sein. Aber ihr gemeinsames Schweigen kann nur eine von zwei Bedeutungen haben:

1) Sie hegen immer noch Gefühle füreinander und warten darauf, dass der andere zur Besinnung kommt.

2) Die Liebe ist in Hass umgeschlagen, und jeder setzt alles daran, die Zukunft des anderen zu vernichten.

Die meisten gescheiterten Beziehungen sind ein Mischmasch aus beiden Kategorien, aber bei Henry sieht es aus, als wäre er in Kategorie eins angesiedelt, Amber hingegen in der zweiten. Sie scheint bereits ein Netz des Verderbens zu weben.

Spannend. Ich muss der Sache auf den Grund gehen.

28

ANNIE

Ich habe Trauriges zu berichten: Die Frischzellenkur namens
Chris-Dake, die mir helfen sollte, über Joe hinwegzukommen, hat sich als rein geschäftliche Beziehung entpuppt. Ich
hatte erwartet, dass selbst bei Einhaltung aller professionellen Grenzen ein erotischer Vulkan unter der Oberfläche an-
spielungsreicher Wortwechsel brodeln würde. Und am ersten
Tag schien sich alles in diese Richtung zu entwickeln. Die
Blicke, die einem Schmetterlinge im Bauch bescheren. Allein schon der Dialog zwischen unseren Trinkhalmen. Aber
heute? Nada. Niente. Und der Grund für diese herbe Enttäuschung hat einen Namen:

Henry Higgins. Diese vier Silben stehen für die sexuelle
Wüste, in der Chris und ich zurzeit schmoren. Wie hat er das
angestellt, fragt ihr euch vielleicht? Wie hat der Mistkerl dieses Kunststück vollbracht?

Nun ja, Henry – und da habe ich vielleicht was unter-
schlagen, weil meine persönlichen Gefühle im Weg waren – ist trotz seines angeschlagenen Rufes eine Größe in der
Branche. Zugegeben, das hat er vor allem seinem namhaften Vater zu verdanken. Henry ist zwar niemals aus Edwards
Schatten getreten, aber er profitiert von der Reputation der
letzten Jahrzehnte. Für viele Autoren ist der Name Higgins
eine Marke, eine Art Statussymbol, mit dem sie sich gerne

schmücken. Und Chris wurde von eben diesem Henry Higgins zurückgewiesen.

Wie abgemacht hat Chris abends das Ergebnis unseres ersten Arbeitstages an Henry gemailt. Und Henry schweigt. Lässt Chris am ausgestreckten Arm verhungern. Ich habe Chris damit zu trösten versucht, dass Henry bestimmt bis über beide Ohren in Arbeit steckt und einfach noch keine Zeit gefunden hat, um zu antworten. Das konnte ihn nicht aufmuntern. Also ging ich die Sache psychologisch an und erklärte, Henrys Schweigen sei Mittel zum Zweck, es solle Chris nur anspornen, sich noch mehr anzustrengen und sich in der Hoffnung auf eine Reaktion selbst zu übertreffen.

Chris war so aufgewühlt, so am Boden zerstört, dass er buchstäblich bei mir auf der Couch lag, während ich ihm Nacken und Schultern massierte. Und es hat ihn nicht einmal interessiert! Er war den Tränen nahe und wiederholte ständig, dieses Projekt sei seine große Chance.

»Chris«, sagte ich, »du hast überhaupt keinen Grund, dir Sorgen zu machen. Henry ist eben so.«

Er lachte bitter. »Annie, du hast es schon geschafft. Du stehst ganz oben, du bist berühmt. Für dich ist es leicht, mir zu sagen, ich soll mich nicht aufregen und mich beruhigen. Aber für mich steht verdammt viel auf dem Spiel. Ich will das meiste aus dieser Möglichkeit herausholen, die mir in den Schoß gefallen ist. Wenn ich dir helfen kann, termingerecht ein Manuskript abzuliefern, mit dem Mr. Higgins zufrieden ist, wird er mich als Klienten aufnehmen. Das ist das große Los für einen jungen Schriftsteller.«

Chris schwor, hinzuschmeißen, denn er halte diesen Druck nicht aus. Und dass er wieder an die Uni gehen und unterrichten wolle. Er wollte einfach nicht aufhören zu reden.

Irgendwann wusste ich mir nicht mehr anders zu helfen,

als mich geistig auszuklinken, nur war ich dadurch meinen eigenen Gedanken ausgeliefert, und die lauteten ungefähr so: *Du willst mir was von Druck erzählen? Ich bin die, die demnächst auf der Straße sitzen wird, ohne einen Cent. Deine Aufgabe ist es, mir zu helfen. Mir. Aber plötzlich dreht sich alles nur noch um dich. Genauso wie bei Joe damals. Das scheint ein Problem zu sein, das man häufig bei männlichen Schriftstellern findet. Männer sind offenbar unfähig, mit Zurückweisung oder Nichtachtung fertigzuwerden. Dann tun sie das Gleiche allen Frauen an, die ihnen über den Weg laufen, und nennen sie theatralisch, wenn sie sich beschweren. Aber das ist ein ganz anderes Thema.*

Doch ich beginne zu erkennen, dass Kunst für Männer etwas Narzisstisches ist. Es geht ihnen darum, eine Welt zu erschaffen, zu erobern, wie in einem kriegerischen Akt. Frauen dagegen — zumindest die, die ich in diesem Geschäft kennengelernt habe — sehen das Schreiben als Möglichkeit, Fremden die Hand zu reichen, den Menschen Erleichterung zu verschaffen. Wir möchten, dass die Menschen sich in einer Welt, die trennt, weniger allein fühlen. Wir möchten, dass man uns zuhört. Männer wollen nur gehört werden.

Ich kann Chris' Geplapper nicht mehr ertragen. So wirkt er überhaupt nicht mehr sexy. Ich muss ihn irgendwie zum Schweigen bringen.

»Warum ist es dir so wichtig, was Henry denkt? Es kommt doch einzig und allein darauf an, dass du mit deiner Arbeit zufrieden bist und ob du damit leben kannst. Nur du kannst beurteilen, ob du dein Bestes gegeben hast.«

Das schien ihn endlich etwas aufzumuntern, deshalb fuhr ich auf dieser Schiene weiter. »Wer ist dein Lieblingsschriftsteller?«

»Raymond Carver.«

Ich habe Carver an der Universität gehasst, Joe hingegen

hat seine Werke geliebt. »Glaubst du, Raymond Carver hätte dagesessen und darauf gewartet, dass ein Henry Higgins ihm den Kopf tätschelt und sagt, das hast du gut gemacht? Oder hätte er nicht eher sein Ding gemacht, ohne Rücksicht auf das Urteil anderer?«

Er zuckte mit den Schultern.

Allmählich reichte es mir. »Chris, bei allem Respekt, eigentlich bin ich es, die du überzeugen musst. Es ist mein Buch. Und ich bin überzeugt von dem, was du tust.«

Er lächelte. »Annie, wenn dieses Projekt beendet ist, werden wir beim Abschied nicht Auf Wiedersehen sagen, weil es kein Wiedersehen geben wird. Ich glaube sogar, in den zahllosen Verträgen, die ich unterschreiben musste, steht irgendwo, bei einem Versuch, mit dir in Verbindung zu treten, müsste ich mit Gefängnis oder einer Geldstrafe rechnen. Unsere Zusammenarbeit an diesem Buch wird sich nicht wiederholen. Es ist das erste und gleichzeitig das letzte Mal. Aber es ist großartig, ich fühle mich geehrt, und ich werde dir auf ewig zu Dank verpflichtet sein. Sobald das hier vorbei ist, wirst du wieder Annie Shepherd sein, schön, reich und berühmt, und ich Chris der Kellner, der hofft, dass Henry Higgins sich nicht ein Jahr Zeit lässt, um einen Blick in sein Manuskript zu werfen. Ich weiß das, und du weißt es auch, wenn du ehrlich zu dir bist. Du hast das alles schon erlebt. Du weißt, wie das läuft.«

Tatsächlich wusste ich nicht, wie das lief. Mir wurde klar, dass es eine ganze Menge Dinge gab, von denen ich nichts wusste. Ich musste Chris Dake in jedem Punkt recht geben, und das löste eine Kettenreaktion in meinem Kopf aus. Ich verstand – besser spät als nie –, dass Joe mich nicht nur um mein Geld betrogen hatte, sondern auch um Erfahrungen, um die Hochs und Tiefs, die schlaflosen Nächte und schwitzigen Hände, die einem die Suche nach dem eigenen Weg durchs Leben beschert. Er hat mich daran gehindert, erwachsen zu werden. Stattdessen servierte er mir ein vorgefertigtes Fake-Leben auf dem Silbertablett, und ich habe zugegriffen. Warum? Weil es einfacher war. Weil Joe mich davon überzeugt hatte, dass ich niemals die Autorin meiner Träume werden konnte, wenn ich sein Angebot ablehnte. Und jetzt stehe ich hier, ohne mir je etwas im Leben selbst erarbeitet zu haben. Ich bin nicht weniger eine von Joe Duke geschaffene Kunstfigur als Elizabeth Sunderland. Chris hat mit seinen Mitte zwanzig hundertmal mehr Lebenserfahrung als ich. Selbst aus dem Grab heraus presste Joe mich zurück in den goldenen Käfig, den er für mich gebaut hatte.

29

ANNIE

Wie immer, wenn ich der schwarzen Wolke, die über mir wabert, nicht entgehen kann – was nach diesem Nachmittag mit Chris der Fall ist –, verfalle ich in mein altes Ritual: Ich schaue *Pretty Woman*, meinen absoluten Lieblingsfilm, und esse Eis.

Ich bin sogar so vertieft in den Film, dass ich fast nicht bemerke, als mein Handy summt.

Beim Blick aufs Display stelle ich fest, es ist Henry, und überlege, ob ich drangehen soll. Dann fällt mir ein, dass sein Anruf die perfekte Gelegenheit ist, um ihm dafür zu danken, dass er mir meinen Tag versaut hat. Dass durch seine Schuld sexy Chris zu einem von Versagensängsten geplagten Künstler mutiert ist. Ich greife nach dem Handy, um ihm das alles an den Kopf zu werfen, aber wie immer kommt er mir zuvor.

»Annie? Hier ist Henry.«

Ich rolle mit den Augen. Wie oft muss ich ihm das Mysterium der Anrufanzeige noch erklären? »Ich weiß. Dein Name erscheint auf dem Display, wenn du anrufst …«

»Die Seiten, die Chris geschickt hat, sind wirklich gut«, sagt er. »Ich kann spüren, wie mir die anfängliche Angst aus den Knochen weicht. Seitdem du mit deiner Hiobsbotschaft in mein Büro gekommen bist, war ich wortwörtlich unter Strom.«

»Wunderbar. Freut mich, dass du dich freust.« Dann lasse ich meine innere Vivian Ward an die Oberfläche, bereit, um ihn in der Luft zu zerreißen. »Es wäre aber schön gewesen, wenn du uns das gestern schon mitgeteilt hättest.« Er ignoriert mich. »Wie groß war dein Input?«

Ist es zu fassen! Er hat meine subtile Verführungstaktik torpediert, und jetzt hat er den Nerv, mich zu beleidigen? »Ziemlich groß. Warum? Erstaunt?«

»Ich bin tatsächlich erstaunt. Über deinen Instinkt, der dir sofort gesagt hat, Chris könnte für uns der Richtige sein. Du besitzt eine intuitive Menschenkenntnis, die mir, muss ich gestehen, völlig fehlt.«

Schock! Ich verschlucke mich beinahe an meinem Eis. »Henry! Hast du wirklich eben zugegeben, dass ich etwas besser kann als du?«

»Anscheinend.«

»Augenblick. Sag das noch einmal. Das muss ich für die Nachwelt festhalten. Und anschließend werde ich mich auf den Weltuntergang vorbereiten.«

»Urkomisch. Und danke nochmal, dass du dich um Will gekümmert hast. Er hatte einen Riesenspaß.«

»Will ist ein großartiger Junge ...«, beginne ich, aber dann fahre ich rasend fort: »... dem du verraten hast, dass meine Bücher nicht von mir sind!«

»Schrei nicht so. Das ist doch nur Will. Wir erzählen uns alles. Der Junge kann schweigen wie ein Grab.«

»Ihr könnt euch meinetwegen alles erzählen, aber nicht das. Was soll er denn jetzt von mir denken?«

»Du glaubst, Will interessiert sich für Bücher oder ihre Autoren?« Ein trockenes Auflachen dringt durch mein Handy. »Höchstens im Zusammenhang mit *The Fortnight*, dieser Fernsehserie über eine Schriftstellerin mit Schreibblockade. Aber sein Hauptinteresse gilt Weihnachten. Die

Wahrheit über deine literarische Karriere interessiert ihn nicht die Bohne.« Er seufzt. »Was machst du gerade? Störe ich dich bei etwas?«

»Solltest du mich das nicht am Anfang einer Unterhaltung fragen?«

»Dann bist du also nicht beschäftigt.«

»Doch, ich bin beschäftigt. Auf meinem Fernseher läuft *Pretty Woman.*«

»Die schöne Julia. Eines Tages wird sie zur Besinnung kommen und sich für mich entscheiden.«

Träum weiter, Henry, aber hier bietet sich die Gelegenheit, Genaueres über die Sache mit Amber zu erfahren. »Hoffentlich lässt du sie nicht auch ein paar Tage vor der Hochzeit sitzen.«

Er schweigt. Ich höre ihn atmen. »Offenbar bin ich nicht der Einzige, dem Will alles erzählt.«

»Der Junge, der schweigen kann wie ein Grab.«

»Ich werde die Metapher überprüfen müssen.«

»Kein Wunder, dass Amber dich hasst«, bohre ich weiter. »Warum dieser Rückzieher in letzter Minute?«

»Unterschiedliche Lebensentwürfe. Nichts Ausgefallenes.«

»Geht es ein bisschen genauer?«

Wieder seufzt er. »Wenn ich schon meine Vergangenheit vor dir ausbreiten soll, könntest du dann wenigstens den Fernseher leiser stellen oder, was noch besser wäre, den Film anhalten?«

Er wird wirklich seine Vergangenheit enthüllen. 1:0 für Annie Shepherd. Das ist eine Pause von *Pretty Woman* wert. »Ich höre.«

»Amber war eine junge Agentin, und ich war ihr Chef. Sie wollte, dass wir das Unternehmen verlassen und uns selbstständig machen. Aber ich wollte bleiben und dafür sorgen, dass das, was mein Vater aufgebaut hatte, unter dem neuen Regime in seinem Sinne weitergeführt wurde. Wir haben uns monatelang darüber gestritten. Schließlich, ich glaube, um mich zu einer Entscheidung zu zwingen, ist sie gegangen. Und ich bin geblieben.«

Das hört sich wahrhaftig traurig an.

»Die Risse in unserer Beziehung wurden tiefer, als wir auf einmal Konkurrenten waren, und schließlich hielt ich es für das Beste, einen Schlussstrich zu ziehen, bevor wir einen Weg einschlugen, von dem es kein Zurück mehr gab.«

Er redet wirklich! Ich muss mehr erfahren. »Fehlt sie dir?«

»Anfangs sehr. Aber jetzt könnte ich gar nicht mehr sagen, ob ich sie vermisst habe oder nur das Gefühl, mit jemandem zusammen zu sein.«

»Wenn du meine Meinung hören willst, du hättest mit ihr gehen sollen. Du kannst nicht auf ewig nur der Sohn deines Vaters sein. Du bist fast fünfzig. Höchste Zeit für ein eigenes Leben.«

»Oh, danke«, sagt er. »Du hast mit einem Telefonanruf erreicht, was in Hunderten sündhaft teuren Therapiesitzungen nicht gelungen ist.«

Sein Sarkasmus bringt mich zum Lachen. Untypisch für mich, aber Henry war noch nie so nahbar. »Siehst du? Du musst einfach nur mich fragen. Ich habe doch gesagt, ich vollbringe Wunder.«

»Vor zwei Tagen hätte ich deine penetranten psychoanalytischen Fähigkeiten gut gebrauchen können. Ich glaube, Amber hat irgendwas vor, etwas Großes, etwas, das mit meinem Job zu tun hat.«

»Sei nicht albern. Sie hat ihre eigene Agentur. Wie kommst du darauf?«

»Sie hat mit meinem Boss zu Mittag gegessen.«

»Das ist … nicht gut.«

»Ich fühle mich total hilflos. Ich muss irgendwas tun, aber ich habe keine Ahnung, wo ich anfangen soll.«

Du meine Güte! Die Lage muss schlimm sein, wenn er mich um Rat fragt. »Du könntest mit Edward sprechen.«

»Nein«, erwidert er. »Er würde mir die Schuld für diese Situation geben.«

Ich wechsele zu einer anderen Taktik. »Du könntest sie doch noch heiraten. Das könnte dich retten. Aber schaff dir auf keinen Fall eine neue Katze an.«

»Will hat dir auch von Commodore Jack erzählt?«

»Hat er. Dein ach so verschwiegener Sohn.«

»Du hast doch in letzter Zeit häufiger mit Amber gesprochen. Was ist das Geheimnis ihres Erfolgs?«

»Ehrlich?« Das ist genau das, was ich ihm vor ein paar Tagen vermitteln wollte.

»Ich habe dich nicht angerufen, damit du mich tröstest. Wenn ich das gewollt hätte, wäre meine Wahl nicht ausgerechnet auf dich gefallen.«

Es ist zum Verzweifeln. Er kann mich nicht einmal um Rat bitten, ohne mich zu beleidigen. Na gut, Henry Higgins, den Rat sollst du bekommen, zieh dich warm an: »Du führst einen ständigen und völlig einseitigen Kleinkrieg gegen Amber, während sie dich nie erwähnt, nicht einmal als Konkurrenten.«

»Du hast gesagt, dass sie mich hasst.«

Verdammt, daran erinnert er sich noch? »Sie hasst dich nicht. Ich war in dem Moment nur so schrecklich wütend auf dich.«

Henry lacht. »Und weiter?«

»Du verkündest, was du alles für einen Klienten erreichen kannst, und sie nicht. Sie erklärt mir nur, was sie tun kann und wie sie's tun wird. Wenn man mit Amber redet, ist es, als gäbe es überhaupt keine Alternative. Es gibt nur sie und dich.

Du musst den Leuten die Gründe aufzeigen, weshalb nur du für sie als Agent infrage kommst. Was macht den Service, den du anbietest, individuell und ausschlaggebend? Nicht, was ihn besser als den von anderen macht.«

»Das hast du tatsächlich gut erkannt«, sagt er verblüfft.

»Könntest du versuchen, nicht jedes Mal, wenn ich etwas Intelligentes tue oder sage, so auszusehen, als wäre es das siebte Weltwunder?«

»Ich war nicht wegen deiner Intelligenz überrascht«, antwortet er. »Ich stehe bloß ein wenig neben mir, weil du damit genau auf die Zwölf getroffen hast.«

»So schlimm?«

»So schlimm. Aber genug von mir. Jetzt bist du dran.«

»Wir sitzen im selben Boot. Von Chris habe ich gestern Klartext zu hören bekommen. Er hat mir gesagt, die Trust-Me-Formel hätte sich abgenutzt. Ich war ziemlich sauer. Aber ich habe es geschluckt, ihm weiter zugehört und …«

»Und was er mir geschickt hat, ist die frischeste Version von *Trust Me* seit Jahren«, unterbricht er mich. »So schwer es fällt, das einzusehen, besonders angesichts der unverändert hohen Verkaufszahlen, aber Joe hatte sich leer geschrieben. Möglicherweise hat ihn das veranlasst, Elizabeth sterben zu lassen. Lieber ein Ende mit Schrecken als ein Schrecken ohne Ende.«

»Da wir gerade von dem Mann sprechen, der Elizabeth ermordet hat«, sage ich. »Bei mir hat ein Journalist vom *Los Angeles Review of Books* angeklopft, der mich für einen in Arbeit befindlichen Artikel über Joes Karriere interviewen möchte.«

»Das war zu erwarten. In manchen Kreisen war Joe äußerst populär.«

»Nicht in meinen.«

»Deine Pressefrau hätte ihn nicht an dich verwiesen, wenn er nicht seriös wäre. Und du kannst dich nicht ewig davor drücken, über Joe zu sprechen, sonst halten dich die Leute womöglich noch für eine herzlose Schlange.«

»Aber ich wüsste wirklich nichts Nettes über Joe zu erzählen. Ich glaube nicht mal, dass ich so etwas vorspielen könnte.«

»Dann lass es«, entgegnet er. »Der Journalist schreibt einen Nachruf über den Schriftsteller Joe Duke. Nicht über ihn als deinen Lebensgefährten. Konzentrier dich auf diesen Aspekt. Unabhängig von den Gefühlen, die du ihm gegenüber hegst, hatte er Talent, und wer sollte sich besser dazu äußern können als du?«

Ich seufze. »Wahrscheinlich hast du recht.« Mein Blick fällt auf die Uhr. »Übrigens fällt dir auf, dass wir gerade unser erstes richtiges Gespräch geführt haben? Wir haben uns unterhalten wie zwei normale Menschen, und das ganze zwanzig Minuten.«

»Ja. Und am besten vergessen wir das möglichst schnell.«

Wir beenden das Gespräch mit einem freundschaftlichen Geplänkel darüber, wer zuerst auflegt. Ich tu's. Ich lege immer zuerst auf. Das ist der Deal. Wenn ihr mich anruft, müsst ihr das akzeptieren. Während ich *Pretty Woman* wieder anstelle, beschäftigt mich der Gedanke, dass es mir gefallen hat, mich mit Henry zu unterhalten. Aber ich sollte nicht zu optimistisch sein. Wer weiß, in welchem Gemütszustand er mich morgen anrufen wird? Sicherlich weniger gesprächig und weniger verletzlich.

Bevor ich ins Bett gehe, fällt mir ein, dass es noch einen weiteren Weg gibt, um mehr über Henry Higgins herauszufinden. Einem Impuls folgend kaufe ich ein Exemplar von Charlotte Higgins' Roman. Mein Elizabeth-Instinkt sagt mir, dass dieses Buch mir helfen wird, das Geheimnis um meinen Agenten zu lüften.

30

HENRY

An diesem Morgen betrat ich beschwingt die Stätte meines beruflichen Wirkens. Voller Elan rührte ich meinen Kaffee um. Dann ließ ich mich von einer Woge des Tatendrangs in mein Büro und auf den Schreibtischsessel tragen. Henry Higgins relaunched, Version 2.0. Und das nur wegen des Anrufs mit Annie.

Ich muss das Drehbuch umschreiben. Ich muss damit aufhören, mich mit Amber zu vergleichen, und die echte Konkurrenz zum Maßstab nehmen – mich selbst. Ich muss Amber aus meinem Kopf verbannen, schonungslos hinterfragen, wie ich meinen Service optimieren kann.

Ich trank einen großen Schluck Kaffee. Konzentrierte mich auf meine innere Mitte. Und genoss grob geschätzt sieben Minuten Amber-freier Existenz – bis Daphne in mein Büro trat.

Nun sitzt sie in dem Stuhl vor meinem Schreibtisch, die Beine übereinandergeschlagen, und schaut mir starr in die Augen. Kein vielversprechender Beginn.

»Was gibt's?«, frage ich. »Seit wann klopfst du an?«

»Ich kündige.«

»Daphne! Das ist lächerlich. Bist du unzufrieden? Das kann doch gar nicht sein.«

Sie starrt mich intensiver an. »Kann es nicht?«

»Vor ein paar Tagen warst du noch wunschlos glücklich.«

»Nein, das war ich nicht. Du glaubst das nur, weil du immer zu sehr mit dir selbst beschäftigt bist, um zu bemerken, was in den Menschen in deiner Umgebung vorgeht.«

Ich trommele auf meinen Tisch. Sie ist nicht die erste Frau, die mir das sagt, also muss an dem Vorwurf etwas dran sein. »Schuldig im Sinne der Anklage. Okay, ich bin ganz Ohr. Weshalb willst du kündigen?«

»Es geht um das Manuskript von *Little Black Book*, meinem Herzensprojekt, das ich dir vor sechs Monaten gegeben habe und das du nie angerührt hast.«

»Ach du meine Güte«, sage ich. »Darum geht es? Immer noch?«

»Ja, immer noch. Während ich letzte Woche Gesprächstermine mit Autoren von deinem Schundstapel vereinbaren sollte, habe ich die Autorin von *Little Black Book*, Andrea Gonce, angerufen. Ihr Manuskript hat immer noch kein Zuhause gefunden, und ich habe ihr versprochen, zu schauen, was ich tun kann.«

Mir gefällt nicht, welche Richtung dieses Gespräch nimmt, aber vielleicht kann ich die Katastrophe noch verhindern. »Ich werde das Manuskript lesen, wenn es dir so viel bedeutet. Leg es mir einfach auf den Schreibtisch.«

Sie seufzt resigniert. »Ich hätte mir gewünscht, dass es für dich etwas Besonderes ist. Du solltest mein Mentor sein. Ich will nicht länger bloß deine Assistentin sein, ich will so werden wie du.«

Ich habe keine Zeit für diese Plänkelei. Ich sollte da draußen auf dem Schlachtfeld gegen Amber antreten, nicht mich mit meiner Assistentin herumstreiten. Das bringt keinen von uns weiter. »Woher zum Teufel sollte ich wissen, dass es dir so viel bedeutet?«

»Abgesehen davon, dass ich es dir gesagt habe? Für jemanden, der zu menschlichen Empfindungen fähig ist, wäre das kein Problem«, antwortet sie spitz.

Ich lehne mich verschwörerisch über den Tisch und flüstere: »Daphne, du weißt, dass ich es hasse, Manuskripte zu lesen. Es gibt wichtige Klienten, deren Manuskript nicht einmal meine Fingerabdrücke trägt.«

»Ich weiß. Ich lese sie alle für dich.« Daphne sieht so aus, als wäre sie ganz kurz davor, mir ihren Stuhl entgegenzuschleudern.

»Genau«, sage ich und hebe den Finger. »Denkst du nicht, dass du ein kleines bisschen übertreibst?«

Sie verdreht die Augen. »Ich meine es ernst, Henry. Ich will dieses Buch unter Dach und Fach bringen. Ich habe eine Agentur gefunden, die mich als Agentin anstellen und *Little Black Book* als mein erstes Buch vertreten lassen würde. Die Inhaberin ist genauso begeistert von diesem Buch wie ich.«

»Die Inhaberin?«, frage ich wie paralysiert, als mich eine böse Vermutung beschleicht. »Kenne ich diese Agentur?«

»Anzunehmen«, kommt die trotzige Antwort. Sie genießt diesen Moment sichtlich. »Ich gehe zu *The Bloom*.«

Ich wachse hinter meinem Schreibtisch in die Höhe. »So grausam kannst du nicht sein.«

Sie steht ebenfalls auf. »Bin ich offensichtlich.«

»Wie kannst du nur?« Als sie auf meinen entrüsteten Ausruf nicht reagiert, versuche ich es mit der Mitleidsmasche. »Du weißt besser als jeder andere, was sie mir antut.«

»Sie tut dir gar nichts an. Du stellst dich immer selbst genau in die Schusslinie.«

»Du willst eine Agentin sein? Okay. Ich glaube nicht, dass ich autorisiert bin, solche Zusagen zu machen, aber ich werde Thacker noch heute anrufen.«

»Zu spät«, sagt sie und macht sich auf den Weg Richtung Tür. »Du hast mich enttäuscht. Ich dachte, wir würden Partner werden.« Lass sie nicht gehen, Higgins, du darfst sie nicht gehen lassen. Ihr wisst beide, dass du ohne sie nicht leben kannst. Vor allem nicht jetzt.

»Okay, du gewinnst«, sage ich, nun ganz in meiner Rolle als Agent. »Ich werde für dein Herzensprojekt kämpfen. Auf eine andere Art kann ich dich offenbar nicht überzeugen. Gib mir etwas Zeit, den Roman zu lesen. Vierundzwanzig Stunden. Deal? Ich gebe dir meine Vorschläge für Änderungen und die Strategie für die Präsentation bei den Verlagen, einen komplett ausgearbeiteten Plan. Wenn er dich und die Autorin nicht überzeugt, fühl dich frei zu Amber zu wechseln.«

Sie bleibt stumm. Keine Reaktion.

»Komm schon, Daphne«, flehe ich geradezu. »Zwei Alphas der Branche kämpfen um dich und wollen dich bei deinem ersten Deal unterstützen. Was sind da schon vierundzwanzig Stunden?«

Ihr Gesicht bleibt ausdruckslos. Ich ziehe mein letztes Ass aus dem Ärmel.

»Du bist es mir schuldig, Daphne. Fünf Jahre. Die meisten Ehen halten nicht einmal so lange.«

Na also. Jetzt muss sie lachen. »Okay, Henry. Vierundzwanzig Stunden. Ich freue mich darauf zu sehen, wie du dich abstrampelst, um den Betrieb allein zu schmeißen.«

Als sie die Tür hinter sich schließen will, fällt mir noch etwas ein. »Daphne! Ich muss dich um einen kleinen Gefallen bitten. Ich habe kein aktuelles Manuskript von *Little Black Book*.« Nervös nage ich an meiner Unterlippe. »Könntest du mir die Datei noch einmal per Mail schicken?«

Sie knallt die Tür hinter sich zu.

»Ich warte dann auf deine Mail!«, rufe ich. »Voller Ungeduld.«

Ich wende mich wieder meinem Bildschirm zu. Öffne

mein E-Mail-Programm und warte darauf, dass Daphnes Roman im Posteingang erscheint. Aktualisiere alle paar Minuten. Nur Mut, Higgins 2.0. Amber hat den ersten Kampf direkt in deine Reihen getragen. Dies ist dein erster großer Test.

Ping. Endlich. Die Mail von Daphne. Ich werfe nur einen flüchtigen Blick auf das Begleitschreiben, das vor Anfeindungen gegen mich strotzt, und wende mich stattdessen direkt dem Manuskript zu.

Ich lese die erste Seite. Oh weh, für mein erstes Projekt als Higgins 2.0 hätte ich mir das nicht ausgesucht. Vielleicht wird's noch besser. Muss. Ich lese Seite zwei, Seite drei, Seite vier. Schreck lass nach. Was habe ich in einem früheren Leben verbrochen, um diese Strafe zu verdienen? Kleine Hundewelpen ertränkt?

Daphnes Roman ist Chick-Lit pur. Ich fühle mich, als wäre ich komplett aus der Zeit gefallen. Komm schon, Henry. Du darfst Daphne nicht an Amber verlieren. Denk nach.

Aber es wird nur schlimmer. Mode scheint die Hauptrolle zu spielen, mit Markennamen, von denen ich noch nie gehört habe. Und dann fällt es mir wie Schuppen von den Augen: Es gibt nur eine Person, Henry Higgins, die dich retten kann. Doch dir das einzugestehen erfordert eine Überwindung epicheren Ausmaßes als Napoleons Flucht aus Russland. Diese Person ist der letzte Mensch auf der Welt, dem du gestehen möchtest, dass du von ihm einen Rat in Dingen brauchst, die dein ureigenes Fachgebiet sein sollten.

31

ANNIE

Henry Higgins verdanke ich das Mittel gegen das nervige Grau, das in den letzten Tagen über meinem Leben hängt. Von ihm habe ich das Zauberwort, um Chris, den Trauerkloß, wieder in meinen heißen Ghostwriter zu verwandeln.

Wie aufs Stichwort kommt Chris ins Wohnzimmer geschlichen wie ein geprügelter Hund. Er ist so fertig, dass er kaum die Tür hinter sich schließen kann. Mit hängenden Schultern steuert er auf das Sofa zu. Unseren allmorgendlichen Iced Cappuccino trägt er wie ein Verhängnis vor sich her, das Eis ist geschmolzen, weil seine Hände so schwitzen. Stumm lässt er sich in seinen Sessel fallen. Ich glaube, ich werde ihn noch etwas leiden lassen, bevor ich ihn erlöse. Umso spektakulärer werden dann seine Freudensprünge sein. Manchmal bin ich gern ein böses Mädchen.

»Was ist los?«, frage ich, um noch etwas Salz in die Wunde zu streuen.

»Ich habe immer noch nichts von Mr. Higgins gehört.« Der Ärmste, seine Stimme klingt ganz matt. »Ich habe ihm das Ergebnis von zwei Arbeitstagen gemailt und nicht mal eine Lesebestätigung erhalten.«

»Er hat vielleicht mit dir nicht gesprochen«, ich kann mir ein Lächeln nicht verkneifen, »aber mit mir hat er sich gestern Abend lange unterhalten.«

Er reißt vor Überraschung und Erwartung die Augen so weit auf, dass sie fast herausspringen, und natürlich lasse ich ihn zappeln. Ich liebe es, Männer auf die Folter zu spannen. Endlich habe ich Erbarmen mit ihm. »Er ist begeistert, Chris. Er findet, es ist der beste Trust-Me-Band seit Jahren. Er ist überzeugt, das Buch wird ein großer Erfolg.«

»Hör auf«, sagt er. »Du lügst mir was vor, um mich aufzumuntern.«

»Chris«, ich hebe die rechte Hand, »ich schwöre bei meinem Leben. Er meint, dass ich auf den ersten Blick dein Potenzial erkannt hätte, wäre phänomenal, und dass er dir zu einer großen Karriere verhelfen wird.« Mein Lächeln wird breiter. »Henry ist völlig hin und weg.«

Er braucht eine Minute, um die Neuigkeit zu verdauen. Das Leben kehrt in seinen Blick zurück. Aber noch ist er nicht restlos überzeugt. Er braucht eine erneute, endgültige Bestätigung, um den letzten Zweifel auszulöschen.

»Es hat Mr. Higgins wirklich gefallen?«

Ich schreie meine Antwort heraus, um seine Begeisterung zu entfachen. Sei wieder der Chris, der vor Selbstbewusstsein strotzt, der Chris, der kein Problem damit hatte, mich vor diesem Restaurant anzubaggern. Der neue Chris gefällt mir nicht. Er ist öde. »Er war begeistert!«

Er schreit zurück: »Er war begeistert. Das ist unglaublich!«

Endlich. Das hat ihn aus dem Sessel gerissen. Er tanzt durchs Zimmer. Er boxt mit den Fäusten in die Luft. Chris' Augen scheinen zu leuchten. Er befindet sich im Stadium »ekstatischer Glückseligkeit«.

Und es fängt erst an. Er kommt zum Sofa, schlägt mich mit seinem feurigen Blick in den Bann und hebt meine Beine auf die Sitzfläche. Dann springt er auf die Kissen. Also, das ist um einiges spannender als die Stunden tränenreichen Trübsinns, die mir den gestrigen Tag vermiest haben.

Auf diese muskulösen Arme gestützt, die ich vergöttere, hält er sich lang ausgestreckt über mir in der Schwebe. Das kommt unerwartet. Jetzt lässt er sich tiefer sinken und sagt dicht an meinem Mund: »Ich will's nochmal hören.«

»Er war absolut begeistert.« Und ich betone beim Sprechen jede Silbe.

Ich sehe sein Gesicht über mir, die meerblauen Augen, mmh. Dann berühren sich unsere Lippen, nur unsere Lippen. Er küsst mich, aber es ist nicht nur ein Kuss, oh nein. Es ist eine Explosion der Leidenschaft. Er umkreist meine Zunge mit seiner. Kurz unterbricht er den Kuss, um an meiner Unterlippe zu saugen, dann drängt er seine Zunge wieder in meinen Mund, bevor ich Gelegenheit hatte, Luft zu holen. Vielleicht droht mir der Erstickungstod, aber offen gestanden ist mir das egal.

Dann muss ich plötzlich an Henry denken, der mir einen vertraglich festgeschriebenen Keuschheitsgürtel verpasst hat, was mein Arbeitsverhältnis mit Chris angeht. Und er hat recht damit. Sex am Arbeitsplatz ist kontraproduktiv. Wer kann sich auf seine Pflichten konzentrieren, wenn das Objekt der Begierde jederzeit greifbar ist? Und ich brauche dieses Buch, unbedingt. Zu sagen, dass mein Leben davon abhängt, wäre nicht übertrieben. Ich ernähre mich seit Tagen von Instantnudelsuppe, und das habe ich nicht einmal am College getan. Also gut. Schieb ihn weg. Erzähl ihm etwas, das ihn so radikal abturnt, dass er die Finger von dir lässt, bis dieser vermaledeite Roman in trockenen Tüchern ist. Also beende ich den Kuss, lege ihm den Zeigefinger an die Lippen und sage: »Chris, du willst das nicht, glaub mir. Der letzte Mann, mit dem ich geschlafen habe, ist dabei gestorben.«

Er kneift die Augen zusammen, dann lässt er sie über meinen Körper wandern. »Das Risiko gehe ich ein.«

Es schmeichelt mir, dass er findet, mein Körper, obwohl

fünfunddreißig Jahre in Gebrauch und noch komplett verhüllt, sei es wert, dafür sein Leben aufs Spiel zu setzen. »Im Ernst, Joe ist gestorben, während wir Sex hatten. Herzinfarkt.«

Er macht sich am oberen Knopf meiner Jeans zu schaffen.

»Mag ja sein. Aber er war auch nicht mehr der Jüngste.«

»Chris«, ich muss leise stöhnen, als er den Knopf öffnet. Er richtet sich auf und zieht sich das Shirt über den Kopf. Aber hallo! Wie kann jemand zu einem solchen Körper Nein sagen? Diese Schultern! Es sieht aus, als würden seine Muskeln unter der Haut weiterarbeiten, selbst wenn sein Oberkörper sich nicht bewegt. Und dieses Sixpack! Wie von einem Bildhauer in Marmor gemeißelt. Mich beschleicht die Ahnung, sein Körper könnte besser in Schuss sein als meiner. »Hat Joe vielleicht so ausgesehen?«

»Nein! Hat er nicht! Ganz und gar nicht!« Die brutale Aufrichtigkeit, mit der ich die Worte herausposaune, ist meinen in Wallung geratenen Hormonen geschuldet.

Tut mir leid, Henry. Ich hoffe auf dein Verständnis. Ich bin Mitte dreißig, und meine Anziehungskraft auf Männer dieser Güteklasse schwindet von Jahr zu Jahr. Natürlich sehe ich scharf aus. Ehrlich. Aber ich bin Schriftstellerin. Kein Beruf mit Sex-Appeal, der die Risse im Lack überdeckt. Ich kann es mir einfach nicht leisten, Kerle wie Chris von der Bettkante zu schubsen. Und heute sieht es aus, als würde es nicht bei der Bettkante bleiben.

Ich lege die Hände um seine Taille und ziehe ihn wieder zu mir herunter. Wir küssen uns. Lange. Bis sich meine Lippen ganz wund anfühlen. Dann – oha – hebt er mich hoch. Ich schlinge die Beine um seine Hüften. So trägt er mich durchs Wohnzimmer. Unsere Gesichter berühren sich. Wieder küsst er mich.

Wir kommen zur Treppe, die nach oben führt, doch bevor

er den Fuß auf die erste Stufe setzt, drückt er mich gegen die Wand und schält mich aus meinem Pullover. Wow. Wird das ein Quickie im Stehen? Wie im Film? Ich werde ihn einfach machen lassen. Alle Anzeichen deuten darauf hin, dass Annie Shepherd zum ersten Mal Sex wie im Film erleben wird.

Er schiebt meinen BH nach oben und entblößt meine Brüste. Ich weiß nicht, wie angenehm das auf Dauer sein wird, aber egal.

Wir steigen die Treppe hinauf. Es sind fünfzehn Stufen bis zur ersten Etage, wo mein Schlafzimmer wartet, ungefähr in der Mitte der Treppe lässt er mich auf die Stufen gleiten. Oh Gott, hoffentlich hänge ich da nicht wie ein missglücktes Fragezeichen. Er kniet eine Stufe tiefer nieder, öffnet den Reißverschluss meiner Jeans, und im nächsten Moment fliegt sie über das Geländer. Halt, nicht so schnell, er muss jetzt auch noch etwas ausziehen, ich bin nicht gern die mit weniger Textil. Seine Hände wandern an meinen Beinen hinauf, über meinen Hintern, und schon hat er mich auch meines Höschens entledigt. Mist, ich hätte bessere Unterwäsche anziehen sollen, aber wenigstens bin ich frisch rasiert. Ich bin jetzt vollkommen nackt, bis auf meinen BH. Und in mir festigt sich die Überzeugung, dass ich nicht die erste Frau bin, die von Chris auf diese exklusive Weise beglückt wird. Schriftsteller und Loverboy – der Junge hat viele Talente. Umso besser für mich.

Er senkt das Gesicht zwischen meine Schenkel und stellt dort einige höchst beachtliche Dinge mit seiner Zunge an. Was lernen die jungen Leute heutzutage? In meinen Zwanzigern war Sex nie so heiß, oder ich habe einfach die falschen Typen gevögelt. Das hier ist was für Fortgeschrittene. Mein Atem geht schwerer und schwerer. Ich glühe, beiße die Zähne zusammen, um nicht zu schreien. Er ändert die Technik, jetzt lässt er die Zungenspitze flattern. Oh mein Gott, er hat den perfekten Punkt gefunden. Es gefällt mir so gut, dass ich meine Hände in seinem Haar vergrabe und seinen Kopf tiefer zwischen meine Beine drücke. Ich fühle den Höhepunkt nahen und jauchze es laut hinaus. Aber er hebt den Kopf und sagt:»Noch nicht. Du musst ihn dir verdienen.« Alles, was ich antworten kann, ist:»Ja, oh ja, du hast so recht. Ich will ihn mir verdienen.«

Er trägt mich die restlichen Stufen hinauf und fragt dann mit einem Lächeln:»Nicht, dass ich die Stimmung zerstören möchte, aber wo geht's zum Schlafzimmer?«

Ich kann nicht sprechen. Ich schwenke nur wortlos den Arm in die betreffende Richtung, und das so heftig, dass ich fast von Chris' Armen falle. Aber verdammt, ich will in dieses Schlafzimmer.

Er legt mich auf das Himmelbett, bleibt daneben stehen, öffnet seine Gürtelschnalle und schickt sich an, aus seiner Jeans zu steigen. Eine ausgezeichnete Gelegenheit, den BH loszuwerden, der so hochgeschoben schmerzhaft in meine Brüste einschneidet. Körbchen mit Drahtbügeln sind nicht das ideale Utensil für spontanen Hollywood-Sex. Ich werfe meinen BH in die Ecke. Während er fliegt, erhasche ich einen Blick auf etwas, und meine Augen werden groß. Chris hat seine Boxershorts abgestreift. Und *whoa*. Heiliges Kanonenrohr! Kein Ausruf könnte besser passen.

Er steigt aufs Bett. Spreizt meine Beine. Dann schiebt er sich zwischen meine Schenkel. Er bringt mich wieder in Fahrt, nur für ein paar kurze, aufreizende Sekunden, bevor er langsam in mich hineingleitet. Ich schließe die Augen. Ich beiße mir auf die Unterlippe. Er fängt an, sich rhythmisch zu bewegen. Ich fühle mich wie in Trance. Meine Hüften folgen seinem Auf und Ab, Auf und Ab, bis …

… bis der Traum jäh zerrissen wird.

Ich hatte das Handy in der Ladestation auf meinem

Nachttisch stehen lassen, und natürlich surrt es ausgerechnet jetzt. Wer zum Teufel hat den Nerv … Ich wende den Kopf, um aufs Display schielen zu können. Henry, wer auch sonst. Wie kann es sein, dass er unweigerlich in Erscheinung tritt, wenn ich etwas tue, das ich nicht tun soll? Eine Sekunde bin ich vor Schreck fast starr. Und kurz davor, Chris zu sagen, er soll aufhören. Aber ich tue es nicht. Stattdessen strecke ich die Hand aus und schalte das Handy auf stumm. Sorry, Henry. Bitte nicht stören.

32

ANNIE

Ich habe meine Geschlechtsgenossinnen von dem Multiplen-Orgasmus-Phänomen schwärmen gehört, aber mir, Annie Shepherd, ist fünfunddreißig Jahre der Zutritt zu diesem exklusiven Club verwehrt geblieben. Nun aber kann ich mit Fug und Recht für mich in Anspruch nehmen, dass Chris mich in diese heiligen Hallen geführt hat. Aber wisst ihr, was das Verrückteste daran ist? Man will immer noch mehr, mehr, mehr. Nach dem dritten Höhepunkt fühlte ich mich, als hätte ich acht Stunden geschlafen. Als hätte mein Körper plötzlich gerafft, wie fantastisch der Sex mit Chris war, und beschlossen, noch tagelang weiterzumachen.

Bedauerlicherweise, aber unvermeidbar, meldet sich nach dem dritten Orgasmus die Realität mit ihren banalen Bedürfnissen: Durst, volle Blase, Hunger. Hollywood-Sex ist ganz schön kräftezehrend. Das muss ich mir merken, für mein eigenes Buch. Nachdem Elizabeth einem so unglaublich intensiven fiktiven Sex gefrönt hat – der, wie ich inzwischen erfahren durfte, keineswegs nur Fiktion ist –, muss ich der armen Frau Gelegenheit geben, sich zu stärken, mit einem Bagel oder so.

Chris und ich finden schließlich den Weg in die Küche, beide nur in Unterwäsche, weil wir zu ausgepowert sind, um uns vollständig zu bekleiden. Unsere Körper sind klebrig verschwitzt, unser Haar sieht aus wie nach einer Sturmfahrt im

Cabrio. Und wir sind außer Rand und Band, tanzen zu den ausgeflippten Hits der Achtziger von der Playlist auf meinem Handy, während wir Spiegeleier und French Toast zubereiten.

Chris und ich tauschen tiefe Blicke. Ich bin mir ziemlich sicher, dass es, nachdem wir frische Energie getankt haben, eine zweite Runde geben wird.

Unsere Stimmung wird noch ausgelassener. Chris greift sich eine Handvoll Puderzucker und schleudert sie mir entgegen, der süße Staub bleibt an meiner nackten Haut kleben. Ich lecke etwas davon ab und sage mit meiner Femme-fatale-Stimme: »Oh, du willst spielen?«

Gleichzeitig greife ich ebenfalls in den Behälter, und los geht die wilde Jagd durch die ganze Küche. Chris flüchtet, ich renne ihm nach und werfe mit Puderzucker. Das meiste davon landet auf dem Fußboden. Dann habe ich ihn in eine Ecke getrieben. Er weiß, er kann nicht entkommen. Ich lächle siegesgewiss. Ich werde ihm zeigen, wer der unangefochtene Champion ist. Ich bin immer auf Sieg aus, und sei es bei einem Duell mit Backzutaten. Doch statt um Gnade zu flehen, duckt er sich, dreht sich um und lässt die Boxershorts fallen. Gerade will ich ihm mit einer Handvoll Puderzucker auf die muskulöse Hinterbacke klatschen, als …

… von der Küchentür ein sonores Brüllen ertönt. Chris und ich schreien vor Schreck ebenfalls laut auf.

Wir schauen gleichzeitig zur Tür, und Chris zieht hastig die Boxershorts hoch.

Es ist Henry. Wer denn sonst? Er hat das Gesicht abgewendet und hält sich eine Hand vor die Augen, während er mit der anderen wie verrückt fuchtelnd auf den Herd zeigt.

»Dieser Raum ist eine Schreckenskammer, ich weiß gar nicht, welcher Anblick mich mehr erschüttert, aber vielleicht das Dringendste zuerst. Der verdammte Herd steht in Flammen. Etwas Wasser wäre hilfreich.«

Chris ist mit einem Satz am Herd.

»Das ist brennendes Fett, Sir«, sagt er. »Nie mit Wasser löschen. Man muss es ersticken.« Er schaut sich suchend nach einem Handtuch um, findet nichts, zieht kurzentschlossen die Boxershorts aus, wirft sie über die Pfanne, und im Nu ist die Gefahr gebannt. Dann dreht er sich zu Henry um, splitterfasernackt, und sagt: »Das gehört zum kleinen Einmaleins, wenn man in der Gastronomie arbeitet.«

»Christopher.« Henry hält ostentativ den Blick abgewendet. »Bevor ich mich zu einem Gespräch von Angesicht zu Angesicht bereitfinde, sähe ich gern des Knaben Wunderhorn angemessen bedeckt.«

Chris schaut an sich hinunter, registriert seine Blöße und macht sich auf den Weg zur Tür.

Henry nickt. »Danke.«

Diesmal bin ich entschlossen, ihm zuvorzukommen, und schreie ihn an: »Was fällt dir ein, einfach in meine Wohnung zu spazieren?«

»Die Tür war offen.«

»Und dann hast du dich selbst reingelassen?«

»Ich habe den ganzen Vormittag versucht anzurufen. Und den halben Nachmittag.«

»Du hast dir Sorgen um mich gemacht?«

Er verdreht die Augen. »Nein. Ich brauche deine Hilfe.«

Ich pruste los. »Du brauchst meine Hilfe?«

»Mehr deine Expertise.«

»Und wofür?«

»Daphne will kündigen.«

»Henry«, sage ich todernst. »Ja, ich bin pleite. Ja, ich habe Angst, dass Joes und mein Schwindel auffliegt und ich als Betrügerin dastehe. Aber selbst, wenn es mir noch tausendmal schlechter ginge, würde ich niemals deine Assistentin sein wollen.«

Er seufzt. »Dito. Auch ich bin noch nicht so verzweifelt, dass ich dich als Assistentin haben wollte. Nein, Daphne möchte ein Buch selbst betreuen und hat mich gebeten, es auch zu lesen, um zu sehen, ob ich zustimme.«

»Ihr erster Fehler.«

Er ignoriert mich. »Aber jetzt ist sie sauer auf mich, weil ich sie gebeten hatte, Gesprächstermine mit Autoren von meinem Schundstapel zu organisieren, statt mir ihre Empfehlung anzusehen. Sie ist sogar so sauer, dass sie das Buch an Amber geschickt hat, und natürlich hat die Schlange ihr gesagt, dass sie das Buch liebt, dass sie Daphne einen Job als Agentin anbieten will und dass Daphne das Buch betreuen darf. Und jetzt bleiben mir bloß noch achtzehn Stunden, um es durchzuarbeiten und Daphne fundierte Änderungsvorschläge zu unterbreiten, nebst einer ausgeklügelten Angebotsstrategie, die es mit Ambers aufnehmen kann.«

Wo ist Chris eigentlich? Ich bin immer noch etwas genervt, dass Henry uns bei unserem Puderzuckerkampf unterbrochen hat. »Und wofür brauchst du jetzt mich?«

»Das Buch ist Chick-Lit.«

»Gut so, Daphne. Wir brauchen mehr weibliche Stimmen.«

»Das stimmt«, sagt er. »Deshalb wirst du es mit mir zusammen lesen und mir sagen, was geht und was nicht.«

»Was nicht geht, weiß ich jetzt schon, Henry. Ich habe keine Zeit, deine Arbeit zu machen. Ich muss selbst ein Buch schreiben, wenn du dich erinnerst.«

»Das ist dreist! Es gäbe gar kein Buch, das du schreiben musst, wenn ich nicht gewesen wäre. Ich habe uns den Hintern gerettet.«

»Ich habe Chris entdeckt.«

»Daphne ist auch deswegen so angepisst, weil ich unterwegs war, um für dich einen Ghostwriter zu finden, statt mich um ihr Buch zu kümmern.« Er hebt eine Augenbraue.

»Also, eine Hand wäscht die andere. Du bist die unangefochtene Königin der Chick-Lit. Und als diese bist du Gast bei Podien und im Frühstücksfernsehen. Selbst wenn du nicht selbst in dem Genre schreibst, musst du also besser als jede andere wissen, was nötig ist, damit die Leser so ein Buch lieben.«

Bevor ich antworten kann, kommt Chris in die Küche zurück, diesmal voll bekleidet.

»Ah, du kommst genau richtig.« Henry zieht mehrere Hundertdollarscheine aus der Jackentasche und winkt ihn zu sich. »Hier deine Bezahlung für einen Tag.«

Chris schaut Henry an, dann mich. »Mr. Higgins, ich bin kein Callboy. Das mit Annie und mir –«

Henry stößt den Atem durch die Nase. »Hat hiermit nichts zu tun. Dein Arbeitstag ist zu Ende. Ich muss mir Annie für einen Tag ausleihen. Es geht um ein anderes Projekt. Das Geld ist die Entschädigung für einen verlorenen Arbeitstag.«

Chris nickt. »Das ist wirklich sehr anständig von Ihnen.«

Henry grinst. »Ich bin ein schockierend anständiger Mensch, wenn man mich näher kennt.« Dann wird seine Miene steinern. »Und jetzt auf Wiedersehen.«

Chris geht zur Tür, bleibt aber kurz davor stehen und dreht sich um. »Annie hat mir gesagt, Sie wären sehr zufrieden mit den ersten Seiten –«

Henry hebt die Hand. »Schlechter Zeitpunkt.«

»Cool. Sorry.«

Wir beide sehen Chris hinterher, der behutsam die Wohnungstür hinter sich ins Schloss zieht. Sofort trete ich dichter an Henry heran, so kann ich ihn besser niederstarren. »Okay, Higgins, du brauchst meine Hilfe?«

»Wie schon gesagt, deine Funktion wäre eher eine beratende.«

Während er redet, bemerke ich, dass sein Blick an meinen Brüsten hängt. Ach was, klebt.

Ich schnipse ihn gegen die Stirn und sage: »Meine Augen sind hier oben.«

»Ich habe nicht auf deine Brüste gestarrt. Das ist eine Unterstellung …«

»Klar. Okay. Wie kann ich nur sowas von dir denken?«

»Eben. Außerdem – alles schon gesehen. Der Desktop, weißt du noch? Aber jetzt zu meiner Beratung.«

Er glaubt, mit diesem billigen Ausweichmanöver den Kopf aus der Schlinge gezogen zu haben, aber so leicht kommt er mir nicht davon.

»Ich will dich sagen hören, dass du meine Hilfe brauchst. Ich will, dass du sagst, du brauchst meine Expertise. Meine literarische Expertise. Und ich will, dass es überzeugend klingt.«

»Von Literatur würde ich in dem Zusammenhang nicht sprechen …«

»Aber ich. Sag: ›Annie, ich brauche dein Urteil und deinen Rat in einer Literaturfrage.‹«

Er seufzt. »Das ist der Dealbreaker, richtig?«

Man kann ihm förmlich ansehen, wie etwas in ihm stirbt. »Annie, ich brauche deine Hilfe in einer Literaturfrage.«

Ich drohe ihm mit dem Zeigefinger. »Meine Ex-per-ti-se.«

»Annie, ich brauche deine Expertise in einer Literaturfrage.«

Ich verschränke die Arme. »Schön, das wäre geklärt. Als Erstes holst du mir jetzt von Starbucks einen Venti Cold Foam Cappuccino. Mit Mandelmilchschaum. Und zwei von diesen Eggbites. Schinken und Käse, wenn sie die haben.«

»Und falls es die nicht gibt?«

»Rufst du mich an, und ich sage dir, was du stattdessen mitbringen sollst.«

Er seufzt. »In Ordnung. Ich mach's.«

»Beeil dich. Je eher ich meinen schaumgekrönten Cappuccino habe, desto eher können wir tätig werden.«

Er geht ein paar Schritte zur Tür, stutzt anscheinend, bleibt stehen und dreht sich um. »Du hast gesagt ›als Erstes‹. Gibt es noch ein ›Zweitens‹ und ›Drittens‹?«

33

HENRY

Offenbar – und ich kann nicht behaupten, dass es mich überrascht – leidet Annie an ADHS. Laut ihrer Aussage ist sie unfähig, stillzusitzen und sich auf einen Text zu konzentrieren, erst recht, wenn man von ihr erwartet, ihn nicht nur zu lesen, sondern sich auch noch ein Urteil darüber zu bilden. Ihr Gehirn sei überfordert, ihre Gedanken würden abschweifen. Das erklärt in meinen Augen ziemlich gut, warum sie mich ständig in den Wahnsinn treibt.

Nachdem sie mehrmals hintereinander ihre ursprüngliche Essensbestellung geändert hat, kehre ich endlich mit ihrem Iced Cold Foam Cappuccino und einem Panini-Sandwich zurück in die Wohnung und erfahre kurz darauf, dass von mir erwartet wird, einen Wellness-Tag zu buchen und natürlich auch zu bezahlen und ihr, während sie sich verwöhnen lässt, Daphnes Manuskript vorzulesen.

Es klingelt an der Tür, und die Nagelpflegerin erscheint für eine häusliche Mani- und Pediküre, mit einem Koffer voller Utensilien, die für mich aussehen, als wären sie dazu da, einen Safe zu knacken. Die gesamte Prozedur erstreckt sich über mehr als zwei Stunden, immer wieder unterbrochen von Annie, die darüber philosophiert, wie ausgetrocknet ihre Nägel sind, ob sie Rot oder Pink für die Zehennägel will und wie beruhigend sie meine britisch gefärbte Intonation findet.

Sowohl sie als auch die Nagelpflegerin stimmen darin überein, dass mir, falls ich als Literaturagent nichts mehr reiße, eine vielversprechende Karriere als Hörbuchsprecher oder Podcaster offensteht.

Die Nagelpflegerin wird anschließend von der Kosmetikerin abgelöst. Ich kann euch sagen, es erfordet Disziplin, die Augen auf den Text gerichtet zu halten, während gleichzeitig dicht neben einem Peelings vonstattengehen, Massagen und zu guter Letzt ein grüner Brei aufgetragen wird, der aussieht wie gemahlener Seetang. Anschließend werden unter ständigen Reiki-Gesängen Gelenke gestreichelt, Reflexe getestet und weitere Räucherkerzen entzündet.

Die Kosmetikerin geht, und nun bin ich doppelt gefordert. Ich muss an Annies Armen und Beinen ziehen, während sie auf ihrer Matte Yogaübungen vollführt. Und es ist verdammt schwer, jemanden wie eine Brezel zu falten und gleichzeitig von einem Tablet vorzulesen. Zweimal breche ich Annie dabei fast die Nase.

Aber das Martyrium des Henry Higgins ist noch nicht vorüber. Während sie eine kochend heiße Dusche nimmt, muss ich vor ihrem Badezimmer stehen und fast schreiend weiter vorlesen und ihr alsdann den mit einem Monogramm bestickten Bademantel reichen, damit sie nicht friert. Die Dusche war so heiß, dass ihre Haut inzwischen so krebsrot ist wie die von Satan.

Endlich, nach sieben Stunden Vorlesen und einem letzten Sprint zum Starbucks, hat die Qual ein Ende. Wir begeben uns ins Wohnzimmer. Annie trinkt ihren Cappuccino und hämmert wie entfesselt auf der Tastatur ihres Laptops herum. Ich wage währenddessen einen Blick auf mein Handy. Die nächsten zehn Minuten versuche ich, Will begreiflich zu machen, dass er nicht allein zu *The Home Depot* gehen darf, um mehr Christbaumkugeln zu kaufen. Schließlich unterbricht

Annie unsere Konversation und sagt: »Schau in deinen Posteingang.«

Ich öffne Annies Nachricht und bin verblüfft. Die Nachricht enthält mehr als fünfundzwanzig Aufzählungspunkte.

»Ich hatte angenommen, wir würden das besprechen.«

»Warum? Du verabscheust Chick-Lit. Keiner meiner Kommentare würde dir etwas sagen. Gib sie einfach an Daphne weiter, damit sie mit der Autorin sprechen kann, und schon ist die Kündigung vom Tisch.«

Ich bin noch immer überrumpelt. »Wie kannst du dir da so sicher sein?«

Sie zwinkert mir grinsend zu. »Vertrau mir.«

Ich schaue mir einige der Punkte an. »»Deine weiblichen Figuren haben alle dasselbe Ziel, sie sind auf der Suche nach einem möglichst perfekten Ehemann. Das allein trägt keinen ganzen Roman. Du musst dich auf einer tieferen Ebene um eine stärkere Differenzierung sowohl der einzelnen Charaktere als auch der sich anbahnenden Beziehungen bemühen. Um das Interesse des Lesers zu fesseln, sollten deine Figuren unterschiedliche Wünsche und Bedürfnisse haben, die durchaus auch in krassem Widerspruch zu den anfänglich geäußerten stehen dürfen oder die Betreffende in einem ganz neuen Licht erscheinen lassen.‹«

Weiter unten lese ich: »»Die Sexszenen sind heiß, und sie machen Spaß, aber sie sind noch zu herzlos. Für einen der Beteiligten ist es nie *nur* Sex, sei es der Mann oder die Frau.‹« Ich kann nicht glauben, dass Annie Shepherd das geschrieben haben soll.

»Annie, das ist großartig. Ich meine … ich war ziemlich sicher, dass du dich mit Chick-Lit auskennst und mir ein paar Tipps geben kannst, aber wo hast du Lektorieren gelernt?«

»Ich habe kreatives Schreiben studiert. Das sind die Grundregeln eines guten Plots. Den Rest habe ich von Chris aufgeschnappt, als er Elizabeth analysiert hat.«

»Das übersteigt meinen Horizont«, sage ich. »Wie kann jemand, der aus dem Effeff eine fundierte Textanalyse hinlegt, so einen trivialen Mist produzieren wie diese selbstverfassten Seiten, die du mir geschickt hast.«

»Zu viel der Ehre, Henry Higgins. Zügele deinen Charme, bevor wir beide noch in Flammen aufgehen.«

»Ich kann nicht nach Hause gehen, ohne des Rätsels Lösung erfahren zu haben. Es würde mir schlaflose Nächte bereiten.«

Sie lacht silberhell. »Du wärst nicht der erste Mann, der meinetwegen schlaflose Nächte hat.«

»Bitte«, sage ich und lege flehend die Hände zusammen. »Erklär's mir.«

»Daphne hatte den richtigen Riecher. Ihre Autorin hat eine eigene Stimme, und das ist, was zählt, wenn man schreiben will. Joe hat uns das schon damals in dem Kurs an der Uni eingeschärft. Eine individuelle Stimme – das ist etwas, das man niemandem beibringen kann. Das Handwerk, das man zum Schreiben braucht, ist relativ einfach, man hat es nach ein oder zwei Tagen drauf.« Sie lächelt versonnen. »Ich jedenfalls.«

»Du findest also, Daphnes Autorin hat eine individuelle Stimme? Und ich mache mich nicht zum Affen, wenn ich das Buch anbiete?«

»Ja, die hat sie. Und ich beneide sie glühend darum. Ich hatte nie diesen ganz eigenen, unverwechselbaren Schreibstil. Selbst wenn ich glaubte, ich hätte ihn fast gefunden, waren es zum Schluss doch einfach nur Worte.«

Annie Shepherd offenbart hier eine Tiefe, die ich ihr nie zugetraut hätte. Und wie jedes Mal, wenn Annie etwas von sich offenbart, habe ich nun das starke Bedürfnis, noch mehr zu erfahren. »Wann hast du denn das letzte Mal etwas geschrieben?«

»Vor dem ersten Trust-Me-Band. Hauptsächlich Kurzgeschichten. Und ich habe damals ein Buch angefangen. Belletristik.«

»Ich würde gerne etwas von dir lesen.«

»Auf gar keinen Fall.«

»Komm schon. Ich bin neugierig. Ich wüsste zu gern, wie Annie Shepherd sich ungefiltert auf dem Papier anhört. Im wirklichen Leben ist deine Stimme ja laut genug.«

»Henry, du musst das nicht sagen, nur weil ich dir ein paar Tipps zu Daphnes Roman gegeben habe. Meine schriftstellerischen Versuche waren reine Fleißübungen ohne jeden literarischen Wert. Ich habe alles vernichtet.« Es klingt endgültig.

»Schade, wenn du mich fragst. Ich glaube, die echte Annie Shepherd könnte potenziell populärer sein als die von Joe geschaffene Version.«

Ich schaue sie an und sehe, dass ihre Augen gerötet sind. »Annie? Weinst du etwa?«

Sie schnieft, wischt sich unter der Nase entlang und blinzelt ein paarmal. »Nein, wie kommst du denn darauf? Mir geht es gut.«

»Tut mir leid«, sage ich, »dass ich deine Probeseiten für den neuen Trust-Me-Band so schlechtgemacht habe.«

»Es braucht dir nicht leidzutun, du hattest vollkommen recht damit. Ich habe sie selbst nochmal angesehen – einfach nur peinlich. Aber beim Schreiben habe ich wirklich für eine Sekunde geglaubt, sie hätten das gewisse Etwas.« Annies Augen werden glasiger. »Ich habe gut daran getan, auf Joe zu hören und das Schreiben fallenzulassen.«

»Ich hätte das Buch mit dir zusammen schreiben sollen«, höre ich mich sagen, als wären die Worte einer nicht von mir kontrollierten Gehirnregion entsprungen und durch die

Zensur meiner Lippen geschlüpft, bevor ich sie aufhalten konnte. Warum habe ich das gerade gesagt? Annie springt sofort darauf an.

»Warum?«, fragt sie. »Weil du das schaffen könntest, an dem alle anderen gescheitert sind? Weil du mir helfen könntest, meine Stimme zu finden? Was denkst du eigentlich, wer du bist? Als hätte ich jahrelang darauf gewartet, dass Henry Higgins erscheint und meine schlummernden Talente freisetzt. Wenn der Richtige kommt und dir zeigt, wie's geht –«

»Blödsinn.« Sie hat mich wieder mal falsch verstanden. Ich versuche die Lage zu entschärfen, bevor Hurrikan Annie über mich herzieht. »So habe ich das nicht gemeint …«

Dann, bevor wir uns in die Haare geraten können, fliegt die Wohnungstür auf. Chris kommt herein und gibt Annie einen Kuss auf den Mund.

»Hi, Babe«, begrüßt er sie, bevor er sich an mich wendet. »Tut mir leid wegen der Störung, Mr. Higgins. Ich war noch in der Stadt, und als ich mit der U-Bahn nach Hause fahren wollte, habe ich gemerkt, dass ich mein Portemonnaie hier liegen gelassen haben muss.«

»Schau auf der Treppe nach«, schlägt Annie vor, während er im Zimmer herumsucht. »Könnte sein, dass es dir da aus der Tasche gerutscht ist.«

»Ihr gebt euch jetzt also Kosenamen«, bemerke ich, sobald Chris außer Hörweite ist.

»Er tut es.«

Ich stehe auf und greife nach meinem Mantel. »In den Anmerkungen für Daphne hast du geschrieben, auch in einer rein sexuellen Beziehung wäre einer der Partner gefühlstechnisch immer mehr beteiligt als der andere. Wer ist das in eurem Fall? Chris oder du?«

Sie erhebt sich vom Sofa. »Wir sind anders als die anderen.«

»Aber natürlich. Was in deinem Leben wäre nicht anders als bei anderen?«

Ich knöpfe den Mantel zu, werfe mir den Schal um den Hals und schultere meinen Rucksack. »Als ich gesagt habe, dass ich das Buch mit dir zusammen hätte schreiben sollen, wollte ich dich gewiss nicht verletzen.«

Sie reagiert nicht darauf. »Nichts zu danken für die Hilfe. Halt mich auf dem Laufenden, was Daphne angeht.«

Seufzend mache ich mich auf den Weg Richtung Haustür und checke nebenbei auf meinem Handy, ob ich eine neue Nachricht von Will bekommen habe.

Dann höre ich Annie sagen: »Henry?«

Erwartungsvoll drehe ich mich zu ihr um.

»Ich habe gelogen. Ich habe kein ADHS. Ich wollte nur, dass du mir einmal eine Freude machst. Und ich hatte keine Lust mehr, darauf zu warten, dass du von selbst auf die Idee kommst.«

Ich schüttle verwirrt den Kopf. »Du hättest mich einfach darum bitten können.«

»Niemand will bitten müssen.«

Ich nicke verstehend. »Ich werd's mir merken.«

»Ja, bitte. Für die Zukunft.«

Ich mache die Tür auf und zeige im Hinausgehen über die Schulter auf Chris, der immer noch die Treppenstufen absucht. »Du solltest ihm helfen.«

Dann trete ich hinaus in den Flur, und ein Teil von mir hätte sich am liebsten umgedreht und weiter mit ihr geredet. Weiter Annie Shepherds Charakter, der mich mit jedem weiteren Arbeitstag ratloser zurücklässt, aufgeschlüsselt. Sie wurde wütend auf mich, als ich ihr – warum auch immer – erzählt habe, dass ich es bereue, das Buch nicht selbst mit ihr geschrieben zu haben.

Und was hat sie damit gemeint, sie habe es satt, darauf zu

warten, dass ich ihr eine Freude mache? Bin ich vielleicht ihr Rosenkavalier? Wie kommt sie darauf, so etwas von mir zu erwarten? Und gefällt es mir, dass sie so etwas von mir erwartet? Ich muss mit Will sprechen. Oder vielleicht lieber nicht – abends wird er oft zu einer kleinen Quasselstrippe. Aber ich muss die Zeit nutzen, um Annies Kommentare durchzugehen und eine Angebotsstrategie für morgen zu erarbeiten.

34

HENRY

Daphne klopft an. Ich rufe, dass sie sich bitte noch einen Moment gedulden möge, und versuche, mich für das Kommende zu wappnen. Ich bin definitiv nervöser als sie. Sie hat einen neuen Job in Aussicht. Ich habe nichts, nur das, was Annie mir gegeben hat. Gott. Ich hoffe, es genügt.

»Herein!«, rufe ich und bemerke nervositätsbedingte Aussetzer in meiner Stimme.

Daphne kommt hereingeschlendert und lässt sich auf dem Besucherstuhl nieder. Nonchalant und selbstsicher.

»Ich habe das Manuskript von *Little Black Book* gelesen«, beginne ich. »Und ich habe mir ein paar Gedanken dazu gemacht.«

Sie lacht. »Ich bin ganz Ohr.« Der Sarkasmus trieft förmlich aus jedem Wort.

Kühn voran, Higgins. Lass dir von ihrem Ton nicht Bange machen. Ich fange an vorzulesen, was Annie mir aufgeschrieben hat, nicht wortwörtlich natürlich, sondern frei à la Henry Higgins. Daphne kennt mich seit drei Jahren, und auf keinen Fall darf sie merken, dass die Erkenntnisse nicht von mir stammen.

Nach Punkt eins und zwei merke ich, dass Daphne ab und zu zusammenzuckt, als würde sie versuchen, einem Wurfgeschoss auszuweichen. Kein gutes Zeichen.

232

Soll ich zurückrudern? Nein. Vertrau Annie. Sie ist alles, was du in diesem Moment hast.

Bei Punkt fünf hat Daphne ihren Notizblock aufgeschlagen und macht sich Notizen. Eine erhebliche Verbesserung zu dem schreckhaften Kopfeinziehen von vorhin. Vielleicht läuft es gar nicht so schlecht wie befürchtet.

Um Punkt zehn herum unterbricht sie mich, um eine Frage zu stellen, und ich bitte sie, damit zu warten, bis ich fertig bin. Sie nickt. Gott sei Dank. Ich hatte keine Ahnung, wie ich ihr die Frage beantworten sollte.

Dann, bei Punkt vierzehn oder fünfzehn, geschieht das Unvorstellbare.

Daphne bricht in Tränen aus. Ich hatte mir, den Verlauf dieser Unterredung betreffend, alle möglichen Szenarien ausgemalt, aber selbst die dramatischsten endeten nie mit einer in Tränen aufgelösten Daphne.

»Daphne«, sage ich hilflos, »nicht weinen.« Ich nehme ein Papiertaschentuch aus der obersten Schreibtischschublade und schiebe es zu ihr hinüber.

Sie nimmt es und betupft sich erst die Augen, um dann beim Naseputzen hineinzutröten wie eine aufgeschreckte Ente.

»Warum weinst du?«, frage ich.

»Weil all deine Kritikpunkte absolut berechtigt sind«, antwortet sie. »Mir war nicht einmal die Hälfte davon bewusst, dabei habe ich die Geschichte drei Mal gelesen. Ich habe der Autorin gesagt, das Buch wäre perfekt. Und Amber hatte auch keine Einwände. Ich dachte, ich hätte den großen Vogel abgeschossen. Ich dachte, ich hätte dich übertrumpft.«

Ich unterbreche sie. »Daphne, die von mir angesprochenen Schwächen sind im Grunde genommen rein kosmetisch. Die Fähigkeit, sie zu erkennen, kommt mit der Erfahrung, und du bist erst am Anfang deiner Karriere.« Daphne hat aufgehört zu weinen. »Wie hieß die Autorin noch einmal?«

»Andrea. Andrea Gonce.«

»Andrea hat etwas, das nur wenige Autoren haben.« Ich höre mich Annie zitieren: »Sie hat eine Stimme. Und du hast sie gehört. Das erfordert Talent.«

Daphne schüttelt den Kopf. »Ich hätte es besser wissen müssen. Amber hat nur so nette Sachen gesagt, um mich von dir wegzulocken. Und ich bin auch noch darauf hereingefallen. Sie hat sich keinen Deut für das Buch interessiert. Sie hat auch nie von Andreas Stimme gesprochen. Wahrscheinlich hat sie das Buch nicht einmal gelesen. Denn wenn sie es getan hätte, hätte sie mir auch Änderungsvorschläge gemacht.«

»Daphne«, sage ich. »Urteile nicht so hart über dich. Du hast alles richtig gemacht. Und um ehrlich zu sein, war das hier auch wie ein Weckruf für mich. Du hättest in den vergangenen Jahren mehr Wertschätzung von meiner Seite verdient. Wenn du immer noch zu Amber wechseln willst, verstehe ich das.« Was geschieht mit mir? Das meine ich tatsächlich ernst. Erst platzt mir vor Annie heraus, dass ich das Buch mit ihr hätte schreiben sollen, und jetzt bin ich auch noch vollkommen ehrlich zu meiner Assistentin. Ich werde keinen weiteren Tag als Agent durchhalten, wenn ich so weitermache. Was ist mit dem guten, alten Higgins passiert?

»Ich bin ein echtes Arschloch gewesen.«

Was ist nur mit mir los? Das hört gar nicht mehr auf.

»Daphne, ich muss dir etwas gestehen. Ich habe mir noch eine Zweitmeinung zu *Little Black Book* eingeholt. Ich habe Annie Shepherd das Buch gezeigt. Und sie hat es geliebt.« Ich bin Annie so viel schuldig, da kann ich die Lorbeeren nicht nur für mich beanspruchen. »Annie hat mir versichert, dass sie das Buch weiterempfiehlt, wenn Andrea diese Änderungen einarbeitet.«

Daphne bricht erneut in Tränen aus. Was habe ich nur getan? Ich dachte, das wären gute Neuigkeiten.

»Du hast das Buch Annie gezeigt? Wenn ich Andrea das erzähle, wird sie in Ohnmacht fallen. Jeder, der Bücher schreibt, will wie Annie sein.«

Ich lache. »Alle wollen hoch hinaus.«

Daphne schaut mich einen Moment lang an. »Vielleicht solltest du öfter mit Annie Shepherd zusammenarbeiten, sie hat einen positiven Einfluss auf deinen Charakter.«

Ich trommle mit den Fingerspitzen auf die Schreibtischplatte. »Bin ich normalerweise wirklich so schwer zu ertragen?«

Sie lächelt. »Du bist der schlimmste Chef, den ich je hatte.«

»Weshalb hast du dann nicht längst gekündigt?«

»Weil du immer noch der renommierteste und begehrteste Agent warst. Nur warst du seit der Trennung von Amber einfach nicht mehr derselbe. Es war, als hätte sie all dein Selbstvertrauen mit fortgenommen. Du hast an kein einziges der Bücher mehr geglaubt, die dir angeboten wurden. Was wahrscheinlich auch der Grund war, wieso du nichts außer Annies Bücher rausgebracht hast. Und was die Kündigung angeht ... ich weiß selbst nicht, wie ernst ich das gemeint habe. Ich schätze, ich wollte dir bloß einen Schock versetzen, damit du endlich wach wirst.«

»Das hast du auf jeden Fall geschafft. Das war ein Mordsschock.«

»Wenn du das, was du für *Little Black Book* getan hast, auch bei anderen Manuskripten machen würdest, wären wir wieder unschlagbar.« Sie lächelt wehmütig. »Vor drei Jahren haben wir noch Preise gewonnen.«

Es tut fast weh, an diese Hochzeit von uns zu denken. Das bringt mich der Schicksalsfrage immer näher. Schließlich überwinde ich mich: »Heißt das, du bleibst mir erhalten?«

»Ja«, sagt sie, und mir fällt ein Stein vom Herzen. Danke, Annie Shepherd, danke. Ich nehme die Hälfte der bösen Sachen zurück, die ich über dich gesagt habe.

»Soll ich Amber Bescheid sagen?«

»Oh nein.« Ich lächele. »Das Vergnügen möchte ich mir nicht nehmen lassen.«

Daphne steht auf. »Hast du noch etwas, das ich erledigen soll?«

Ich überlege einen Moment. »Ja.« Eine Eingebung aus dem Nichts. Ich muss Annie zeigen, dass ich ihr für ihre Hilfe dankbar bin. Aber wie? Womit kann ich ihr beweisen, dass ich nicht der egoistische Schuft bin, für den sie mich hält? »Annie wirkt in letzter Zeit so bedrückt. Ich würde sie gern irgendwie aufheitern.«

»Fantastische Idee«, sagt Daphne. »Woran hast du denn gedacht?«

Gute Frage. Vielleicht fällt mir etwas ein, wenn ich den Gedanken laut weiterspinne.

»Ich würde sie gern daran erinnern, wie sehr die Menschen sie lieben. Und dass ihre Fans es nicht abwarten können, sie zu treffen, obwohl das nächste Buch bald erscheint. Sie braucht etwas, das sie aus ihrem dunklen Loch herausholt. Schauen wir nach, wen wir aus dem Bereich Medien in der Kartei haben, und finden heraus, ob es irgendwelche Formate gibt, in denen sie auftreten könnte. Gegen Honorar, selbstverständlich. Auch eine gramgebeugte Annie Shepherd bekommt man nicht für lau.«

Daphne lacht und beginnt nun auch zu überlegen. »Der alte Henry Higgins ist definitiv wieder auf der Zielgeraden. Jetzt müssen wir für Annie nur noch die perfekte Bühne finden, auf der sie ihren natürlichen Charme spielen lassen kann.«

»So würdest du das nennen? Natürlichen Charme?«

»Sie … leuchtet irgendwie von innen heraus.«

»Ja, ich glaube, das tut sie.«

Daphne lächelt, verlässt mein Büro und lässt mich mit meinen Gedanken zurück.

Wer ist diese neue Version des Henry Higgins? Erkenne ich mich selbst noch? Spontane Großzügigkeit. Darüber nachdenken, welche Bedürfnisse jemand haben könnte. Mehr tun als das, was erwartet wird. Ich habe tatsächlich versucht, mich in Annie hineinzuversetzen und zu erkennen, was sie glücklich machen könnte.

Liebe Güte, das habe ich seit Charlie nicht mehr getan!

35

ANNIE

Ich sitze in einem Diner in der Innenstadt, den Tim Resnick als Treffpunkt vorgeschlagen hat, der Journalist, der den Nachruf auf Joe verfasst. Wenn ich mich von meinem Platz in einer winzigen Nische aus umschaue, komme ich mir vor wie in einem Kriminalroman. Dieser Schnellimbiss ist genau so ein Ort, wo Privatdetektive sich mit schmierigen Spitzeln verabreden, die ihnen Informationen über irgendwelche finsteren Subjekte liefern sollen, und wenn sie zusammen das Restaurant verlassen, trifft den Spitzel eine Kugel aus dem Hinterhalt, sodass ein fettiger Hamburger und ein paar trockene Pommes seine Henkersmahlzeit gewesen sind. Da würde ich mir doch was Besseres wünschen.

Ich, Annie Shepherd, habe aktuell die Rolle des Spitzels inne. Ich bin die Person, die jemand ausquetschen will. Unbewusst scheine ich mich schon der Rolle gemäß gekleidet zu haben, bis hin zu meiner Baseballkappe, wobei ich gleich betonen will, dass ich mit gleich welcher Kopfbedeckung anbetungswürdig aussehe. Ich habe ein Hut-, Mützen-, Cappie-Gesicht. Man versichert es mir immer wieder. Interviewer haben es eigens in Artikeln über mich hervorgehoben.

Ich war eine halbe Stunde zu früh hier und habe die ganze Zeit nichts anderes getan, als nervös an meinem Kaffee zu nippen. Noch so eine Informanten-Angewohnheit: zu früh erscheinen und zu angespannt sein, um etwas zu essen zu bestellen. Zur Vervollständigung des Bildes würde nur noch fehlen, dass ich Kette rauchend dasitze und zunehmend hektisch die Zigarettenstummel im überfüllten Aschenbecher ausdrücke, während ich versuche, trotz der bohrenden Fragen des Privatschnüfflers nichts auszuplaudern, was mich den Kopf kosten könnte.

Das Einzige, was nicht *Achtung, Spitzel!* schreit, ist mein Tablet, auf dem ich den ersten und einzigen Roman von Charlotte Higgins lese. Und ich kann euch sagen, es ist eine traurige Lektüre. Nicht, weil das Buch schlecht geschrieben wäre. Nein, schreiben konnte sie. Ich meine »traurig« wie »deprimierend«. Als wäre das Leben nicht schon schwer genug. Nehmen wir einmal an, rein diskussionshalber, ich wäre eine Schriftstellerin. Dann würde ich erreichen wollen, dass die Menschen vergessen, was sie bedrückt, wenn sie einen Elizabeth-Roman lesen. Joe hatte dieselbe Einstellung zum literarischen Schreiben wie Charlotte. Er würde jetzt sagen, große Literatur müsse wehtun, müsse Abgründe ausloten, den Finger in die Wunde legen. Ich fand ihn immer ein bisschen theatralisch, wenn er dastand und predigte, ein Verkünder der reinen Lehre. Inzwischen habe ich begriffen, dass er einfach nur alle und jeden hasste und bestrafen wollte, am allermeisten offenbar mich.

Aber zurück zu Charlotte. Der Titel ihres Romans lautet: *Lebenslügen.* Es geht um eine junge, ehrgeizige Malerin, die in einer engen Beziehung mit einem gleichaltrigen Mann zusammenlebt. Auch er träumt von einer künstlerischen Karriere, in seinem Fall als Musiker. Eines Abends besucht die Malerin eine Vernissage, wo sie die Bekanntschaft eines älteren Mannes macht, eines namhaften Malers, berühmt und steinreich. Er ist vierundfünfzig und sie sechsundzwanzig. Er macht Eindruck auf sie, und sie kann ihn nicht vergessen.

Schließlich verlässt sie ihren Freund für den berühmten Maler.

Sie sind nicht ganz ein Jahr zusammen, da wird bei dem älteren Mann eine Krebserkrankung festgestellt. Die Erkrankung wird als unheilbar diagnostiziert, und ihn erwartet ein langes Siechtum, bis der Tod ihn ereilt. Plötzlich steht sie vor der Entscheidung, ob sie ihn bis zum Ende begleiten soll, einen Mann, den sie erst kurze Zeit kennt, ohne zu wissen, was genau sie für ihn empfindet, oder riskieren, wenn sie ihn verlässt, als Schmarotzer und Hure gebrandmarkt zu werden. Außerdem hat sie keine andere Unterkunft, weil der ehemalige Freund nicht sicher ist, ob er sie zurückhaben will. Sie steckt in einer echten Zwickmühle. Ich bin zwar erst auf Seite fünfunddreißig, aber schon jetzt würde ich mir am liebsten die Kugel geben.

Plötzlich unterbricht eine Stimme meinen Gedankengang: »Miss Shepherd. Habe ich Sie lange warten lassen?«

Ich hebe den Blick vom Tablet, und vor mir steht Tim Resnick.

Er entspricht überhaupt nicht dem Bild, das ich mir von ihm gemacht habe. Weil er für ein Online-Magazin arbeitet, habe ich mir vorgestellt, er wäre dicklich und blass wegen zu wenig Sonnenlicht und Vitamin D und hätte eine Vorliebe für Klamotten aus den Achtzigern. Aber er sieht in Wirklichkeit sogar recht gut aus, Typ Collegeprofessor. Nicht ein Collegeprofessor von der Sorte, wie Joe einer war, sondern ein echter Akademiker. Das braune Haar trägt er nach vorn gekämmt, seine Augen blicken mir freundlich durch die dicken Brillengläser entgegen. Und sein erbsengrüner Dufflecoat erinnert mich an Paddington Bär.

Ich atme erleichtert aus. Entspann dich, Spitzel-Annie. Paddington sieht nicht so aus, als würde er es dir besonders schwer machen. Du kannst deine Deckung aufgeben.

»Keineswegs«, antworte ich.»Sie sind pünktlich, ich war zu früh hier.«

Er kramt in seiner abgewetzten Umhängetasche und fördert ein Smartphone und ein Notepad zutage. Hm, sieht so aus, als wolle Paddington mich aushorchen. Er will mir Annie Shepherds großes Geheimnis entlocken. Na dann, viel Glück.

»Ich zeichne alle meine Interviews mit dem Handy auf«, sagt er und zeigt lächelnd auf das Smartphone.»Ich habe eine grauenhafte Handschrift und will tunlichst vermeiden, jemanden falsch zu zitieren, weil ich mein eigenes Gekrakel nicht entziffern kann.«

Er signalisiert der Kellnerin, ihm einen Kaffee zu bringen, dann schaut er wieder mich an.»Ich bin aufrichtig dankbar, dass Sie sich bereitgefunden haben, mich zu treffen. Mir ist bewusst, dass Sie gerade eine schwere Zeit durchmachen.«

Sei nett zu ihm, Annie, dann lässt er das mit der Aufzeichnung vielleicht bleiben.»Es tut mir leid, dass ich mich in Schweigen gehüllt habe und Sie gezwungen waren, mit meinem Verleger zu verhandeln. Ich war mir nicht sicher, ob ich schon die Kraft habe, über Joe zu sprechen. Aber dann hat ein Freund mich darauf hingewiesen, dass Ihr Artikel eine Würdigung von Joes Werk sein soll und ich es seinen Bewunderern schuldig bin, meinen Beitrag dazu zu leisten. Meine Trauerarbeit beginnt, wenn dem öffentlichen Interesse Genüge getan ist.«

»Ihre Einstellung ist bewunderungswürdig«, meint er. »Man braucht große seelische Stärke, um so zu denken.«

»Joe war ein großer Schriftsteller«, sage ich.»Er verdient es.« Er verdient auch einen Tritt in die Eier für das, was er mir angetan hat.

»Wir haben *Burn* im College gelesen«, erzählt Tim.»Auch nach all den Jahren hat die Geschichte nichts von ihrer Wucht verloren. Manches von dem, was er über Kriege und die herrschenden Mächte sagt, ist heute noch oder wieder aktuell.«

Tolle Erkenntnis, Mr. Paddington Resnick. Blöd nur, dass ich das Buch nie gelesen habe.

»Was hat er denn von Ihren Büchern gehalten?«

Einfach weiterlächeln, Annie. »Joe hatte keine hohe Meinung von moderner Literatur.« Sein Zeigefinger nimmt Kurs auf das Handy. Ich sollte schnell eine Frage stellen, um ihn abzulenken. »Was für Artikel schreiben Sie in der Regel?«

»Querbeet. Den interessantesten Artikel habe ich vor ungefähr zwei Jahren geschrieben«, erzählt er. »Über Scott Guggenheim. Bestimmt haben Sie von ihm gehört. Er war der Romanautor, der seine Bücher unter einem weiblichen Pseudonym geschrieben hat. Zu öffentlichen Auftritten schickte er seine Schwägerin.«

Ich muss hörbar schlucken und schnappe nach Luft. Das riecht nach einer Falle. Ohne Grund würde er nicht einfach so darauf zu sprechen kommen. Paddington ist hier, um mich für meine Verbrechen an der Literatur hinter Gitter zu bringen. Vielleicht verschont er mich, wenn ich ihm Henry Higgins liefere.

»Alles in Ordnung?«, fragt er und schiebt mir sein Wasserglas hin. »Trinken Sie etwas, das hilft meistens.«

Ich winke ab. »Nein. Nein, ist schon gut.« Nach ein paar tiefen Atemzügen habe ich mich wieder gefasst. »Wenn ich nicht schreibe, bin ich unterwegs, Lesungen, Vorträge, Sie wissen schon. Da bekomme ich kaum etwas von dem mit, was nebenher in der Welt vorgeht. Wie ist die Sache für Guggenheim ausgegangen?«

»Tja, man hat ihm den Vertrag aufgekündigt. Er wurde verklagt, von seinem Verlag und von Lesern, die sich betrogen fühlten. Ist untergetaucht, und niemand hat seither wieder etwas von ihm gehört.«

Wieder will er nach seinem Handy greifen, und ich schiebe hastig die nächste Frage nach. »Wodurch ist er denn aufgeflogen?«

»Guggenheim und seine Frau hatten sich getrennt, nicht im Guten, und sie ließ meinem Redakteur einen ›anonymen‹ Tipp zukommen, eine Spur aus Brotkrumen, die ihn zu seiner wirklichen Identität führte.«

»Die Hölle selbst kennt keine solche Wut …‹«, sage ich.

»Wie die eines verschmähten Weibs‹. Sie müssen es wissen.«

Ich kneife die Augen zusammen. Was meint der kleine Schmierfink damit?

»Das ist schließlich der Dreh- und Angelpunkt aller Ihrer Romane«, erklärt er. »Damit verdient Elizabeth Sunderland ihren Lebensunterhalt.«

»Das stimmt, Tim.« Ich zwinkere ihm kichernd zu. Aber mich beschleicht ein unschöner Verdacht. Spielt Paddington mit mir?

»Man muss fairerweise sagen, dass seine Frau allen Grund hatte, ihn hinzuhängen. Guggenheim hatte während ihrer ganzen Ehe ein Verhältnis mit seiner Schwägerin. Wenn man will, könnte man die Lehre daraus ziehen, dass es unklug ist, seine Frau zu betrügen, wenn man etwas zu verbergen hat.«

Damit tippt er auf die Aufnahmetaste seines Handys, diesmal zu schnell für mich.

»Also, ich habe mich mit einer Reihe von Joes Schriftstellerkollegen und einigen Familienmitgliedern unterhalten …«

Gottverdammt! Er hat mit Lacey gesprochen. Ich wusste es. Jetzt werde ich die Nachfolgerin von Scott Guggenheim!

»… aber natürlich hat ihn keiner so gut gekannt wie Sie.«

Dann hast du es also schon allen brühwarm erzählt, was, Tim? Böser Paddington.

»Es gibt ein paar allgemeine Fakten, die ich Sie gern bestätigen lassen möchte, aber davon abgesehen habe ich eine Frage, die mich brennend interessiert und die nur Sie mir beantworten können.«

Ist Joe Duke der Autor aller Ihrer Bücher? Spuck's aus, worauf wartest du? Warum musst du mich quälen? Ich werde alles gestehen. Oh Mann, ich bin wirklich der schlechteste Spitzel der Welt.

»Warum ist Joe als Autor verstummt, nachdem Sie beide sich begegnet sind?«

Ich lächle und nehme einen Schluck Kaffee. »Welche Erklärung haben denn diese anderen Leute?«

Er erwidert das Lächeln. »Von den meisten Befragten hörte ich, Joe hätte geschrieben, weil er unglücklich war, und dann wären Sie gekommen und hätten ihn glücklich gemacht. Das war die vorherrschende und die schmeichelhafteste Ansicht.«

Lächle strahlender, beuge dich zu ihm hinüber und entlocke ihm, was du wirklich wissen willst. »Und die anderen, die mit den weniger schmeichelhaften Ansichten? Was haben die gesagt?«

»Dass er ausgebrannt war. Dass er nur noch geschrieben hat, weil er Geld verdienen musste, für seine Familie. Und sobald er durch Ihren Erfolg aller Geldsorgen enthoben war, hat er aufgehört.«

Ich lehne mich zu ihm hinunter und frage ihn kokett: »Und was glauben Sie?«

Es folgt eine kurze Pause, intensiver Augenkontakt, dann fährt er fort: »Ich bin geneigt, mich der ersten Ansicht anzuschließen.« Gratulation, Annie, die alte Magie wirkt offenbar noch.

Ich muss nur noch eine Hürde überwinden, um zu erfahren, ob Tim Resnick irgendwelche Hintergedanken hegt.

»Sie haben Familienmitglieder erwähnt. Was haben denn

Joes Kinder gesagt?«, frage ich. Verrat mir endlich, ob du mit Lacey gesprochen hast, Idiot. Dieses Herumschleichen um den heißen Brei ist nervtötend.

»Offen gesagt hat mich keins von ihnen zurückgerufen.« Himmel sei Dank. Mr. Paddington Resnick ist nicht hier, um mich zu linken. Er ist bloß ein Journalist, der einen Auftrag abarbeitet. Ich bin aus dem Schneider. Ich habe mir völlig unbegründet Sorgen gemacht. Vermutlich wollte Lacey mich nicht noch mehr in den Dreck treten, nachdem sie mir bereits alles bis auf den letzten Cent genommen hat.

Da kommt mir eine Idee. Keine nette Idee. Aber ich habe die Nase voll davon, nett zu sein. Ihr seht ja, wohin das führt.

Joe hat mich nach Strich und Faden verarscht. Er hat mir das Herz gebrochen und mich um ein Vermögen betrogen. Ihr könnt einwenden, dass es sein Geld war, dass schließlich er die Bücher geschrieben hat, aber durch mich, nur durch mich, sind sie Bestseller geworden. Ich bin es, die die Menschen lieben, weil ich ihnen Träume schenke und Spannung und Abenteuer. Ich habe Elizabeth die besten Jahre meines Lebens geopfert. Er hat mir alles weggenommen und es Lacey in den Rachen geworfen. Er hat mich nie geliebt. Ich war ihm immer egal. Er hat mich auf Rosen gebettet und nichts von den Dornen gesagt. Und als Krönung des Ganzen hat er Elizabeth ermordet.

Mir fällt das Romanfragment ein, das Henry auf Joes Computer gefunden hat. *Dalis Uhren*. Das dystopische Sci-Fi-Epos, an dem Joe gearbeitet hat. Der Plot besteht aus mehreren lose verwobenen Erzählsträngen, und kurz zusammengefasst geht es darum, dass man die Menschen zusammentreibt und in Megalopolen zusammenpfercht, wo von Privatfirmen programmierte Polizeiroboter durch die Straßen patrouillieren, wo die einzige Nahrung eine aus synthetisierten pflanzlichen Stoffen bestehende Paste ist und die

Besteuerung sich nach der Anzahl der Kinder richtet, was zur Folge hat, dass nur eine kleine Elite sich Nachwuchs leisten kann. Nebenbei gibt es auch noch Handystrahlung, die die Menschen verrückt macht und in den Selbstmord treibt.

Ich durfte ein paar Kapitel lesen, und wie ich Henry damals schon gesagt habe, es war eine Katastrophe. Science-Fiction und Joe passten einfach nicht zusammen. Ihm fehlte bei aller Begabung etwas ganz Wesentliches: Vorstellungskraft. Diese Geschichte ist das Erbärmlichste, was er je geschrieben hat, wenn nicht ein Tiefpunkt der gesamten Literaturgeschichte. Und es ist nicht das »verschmähte Weib«, das da aus mir spricht.

Joe aber war überzeugt, etwas Großartiges zu schaffen, ein Werk, das seinen verblassten Ruhm in neuem Glanz erstrahlen lassen würde. Er überlegte schon, was er sagen wollte, wenn Abgesandte sämtlicher Medien Schlange standen, um ihn zu seiner Auferstehung zu interviewen.

Freu dich, mein Lieber, dein Traum wird wahr. Ich werde der Welt präsentieren, womit der Autor von *Burn* sich in den Jahren des Schweigens die Zeit vertrieben hat: *Dalis Uhren*, dem Murks des Jahrhunderts, von dem du dir eingebildet hast, es wäre ein Meisterwerk. Dreh dich ruhig im Grab um, Liebster. Das ist die Quittung dafür, dass du so gemein warst, mich um mein Geld zu betrügen. Mir meine Elizabeth wegzunehmen. Ich werde dein literarisches Ansehen vernichten, das dir wichtiger war als alles andere. Ich mache dich zur Lachnummer. Ich werde Tim Resnick dein posthumes, bestenfalls als Klolektüre geeignetes Werk überreichen. Und das ist der Grund, warum du niemals auf die Idee kommen solltest, eine Frau zu hintergehen.

»Genau genommen sind beide Vermutungen falsch«, erkläre ich Tim. »Er war weder zu ausgebrannt noch zu glücklich, um Bücher zu schreiben. Joe hat in all den Jahren, die wir zusammen waren, an einem neuen Roman gearbeitet.«

Tim spitzt fast sichtbar die Ohren. Dieser routinemäßige Nachruf scheint sich unerwarteterweise zu einem Knüller zu entwickeln. »Ein neuer Joe Duke, von dem noch niemand etwas weiß?«

»So ist es.«

Sein Bein wippt unter dem Tisch unruhig auf und ab. »Ist er gut?«

»Nun ja, es ist nur ein Fragment, aber ...« Überleg dir genau, was du sagst, Annie! »... aber Joe kannte bei seiner Arbeit keine Kompromisse.« Bravo, sehr gut. Jetzt bring die Sache zum Abschluss. »Gehe ich recht in der Annahme, dass Sie ein Fan sind?«

»Absolut. Ich gehöre zu Mr. Dukes größten Bewunderern.«

»Dann kann ich mir niemanden vorstellen, der besser geeignet wäre, das Geheimnis zu lüften.«

»Miss Shepherd«, er atmet hörbar ein und aus, »verstehe ich recht, dass Sie mir ein Angebot machen, das ich nicht ausschlagen kann?«

Ich lächle und schweige.

Er fährt fort und lechzt dabei schon förmlich nach dem Leckerbissen, den ich ihm präsentiere: »Das ist eine sensationelle Neuigkeit. Die literarische Welt wird sich überschlagen vor Begeisterung. Mr. Duke besaß eine Reputation, von der jeder, der schreibt, nur träumen kann. Diese Enthüllung könnte der literarische Höhepunkt des Jahres sein. Und Sie möchten, dass ich das in meinem Nachruf erwähne?«

Ich schalte mein Lächeln auf volle Strahlkraft und schiebe meine Hände dichter an seine heran. »Sie sollen es nicht nur erwähnen.« Ich lege eine dramatische Pause ein. »Sie sollen es hinausschreien und allen in Erinnerung rufen, wer Joe Duke war.«

»Sie geben mir einen Schatz in die Hand.« Seine Augen

leuchten. »Der letzte Roman von Joe Duke. Sein Vermächtnis. Wollen Sie das wirklich? Es ist eine verantwortungsvolle Aufgabe, mit der Sie mich betrauen. Ganz zu schweigen von den finanziellen Vorteilen für Sie.«

Oh nein, Tim, finanzielle Vorteile wird es nicht geben. Ich kichere innerlich, weil ich so unartig bin.

»Ich will es wirklich. Ich möchte, dass Sie es machen. Kann es einen besseren Weg geben, Joes Andenken zu ehren?« Ich strecke die Hand aus und tippe auf sein Notepad. »Wie lautet Ihre E-Mail-Adresse? Sobald ich nachher zu Hause bin, schicke ich Ihnen die Datei.«

Das war's, Joe. Schachmatt. Du hast mir aus dem Jenseits den Finger gezeigt. Mit Dank zurück.

36

HENRY

Was für ein Paradox! Man ist im Begriff, seiner Ex zu sagen: »Du kannst mich mal, diesmal bin ich der, der austeilt«, und gleichzeitig verspürt man den Drang, so gut auszusehen wie nur irgend möglich. Auch ich mache vor der Konfrontation mit Amber einen Abstecher in meine Wohnung, probiere sechs verschiedene Anzüge an und die gleiche Anzahl an Hemd-Krawatte-Kombinationen. Ich arbeite gut zehn Minuten lang mit Wasser und Styling-Gel, um mein Haar zu einem Statement der Entschlossenheit zu formen, einem Symbol des Triumphs. Ich zupfe sogar meine Augenbrauen und klopfe Moisturizer in die Haut um meine Augen. Als ich einen letzten Blick in den Spiegel werfe, entscheide ich, dass ich so makellos aussehe, dass nur ein Taxi mir gerecht werden kann. Auf keinen Fall möchte ich meine perfekte Erscheinung dem Einfluss der Elemente aussetzen, wo ein einziger Windstoß nicht wiedergutzumachenden Schaden anrichten könnte. Folglich schwinge ich mich in das erste Taxi, das ich unten auf der Straße erspähe.

Fünfzehn Minuten später betrete ich die Lobby von The Bloom, ein von Glaswänden umschlossenes Atrium, ausgestattet mit massigen Ledersesseln und frisch auf Hochglanz poliertem Parkettboden. Ich begebe mich zur Rezeption. Die Dame dahinter schaut durch mich hindurch.

Tja, Katie, Pech gehabt, die Masche funktioniert bei mir nicht. Du weißt ganz genau, wer ich bin. Ich habe dich seinerzeit selbst eingestellt. Du hast bei mir am Empfang gesessen. Ja, richtig gehört. Amber hat sie mitgenommen, als sie gegangen ist.

»Hallo, Katie«, begrüße ich sie.

»Mr. Higgins.«

»Ich würde gern Ms. Rosebloom sprechen.«

»Sie ist im Gespräch mit einem Klienten. Möchten Sie warten?«

»Kommt drauf an, wie lange. Was schätzen Sie?«

Katie öffnet Ambers Terminkalender. »Es kann durchaus noch eine ganze Weile dauern.« Sie lässt den Finger auf dem Bildschirm nach unten gleiten. »Leider sieht es so aus, als wäre der Rest des Tages ebenfalls schon komplett ausgebucht. Morgen sieht es auch schlecht aus. Ich könnte Ihnen für Donnerstag einen Termin anbieten.«

»Ach ja«, sage ich, »meine Autoren zu überreden, dass sie von mir zu ihr wechseln, ist ein echter Fulltime-Job.« Ich deute auf einen der ungemütlich aussehenden Sessel. »Ich warte, bis sie Zeit hat.« Dann mache ich einen langen Hals und spähe hinter den Tresen. »Ich bin erstaunt, dass es keinen roten Knopf gibt, den Sie drücken sollen, wenn ich auftauche.«

Sie schaut mir in die Augen, ohne mit der Wimper zu zucken. »Darf ich Ihnen eine Flasche Wasser anbieten?«

»Nein, danke.« Ich gehe zu dem Sessel meiner Wahl und will mich eben niederlassen, als die Tür des Atriums aufschwingt und Amber erscheint. Sie trägt ein knieumspielendes schwarzes Kleid mit einer roten Schärpe um die schmale Taille. Das lange Haar wallt um ihre Schultern. Ihr Makeup ist perfekt, und ihre ganze Gestalt scheint auf rätselhafte Weise von innen heraus zu leuchten. Wer sieht bei der Arbeit

denn dermaßen umwerfend aus? Anstatt an eine Literatur-
agentin erinnert sie viel mehr an die glamouröse Jessica Rab-
bit.

»Ich habe jetzt Zeit für Mr. Higgins«, sagt sie zu Katie,
während sie sich dekorativ mit einem ausgestreckten Arm am
Türrahmen abstützt.

Ich schaue rüber zu Katie. »Scheint wohl etwas frei geworden zu sein.«

Amber weist in den Gang, aus dem sie gekommen ist.
»Hier entlang, Schatz.« »Schatz« hat sie zu mir gesagt. Wie
kann sie es wagen, diesen koketten, vertraulichen Ton mir
gegenüber anzuschlagen? Sie weiß, ich werde jedes Mal
schwach, wenn sie das tut. Sie weiß, ich bin hilflos dagegen.
Das hier soll ein Moment meines Triumphes über sie sein,
und was tut sie? Sie lädt mich mit einem schmeichelnden
Lächeln ein. Du darfst nicht nachgeben, Higgins. Widersteh
dem Rotschopf.

Ich gehe ein paar Schritte hinter ihr den Flur hinunter.
Wir passieren die Büros mit Fensterbonus der zu ihrem Stab
gehörenden Agenten, das in Waben unterteilte Großraum-
büro der Arbeitsbienen, aka Assistenten und Berufsanfänger.
Alle starren mich an, als wäre der Fuchs in den Hühnerstall
eingebrochen.

Zu guter Letzt erreichen wir ihr Büro, das größte von allen, und gehen hinein. Ich war noch nie hier, aber es ist die
Visualisierung von Ambers Vintage-Stil. Die Einrichtung
besteht aus Chrom und Glas. Tischplatten und Regale bie-
gen sich unter der Last von Auszeichnungen und Skulpturen.
Ihre Wände sind übersät mit Gemälden der modernen Kunst
und Fotos ihrer prominentesten Klienten.

Sie gleitet hinter ihren Schreibtisch und in ihren Dreh-
sessel. Ich nicht. Ich bleibe stehen, was normalerweise die
dominante Haltung darstellt, aber in dieser Konstellation

sieht es aus, als säße Amber auf einem Thron und ich wäre so etwas wie ein Hofnarr, der zu ihrer Belustigung dient. Aber ich bleibe eisern. Im Stehen habe ich das Gefühl, ihr Paroli bieten zu können.

»Ich wüsste gern, warum du versuchst, mir Daphne wegzunehmen. Warum du ihr Versprechen zu einem Buch machst, das noch überarbeitet werden muss, und ihr einen Job anbietest.«

Ihre Miene bleibt unbewegt. »Wie sehe ich aus? Ich habe mir eben die Haare föhnen lassen. Ist es zu glatt geworden? Normalerweise mag ich es lieber etwas aufgelockert.«

»Es geht hier nicht um deine Haare. Du versuchst, Daphne abzuwerben.«

»Und habe es nicht geschafft.« Sie scheint gelinde überrascht zu sein. »Du hast das Tauziehen um *Little Black Book* gewonnen.«

Ich nicke heftig. »Da hast du verdammt recht. Ich habe gewonnen.«

»Glückwunsch, Henry. Du hast jetzt ein Buch am Hals, das ich nicht haben wollte.«

»Das heißt, die ganze Aktion war nur zu deinem Vergnügen?«

Sie mustert mich wie ein Wesen vom anderen Stern. »Du hast mir Mark Land abgeworben. Hast du geglaubt, ich nehme das einfach so hin? Ich hatte Mark gerne in meinem Portfolio. Er war nützlich. Er versorgte mich mit Informationen aus dem inneren Zirkel. Stoff für Konversation mit der Schickeria. Ich habe viele Autoren, die Geld bringen, aber er hatte andere Qualitäten.«

»Doch du hast ihn nicht entsprechend behandelt. Du ließest sein Talent verkümmern.«

Sie lacht. »Mark war nicht wegen des Flops seines letzten Buches beleidigt, sondern weil ich nicht mit ihm schlafen wollte. Das Einzige, was ich verkümmern lassen habe, war seine Libido. Keine Sorge, er wird zu mir zurückkommen. Das tun sie alle.«

»Ach ja?«, höhne ich. »Hast du wirklich vor, ihn ins Bett zu ziehen?«

»Gott, nein. Ich werde ihm nur Hoffnungen machen.« Sie rollt den Sessel ein Stück zurück und schlägt die Beine übereinander. »Immer wieder erstaunlich, was ein Mann alles tut für ein bisschen Hoffnung.«

Ich hatte fast vergessen, wie gnadenlos und unerschütterlich Amber sein kann. Dieses Gespräch geht ganz und gar nicht in die Richtung, die ich mir ausgemalt hatte. Ich sollte zum Punkt kommen und dann von hier verschwinden. »Ich rate dir, mit Annie nicht deine Spielchen zu treiben. Sie gehört mir.«

»Ach, Henry«, sie wirft gekonnt das Haar nach hinten, »wie süß, du steckst deinen Besitzanspruch ab, um deine Frauen für dich zu behalten.«

»Und was hast du mit Thacker vor?«, frage ich. »Machst du ihm auch Hoffnungen, dass er mal randarf? Führt er dich deshalb zum Essen aus?«

Offensichtlich überrascht fährt sie sich mit der Zungenspitze über die Unterlippe. »Wie hast du das herausgefunden?«

»Ich war im selben Restaurant. Mit Mark Land. Ich habe euch beide hereinkommen sehen, ein Herz und eine Seele.«

»Das muss ja ein ziemlicher Schock gewesen sein. Du bemühst dich um meinen Klienten, der kein Geld bringt, während ich mit deinem Chef Foie gras und Champagner genieße.«

»Was bezweckst du damit?« Ich merke, dass ich mit jeder Frage lauter werde, während sie ihren leicht amüsierten Plauderton beibehält. »Weil ich mich damals geweigert habe, die von meinem Vater gegründete Agentur zu verlassen, um mit dir neu anzufangen, willst du mich arbeitslos machen? Willst du mich so aus dem Schatten meines Vaters treten lassen? Ein wenig unorthodox, das muss ich zugeben, aber du nimmst nie den offensichtlichen Weg.«

»Henry«, sagt sie, »du liegst vollkommen falsch.«

Ich greife nach meinem letzten Grashalm. »Und selbst wenn du mich aus der Agentur meines Vaters feuern lässt, Annie wird mich nie verlassen.«

Nun schaut Amber mich an, als wäre ich ein Kleinkind. »Henry, die Jagd auf Annie ist eröffnet. Joe war es, der sie an die Agentur band. Seit er nicht mehr da ist, ist sie Freiwild, und sie passt genau in mein Programm. Ich habe in weniger als zwei Jahren den Bereich Frauenliteratur zu meiner Kernkompetenz ausgebaut. Viele der Autorinnen fühlten sich schlecht repräsentiert. Obwohl sie das meiste Geld bringen, werden sie belächelt und mit schlechten Vertragskonditionen abgespeist. Ich habe ihnen die Augen geöffnet und ihnen erklärt, was ich tun kann, um das zu ändern.« Sie lächelt. »Doch du hast mir immer noch nicht gesagt, wie mein Haar aussieht.«

Verurteilt mich nicht, aber ich kann ihr nicht widerstehen. Sie macht mich immer wieder schwach. »Hinreißend.«

»Ich bin momentan in keiner Beziehung.«

»Ja«, sage ich bedeutend. »Alle Katzen in Manhattan atmen erleichtert auf.«

Sie verdreht die Augen. »Henry, seit unserer Trennung hattest du keine dauerhafte Beziehung mehr. Weshalb quälst du dich? Du willst und brauchst mich. Du bist nur zu unsicher und zu eitel, um es zuzugeben.«

»Und weshalb bist du interessiert an jemandem, der so unsicher und eitel ist?«

Sie zuckt mit den Schultern. »Niemand ist perfekt. Ich

habe auch meine Schwächen. Zum Beispiel habe ich die Angewohnheit, jeden zu begraben, der nicht mit mir Schritt halten kann. Du konntest es. Bis auf die eine Sache. Aus dem Schatten deines Vaters zu treten.«

»Ich weiß, ich weiß.« Ich setze mich hin, besiegt.

»Und du hast auch keine großen Abschlüsse mehr eingefahren, seit ich gegangen bin. Gib's zu, du brauchst mich wie die Blume das Wasser. Ich helfe dir zu wachsen.«

Das Schreckliche ist, sie hat nicht ganz unrecht. Ich war nie erfolgreicher als in unserer gemeinsamen Zeit. Damals habe ich Millionen mit Vermittlungsprovisionen und Boni verdient. Ich war schlank. Haarausfall war noch kein Thema. Romantik ist für sie ein Fremdwort, aber vielleicht brauchen Männer keine Romantik. Vielleicht ist es unsere Aufgabe, für die Romantik zu sorgen, und die Aufgabe der Frauen besteht darin, uns zu besseren Menschen zu machen. Nein, Higgins. Lass dich nicht von Versagensängsten dazu verführen, dein Glück in der Vergangenheit zu suchen.

»Kündige und komm zu mir, arbeite mit mir. Deine Agentur ist ein Dinosaurier, verglichen mit dem, was ich hier aufbaue.«

»Klingt nicht, als hätte ich eine Wahl.«

»Die hast du nicht, das stimmt.«

»Und warum?«

Sie seufzt leise und schlägt die Beine übereinander. »Ich will ehrlich mit dir sein. Thacker ist auf mich zugekommen. Er will dich loswerden. Aber er will Annie nicht verlieren. Sie ist der große Zahltag der Agentur. Nachdem Joe gestorben war, kam Thacker also zu mir und sagte, wenn ich sie dir abspenstig machen könnte, würde er mir deinen Job geben. Er will The Bloom in seinen Konzern eingliedern. Damit besäße er das größte Entertainment-Imperium in den Vereinigten Staaten und Europa.«

Das trifft mich wie ein Schlag in die Magengrube. Mein Boss ist es, der meinen Untergang betreibt. Amber ist lediglich das Werkzeug, dessen er sich bedient. Ich habe Thacker nie besonders ernst genommen. Großer Irrtum.

»Ich kann's einfach nicht glauben. Ich mochte ihn. Und ich mag nicht viele Menschen.«

»Ich glaube, er mag dich auch. Er ist nur der Meinung, dass du in deinem Beruf nichts taugst. Aber du kannst ihnen einen Strich durch die Rechnung machen. Komm zu mir und bring Annie mit.«

In meinem Kopf dreht sich alles. Was soll ich jetzt tun? Ich werfe frustriert die Arme in die Höhe.

»Armer Henry«, sagt sie. »Von den Stürmen des Lebens gebeutelt.«

»Komm mir jetzt bitte nicht mit Shakespeare.«

»Was hättest du stattdessen gern? Gute Ratschläge?«

Ich zucke mit den Achseln. »Hast du welche anzubieten?«

»Du könntest mich heute Abend auf einen Drink einladen.«

»Das ist dein Ratschlag?«

Sie ignoriert mich und schaut stattdessen auf ihr Handy. »Du musst jetzt gehen. Ich habe in fünf Minuten eine Besprechung. Aber das Angebot steht.«

Ich hebe den Zeigefinger. »Würdest du wirklich Thacker deine Agentur überlassen und dich von ihm auf meinen freigewordenen Platz setzen lassen?«

»Ich habe mich noch nicht entschieden. Aber den Coup mit Annie ziehe ich durch, das kannst du nicht verhindern. Egal wie, du bist raus aus dem Geschäft.« Wieder ein Kontrollblick aufs Handy. »Drinks heute Abend?«

»Himmel, du kennst keine Gnade.«

»Ja oder nein?«

»Ich kann nicht. Ich habe Will versprochen, morgen mit

256

ihm zu *The Home Depot* zu fahren, damit er noch mehr Weihnachtsbeleuchtung kaufen kann.«
»Will und Weihnachten.« Sie tippt, während sie spricht, eine Nachricht in ihr Handy. »Er wird eines Tages mit diesen tausend Lämpchen deine Wohnung abfackeln. Ich habe ihm das schon hundertmal gesagt.«
»Er vermisst dich auch.«
Sie schaut von ihrem Handy auf. »Manchmal wünsche ich mir, ich wäre mehr der mütterliche Typ.«
»Das hat Will sich auch gewünscht.« Ich stehe auf und gehe zur Tür, meinem Rettungsring.
»Und ruf mich an wegen der Drinks. Heute ist der einzige Tag in der Woche, an dem ich kann.«
Ich schließe die Bürotür hinter mir. Diese Frau ist eine Naturgewalt. Die Chancen stehen 50:50, dass ich sie auf einen Drink einlade. In meiner derzeitigen Lage ist Amber entweder meine Rettungsinsel oder die Monsterwelle, die mich von meinem Elend erlöst. Aber wenn das Schicksal in der Gestalt Ambers daherkommt, wäre es nicht schwer zu sagen: »Komm, süßer Tod!«, und sich einfach fallenzulassen.

37

ANNIE

Chris ist gestern über Nacht geblieben, und heute macht er wieder keine Anstalten zu gehen. Ich weiß nicht genau, was ich davon halten soll. Seit meinen frühen Zwanzigern habe ich nicht mehr viele Dates gehabt, deshalb fehlt mir die Übung im Interpretieren von Verhalten und subtilen Signalen. Bedeutet Über-Nacht-Bleiben, dass sich etwas Festes anbahnt? Oder ist es bei Leuten, die miteinander schlafen, heutzutage so üblich? Oder liegt es daran, dass er in einer wirklich bescheidenen Wohnung haust? Ich lese häufig davon, dass Paare heute schon sehr früh zusammenziehen, nicht, weil sie sich lieben und entschlossen sind, sich das Jawort zu geben, sondern weil das Bündeln der Einkünfte die einzige Möglichkeit darstellt, endlich das elterliche Nest zu verlassen.

Versteht mich nicht falsch – ich bin froh, Gesellschaft zu haben, besonders, wenn der Tag sich dem Ende zuneigt. Ich habe seit einer Ewigkeit nicht mehr allein geschlafen. In den ersten Nächten nach Joes Tod habe ich mich im Bett mit Plüschtieren umgeben, eine Art pelzigen Schutzwall errichtet. Selbst nachdem ich herausgefunden hatte, was für ein Mistkerl er war, wollte ich ihn zurückhaben, um mich nachts an ihn zu schmiegen. Darin war er unübertroffen, trotz allem.

Chris und ich liegen im Bett und schauen fern. Allerdings schaut Chris nicht wirklich fern, er zappt im Minutentakt von Sender zu Sender. Ich komme mir vor wie in einem visuellen Musikbox-Vortex gefangen, in dem kein Song über das Intro hinauskommt.

»Chris«, sage ich, »könntest du dich für irgendein Programm entscheiden, bitte?«

»Ich habe noch nichts gefunden, das mich interessiert.«

»Was schwebt dir denn vor? Und woher weißt du, dass du es gefunden hast?«

»Ich weiß es einfach.«

»Hast du den Eindruck, dass das in absehbarer Zeit der Fall sein wird?«

Er legt die Fernbedienung weg. »Wir können uns auch unterhalten, wenn du das lieber möchtest.«

»Ich glaube nicht, dass du es möchtest.«

»Wie kommst du darauf?«

»Wenn jemand einen fragt, ob man sich unterhalten möchte, hat derjenige meiner Erfahrung nach eigentlich keine Lust dazu, ist aber bereit, sich zu opfern, um dem anderen einen Gefallen zu tun.«

Er legt die Hand auf meinen Oberschenkel. »Ich tue dir gern jeden Gefallen.«

Ich halte ihm die Fernbedienung hin. »Schön. Dann entscheide dich für einen Sender, bei dem wir dann auch bleiben.«

»Lass uns ausgehen«, sagt er stattdessen. »Wir sind die letzten beiden Tage nicht aus der Tür gekommen. Der Freund, von dem ich gesprochen habe, spielt in einer Band. Heute treten sie in Greenpoint auf. Um elf geht's los. Du wirst sie lieben. Sie spielen progressiven Rock.«

»Chris, ich bin fünfunddreißig. Zwing mich nicht, um zwei Uhr morgens von Brooklyn nach Hause zu fahren.«

»Wir könnten bei mir übernachten.«

Jetzt fange ich an, durch die Kanäle zu zappen. »Wie viele Mitbewohner hast du?«

»Drei. Aber wir haben jeder ein eigenes Zimmer. Es ist ein Loft, ein echt cooler Ort, um abzuhängen. Brooklyn könnte dir gefallen, es wimmelt von Schriftstellern.«

»Ich bezweifle stark, dass die Brooklyner Schriftsteller mich als ihresgleichen betrachten würden.«

»Annie«, er seufzt, »vielleicht sollte ich lieber gehen.«

»Dummerchen.« Ich lächle ihn an. »Ich will nicht, dass du gehst. Es wäre nur schön, wenn wir uns auf eine Sendung einigen könnten und sie gemeinsam anschauen.«

»Ich weiß, du bist lange Zeit mit Joe zusammen gewesen. Möglicherweise bist du noch nicht bereit für eine neue Beziehung.«

Ich schaue forschend in sein Gesicht. Er sagt das nicht nur so, er meint es ernst. »Du willst eine Beziehung? Mit mir?«

»Ja«, sagt er. »Du bist überragend. Jemand wie du ist mir noch nie begegnet.«

Ich bin so überrumpelt von seiner Ehrlichkeit, dass ich mir meiner eigenen Schwächen bewusstwerde. »Das ist lieb, Chris, wirklich. Aber ich bin nicht das, was du in mir siehst. Ich bin nicht überragend.«

Doch diese Antwort lässt er mir nicht durchgehen. »Ehrlich, ich glaube, du kennst dich selbst nicht.«

»Aber du kennst mich?«

»Ich sehe etwas, was du nicht sehen kannst. Von außen betrachtet glaubt man, dass du alles hast, was ein Mensch sich wünschen kann, doch du bist wie ein Vogel in einem goldenen Käfig. Du bist gefangen in einem Leben, das du dir mit dreiundzwanzig ausgesucht hast. Aber jetzt willst du frei sein. Du willst raus aus deinem alten Leben. Man merkt es daran, wie du beim Sex bist. Wild. Irgendwie zornig. Du hast so viel Leidenschaft, so viel Liebe zu verschenken. Du brauchst nur jemanden, der dich ermutigt, den Sprung zu wagen. Und ich wäre sehr gern der Mensch, der das tut.«

Unfassbar. Dieser junge Kerl, der gerade mal sechsundzwanzig ist und mich kaum kennt, hat mich soeben fachmännisch auseinandergenommen.

»Du wirst ein großer Schriftsteller werden«, sage ich. »Mit diesem psychologischen Scharfblick.«

»Dann komm mit«, sagt er aufgeregt. »Komm mit zum Konzert. Danach übernachten wir in meiner Junggesellenbude, in einem Einzelbett mit durchgelegener Matratze. Du könntest zu deinem Erstaunen feststellen, dass es dir gefällt.« Er zeigt mit einer Handbewegung durchs Zimmer. »Verlass die Annie-Komfortzone, in der du dich eingerichtet hast.«

Was soll ich sagen? Lasse ich mich auf den Versuch ein, mit fünfunddreißig meine nicht gelebte Jugend nachzuholen? Ich bin realistisch. Chris wird nicht »der Richtige« sein, aber er könnte dir dabei helfen, dich für neue Möglichkeiten zu öffnen. Sei kühn. Trau dich was. WWET? Würde Elizabeth nach Brooklyn fahren und in einem glorifizierten Verbindungshaus übernachten?

Doch bevor ich die Antwort gefunden habe, summt mein Handy. Ich schaue nach, und es ist Will. Ich liebe diesen Jungen. Er ist zwölf und ruft mich an, als wären wir beste Freunde.

»Hallo, Annie. Hier spricht Will Higgins.«

»Hallo, Will Higgins.«

»Kommt mein Anruf ungelegen?«

»Nein, ganz und gar nicht. Aber nett von dir, dass du fragst.«

»Keine Ursache.« Er macht eine Pause, wie um die Spannung zu steigern. »Ich rufe an, weil die Agentur meines Vaters jedes Jahr einen Weihnachtsmarkt veranstaltet ...«

»Ich weiß. Zufällig ist es auch meine Agentur.«

»Oh, wunderbar, ja, stimmt. Mein Vater und ich wollen morgen Abend hingehen, und ich möchte dich herzlich einladen, uns zu dieser festlichen Einstimmung auf die Weihnachtszeit zu begleiten.«

Ich muss mich beherrschen, um nicht zu lachen. Hat er das auswendig gelernt? Liest er von einem Zettel ab? Dieser Higgins junior ist zum Knuddeln. »Hast du deinen Vater gefragt, ob es ihm recht ist, wenn ich mich euch anschließe? Ich will mich nicht aufdrängen.«

»Noch habe ich diesbezüglich nicht mit ihm geredet«, antwortet er. »Ich wollte mich erst erkundigen, ob du Zeit hast, bevor ich es zur Sprache bringe.«

Wie kann man zu so etwas Nein sagen? »Ich glaube, ich habe nichts anderes vor.«

»Das sind großartige Neuigkeiten.«

»Es freut mich, dass du dich freust. Könnte ich noch ein paar Worte mit deinem Vater wechseln?«

»Bleib dran. Ich rufe ihn her.« Und schon ertönt ein schrilles, durch Mark und Bein gehendes: »Dad! Telefon!«

Ich kann Henry im Hintergrund rumoren hören, Geschirr klappert, irgendwas wird kleingehackt, als wäre er schwer damit beschäftigt, Abendessen zu kochen. »Wer ist dran?«

»Annie.« Wills Stimme klingt wieder normal. Gott sei Dank.

»Annie?« Schritte nähern sich. »Ist was passiert? Hat sie dich angerufen?«

»Nein. Ich sie.«

Henry meldet sich. »Ich hoffe, mein Sprössling belästigt dich nicht.«

»Überhaupt nicht.«

»Was macht Chris? Wie geht es mit dem Buch voran?«

Ich schaue zur Seite und sehe, dass Chris die nächste Runde durch die Sender dreht.

»Alles … bestens.«

Henry schweigt einen Moment. »Er ist bei dir, stimmt's?«

Vorsicht, Annie. Fettnapf. »Nun ja, jeder ist immer irgendwo.«

»Aha, wir vögeln also immer noch den Lohnschreiber.«

»Ist das Mr. Higgins?«, fragt Chris. »Grüß ihn von mir.«

»Hallo, Christopher«, sagt Henry. »Ist er nackt? Irgendwie habe ich kein anderes Bild von ihm im Kopf.«

»Anderes Thema, bitte. Hat Daphne ihre Kündigung zurückgenommen? Hast du sie mit meinen Vorschlägen umgehauen? Du hast mir nicht gesagt, wie es ausgegangen ist.«

»Daphne bleibt. Das ist dein Verdienst. Und zum Beweis meiner unermesslichen Dankbarkeit habe ich eine kleine Überraschung für dich arrangiert.«

»Echt? Sag mir, was es ist, bitte, bitte.«

»Dann wäre es ja keine Überraschung mehr.«

»Überraschungen sind nicht immer schön.«

»Diese Überraschung ist aber eine gute. Meine Überraschungen sind immer schön. Im Gegensatz zu denen gewisser anderer Leute.«

Aha, daher weht der Wind. Sehr treffend, Higgins.

»Jedenfalls freue ich mich, dass ich dir bei Daphne helfen konnte und du wieder in ruhigeren Gewässern segelst.«

Er lacht. »Von wegen. Mein Leben ist wie der Kampf mit der Hydra. Man schlägt einen Kopf ab, und es wachsen zehn neue nach.« Er stößt genervt die Luft durch die Nase. »Was soll's … Warum hat mein Sohn dich angerufen?«

»Er hat mich zum Weihnachtsmarkt eingeladen.«

»Wie schön. Dann sind wir zu dritt, nur du, Will und ich.« Er verstummt. Hüstelt. Wartet offenbar darauf, dass ich mich äußere. Aber ich weiß auch nicht, was ich darauf erwidern soll. Schließlich sagt er: »Wenn es dir recht ist?«

Ist es mir recht? Ich weiß es nicht. »Ist es dir denn recht?«

Wieder Schweigen von seiner Seite. Wie's scheint, benutzen wir dieselben Strategien. Dann sagt er: »Natürlich gern auch mit Begleitung, wenn es dir lieber ist. Ich meine, Chris ist ja ohnehin vor Ort.« Erneutes Hüsteln. »Bestimmt möchtest du ihn dabeihaben. Der Weihnachtsmarkt kann sehr romantisch sein.«

»Du hast recht, warum nicht mit Begleitung?« Wunderbar. Er hat den Vorschlag von sich aus gemacht. Ich wasche meine Hände in Unschuld.

»Nur wenn du wirklich nichts dagegen hast.« Sein säuselnder Ton lässt keinen Zweifel daran, dass er sich gerade über mich amüsiert.

»Bleib dran«, sage ich. »Ich frage Chris.« Und bin sofort von mir selbst enttäuscht. Warum bin ich in Beziehungen so unfähig, eigenständige Entscheidungen zu treffen? Erst das Konzert mit Chris, jetzt der Weihnachtsmarkt mit Henry und Will. Sobald ich eine Entscheidung treffen muss, erstarre ich zur Salzsäule. Bevor ich eine Chance habe, Chris zu fragen, sagt er bereits: »Ich bin dabei. Ich kann alles hören, was ihr sagt.«

»Okay. Chris ist dabei«, sage ich ins Handy.

»Weiß ich«, antwortet Henry. »Ich kann ebenfalls mithören.«

»Na toll.« Langsam werde ich sauer. »Ich hab's begriffen. Jeder kann jeden hören.«

Er schnalzt mit der Zunge. »Sieht so aus, als müsste ich jetzt auch noch eine Begleitung finden. Ich könnte Amber fragen, ob sie morgen Abend Zeit hat.«

Ich höre Will aufschreien: »Bloß nicht! Ich rede sonst nie wieder ein Wort mit dir.«

»Ich habe nur Spaß gemacht«, sagt Henry zu Will und dann zu mir: »Ich werde einfach die alte Adresskartei mit Higgins-Groupies durchsehen.«

»Deine Rolodex?«, frage ich. »Hast du vor, in die Vergangenheit zu reisen und die infrage kommenden Damen über Festnetz anzurufen? Schick ihnen doch ein Fax.«

»Abwarten«, sagt er. »Und Chris soll bitte eine Jeans anziehen. Es ist ein Familienausflug.«

Ein Familienausflug. Ich bin fünfunddreißig und nehme mit meinem zehn Jahre jüngeren Lover an einem Familienausflug teil. Und ich weiß nicht einmal, ob ich das wirklich will oder einfach nur so hineingeschlittert bin. Und wieder habe ich nicht den Mumm, für mich eine Entscheidung zu treffen.

»Verbleiben wir so, dass ich morgen nach Feierabend bei dir vorbeikomme und euch beide abhole.« Gerade, als ich glaube, dass er das Gespräch beenden will, wird seine Stimme warm. »Nochmals danke, dass du mitkommst. Es bedeutet Will sehr viel. Er hat dich anscheinend ins Herz geschlossen.«

»Dein Sohn hat einen ausgezeichneten Geschmack.«

»Er kommt eben nach seinem Vater. So, ich habe jetzt alles gesagt, was es zu sagen gibt, aber ich weiß, dass du immer diejenige sein willst, die zuerst auflegt.«

Ich muss lachen. »Ich lege jetzt auf.«

Noch bevor ich aufgelegt habe, beginnt es in meinem Kopf zu rattern. Bin ich verrückt? Oder klang es so, als wäre es Henry lieber gewesen, den Abend nur mit Will und mir zu verbringen?

Trotzdem, ich merke immer, wenn ein Mann an mir interessiert ist, und Henry macht mit seinen Anrufen zu später Stunde, seiner geheimen Überraschung, seinem unangemeldeten Auftauchen in meiner Wohnung, damit ich ihm den Hintern rette, ganz den Eindruck, dass er mir auf seine umständliche Weise begreiflich zu machen versucht, ich bin ihm nicht gleichgültig. Sogar Will hat bei unserem Eislauf-Abenteuer etwas in der Richtung verlauten lassen. Ich soll Henrys Lieblingsklientin sein. Allerdings gerät er immer aus dem Häuschen, wenn er mich auf Reisen begleiten darf.

Drück dich nicht länger vor der entscheidenden Frage,

Annie, welche da lautet: Wenn Henry Higgins ernsthafte Gefühle für dich hegt, erwiderst du sie?

Bei dem Gedanken muss ich anfangen zu lachen. Henry Higgins und ernsthafte Gefühle für mich? Unmöglich. Er ist gerade nur so aufmerksam, weil wir wortwörtlich in den Abgrund schauen und er seinen eigenen Arsch retten will. Sobald der neuste Trust-Me-Band veröffentlicht wurde, wird er wieder beginnen, alles an mir zu kritisieren, mich den Tod der edlen Prosa zu nennen und mich wie ein Schädling im eigenen Garten zu behandeln. Wie konnte ich nur einen Gedanken daran verschwenden, dass Henry Higgins sich in mich verliebt hat? Ich schiebe es auf Stress zurück und das Thema gedanklich zur Seite.

38

ANNIE

Ich bin dem Tode geweiht. Fakt ist, wir sind alle dem Tode geweiht, alle, die wir in diesem Jaguar sitzen, der von Henry Higgins gesteuert wird. Er fährt wie ein Henker, wahrscheinlich hat er noch nicht verinnerlicht, dass hier drüben andere Verkehrsregeln gelten als in seinem Heimatland. Nicht, dass sein Fahrstil dort legal wäre, aber wenigstens befänden wir uns auf der richtigen Seite der Straße.

Bei seinen ruppigen Stopps und Starts machen wir alle eine tiefe Verbeugung, er schaltet, als wäre der Jaguar eine Planierraupe. Ampeln, Geschwindigkeitsbegrenzungen, Zebrastreifen – in seinen Augen bloße Vorschläge, die man nach Belieben ignorieren kann. Er überquert drei Fahrspuren und ordnet sich ein, ohne in den Seitenspiegel zu schauen. Und die ganze Zeit, während er dem Bleifuß huldigt, berichtet er von der Entstehungsgeschichte des Weihnachtsmarkts. Wie seine Agentur mit einer Eventfirma fusionierte und die fruchtbare Zusammenarbeit in der Veranstaltung gipfelte, zu der wir nun unterwegs sind. Gastauftritte von Sängern und Schauspielern sorgen für eine Synergie zwischen Live-Vorführungen und Entertainment-Management. Oder so ähnlich. Ich kann mich nicht auf das konzentrieren, was er sagt, weil seine Fahrweise mir auf den Magen schlägt. Ich fühle mich wie seekrank und kann für nichts garantieren, wenn die Fahrt noch lange dauert.

Natürlich beherrscht die Angst, dass mein Leben jede Sekunde ein blutiges Ende finden könnte, meine Gedanken, aber Platz zwei ginge an Henrys Begleiterin. Zena heißt sie und ist garantiert nicht einen Tag älter als zweiundzwanzig. Sie ist Klientin seiner Agentur, Laufsteg-Model und hat in mehreren Musikvideos mitgespielt. Eins davon habe ich gesehen, glaube ich. Irgendwelche Rapper saßen rings um einen Pool, und sie servierte Cocktails. Dabei trug sie lediglich einen String, ein Bikinioberteil, das kaum die Brustwarzen bedeckte, und Stilettos mit Zwölf-Zentimeter-Absätzen. Während meiner Collegezeit habe ich auch gekellnert, und ich erinnere mich deutlich, beim Anblick dieser grotesken Szene gedacht zu haben, dass das nicht der ideale Aufzug ist, um Speisen und Getränke durch die Gegend zu balancieren. Aber hey, was weiß ich schon?

Um die Wahrheit zu sagen, diese Zena ist mir sofort auf den Geist gegangen, von der Sekunde an, in der Henry klingelte, um uns abzuholen, ich die Tür aufmachte und beide vor mir standen. Sie waren nach oben gekommen, weil Zena aufs Klo musste. Sie kam rein, und ihr Blick fiel auf Chris. Sein Blick fiel auf sie. Die Luft knisterte. Funken sprühten. Rosenduft und Harfenklänge erfüllten den Raum. Und seither hängen sie aneinander wie die Kletten.

Jetzt sitzen sie hinten im Auto, und sie liest ihm aus der Hand. Anscheinend studiert Zena irgendwas in Richtung Esoterik, wenn sie nicht im Scheinwerferlicht ihre nackte Haut präsentiert.

Sie befasst sich mit Glaubensrichtungen wie Zoroastrismus oder Kabbala oder Coachella oder wie immer das heißt. Und Chris? Er ist hingerissen. Er lacht mit ihr, nicht über sie, wie jeder andere vernunftbegabte Mensch es tun würde, der sich ihr dämliches Gebrabbel anhören muss. Mannomann, ich habe geglaubt, Chris hätte mehr Tiefgang.

Oh, ich könnte ihn erwürgen. Jetzt hat er gerade gefragt, ob sie nur aus Händen liest oder auch andere Körperteile einbezieht. Untersteh dich, sie anzubaggern, Christopher! Deine Aufmerksamkeit hat gefälligst uneingeschränkt mir zu gelten, Annie Shepherd. Ich bin dein Date. Ich bringe ihn um für dieses Benehmen. Das ist mein voller Ernst. Kein Sex mehr, bis das Buch fertig ist. Schluss. Aus. Finito. Während Chris weiter versucht, sich in Zenas Höschen zu schmeicheln, wende ich mich an Henry: »Also ... Zena.«

»Zena liebt Weihnachten«, sagt er.

»Wer tut das nicht? Im ersten Moment dachte ich, sie wäre Wills Babysitter. Ihr Engländer habt ja bekanntermaßen eine interessante Vorliebe für die Kindermädchen, die eigentlich auf eure Sprösslinge aufpassen sollen. Glaubt ja nicht, die amerikanischen Frauen hätten Jude Law sein diesbezügliches Verhalten verziehen. Man beachte, dass er seit diesem Skandal keine großen Erfolge mehr zu verzeichnen hat.«

»Ich glaube nicht, dass diese Unart auf uns Briten beschränkt ist.«

»Bei Jude Law fanden wir es besonders schockierend.«

»Es tut ihm leid. Er hat es mir selbst gesagt. Bei einer dieser Gelegenheiten, an denen sich alle britischen Männer, die derzeit in den Vereinigten Staaten leben, im Clubhaus bei Drinks und Zigarren zusammenrotten.«

Ich ignoriere seinen Kommentar. »Wie habt ihr euch kennengelernt, du und Zena?«

»Nicht zufällig. Zenas Agent und ich spielen zusammen Racquetball. Er hat monatelang versucht, uns zusammenzubringen.«

»Hat er darauf gewartet, dass sie volljährig wird? Ich frage mich, welche Gemeinsamkeiten er in euch beiden entdeckt haben könnte.«

Er ignoriert meine sarkastische Anspielung auf Zenas jugendliches Alter. »Sie liest sehr viel. Sie hat sogar einen Blog, auf dem sie Rezensionen veröffentlicht. Wir sind beide große Literaturliebhaber.«

Hmm. Möglicherweise könnte ich Chris von Zena loseisen, wenn ich mein literarisches Know-how ins Spiel bringe.

»Ob sie auch meine Sachen liest?«

Henry lacht. »Zena liest ernsthafte Literatur. Sie bloggt über Virginia Woolf, Umberto Eco, Marcel Proust, Marguerite Duras, Tolstoi …«

»Kenne ich.«

»Dem Namen nach, vielleicht. Was hast du denn zum Beispiel von Proust gelesen?«

Komm mir nicht so! Ich lasse mir doch nicht von dieser Fremden auf dem Rücksitz meinen Intellekt absprechen. Ich zücke mein Smartphone und frage Google nach »Proust«, wobei ich hoffe, dass ich den Namen korrekt eintippe.

»Ich habe«, verkünde ich, »*Sodom und Gomorrha* gelesen. Der Roman hat mein Leben verändert.«

»Will«, fragt Henry über die Schulter, »ist Annie gerade bei Google unterwegs?«

Ich wende den Kopf halb zur Seite und lege den Finger an die Lippen.

»Nein«, antwortet Will treuherzig. »Sie ist auf Instagram.«

»Sohn«, sagt Henry tadelnd, »es betrübt mich ein wenig, wie schnell du mich für Annie verrätst. Ich bin dein Vater.«

Will zeigt sich vom Schmerz seines Vaters gänzlich unberührt und wendet sich herzlos an die Konkurrenz. »Annie, an meiner Schule ist demnächst Berufsinformationstag. Darf ich dich für eine Fragestunde anmelden?«

Henry schlägt mit dem Handballen aufs Lenkrad. »Das mache ich doch immer.«

»Ja«, entgegnet Will, »aber ich habe ein paar von meinen Lehrern erzählt, dass ich manchmal was mit Annie unternehme, und sie sind große Fans. Wenn ich Annie mitbringe, könnte es sein, dass sie mir bessere Noten geben.«

Henry nickt bekümmert. »Richtig, ja. Das wäre bitter nötig. Dein letztes Zeugnis sah aus wie die Partitur von einem Trauermarsch.«

Ich drehe mich um und schaue nach, was Chris und Zena machen. Sie haben beide das Smartphone in der Hand und schicken sich gegenseitig ihre Kontaktdaten. Ich bin sauer. Richtig sauer. Aber ich bin der Antwort auf meine ursprüngliche Frage noch kein Stück näher gekommen:

Bin ich sauer, weil Henry diese Zena angeschleppt hat, oder bin ich sauer, dass Chris meine Anwesenheit vergessen zu haben scheint?

Endlich erreichen wir den in den Central Park eingebetteten Weihnachtsmarkt, ein von buntem Trubel erfülltes Dorf aus Eis. Die Agentur musste zusätzlichen Schnee aus Colorado einfliegen lassen, um der Szenerie den perfekten winterlichen Anstrich zu verleihen.

Burgen aus Eisblöcken, drei bis viereinhalb Meter hoch, säumen den Weg von der Schlittschuhbahn bis zu den Weihnachtsständen, dem Riesenrad und dem Karussell. Jede einzelne Burg ist einem weihnachtlichen Thema gewidmet und wurde mit erstaunlich lebensechten mechanischen Figuren bestückt. Man kann zusehen, wie Santa Claus und seine Frau sich in ihrem Haus an den Abendbrottisch setzen oder wie in der Wichtelwerkstatt die Geschenke eingepackt werden, und im Stall der Rentiere blinkt hinter dem Fenster Rudolphs rote Nase. Es gibt sogar das Postamt vom Nordpol, wo die Angestellten in der Flut der Wunschzettel zu versinken drohen, und zu guter Letzt wäre da noch der Werkzeugschuppen, in dem Santa coole neue Technik an seinen Schlitten montiert, um ihn noch schneller zu machen.

Henry zeigt auf die Eisbahn. »Ich habe uns Tickets für die

Peter-Pan-Show besorgt. Ein Dutzend Olympiasieger wirken daran, alles Klienten der Firma.«

Will, er und ich steigen die Treppe zur Eisfläche hinunter. Als ich mich einmal umschaue, ist Chris nirgends zu entdecken. Und Zena ebenso wenig. Ich schlage Henry vor, dass wir sie suchen gehen.

»Reg dich nicht auf«, sagt er. »Wir halten ihnen Plätze frei.«

»Ich will mich aber aufregen!« Damit gehe ich wieder nach oben und rufe: »Chris!«

Sieh an. Er und Zena zeigen auf das Riesenrad und strahlen wie die Honigkuchenpferde. »Plant ihr einen vertraulichen Spaziergang über den Jahrmarkt?« Meine Stimme zerstört ihre Idylle. Chris' Kopf fliegt zu mir herum. Ich winke auffordernd. »Wir gehen runter zur Eisbahn. Kommt schon.«

Ich stürme die Treppe hinunter zu Henry und Will, die auf mich gewartet haben.

»Es ist eine große Genugtuung zu wissen, dass jeder Mann, sei er noch so jung und gutaussehend, früher oder später von dir in der Öffentlichkeit angeschrien und heruntergeputzt wird«, bemerkt Henry.

Wir gehen bis ganz nach unten und nehmen unsere Plätze in der ersten Reihe ein. Zur Klientel der Veranstalter zu gehören hat unbestreitbare Vorteile. Der Platz reicht nur für wenige Sitzreihen, alle übrigen Zuschauer müssen stehen.

Irgendwann hat mein Ärger sich gelegt, und ich bin bereit, mich von der weihnachtlichen Atmosphäre verzaubern zu lassen. Über uns strahlt eine prachtvolle Festbeleuchtung, die selbst Wills Ansprüchen genügen würde. Ihr Licht lässt die dünne Schicht Schneekristalle auf der Eisfläche wie Diamantstaub glitzern. Ein Orchester spielt zur Einstimmung ein Potpourri aus bekannten Weihnachtsliedern. Die Crew legt letzte Hand an die Kostüme der Darsteller.

Endlich trudelt auch Chris ein, mit Zena im Schlepptau. Hier für euch die Sitzordnung: Zena, dann Henry, Will, ich und schließlich Chris. Will erzählt abwechselnd Henry und mir, wie aufgeregt er ist. Zena und Chris schweigen, aber beide haben ihr Telefon in der Hand und, dessen bin ich mir sicher, kommunizieren digital.

Nach ein paar Minuten schwebt Peter Pan an Drähten von oben herab und wird dicht über der Eisfläche ausgeklinkt. Sobald er auf den Kufen steht, vollführt er eine atemberaubende Abfolge von eleganten Schrittfolgen vorwärts und rückwärts, Pirouetten und rasanten Anläufen zu gewagten Sprungkombinationen. Wow. Als Nächstes steigert sich das Orchester zu einem brausenden Furioso. Die Lichter über der Eisfläche flimmern. Eine zweite Gestalt schwebt herab. Es ist Wendy. Sie liegt in einem blauen Nachthemd und Morgenmantel in ihrem Himmelbett, umringt von den Verlorenen Jungen. In ihren Kostümen sehen sie aus wie eine Mischung aus Piraten und Oliver Twist.

Während die Geschichte sich entwickelt, die Kostüme bunter und opulenter werden und die Action und die Gefühle zunehmen, während Captain Hook einen Dreifachsprung vollführt und in der Luft den Säbel schwingt, gerate ich immer mehr in den Bann dieser Fantasiewelt. Ich vergesse alles um mich herum, vergesse Chris und Zena, vergesse Henry, und ich bin dermaßen von der Macht der Eindrücke aufgewühlt, dass mir fast die Tränen kommen. Ich weiß, es klingt albern, aber manchmal muss man auch weinen, weil etwas so wunderbar ist, so unglaublich schön. Und womöglich liegt es auch daran, dass ich so viele gute Gründe habe, dieses Jahr möglichst schnell abzuhaken und zu vergessen.

Dann fühle ich eine Hand, die in meine schlüpft und sie drückt. Es ist Will, und er tut es nicht bewusst. Sein Blick hängt wie gebannt an dem Geschehen auf der Eisfläche.

Seine Augen glänzen, er lächelt selbstvergessen. Ich glaube, er ist so randvoll mit Glück, dass er platzen würde, wenn er es nicht teilen könnte. Ich schaue über seinen Kopf hinweg. Er hält auch Henrys Hand fest. Versucht er uns damit etwas zu sagen? Versucht er, als physisches Bindeglied zwischen uns, etwas deutlich zu machen, das Henry und ich nicht sehen, nicht sehen wollen? Ich erwidere den Druck der kleinen Hand.

Ich sehe zu Henry hinüber, und sein Gesicht trägt denselben Ausdruck, den ich auch auf meinem spüre: beglücktes Staunen gepaart mit Verwirrung.

Die Show geht zu Ende, wir stehen auf, und Will verkündet in einem Ton, der keinen Widerspruch duldet, dass als Nächstes der Besuch der Weihnachtsstände auf dem Programm steht. Es müssen an die hundert sein, alle geschmückt mit weißen, grünen und blinkenden blauen Lichterketten. Jede der Buden sieht aus wie die provisorische Version des Knusperhäuschens.

Auf halbem Weg erklären Chris und Zena plötzlich, sie hätten andere Pläne.

»Hey«, sagen sie unisono und lächeln sich an, weil es ach so süß ist, dass sie beide schon synchron getaktet sind. Chris spricht weiter: »Also, Zena hat Tickets für diese Band, die wir beide gut finden. Das Konzert fängt um zehn Uhr an, aber Zena kennt den Fotografen der Band, und wir haben schon zum Vorglühen Zutritt.«

»Ja«, Zena zeigt auf die Szenerie. »Das hier ist fantastisch, aber die Band spielt nur heute.«

Chris ist kein Dummkopf. Er merkt, dass ich kurz davor bin, seiner handlesenden Cocktailschubse die Meinung zu sagen, und eilt herbei, um das Schlimmste zu verhindern. Er gibt mir einen Kuss auf die Wange, versichert mir, er werde später noch vorbeikommen. Dann verabschiedet er sich mit

Händedruck von Henry und Will und entschwindet mit Zena in die Dunkelheit.

Ich schweige, während wir drei Übriggebliebenen zu den Marktständen weitergehen. Will rattert eine Liste der Dekoartikel herunter, die er noch unbedingt braucht, um Henrys Apartment in sein persönliches Weihnachtswinterwunderland zu verwandeln. Doch dann platzt es aus mir heraus: »Ich bin gerade abserviert worden. In aller Öffentlichkeit.«

»Das war gar nichts«, sagt Henry. »Wenn einer abserviert wurde, dann ich.«

»Stimmt, dich hat sie total links liegen lassen. Ich habe wenigstens einen Gutenachtkuss bekommen.«

»Liebe Güte, nein. Ich bin froh, dass ich Zena auf diese Art losgeworden bin. Ich wollte ihr schon nach fünf Minuten ein Taxi rufen. Ich meine jemand anderen.«

»Wenn nicht Zena, wer hat dich dann abserviert?«

»Mein Chef. Thacker.«

Will zupft an Henrys Ärmel und zeigt auf eine der Buden. »Dad, ich will sehen, was die an Baumschmuck haben.«

»Dann stürz dich ins Getümmel, Kumpel. Aber stell dich so hin, dass Annie und ich dich sehen können.«

Will flitzt los, aber bevor er außer Hörweite ist, ruft sein Vater ihm nach: »Nicht mehr als fünf Teile, sonst kippt der Baum um!«

»Dein Boss hat dich abserviert?«, frage ich ungläubig nach. Ich muss etwas falsch verstanden haben.

»Jep. Offenbar hält er mich für entbehrlich und liebäugelt schon mit einem Ersatz. Das Einzige, was mich am Leben hält, ist die Tatsache, dass du meine Klientin bist. Sie schielen auf die Provision für deinen neuen Vertrag, aber sie wollen, dass Amber ihn unter Dach und Fach bringt. Thacker hat sie dir auf den Hals gehetzt, mit dem Versprechen, ihre ganze Agentur in seinen Konzern einzugliedern.« Er seufzt. »Kannst du dir die Blamage vorstellen, wenn ich mit Karacho aus der Agentur fliege, die mein Vater gegründet hat?« Er sieht mich mit einem traurigen Dackelblick an. »Du weißt, wo das Problem liegt«, antworte ich.

Er lacht. »Du hast es geschafft, die ganze Misere auf ein Problem zu reduzieren?«

»Das Problem besteht darin, dass du nur einen wichtigen Klienten hast.« Ich zeige auf mich. »Damit schwächst du deine Position. Hättest du mehr Autoren, um die die Verlage sich reißen, würde man dich nie im Leben gehen lassen. Du kannst nicht alles nur auf eine Trumpfkarte setzen. Du musst dich breit aufstellen. Regel Nummer eins im Geschäftsleben, und du hast sie nicht beachtet.«

Er nickt. »Kann sein. Die Crux ist, richtig Geld gibt es heute nur noch für einen prominenten Namen oder Memoiren oder idealerweise eine Kombination von beidem. Es ist absolut unmöglich, einen siebenstelligen Deal für reine Belletristik auszuhandeln.«

»Dann musst du eben eine berühmte Persönlichkeit an Land ziehen.«

»Mit solchen Büchern habe ich keine Erfahrung. Mein Tummelplatz war immer die Belletristik. Also bräuchte ich eine prominente Person, die bereit ist, mit mir ein Risiko einzugehen. Und ironischerweise sind Promis die am wenigsten risikofreudige Spezies von allen.«

Annie Shepherd, dieser Mann braucht dringend jemanden, der ihm den Rücken stärkt. Hilf ihm.

»Henry, du hast mehr verdient, als mit einem wohlklingenden Titel abgespeist aufs Abstellgleis geschoben zu werden. Lass dir das nicht gefallen. Du musst den neuen Machthabern vor Augen führen, was du auf dem Kasten hast.«

»Ich bin nicht sicher, ob ich das überhaupt noch will. Ich

sehe Leute in meiner Umgebung, die sich mit Zähnen und Klauen nach oben kämpfen, und sie machen mir Angst.«

»Du willst es, glaub mir. Würdest du dir sonst den ganzen Stress mit mir antun? Du hättest Victoria die Wahrheit sagen können. Du hättest meinen Vertrag kündigen können. Aber du hast es nicht getan.« Ich versetze ihm einen solidarischen Knuff gegen die Schulter. »Kein anderer Agent würde sich auf solche kriminellen Machenschaften einlassen, auch nicht für seine Lieblingsklientin.«

»Was bringt dich zu der kühnen Annahme, dass du meine Lieblingsklientin wärst?«

Wir wissen beide, dass es sich um eine rhetorische Frage handelt, denn der Fakt ist unbestreitbar. »Henry, du musst mit deinen Stärken Werbung für dich machen. Keiner setzt sich so wie du für seine Klienten ein. Prominente lieben es, wenn man sich um sie kümmert. Das kannst du.«

Sieh an, er lacht. »Brauchen Sie jemanden, der Ihnen hilft, literarisches Blei als Gold zu vermarkten, wenden Sie sich an Henry Higgins, es gibt keinen Besseren.«

Ich verpasse ihm noch einen freundschaftlichen Stupser gegen die Schulter. »Siehst du. Ich helfe dir, der Agent zu werden, den jeder Schriftsteller braucht, auch wenn man ihn erst mit der Nase darauf stoßen muss.«

Er zwinkert mir zu. »Und weil Verbrechen sich manchmal doch lohnen, ist der Moment gekommen, dir zu sagen, worin meine Überraschung besteht. Du musst nämlich einige Vorbereitungen treffen.«

Ich hüpfe auf und ab. »Sag's mir, sag's mir.«

»Ich weiß, dass du ein Fan bist ...«

»Spann mich nicht auf die Folter.«

»Du bist morgen zu Gast bei *Martha and Snoop's Potluck Dinner Party*, mit fünftausend Dollar Gage als Kirsche auf der Torte. Ich hatte beim Sender noch etwas gut. Sie brauchen für ihre Show mehr Stars deines Formats. Nur mit Snoops dauerkiffenden Lifestyle-Freunden funktioniert das auf Dauer nicht. Sie müssen die Marke ausbauen.«

Ich kann den Jubelschrei nicht zurückhalten, egal, ob die Leute glauben, ich wäre verrückt geworden. Das ist die allerbeste Show der Welt. Und ich kriege Geld dafür, dass ich mitmachen darf. Ich kann wieder zu Starbucks gehen. Es gibt Mahlzeiten, die nicht aus einer Tüte oder Dose kommen. Ich schreie und springe auf und ab, werfe die Arme um Henry und drücke ihn, fest. So fest, dass er keine Luft mehr bekommt.

Er schiebt mich weg. »Keine Ursache.«

»Du hast es getan«, sage ich, ganz schwach vor Freude. »Du hast mir einen Riesengefallen getan und ohne, dass ich darum bitten musste.«

»Annie«, sein Blick ist mitleidig, »wenn ich gewusst hätte, dass ein Auftritt in einer Show, die von einer altjüngferlichen, verurteilten Aktienbetrügerin und einem bekennenden Cannabis-Konsumenten dich derart glücklich machen würde, hätte ich früher so etwas arrangiert.«

Ich lege den Zeigefinger an die Lippen. »Aber was soll ich anziehen? Das ist hier die Frage.«

Henry zeigt auf den Weihnachtsstand, an dem Will schwer damit beschäftigt ist, mehr als die genehmigten fünf Objekte zu erwerben. »Wir können dir einen netten Weihnachtspullover kaufen. Etwas mit Schleifen. Oder einem Rentier.«

Will steht an der Kasse und winkt uns, dass wir kommen sollen.

»Hat er Probleme?«, frage ich.

»Ach was, alles in Ordnung. Er gibt wahrscheinlich so viel Geld aus, dass der Kassierer Schiss hat, ohne mein Okay die Karte durchzuziehen.«

»Sei gnädig mit ihm. Weihnachten ist nur einmal im Jahr.«

Henry hebt den Zeigefinger. »Diese Einstellung«, sagt er, »ist der Grund, weshalb man dich und Will nie unbeaufsichtigt lassen sollte.« Er grinst. »Und der Grund, weshalb du so eine gute Mutter abgeben würdest. Mütter haben für alles Verständnis.«

Wäre ich das? Eine gute Mutter? Komisch, in der ganzen Zeit mit Joe habe ich nie an Kinder gedacht. Höchstwahrscheinlich, weil seine Sippschaft mir bildhaft vor Augen führte, was in puncto Familie alles schiefgehen kann. Aber seit ich Will kenne, regen sich Zweifel in mir.

So viele große Lebensfragen. Zunächst sind da meine Gefühle für Henry Higgins. Ich bin mir inzwischen ziemlich sicher, dass er mich mag. Er hat mir heute einen Gefallen getan, ohne dass ich ihn darum bitten musste. Einfach so. Das ist ein Fortschritt. Und ich bin ihm sofort um den Hals gefallen ... Heißt das, ich mag ihn auch?

Das gibt mir wirklich zu denken. Und egal wie ich es drehe und wende, das hier war der lustigste Abend, den ich seit Jahren hatte. Er wurde sogar besser, sobald Chris gegangen ist und ich nur mit Henry allein war.

Und nun denke ich sogar über Mutterschaft nach. Wer bin ich? Was haben Henry Higgins und sein herzerwärmender Junge nur mit mir gemacht? Jetzt ärgert es mich doch, dass Chris nicht hier ist. Seine körperliche Nähe wäre eine großartige Ablenkung von diesem Kopfchaos. Blöderweise hat mich genau diese Einstellung bis zu diesem Punkt in meinem Leben geführt. Und langsam gehen mir die Ablenkungen aus.

39

ANNIE

Ich stürme in meine Wohnung, es gibt Dinge zu tun, die keinen Aufschub dulden. In einem meiner begehbaren Kleiderschränke muss das perfekte Martha-and-Snoop-Outfit zu finden sein. Mir schwebt ein Wickelkleid aus der Kollektion von Diane von Fürstenberg vor. Meiner eigenen bescheidenen Meinung nach sehe ich darin besonders gut aus. Die Kleider schmeicheln meinen Vorzügen und kaschieren, was nicht hundertprozentig der Hollywood-Norm entspricht. In Gedanken bin ich schon dabei, es anzuprobieren, während ich die ersten Schritte in die Diele tue.

Und merke, dass ich nicht allein bin. In allen Zimmern brennt Licht. Aus dem Wohnzimmer höre ich Geräusche.

»Chris? Wie bist du reingekommen? Ich dachte, du wolltest nach Brooklyn fahren.«

Ich trete ins Wohnzimmer. Auf dem Boden stehen kreuz und quer Umzugskisten, voll bis zum Rand. Lacey, die eine dicke Rolle Paketband in der Hand hält, ist dabei, sie zuzukleben.

»Wer ist Chris?«, fragt sie mit einem süffisanten Lächeln. »Schon einen neuen Liebhaber gefunden, Annie?« Sie reißt das Band ab und schiebt den Karton weg. »Das ging ja noch schneller, als selbst ich erwartet hätte.«

»Lacey, wie schön, dass du gesund zurück aus der Versenkung bist. Da du auf keinen meiner Anrufe reagiert hast, nehme ich an, dass du dich in irgendeinem Loch versteckt hast.« Ich stelle meine Tasche auf den Sessel. »Und jetzt mach einen Abgang. Diese Wohnung gehört noch zwei Wochen mir, bevor ich sie dir übergeben muss.«

»Und du hast noch nicht mit Packen angefangen.« Sie schaut sich im Zimmer um. »Ich nehme an, du überlässt mir die Räume voll möbliert?«

Seltsamerweise bringt mich das zum Grübeln. Warum habe ich nicht daran gedacht, Vorbereitungen für den Auszug zu treffen? Warum habe ich noch nicht daran gedacht, mich nach einer neuen Bleibe umzusehen? Vielleicht hat Chris recht gehabt. Vielleicht sehne ich mich unbewusst danach, mein altes Ich abzustreifen und ganz neu anzufangen.

»Was versuchst du dir da unter den Nagel zu reißen? Unberechtigterweise.«

»Dinge«, antwortet sie. »Dinge, von denen mein Vater gewollt hätte, dass ich sie bekomme.«

»Wie wir inzwischen erfahren durften, wollte er, dass du alles bekommst. Trotzdem möchte ich, dass du jetzt gehst. Ich kann dich momentan nicht ertragen.«

Sie überhört mich geflissentlich, kramt in den Kartons und zieht eine Aktenmappe heraus.

»Das sind Joes private Notizen. Persönliche Briefe an mich. Leg das zurück.«

»Ich werde alles, was Dad an Schriftlichem hinterlassen hat, der Columbia University spenden«, sagt sie. »Man ist von dort schon deswegen an mich herangetreten. Sie werden das rausfiltern, was für die Nachwelt spannend ist. Keine Sorge. Seine Liebesbriefe werden es bestimmt nicht schaffen.«

Verdammt, ich muss mich zusammenreißen, damit ich nicht anfange zu heulen. Obwohl Joe mich menschlich so bitter enttäuscht hat, war er als Schriftsteller eine Klasse für sich. Was sie in der Hand hält, sind seine Briefe an mich zu unseren Jahrestagen. Schwüre ewiger Treue anstelle des Heiratsantrags, zu dem er sich nicht durchringen konnte. Die kleinen poetischen Liebeserklärungen, die er mir, wenn wir im Urlaub waren, aufs Kopfkissen legte. Ich mag bereit sein, ihn zu begraben und die Erinnerung mit ihm, aber ich bin nicht bereit, mich von seinen Worten zu trennen. Das ist der schmerzhafte Widersinn im Zusammenleben mit Schriftstellern. In ihren Worten manifestiert sich der Mensch, von dem man sich wünscht, er wäre so auch im wirklichen Leben.

»Außerdem«, fährt sie fort, »finde ich, er hat schon genug für dich geschrieben.«

»Lacey!« Ich schreie sie an, weil es mir hilft, gegen die aufsteigenden Tränen anzukämpfen. »Krieg es endlich in dein Spatzenhirn. Ich habe die verdammten Bücher geschrieben. Der einzige Mensch, der dir noch glaubt, bist du selbst. Selbst dein Anwalt hat dich fallengelassen.«

»Ich weiß, dass du sie nicht geschrieben hast. Von Dad.«

Ich erstarre. Ich weiß nicht, wie ich reagieren soll. Joe, um Gottes willen, das kannst du mir nicht auch noch angetan haben! »Was hat Joe dir erzählt?«

»Du wärst, was das Schreiben angeht, ein hoffnungsloser Fall, demnach kannst du unmöglich die Verfasserin dieser Bücher sein. Ich kann meinen Vater in jeder Zeile spüren, ob du's glaubst oder nicht.«

Oh, das glaube ich durchaus. Einige der Romane, egal wie trivial sie einem Henry Higgins vorkommen mögen, waren Liebesbriefe an mich.

Ich bleibe ruhig, auch wenn es mir schwerfällt. »Lacey, geh einfach. Und hör auf, dein Gift gegen mich zu verspritzen. Ich habe dir nie etwas getan.«

»Nie etwas getan?« Ihre Augen schleudern mir Blitze entgegen. »Bist du verrückt? Du hast mir meinen Vater weggenommen!«

»Das redest du dir ein. Joe war ein beschissener Vater. Ich habe ihn geliebt, so, wie er eben war, ohne Heiligenschein. Warum kannst du das nicht? Er hat mich dir nicht vorgezogen. Er hat nie einen Gedanken an dich verschwendet. Jedes Mal, wenn er dich eingeladen hat, uns zu besuchen, war das meine Idee. Jeder Brief, den er dir geschrieben hat, nach jahrelangem Schweigen, war meine Idee. Du hasst deinen Vater, weil du genauso bist wie er.« Ich zeige auf mich. »Ich bin es, die liebt! Nicht du oder Joe.« Ich höre mich schreien, mit einer ganz fremden, gebrochenen Stimme. »Aber damit ist Schluss. Okay, Lacey. Du hast gewonnen. Du kriegst das ganze Geld. Du kriegst die Wohnung. Du kriegst alles.« Meine Brust ist wie zugeschnürt, ich kriege kaum Luft. Nicht weinen, Annie, nicht weinen. Sie ist deine Tränen nicht wert. »Aber lass dich bis zum Ende der Frist nicht wieder hier blicken.«

Sie blättert stumm Papiere durch und klebt Kartons zu.

»Lacey«, ich bin müde, erschöpft bis ins Mark, »wenn du nicht freiwillig gehst, rufe ich die Polizei.«

»Wenn du unbedingt willst, dass ich gehe, dann zwing mich doch.«

»Sei nicht albern.«

»Los doch, schmeiß mich raus. Das machen alle mit mir. Nicht so schüchtern, Annie.«

»Raus!« Ich zeige zur Tür. »Heul dich woanders aus, ich kann's nicht mehr hören. Mich hat er mit einem Fußtritt auf die Straße befördert – deinetwegen!«

Ich könnte genauso gut gegen eine Wand reden. Sie tut weiter so, als hätte sie nichts gehört, und fängt an, Papiere in ihre Tasche zu stopfen.

»Lacey, leg das wieder hin. Sofort. Ich meine es ernst.«

Sie macht die Tasche zu, zieht ihre Jacke an und will an mir vorbei zur Tür. Ich halte sie am Arm fest.

»Gib mir die Papiere, die du eingesteckt hast«, sage ich, »oder …«

»Oder was, Annie? Du bist nur ein billiges kleines Flittchen. Ich habe keine Angst vor dir.«

Ich zerre am Schulterriemen ihrer Umhängetasche. Sie versucht mich wegzuschieben. Es steht unentschieden. Sie ist nicht stark genug, um sich loszureißen, ich bin nicht stark genug, um sie festzuhalten. WWET. Was würde Elizabeth tun? Sie würde Druck ausüben. Den Schwachpunkt des Gegners finden und ausnutzen. Und ich weiß genau, wo Laceys Schwachpunkt ist.

»Du hast Angst vor mir«, sage ich. »Weil ich ganz genau weiß, was du bist. Ein kleines Mädchen mit der traumatischen Erinnerung an einen Vater, der sagt, er geht Zigaretten holen, und nie wiederkommt. Das bist du immer noch. Du bist nie erwachsen geworden.«

Meine Worte zeigen Wirkung, ihre Unterlippe bebt. »Zum Schluss hat er sich doch für mich entschieden. Er hat mich dir vorgezogen.«

»Nein, hat er nicht.« Ich reiße Lacey die Tasche von der Schulter, packe ihren Oberarm und ziehe sie dicht an mich heran.

»Joe hat mich aus seinem Testament ausgeschlossen, weil er wusste, ich würde überleben. Er wusste, wie stark ich bin. Er hat alles dir vermacht, weil er wusste, ohne ihn wärst du in fünf Jahren tot, und den Gedanken konnte er nicht ertragen. Gib jemandem Krücken aus Geld, in der Hoffnung, dass er irgendwann laufen lernt. Er wollte seine Pflicht dir gegenüber erfüllen und dann seine Hände in Unschuld waschen. Und er dachte, selbst wenn er dir sein ganzes Vermögen vermacht, wäre er immer noch billig davongekommen.«

Sie macht sich von mir los. Sie weint. Und ich meine, so richtig. Und ich bin noch längst nicht fertig. »Du brauchst dir also nicht einzubilden, er hätte plötzlich seine Vatergefühle entdeckt. Das Geld, das er dir vermacht hat, ist Lösegeld, er hat sich von dir freigekauft, seinem ewigen kleinen Mädchen.«

Nach dreizehn Jahren Hickhack mit Lacey, nach verbalen Tiefschlägen in beide Richtungen und obwohl ich nach dreizehn fetten Jahren ihretwegen jetzt arm bin wie eine Kirchenmaus, empfinde ich keinen Hass mehr. Ich bedauere sie. Alles, was sie tut, entspringt einer tiefsitzenden Verlustangst, und sie verletzt andere, um durch den fremden Schmerz den eigenen weniger zu spüren. Ich weiß es jetzt. Ich bin stark. Ich werde diese Flaute überstehen. Werde mich wieder nach oben kämpfen, egal wie. Selbst mit all dem Geld, um das sie mich betrogen hat, wird Lacey sich keine Sekunde Glück erkaufen können. Selbst meine dunkelste Stunde ist noch heller als die Sonne in ihrem Universum der Dauerenttäuschten. Ich spüre das Lächeln auf meinem Gesicht. Ich bin frei. Und glücklich.

Auch Lacey sieht mein Lächeln, holt aus und *Klatsch!* schlägt sie mir mit dem Handrücken ins Gesicht. Verflucht, das hatte ich nicht erwartet. Es ging so schnell, dass ich mich nicht wegducken konnte. Meine Wange brennt, und wahrscheinlich wird mir der Abdruck ihrer Hand ein paar Tage als Andenken erhalten bleiben.

Oh Gott! Ich habe morgen einen Fernsehauftritt. So kann ich da nicht hingehen. Wenn ich die Wange jetzt sofort kühle, wird die Schwellung hoffentlich nicht so schlimm. Mist, Mist, Mist! Ich brauche dieses Honorar. Ich brauche diesen Auftritt. Jedes Mal, wenn ich im Fernsehen erscheine, gehen prompt die Verkaufszahlen von *Trust Me* durch die Decke, und gerade jetzt, kurz vor dem Erscheinen des neuen Romans, ist es wichtig, sich in Erinnerung zu bringen.

Lacey hat die Flucht ergriffen, die Wohnungstür fällt krachend hinter ihr ins Schloss. Ich verliere keine Zeit und renne in die Küche. Mein Gesicht fühlt sich an, als wäre ich von einem Bienenschwarm attackiert worden. Ich reiße den Gefrierschrank auf. Greife mir eine Tüte Tiefkühlgemüse und drücke sie gegen die malträtierte Wange. Ich bin so aufgewühlt, dass mein Gesicht glüht. Kaum berührt die Tüte meine Haut, taut sie bereits.

Luft! Ich brauche dringend frische Luft. Ich kehre ins Wohnzimmer zurück. Von dort führt eine Glasschiebetür auf den Balkon. Ich gehe nach draußen.

Kalter Wind schlägt mir entgegen. Ich beuge mich über das Geländer und schaue auf die Straße neun Stockwerke unter mir.

Was ist das?

Ich sehe Lacey. Sie geht zu einem Auto, das an der Bordsteinkante wartet. Sie öffnet die Beifahrertür. Die Innenbeleuchtung geht an.

Mich trifft der Schlag.

Hinter dem Steuer sitzt Joes Anwalt.

40

HENRY

Ich sitze in der Maske in dem Studio, in dem Snoop und
Martha aufgezeichnet wird. Annie sitzt mir gegenüber, und
ich kann zuschauen, wie die Maskenbildnerin sich bemüht,
die gerötete Schwellung in ihrem Gesicht zu kaschieren.
»Sie ist zu Joes Anwalt ins Auto gestiegen«, sagt Annie.
»Findest du das nicht auch verdächtig?«
»Sehr.«
Sie zuckt mit den Schultern. »Das ist alles?«
»Ein paar Millionen auf dem Konto trösten über so man-
ches hinweg.«
»Ich finde das pervers. Joes Anwalt ist in den Fünfzigern.
Lacey ist ungefähr so alt wie ich.«
»Vaterkomplex.«
»Gibt es nicht.« Sie wendet den Kopf, damit die Masken-
bildnerin die andere Gesichtshälfte abtönen kann.
»Das kommt aus berufenem Munde. Du hast mit einem
Mann zusammengelebt, der dreißig Jahre älter war. Alle
Frauen haben Vaterkomplexe.«
»Wie auch immer.«
»Was hast du getan, dass sie dir eine geklatscht hat?«
»Hat sie einen Ring getragen?«, will die Maskenbildnerin
wissen, die Annies Wange kritisch beäugt. »Das hier sieht aus
wie ein Muster, ein Wappen oder sowas.«

Annie seufzt. »Ich glaube, es war einfach nur ein sehr gro-ßer Diamant.«

»Autsch!«, sagen die Maskenbildnerin und ich unisono.

»Das passt«, meint Erstere. »Ein Karat, mindestens.«

»Diamanten sind fies«, sage ich. »Sie können hässliche Risswunden verursachen. Glück gehabt.«

»Deshalb habe ich meinem Mann keine Ruhe gelassen, bis er mir einen geschenkt hat.« Die Maskenbildnerin zeigt ihren Ringfinger. »Sowohl ein Schmuckstück als auch eine subtile Drohung.«

Annie und sie bekräftigen mit einem Girl-Power-High-Five die Vorteile, die sich aus dem Besitz eines Diamantrings ergeben.

»Um wieder zum Thema zu kommen: Warum hat sie dir eine Ohrfeige verpasst?«, frage ich.

»Ich habe sie ein kleines Mädchen genannt. Und schon ist sie total ausgerastet.«

»Du hast sie ein kleines Mädchen genannt?«, wiederhole ich entsetzt. »Man hat mich schon für weniger mit Küchenu-tensilien bedroht.«

»Ich weiß«, sagt Annie. »Ich habe häufiger mit dem Ge-danken gespielt, dich mit der Fleischgabel zu durchbohren.«

Ich lächle sie an. »Aber das war, bevor du mich besser ken-nengelernt hast.«

»Danach habe ich an massive Gerätschaften gedacht.« Die Maskenbildnerin dreht den Stuhl samt Annie zum Spie-gel herum, damit sie das fertige Make-up begutachten kann. »Chris ist gestern Nacht nicht zurückgekommen.«

Wie naiv kann man sein? »Hast du das erwartet?«

»Und Zena?«

»Das wäre schwierig. Sie hat keine Ahnung, wo ich wohne. Ich habe mir zur Regel gemacht, Frauen frühestens nach dem dritten Date meine Adresse zu geben.«

»Offenbar bringst du die schlechtesten Eigenschaften in jeder Frau zum Vorschein«, tadelt Annie. »Katzenmorde. Stalking. Und das sind nur die Taten der Verflossenen, von denen ich weiß.«

»Was machen Sie beruflich?«, erkundigt sich die Maskenbildnerin interessiert, nachdem sie von meinem zweifelhaften Glück bei Frauen gehört hat.

»Ich bin Seniorpartner einer internationalen Literaturagentur.«

»Er ist mein Agent«, fügt Annie hinzu.

Die Maskenbildnerin nickt verstehend, dann sagt sie zu mir: »Also sind Sie ein professionelles Arschloch. Wie alle Ihre Kollegen. Hier tauchen immer wieder Agenten auf, die unter den Gästen und Teilnehmern auf der Jagd nach neuen Klienten sind. Dann verstecken sich alle hier in ihren Trailern und Garderoben. So heißt ihr bei uns: Die Arschloch-Brigade.«

Ich nicke. Sie hat nicht ganz unrecht. »Wenigstens haben Sie mir zugestanden, professionell zu sein.«

»Na ja, Sie sind Seniorpartner in einer Agentur. Auf dem Level ist man kein Amateur-Arschloch mehr.«

»Bestimmt nicht«, wirft Annie ein. »Er ist professionell bis ins Mark.«

Die Maskenbildnerin streicht über den Stoff von Annies Kleid. »Wunderschön. Von wem ist es?«

Ich halte den Zeitpunkt für gekommen, mich zu verabschieden. »Mein Stichwort. Beim Thema Mode verlasse ich den Raum.«

»Aber Henry«, sagt Annie mit Unschuldsmiene. »Wir haben doch noch gar nicht über deinen Anzug gesprochen.«

»Ich werde mich unters Publikum mischen und mit angehaltenem Atem auf deinen großen Auftritt warten.«

»Warte, ich wollte dir noch schnell sagen, dass Will mir

eine Nachricht geschrieben hat. Er meint, gestern Abend hätte ihm gut gefallen.«

Ich vollführe eine sarkastische Verbeugung. »Das fanden wir beide. Dank deiner liebreizenden Anwesenheit.«

Sie weist mich gleich wieder zurück in meine Rolle als ihr persönlicher Lakai. »Kannst du meine Handtasche nehmen?«

»Selbstverständlich. Wie bei allen deinen Auftritten. Kein anderer meiner Klienten beauftragt mich, Taschen zu hüten, die schwerer als ein Männerkopf sind, auf dass ich sie notfalls unter Einsatz meines Lebens gegen unbefugte Zugriffe verteidige.«

Die Maskenbildnerin beugt sich zu Annie hinunter. »Sehen Sie, deswegen sind es Arschlöcher. Sie labern einen zu, bis man nicht mehr weiß, wo hinten und vorne ist, und die Hälfte davon ist gelogen. Lügen ist ihr Geschäft. Ich wette, sie wissen nicht einmal mehr, was Wahrheit ist …«

Ich verlasse den Raum, bevor ich mir noch weitere Verunglimpfungen meiner Person oder meines Berufsstands anhören muss.

Im Studio setze ich mich auf meinen Platz und stelle Annies Tasche auf meinen Schoß. Das Licht im Zuschauerraum wird gedämpft, gleichzeitig gehen die Scheinwerfer über Marthas und Snoops Küche an. Sie ist in zwei Hälften geteilt, über jeder hängt in hinterleuchteten Lettern der Name des jeweiligen Nutzers.

Endlich betreten die beiden Stars die Szene, einer von links, der andere von rechts. Snoop macht an seinem Kühlschrank Halt, öffnet die Tür, und wir sehen, die Fächer sind von oben bis unten vollgestopft mit Hanfbüscheln. Martha bleibt an dem Kühlschrank auf ihrer Seite stehen und präsentiert dem staunenden Publikum ihre umfangreiche Kollektion von Weinen.

Martha und Snoop absolvieren ihre Eröffnungssequenz,

die mit provokanten, gelinde sexistischen Anspielungen gespickt ist. Ich muss zugeben, wer immer diese Show entwickelt hat, war brillant. Zwischen diesen beiden, die so grundverschieden sind, stimmt die Chemie. Merke: Bei Gleich und Gleich gesellt sich gern sprühen nur selten die Funken.

Das Vorgeplänkel der beiden kulminiert in der Vorstellung von Annie, und ich muss sagen, Mr. Dogg begrüßt sie mit einer überschwänglichen Umarmung, die nach meinem Dafürhalten länger dauert, als die Schicklichkeit gebietet. Er kann es sich nicht einmal verkneifen, bei ihrem Erscheinen einen anerkennenden Pfiff auszustoßen. Wie unpassend. Muss man nun etwa befürchten, dass Annie ihre Männersammlung um einen Rapper erweitert?

Vergessen wir das für einen Moment. Nachdem Snoop sich genug an Annies Anblick geweidet hat, erfährt das verehrte Publikum, dass man die Zubereitung eines Krustenbratens plant, veredelt mit einer von Snoops Onkel Rio erfundenen Glasur. Für mich der Anstoß, meine Aufmerksamkeit anderen Dingen zuzuwenden.

Ich schiebe unauffällig die Hand in Annies Tasche und nehme ihr Handy heraus, um wie üblich durch ihre Social-Media-Profile zu stöbern. Mannomann, ich vergesse immer wieder, wie bunt und wahrhaft international ihre Fanbase ist. Ihre treue Leserschaft erstreckt sich von Michigan bis Minsk, mit unzähligen Zwischenstationen. Eigentlich müsste ich es wissen. Ich habe über die Auslandsrechte verhandelt.

Was ist los? Ich schaue mich um. Das ganze Publikum klatscht und lacht hysterisch. Ich schaue auf die Bühne. Annie rührt in dem Topf, in dem die Zutaten für Onkel Rios Glasur köcheln, und hat Snoop beauftragt, ihre lange Perlenkette zu halten, damit sie nicht in den Dampfschwaden hängt. Der fummelt an den Perlen herum, während Annie lachend erzählt, dass Onkel Rios Glasur ordentlich *hart* werden muss, was Snoop zu einer neuen Runde doppeldeutiger Witze inspiriert.

Sie gibt Snoop absichtlich Zunder, damit sie Gelegenheit hat, mit der Kamera zu interagieren. Sie weiß genau, was sie tut, Snoop ebenfalls. Beide spielen sich die Bälle zu, und das Publikum ist hingerissen. Das ist, was Joe von Anfang an in ihr gesehen hat und warum er sie als Gesicht für seine Bücher wollte, genau wie Edward und Daphne es in ihr gesehen haben, und wofür ich vollkommen blind gewesen bin, bis zu genau diesem Moment, als es mir wie Schuppen von den Augen fällt.

Annie Shepherd ist ein strahlender Stern. Sie verströmt ein Charisma von der Leuchtkraft eines Sonnensystems. Ihre Bühnenpräsenz ist unbeschreiblich. Man will ihr nahe sein. Das Publikum saugt alles auf, was sie sagt und tut. Es folgt gebannt jeder ihrer Bewegungen, hängt an ihren Lippen, hingerissen von ihrem ansteckenden Lächeln und Lachen. Mein Gott. Sie ist fantastisch. Die Elektrizität, die von ihr ausgeht, würde ausreichen, um eine ganze Stadt zu versorgen. Wie kommt es, dass ich das alles nicht erkannt habe? Es stand doch in Flammenschrift an der Wand: *Annie Shepherd ist ein Star.* Mein Gott, ich bin es, der sie daran hindert, sich zu entfalten. Ich bin es, der das Wesentliche nicht begriffen hat.

Während ich nach einem Mauseloch Ausschau halte, um mich vor einer Welt zu verkriechen, in der mein alter Herr immer und in allem recht behält, beginnt Annies Telefon in meiner Hand zu summen. Chris hat eine Textnachricht geschickt:

Sorry, dass ich gestern Nacht nicht mehr vorbeigekommen bin. Das Konzert ging bis nach zwei. Wollte dich nicht wecken, aber jetzt tut's mir leid. Weil ich glaube, dass ich mich in dich verliebt habe.

Ich lese die Nachricht noch einmal. Und noch einmal. Dann lege ich den Finger auf den Text. Und befördere ihn ins digitale Jenseits. Oh nein! Was habe ich getan? Higgins, du Vollidiot, was hast du getan? Du hast eine Liebeserklärung gelöscht. Du verrückter, liebeskranker Trottel. Was hat dich geritten? Wieso hast du das getan? Tja, gute Frage. Nur eins weiß ich mit Sicherheit – ich wollte nicht, dass Annie diese Nachricht liest. Heißt das, ich habe Gefühle für sie? So weit würde ich nicht unbedingt gehen. Aber auch wenn ich nicht sicher bin, welche Gefühle ich für Annie Shepherd hege, passt es mir ganz und gar nicht, einen Mitbewerber zu haben, der meine Entscheidungsfindung stört.

Verdammt. Es war mehr als eine impulsive Handlung. Es war Eifersucht. Ich wollte einen Nebenbuhler aus dem Rennen werfen. Ich darf mir nichts vormachen. Ich muss ehrlich zu mir sein. Mir wird schlecht. Ich schwitze. Mein Kopf ist voller Watte. Ich weiß, ich habe etwas Schlimmes getan. Andererseits könnte mich das nicht weniger interessieren. Im Krieg und in der Liebe ist schließlich alles erlaubt …

Ein Adrenalinrausch durchflutet mich, ich kann nicht hier sitzen bleiben. Auf Zehenspitzen haste ich aus dem Studio und sprinte den Gang hinunter zur Herrentoilette. Ich will nicht, dass jemand mich so sieht. Einen mittelalten, schwitzenden Kerl mit knallrotem Kopf. Ich muss die Symptome meines schlechten Gewissens loswerden und eine Miene vollkommener Unschuld einüben. Ich teste meine Mimik vor dem Spiegel, aber je mehr ich mich bemühe, desto mehr sehe ich aus wie ein Mensch, der just unbefugt eine Liebeserklärung von jemandes Handy gelöscht hat.

Doch bei aller Selbstkritik, Chris ist nicht ganz schuldlos an der Sache. Man sollte doch erwarten, dass man sich die Mühe macht, der Auserwählten von Angesicht zu Angesicht seine Liebe zu gestehen. Der Brauch verlangt, dass man mit Hangen und Bangen darauf wartet zu erfahren, ob man erhört wird oder abgewiesen. Es soll wehtun. Der Tag, an dem du jemandem dein Herz zu Füßen legst, soll der schlimmste deines Lebens sein und sich auf ewig in dein Gedächtnis einbrennen.

Chris hat in seinem jugendlichen Leichtsinn den Weg des Feiglings gewählt und nicht mal eine Mail geschickt, sondern sich nur zu einer schäbigen SMS aufgerafft. Versager. Ich bedaure nichts. Im Gegenteil, ich bin stolz auf mich. Ich habe eine Lanze für das Liebeswerben nach guter alter Manier gebrochen. Ich werde nicht dulden, dass ein Liebesgeständnis zu schnöden Handynachrichten verkommt.

Jetzt geht es mir besser. Ich sehe nicht mehr schuldbewusst aus. Ich betrachte mich noch einmal prüfend im Spiegel. Ich sehe aus wie ein Ritter, der unter dem Banner der Liebe zu Felde zieht.

Als ich ins Studio zurückkomme, ist gerade Drehpause. Auf dem Weg zu meinem Platz sehe ich Annie, die sich mit einer anderen Frau unterhält. Sie lachen, eindeutig sind sie einander freundschaftlich verbunden. Soll ich hingehen? Wie kann ich Annie in die Augen sehen, nach dem, was ich getan habe? Die Entscheidung wird mir abgenommen, Annie winkt mich lebhaft zu sich herüber.

Als ich bei ihnen bin, stellt sie mich vor: »Henry Higgins, das ist Mindy Grant.«

Ich ergreife Mindys ausgestreckte Hand, aber plötzlich geht mir ein Licht auf. Diese Mindy ist nicht eine von Annies zahllosen weiblichen Fans oder eine Bloggerin, die Lobeshymnen über die Trust-Me-Bücher verfasst. Nein. Sie ist *die* Mindy Grant, die Königin aller Mommy-Blogger, der alle anderen aus dieser Szene nacheifern. Und abgesehen davon, dass sie ein Superstar unter den Bloggern ist, zählt sie außerdem zu den größten Influencerinnen auf Instagram. Wenn

Mindy ein Foto deines Produkts veröffentlicht, bist du augenblicklich Trendsetter und potenzieller Marktführer. »Hocherfreut«, sage ich und hoffe, dass man mir die Überraschung nicht anmerkt. »Ich hatte keine Ahnung, dass Sie und Annie Freundinnen sind.«

»Dummerchen.« Annie versetzt mir einen tadelnden Klaps auf die Schulter. »Natürlich hast du das gewusst. Mindy und ich sind seit unseren Anfangstagen befreundet. Sie war eine der ersten Bloggerinnen, die Elizabeth gepusht haben. Sie hat sie in ihren Buchclub aufgenommen.« Annie legt Mindy den Arm um die Taille. »Wir würden dauernd zusammenhängen, wenn sie nicht in Austin wohnen würde. Süße, warum tust du mir das an?«

Mindy lacht. »Du könntest mich ja öfter besuchen kommen.«

»Was hat Sie denn zu uns geführt, Mindy, in die Stadt, die niemals schläft?«, frage ich.

»Mein Agent.«

»Und mein Fernsehauftritt.« Annie spielt die Gekränkte. Mindy tätschelt ihre Hand. »Das auch. Das auch. Ich hatte Annie erzählt, dass ich nach New York komme, und sie hat mich zu ihrem Martha-und-Snoop-Debüt eingeladen.« Mindy lächelte. »Sie schlägt sich fantastisch.«

»Hast du etwas anderes erwartet?« Dann wendet Annie sich mir zu, und ihr Ton wird sachlich. »Mindy und ihr Agent verstehen sich nicht. Sie schreibt an ihrer Autobiografie, und es gibt Differenzen diesbezüglich.«

»Das ist schade.« Ich erkenne, dass Annie hier dieselbe Taktik anwendet wie bei Mr. Dogg. Sie liefert die Stichworte, auf die ich reagieren soll. Ich schaue Mindy teilnahmsvoll an. »Worin gehen die Meinungen denn auseinander?«

»Ich möchte in meiner Biografie ehrlich sein, aber sie wollen alle Ecken und Kanten meines Lebens glattschleifen. Ich finde, die Zeiten, die nicht so gut waren, sollten ebenso ausführlich zur Sprache kommen wie meine Erfolge.«

»Mit Henry kann man fantastisch zusammenarbeiten.« Annie hält den Blick auf mich gerichtet, und ihre Augen funkeln vielsagend. »Er ist ein sehr aufmerksamer Zuhörer. Er ist empathisch. Aber das Wichtigste ist, er lässt mich nie den Weg des geringsten Widerstands gehen. Er besteht auf größtmöglicher Aufrichtigkeit, auch wenn er einen damit in den Wahnsinn treibt.« Sie nickt Mindy zu. »Du solltest Henry dein Manuskript zu lesen geben. Die ursprüngliche Fassung, mit der du so zufrieden warst. Eine zweite Meinung einzuholen ist nie verkehrt.«

»Meinst du?« Mindy schaut mich an. »Hätten Sie Zeit?«

Ich sehe Annies hochgezogene Augenbrauen und weiß, jetzt darf ich nichts Falsches sagen.

»Ich nehme mir die Zeit«, antworte ich brav. »Wie lange sind Sie noch in der Stadt?«

»Vier Tage«, erwidert Mindy und schaut dabei nach hinten, zu den Sitzreihen im Zuschauerraum. »Und ich habe eine Kopie des Manuskripts in meiner Tasche, weil ich direkt von der Unterredung mit meinem Agenten hergekommen bin. Soll ich sie holen?«

»Auf jeden Fall.«

Mindy macht sich auf den Weg zu ihrem Platz, und Annie und ich sind für einen Moment unter uns.

»Verbock das nicht«, sagt sie. »Ich habe dich heute Morgen angepriesen wie sauer Bier und sie auch deshalb eingeladen, damit ihr euch kennenlernt.«

»Annie Shepherd, ich könnte dich nicht mehr lieben als in diesem Augenblick.« Ganz richtig, Freunde. Ich bin nicht nur unsagbar froh darüber, Chris' Nachricht gelöscht zu haben, inzwischen glaube ich, es war das Klügste, was ich je getan habe.

Sie gibt mir einen spielerischen Klaps auf den Po. »Wenn du dir Mindy angelst, behältst du nicht nur deinen Job, sondern wirst auch noch befördert. Das ist ein Millionen-Dollar-Deal.«

»Oh.« Der Ehrgeiz des Agenten erwacht. »Mit einer Million fängt's erst an.«

Sie lächelt. »Vergiss nicht, dass ich dein Premium-Produkt bin. Ich habe meinen Stolz.«

»Ich könnte sie nicht erfolgreicher machen, als du bist, selbst wenn ich es wollte.«

»Alter Schmeichler.«

Wieder werden die Lichter im Zuschauerraum gedämpft, und Annie wird über Lautsprecher gebeten, auf die Bühne zu kommen. Sie entfernt sich in Begleitung einer Regieassistentin, und ich begebe mich wieder auf meinen Platz.

Sie winkt und wirft mir einen letzten Luftkuss zu.

Könnte sie genauso fühlen wie ich? Sie hat mir diesen riesengroßen Gefallen getan, ohne dass ich sie darum gebeten habe. Sie hat meine Probleme zum Anlass genommen, mir zu helfen. Sie hat mir eine prominente Klientin auf dem Silbertablett geliefert. Sowas macht man nicht, wenn man nicht etwas fühlt, oder?

Ich sehe zu, wie sie wieder die Bühne betritt.

Könnte sie genauso fühlen wie ich?

41

HENRY

Nach dem Ende der Show kehre ich sofort ins Büro zurück. Ich bitte Daphne, keine Gespräche durchzustellen, und verkünde ihr, dass wir wieder im Geschäft sind. Sie stößt triumphierend die geballte Faust in die Luft.

Ich schließe die Tür zum Vorzimmer hinter mir, setze mich an meinen Schreibtisch, einen Becher Kaffee griffbereit, und nehme mir Mindys Manuskript vor.

Ich lese es einmal ganz durch. Schnell. Unkritisch. Lasse nur den Inhalt auf mich wirken, ohne an irgendwelche Änderungen zu denken. Das Buch gefällt mir, hat aber seine Schwächen. Ich erkenne, mit welchen Stellen der andere Agent Probleme hat. Zum Beispiel die ungeordneten Zeitsprünge, stellenweise wird man als Leser in einem einzigen Kapitel kreuz und quer durch ein ganzes Jahrzehnt gescheucht. Es trägt zu sehr Mindys Handschrift – was als Blog funktioniert, ist für ein Buch verheerend. Aber davon abgesehen, auf der emotionalen Ebene packt es den Leser. Mir ist klar, an dem Punkt muss man ansetzen.

Ich gieße mir frischen Kaffee ein und wandere eine gute halbe Stunde in meinem Büro auf und ab. Ich kann von Glück reden, dass ich *Little Black Book* als Vorbereitung und Annie als Lehrmeisterin der Chick-Lit hatte. Ich musste erst einmal wieder in meine Agentenschuhe schlüpfen, bevor ich mich solch einer anspruchsvollen Aufgabe zuwende. Plötzlich zeichnen sich in meinem Kopf die Umrisse einer Lösung ab. Der chronologische Wirrwarr schwächt die für einen Leser wichtige emotionale Komponente ab. So weit, so gut. Aber das allein ist es noch nicht. Weshalb die Higgins-Regel Nummer eins im Umgang mit Autoren zum Tragen kommt: *Mache erst den Mund auf, wenn du weißt, wie du das Problem löst.*

Ich lese das Manuskript noch einmal, aufmerksam von Anfang bis Ende, und versuche, das Problem zu diagnostizieren. Ich werde kein Wort zu Mindy sagen, bis ich weiß, was zu tun ist. Dass sie instinktiv auf eine chronologische Erzählweise verzichtet hat, kommt der Geschichte durchaus zugute, es wäre sonst die übliche Vom-Tellerwäscher-zum-Millionär-Story dabei entstanden. Was sie zu sagen hat, verdient eine differenziertere Herangehensweise und vor allem einen emotionalen roten Faden, um den Leser bis zur letzten Seite zu fesseln.

Ich bin an dem Punkt angekommen, wo ich die Sache visuell angehen muss. Ich lasse mir die ausgedruckten Seiten von Daphne als PDF-Datei einscannen, dann sitze ich vor meinem Laptop, schiebe Kapitel hin und her, ordne Szenen neu, füge etwas Füllmaterial hinzu, um die Übergänge zu glätten. Stunde um Stunde starre ich auf meinen Monitor, jongliere mit den emotionalen Fixpunkten und werde immer frustrierter. Das Buch will sich mir nicht erschließen. Es verrät mir nicht, wie es strukturiert sein möchte.

Komm schon, Higgins. Dies ist deine große Chance. Annie hat sie dir verschafft, du darfst sie nicht vergeigen. Mindys Buch ist ein garantierter Bestseller. Finde den Zugang. Wenn du der Leser wärst – was würdest du von dieser Lektüre erwarten?

Ich habe schon den Mantel an, um loszugehen, mir ein

Päckchen Zigaretten zu kaufen und die hart erkämpfte Nikotinabstinenz in den Wind zu schießen, als mir die Erleuchtung kommt.

Annie. Mir fällt ein, was sie gesagt hat, als wir uns über Andrea Gonces Buch unterhielten: Das Handwerk kann man lernen, am wichtigsten ist die Stimme. Daran erkennt man das Potenzial. Bingo, das ist es. Die Stimme. Ich muss in das Buch hineinhorchen. Hör Mindy zu. Das sollte nicht schwer sein, ihre Stimme vergeht nicht.

Es ist erstaunlich. Sobald ich Annies Rat befolge, passiert es so schnell. Ich höre sie sprechen. Nun, wissentlich oder unwissentlich hat sie weniger eine Autobiografie geschrieben als geschildert, wie sie einen schwierigen Lebensweg bewältigt hat – das ganze Buch ist eine Aufarbeitung ihrer Vergangenheit. Der Trick bei Büchern dieser Art – und ich hatte einige davon auf dem Schreibtisch – besteht darin, die emotionale Reise in eine logische Abfolge zu bringen: vom Dunkel ins Licht.

Das ist es! Dein roter Faden sind die einzelnen Stationen, als da wären: Mindy wird von ihrem Mann verlassen und muss sich mit ihren drei Kindern, von denen das älteste gerade mal fünf ist, allein durchschlagen. Tief getroffen vom Scheitern ihrer Ehe steht sie vor der Aufgabe, als Alleinverdienerin den Lebensunterhalt zu bestreiten und zu verhindern, dass man ihr die Kinder wegnimmt. Ein Bürojob steht außer Frage, sie beginnt zu bloggen.

Ich komme mir vor wie im Agenten-Nirwana. Ich brenne. Seit Jahren habe ich mich nicht mehr so lebendig gefühlt. Und das habe ich alles Annie Shepherd zu verdanken.

Jetzt bin ich bereit, Mindy anzurufen und ihr meinen Plan zu erläutern. Ich sitze auf heißen Kohlen, als ich ihr meine Erkenntnisse und Ideen der letzten Stunden präsentiere. Mindy sagt kein einziges Wort während meines Monologes. Verbocke ich den Job? Doch dann, nach einer gefühlten Ewigkeit, bricht es aus ihr heraus: Sie ist begeistert.

Von Mindys Okay beflügelt, reiße ich die Hände in die Luft und mache mit Daphne einen Freudentanz durch das ganze Büro. Und weil ich vergessen habe aufzulegen, erfreut Mindy sich auch lachend an meinem Enthusiasmus. Sie sagt, dass ihr Agent nie so für ihr Projekt gebrannt hätte, dass ich ihr Buch entweder auf die Bestsellerlisten oder auf den Wühltisch bringen werde. Aber das Risiko sei sie bereit einzugehen. Daphne und ich machen uns sofort wieder an die Arbeit. Im Nu haben wir zwei Computer laufen. Ich lese Mindys Original auf meinem Monitor, und Daphne arbeitet an ihrem Laptop die Änderungen ein, die ich ihr diktiere.

Um die Mittagszeit sind wir seit gut zweiunddreißig Stunden auf den Beinen, aber die überarbeitete Fassung ist fertig. Ich gebe Mindy am Telefon Bescheid, dass ich ihr das Manuskript maile, sie soll es lesen und mir sagen, ob sie damit leben kann. Meine Nerven sind zum Zerreißen gespannt, es summt in mir wie in einem Bienenstock, aber die Natur fordert ihr Recht, und ich schlafe hinter meinem Schreibtisch sitzend ein. Daphne habe ich das Sofa überlassen, wie es sich für einen Kavalier der alten Schule gehört.

Um Viertel nach vier klingelt das Telefon. Daphne schießt hoch und schnappt sich den Hörer, dann schüttelt sie mich wach und drückt mir das Telefon in die Hand. Es ist Mindy. Sie ist begeistert und weint Freudentränen. Sie sagt, sie könne nicht glauben, dass dieses Buch wirklich von ihrem Leben handelt, sie habe noch nie so etwas Gutes gelesen. Und, noch besser, sie habe bereits ihre Agentur angerufen und informiert, dass sie sich in eine andere Richtung orientieren wolle.

Ich habe den Job. Prüfung bestanden. Aber die Arbeit fängt jetzt erst richtig an.

42

HENRY

Ich stelle eine Liste der Lektoren zusammen, denen ich Mindys Buch schicken möchte. Siebzehn Namen, alles Leute, die mich in letzter Zeit haben auflaufen lassen. Zeit für ein bisschen Vergeltung. Ich bin froh, ein Produkt zu haben, das für sich selbst spricht. Niemand wird mehr ein Manuskript von Henry Higgins kaufen, nur weil der Name für die Qualität bürgt. Genauer gesagt, dieser Tage fürchtet mich niemand mehr so sehr, dass er widerspruchslos kauft, was ich ihm empfehle. Angst, etwas zu verpassen, ist die treibende Kraft in dieser Branche. Mindys Autobiografie gibt mir die Chance, sie erzittern zu lassen.

Ich schaue mir die Liste an, wähle den größten Schwachkopf von allen aus und beschließe, er soll es sein, dem ich ein Vorkaufsrecht anbiete, das in vierundzwanzig Stunden abläuft. Ihr wollt wissen, wieso ich einen designierten Bestseller dem größten Schwachkopf in der Branche anbiete? Dann hört gut zu, der Wahnsinn hat Methode. Ich habe natürlich nicht vor, sein Angebot anzunehmen. Es wird mir lediglich dazu dienen, einen Mindestpreis festzulegen. Mit dieser Zahl im Hintergrund sende ich das Manuskript an all die anderen auf der Liste, verrate ihnen die Höhe des »pre-empt«-Gebotes, das ich als unverschämt niedrig empfunden und deshalb beschlossen hätte, dem Markt eine Chance zu geben. Und dieses erste Gebot wird hoch genug sein, um ihnen zu zeigen, dass sie zuschlagen müssen, wenn sie nicht etwas Großes verpassen wollen.

An dem Punkt ist sozusagen die Auktion eröffnet. Während dann alle versuchen, sich gegenseitig zu überbieten, wende ich mich erneut an meinen ersten Kandidaten, dem das Buch gefallen haben muss, weil er sonst dankend verzichtet hätte und nenne ihm die neue Höhe des Garantiehonorars.

Diese Vorgehensweise ist die eines absolut durchtriebenen Schweinehunds. Ein Mittel, zu dem man greift, wenn man in dieser Branche entweder ganz oben ist oder ganz unten. Es ist hinterlistig. Man spielt die Verlagshäuser gegeneinander aus. Aber ich bin ein Mann, der nichts mehr zu verlieren hat und nur gewinnen kann. Es ist eine Vorgehensweise in Edward Higgins' Manier.

Also greife ich nach meinem Handy und rufe den auserwählten Lektor an. Während wir sprechen, schickt Daphne ihm Mindys Buch. Der Lektor hat vierundzwanzig Stunden Zeit, um sich zu entscheiden. Die Uhr tickt.

Daphne und ich umarmen uns stürmisch. Dies ist ein ehrwürdiger Moment, schließlich habe ich seit mehr als einem Jahr kein Manuskript mehr angeboten.

Die nächsten vierundzwanzig Stunden werde ich ein emotionales Wrack sein. Also fahre ich nach Hause und gönne mir als Erstes eine Dusche – eine Wohltat nach den Dutzenden Stunden im Büro.

Dann rufe ich meine wichtigste Klientin an, Annie, um zu schauen, wie der Stand bei ihr und Chris ist, aber sie geht nicht ran. Entweder hat Chris ihr seine Liebe gestanden, und ich, der Nachrichtenlöscher stecke ziemlich in der Klemme. Oder sie kann gerade nicht sprechen, weil er ihr mal wieder seine Zunge in den Hals steckt. Keine der beiden Optionen gefällt mir.

Dann haste ich wieder zurück ins Büro, weil meine Nerven die Spannung nicht aushalten. Daphne und ich nutzen die Wartezeit bis zum Ablauf des Ultimatums für Vorbereitungen, um am nächsten Tag das Manuskript an sechzehn weitere Lektoren zu schicken. Vor lauter Nervosität fange ich sogar wieder an zu rauchen. Ich kann nichts tun, bis ich morgen früh eine Rückmeldung bekomme. Ich muss hilflos abwarten. Habe ich noch genug Zigaretten bis dahin?

Doch kurz vor Feierabend ruft der Lektor zurück. Das ist kein gutes Zeichen. Nur sieben von vierundzwanzig Stunden zu nutzen ist, als würden die Geschworenen ihr Urteil bereits nach zwei Stunden Verhandlung sprechen. Die Wahrscheinlichkeit ist hoch, dass man verloren hat. Wie ein verurteilter Mann nehme ich den Anruf entgegen. Meine kurze Zeit im Rampenlicht des Agentenjobs ist schon vorbei.

Bis er ›Fünf Millionen Dollar‹ sagt. Der Verlag liebt das Buch und will es haben.

Ich stelle das Gespräch auf *Halten* und sage Daphne, was geboten wird. Wir brechen in einen Siegesjubel aus, aber diesmal gibt es keine Freudentänze. Und ich kann euch sagen: Das Bietergefecht fällt aus. Was würde es bringen, außer Animositäten, die irgendwann böse nach hinten losgehen können? Dieses erste Gebot übertrifft meine Erwartungen um ein Vielfaches. Ich teile dem Lektor mit, dass ich mit der Autorin Rücksprache halten muss und mich wieder melde.

Als ich Mindy die Summe nenne, fragt sie, warum ich überhaupt noch anrufe. »Ja«, sagt sie. »Nimm den Deal.«

Doch in all den Feierlichkeiten wird mir mit jedem Blick auf das Handy bewusst, dass Annie sich immer noch nicht zurückgemeldet hat. Ich habe nur keine Zeit, über die Gründe nachzudenken, denn schon am nächsten Morgen ist die Nachricht von dem Millionendeal in aller Munde. Plötzlich ruft man mich an und will Details wissen. Es kommen

Interviewanfragen. Seit drei Jahren hat keiner mehr Lust gehabt, mich zu interviewen. Fast hatte ich vergessen, dass man seinen Mund noch für etwas anderes als zum Essen benutzen kann.

Henry Higgins ist wieder im Rennen. Ehemalige Klienten, die das sinkende Schiff verlassen hatten, wollen unbedingt zurück an Bord, und was neue Klienten angeht – sie geben sich die Klinke in die Hand.

Thacker schaut auf einen freundschaftlichen Plausch in meinem Büro vorbei. Er gratuliert mir nicht direkt, erkundigt sich nur, ob ich an einem Peloton Bike interessiert wäre. Alle Führungskräfte würden in ihrer karg bemessenen Freizeit so eins benutzen, um etwas für ihre Herzgesundheit zu tun.

Nein. Nein, ich will kein Peloton Bike, du grinsender Heuchler, außer, um dich damit über den Haufen zu fahren. Ich will, dass du niederkniest und mir den noch relativ frisch gewachsten Hintern küsst. Du sollst gestehen, dass du dich mit dem weiblichen Dämon Amber Rosebloom verbündet hast, um mich zu stürzen. Betteln sollst du, dass ich in deiner lausigen Firma bleibe.

Aber selbstverständlich spreche ich es nicht aus. Ich sage ihm, ein Peloton Bike wäre großartig.

43

HENRY

Und die Higgins-Siegesparty steigt weiter. Buchstäblich sogar. Mindy hat das komplette Boathouse im Central Park gemietet, um unseren epischen Deal gebührend zu feiern, bevor sie anschließend nach Texas zurückfliegt. Offenbar manifestiert sich ein gewisses Heimweh bereits in der Art, wie sie das Boathouse hat dekorieren lassen, nämlich ganz im Stil des Lone Star State. Das Personal vom Cateringservice steckt in Sheriffskostümen und serviert Häppchen und Barbecuesaucen aus Revolverholstern. Die Bandmitglieder tragen Sporen und Fransenhemden. Die Luftballons haben die Form von Blechsternen. Man kommt sich vor wie bei einer Tanzveranstaltung zu Ehren von Doc Holliday.

Mindy und ich begrüßen die Gäste und drehen unsere Runden durch das Getümmel. Sie macht mich mit ihren Blogger- und Instagramfreunden bekannt, die sie zu diesem Anlass hat einfliegen lassen. Man erkennt die Typen auf den ersten Blick. Sie wandern ständig herum und schießen Selfies, während sie Produkte in die Kamera halten, die sie für Geld promoten. Von mir aus gern, denn alle wollen von mir, Henry Higgins, repräsentiert werden. Ich habe jetzt schon mehr Karten verteilt als ein Geber beim Blackjack.

Ich beende gerade eine Unterhaltung mit einem dieser potenziellen Klienten, als mein Vater vom Wein beflügelt mit jugendlichem Schwung die Bühne entert, dass mir bang um die künstliche Hüfte wird. Er bringt einen Toast auf mich aus, seinen einzigen Sohn. Er sagt, er sei stolz auf mich. Erklärt, der große Meister selbst könne sich nicht rühmen, dass ihm ein Deal in dieser Höhe gelungen sei. Dann lacht er und kann sich nicht verkneifen hinzuzufügen, nun ja, inflationsbereinigt könnte es ungefähr hinkommen, aber das würde meinen Erfolg in keiner Weise schmälern. Er hebt sein Glas und fordert alle Anwesenden auf, mit ihm auf mein Wohl zu trinken.

Edwards alkoholische Würdigung veranlasst Mindy, weitere Tabletts mit Tequila-Shots herumreichen zu lassen. Die Gläser, aus denen man diese zu sich nimmt, haben die Form einer Schrotflinte. Ich kippe den Drink auf ex hinunter. Verteile noch eine Runde Visitenkarten. Dann kann ich mich endlich davonmachen, um dem dringenden Ruf der Natur zu folgen.

Ich haste quer durch den Saal, schlittere über das glänzende Parkett, platze durch die Waschraumtür und stoppe vor einem Urinal mit einer minzigen Geruchsfressertablette über dem Abfluss. Boathouse-Luxus.

Ich hebe den Kopf, schaue in den Spiegel und sehe die Tür einer Kabine aufschwingen. Amber Rosebloom tritt heraus. Vor Schreck hätte ich fast auf meine Budapester gepinkelt. Bin ich auf der Damentoilette gelandet? Hatte ich mehr Tequila, als ich dachte?

»Bei uns Mädels war alles besetzt«, erklärt Amber.

Eine Sorge weniger. »Willkommen. Hier ist genug Platz für alle.«

Sie kommt zu mir herüber. Ich höre das Klackern ihrer Absätze auf dem Linoleum.

»Fünfzehn Prozent von fünf Millionen sind ein ordentlicher Batzen, Henry. Du hast mich beeindruckt, dabei dachte ich, du hättest vergessen, wie man das macht.« Sie steht hinter mir und schaut über meine Schulter auf meinen entblößten Krieger. »Sieht aus, als hätte er sein Rückgrat wiedergefunden.«

»Vielen Dank für deine originelle Gratulation.« Ich verstaue alles wieder an seinem Platz und ziehe den Reißverschluss hoch. »Habe ich dich zu dem heutigen Abend eingeladen?«

»Nein. Eine meiner jungen Agentinnen ist mit Daphne befreundet. Sie hat meinen Namen auf die Liste gesetzt. Unsere Branche ist furchtbar klein. Man kann sich nicht aus dem Weg gehen.«

Ich seufze innerlich. Daphne. Immer wieder Daphne.

»Thacker hat mich angerufen«, fährt sie fort. »Ich soll Annie in Ruhe lassen, er will dich in der Firma behalten.« Ihre Stimme senkt sich um eine Oktave. »Jetzt ist der perfekte Zeitpunkt, ihm den Finger zu zeigen und zu mir zu kommen. Bring Annie und Mindy mit. Gemeinsam werden wir die Welt beherrschen.«

Ich trete ans Waschbecken, und während ich mir die Hände wasche, begegne ich im Spiegel ihrem Blick, der mir gefolgt ist. »Ach, die ganze Welt ist ein paar Nummern zu groß für mich. Ich bin zufrieden mit meinem kleinen Fleckchen Erde.« Ich lächle. »Seit Kurzem bereichert um ein Peloton Bike.«

Sie legt mir die Hände auf die Schultern. »Aber die Welt ist wundervoll. Großartig. Erst recht, wenn du derjenige bist, der bestimmt, in welche Richtung sie sich dreht.« Ihr Kopf sinkt auf meine Schulter, ihre Zähne knabbern an meinem Ohrläppchen. »Was meinst du zu ein paar Drinks draußen, nur du und ich? Dann weiter zu dir, für den krönenden Abschluss des Abends.«

»Amber«, ich schüttle den Kopf. »Ich habe eine Wiederaufnahme unserer Beziehung noch nicht in Erwägung gezogen.«

Sie haucht mir ihren warmen Atem in den Nacken. »Fein, Henry, fein. Du möchtest dich ein bisschen zieren? Meinetwegen. Aber früher oder später wirst du zu mir zurückkommen.«

»Sei dir nicht zu sicher.«

»Wir arbeiten in einer Branche, in der es wichtig ist, Menschen durchschauen zu können. Du kannst mir nicht ernsthaft erzählen wollen, dass irgendjemand von außerhalb es mit uns aushalten könnte. Nicht auf Dauer. Niemand könnte unseren desillusionierten Blick auf die Menschheit ertragen. Leute von unserer Sorte müssen zusammenhalten. Alle anderen sind einfach zu weich.«

»Das ist ziemlich brutal, selbst für dich, Amber.«

»Die Welt ist brutal, Henry.« Sie richtet sich auf und lässt mich los. »Wenigstens sind wir zwei clever genug, um aus dieser Erkenntnis Profit zu schlagen.«

Ich ziehe ein Papierhandtuch aus dem Spender und trockne mir die Hände ab. »Du solltest Kinderbücher schreiben.«

»Ich warte an der Bar auf dich. Wenn du nicht erscheinst, gibt es da einen Cousin von Mindy mit Cowboyhut und Knackarsch, der mich nach Hause begleiten wird.«

»Viel Spaß beim Rodeo«, sage ich, während sie zur Tür stöckelt.

Man darf Amber nicht ernst nehmen, denn das wäre zu gruselig. Ich glaube nicht, dass ich in einer Welt leben könnte, in der sie recht hat.

Ich kehre in den Saal zurück. Die Party dünnt langsam aus. Jenseits der inzwischen fast leeren Tanzfläche sehe ich Annie allein an einem Tisch sitzen. Sie hält sich an einem Drink fest. Sie nur anzuschauen verursacht mir bereits eine Gänsehaut.

Ich studiere Annie. Jeder Zug ihres Gesichts strahlt aufrichtige Herzenswärme aus. Gut, da ist der Schelm in ihren Augen. Da ist die Stupsnase, die nie erwachsen geworden ist. Da ist diese Oberlippe, die sich hochkräuselt, wenn sie wütend ist. Aber all das wird überlagert von einem Leuchten, das sie von Kopf bis Fuß umhüllt. Sie ist in ihr eigenes inneres Licht getaucht. Geh hin und sprich sie an, Higgins. Sie ist allein.

Ich schlendere also über die Tanzfläche und bleibe an ihrem Tisch stehen.

»Howdy, Fremder«, sagt sie.

»Howdy? Bist du dem Ambiente erlegen? Howdy klingt merkwürdig aus deinem Mund.«

Sie hebt lächelnd das Glas. »Weniger dem Ambiente als dem Tequila.«

»Oh ja«, sage ich und erwähne beiläufig: »Du hast mich nicht zurückgerufen.«

»Du musst dich während deines großen Moments nicht nach mir erkundigen. Ich bin ein großes Mädchen.«

Am liebsten würde ich ihr sagen, dass ich diesen Moment mit ihr teilen wollte, dass es mir vor allem darum ging. Aber ich bringe kein Wort davon heraus.

Stattdessen schlucke ich, nehme meinen ganzen Mut zusammen und lege meine Hand auf Annies Hand neben ihrem Glas, als wäre ich im Begriff, ihr ein Geheimnis anzuvertrauen. »Wie geht es mit dem Buch voran?«

»Alles bestens. Chris und ich haben uns an unser tägliches Pensum gehalten.«

»Apropos, wo steckt er denn, unser Chris?«

»Ist gegangen, vor ungefähr einer Stunde«, antwortet sie, fast gleichgültig. »Die Servicekräfte waren die Einzigen hier in seinem Alter. Ich glaube, er hat sich gelangweilt.«

»Ah. Übrigens, tut mir leid, aber ich bin noch nicht dazu gekommen, mir das neue Material anzuschauen. Die letzte Woche war ziemlich hektisch.«

Sie lächelt. »Hektisch, aber profitabel, nach allem, was ich höre.«

»Das habe ich dir zu verdanken.«

Sie trinkt einen Schluck. »Nein, das ist allein dein Verdienst. Mindy hat mir erzählt, was du für ihr Buch getan hast. Unglaublich. Für eine Sekunde, den Bruchteil einer Sekunde«, sie zeigt zwischen Daumen und Zeigefinger, wie winzig dieser Bruchteil ist, »war ich fast eifersüchtig. Weil ich noch nie so eng mit dir zusammenarbeiten durfte.« Sie schüttelt sich die Haarsträhnen aus der Stirn. »Aber wie gesagt, das war schnell vorbei.«

Higgins, dies ist Annies Art, dir grünes Licht zu geben. Vermassle es nicht. Du kennst sie besser als jeder andere, zumindest jeder lebendige andere. Ihre Andeutungen, die für sie typischen Zeichen. Dies könnte der alles entscheidende Moment sein.

Die Band stimmt einen neuen Song an, eine leicht auf Country getrimmte Version von »If You Leave«, ursprünglich von Orchestral Manoeuvres in the Dark.

Annie wiegt den Kopf im Takt und singt stumm den Text der ersten Zeile mit. »Den Song habe ich immer geliebt.«

»Wer nicht. Aus dem Film *Der Frühstücksclub*.«

Sie gibt mir einen Klaps auf die Finger. »Falsch. Vollkommen falsch. Aus *Pretty in Pink*.«

»Stimmt. Ich wollte immer James Spader in diesem Film sein. Diese Haare. Diese weißen Anzüge.« Ich lächle versonnen. »All das Kokain.«

»Ich wollte auch er sein«, gesteht Annie gespielt verschämt. »Er war hübscher als alle Mädels.«

Der Songtext zieht mich nach und nach in seinen Bann. Ich will nicht Annies *Duckie* sein, die chancenlose Schulter zum Ausheulen, für euch, die ihr den Film nicht kennt. Ich will ihr Andrew McCarthy sein, ihr Blane.

»*Every second, every moment, we've got to, we've got to make it last.*«

»Annie.« Ich räuspere mich. »Möchtest du tanzen?«

Sie senkt den Blick. Ich fürchte, dass sie mir einen Korb geben wird, bis ich sehe, dass sich ein leises Lächeln um ihren Mund stiehlt. »Ja, gern.«

Ich reiche ihr die Hand. Sie steht auf, und wir gehen zur Tanzfläche. Dicht vor dem Podium mit der Band bleiben wir stehen und schauen uns an. Wir lachen ein wenig, befangen, weil diese Situation so verrückt ist. So intim, was wir nie für möglich gehalten hätten. Ich lege die Arme um ihre Taille. Sie legt die Arme um meinen Hals. Und wir bewegen uns im Rhythmus der Musik.

Zeit für ein Geständnis. »Ich bin ein absolut miserabler Tänzer. Ich hoffe, du trägst geschlossene Schuhe.«

Sie kichert. »Ich habe meine Schuhe schon vor einer Stunde ausgezogen. Stilettos sind nicht mit Tequila kompatibel. Hast du denn gar keine Ahnung von uns Frauen?«

Ich schaue nach unten, und Tatsache, sie ist barfuß.

Sie schmiegt das Gesicht an meinen Hals. Ich spüre ihr Haar auf meiner Schulter, rieche den Duft ihres Shampoos. Sie singt leise mit. »*I touch you once*«, raunt sie, »*I touch you twice, I won't let go at any price.*«

Ich lasse meine Hände von ihrer Taille aufwärtswandern, über den Stoff ihres Kleides, die Haut ihrer Schultern und umfasse sanft ihr Gesicht. Dann neige ich den Kopf, und ehe einer von uns begreift, was passiert, treffen sich unsere Lippen zu einem langen Kuss.

Zu meiner eigenen Überraschung habe ich den ersten Schritt gemacht. Ich hab's riskiert, den Korb, die Empörung, die traditionelle Ohrfeige. Oh nein. Verdammt. Sie ist perplex. Sie macht Anstalten, mich wegzuschieben, sich abzuwenden.

»Ach, vergiss es«, sagt sie.

Diesmal legt sie die Hände um meinen Nacken, zieht mich zu sich herunter und erwidert meinen Kuss mit erheblich mehr Feuer. Wieder mal typisch Annie Shepherd. Sie muss immer noch eins draufsetzen.

Sie beendet den Kuss mit einem Auflachen. »Du musst mein Gesicht nicht so festhalten. Ich laufe nicht weg.«

»Sorry. Verteidigungstechnik. Ich habe immer noch ein klein wenig Angst vor dir.«

Das bringt sie richtig zum Lachen. »Solltest du auch.«

Wir schauen uns beide gleichzeitig im Saal um, ob jemand die Kussszene beobachtet hat.

Nun, nicht nur jemand, sondern fast alle. Insbesondere Mindy und ihre Entourage aus Mommy-Bloggern haben den Kuss gesehen. Sie feiern uns mit Daumen hoch und fordern: »Weitermachen! Weitermachen!«

Ich schaue Annie an. »Das habe ich nicht bloß geträumt, oder?«

»Nein.« Sie lächelt kokett. »Tut's dir schon leid?«

Vor Nervosität wird mir die Kehle eng. »Nur, wenn es bei diesem einen Mal bleibt.«

Sie versetzt mir einen spielerischen Schlag auf die Wange. »Du solltest nicht zu schnell zu viel wollen, Henry Higgins.«

»Zu schnell zu viel?« Ich hebe vielsagend die Augenbrauen. »Ich war Zeuge, wie du den nackten Hintern deines Ghostwriters mit Puderzucker bestäubt hast, nach zwei – oder waren es drei? – Tagen Bekanntschaft.«

»Das war was anderes.«

»Inwiefern?«

Sie läuft rot an. »Anders eben.« Sie beugt sich vor und drückt mir einen sehr braven Kuss auf die Lippen. »Nochmal Glückwunsch. Du hast es geschafft. Respekt.«

Sie winkt, wendet sich ab und läuft weiter. Am Tisch schnappt sie sich ihre Schuhe.

»Annie!«, rufe ich ihr nach und zeige dabei auf die Band. »Das ist ab jetzt unser Lied.«

Auf ihrem Gesicht spiegeln sich wechselnde Emotionen. Sie sieht aus, als könnte sie sich nicht entscheiden, ob sie lachen, weinen oder lächeln soll. Sie entscheidet sich für ein Lächeln, Gott sei Dank. »Sowas hatte ich noch nie.«

Dann schlüpft sie blitzschnell in ihre Schuhe, schnappt sich ihre Clutch und eilt zur Tür hinaus.

Ich bin vollkommen sicher – und es ist nicht der Tequila, der aus mir spricht –, dass ich soeben die erste Seite des nächsten großen Abenteuers in meinem Leben aufgeschlagen habe. Annie Shepherd und ich … Ich muss ein verdammt dickes Brett vor dem Kopf gehabt haben, dass ich erst jetzt erkenne, was schon lange nicht zu übersehen war.

Welch ein Glück, dass sie nie eine Zeile dieser Bücher geschrieben hat. Sonst wären wir nie an diesen Punkt gekommen.

44

ANNIE

Etwas Welterschütterndes ist passiert. Und ich meine nicht den Kuss von gestern Abend. Momentan habe ich ein viel größeres Problem. Kann es sein, dass Ghostwriter ihrem Namen alle Ehre machen und verschwinden, wenn die Uhr zwölf schlägt? Jedenfalls ist Chris heute nicht zur Arbeit erschienen. Ich habe ihn in den letzten sechs Stunden wer weiß wie oft angerufen und ihm mehrere Nachrichten geschickt. Aber keine Antwort. Wäre ich nicht Annie Shepherd mit einer phobischen Abneigung gegen öffentliche Verkehrsmittel oder wüsste ich, wo genau er wohnt, würde ich hinfahren und an seine Tür hämmern.

Wieso verdammt ist er nicht hier? Hat er um hundert Ecken herum von dem Kuss erfahren? Und selbst wenn – na und? Ausgerechnet er braucht sich wahrhaftig nicht als Tugendrichter aufzuspielen. Wie war das noch mit Zena? Erst hat er schamlos mit ihr geflirtet und sich dann mit ihr abgesetzt. Ich hatte wenigstens so viel Anstand, erst nachdem er gegangen war, mit einem anderen zu knutschen. Wenn das also wirklich der Grund für sein Wegbleiben sein sollte, ist er so ein Arsch! Nein. Ich korrigiere mich. Er ist einer dieser typisch chauvinistischen Männer. Die Kerle nehmen für sich in Anspruch, aufgrund ihrer biologischen Bedürfnisse stünde es ihnen frei, sich so viele Gespielinnen zuzulegen, wie sie wollen, wenn sich's ergibt auch mehrere gleichzeitig, aber wenn Frau sich erdreistet, auch nur einen Hauch dieser Libido ausleben zu wollen, muss man sie sofort mit Missachtung strafen und als Flittchen brandmarken.

Okay. Beruhige dich, Annie. Was, wenn es einen anderen Grund hat, dass Chris nicht zur Arbeit erschienen ist? Was, wenn er tot ist oder schwer verletzt? Was, wenn er von einem Taxi angefahren wurde, als er heute Morgen Kaffee für uns holen wollte? Was, wenn seine U-Bahn entgleist und er in den Trümmern ums Leben gekommen ist?

Ich bin ein schrecklicher Mensch. Was stimmt nicht mit mir? Warum denke ich immer sofort von allem das Schlechteste?

Trotzdem, eins kann ich euch sagen, wenn er nicht im Leichenschauhaus liegt oder im Krankenhaus, bringe ich ihn um.

Ich öffne die Nachrichten-App auf meinem Handy und scrolle durch die Meldungen. Keine Tragödien, die Chris betroffen haben könnten, außer, er hat in den vergangenen zwölf Stunden spontan eine Reise in die Ukraine oder nach Venezuela angetreten. Ich werfe auch einen Blick in die Lokalnachrichten. Die Ausbeute ist mäßig. Ein Feuer hier, ein Einbruch dort. Eine Schule wegen Schnee geschlossen. Nichts, worin ein Chris Dake involviert sein könnte.

Was könnte ihm zugestoßen sein? Keine meiner Überlegungen ergibt Sinn.

Du wirst in den sauren Apfel beißen und Henry anrufen müssen. Ganz richtig. Das, wovor du dich den ganzen Tag gedrückt hast. Henry ist theoretisch Chris' Arbeitgeber, vielleicht weiß er etwas, das du nicht weißt. Aber wenn nicht? Wenn er mir die Schuld dafür gibt, dass Chris sich abgesetzt hat? Ich kann schon hören, wie er mich herunterputzt, denkt euch nur noch die britische Aufgeblasenheit dazu und die pochende Schläfenader: »*Das hast du nun davon! Habe ich dir nicht gesagt, du sollst die Finger von Chris lassen, bis das Buch fertig ist? Warum kannst du nie auf mich hören?*...« Verflixt. Mir bleibt nichts anderes übrig, als Henry anzurufen. Was soll's? Ich werde einfach das tun, was ich jedes Mal tue, wenn er recht hat und ich das nicht zugeben will. Ich werde ihn anschreien, seine Arbeit kritisieren und ein paar Beleidigungen gegen Briten im Allgemeinen und im Besonderen anfügen. Das funktioniert so gut wie immer.

Ich wähle seine Nummer. Henry hebt nach dem vierten Rufton ab. Sein Atem geht keuchend. Mein Gott. Der Mann stirbt. Jetzt habe ich einen verschwundenen Ghostwriter und einen Agenten, der in den letzten Zügen liegt. Warum bin ich ständig von Männern umgeben, die unfähig sind, am Leben zu bleiben?

»Chris ist verschwunden«, platze ich heraus. »Er hat sich heute nicht blicken lassen.«

»Keine Ahnung, was du meinst«, krächzt er.

»Ich meine es, wie ich es gesagt habe. Er ist weg, Henry. Puff! Verschwunden.«

Eine Pause, angefüllt mit schnaufenden Atemzügen, gefolgt von einem bellenden Husten. »Hast du versucht, ihn zu erreichen?«

»Ja, aber gerade jetzt mache ich mir mehr Sorgen um dich ...«

»Warum? Mir ging es nie besser.«

»Im Ernst? Weil du dich anhörst, als wärst du dem Tode nah. Vielleicht solltest du dem Alkohol abschwören.«

»Ich habe keinen Kater, Annie. Ich sitze auf meinem neuen Peloton Bike.«

»Dann steig ab. Sofort. Bevor du dich damit umgebracht hast.«

»Es ist der Kurs für Prädiabetiker.«

»Womöglich bist du über das ›Prä‹ schon hinaus.«

»Sehr liebenswürdig. Aber weshalb du anrufst: Du hast den ganzen Tag versucht, Chris zu erreichen, aber er schweigt beharrlich. Ist das so richtig?«

»Keine Nachricht, kein Anruf und seine Gelesen-Funktion ist ausgeschaltet. Ich habe die Nachrichtenmeldungen nach Unfällen und Katastrophen durchsucht, lokal und international. Wirklich tot ist er vermutlich nicht.«

»Wie war das für dich? Zum ersten Mal im Leben die Nachrichten zu lesen?«

»Du kannst mich mal, Henry«, sage ich. »Jetzt ist nicht der richtige Zeitpunkt für sowas. Und warum bist du gar nicht aufgeregt? Was ist los? Du hast deinen Millionen-Deal unter Dach und Fach gebracht, und nun ist dir Elizabeth vollkommen egal?«

»Annie, beruhige dich. Auch wenn sein Verhalten in der Tat auf den ersten Blick überaus bizarr erscheint, gibt es bestimmt eine ganz einfache Erklärung.«

Ich äffe seine gestelzte britische Ausdrucksweise nach: »Oh, es ist überaus bizarr? In der Tat?« Doch dann beschließe ich, ihm meine heimliche Sorge anzuvertrauen. »Wahrscheinlich nimmt er mir übel, dass du mich geküsst hast. Jemand muss es ihm gepetzt haben.«

»Du hast mich geküsst«, entgegnet er zwischen Hustenanfällen und Räuspern.

»Nein.« Ich schüttle den Kopf, obwohl er es gar nicht sehen kann. »Du mich.«

»Und dann du mich. Aber zurück zu Chris. Wie sollte er das denn erfahren haben? Keiner von den Leuten auf der Party hat gewusst, dass er dein Ghostwriter ist. Sie haben geglaubt, er wäre dein Date. Und wahrscheinlich sogar ein Typ von einer Escort-Agentur.«

Was er da andeutet, ist eine absolute Frechheit.»Ich kann an jedem Finger zehn Typen wie Chris haben, ohne dass ich dafür bezahlen muss.«

»Natürlich kannst du ihn daten. Aber geküsst hast du mich.«

»Zu meinem größten Bedauern«, fauche ich.

»Wirklich? Sei ehrlich zu dir selbst.«

Bin ich. Es war wundervoll. Fantastisch. Der beste Kuss aller Zeiten. Aber ich bin nicht in der Stimmung, Henry zu schmeicheln.»Der Mann, der uns retten sollte, ist spurlos verschwunden, aber du willst dir natürlich dein Ego streicheln lassen.«

»Immer ist dem weiblichen Geschlecht das Geld wichtiger als die Liebe.«

»Ich fliege in einer Woche hochkant aus meiner Wohnung, du gefühlloser Kerl!« Meine Stimme überschlägt sich.»Willst du riskieren, dass ich dann bei dir einziehe?«

»Ich weiß nicht, ob unsere Beziehung schon so weit gediehen ist. Ich finde, wir sollten über unseren Kuss sprechen.«

»Und ich finde, du solltest dich auf die Suche nach meinem verlorengegangenen Ghostwriter machen.« Warum ist Henry so anders als sonst? Statt aus der Haut zu fahren und mich mit Vorwürfen zu überschütten, verhält er sich charmant und flirtet.

»Wenn es mir gelingt, Chris aufzutreiben, können wir dann wieder über Du-weißt-schon-was reden?«

»Von mir aus«, sage ich spitz.»Bring Chris her, unversehrt und arbeitswillig, und wir reden so viel über Du-weißt-schon-was, wie du willst.«

Für einen kurzen Moment herrscht Schweigen, dann fragt er:»Können wir in dem Fall auch mehr tun, als nur zu reden?«

»Hängt davon ab, wie schnell du ihn herbeischaffst«, entgegne ich und ärgere mich über mich selbst, weil er mich dazu gebracht hat, auf sein anzügliches Gefrotzel einzugehen.

»Hört sich gut an. Hm.« Wieder eine Pause. »Was kriege ich, wenn ich ihn ganz besonders schnell herbeischaffe?«

»Das besprechen wir, wenn du ihn hergebracht hast.« Verflucht, Annie. Hör auf, mit ihm zu spielen. Die Sache ist ernst.

»Da wir gerade von Chris sprechen«, sagt Henry. »Ich habe das neue Material gelesen. Der Junge schreibt ja wie am Fließband, es kann höchstens noch ein Drittel des Buches übrig sein. Der Vorteil eines Studiums in Iowa. Er ist es gewohnt, wöchentlich Beiträge für Workshops zu produzieren.« Seine Stimme klingt so, als würde er ein Lachen unterdrücken. »Was hast du getan? Aufgehört, ihm an die Wäsche zu gehen?«

»Leg auf und fang an zu suchen!«, blaffe ich.

Als Antwort ertönt ein samtweiches: »Hast du auch den ganzen Tag unserem Lied gelauscht? Ich schon.«

»Keine Zeit für sowas. Im Gegensatz zu dir habe ich den ganzen Tag versucht, unseren Autor aufzuspüren.«

Er lacht. »Wunderbar. Wenn ich mit dem Training durch bin, fahre ich nach Brooklyn.« Dann hustet er so schlimm, dass ich fürchte, seine Lunge ist kollabiert.

»Steig runter von diesem Bike!«, schreie ich ihn an. »Sonst bist du tot, bevor wir wissen, ob er's ist.«

45

HENRY

Annie reißt die Wohnungstür auf, bevor ich den Finger vom Klingelknopf nehmen kann. Sie steckt den Kopf heraus wie ein ängstliches Reh. Ihre Augen wandern den Flur auf und ab, dann heftet sie den Blick auf mich.

»Du bist allein«, sagt sie. »Irgendwie gefällt mir das nicht.«

»Annie«, ich lege die Hand gegen die Tür, »lass mich rein. Ich habe Neuigkeiten.«

Sie verzieht das Gesicht. »Es gefällt mir immer weniger.« Aber sie öffnet die Tür nun komplett. »Na gut, komm rein.« Sie geht vor mir her ins Wohnzimmer und lässt sich dort ermattet aufs Sofa fallen.

Ich setze mich in den Sessel ihr gegenüber. »Ich habe Chris gefunden.«

»Er sollte besser tot sein, der Verräter.«

»Ist er nicht. Also tot ist er nicht.« Ich wähle meine Worte mit Bedacht. »Nur für unser Projekt ist er bedauerlicherweise gestorben.«

Sie mustert mich aus schmalen Augen. »War es der Kuss?«

»Unsinn. Er wusste nichts davon. Und ich habe es ihm selbstverständlich nicht auf die Nase gebunden.«

»Was ist es dann?«

»Sein Buch.«

»Sein Buch? Chris hat ein Buch geschrieben?«

»Aber ja. Was glaubst du, wo die Leseprobe hergekommen ist, die er mir geschickt hat?«

»Mir gegenüber hat er es nicht erwähnt. Und du hast sie mir nicht gezeigt. Du hast nur herumgeschrien, einen Stuhl durch die Gegend gefeuert und dann beschlossen, ihn zu engagieren.« Sie rümpft die Nase. »Wieder etwas, bei dem ich nicht gefragt wurde, Henry. Ich hätte ihn nie als Ghostwriter vorgeschlagen, wenn ich gewusst hätte, dass er eigene Ambitionen hat.«

»Annie, jeder Schriftsteller, egal an welchem Punkt seines Werdegangs, hat eigene Ambitionen.«

»Trotzdem, du hättest es mir sagen müssen.«

»Warum läuft es bei fast all unseren Gesprächen darauf hinaus, dass du mir Kränkungen vorhältst, die ich dir angeblich zugefügt haben soll?«

Sie kräuselt die Oberlippe. »Warum wohl? Sag du's mir.«

»Du benimmst dich kindisch.«

Sie streckt mir die Zunge heraus und zeigt, damit es keine Missverständnisse gibt, dazu noch den Mittelfinger. Ich lasse mich davon nicht beeindrucken. Himmel, sie sieht anbetungswürdig aus, wenn sie wütend ist.

»Chris hat sein Manuskript verschiedenen Agenten zugesandt«, erkläre ich. »Und einer hat schließlich angebissen. Er will das Buch herausbringen.«

»Ich hasse alle diese Agenten. Zutiefst. Ich hasse sie noch mehr, als ich dich hasse.«

Wir alle wissen, dass sie mich nicht hasst. Sie ist nur aufgebracht. »Der Agent hat ein paar Änderungen vorgeschlagen, bevor er das Buch zu den Verlagen schickt. Es soll schnell gehen, deshalb hat Chris sich von unserem Projekt verabschiedet. Er hatte nicht genug Zeit für beides. Dein Buch und seine Änderungen.«

Sie ist den Tränen nahe. »Warum hat er mir das nicht einfach gesagt? Ich dachte, es hätte ihm Spaß gemacht, mit mir zusammenzuarbeiten.«

»Dass es die Arbeit war, die ihm Spaß gemacht hat, würde ich nicht unterschreiben.«

Verflixt, das ist der Tropfen, der das Fass zum Überlaufen bringt. Nun schreit sie mich an, unter Tränen: »Wie du siehst, war auch das nicht gut genug, um ihn daran zu hindern, dass er uns im Stich lässt! Danke, dass du mich darauf hingewiesen hast. Möchtest du mir noch etwas sagen? ›Annie, du bist fett‹, ›Annie, du kriegst Falten‹?«

»Chris wusste, du würdest traurig sein und wütend.«

»Und das bin ich.«

Habe ich mich geirrt? Vielleicht habe ich in diesen Kuss viel zu viel hineininterpretiert. Vielleicht hat sie tatsächlich Gefühle für Chris. Ich muss das wissen, bevor ich mit meinem Plan weitermache. »Annie ... Hast du dich in ihn verliebt?«

Sie wischt sich die Tränen ab. »Nein. Gar nicht. Er hat mich nur ... Er war der Erste, der in mir die Schriftstellerin gesehen hat.«

Ich hatte eine andere Antwort befürchtet. Wäre sie in ihn verliebt gewesen, hätte ich mein Vorhaben und meine Hoffnungen begraben können. Aber sie ist noch nicht fertig: »Ich weiß, es klingt albern. Aber für mich war es wichtig.«

»Es klingt überhaupt nicht albern. Und zum Teil ist es meine Schuld. Ich hätte nicht so herablassend über dein Talent reden sollen.«

»Du musst nicht versuchen, mir meine Illusionen zu erhalten, Henry.« Die Tränen fließen ihr wie Bäche über die Wangen. »Ich bin nur enttäuscht, dass unser Projekt Chris offenbar nichts bedeutet hat.«

»Er ist jung«, sage ich. »Er schwebt gerade im siebten Himmel der ungeahnten Möglichkeiten. Du weißt doch auch noch, wie das mit zwanzig war. In dem Alter ist man furchtbar egoistisch.«

Sie nagt an ihrer Unterlippe, etwas beschäftigt sie. »Warum bist du überhaupt nicht wütend?«

»Weil ich mich für ihn freue«, antworte ich. »Den ersten eigenen Agenten zu finden ist die größte Sache der Welt. Eine wirkliche Leistung.«

»Ich war der Meinung, du würdest sein Agent sein. Du hast gesagt, er hat Talent.« Sie schnieft. »Siehst du? Genau deswegen hast du keinen Erfolg mehr. Du regst dich nicht einmal auf, wenn deine Klienten dich fallenlassen.«

»Ich habe wieder Erfolg. Deinetwegen.«

Meine Antwort scheint sie nicht zufriedenzustellen. »Dass du dich für Chris freust, ist gelogen. Du freust dich nie über den Erfolg von anderen.«

»Dass Chris diese Chance bekommt, erlaubt mir, einen Fehler zu korrigieren, den größten Fehler meines Lebens. Einen Fehler, der mich von Anfang an verfolgt hat.«

»Oh mein Gott.« Sie stöhnt auf. »Du wirst ihnen die Wahrheit über mich sagen?«

Ich muss lachen. »Liebe Güte, nein. Das wäre für mich so gut wie Selbstmord.«

»Für dich.«

»Annie.« Ich beuge mich vor. Was ich jetzt sagen will, erfordert Nähe, eine Atmosphäre der Vertrautheit. »Dieser große Fehler, den ich korrigieren will, hat nichts damit zu tun, dass ich die Wahrheit über dich und Joe in die Welt hinausposaunen will. Die Sache ist die …«

Raus damit, Higgins. Der Augenblick ist da. Nicht den Schwanz einziehen. Schweißausbruch und weiche Knie? Ignorieren. Sag's ihr. Jetzt.

»Ich werde dein Co-Autor. Wir beide schreiben das Buch zu Ende. Gemeinsam.«

Sie drückt sich tiefer in die Couch, als hätte ich eine fürchterliche Drohung ausgesprochen, vor der sie zurückweicht.
»Nein. *Nein.*«

Ich muss zugeben, ich bin erstaunt. Diese Reaktion hatte ich nicht erwartet. »Warum nicht?«

»Unter anderem, weil du mir ständig vorbetest, dass ich kein Talent zum Schreiben habe. Aber hier kommt die Neuigkeit, Henry Higgins: du auch nicht. Der einzige echte Schriftsteller von uns war Chris. Theoretisch gehöre ich sogar noch eher in diese Kategorie als du, immerhin habe ich lange Jahre mit einem Schriftsteller zusammengelebt.«

»Ich auch. Mit einer Schriftstellerin. Einer verdammt guten.«

»Oh, Mist.« Sie zieht betroffen die Schultern hoch. »Tut mir leid, entschuldige. Ich wollte keine alten Wunden aufreißen.«

»Genau das ist der Grund, weshalb ich es nicht gleich zu Anfang vorgeschlagen habe.« Meine angespannten Nerven führen dazu, dass meine Stimme viel zu laut durch Annies Wohnzimmer schallt.

Also durchatmen. Du stehst im Begriff, dein Inneres offenzulegen, was dich Überwindung kostet, aber du solltest dich bemühen, dein Gegenüber nicht in Angst und Schrecken zu versetzen.

»Was ich meine, ist … die letzte Autorin, auf die ich mich rückhaltlos eingelassen habe, war Charlie. In ihrem Buch steckt ebenso viel von meinem Herzblut wie von ihrem.«

Annie nickt. »Ich habe es gelesen. Ein großartiges Buch. Etwas zu ernst für meinen Geschmack.«

»Als wir uns kennenlernten, hatte Charlie gerade erst mit den ersten paar Kapiteln begonnen. Aber ich spürte ihr Talent, ihre Macht über Sprache. Sie konnte die Worte durch Reifen springen lassen wie dressierte Tiger. Sie gehorchten ihr.« Verflixt, mir kommen die Tränen, und ich reibe mir die Augen.

»Wir haben dieses Buch Stück für Stück aufgebaut, genau wie unser gemeinsames Leben. Alles war eine Erweiterung unserer Liebe. Wir haben geheiratet. Wir sind in eine gemeinsame Wohnung gezogen und haben sie gemeinsam umgebaut. Will kam zur Welt. Zwischendurch verloren wir das Buch über längere Zeit hinweg aus den Augen.« Ich überwinde den letzten Meter zwischen uns, indem ich mit dem Stuhl näher an sie heranrücke.

»Sie hat an der Hochschule unterrichtet. Ich habe mich in der Agentur meines Vaters nach oben gearbeitet. Gleichzeitig haben wir Will großgezogen. Eine ganze Weile sah es so aus, als würde sie es nie zu Ende schreiben können. Aber immer habe ich sie ermutigt, weiterzumachen, nicht aufzugeben. Sie hat geradezu geleuchtet, wenn sie geschrieben hat. Sie war so gut. Die Welt sollte hören, was sie zu sagen hatte.«

Ich hole tief Atem. Es wird schwer werden, durch diesen Teil zu kommen, ohne die Fassung zu verlieren.

»Annie, ich werde dir jetzt etwas anvertrauen, was sonst niemand weiß. Nach Charlies Tod …«

Es war ein schrecklicher Autounfall. Eine Massenkarambolage. Sechs Fahrzeuge, alle Fahrer tot. Charlie hätte überleben können. Sie hatte eine Chance. Sie ist gestorben, weil sie sich schützend über Will geworfen hat. Er hat keinen Kratzer abbekommen, aber für Charlie kam jede Hilfe zu spät.

»Als Charlie starb, war das Buch nicht fertig. Der Schluss fehlte, um die fünfzig Seiten.« Ich umfasse meinen Kopf mit beiden Händen. »Ich habe Charlies Buch fertiggestellt. Wir haben daran so lange gearbeitet, dass ich ihren Stil aus dem Effeff beherrschte. Das Buch zu Ende zu schreiben war die einzige Möglichkeit, um ihr Andenken zu ehren und sie, zumindest für eine kurze Zeit, in mein Leben zurückzuholen.

Ich war noch nicht bereit, sie loszulassen. Und ich hatte recht, niemand hat es gemerkt. Am Ende wurde sie posthum für einen Booker Prize nominiert.«

»Henry …«, sagt Annie mit all der Wärme, die sie schon im Boathouse ausgestrahlt hat. Sie wirkt ernst und aufrichtig. »Ich kann nicht zulassen, dass du dieses Buch mit mir schreibst. Ich will mich auf keinen Fall in eine Erinnerung drängen, die dir und Charlie gehört.«

»Deshalb habe ich dir das nicht erzählt. Ich wusste, wenn ich mit dir dieses Buch schreibe, müsste ich mir eingestehen, dass ich Gefühle für dich habe.« Ich lache. »Will versucht mir das seit Jahren begreiflich zu machen.«

Sie lächelt. »Der kleine Verkuppler.«

»Ich höre deine Stimme schon viel länger in meinem Kopf, als ich mir eingestehe.«

»Warum bist du dann so griesgrämig? Ich bin doch ein fröhlicher Mensch.«

Ich lege meine Hand auf ihre. »Jetzt habe ich keine Angst mehr. Es wäre mir eine Ehre, wenn ich dabei helfen dürfte, dich, Annie Shepherd, auf dem Papier zum Leben zu erwecken. Ich garantiere dir, niemand kann deine Stimme besser wiedergeben als jemand, der so für dich empfindet.«

Sie gibt mir einen Kuss auf die Stirn, die Nasenspitze, den Mund. »Henry, das ist das Schönste, was je ein Mensch über mich gesagt hat.« Noch ein Kuss auf den Mund. So kommt ein Higgins also an Küsse. »Und ich freue mich, dass du endlich erkannt hast, wie großartig ich bin.«

Ich lache. »Lange genug hat's gedauert, oder?«

»Länger als bei den meisten. Ich habe bereits begonnen, an meinem Charme zu zweifeln.«

Diesmal küsse ich sie, und als sie die Lippen von meinen löst, um Luft zu holen, sage ich: »Und das sogar, ohne dass ich Chris zurückgebracht hätte.«

Sie antwortet lächelnd: »Ich werde darüber hinwegkommen.«

Dann ist der flüchtige Moment der Zärtlichkeit vorbei, und Annie ist wieder Annie Shepherd, die ein Buch zu schreiben und einen Ruf zu verteidigen hat.

»Nachdem das geklärt wäre, hier die grundlegenden Regeln für die literarische Zusammenarbeit mit mir: Keine tragischen Szenen. Kein überkandideltes Zeug. Nichts, worüber Zena in ihrem Blog schreiben würde. Und ich erwarte, pünktlich jeden Morgen meinen Starbucks-Cappuccino gebracht zu bekommen.«

Ich nicke. »Iced Cold Foam Cappuccino, nehme ich an?«

»Ich bin noch nicht fertig.« Sie hebt den Zeigefinger. »Ich habe immer recht. Immer. Wenn du eine gute Idee hast, werde ich sie für meine ausgeben, ohne Dank an Dich.«

»Ich bin Literaturagent«, entgegne ich. »Ich bin daran gewöhnt, dass sich nie jemand bei mir bedankt.«

»Fein.« Sie streckt mir die Hand hin. »Ich freue mich, dich als meinen Co-Autor begrüßen zu dürfen.«

»Wenn ich so artig bin wie Chris, kriege ich dann auch dieselben Extrabehandlungen wie Chris?«

Sie zuckt mit den Schultern. »Siehst du nackt so gut aus wie er?«

»Ich absolviere ein striktes Peloton-Fitnessprogramm.«

Ich lasse ihre Hand los, umfasse ihr Kinn und ziehe ihr Gesicht an meins heran. »Und ich habe etwas, das Chris nicht hat.«

Ihre Lippen nähern sich meinem Mund. »Oh«, haucht sie, »verraten Sie mir Ihr Geheimnis, Mr. Higgins.«

»Das neue Ende für dein Buch. Das von Chris und dir hält mit dem Rest der Handlung nicht mit.«

Sie wirft den Kopf zurück und schiebt mich von sich weg. »Dir gefällt mein Ende nicht?«

Ich stehe auf, bevor sie Zeit hat, sich in etwas hineinzusteigern. »Morgen erfährst du mehr. Bleib einfach aufgeschlossen für neue Ideen.«

»Ich habe nichts gegen neue Ideen«, kommt es zurück. »Außer, sie machen mein Buch kaputt.«

Von der Tür aus werfe ich ihr eine Kusshand zu. »Bis morgen.«

46

ANNIE

Einen neuen Co-Autor einzuarbeiten ist nicht leicht. Es ist Schwerstarbeit. Der »Neue« muss begreifen, dass ich das letzte Wort habe, weil es mein Name ist, der später auf dem Einband steht, auch wenn seine Kreativität ein wichtiges Element im Produktionsprozess ist. Ich bin es, die rausgehen muss und es verkaufen wird. Aber verkaufen kann ich nur etwas, von dem ich selbst überzeugt bin.

Ich mag keins meiner Bücher selbst geschrieben haben, aber ich stehe hundertprozentig hinter dem Inhalt. Und darauf kommt es den Menschen an. Sie können spüren, dass ich den Wunsch habe, etwas mit ihnen zu teilen, was ich liebe. Sie merken, mit wie viel Liebe ich Elizabeths Welt für sie errichtet habe. Deswegen ist *Trust Me* ebenso eine Lifestylemarke wie eine Romanreihe.

Wird Henry vom ersten Tag an diese stillschweigende Übereinkunft zwischen Leser und Autor verstehen? Man wird sehen. Mit Chris habe ich immer wieder darüber streiten müssen.

Es klingelt. Ich schaue auf die Uhr. Er ist zwei Minuten zu früh. Schön. Eine Regel hat er wenigstens schon verinnerlicht. Ich öffne ihm die Tür, und sofort beugt er sich vor für einen Kuss. Ich weiche aus und halte ihm die Wange hin.

»Bei deinem Vorgänger gab es, wie du weißt, einige Schwierigkeiten mit der Konzentration auf das Wesentliche«, sage ich. »Auch wenn's schwerfällt, Henry, du musst professionell bleiben. Alles für das Buch.«

Er überreicht mir den Starbucksbecher mit einem anzüglichen Grinsen. »Meinetwegen. Dein Verlust.« Er geht zum Sessel und macht es sich bequem.

Ich folge ihm und nehme auf dem Weg zum Sofa den ersten kritischen Schluck von meinem Cappuccino. »Hast du Rohrzucker genommen?«

»Dreieinhalb Päckchen. Wie befohlen.«

»Gründlich umgerührt?«

»Mit Hingabe. Ich habe immer noch einen leichten Krampf im Handgelenk.«

Ich schüttle den Becher. »Oben etwas zu stark. Unten ein bisschen körnig.« Ich probiere noch einen Schluck. »Aber es ist dein erster Tag. Ich bin sicher, du lernst noch dazu.«

»Am Ende der Woche wirst du feststellen, dass ich ein wahrer Musterschüler bin.«

»Das hängt von diesem angekündigten neuen Ende ab.«

Er trinkt einen Schluck aus seinem Becher und lässt eine dramatische Pause eintreten, bevor er antwortet: »Diesmal kriegt Elizabeth den Kerl. Es wird ein Happy End. Sie findet die große Liebe.«

»Henry. Es sind immer Happy Ends.« Offenbar werde ich es ihm erklären müssen wie einem Sechsjährigen. Wenn er sich früher einmal dazu herabgelassen hätte, die Trust-Me-Romane zu lesen, müssten wir jetzt nicht unsere knapp bemessene Zeit verschwenden. Einfach nervig, dass diese Helfer immer glauben, sie wüssten alles besser als ich. Ich muss mich zwingen, das nicht laut auszusprechen. Er interessiert sich für dich, er umsorgt dich, er hat seine Gefühle gestern vor dir ausgebreitet, und du erwiderst diese Gefühle. Er ist hier, um zu helfen. Du darfst nicht schon am ersten Tag Krieg anfangen. Bewahre Geduld und mache ihm klar, an welchen Grundfesten des Trust-Me-Kosmos nicht gerüttelt werden darf.

»Elizabeth ist sich selbst treu. Darauf beruhen ihr Erfolg und der Erfolg der Reihe. Dafür lieben die Menschen sie. Bei ihr gibt es keine gütlichen Einigungen, keine faulen Kompromisse. Sie lebt nach ihren eigenen Regeln. Nur wenige Frauen tun das. Ein Happy End sieht für Männer und Frauen unterschiedlich aus. Für einen Mann ist es Elizabeth, die dem Helden in die Arme sinkt. Für eine Frau ist es Elizabeth, die sie selbst bleibt, und wenn das heißt, ein Leben ohne Mann zu führen, dann muss es eben so sein.«

Henry hebt eine Augenbraue. »Was ist mit all den Liebeskomödien, den großen Romanzen? Und wenn sie nicht gestorben sind …?«

Ich imitiere die hochgezogene Augenbraue. »Die fast alle von Männern geschrieben wurden?«

Henry lässt ein leises Lachen hören. »Nur die erfolgreichen. Aber ich bin überrascht, dass du nicht gemerkt hast, was Chris getan hat.«

Ich widerstehe der Versuchung, mit dem Fuß laut aufzustampfen. »Was hat Chris denn getan?«

»Schau dir den Plot doch an. Elizabeth braucht den Prinzen. Der ganze erste Akt schreit nach diesem Ende.« Er beginnt zu flüstern. »Ich glaube, er wollte dich mit Sex auf das Happy End einstimmen.«

»Willst du damit andeuten, dass Chris mein Buch in eine andere Richtung geschrieben hat, als wir besprochen hatten?«

Er schmunzelt schon wieder. »Du hast es nicht gemerkt, weil deine Aufmerksamkeit auf anderen Tätigkeiten lag.«

Dann hält er seinen Ausdruck des Plots hoch, der mit Notizen übersät ist.

Ich durchbohre ihn mit Blicken. »Hast du etwas damit zu tun?«

»Kein Stück. Das hat Chris ganz allein geschafft.«

»Ich weiß nicht, was ich dir dazu noch sagen soll. Elizabeth hilft dem FBI-Agenten, ihren Ex-Mann festzunageln, indem sie den Lockvogel spielt und ihn in eine Falle lockt. Dann, in der letzten Szene, erscheint der FBI-Agent in ihrem Büro und will sie engagieren.«

Ich ziehe die Stirn in Falten. »Das ist nicht Chris' Ende.«

»Nein«, sagt er. »Es ist meins. Seins war furchtbar. Es passte nicht zu seinem Plotplan.«

»Elizabeth arbeitet *allein*«, sage ich verbissen. »Sie würde sich nie mit einem Typen zusammentun, der für das FBI tätig ist.«

Henry sieht mich fassungslos an. »Elizabeth hat in jedem Buch eine heiße Affäre mit einem Polizisten.«

»Richtig. Affäre«, betone ich. »Elizabeth ist eine Einzelgängerin, aber nicht im Bett.«

»Ganz sicher nicht im Bett«, stimmt er zu.

»Ich glaube, ich möchte nicht mit dir zusammenarbeiten«, verkünde ich so kühl, dass die Raumtemperatur fühlbar absinkt.

»Dito. Du erstickst meine Kreativität.«

»Aber es ist mein Buch, du bist nur der Agent«, beharre ich.

»Ich dachte, Elizabeth gehört den Lesern«, kontert er.

»Das tut sie. Und weil du keiner ihrer Leser bist, hast du auch nicht mitzureden.«

Er erhebt sich aus dem Sessel. »Manche würden eine feste Beziehung als eine angenehme Neuerung empfinden.«

»Blöd nur, dass ich nicht eine von jenen bin. Tut mir leid, dein Ende ist einfach Mist.«

Er deutet mit dem Zeigefinger auf mich. »Du bist nicht gewillt, meiner Version eine Chance zu geben?«

»Du kannst gern dein Glück damit probieren, wenn du so überzeugt davon bist. Ich bleibe bei dem Schluss, der mir gefällt.«

»Dem, in dem sie den Prinzen nicht bekommt.«

»Genau. Dem, der funktioniert.«

Seine Lippen werden schmal. »Wo ist dein Arbeitsplatz?«

Ich zeige auf den Couchtisch. »Genau hier.«

»Wunderbar. Dann schreibst du den Schluss, den du dir mit Chris zusammen ausgedacht hast. Ich gehe in ein anderes Zimmer, um meine Version zu Papier zu bringen. Wenn wir beide fertig sind, lesen wir, was der andere geschrieben hat, und entscheiden, welcher Schluss überzeugender ist.«

»Ich bin nicht sicher, ob ich von dir eine faire Bewertung erwarten kann. Aber du kannst Joes Büro benutzen. Die Treppe rauf, dritte Tür links. Du wirst es erkennen, wenn du's siehst. Es war der Schauplatz von Elizabeths Ermordung. Genau der passende Ort, um deinen grottenschlechten Schluss dort zu schreiben.«

Er knurrt, dann geht er die Treppen hoch. Fünfzehn Minuten später öffne ich, mit einem Kaffee zur Stärkung in der Hand, die Datei mit dem Handlungsabriss. Ausgezeichnet. Ich bin bei Szene dreiundachtzig von einhundertsiebzehn. Ich öffne die Manuskriptdatei. Tippe *Kapitel 83*. Der Anfang ist gemacht, ich kann loslegen …

Was jetzt? Mein Handy summt. Jemand hat eine Nachricht geschickt. Ich schaue auf das Display.

Es ist magisch hier oben, ich spüre den Geist des Schöpfers von Trust Me. Schiere Inspiration.

Geschmacklos, Henry Higgins, wirklich geschmacklos. Hast du nichts Besseres zu tun, als dir Gemeinheiten auszudenken? Wir haben einen Abgabetermin, und die Uhr tickt. Meine Finger schweben über der Tastatur, bereit, ihn in die Schranken zu weisen, als die nächste Nachricht eintrifft.

Seite eins wäre geschafft. Läuft bei mir. Wie sieht's bei dir unten aus?

Lachhaft. Diese Selbstgefälligkeit verdient einen Dämpfer.

Eigenlob ist das einzige Lob, das du erwarten kannst. Also mach ruhig weiter mit deiner Selbstbeweihräucherung.

Er schreibt: *Gehe ich recht in der Annahme, dass du noch keine Zeile zustande gebracht hast?*

Dieser grobe Klotz braucht dringend eine Zurechtweisung, die sich gewaschen hat!

Von Joe müsste noch eine Tube Cremelotion in der obersten Schublade liegen. Warum benutzt du sie nicht für ein kleines autoerotisches Intermezzo? Druck ablassen und so?

Er: *Igitt! Das ist widerlich.*

Ich: *War mein Eindruck. Sorry, wenn du dich angegriffen fühlst.*

Er: *Wovon ich mich angegriffen fühle, ist deine kategorische Ablehnung meiner Idee eines Happy Ends als Schlussakkord.*

Ich: *Gib einfach zu, dass ich am besten weiß, was zu Elizabeth passt, dann darfst du wieder runterkommen.*

Er: *Da kannst du lange warten.*

Ich greife zu einem schmutzigen Trick und schlage inhaltlich einen Haken, denn merke: Wenn du nicht mehr weiterweißt, musst du den Gegner aus dem Konzept bringen. Dann ist dir der Erfolg garantiert. Also tippe ich:

Wenigstens sind wir uns in einem Punkt einig – unser Kuss war eine Offenbarung.

Er: *Findest du? Für mich war er das jedenfalls.*

Ich: *Viel Glück mit deiner Schlussversion.*

Das wird ihn eine Weile beschäftigen. Aber nicht so lange, wie ich es erwartet habe.

Ich weiß, weshalb du das Thema gewechselt hast. Du willst, dass ich an nichts anderes mehr denken kann als an unseren Kuss. Saboteurin!

Ich antworte: *Sowas würde ich nie im Leben tun!* Doch, ich würde. Und habe es auch, mehr als einmal.

Von ihm kommt zurück: *Was hast du noch vor, um mich zu verwirren? Deine betörenden Reize einzusetzen, auf dass es mir die Sprache verschlage?*

Gute Idee. Ich bin mir nicht zu schade dafür. Trotzdem schreibe ich:

Wenn du die Hälfte der Energie, die du für dieses verbale Pingpong verbrauchst, ins Schreiben stecken würdest, wärst du viel schneller fertig.

Er schreibt: *Du gibst jemandem Tipps fürs Bücherschreiben? Ganz schön dreist.*

Ich: *Ich werde dich blockieren.*

Er: *Ein Hauch Kritik, und du stellst schon die Stacheln auf? Traurig.*

Ich: *Hast du nicht eine Agentur zu leiten?*

Er: *Du wärst aufgeschmissen ohne mich.*

Ich: *Andersrum wird ein Schuh draus.*

Er: *Selbstverständlich. Es könnte nie auf Gegenseitigkeit beruhen.*

Ich: *Es war deine Entscheidung, so auf mich abzufahren. Niemand hat dich gezwungen.*

Er: *Ja, ich kann mir für ein spätes Mittagessen freinehmen. Was gibt es denn in der Nähe vom Grand Central?*

Oh mein Gott. Betreibt er Multitasking? Bin ich nicht der ausschließliche Mittelpunkt seiner Aufmerksamkeit? Wie kann er es wagen! Ich schreibe:

Mit wem zur Hölle redest du?

Er antwortet: *Sorry. Edward ist heute in der Stadt. Will mit mir einen Happen essen gehen. Lust, dich uns anzuschließen?*

Ich: *Nein. Im Gegensatz zu dir nehme ich das hier ernst.*

Er: *Ha, Seite vier. Ich habe mein Vormittagspensum geschafft. Edward schlägt die Austernbar vor.*

Ich: *Ich mag keine Austern.*

Er: *Sie gelten als Aphrodisiakum. Angst, welche zu essen, während ich in der Nähe bin?*

Ich: *Vielleicht solltest du dein Schmachten nach mir ins Literarische überführen. Ich finde Worte sexy.*

Er: *Sagt jemand, der ausschließlich Instagram-Posts liest.*

Ich: *Warum besorgst du mir nicht was, das ich wirklich brauche, statt mich mit einem völlig überflüssigen Alternativende für mein Buch zu nerven? Frag deinen alten Herrn, ob er jemanden haben möchte, der ihm in seinem großen leeren Haus auf Long Island Gesellschaft leistet. Ich kann mir vorstellen, dass es mir dort gefallen würde, und der Tag meines notgedrungenen Auszugs rückt näher.*

Er: *Ich rate davon ab. Ich werde den Verdacht nicht los, dass mein Vater dort Eyes-Wide-Shut-Partys veranstaltet. Einmal habe ich ein Cape in seinem Kleiderschrank gefunden.*

Ich: *Das macht er wirklich. Joe und ich haben mehr als einmal daran teilgenommen.*

Ich höre, wie die Tür von Joes Arbeitszimmer geöffnet wird, und dann Henrys Schritte. Er ruft zu mir herunter: »Scherz, oder? Mein Vater veranstaltet nicht wirklich Orgien?«

Ich antworte nicht. Es ist viel zu lustig, um die Sache aufzuklären. Aber für den Rest von euch: Nein, ich war nie auf einer Eyes-Wide-Shut-Party.

47

HENRY

Ich betrete die *Grand Central Oyster Bar* und stelle fest, dass Edward bereits einen Tisch für uns organisiert hat. Er trägt sein übliches Ensemble: Nadelstreifenanzug mit Einstecktuch. Ich gehe hinüber und nehme Platz. Ohne aufzuschauen, blafft er hinter der Speisekarte hervor: »Wo ist Will?« Man beachte bitte: Er steht nicht auf, als er mich kommen sieht. Kein Hallo. Kein Händedruck. Ihn interessiert einzig und allein, wo sein Enkel ist. Edward Higgins, wie er leibt und lebt.

»In der Schule«, antworte ich. »Es ist Dienstag.«

Edward schnaubt verächtlich. »Wenn er da nicht hingeht, versäumt er nichts. Der Junge ist unterfordert. Die Teilnahme an einem Geschäftsessen wäre für ihn lehrreicher. Er wird eines Tages in meine Fußstapfen treten.«

»Es tut mir leid, dich enttäuschen zu müssen, Dad, aber er möchte Tierarzt werden.«

»Das erzählt er dir nur, weil er nicht möchte, dass du dich bedroht fühlst. Aber vertrau mir, in fünfzehn Jahren wird der Junge dich feuern und in dein Büro einziehen.«

»Will? Momentan sieht es aus, als würde er das siebte Schuljahr wiederholen müssen.«

»Nicht seine Schuld. Die bringen ihm da einfach nichts bei.«

Hier noch eine schwer erträgliche Wahrheit über alle Väter, nicht nur meinen. Sie halten ihre Söhne für absolute Blindgänger, die nur deshalb noch nicht vor die Hunde gegangen sind, weil sie vom früheren Ruhm ihrer Väter zehren können. Ihre Enkel hingegen sind allesamt Genies, die ausziehen werden, um sich die Erde untertan zu machen.

»Ah ja«, sage ich, »natürlich ist die Schule verantwortlich.«

»Will gewiss nicht. Er ist erst zwölf.«

Edward nimmt eine Laugenstange aus dem Brotkorb, bricht sie durch und beißt ein großes Stück ab.

»Du warst ein Einserschüler.« Er kaut, und ich warte auf das dicke Ende, das unweigerlich kommen wird. »Das sollte dir sagen, was ich von der These halte, dass Schulnoten auf den weiteren Lebensweg schließen lassen.« Jep. Da war's.

»Dad«, sage ich, »du warst ein Einserschüler und ein Summa-cum-Laude-Student in Cambridge und Harvard.«

»Und mit den Lehrern, die heutzutage unterrichten dürfen, hätte ich das nie erreicht.« Er bohrt den Zeigefinger in das mit Hummern bedruckte Tischtuch. »Ich wäre in genau derselben Situation wie heute unser lieber William.«

Mein Handy summt und vibriert. Ich schaue nach, wer mir so dringend etwas mitteilen will. Annie, natürlich. Sie lässt mich wissen, dass sie sich meine vier Seiten vornehmen und mich über ihr Urteil informieren wird.

»Arbeit?«, erkundigt sich Edward.

»Ja. Der Fluch der ständigen Erreichbarkeit.«

»Keiner sagt, dass du das mitmachen musst. Schalte das Ding aus, und nimm dir die Zeit, gepflegt ein gutes Essen zu genießen. Geht auf mich.«

Ich lege das Handy mit dem Display nach unten auf den Tisch.

Edward winkt den Kellner heran und bestellt für uns beide. Da er zahlt, findet er wahrscheinlich, dass meine Wünsche keine Rolle zu spielen haben. Warum ich überhaupt noch zu diesen Vater-Sohn-Treffen gehe? Das kann ich erklären. Weil ich mich jeden einzelnen Tag meines Lebens nach seiner Anerkennung sehne.

Heiliger Strohsack, er braucht eine halbe Ewigkeit für die Bestellung. Wann ist dies gefangen worden? Aus welchem Fanggebiet stammt jenes? Wie wird man es zubereiten? Kann man dazu vielleicht ein klein wenig Meerrettich bekommen? Nicht zu fassen. Und die ganze Zeit, während er geruhsam die Speisekarte zerpflückt, steht mein Handy nicht still. Zu guter Letzt bin ich so gelangweilt, dass ich den vernichtenden Blick meines Vaters ignoriere und die eingegangenen Nachrichten durchgehe.

Er brummt: »Ich hoffe, sie sind wichtiger als dein alter Herr.«

»Wie man's nimmt«, antworte ich. »Es ist deine ehemalige Klientin, Annie Shepherd.«

Bei der Nennung dieses Namens tritt ein breites Grinsen auf sein Gesicht. Wie erwartet. Er liebt jeden Menschen, der das Potenzial hat, mir das Leben schwer zu machen. »Annie! Wieso hast du sie nicht mitgebracht? Ich hätte mich gefreut, sie wiederzusehen. Wo sind deine Manieren, Sohn?«

»Sie ist beschäftigt«, sage ich. »Mit Schreiben.«

Er prustet vor Lachen, und speit dabei die Krümel der Laugenstange aufs Tischtuch. »Annie ist mit Schreiben beschäftigt? Mein lieber Junge, bist du auf Drogen?«

Ich muss mich schwer zurückhalten, um dem Verlangen, hier und jetzt aufzustehen und ihn zu erdrosseln, zu widerstehen. »Was meinst du damit, Dad?«

Er schaut mich an, eine Augenbraue gesenkt, die andere hochgezogen, womit er nach meiner bitteren Erfahrung ausdrückt, dass er am Verstand seines Gegenübers zweifelt. »Musst du das erst fragen, Sohn?«

340

Dieser hinterhältige Schweinehund. Ich werde ihm diese Laugenstange in den Rachen stopfen. »Willst du mir sagen, du hättest die ganze Zeit gewusst, dass sie diese Bücher nicht geschrieben hat? Und du hast es mir nicht verraten?« Er legt den Zeigefinger an die Lippen. »Nicht so laut. Wir befinden uns in der Öffentlichkeit.«

Ich kann mich gerade noch daran hindern, mit der Faust auf den Tisch zu schlagen. »Weshalb lässt du mich all die Jahre im Dunkeln tappen?«

»Weil du's verbockt hättest. Sie war deine einzige Hoffnung, in meiner Agentur zu bleiben. Hättest du die Wahrheit gewusst, hätte ich dir deine Stelle nicht erhalten können.«

»Warum nicht?«

»Weil du es verbockt hättest«, wiederholt er. »Du hättest dich sofort empört und den Moralapostel herausgekehrt, genau wie jetzt gerade.«

»Moralapostel?« Ich spucke die einzelnen Silben praktisch aus. »Und als Joe gestorben ist, du weißt schon, der echte Autor, hättest du mich da nicht vielleicht einweihen können?«

»Ehrlich gesagt wollte ich sehen, wie du dich verhältst, wenn du endlich dahinterkommst.«

Jetzt geht es mit mir durch, und ich haue auf den Tisch. »Dann war das nur ein Test für dich?«

»Nein. Es war ein Test für dich.« Er lächelt. »Und ich bin stolz auf dich. Du hast dich der Herausforderung gestellt. Du bist nicht zu mir gerannt gekommen, damit ich dir helfe. Du hast nicht versucht, das Problem mit Geld aus der Welt zu schaffen, sondern endlich unserem Berufsstand Ehre gemacht.«

»Ich bin kriminell geworden.«

»Das eine schließt das andere nicht unbedingt aus. Sieh mal, wir haben die Aufgabe, unsere Klienten in Watte zu packen. Dazu sind wir da. Wie, ist nicht entscheidend. Wir müssen dafür sorgen, dass sie sich gut aufgehoben fühlen, damit sie entspannt ihr literarisches Talent entfalten können.«

»Annie hat kein literarisches Talent«, stöhne ich. »Ich helfe ihr, das verdammte Buch zu schreiben.«

»Literarisches Talent braucht sie auch nicht, Sohn. Annies großes Talent ist, Annie zu sein. Joe wusste das. Ich wusste das. Die Bücher sind nicht wichtig. Es geht um sie. Wegen ihr werden die Bücher gekauft. Sie ist eine neue Art Autor.«

»Ja. Die Art Autor, die nicht schreibt.«

»Lieber Henry, wen juckt's, ob sie dieses belletristische Fast Food geschrieben hat? Die Menschen sind verrückt danach.« Er reibt sich die Hände. »Joe hat mich mit ihr bekannt gemacht. Sagte, er habe da ein Buch geschrieben. Wir sollten es unter Annies Namen anbieten. Sie wäre an der Uni seine Studentin gewesen. Das wäre der perfekte Deckmantel. Presto. Wir sind alle reich geworden.«

»Ja«, sage ich. »Nur Annie ist leer ausgegangen.«

»Wie bitte? Annie hat Geld wie Heu. Besonders jetzt, nach Joes Tod.«

Aha, der alte Fuchs ist doch nicht allwissend. »Nein. Sie hat einen Vertrag unterschrieben, in dem festgelegt ist, dass das gesamte Vermögen aus dem Treuhandfonds an seine Tochter Lacey fällt. Annie hat natürlich wieder mal das Kleingedruckte nicht gelesen.«

Edward ist schockiert. Woher ich das weiß? Einige Muskeln in seinem Gesicht haben trotz Botox gezuckt. »Unmöglich.«

»Doch, das ist es.«

»Das ist mir vollkommen unverständlich. Ich habe die Dokumente seinerzeit als Zeuge unterschrieben. Joe wollte es so. Der Vertrag sah eine Fifty-fifty-Aufteilung vor und dass nach Joes Tod seine Hälfte an Lacey geht. Ich bin hundertprozentig sicher. Ich war dabei, Sohn. Annie ist völlig falsch informiert. Sie muss unbedingt mit diesem Anwalt sprechen.«

In dieser Sekunde macht es Klick, und alles ergibt plötzlich einen Sinn. Der Anwalt und Lacey. Deshalb ist Lacey zu ihm ins Auto gestiegen. Die beiden stecken unter einer Decke. Sie haben den Vertrag gefälscht, in der Gewissheit, dass ihnen nichts passieren kann. Hätte man sie wegen Betrugs angezeigt, wäre der andere, viel größere Betrug um die tatsächliche Autorschaft der Trust-Me-Reihe ans Licht gekommen, mit unabsehbaren Folgen. Sie waren gierig – die Hälfte des Vermögens war ihnen nicht genug. Sie wollten alles. Und sie wussten, dass Annie sich nie die Mühe macht, etwas durchzulesen, bevor sie ihren Namen daruntersetzt. Es war das perfekte Verbrechen. Higgins, du alter Glückspilz! Hey, Henry 2.0 ist wieder da! Du hast das böse Spiel durchschaut. Du könntest Annies Retter sein.

»Dad«, sage ich, »hat man dir als Zeugen eine Vertragskopie ausgehändigt?«

»Kann sein. Aber es ist lange her. Ich erinnere mich nicht mehr. Wenn ich eine habe, dann auf meinem Computer zu Hause oder irgendwo in meinen Unterlagen.«

Drei Stunden später befinde ich mich auf Dads Gold-Coast-Anwesen und sitze in seinem Arbeitszimmer auf dem pompösen Antikstuhl im Stil Ludwig des Vierzehnten, der ihm als bequemer Schreibtischsessel dient. Das ist typisch für meinen Vater. Königliches Mobiliar ist gerade gut genug als Dekoartikel für sein trautes Heim. Ich rüttle seine Computermaus, um den Bildschirm aus dem Ruhemodus zu wecken.

Ich muss alle Dateien checken und herausfinden, ob du Annie zu ihrem Recht verhelfen kannst. Meine Güte, Dad, räumst du den Kasten nie auf? Da sind Entwürfe von Briefen, die vor fünfzehn oder sechzehn Jahren abgeschickt wurden.

Mist! Diese Methode ist nicht zielführend, ich muss die Suche eingrenzen. Stichworte: *Joe, Annie, »Trust Me«, Vertrag, Duke, Shepherd.*

Nachdem ich mich über zwei Stunden durch Edwards persönliches Archiv geklickt habe, bin ich keinen Schritt weiter. Sieht aus, als müsste ich mich der Papierabteilung zuwenden. Ich rufe Edward ins Zimmer zurück, um zu fragen, wo er sein Schriftgut aus dem prädigitalen Zeitalter aufbewahrt.

Lasst mich nur so viel sagen, dass Annie Shepherd mir bei unserer nächsten Begegnung mehr schuldig ist als nur einen Kuss. Ihretwegen hocke ich mitten im Dezember in einer ungeheizten Scheune und durchforste Akten, die teilweise zurückreichen bis ins vorige Jahrtausend. Ganz richtig, euer Henry 2.0, in Dufflecoat, Handschuhen und Wollmütze gekleidet, leistet Goldgräberarbeit in einem Berg von Geschäftsunterlagen, der zu gewaltig ist, als dass man ihn in einem Herrenhaus mit zwanzig Zimmern unterbringen könnte. Ich kann es mir nicht einmal mit einem Heizgerät etwas gemütlicher machen, weil die Gefahr zu groß ist, dass ich mitsamt allem, was hier lagert – Papier, Heu, Stroh – in Flammen aufgehe.

Und was treibt Annie Shepherd derweil? Während ich mich im Schweiße meines Angesichts bemühe, sie vor dem Bankrott und der Obdachlosigkeit zu bewahren, bombardiert sie mich mit Nachrichten: was ich für einen Schrott fabriziert hätte. Dass Chris selbst an seinem schlechtesten Tag besser schreiben könne. Dass sich bestätigt, was sie von Anfang an befürchtet habe – ich ruiniere ihr Buch! Vor diesem Shitstorm war ich in dem Glauben, ich würde mich aus Liebe zu ihr durch Vertragsunterlagen von zwanzig Jahren arbeiten, doch allmählich gelange ich zu der Auffassung, dass ich sie nur deshalb reich machen will, weil ich mich dann niemals mehr um sie und diese unsäglichen Trust-Me-Schmachtfetzen kümmern muss.

Moment. Da kommt mir ein Gedanke. Die schicksalhafte Vertragsunterzeichnung müsste zwischen 2005 und 2006 stattgefunden haben, ich habe aber bei meiner Suche einen Sprung von 2003 nach 2008 gemacht. Wie kann das sein? Die nächste Nachricht erreicht mich, aber sie ist nicht von Annie.

Sie ist von Edward.

Henry, komm wieder ins Haus. Eben ist es mir eingefallen. Der Vertrag wurde 2006 unterschrieben. Die Jahre 2004 bis 2008 sind in meinem Haus in London. Wenn ich eine Kopie habe, dann liegt sie dort. Tut mir leid, dass ich nicht früher daran gedacht habe.

Was glaubst du, wie ich mich freue, dass dir das nicht früher eingefallen ist, du seniler alter Mann.

Abhaken, weitermachen. Vorerst gibt es nur einen Ort, an dem ich noch suchen kann: das Büro. Es besteht die vage Möglichkeit, dass man das Dokument eingescannt und als PDF gespeichert hat, als im Zuge der Firmenfusion Edwards Geschäftsunterlagen digitalisiert wurden.

Warum ich nicht zu Annie gehe und in Joes Unterlagen nachsehe, fragt ihr? Ja, warum eigentlich nicht? Weil ich jede Wette eingehen würde, dass Lacey, als sie von Annie beim Herumschnüffeln ertappt wurde und es zu der Ohrfeige kam, nach genau denselben Papieren gesucht hat wie jetzt ich. Entweder hat sie sie auch gefunden oder sie sind nie dort gewesen.

48

HENRY

Tja, der Abstecher ins Büro gestern Abend war eine herbe Enttäuschung. Sie hatten nicht einmal die Hälfte von Edwards Papierflut digitalisiert. Demnach besitze ich noch immer keinen greifbaren Beweis dafür, dass Annie hintergangen wurde. Mir bleibt nichts anderes übrig, als mit einem Bluff mein Glück zu versuchen. Rechnet mit Hinterlist und Tücke, wie sie nur bei Angehörigen meines Berufsstandes zu finden sind. Das Spiel beginnt – jetzt. Ich betätige die Klingel an der Gegensprechanlage von Laceys Wohnhaus.

»Hallo?«

»Kammerjäger«, sage ich mit verstellter Stimme. »Die Hausverwaltung schickt mich.«

Der Öffner summt, ganz wie ich erwartet habe. Mal ehrlich, würde einer von euch nicht aufmachen, wenn der Kammerjäger klingelt? Niemand mag Ungeziefer. Es ist einer der seltenen Fälle, in denen Menschen bereitwillig das Risiko auf sich nehmen, möglicherweise einem Serienkiller Zutritt zu ihren vier Wänden zu gewähren. Ja, man könnte ausgeraubt oder umgebracht werden, andererseits sind Küchenschaben und ihre Kollegen keine angenehmen Mitbewohner. Man muss Prioritäten setzen.

Ich steige in den Lift. Während der Fahrt melden sich meine Nerven. Für die Nummer, die ich durchziehen will, braucht man Eier aus Stahl. Der Schwindel mit Annies Buch ist nichts dagegen. Annie, immer wieder Annie. Ohne sie würde ich nicht schon den zweiten nicht ganz legalen Drahtseilakt wagen. Irgendwas an dieser Frau hat eine verborgen in mir schlummernde kriminelle Energie geweckt. Schluss damit, Higgins. Du musst dich konzentrieren, es ist für Annie.

Der Lift hält auf Laceys Etage. Ich gehe den mit Teppichboden ausgelegten Flur entlang zu ihrem Apartment. Sie wartet in der geöffneten Tür. Ihr Blick fällt auf mich, den maßgeschneiderten Anzug, das gegelte Haar und die Sonnenbrille – jep, ich trage mitten im Dezember eine Sonnenbrille –, und sie sagt:»Sie sind nicht der Kammerjäger.«

»Gut erkannt«, antworte ich mit tiefer, rauer Stimme. »Aber auch ich bin gekommen, um einen Schädling auszutilgen.«

Ich dränge mich grußlos an ihr vorbei, gehe durch die Diele ins Wohnzimmer und lasse mich breit auf dem Sofa nieder.

Lacey ist mir gefolgt. Sie schäumt vor Wut und zu Recht. Mein Benehmen ist unmöglich. Auch wenn die Aktion an der Wohnungstür rollenkonform gewesen ist, mein ganzes britisches Selbst bäumt sich dagegen auf.

»Ich rufe die Polizei«, faucht sie.

Ich ziehe ein Päckchen Zigaretten aus der Jackentasche, das ich gestern Vormittag sowohl zur Nervenstärkung als auch, um meinem Auftreten ein gewisses bedrohliches Flair zu verleihen, gekauft habe.

»Nur zu. Damit nimmst du bloß vorweg, was ich ohnehin vorhatte.« Ich stecke die Zigarette an.»Willst du gar nicht wissen, mit wem du's zu tun hast, Schätzchen?«

Sie mustert mich mit zusammengekniffenen Augen.»Sie waren auf Joes Beerdigung.«

»Ich bin der Agent von Annie Shepherd.«

Wenn Blicke töten könnten. »Ich will, dass sie sich aus meiner Wohnung verpissen, und zwar schnellstens.«

Ich lasse mich von ihrer unverhohlenen Feindseligkeit nicht einschüchtern. »Ich bin nicht hier, um Spielchen zu spielen, Lacey.« Ich deute auf das Zweiersofa mir gegenüber. »Setz dich. Es gibt Redebedarf.«

»Nicht, dass ich wüsste.« Sie bleibt stehen und verschränkt die Arme. »Weshalb hetzt Annie mir ihren Agenten auf den Hals?«

»Ich stelle hier die Fragen, Lacey. Jetzt. Setz. Dich. Verdammt. Nochmal. Hin.« Und sie pariert. Tatsächlich. Es hat funktioniert. Sie tut, was ich ihr sage. Großartig.

Der Aschenkegel meiner Zigarette hat eine bedrohliche Länge erreicht. Ich beuge mich vor und äußere, ganz britisch: »Mir fehlt ein Aschenbecher, fürchte ich.«

Auch wenn ich in der Absicht hergekommen bin, sie fertigzumachen – einfach auf den Boden aschen, das geht nun doch zu weit. Higgins! Um Himmels willen, unterdrück deine britischen Manieren. Lass die Asche einfach auf den Boden fallen. Glücklicherweise schiebt Lacey mir, bevor ich meine gute Erziehung verraten muss, eine Untertasse hin. Ich hauche ein »Danke«.

Dann spiele ich meine Rolle weiter. »Einen Tag nach dem Begräbnis deines Vaters hat sein Anwalt meine Klientin in seine Kanzlei bestellt und sie darüber informiert, dass das gesamte Vermögen aus dem von Joe Duke begründeten Trust, in den sowohl seine Einkünfte als auch die von Annie geflossen sind, nach seinem Tod an dich übergeht. Des Weiteren die von ihm erworbene Eigentumswohnung, in der er mit Annie zusammengelebt hat.«

»Und was zum Teufel geht es Annies grenzdebilen Agenten an, wem mein Vater sein Geld vermacht?«

»Miss Shepherd und ihr grenzdebiler Agent erlauben sich, die getroffenen Verfügungen anzufechten.«

»Miss Shepherd und ihr grenzdebiler britischer Agent können mich mal. Sie hat unterschrieben, und damit basta.«

»Nun, es gibt da ein kleines Problem.« Ich setze zum Todesstoß an. »Der grenzdebile britische Agent …« Weshalb zum Teufel nenne ich mich selbst dauernd so? »*Ich* habe einen Zeugen, der zugegen war, als die Dokumente unterschrieben wurden, und der behauptet, es wäre für den Todesfall eine Fifty-fifty-Aufteilung vorgesehen gewesen. Eine Hälfte für dich, die andere für Annie. Ich bin hier, um Annies fünfzig Prozent zurückzufordern, die du dir in die Tasche gesteckt hast.«

»Dein Arschloch von einem Zeugen lügt.«

»Arschloch könnte stimmen, aber ein Lügner ist er nicht. Seine Unterschrift steht auf dem Vertrag. Wenn du mich das Schriftstück sehen lässt, das dein Anwalt Miss Shepherd gezeigt hat, und die Unterschrift dieses Mannes befindet sich darauf, werde ich gehen. Fehlt die Unterschrift hingegen, werde ich die Polizei anrufen und dich verhaften lassen.«

»Ich bin nicht verpflichtet, mit Ihnen zu reden oder Ihnen Einsicht in Unterlagen zu gewähren, die nur den Anwalt und mich etwas angehen.«

»Du hast dich eines schweren Vergehens strafbar gemacht.«

»Dann zeigen Sie mir Ihren Vertrag«, sagt sie, »und ich zeige Ihnen meinen.«

»Nein. Du zeigst mir deinen. Dann darfst du meinen sehen.«

»Sie bluffen.«

Gut erkannt, Lacey. Edward meint, sofern er die fragliche Kopie noch hat, könnte ich sie in sechs Tagen in den Händen halten. Aber in weniger als sechs Tagen verliert Annie ihre

349

Wohnung. Verliert sie alles. Also gilt es zu bluffen, was das Zeug hält.

»Ich habe was Besseres als ein Stück Papier, ich habe einen Zeugen.«

»Ich hoffe, Sie haben auch Augen, damit Sie die Tür nach draußen finden.«

»Na gut, du willst es nicht anders.« Ich erhebe mich. Der Moment ist gekommen, alles auf eine Karte zu setzen. »Ich werde mit meinem Zeugen, Edward Higgins, zur Polizei gehen und Anzeige erstatten. Richte dich darauf ein, in vierundzwanzig Stunden vom Staatsanwalt zu hören. Man wird dich wegen schweren Betrugs, arglistiger Täuschung, Erbschleicherei und was weiß ich noch alles vor Gericht stellen. Das sind zwölf bis fünfzehn Jahre. Fang schon mal an zu packen.«

»Ich gehe an die Öffentlichkeit«, kontert Lacey. »Ich werde in allen Medien verbreiten, dass Annie nicht die Autorin der Trust-Me-Romane ist.«

»Die Masche hat schon beim letzten Mal nicht gezogen. Kein Mensch hat dir geglaubt. Und, junge Dame«, ich lächle teuflisch, »als du dein Buch voller Lügenmärchen veröffentlicht hast, war ich noch nicht Annies Agent. Hätte sie zu der Zeit schon unter meinem Schutz gestanden, wärst du auf dem Grund des Hudson gelandet.«

Und es wirkt. Sie sieht plötzlich kleinlauter aus als vorher. »Meinen Sie das ernst? Sie gehen zur Polizei?«

»Da kannst du Gift drauf nehmen. Annie bekommt ihr Geld, und du wanderst hinter Gitter.«

Plötzlich wird die Schlafzimmertür aufgerissen, und im Türrahmen erscheint ein untersetzter Mann im Bademantel. Er sieht nicht glücklich aus. Wahrscheinlich hat er durch die Tür alles gehört, was gesprochen wurde, und es ist ihm gehörig auf den Magen geschlagen.

»Sieh da.« Ich lecke mir metaphorisch die Lefzen, voller Vorfreude darauf, noch ein Opfer zerlegen zu dürfen. »Wie schön, zwei Fliegen mit einer Klappe.« Ich mustere den kleinen Mistfink von oben bis unten, dann richte ich den Blick wieder auf Lacey. »Ich frage mich, was Joes Anwalt zu diesem kleinen Tête-à-Tête zu sagen hätte. Du weißt schon. Dieser Rechtsverdreher, mit dem du bereits ein Verhältnis hast. Dein Komplize.«

Der Mann im Bademantel öffnet den Mund. »Ich *bin* Joes Anwalt.«

»Na, in dem Fall wissen Sie vermutlich schon, dass Sie am Arsch sind.« Ich nehme einen letzten Zug von der glimmenden Zigarette.

»Sie müssen Henry Higgins sein«, sagt er. »Annies Agent.«

»Sie und Ihre Mandantin sind erledigt. Mein Vater hat bei der ursprünglichen Vertragsunterzeichnung als Zeuge fungiert. War Ihnen das entfallen?«

»Nein, war es nicht.« Es hört sich an, als wäre ihm von Anfang an klar gewesen, dass ich eines Tages auftauchen würde. Jetzt bin ich erstaunt. »Wenn Sie wussten, dass früher oder später einer von uns an Ihre Tür klopfen würde, weshalb zum Teufel haben Sie's getan?«

»Ich hatte vor, Sie zu beteiligen, falls Sie dahinterkommen.« Er trommelt mit den Fingern gegen den Türrahmen. »Wie viel verlangen Sie für Ihr Schweigen?«

»Ich will kein Geld. Ich will, dass Annie bekommt, was ihr zusteht. Bis auf den letzten Cent.«

Lacey wendet sich an ihren Liebhaber. »Du hast mir geschworen, diese Sache wäre narrensicher. Du hast mir geschworen, die beiden wären Idioten, die das Geld nehmen und den Mund halten.«

»Ich habe in meiner Kanzlei mit Dutzenden von Leuten aus dem Entertainment-Business zu tun gehabt«, antwortet

er und schaut dabei mich an. »Jeder hat seinen Preis. Nennen
Sie mir Ihren. Meine Schmerzgrenze liegt bei fünfzig Prozent.
Aber Lacey bekommt die Wohnung.«

»Träum weiter. Annie steht vertraglich die Hälfte des
Trustvermögens zu und die Wohnung. Übrigens gibt es im
Showbusiness nicht nur aufgeblasene Vollidioten. Annie ist
ein wertvoller und anständiger Mensch. Sie hat es nicht verdient, derart über den Tisch gezogen zu werden.«

»Doch, sie hat es verdient. Hundert Prozent. Sie hat mich
immer schlecht behandelt«, wirft Lacey ein.

Von einem Moment auf den andern eskaliert die Situation.
Der Anwalt schreit. Lacey schreit, und ich schreie beide an.
Keiner von uns gibt etwas Sinnvolles von sich. Uns eint das
gemeinsame Wissen, dass wir mit dem Rücken zur Wand stehen und einer die Waffen strecken muss. Schließlich reicht es
mir. Ich nehme mein Handy und tippe die Nummer der Polizei ein, dabei teile ich dem Anwalt und Lacey mit, dass ihr
Leben in Freiheit bald endet, und zwar in drei – zwei – eins …

»Okay, ich gestehe. Ich habe den Vertrag manipuliert.«
Der Anwalt gibt auf. Der Gedanke, dass ich womöglich nicht
bluffe, ist anscheinend zu viel für seine Nerven. »Lacey hat
nichts damit zu tun, sie wusste nicht, wie gefährlich das ist,
was ich getan habe.« Er ringt nach Atem. »Ich liebe Lacey.
Wir sind seit über einem Jahr zusammen. Ich möchte auf keinen Fall, dass sie Schwierigkeiten bekommt.«

»Gratulation, dass Sie die große Liebe gefunden haben«,
sage ich. »Und jetzt rücken Sie das Geld raus, das Sie verun-
treut haben.«

»Lassen Sie es mich Ihnen erklären …«

»Nicht nötig, aber vielleicht sollte ich Ihnen etwas erklären: Mein Vater ist bereit, zur Polizei zu gehen und auszusa-
gen. Leider ist er nicht mehr der Jüngste. Von Long Island bis
hierher ist für ihn kein Katzensprung, er wird also eine Weile

brauchen. Aber das wird ihn nicht daran hindern, hierherzukommen. Der Mann ist so unaufhaltsam wie die Plattentektonik.« Ich nehme meine zweite Zigarette. »Warum haben Sie zwei überhaupt dieses Ding gedreht? Von Edward weiß ich, dass ursprünglich eine Fifty-fifty-Teilung vorgesehen war. Sie haben den Hals nicht vollgekriegt, stimmt's?«

Der Anwalt streckt mir flehend beide Hände entgegen. »Nein. Das ist es ja. Lacey bekommt keine Hälfte. Es gehört alles Annie. Jeder einzelne Cent.«

Ich nehme verblüfft die Zigarette aus dem Mund. »Wiederholen Sie das.«

»Joe wusste, dass er todkrank war. Herzinsuffizienz. Er hat Annie nichts davon erzählt, weil er sein Leben nicht ändern wollte. Er wollte Joe Duke sein, bis zum Schluss. Doch nachdem er die Diagnose erhalten hatte, kam er zu mir und ließ mich einen neuen Vertrag aufsetzen. Er wollte Annie sein gesamtes Vermögen hinterlassen, alles, was er besaß. Er hat seine Hälfte und ihre zu einem Ganzen zusammengefasst und Annie zur einzigen Begünstigten bestimmt. Er hat Lacey enterbt, komplett, sie und seine anderen Kinder. Sie gehen vollkommen leer aus. Ich habe es ihm sehr übelgenommen, dass er sich Lacey gegenüber so schäbig benommen hat. So eine Behandlung hat sie nicht verdient. Auch seine anderen Kinder nicht.«

Hoppla, das ist eine Wendung, mit der ich nicht gerechnet hatte. Plötzlich empfinde ich fast so etwas wie Mitleid für Lacey. Und Joe ist mir nicht mehr ganz so sympathisch, genau genommen empfinde ich eine zunehmende Abneigung gegen ihn.

»Joe war ein Rabenvater«, fährt der Anwalt fort. »Er hat sich keinen Deut um seine Kinder geschert, auch Lacey war ihm völlig gleichgültig. Nach seinem Tod habe ich statt Annie dann Lacey als einzige Begünstigte eingesetzt. Annie hat den Vertrag davor nicht gelesen. Joe hat gesagt, sie soll das unterschreiben, und sie hat unterschrieben. Und wie schon gesagt, wenn entweder Sie oder Ihr Vater Verdacht geschöpft hätten, hätte ich Sie mit ins Boot geholt. So hätte Annie ihre Hälfte wiederbekommen und nie erfahren, was hinter ihrem Rücken vorgegangen ist.«

»Chapeau, das ist ziemlich clever.« Nun ja, ich bin Agent, das Manipulieren von Verträgen gehört zu meinem Berufsbild, deshalb darf ich die Raffinesse eines anderen bewundern. »Aber dennoch unverzeihlich«, setze ich hinzu.

»Für eins schäme ich mich besonders«, sagt er. »Ich wusste, Annie würde es einfach hinnehmen. Sie ist fast schon sträflich vertrauensselig. Und sie besitzt nicht das kleinste bisschen gesunden Menschenverstand.«

Gut erkannt. Dem kann ich nicht widersprechen.

»Sie hat sich nie dafür interessiert, was mit ihrem Geld passiert.« Der Anwalt holt tief Luft, als wäre mit diesem Geständnis eine schwere Last von ihm gefallen.

»Joe hat seinen Kindern wirklich gar nichts hinterlassen?«

»Der einzige Mensch, den er je geliebt hat, war Annie. Die Kinder standen seinem Selbstverständnis als Künstler entgegen. Er sah sich als Schriftsteller, nicht als Vater. Mit Annie war es ihm zum ersten Mal möglich, Liebe und Schreiben miteinander zu vereinbaren.«

Langsam fühle ich den knallharten Typ in mir entschwinden. Die ganze Affäre ist mir mehr und mehr zuwider. Kein Kind verdient es, dass der Vater die eigene Geburt bereut, nur weil sie seiner Lebensplanung im Weg steht. Nicht einmal mein alter Herr ist je so tief gesunken.

»Hören Sie, ich werde die komplette Summe wieder auf Annies Konto transferieren«, sagt der Anwalt. »Ich lasse die Wohnung wieder auf ihren Namen eintragen. Ich tue alles, was Sie verlangen, nur lassen Sie Lacey außen vor. Sie ist keine Kriminelle. Das Einzige, was man ihr vorwerfen kann, ist, dass sie ein Arschloch als Vater gehabt hat. Der einzige wirklich Schuldige bin ich.«

Ich hatte nie vor, es tatsächlich zu einem Prozess kommen zu lassen, aber wenn ich diese beiden armen Sünder merken lasse, dass sie mir leidtun und ich beinahe Verständnis für sie habe, könnten sie Oberwasser bekommen und doch noch versuchen, ihre Schäfchen an Annie vorbei ins Trockene zu bringen. Also nehme ich mir zuerst den Anwalt vor:»Stehen Sie hier nicht herum, sondern machen Sie sich an die Arbeit und bringen Sie Annies Leben wieder ins Lot. Wenn Annie heute Abend bei Geschäftsschluss wieder über ihr Vermögen verfügen kann und die Wohnung auf ihren Namen eingetragen ist, werde ich meinem Vater sagen, dass er zu Hause bleiben kann.« Dann wende ich mich an Lacey:»Du bleibst hier. Ich habe noch ein paar Takte mit dir zu reden.«

Der Anwalt eilt zurück ins Schlafzimmer. In Windeseile hat er sich angezogen, schlüpft in seine Slipper und stürmt aus der Wohnung. Ich warte ab, bis ich die Tür zufallen höre, bevor ich Lacey ins Gebet nehme. Sie steht da wie vom Blitz getroffen, während ihr die Tränen übers Gesicht strömen.

»Was wollen Sie denn noch von mir, Mr. Higgins? Sie haben mir doch schon mehr als genug angetan.«

»Du hättest mehr Vertrauen zu Annie haben sollen. Sie hat nicht verdient, derart niederträchtig belogen und bestohlen zu werden, aber wie dein Vater dich behandelt hat, ist auch nicht in Ordnung. Wenn sie etwas davon gewusst hätte, hätte sie es nicht zugelassen.«

»Machen Sie sich nichts vor. Annie hasst mich. Sie hätte gelacht.«

»Umgekehrt, Lacey. Du hasst Annie. Aber ich bin kein Familientherapeut. Wenn du meinen Vater kennen würdest …«

»Der Typ, der bei der Beerdigung meines Vaters die Grabrede gehalten hat?«

»Genau.«

»Ein selbstgefälliger alter Trottel, der sich für unglaublich geistreich hält. Deshalb haben er und mein Vater sich wahrscheinlich so gut verstanden.«

»Lacey«, sage ich, »wenn du nicht meine Klientin beklaut hättest, könntest du mir sympathisch werden.«

Ein zittriges Lächeln stiehlt sich zwischen ihre Tränen.

»Du hast guten Grund, enttäuscht und verletzt zu sein, aber das kannst du nicht Annie vorwerfen. Du weißt, wer der wirklich Schuldige ist. Ich gebe zu, die Umstände sind alles andere als günstig, aber vielleicht solltest du versuchen, mit Annie über alles zu reden.«

»Das wird sie nicht wollen.«

»Wie kannst du da so sicher sein?«

»Ich bin von Anfang an schrecklich zu ihr gewesen. Und als ich sie dann besser kannte und sie echt nett war, dachte ich, es ist zu spät, und habe mich noch beschissener benommen. Es war einfacher. Aber ich habe mich nie gut dabei gefühlt. Ich hätte mich gern mit ihr vertragen, doch ich wusste nicht, wie.«

Ich greife nach der nächsten Zigarette. »Ich muss dir wohl nicht sagen, dass die Methode, sie um ihr Geld zu betrügen, nicht unbedingt hilfreich war, oder? Annie ist nicht für Sparsamkeit gemacht.«

Wieder lächelt sie schwach.

»Ruf Annie an«, sage ich. »Sprich dich mit ihr aus. Sie verdient eine Entschuldigung, und du verdienst es, dass sie sich um dich kümmert.« Ich zünde die Zigarette an. »Aber ich muss dich warnen – zuerst wird sie auf dich losgehen. Sie hat ein schrecklich amerikanisches Temperament.«

»Das hört sich an, als würden Sie sie sehr gut kennen.«

»Mehr oder weniger. Aber ich kann dir glaubhaft versichern, dass sie über diese Sache hinwegkommen wird. Sie ist immer bereit, Menschen zu verzeihen. Und vielleicht könnt ihr nun, da dein Vater nicht mehr zwischen euch steht, einen Weg zueinander finden.«

Lacey nickt. »Ich habe das dumpfe Gefühl, Sie wollen mir durch die Blume sagen, dass Sie ihr erzählen werden, wie es wirklich gewesen ist.«

»Das muss ich tun. Aber ich werde es so darstellen, als wäre die Initiative von deinem Anwalt ausgegangen, versprochen.«

Ich stehe auf und werfe einen Blick auf meine Armbanduhr. Liebe Güte, schon so spät. Ich bin Stunden zu spät zu unserem morgendlichen Schreiben. Annie wird mich umbringen. Ich knöpfe den Mantel zu, stecke die Zigaretten ein und mache mich auf den Weg zur Tür.

»Sie lieben Annie, habe ich recht?«

Ich drehe mich um. »Was … was bringt dich auf diese Idee?«

»Die Art, wie Sie über sie reden. So hat mein Vater sich angehört, wenn er sie vor mir in Schutz genommen hat und mir begreiflich machen wollte, weshalb sie so besonders für ihn ist.«

Ich bleibe stumm, mir fehlen die Worte. Ist es so offensichtlich? Ich habe schon eine Weile Gefühle für sie, aber ich wusste nicht, dass das jeder um mich herum auch spüren konnte. »Haben Sie's ihr schon gesagt?«, fragt Lacey mit einem wissenden Lächeln.

Ich schüttle den Kopf.

»Nun, Mr. Higgins, dann will ich zur Abwechslung Ihnen jetzt mal einen Rat geben. Bevor Sie ihr Ihre Liebe gestehen, sollten Sie eins wissen: Annie fürchtet sich davor, glücklich zu sein. Es macht ihr Angst.«

»Das hört sich merkwürdig an.« Ich greife nach meinen Zigaretten, genau in dem Moment, in dem sich mein Handy mehrfach hintereinander meldet. Alle Nachrichten sind von Annie, wie befürchtet. Sie ist sauer, weil ich gestern Abend nicht noch vorbeigekommen bin, um mir ihre wertvollen Kommentare zu meinen ersten vier Seiten abzuholen. Und heute komme ich jetzt schon zweieinhalb Stunden zu spät zur Arbeit. Unprofessionell sei das. Sie habe ja gewusst, dass mit mir kein Blumentopf zu gewinnen ist. Ich solle meinen Einfluss in der Branche geltend machen und dafür sorgen, dass Chris Dake auf die Non-grata-Liste gesetzt wird, damit er zurückkommt und ihr Buch fertig schreibt. Danach folgt nichts Sinnvolles mehr, nur noch *Du verdammter britischer Schweinehund*, wieder und wieder und wieder.

»Wenn man vom Teufel spricht«, sage ich zu Lacey, die Hand auf dem Türgriff. »Ich muss los.«

Sie nickt. »Aber wenn Sie noch kurz warten könnten. Mein Vater hat bei Frank einen Brief für Annie hinterlegt.«

»Wer ist dieser Frank?«

»Sie haben ihn gerade kennengelernt. Der Anwalt meines Vaters. Mein Freund.«

»Ach, so heißt er also.« Dieses Rätsel wäre gelöst.

Lacey steht auf und steuert auf das Schlafzimmer zu. »Annie muss ihn lesen. Eine Sekunde.«

Ich schaue nochmal auf mein Handy. Zwanzig weitere Beschimpfungen sind eingetroffen, seit Lacey angefangen hat zu reden. Ich rufe ihr nach: »Beeil dich, Lacey! Mein Leben steht auf dem Spiel!«

49

ANNIE

Henry Higgins ist ohne Übertreibung der miserabelste Co-Autor der Welt. Eigentlich dachte ich, Mr. Christopher Dake würde diesen zweifelhaften Ehrentitel mit ins Grab nehmen, aber nein, Henry Higgins hat ihn auf Platz zwei verwiesen. Wenigstens hat Chris mich wegen eines Buchvertrags im Stich gelassen – welche Ausrede kann Henry vorbringen? Er hat sich zum Lunch mit Edward in der *Grand Central Oyster Bar* verabschiedet und ist nicht mehr wiedergekommen. *Puff!* Noch ein Co-Autor, der sich in Luft auflöst. Liegt es an mir? Ich komme mir langsam vor wie eine Art literarisches Bermudadreieck, ein gähnendes Tor ins Nichts, in dem Schriftsteller spurlos verschwinden.

Und die vielen wundervollen, unglaublichen, romantischen Dinge, die Henry zu mir gesagt hat – was ist davon zu halten? Alles nur Agentengeschwätz. Um mich zu besänftigen, nachdem Chris sich verkrümelt hatte. Welche Sorte Mann sagt solche Dinge zu dir und verschwindet dann von der Bildfläche?

Ihr dürft nicht glauben, ich wäre vollkommen herzlos. Erst nachdem ich genügend unwiderlegbare Beweise gesammelt hatte, habe ich mein Urteil gefällt und Henry Higgins zu einem gemeinen Verräter und charakterlosen Subjekt erklärt. Ich habe genau dieselben Stationen der Trauer abgearbeitet wie bei Chris. Erst habe ich Todesdrohungen ausgestoßen, ich geb's zu. Aber ich habe mich beruhigt und meine Nachrichten-App geöffnet, um mich zu vergewissern, dass in der *Grand Central Oyster Bar* im fraglichen Zeitraum keine Fälle von Quecksilbervergiftung vorgekommen sind und auch Will nicht mit seinen Lichterketten die Wohnung in Brand gesetzt hat. Ich habe seinem Sohn sogar eine Nachricht geschickt und gefragt, ob er wisse, wo sein Vater ist, und bekam zur Antwort, nein, der sei am späten Nachmittag nur kurz zu Hause gewesen und gleich wieder ins Büro gefahren. Will war den Rest des Abends in der Obhut seines Großvaters. Als Nächstes schaute ich nach, ob in der Umgebung der 57. Straße und Madison, dort, wo Henrys Büro ist, ein Abwasserkanal explodiert ist, aber die Straßen sind in einwandfreiem Zustand, was auf Henry Higgins nicht zutreffen wird, falls er es wagen sollte, sich hier noch einmal blicken zu lassen.

Und ich kann euch sagen, dieses morbide Suchen nach Unfällen, Katastrophen, Gewaltverbrechen, denen meine vermissten Co-Autoren zum Opfer gefallen sein könnten, schlägt mir aufs Gemüt. Wir leben doch tatsächlich in einer Welt voller Gefahren. Tausend Dinge gibt es, die einen umbringen können. Der Tod lauert quasi hinter jeder Ecke. Es ist schon so weit gekommen, dass ich Angst habe, meine Wohnung zu verlassen. Hört ihr das? Henry? Chris? Euretwegen ist eine atemberaubend attraktive Mittdreißigerin in der Blüte ihrer Jahre zur Einsiedlerin geworden.

Es klingelt. Ich gehe zur Tür und schaue durch den Spion. Oh, es ist Mr. Britischer-Vollidiot persönlich. Henry Higgins. Ich werde nicht aufmachen. Von mir aus kann er vor der Tür stehen bleiben, bis er schwarz wird. Soll er mal den ganzen Tag Nachrichten schicken, vergeblich auf Antworten warten und halb verrückt vor Sorge die aktuellen Meldungen nach

Hinweisen auf tragische Todesfälle durchforsten. Ich werde dafür sorgen, dass er weiß, wie sich das anfühlt.

Oh nein! Mist. Er hat meinen Cappuccino dabei. Wir haben eine Starbucks-Krise. Ich muss eine Entscheidung treffen. Das sind Momente, die Annie Shepherds Charakterstärke auf eine harte Probe stellen. Will ich ein Exempel statuieren? Oder will ich meinen Iced Cappuccino? Nicht schwach werden, Annie. Deine Kaffeeliebe darf nicht über deine gerechte Empörung siegen.

Ich kapituliere. Bedingungslos. Ich reiße die Tür auf und dem treulosen Verräter den Kaffeebecher aus der Hand, ohne ihn eines Blickes zu würdigen. Er soll ja nicht glauben, weil er an meinen Cappuccino gedacht hat, wären ihm alle Sünden verziehen.

Das ist die perfekte Lösung, oder? Ihn zu ignorieren ist fast so effektiv, wie ihn vor der Tür stehen zu lassen. Und ich habe meinen Cappuccino. Eine klassische Win-win-Situation.

Er kommt herein. Seine kleinen, zaghaften Schritte verraten mir alles, was ich wissen muss. Er hat Angst. Ha! Der richtige Zeitpunkt, um mit passiver Aggression noch eins draufzusetzen. »Ich bin ja so froh, dass du am Leben bist.«

»Ich auch«, sagt er. »Aber ich habe das Gefühl, dass ich mir bald wünschen werde, ich wär's nicht.«

»Ach, Henry ...« Ich schlendere langsam vor ihm her ins Wohnzimmer. »Ich bin dir nicht böse.«

»Nicht?«

»Wenn du glaubst, die Kommunikation mit mir wäre von untergeordneter Wichtigkeit«, Sarkasmus, Annie, volle Power, »ist das in Ordnung. Du bist ein freier Mensch. Du kannst entscheiden, für wen du erreichbar sein willst.«

»Komm schon, Annie«, sagt er. »Ich kann dir erklären —«

»Es gibt keine denkbare Erklärung, die nicht für wenigstens einen von uns eine Beleidigung wäre. Wir sollten versuchen, unsere Würde zu bewahren.«

»Annie, ich kann es wirklich erklären …«

»Was mich wirklich nicht interessiert.«

Henry wirkt sichtlich frustriert, aber bevor er zu einer Erklärung ansetzen kann, klingelt es erneut. Lieber Gott. Hier geht es zu wie im Taubenschlag.

Henry wirft einen vielsagenden Blick zur Eingangstür. »Was hast du getan? Nach einem neuen Schreibsklaven annonciert?«

Ich spare mir eine Erwiderung, aber auf dem Weg zur Tür verpasse ich ihm im Vorbeigehen einen Hüftcheck. Dann luge ich durch den Spion.

Erbarmen! Der Präsident der Wohnungsbaugenossenschaft. Er möchte wahrscheinlich wissen, warum noch keine Möbelwagen vorm Haus stehen. Großartig. Wenn sie dich loswerden wollen, gehen mehr als zehn Jahre gute Nachbarschaft in Rauch auf. Ich werde wohl oder übel die Tür öffnen müssen und gute Miene zum bösen Spiel machen.

»Hallo, Mr. Morgenstern«, sage ich und lasse ihn herein. Kaum im Flur, umarmt er mich so ungestüm, dass er mich praktisch vom Boden hochhebt. Wow! Ich muss ihn falsch eingeschätzt haben. Anscheinend wird er mich vermissen.

»Annie«, sagt er, »wir freuen uns so sehr für Sie, alle, der gesamte Vorstand.«

Dieser Heuchler. Die ganze Clique ist regelrecht außer sich vor Freude darüber, mich los zu sein. Sie haben ihn geschickt, damit er sich an meinem Unglück weidet und ihnen später in heiterer Runde davon berichtet. Joe hat recht gehabt mit seiner Einschätzung, die Bewohner des Upper East End wären eine Spezies, die kein Mitleid kennt. Meine Unterlippe zittert. Ich bin den Tränen nahe. Und maßlos enttäuscht. Ich dachte, sie wären meine Freunde.

»Annie«, er hat mich losgelassen und schaut mir ins Ge-
sicht, »warum weinen Sie? Sie sollten feiern.«
Jetzt ist es genug, ich ertrage das Getue nicht mehr. »Fei-
ern? Sind Sie nicht bei Trost? Die Wohnung war dreizehn
Jahre lang mein Zuhause. Wie können Sie dermaßen herzlos
sein –?«
Henry unterbricht mich. »Lass den Mann ausreden, Annie.« Was für ein Spiel spielt er mit mir?
»Ich soll ihn ausreden lassen?«, schreie ich. »Das ganze
Haus lässt die Champagnerkorken knallen, bevor ich überhaupt ausgezogen bin.«
»Aber Sie müssen doch nicht ausziehen, Annie«, höre ich
Mr. Morgenstern wie aus weiter Ferne sagen. »Der Anwalt
hat uns eben angerufen. Die Wohnung ist auf Sie überschrieben worden.«
Habe ich mich verhört? »Was reden Sie da? Wie … wie ist
das möglich?« Mir ist schwindelig. Ich habe Angst, dass mir
schwarz vor Augen wird.
»Ich kenne nicht die exakten Details«, sagt Mr. Morgenstern, »aber es hat seine Richtigkeit, und nur das zählt. Sie
bleiben uns erhalten.«
Ich kann mir nicht helfen. Ich lache, ich singe: »Ich darf
bleiben, ich darf bleiben!« Wow. Ich muss überglücklich sein,
weil ich jetzt Luftsprünge vollführe wie eine Cheerleaderin.
Ihr könnt euch nicht vorstellen, was für ein Gefühl das ist.
Die letzten Wochen waren eine einzige Qual. Mir ist, als
wäre eine Zentnerlast von mir abgefallen, als könnte ich endlich wieder frei atmen. Ich kann gar nicht aufhören, herum-
zuhüpfen und zu jubeln: »Ich darf bleiben!«
Mr. Morgenstern lacht mit mir. »Ja, Liebes, Sie bleiben
bei uns, solange Sie wollen.«
Ich halte inne und schaue zu Henry hinüber. Er grinst von
einem Ohr zum anderen, aber trotzdem kommt er mir ver-

dächtig ruhig vor. Als wäre er im Gegensatz zu mir überhaupt nicht überrascht. Langsam dämmert mir, dass es dafür einen Grund geben könnte. Aber welchen?

»Henry«, sage ich, »hast du die Wohnung für mich gekauft? Warst du deshalb in den letzten vierundzwanzig Stunden nicht erreichbar? Denn wenn es so ist …«

Jetzt muss ich gleichzeitig lachen und weinen. Ich kann mich nicht erinnern, wann ich mich das letzte Mal so losgelöst gefühlt habe, so unbeschwert.

»… dann bin ich dir wirklich, wirklich nicht mehr böse. Du bist als Co-Autor nicht zu gebrauchen, aber ein wunderbarer, wunderbarer Mensch.«

Mr. Morgenstern stellt sein Einfühlungsvermögen unter Beweis, indem er diesen besonderen Augenblick zwischen Henry und mir erkennt und diskret die Wohnung verlässt.

Henry schüttelt den Kopf. »Ich habe deine Wohnung nicht gekauft. Das würde meine finanziellen Möglichkeiten bei Weitem übersteigen.«

Ich blicke um mich, verwirrter als vorher. »Dann begreife ich gar nichts mehr. Wie kann es sein, dass ich hier wohnen bleiben darf?«

»Check deinen Kontostand«, sagt er.

»Geht nicht. Die Bank hat mein Konto eingefroren. Das machen sie, damit man sich noch beschissener fühlt, weil man kein Geld hat. Aber das hat man sich ja meistens nicht ausgesucht und –«

»Sei still und schau auf dein Konto.«

Ich gebe nach. Den Schock werde ich schon verkraften. Auch wenn ich immer noch pleite bin, ich habe wenigstens wieder ein Dach über dem Kopf …

Hoppla. Der Zugang ist wieder freigeschaltet und … Grundgütiger – ich bin reich. Ich bin richtig reich! Aber das ist unbegreiflich. Sowohl die vielen Stellen, die auf die Zahl

vor dem Komma folgen, als auch, wo der Geldsegen hergekommen ist. Ich habe alle meine Ersparnisse wieder und dieselbe Summe nochmal obendrauf. Wie kann es sein, dass sich
mein Geld verdoppelt hat, nachdem ich es erst verloren habe?
»Henry«, sage ich, »ich flehe dich an, erklär mir endlich,
was hier los ist. Das ist alles zu viel für meinen armen Kopf.
Ich werde noch verrückt.«
Er umfasst meine Ellenbogen und drückt mich sanft auf
das Sofa nieder. »Ich habe dafür gesorgt, dass du dein Geld
wiederbekommst. Dein Geld, die Wohnung, alles.«
»Aber wie? Wie hast du das angestellt?«
»Lange Geschichte. Doch ich glaube, der hier wird schon
viele deiner Fragen beantworten.«
Er zieht einen Briefumschlag aus der Manteltasche. Auf
der Vorderseite steht *ANNIE*. In Joes Handschrift. Ich würde
sie immer und überall sofort erkennen.
»Lies«, fordert Henry mich auf.
Ich nicke, aber meine Hände zittern so stark, dass ich den
Umschlag nicht öffnen kann. Ich gebe ihn Henry zurück.
Er nimmt den Brief heraus und reicht ihn mir. Okay. Tief
durchatmen.

Geliebte Annie Belle,

So hat Joe mich genannt. Seine schöne Annie. Seit unserer
ersten Verabredung war das mein Kosename.

wenn du diesen Brief liest, bin ich entweder tot oder in einem
Zustand, den man bestenfalls als »vegetativ« bezeichnen
kann. Sollte Letzteres zutreffen, bitte ich dich, den Stecker
zu ziehen, weil mir die Vorstellung missfällt, still dazuliegen
und auch noch auf das Rauchen verzichten zu müssen. Du
müsstest mir dabei behilflich sein und den Rauch in meinen

*Beatmungsschlauch blasen, aber ich weiß ja, wie du über
das Laster des Rauchens denkst, mein Schatz. Nimm mir die
ausschweifende Vorrede nicht übel. Ich wärme den Leser gern
auf. Das hat dir an meinen Büchern nie gefallen. Deshalb
hast du es auch nie geschafft, Burn ganz durchzulesen. Ja.
Auch das weiß ich.*

Oh Mann. Bring mich nicht zum Lachen, Joe. Und auch
nicht zum Weinen, bitte. In mir sind alle Gefühle, die ich für
dich hatte, erstorben, seit du mich allein und arm wie eine
Kirchenmaus zurückgelassen hast.

*Ich weiß, wir hatten nie Geheimnisse voreinander. Es wäre
auch schlecht möglich gewesen. Wir waren Komplizen
bei einem literarischen Millionenbetrug. Wenn man so
symbiotisch verbunden ist, wie wir es waren, weiß jeder
alles vom anderen. Aber, Annie Belle, eins habe ich dir
doch verschwiegen. Vor ungefähr einem Jahr habe ich mein
Todesurteil erhalten. Kongestive Herzinsuffizienz.*

Ich will nicht abschweifen, aber wenn Joe bereits seit einem
Jahr am Sterben war, dann habe ich ihn – technisch gesehen –
nicht getötet. Annie Shepherd ist definitiv keine Mörderin.
Und jetzt weiter.

*Klingt übel, ist es auch. Die Sache ist die, um etwas dagegen
zu tun, hätte ich meine ganze Lebensweise ändern müssen und
trotzdem nicht wesentlich mehr Zeit gewonnen. Ich wollte
unser Leben nicht ändern. Ich habe unser Leben so geliebt,
wie es war. Ich habe es mehr geliebt als alles andere. Wer
hätte je gedacht, dass ich einmal so am Leben hängen könnte?
Bis ich dir begegnet bin, habe ich praktisch Selbstmord auf
Raten betrieben. Leider haben meine Sünden aus dieser Phase*

mich nun eingeholt. Ich wollte aber bis zum Ende mit dir das Leben feiern, ohne Abstriche. Ich wollte als der glücklichste, liebestollste, unverbesserlichste Trottel, dem je das Schicksal unverdientermaßen eine Frau wie dich zugelost hat, von der Bühne abtreten.

Okay, Ende des Trauerspiels. Konzentrieren wir uns auf das Positive. Heute Vormittag bin ich bei Frank gewesen und habe die ursprüngliche Verfügung für Trust Me ändern lassen. Bei meinem Tod, Baby, bekommst du alles. Auch meine Hälfte. Der Trust wird aufgelöst. Es gehört alles dir. Wenn ich ehrlich bin, hat es dir schon immer gehört, aber nun ist es offiziell. Es ist das Geringste, was ich für dich tun konnte.

Denn, Annie Belle, während du mir das Leben geschenkt hast, von dem ich immer geträumt hatte, bin ich selbstsüchtig gewesen. Ich habe dir nie das Leben gegeben, von dem du geträumt hast. Ich habe dich einfach in meins integriert.

Ich habe dir nie eine Chance gegeben zu reifen, dich zu entwickeln, das zu werden, was du in Wirklichkeit bist. Eine Schriftstellerin. Eine Schriftstellerin mit einer individuellen Stimme. Das habe ich dir gestohlen. An dem Abend damals habe ich dich belogen. Ich habe dir gesagt, du könntest die Schriftstellerin nur spielen, aber niemals sein. Du hättest keine eigene Stimme, habe ich gesagt. Ich habe dir das Herz gebrochen und deine Hoffnungen vernichtet. Jetzt, mein Herz, kann ich dir endlich gestehen, du warst nie der Fake, ich war's. Ich wollte ein Autor sein, den die Menschen lesen, so sehr, dass ich keine anderen Götter neben mir dulden konnte. Du hast immer Talent gehabt, Annie. Nicht so viel wie ich, vielleicht, aber da bist du in guter Gesellschaft.

Na klar doch, Joe, du großer, glorreicher, selbstverliebter Halbgott, keiner darf je begabter sein als du.

Ha! Ich beliebe zu scherzen. Ganz im Ernst, Annie, ich war nicht fair dir gegenüber. Ich habe dich geliebt, auf meine Art, aber meine Art war die falsche Art, um jemanden wie dich zu lieben.

Und noch einmal, wenn du dies liest, kann ich davon ausgehen, dass du den Handlungsabriss und die ersten Kapitel von dem neuen Trust-Me-Band gefunden hast. Du weißt also, dass ich Elizabeth liquidiert habe. Es musste sein, damit du Raum hast, um deine Begabung frei zu entfalten. Du hast genug Geld, um nie des Geldes wegen schreiben zu müssen, deshalb lass Elizabeth hinter dir, und werde du selbst, ohne mich. Es ist mein letztes Geschenk an den einzigen Menschen, der mich um meiner selbst willen geliebt hat.

Gott, Annie Belle, ich werde dich vermissen. Das Einzige, was es mir erträglich macht, ist nicht allein, dass ich die glücklichsten Jahre meines Lebens mit dir verbringen durfte, sondern auch das Wissen, dass mein Tod deine Fesseln löst und dir die Chance gibt, die faszinierende Person zu sein, der ich vor dreizehn Jahren in diesem Seminarraum begegnet bin. Diese Schriftstellerin.

Auch auf die Gefahr hin, mich zu wiederholen: Du warst meine große Liebe. Die Liebe, die jeder in seinem Leben zu finden hofft. Aber ich war nicht deine große Liebe, konnte es nicht sein, weil ich dir zu viel genommen habe. Wahre Liebe ist nie egoistisch. Ich war es. Ich habe dir nie erlaubt, du selbst zu sein, weil ich dann nicht ich hätte sein können. Nachdem ich nun fort bin, Annie Belle, ist es Zeit für dich hinauszugehen und deine große Liebe zu suchen. Finde jemanden, der dir den Freiraum lässt, deine eigenen Träume zu leben, und dich nicht zur Erfüllungsgehilfin seiner eigenen degradiert. Du wirst immer Annie sein, die Unvergleichliche, Strahlende. Ich bin ein verdammt guter Schriftsteller und mein ganzes Leben lang auf der Suche nach den passenden

Worten, aber es gibt keine, um auszudrücken, wie sehr ich dich liebe, mein Ein und Alles, deshalb versuche ich es erst gar nicht.

Für immer und ewig
Dein Joe

Okay. Es ist amtlich, ich heule wie ein Schlosshund. Erstens, weil ich jetzt weiß, der Joe, den ich gekannt habe, war der richtige, der echte Joe, und zweitens, weil er noch großartiger war, als ich geglaubt habe. Er wusste Dinge über mich, die ich nicht sehen konnte oder nicht sehen wollte, und hat mir die Augen geöffnet, damit ich mich selbst erkenne. Das ist das größte Geschenk, das ein Liebender dem Menschen machen kann, den er liebt. Endlich sehe ich meine Welt.

Und als Teil dieser Welt sehe ich den Mann, der vor mir steht. Den Mann, der mir helfen kann, an das Leben anzuknüpfen, das ich vor vielen Jahren aufgegeben habe.

»Ich weiß nicht, wie ich dir danken soll, Henry«, erwidere ich leise. »Du hast mir nicht nur mein altes Leben zurückgegeben, sondern eine Zukunft.«

»Es war nicht einseitig«, sagt er. »Du hast dasselbe für mich getan. In den vergangenen Wochen habe ich durch dich wieder zu träumen gelernt.«

Ich schmiege mich an ihn. »Ich hoffe, ich komme in dem Traum vor.«

»Annie, du bist der Traum.«

Mir wird gleichzeitig eng und weit ums Herz. Ich kann endlich aufhören zu weinen. Jetzt haben wir unsere Gefühle endlich ausgesprochen. Wir lieben uns. Und nun, da ich das weiß ...

»Henry, ich muss es wissen. Wie hast du's angestellt, mir mein Geld wiederzubeschaffen?«

»Bevor ich darauf antworte, erst noch etwas anderes. Du

wirst sehr wahrscheinlich in nächster Zukunft einen Anruf von Lacey erhalten …«

»Ich wusste es. Das kleine Biest hat dahintergesteckt.«

»Und ich möchte, dass du dir anhörst, was sie zu sagen hat.«

»Oh, ich werde ihr zuhören.« Meine Stimme ist wieder die von Annie Shepherd unter vollen Segeln. »Ich verspreche dir, dass ich ihr zuhören werde.«

»Ist es noch zu früh?« Er drückt mich fester an sich. »Zu früh für ein bisschen Nachsicht und Vergebung?«

»Viel zu früh.«

»Ich werde sie vorwarnen.«

»Oh, ihr zwei redet neuerdings miteinander? Du verbündest dich mit meiner Erzfeindin. Ich hoffe, du hast wenigstens ein schlechtes Gewissen.«

Er schaut auf die Uhr. »Gut. Nachdem du jetzt wieder in Geld schwimmst, wie wär's mit einer Einladung zum Brunch?«

»Brunch geht nur am Wochenende. Das wüsstest du, wenn du *Trust Me* gelesen hättest.«

»Fein. Dann kannst du mich zum Mittagessen einladen.«

Wir gehen zusammen zur Tür. Ich nehme meine Daunenjacke vom Haken, und während ich sie anziehe, sage ich: »Auch wenn ich dir von Herzen dafür danke, dass du mich wieder zu einer reichen Frau gemacht hast —«

Er stöhnt.

»Aber ich habe deinen Text gelesen, und da müssen wir noch einmal …«

Er verschließt mir den Mund mit einem Kuss. Diesmal muss er abbrechen, um Luft zu holen. Ich hätte noch länger durchgehalten. Am liebsten würde ich ihn verschlingen, allerdings …

»Hast du wieder angefangen zu rauchen?«

»Frag nicht«, sagt er und hält mir die Tür auf.

50

ANNIE

Henry und ich sitzen im *Balthazar* in SoHo auf den typischen roten Lederpolstern in einer Nische mit Blick auf die Straße. Wenn ich mich in der Brasserie umschaue, entdecke ich uns in den großen, fleckigen, messinggerahmten Spiegeln an den Wänden, den beleuchteten Spiegeln an den Pfeilern, den Glasflächen der großen Fenster. Und ich muss zugeben, wir sind ein schönes Paar. Ehrlich. Wir sehen gut aus, wie wir uns so am Tisch gegenübersitzen. Als würden wir zusammengehören.

Weshalb habe ich das früher nie bemerkt? Der Mann ist rattenscharf. Ich kann es mir nur so erklären: Fast alles, das aus seinem Mund kam, war unerträglich herablassend und belehrend. Dauernd kritisierte er an mir und Elizabeth herum, fand uns aber andererseits so faszinierend, dass er überall mitreden und dabei sein wollte. Diese Version des Henry Higgins scheint verschwunden zu sein. Keine Ahnung, was ich getan habe, um diese neue Seite an ihm zum Vorschein zu bringen. Tatsächlich bin ich sogar froh, dass ich nicht weiß, was ich getan habe, um diese Veränderung zu bewirken, weil ich nie jemanden dazu bringen kann, mich zu mögen, wenn ich es bewusst darauf anlege. Gut, dass dieser Fluch von mir genommen ist. Ich habe ihm meinerseits immer die unleidlichste Version von Annie Shepherd gezeigt, und er hat sich trotzdem in mich verliebt – der beste Beweis für die Echtheit seiner Gefühle.

Henry nimmt einen Schluck Wein. Wir sind erst bei der Vorspeise, aber die zweite Flasche ist schon im Anmarsch. Es wird ein beschwipstes Mittagessen, so, wie ich es gernhabe.

»In den vergangenen vierundzwanzig Stunden bin ich zu einer schockierenden Erkenntnis gelangt«, sagt er. »Noch schockierender als die, wer sich dein Vermögen unter den Nagel gerissen hat.« Er schüttelt ungläubig den Kopf. »Mein alter Herr hatte recht. Er hat immer schon recht gehabt.« Er lacht hysterisch. »Wie soll ich in einer Welt weiterleben, in der Edward tatsächlich alles besser weiß?«

»Henry, wovon redest du?«

»Meine ganze Arbeitsphilosophie war falsch. Die Aufgabe eines Literaturagenten besteht darin, seine Autoren in allen Belangen zu unterstützen. Ja, ich mag ein paar hervorragenden Büchern den Weg geebnet haben, aber ich glaube nicht, dass irgendeiner meiner Autoren das Gefühl hat, sich in einer Krise bei mir ausweinen zu können. Dass ich bedingungslos für ihn da bin.« Er holt tief Luft. »Nur der Autor kann ein Buch groß machen. Nichts, was ich tue, kann ein Buch ganz nach oben katapultieren. Es hat entweder das Format, zu überzeugen, oder eben nicht. Edward hat immer an seine Autoren geglaubt. Manchmal ungerechtfertigterweise. Aber wenigstens stand er zu hundert Prozent hinter jedem einzelnen. Deshalb ist er noch heute eine Legende. Nicht wegen des Geldes. Das Geld war das Nebenprodukt einer konsequent verfolgten klugen Philosophie. Man kann keine erfolgreiche Karriere auf einer fehlerhaften Philosophie aufbauen. Alles, was ich getan habe, hat mich vom Erfolg weggeführt.«

»Aber du bist erfolgreich, deshalb kann deine Philosophie

nicht so ganz falsch sein«, wende ich ein. »Es läuft, seit dem Tag, an dem ich dir gestanden habe, dass meine Bücher nicht von mir sind. Überleg doch. Du brennst wieder für deinen Job.« Ich lächele. »Nachdem du versucht hast, dich umzubringen.«

»Bitte lass uns nicht mehr über meine Begegnung mit der Fensterscheibe sprechen.«

»Na gut. Aber du hast Daphne wieder von dir überzeugt. Und du hast Mindys Buch gerettet. Alles ohne irgendeine Philosophie. Du hast bloß deinen Job gemacht. Ich garantiere dir, Edward wäre erstaunt, wenn du ihm sagen würdest, er hätte eine Philosophie.«

»Ich sage dir, wenn ich meinen eigenen Laden habe, muss ich entweder meine Klientenkartei ausdünnen oder eine Higgins-Armee von Nachwuchsagenten anheuern. Man kann nicht dreißig Autoren vertreten und sich um jeden einzelnen so kümmern, wie er es verdient.«

»Warte!« Was hat er da gesagt? »Du verlässt die Agentur?«

»Ich spiele mit dem Gedanken, ja.« Er faltet die Hände auf dem Tisch und beugt sich zu mir hinüber. »Ich habe Edwards Lektion gelernt. Deshalb bin ich wahrscheinlich so lange geblieben. Ich ahnte bereits, dass es da etwas gibt, das ich herausfinden muss. Jetzt habe ich es herausgefunden.« Er trinkt noch einen Schluck und lächelt. »Was hältst du davon, mit mir zu kommen?«

»Was hältst du davon, wenn ich mit dir komme, aber ohne Elizabeth?«

»Interessant. Bitte erläutere das genauer.«

»Ich möchte keinen Vertrag über die Fortsetzung der Trust-Me-Reihe abschließen, wenn das Buch, an dem wir jetzt arbeiten, geschrieben ist. Ich möchte mich an etwas Eigenem versuchen.«

»Was auch immer du schreibst, es wird großartig.«

Ich lache. »Ich glaube aber nicht, dass ich Elizabeths Fanbase halten kann. Mindy wird deine neue Goldene Gans, pass gut auf sie auf.«

»Das werde ich. Und ich wäre stolz, dein Geschriebenes anzubieten, selbst wenn es nur Gekritzel auf einer Serviette ist.« Er schenkt sich nebenbei Wein nach. »Vielleicht könnte ich dann auch einen Blick auf die Geschichten werfen, die du angeblich vernichtet hast.«

»Ich habe sie wirklich vernichtet.«

»Annie, kein Schriftsteller vernichtet restlos alles, was er geschrieben hat. Selbst Kafka wollte nicht sein gesamtes Werk in Flammen aufgehen sehen.«

Er hat mich durchschaut. Man kann jemandem nichts vormachen, der sein ganzes Leben unter Schriftstellern verbracht hat. Er kennt unseren Berufsstand zu gut. Die Geschichten sind alle auf meinem Computer. Ab und zu lese ich sie noch einmal durch, ändere ein Wort oder stelle etwas um. Ich kann mich nicht von ihnen trennen, mich aber auch nicht überwinden, sie jemandem zu zeigen.

»Joes Mantra war: Nur aus dem Schmerz entsteht große Kunst. Hatte er recht, was meinst du? Mein Leben war auch nicht immer ein Ponyhof, aber meine Stimme habe ich dennoch bisher nicht gefunden.«

»Ich glaube, eine Krise zu überleben und sie kritisch zu reflektieren macht den bedeutenden Schriftsteller aus.«

Sein Handy vibriert und wandert fast vom Tisch, jemand muss ihm einen ganzen Schwung an Nachrichten geschickt haben. Er schaut auf das Display.

»Da wir von Krisen sprechen«, sagt er, »es ist Daphne. Ich habe seit zwei Tagen nichts von mir hören lassen. Sie droht damit, die Küstenwache zu alarmieren. Weshalb sie auf die Idee kommt, ich sei auf See verschollen, erschließt sich mir nicht, aber sie klingt, als würde sie es ernst meinen.«

Ich greife über den Tisch nach seinen Händen. »Ich schlage vor, du nimmst dir heute auch noch frei.«

Er zieht eine Augenbraue hoch. »Sollte ich?«

»Und ich schlage vor, dass wir zu mir gehen.«

Er hält den Atem an, und an seinem Mienenspiel sehe ich, dass er überlegt, was er antworten soll. »Du weißt, dass zwischen uns nichts mehr so sein wird wie vorher?«

»Das hoffe ich.«

»Wie du in den Kommentaren zu Daphnes Buch geschrieben hast – Sex ist, wenigstens für einen der Beteiligten, niemals nur Sex. Und in unserer Konstellation bin wahrscheinlich ich der Beteiligte, für den es nicht nur Sex ist.«

»Und wer behauptet, dass es für mich nur Sex ist?« Ich atme tief durch. »Wagen wir's.«

Während wir im Aufzug zu meiner Wohnung hinauffahren, küssen wir uns schon. Ich halte die Augen geschlossen. Will jede Minute genießen, die Henrys Lippen auf meinen ruhen und er mein Gesicht streichelt. Ich will es spüren, aber nur spüren. Würde ich die Augen öffne, könnte ich sehen, dass Henry mich liebt. Dann wäre es real, und ich bin immer noch nicht sicher, ob ich damit umgehen kann.

Aber ich muss es tun. Ich muss ihn ansehen. Ich will mutig sein. Ich möchte wissen, dass ich geliebt werde.

Ich öffne die Augen. Das ist sogar noch mehr, als ich erwartet hatte. Kein Mann hat mich je so angeschaut. Dieser Blick ... Das ist nicht nur Liebe. Dieser Blick verspricht mir unsere Zukunft, er zeigt mir, wie mein Leben für eine lange, lange Zeit aussehen wird. Unsere Blicke tauchen ineinander. Sie sagen: Ja, ich will.

Schweigend steigen wir die Treppe zu meinem Schlafzimmer hinauf. Mit den meisten Männern, die ich kannte, gab es vor dem Betreten des Schlafzimmers eine Phase spielerischer Ausgelassenheit, oder es wurde herumgealbert. Joe jagte mich durch die ganze Wohnung. Chris trug mich auf den Armen, und wir haben gelacht. Aber mit Henry hat der Weg Hand in Hand die Stufen hinauf etwas Feierliches. Als hätten wir die körperliche Vereinigung hinausgeschoben, bis unsere Seelen eins geworden waren.

Im Schlafzimmer bleiben wir vor dem Bett stehen. Ich recke die Arme in die Höhe, und Henry zieht mir den Pullover über den Kopf. Ich fange an, sein Hemd aufzuknöpfen. Schließlich ist er es, der das Schweigen bricht.

»Dir steht die größere Entdeckung bevor«, sagt er. »Ich habe dich schon auf dem Bildschirmschoner gesehen. Oh, und wie du in deiner Unterwäsche in der Küche herumgetänzelt bist.«

Ich zeige auf meinen BH. »Es ist nicht dieselbe Unterwäsche, vielen Dank.« Ich öffne seinen letzten Hemdknopf, und er zieht den leicht angejahrten Bauch ein. »Ich hatte gehofft, ein paar mehr Pelotonmeilen abgestrampelt zu haben, bevor du mich so siehst.«

Ich lache. Er öffnet den obersten Knopf meiner Jeans und schiebt sie zärtlich über meinen Po bis zu den Oberschenkeln hinunter. Während ich sie ganz ausziehe, steigt er aus seiner Jeans.

Dann drückt er mich behutsam rücklings aufs Bett. Er beugt sich über mich, und wir schauen uns in die Augen. Ich glaube, er versucht sich darüber klar zu werden, wie er anfangen soll. Eine schwierige Sache für einen Mann. Welche Stellen er mit seinen Lippen und Händen berührt, verrät einer Frau viel darüber, wie es weitergehen wird. Seine Variante ist eine Überraschung.

Er schaut mich durchdringend an und sagt: »Ich liebe dich.«

Ich erwidere seinen Blick. »Du musst das nicht sagen, um mich ins Bett zu kriegen.«

»Ich sage es ohne Hintergedanken. Ich weiß es schon eine ganze Weile.«

Ich lache leise. »Ich noch nicht so lange.«

»Fein. Ich habe dich zuerst geliebt. Zufrieden?«

»Wenn du es darauf anlegst: Ich zu allererst.«

Er lacht. »Hier geht es nicht darum, wer als Erster das Telefon auflegt. Es geht um dich und mich auf ewig.«

Ich schlinge die Arme um seinen Rücken. »Versprochen?«

»Versprochen.«

Das ist es, was ich immer hören wollte. Auf ewig. Joe hat diese zwei kleinen Worte nie über die Lippen gebracht. Er hat alles vermieden, was in Richtung Ehe hätte deuten können. Aber ich wollte immer wissen, dass ich für jemanden die Eine bin. Ich wollte die Person sein, nach der jemand die Zeit bemisst, nicht, mit der er sie sich vertreibt.

Henry streichelt mein Gesicht, dann lässt er seine Hände über meinen Hals wandern, die Schultern, zu meinen Brüsten und weiter. Sanft erkundet und erforscht er die Kurven und Rundungen meines Körpers.

»Du bist wunderschön, Annie Shepherd.«

Das ist, was man sagt, wenn zwei eins werden.

Das ist der Punkt, von dem es kein Zurück mehr gibt.

Was auch geschehen mag, unsere Leben sind verbunden.

Annie und Henry, für immer.

51

ANNIE

Christine hat ihr Baby bekommen, ein Söhnchen. Ich mache über FaceTime seine Bekanntschaft. Und ich kann berichten, dass die alte Weisheit stimmt: Sodbrennen und Übelkeit waren tatsächlich Vorzeichen dafür, dass das Kind mit einem üppigen Haarschopf auf die Welt kommen würde. Ehrlich, da ist mehr Haar als Baby. Sie hat den Kleinen auf dem Schoß sitzen, lässt ihn auf und ab wippen und mit seinem Patschhändchen winke, winke machen. Gott, dieses Lächeln. Der kleine Schatz ist der reinste Sonnenschein.

»Womit fütterst du den Wonneproppen?«, frage ich sie. »Er strahlt ja förmlich.«

Dafür sieht die Mutter des Wonneproppens müde aus. Die dunklen Ringe unter ihren Augen haben noch einmal eigene dunkle Ringe, aber das ändert nichts daran, dass auch sie von innen heraus strahlt.

»Ich würde sagen, dasselbe, was du zu dir nimmst. Ich habe dich noch nie so glücklich gesehen.«

Ich merke, dass ich rot werde. »Ich bin verliebt.«

Sie lacht. »Und? Hat er auch leuchtende Augen?«

»Du wirst gleich Gelegenheit haben, das selbst zu beurteilen. Er ist nur auf einen Sprung zu Starbucks.«

»Aha. Der Königsweg zu Annie Shepherds Herzen. Bring ihr einen Cappuccino.«

»Hör auf. Es gibt andere Möglichkeiten, mir zu zeigen, dass man mich liebt.«

»Wenn du's sagst. Aber nur wenige wirken so schnell und so effektiv.«

»Böse, böse. Aber jetzt ohne Spaß. Einige Termine für die bevorstehende Lesereise stehen schon fest, und ich habe dafür gesorgt, dass sie für London ein paar Tage mehr einplanen, damit wir uns treffen können.«

»Großartig. Dann könntest du mir diesen Schlingel für eine Nacht abnehmen.« Bevor Christine weiterreden kann, werden wir vom Zuschlagen der Wohnungstür unterbrochen. Henry kommt mit zwei Kaffeebechern in die Küche. Ich winke ihn zu mir. »Sag Hallo zu Christine und ihrem kleinen Sohn. Ganz frisch geschlüpft.«

»Wie heißt er denn?«, erkundigt sich Henry.

»Teddy«, antwortet Christine.

»Das passt.«

Henry reicht mir meinen Kaffee und geht zum Kühlschrank. »Es gab keine fettarme Milch«, sagt er. »Aber ich wette, du hast welche da.«

Während er außer Hörweite ist, sagt Christine: »Du bist geliefert. Er sieht genauso glücklich aus wie du. Vielleicht sogar noch mehr.« Teddy fängt an zu quengeln.

Meine Freundin seufzt. »Man gibt mir zu verstehen, dass meine Pause um ist.« Sie schickt mir Luftküsse, und ich schicke welche zurück. »Bis bald in London«, sagt sie und schaltet das Handy aus.

Henry wendet sich zu mir um. »Lust auf Frühstück?«, fragt er und fügt mit einem anzüglichen Lächeln hinzu: »Oder ist der Puderzucker alle?«

Bevor er weitersprechen kann, klingelt sein Handy. Er schaut nach. »Da muss ich rangehen«, sagt er. »Es ist Thacker.« Er meldet sich mit seinem nobelsten Akzent, dem, den er sich für diejenigen vorbehält, die über ihm in der Nahrungskette stehen: »Ja? Hier ist Henry.«

Bestimmt fünf Minuten lang lauscht er schweigend. Sein Gesicht wird blass und blasser. Dann schnippt er gereizt mit den Fingern in meine Richtung und formt mit den Lippen: »Hol deinen Laptop.« Dann hält er das Telefonmikrofon zu und zischt: »Laptop. Pronto.«

»Was ist denn los?«

Er fegt meine Frage mit der flachen Hand beiseite wie eine lästige Fliege und hört wieder konzentriert zu, was Thacker am anderen Ende der Leitung erzählt. Was ist bloß in ihn gefahren?

Ich verlasse die Küche und gehe zur Treppe. Beim Hinaufsteigen schaue ich auf mein Handy, das ich vor meinem Videoanruf mit Christine auf lautlos gestellt hatte.

Oha. Zehn verpasste Anrufe von meinem Verleger. Vierzehn verpasste Anrufe von Daphne. Mindestens Dutzend Nachrichten, und alle wollen, dass ich zur Webseite vom *Los Angeles Review of Books* gehe. Warum? Was gibt es da zu sehen? Ach so, Joes Nachruf. Der Artikel von diesem Tim Resnick ist offenbar heute erschienen.

Ich gehe ins Schlafzimmer, nehme den Laptop vom Ladekabel und will kurz einen Blick auf den Artikel werfen, bevor ich wieder nach unten gehe. Ich rufe die Webseite auf und …

Mich trifft der Schlag. Oh – mein – Gott! Das darf nicht wahr sein! Die Überschrift des Artikels springt mir entgegen:

Eine gelungene Täuschung
Weshalb Joe Duke Annie Shepherd war

Ich schlage die Hand vor den Mund, um nicht zu schreien, aber es nützt nichts, der Aufschrei dringt durch die Lücken zwischen meinen Fingern. Anstatt weiterzulesen, renne ich mit dem aufgeklappten Laptop die Treppe hinunter. Noch bevor ich unten bin, höre ich Henry brüllen:»Vergiss den Laptop! Ich hab's auf dem Handy.«

Ich sprinte durchs Wohnzimmer, stoße mir den großen Zeh am Couchtisch, zucke zusammen, schaue kurz nach, wie schlimm es ist, sprinte weiter und schlittere schließlich in die Küche.

Dort sehe ich Henry, schwitzend und wild den Kopf schüttelnd auf weichen Knien herumwanken, bis er an die Herdinsel gelehnt stehen bleibt. Ich spreche ihn nicht an, sondern warte stumm ab, bis er Resnicks Artikel gelesen hat. Ich will die Schreckensnachricht lieber von ihm hören, als sie in so entsetzlich offiziellen Druckbuchstaben auf dem Bildschirm zu sehen.

»Verdammte Scheiße!«, sagt er. »So eine verfluchte, verfluchte Scheiße!«

Ich wage kaum zu fragen. »So schlimm?«

»Schlimm ist gar kein Ausdruck.«

»Was ist passiert?« Ich schüttle mit hängenden Armen die Hände an den Seiten aus. Das mache ich immer, wenn um mich herum die Welt zusammenzubrechen droht. »Sag mir endlich, was passiert ist.«

Er starrt mich an. »Warum in Teufels Namen hast du diesem Kerl Joes unvollendeten SF-Roman gegeben?«

Oh nein, nein, nein! Das mit Joes Roman und Tim Resnick hatte ich total vergessen. Gestern war ich so sehr damit beschäftigt, Joe Abbitte zu leisten, dass ich nicht daran gedacht habe, Resnick anzurufen und ihm zu sagen, dass er das Machwerk in seinem Artikel nicht erwähnen soll. Ich habe mich da selbst reingeritten. Weil ich von Joe das Schlechteste gedacht habe und mich rächen wollte, habe ich meinen eigenen Untergang herbeigeführt.

»Annie«, sagt Henry, »antworte mir.«

»Weil ich sauer war auf Joe!«, schreie ich ihn an. »Dieses SF-Ding war Mist hoch drei. Ich wollte ihm wehtun, weil er mir wehgetan hatte. Ich wollte ihn blamieren, seinen Ruf als Schriftsteller ruinieren. Ich wollte, dass alle lachen, weil sie ihn so toll gefunden haben.« Meine Stimme wird schrill, während ich anfange zu weinen. »Ich wollte ihn fertigmachen.«

Henry schleudert sein Arbeitshandy gegen den Kühlschrank. Es zerbricht, die Einzelteile fliegen durch die Gegend. »Du hast Resnick den Strick gegeben, um dich zu hängen. Bist du jetzt glücklich? Bist du glücklich, verdammt? Ist das die Rache, die du wolltest?«

Ich schreie zurück: »Sehe ich aus, als wäre ich glücklich?« Ich atme schnaufend, und langsam beginnt mein Verstand wieder zu arbeiten. »Ich begreife das nicht. Wie konnte Resnick herausfinden, dass ich *Trust Me* nicht geschrieben habe, nur weil er Joes bescheuertes Science-Fiction-Machwerk gelesen hat? Ein Viertel davon war doch sogar in einer erfundenen Sprache geschrieben.«

»Forensische Linguistik«, erklärt er. »Zur Anwendung kommt ein Algorithmus, der sich Hauptkomponentenanalyse nennt. Man jagt unterschiedliche Texte durch den Computer und lässt nach Gemeinsamkeiten suchen. Und du hast in allen sechs Kategorien die volle Punktzahl erreicht – bingo! Wortlänge, Satzlänge, Absatzlänge, Buchstabenhäufigkeit, Zeichensetzung und Wortschatz. Du bist eindeutig als Betrügerin entlarvt worden.«

Ich breche in Tränen aus. »Aber ich verstehe das nicht. Ich verstehe kein Wort von dem, was du gerade gesagt hast.«

»Es liegt an Joes Schreibstil«, erklärt er. »Er hat so lange als Annie Shepherd geschrieben, dass die stilistischen Eigenheiten, die er in deinen Romanen benutzte, sich in seine eigene Arbeit eingeschlichen haben. Unabhängig vom Genre, haben manche Schriftsteller einen unveränderlichen Stil.

Nur, weil man das Genre wechselt, schreibt man nicht plötzlich anders. Joe hat buchstäblich verlernt zu schreiben wie er selbst. «Henry wirkt, als würde er gleich in Ohnmacht fallen. Er muss sich an der Kücheninsel abstützen. »Wie konntest du so etwas unsäglich Dummes tun?!«
»Ich war wütend!«, schreie ich zurück. »Ich war verletzt. Ich habe nicht nachgedacht.«
»Im Gegenteil, es sieht aus, als hättest du nachgedacht.«
»Henry, bitte hör auf, mir die Schuld zu geben. Hör auf, wie ein Agent mit mir zu sprechen. Sprich mit mir wie der Mann, der mich liebt. Sag mir, was wir um Gottes willen jetzt tun.«
»Der Mann, der dich liebt, kann dir gerade nicht helfen. Das kann nur dein Agent. Vertrau mir. Er ist derjenige, den du jetzt brauchst.«
Ich schaue ihn finster an. Der Agent steht immer an erster Stelle. Schön, dass unser Gespräch über Philosophie gestern so eine nachhaltige Wirkung auf ihn hatte. Und schön, dass er, sobald sich die erste Krise anbahnt, wieder in alte Muster verfällt.
»Okay, Agent. Was tun wir?«
»Du«, sagt er, »wirst überhaupt nichts tun. Rede mit niemandem. Keine Tweets. Kein Instagram. Du bewahrst absolutes mediales Stillschweigen, bis du wieder von mir hörst.«
Ich wische mir die Tränen ab. »Und wenn ich einfach alles zugebe? Vielleicht wäre das besser? Wenn ich ein volles Geständnis ablege und sage, wie alles gewesen ist? Die Lüge ohne Joe weiterzuleben ist sowieso zu schwer.«
»Hast du jetzt komplett den Verstand verloren? Als dein Agent kann ich dir sagen, dass wir beide untergehen wie die Titanic, wenn du das machst.«
Ich bin den Tränen nah. »Und was sagt der Mann, der mich liebt? Was denkt er, was ich tun soll?«

Er schüttelt den Kopf. »Dieser Mann wird dich an deinen Agenten verweisen.«

Ich schluchze. »Wann kriege ich diesen Mann zurück?«

»Annie«, ich sehe ihm an, dass er um Geduld ringt. »Du kannst dich nicht outen. Diese Option ist gestrichen.«

»Aber der Skandal ist doch schon da. Es ist ja nicht so, als könnten wir davor weglaufen.«

»Wir laufen nicht weg. Wir packen den Stier bei den Hörnern. Ich werde diesen Mann vernichten.«

»Und wenn ich das nicht will?«, frage ich. »Vielleicht kann ich dann nach diesem Geständnis Annie Shepherd sein, auf meine Weise. Vielleicht ist das meine Chance, endlich frei zu sein.«

»Find heraus, wer Annie Shepherd ist, sobald ich dir den Arsch gerettet habe«, sagt er und stürmt ins Wohnzimmer.

Ich bleibe am Tisch sitzen und lasse den Tränen freien Lauf. Ich weiß nicht, was schlimmer ist. Resnicks Artikel oder dass mein liebevoller Henry von einem Superagenten abgelöst wurde, der droht, alles, was sich ihm in den Weg stellt, zu zerstören. Aber das Schlimmste an allem ist, dass er so tut, als würde er es für mich tun. Dabei wissen wir beide, dass es nicht so ist. Er ist zu weit gegangen, hat zu viel in die Rettung meiner Karriere investiert, als dass er sie jetzt aufgeben kann. Er wird meine Marke so lange am Leben erhalten, wie sie ihm nutzt.

Kurz darauf erscheint Henry in der Küchentür, er trägt seinen Mantel und hat sich eine Zigarette zwischen die Lippen geklemmt. »Ich gehe jetzt ins Büro«, sagt er. »Schadensbegrenzung betreiben.«

»Und was soll ich tun?«

»Das vermaledeite Buch zu Ende schreiben. Wenn wir ein fertiges Manuskript vorlegen können, verleiht das unserem Dementi hoffentlich etwas Glaubwürdigkeit.«

Ich stehe teilnahmslos vom Stuhl auf, als die Haustür hinter ihm ins Schloss fällt. Er ist weg. Wird er überhaupt zurückkommen? Und wenn ja, als was? Als mein Agent oder als mein Geliebter? Es scheint so, als würde er nicht wissen, wann es welche Rolle braucht. Als Agent wird er mit den schmutzigsten Mitteln für mich kämpfen, weil er mich liebt, aber das ist nicht das, was ich mir von ihm wünsche, nicht das, was ich jetzt brauche. Henry Higgins kann Privatleben und Beruf einfach nicht auseinanderhalten. Man kann über Joe und mich sagen, was man will, aber immerhin das konnten wir voneinander trennen.

Hat er sich bloß selbst die Erlaubnis gegeben, mich zu lieben, so, wie er es wohl schon seit einiger Zeit insgeheim getan hat, weil wir gemeinsam diese unmögliche Herausforderung gemeistert haben? Gibt ihm der berufliche Erfolg den nötigen Mut, mich zu lieben? Und wenn ich zu einer Bedrohung für Henry, den Agenten, werde, rennt dann Henry, mein Geliebter, mit eingezogenem Schwanz davon?

Ich hoffe, ich liege falsch.

Außerdem habe ich da so ein Gefühl, dass Tim Resnick mir bald die Antwort auch auf diese Frage liefern wird, ob ich will oder nicht.

52

HENRY

Der Aufzug hält auf meiner Büroetage. Ich stürme hinaus, kaum dass die Türen sich geöffnet haben. Mein Handy summt wie ein Hornissenschwarm. Ich schaue nach. Nachrichten in Serie, als hätte ich die Ausrufung des nationalen Notstands verpasst. Ich schaue in den sozialen Medien nach, wie groß der Schaden ist.

Katastrophe! Resnicks Artikel ist auf Twitter unter dem Hashtag *#Don'tTrustHer*. Na wunderbar. Die Story ist also nicht nur viral gegangen, sie firmiert dazu noch unter einem Hashtag, der auf den Titel der Romanreihe anspielt.

Gott, ich hasse es, wenn Leute versuchen, geistreich zu sein. Weil sie es nicht sind. Die sozialen Medien haben Horden absolut nutzloser, erbsenhirniger Labertaschen überzeugt, dass sie der Welt etwas mitzuteilen hätten, und nicht nur das. Diese Leute halten es nun für ihre moralische Pflicht, es von allen Dächern zu schreien.

Ich durchquere das Büro im Laufschritt und halte die Hand hoch, um jeden Versuch, mich anzusprechen, von vornherein abzuwehren. Erst bei Daphne mache ich kurz Halt, um ihr zu sagen, dass ich mein Arbeitshandy zerstört habe und sie mir Ersatz besorgen soll.

Schritt eins zur Bewältigung der Krise: Victoria anrufen und die verlegerischen Nerven beruhigen. Ich setze mich an den Schreibtisch, schließe kurz die Augen, um mich zu sammeln, dann rufe ich an.

Ihren Wutausbruch von absolut epischem Ausmaß, der ungefähr zehn Minuten in Orkanstärke mein Gehör strapaziert, nutze ich, um mir eine Verteidigungsstrategie zurechtzulegen. Als sie erschöpft eine Pause macht, bin ich bereit.

»Vicki, hör zu, es gibt dafür doch eine ganz simple Erklärung. Annie und Joe waren beide schriftstellerisch tätig, und sie lebten unter einem Dach. Natürlich haben sie sich von ihren jeweiligen Projekten erzählt. Einer hat gelesen, was der andere geschrieben hat, und es wurde darüber diskutiert. Sie haben selbstverständlich auch ihr kreatives Leben miteinander geteilt. Was Resnick glaubt, entdeckt zu haben, und was er anprangert, ist lediglich das Ergebnis einer unbewussten stilistischen Angleichung zweier Schriftsteller, die sich gegenseitig rezensieren und inspirieren.«

Sie will wieder loslegen, aber ich bleibe cool. Ich habe eine Klientin zu beschützen, und wenn diese Klientin abstürzt, stürze ich mit.

»Ich weiß, dass der Algorithmus in allen sechs Kategorien fündig geworden ist, und ich kann erklären, warum. Annie hat Joes Manuskripte überarbeitet. Joe hat Annies Manuskripte überarbeitet. Das Lösungswort ist Schwarmdenken.«

Das Schweigen am anderen Ende der Leitung wirkt bedrohlich. Gott, diese Frau lässt meine Eier auf kleiner Flamme schmoren.

»Ich gebe zu, der von Lacey Duke geschriebene Enthüllungsroman wirkt in der Situation, die wir jetzt haben, kontraproduktiv«, füge ich hinzu. »Aber die Öffentlichkeit hat davon nichts mitbekommen, nur die Buchbranche und ein Haufen Anwälte.«

Victoria übergeht meinen Einwand und liest mir stattdessen ausgewählte Passagen vor, die geleakt wurden. Ich unterbreche sie, noch bevor weitere zehn Minuten vergehen, die ich nicht habe: »Ich werde Lacey anrufen und veranlassen, dass sie einen Widerruf in der Presse veröffentlicht.«

Gott sei Dank sind Lacey und ich seit gestern Abend Verbündete. Ein Feuer weniger auszulöschen. Und ein Rekrut mehr in meiner Dementi-Armee. Ich lasse Truppen an Resnicks Grenzen aufmarschieren.

Weiter im Text. »Vicki, entspann dich. Mit dem neuen Roman läuft alles bestens. Das Manuskript wird pünktlich zum Abgabetermin auf dem Tisch liegen, wenn nicht schon früher. Das könnte ich doch nicht zusagen, wenn der echte Verfasser tot wäre, was meinst du? Denk logisch. Ich habe dir vor ein paar Tagen bei unserem Essen geschworen, dass die Gerüchte haltlos sind, dass Annie ihre Bücher selbst geschrieben hat. Meine ganze Karriere basiert darauf, dass Annie Shepherd die ist, für die sie sich ausgibt. Aber wenn mein Ehrenwort dir so wenig bedeutet …«

Ach, Vicki, weniger als nichts sollte es dir bedeuten. Ich bin ein Agent. Lügner von Berufs wegen. Das ist unser Job, und ich bin einer der Besten. Aber meine Strategie zeigt Wirkung. Victoria beruhigt sich etwas. Es wird bestimmt noch das ein oder andere Nachbeben geben, bevor der Tag vorüber ist, aber damit kann ich umgehen.

Daphne steckt den Kopf durch die Tür. Ich drücke das Handy an die Brust, und die letzten Aufwallungen von Victorias Wut vibrieren durch meinen Brustkorb.

»Sämtliche Nachrichtensendungen wollen heute Abend ein Interview mit Resnick bringen.«

»Möge ihn der verdammte Blitz treffen!« Ich drücke das Handy fester an die Brust, damit Victoria nicht mitkriegt, wie die Dinge wirklich stehen. »Ruf Lacey Duke für mich an. Sag ihr, ich brauche innerhalb der nächsten Stunde einen Widerruf von ihr.«

Ich halte das Handy wieder ans Ohr und tue so, als hätte ich alles gehört, was Victoria in der Zwischenzeit von sich gegeben hat. »Vicki, Darling, sei nicht böse, aber ich rufe dich später zurück. Verlass dich drauf, noch bevor du aufgelegt hast, wird der Himmel über dir schon wieder blau.« Das beschwichtigt sie wenigstens vorübergehend.

Nun folgt Schritt zwei. Will man einen Skandal – nahezu unbeschadet – überstehen, ist es wichtig, den Puls der Öffentlichkeit zu fühlen. Wird es die Wogen glätten, wenn sich dein Schützling der Welt zeigt? Oder sollte er lieber in Deckung gehen? Was Annie angeht, ist auf jeden Fall Letzteres geraten, folglich muss ich das Gesicht der Operation sein.

Ich verfasse eine Stellungnahme für die Presse. Es wird eine radikale, brutale Abrechnung mit Resnicks Artikel. Nicht nur weisen wir Resnicks Anschuldigungen harsch zurück, wir ziehen auch ihren Wahrheitsgehalt in Zweifel. Jemand, der sich seiner Sache zu hundert Prozent sicher ist, hätte uns Gelegenheit gegeben, den Artikel vor der Veröffentlichung zu lesen und gegebenenfalls Einwände zu erheben. Diese Art von böswilliger Attacke aus dem Hinterhalt ist die Methode der Wahl, wenn man Grund hat zu befürchten, dass die aufgestellten Behauptungen einer Überprüfung nicht standhalten würden. Damit pflanze ich das Samenkorn eines berechtigten Zweifels in Hirne und Herzen und hoffe, dass es aufgeht. Zusätzlich führe ich das gleiche Argument ins Feld, das mir bereits geholfen hat, Victorias Zorn zu besänftigen. Annie und Joe haben zusammen gelebt und gearbeitet. Eine gegenseitige stilistische Beeinflussung kann unter solchen Umständen nicht ausbleiben, zumal sie die Arbeiten des jeweils anderen lasen und kommentierten. Demnach entbehrt der Anwurf einer arglistigen Täuschung jedweder vernünftigen Grundlage. Miss Shepherd hat an der Universität das von Joe Duke geleitete Seminar »Kreatives Schreiben«

besucht. Sie ist folglich durchaus in der Lage und befähigt, die unter ihrem Namen erscheinenden Bücher selbst zu schreiben. Basta.

Daphne kommt wieder herein. »Lacey Duke lässt ausrichten, du sollst den Widerruf schreiben und ihr dann mailen. Sie wird ihn unterschreiben, und wenn man nachfragt, die Authentizität bestätigen.«

Ich reiche ihr die Pressemitteilung und sage: »Leg das Thacker vor, er soll einen Blick drauf werfen. Wenn er sein Okay gibt, schickst du das Ding an alle Medienagenturen. Treiben wir Resnick in die Enge. Er soll zuschauen, wie ein 24-Stunden-Nachrichtenkreislauf für uns arbeitet.« Zum ersten Mal segne ich diese Rund-um-die-Uhr-Berieselung, sie hat uns allen kulturelle Amnesie beschert.

Okay. Ich habe Victoria einigermaßen beruhigt. Ein Dementi ist unterwegs. Daphne hat von mir den Auftrag erhalten, Laceys Widerruf zu schreiben. Nur eins bleibt noch zu tun: Wir müssen das in den sozialen Medien kursierende Narrativ ändern. Und ich kenne nur eine Person in diesem Bereich, deren Stimme laut genug ist, um Resnick und seinen Verleger zu übertönen: Mindy, der ich erst kürzlich zu einem Millionendollar-Deal verholfen habe, und ihre Schar von Mommy-Bloggern, die Annie Shepherd bedingungslos ergeben sind.

Ich rufe Mindy an. Sie ist schon im Bilde und empört darüber, wie mit Annie umgegangen wird. Dann spule ich noch einmal die Geschichte von der gegenseitigen Beeinflussung ab, die unvermeidbar sei, wenn zwei Schriftsteller unter einem Dach leben. Diesmal renne ich offene Türen ein. Mindy und die anderen Mommy-Blogger sind längst mit ihrem eigenen Resnick-Narrativ am Start. Tim Resnick ist wahrscheinlich ein gescheiterter Romanautor, der nun als Journalist arbeitet und die Gelegenheit beim Schopf gepackt hat, Rache an der Branche zu üben, die ihn ablehnt, indem er eine ihrer erfolgreichsten und beliebtesten Autorinnen in den Schmutz zieht.

Damit hat die Kampagne ihr Etikett: Resnick ist einer von den sogenannten »toxischen« Kerlen mit Ego-Defiziten, die es nicht lassen können, Frauen, die ihnen über sind, mit Dreck zu bewerfen. Noch bevor ich auflege, hat sie angefangen, diese Version auf Twitter zu verbreiten. Ich bin zufrieden.

Ich lasse das Handy auf den Schreibtisch fallen und entspanne mich. Zum ersten Mal seit fast vier Stunden kann ich durchatmen. Ich bin heiser. Mein Kopf ist leer. Ich bin emotional ausgebrannt. Mein Puls hämmert wie ein Heavy-Metal-Schlagzeugsolo. Nach ein paar Minuten Ruhe entschließe ich mich, für eine Zigarettenpause nach unten zu fahren, und während sich der Stress allmählich buchstäblich in Rauch auflöst, erhalte ich eine Nachricht von Annie:

Ich verstehe, dass du nicht mit mir reden willst. Aber du bist auch mein Agent. Bitte sag mir, wie es läuft.

Ich antworte nicht. Ich habe nichts zu sagen, zumindest nichts, was die Situation besser machen würde. Alles, was ich momentan empfinde, ist eine Art kollektive Scham, wie man sie nun einmal fühlt, wenn ein Geheimnis, das zwei Menschen verband, plötzlich offenbart wird. Die Decke, unter der man gemeinsam steckte, wird mit einem Ruck weggerissen, man ist nackt und entblößt den Blicken ausgeliefert und begreift, wie das für den Rest der Welt aussehen muss. Es war anders, als nur Annie und ich wussten, wer der wahre Autor von *Trust Me* ist. Ich muss mir jetzt über meine Gefühle klar werden, abseits des Tsunamis, der uns auf Twitter erfasst hat.

Ich fahre wieder nach oben ins Büro und starte Runde zwei. Die Stimmung im Netz ist so weit gekippt, dass man nicht mehr mit Resnick sprechen will, sondern mit mir. Was habe ich für eine Wahl? Also greife ich zum Äußersten und opfere meine untadelige Reputation. Mein Herz habe ich bereits geopfert. Ich berufe mich auf meine Familienehre und meine Erfahrung in der Branche. Ich wüsste es, wenn einer meiner Autoren nur eine Marketingfigur wäre, um die Bücher eines anderen zu verkaufen. Und selbstverständlich würde ich augenblicklich den Vertrag aufkündigen. Schließlich bin ich integer. Ich setze mein Renommee gegen das von Resnick.

Weitere vier Stunden vergehen, in denen ich auf meinen Familiennamen verweise und erzähle, dass ein Algorithmus nicht den Fakt, dass zwei Autoren gemeinsam leben, berücksichtigen kann. Ich habe sechs Flaschen Wasser konsumiert, fünf Espresso und zehn Zigaretten. Endlich ist es geschafft. Resnicks Artikel und *#Don'tTrustHer* sind nicht mehr Thema Nummer eins in den sozialen Medien. Jetzt dominieren Laceys inniger Widerruf und die Kampagne der Mommy-Blogger.

Der digitale Feldzug zu Annies Ehrenrettung hat sich auf die Millionen Fans in aller Welt ausgeweitet, die ihr Banner durch Facebook, Instagram und Snapchat tragen. Bedauernswerterweise ist Resnick in diesem Kreuzfeuer tödlich verwundet worden. Man hat ihm einen »toxic masculinity«-Hashtag angeheftet. Tut mir leid, Tim. Wer sich in Gefahr begibt, kommt darin um. Wer meine Klientin und mich linkt, kann nicht auf Gnade hoffen.

Thacker betritt mein Büro. Er sagt mir, Victoria sei so gerührt von dem öffentlichen Aufschrei, von Laceys Widerruf und meinem leidenschaftlichen Engagement, dass man beschlossen habe, eine eigene Pressemitteilung zu verfassen. Außerdem sei Thacker zu Ohren gekommen, dass die abendlichen Nachrichtensendungen ihre Interviews mit Resnick absagen. Offenbar vermuten sie hinter dem Artikel unlautere

Machenschaften und hegen den Verdacht, Resnick könne eine unschuldige trauernde Frau, die in ihm bloß einen Fan gesehen habe, böswillig in eine Falle gelockt haben. Das wäre pures Gift für die Einschaltquoten.

Insgesamt sieht es ganz so aus, als hätte ich den richtigen Draht an der Sprengladung durchgeknipst.

In den Büros erlöschen nach und nach die Lichter. Die Leute machen Feierabend und gehen nach Hause. Ich lehne mich zurück, rolle eine Zigarette zwischen Daumen und Zeigefinger und spiele mit dem Gedanken, nach unten zu fahren und sie anzuzünden. Und dann erinnere ich mich, wieso ich damals mit dem Rauchen aufgehört habe. Ich brauchte alle dreißig Minuten eine Kippe, um runterzukommen. Meine eigene Faulheit wird mir die Gewohnheit offensichtlich schnell wieder abtrainieren.

Das Handy summt. Wieder Annie. Ich bin so erschöpft, dass ich mich nicht mal imstande fühle, Wörter zu formen. Aber sie auf heißen Kohlen sitzen zu lassen wäre grausam. Sie verdient es, zu erfahren, dass der Sturm sich gelegt hat und ihr Ruf fürs Erste sicher ist. Für sie war es auch ein harter Tag.

»Hi«, sagt sie. »Ich weiß, du bist noch sauer auf mich. Und ich verstehe, warum. Ich will dir das nicht absprechen. Aber ich wüsste gern, ob du heute Abend noch vorbeikommst.«

»Ich glaube nicht. Ich bin noch im Büro.«

»Ich werde aufbleiben. Es ist egal, wie spät du kommst.«

Ich antworte nicht.

»Dein Schweigen verrät mir, es bleibt bei Nein, oder?«

»Stimmt. Ich bin einfach – fertig.«

»Wir müssen uns auch nicht unterhalten. Ich würde dich nur gern sehen. Gestern das … das … hat mir viel bedeutet.«

»Mir auch«, sage ich und meine es auch so. Es hat mir alles bedeutet, und genau deswegen brauche ich etwas Zeit. Ich habe mich gerade erst an den Gedanken gewöhnt, Annie zu lieben, mit ihr zusammen zu sein, als ich mich auf einmal wieder mit den vielen Gründen, es nicht zu tun, konfrontiert sah. Ich bin nicht für ständiges Drama gemacht.

»Annie, vielleicht ist es besser, wenn man uns vorläufig nicht zusammen sieht.«

Es folgt eine lange Pause. »Warum?«, fragt sie schließlich.

»Wie es aussieht, habe ich das Feuer austreten können, bevor es um sich greift. Aber wenn man uns zusammen sieht, könnte der Verdacht aufkommen, dass unsere Beziehung nicht nur rein professionell ist. Und die Art und Weise, wie ich mich heute für dich eingesetzt habe, könnte die Öffentlichkeit auf die Idee bringen, dass ich meine Geliebte decken will. Ich muss desinteressiert wirken, damit die Lüge glaubwürdig wirkt.«

»Welche Lüge?«, fragt sie. »Die Lüge, dass wir zusammen sind? Das ist die Wahrheit. Das schert die Branche doch nicht. Agenten und Autoren treffen sich immer wieder auch privat.«

Ich hasse mich selbst für das, was ich nun sage: »Die Lüge, dass du eine Schriftstellerin bist. Wie ich schon sagte: Damit würde ich in der Auseinandersetzung mit Resnick parteiisch wirken. Und das darf nicht sein. Zumindest im Moment.«

»Ja, klar.« Sie lacht kläglich. »Dann lass mich wissen, wenn du meinst, es wäre genug Gras über die Sache gewachsen.«

Gut, es war eine ziemlich lahme Ausrede, deshalb versuche ich einzulenken. »Entschuldige. Ich … ich hatte einen harten Tag. Das hat sich falsch angehört.«

»Mir ist egal, ob mein Agent an seinem Schreibtisch einschläft, ich will, dass mir mein Freund sagt, wie lange wir so tun müssen, als würden wir uns nicht lieben.«

Ich schweige.

»Da ist es wieder, dein altes Ich. Tu das nicht, Henry, nur weil es mal für einen kurzen Moment schwierig wird. Henry der Agent war bloß so wunderbar, weil der Mann Henry wunderbar wurde. Und du hast uns heute nur aus einem einzigen Grund gerettet ... und das hast du, du warst toll ... nämlich weil du mich liebst. Sag es. Du liebst mich.«

»Annie.« Ich will heute nicht mehr nachdenken müssen.

»Ich komme morgen zu dir. Gleich morgens, zum Schreiben. So wie immer.«

53

ANNIE

Vier Tage. Vier verfluchte Tage, und Henry Higgins hat nicht angerufen. Als Antwort auf meine Nachrichten kommen von ihm drei kümmerliche Worte, manchmal weniger und als große Ausnahme ein ganzer Satz, wenn er sich besonders redselig fühlt. Ich versuche es aus Henrys Sicht zu sehen: Ich hab's versaut, als ich diesem Journalisten Joes Manuskript gegeben habe. Aber zu dem Zeitpunkt wusste ich noch nichts von uns oder der Möglichkeit einer gemeinsamen Zukunft, ich wusste nur – okay, glaubte zu wissen –, dass Joe mich verraten hatte, und dafür wollte ich ihn büßen lassen. Wenigstens posthum.

Warum war er so ganz anders, als ich ihm gestanden habe, dass meine Bücher nicht von mir sind? Warum war er da mein Ritter in schimmernder Rüstung, und diesmal lässt er mich eiskalt fallen? Weil er sich damals noch nicht bewusst war, dass er mich liebt. Er konnte mich, die literarische Hochstaplerin, lieben, solange es unser kleines Geheimnis war. Aber als die Wahrheit ans Licht zu kommen drohte, wurde er wieder ganz der Alte. Er hat sich zwar schützend vor seine Klientin geworfen, doch seine Liebe hat er im Stich gelassen. Unsere Lüge war ihm wichtiger als seine Wahrheit.

Nur eines von beiden hat ihn verwundbar gemacht, nur eines hat ihn begreifen lassen, dass Liebe die Bereicherung war, die er brauchte. Aber nicht irgendeine Liebe: meine.

Und nun ist es beinahe, als würde er mich dafür bestrafen, dass diese Illusion zerstört wurde. Eine Illusion, die er selbst erschaffen hat, um sich nach seinen Bedingungen in mich verlieben zu können. Tja, tut mir leid, Henry, aber du kannst die Liebe nicht wie eine Marionette beherrschen. Ich weiß das besser als jeder andere.

Vier Tage. Vier Tage starre ich schon auf den Bildschirm dieses Laptops. Vier Tage sind vergangen, und ich habe kein einziges Wort geschrieben. So alleingelassen fühle ich die Geschichte nicht. Weil dieses Buch für mich immer mit Henry verbunden war, selbst in der Zeit mit Chris. Für uns wollte ich es schreiben. Anfangs, damit unser Betrug nicht auffliegt, und dann, damit wir nach dem ganzen Chaos eine gemeinsame Zukunft haben. Und was ist es jetzt? Eine trockene Auftragsarbeit. Die Verpflichtung, einen Abgabetermin einzuhalten. Einen Vertrag zu erfüllen. Keinerlei Magie liegt mehr darin. Ohne Henry werde ich nicht wieder schreiben. Nicht mal des Geldes wegen – davon habe ich genug.

Es klingelt. Sofort renne ich zur Tür. Liebe Güte, Annie, bewahre dir einen letzten Rest Würde! Mein Herz rast. Ich wusste es. Ich wusste, er würde kommen und mir sagen, dass er mich liebt und akzeptiert, so wie ich bin.

Er wird es müssen, denn offen gesagt, so wie ich heute aussehe, würde ich keinen Schönheitswettbewerb gewinnen. Ich habe seit drei Tagen nicht geduscht, und was ich anhabe, kann man nur als Schlabberlook bezeichnen. Ich habe kaum was gegessen, kaum geschlafen und weiß, man sieht es mir an. Ich komme in ein Alter, in dem man sich nicht erlauben darf, einmal die Zügel schleifen zu lassen, weil man sofort zur wandelnden Vogelscheuche mutiert.

Ich nehme mir nicht einmal die Zeit, erst durch den Spion zu schauen. Ich weiß, er ist es. Ich kann es spüren. Ich reiße die Tür auf, bereit, für meine perfekte Unperfektheit geliebt zu werden, ihn in die Arme zu schließen und nie wieder loszulassen und – vor mir steht Will.

Oh nein. Hätte ich doch lieber erst nachgeschaut. Ich will nicht mit ihm reden. Ich will nicht, dass er mich so sieht. Dieser besondere kleine Mensch soll nicht in das Tauziehen zwischen seinem Vater und mir geraten. Auf keinen Fall möchte ich in eine Situation geraten, in der ich diesen unschuldigen Jungen zurückweisen muss. Aber je länger wir damit warten, desto schmerzhafter wird es für uns beide.

»Annie«, sagt er und hält mir, gekleidet in seine Schuluniform, einen großen Umschlag hin, »tut mir leid, wenn ich dich gestört habe. Wärst du nicht da gewesen, hätte ich das einfach unter der Tür durchgeschoben.«

Ich streiche mir die Haare aus dem Gesicht und bemühe mich, halbwegs normal auszusehen. »Hallo, Will. Was hast du mir denn da mitgebracht?«

Er öffnet den Umschlag. »Das sind die Unterlagen für meinen Berufsinformationstag morgen.« Er zieht einen Anstecker heraus, auf dem, umgeben von einem Farbenfeuerwerk, mein Name steht.

»Habe ich für dich gemacht. Er ist der beste von allen. Keiner der anderen Teilnehmer hat einen Anstecker, der auch nur halb so schön ist.«

Erbarmen, das schaffe ich jetzt nicht. Ich will den armen kleinen Kerl nicht enttäuschen, aber mein Herzschmerz ist so groß, dass ich nicht die Kraft habe, für ihn da zu sein.

»Tut mir leid, ich hatte vergessen, dass die Veranstaltung schon morgen ist.«

»Dachte ich mir. Ich habe dir Nachrichten geschickt, um dich zu erinnern, aber weil du nicht geantwortet hast, wollte ich herkommen und es dir selbst sagen.«

»Will … ich … ich glaube nicht, dass ich das morgen schaffe.«

»Wenn das wegen des Artikels von diesem Journalisten ist«, sagt er, »keiner in der Schule hat geglaubt, was da drinsteht. Das Ganze muss dir nicht unangenehm sein. Die Lehrer sind immer noch überzeugt, dass du alles selbst geschrieben hast, und freuen sich wie verrückt, dich persönlich zu treffen. Sie bringen sogar Bücher mit, die du signieren sollst.« Er denkt kurz nach. »Genauso wie die meisten Kinder. Sie bringen die Bücher ihrer Eltern mit. Du solltest wirklich kommen.«

Ich schüttle den Kopf und zwinge mich zu lächeln. »Sieh mal, Will, ich bin ziemlich im Rückstand mit meinem Arbeitspensum. Ich brauche wirklich jede Minute, um das aufzuholen.«

»Oh.« Den enttäuschten Ausdruck auf seinem Gesicht kenne ich aus meiner eigenen Kindheit nur zu gut. »Ich dachte, mein Dad würde dir helfen.«

Wieder schüttle ich den Kopf. »Das hat er auch, aber dann wurde es im Büro hektisch, und deshalb bin ich jetzt wieder auf mich gestellt.«

Will schüttelt verwirrt den Kopf. »Aber er hat gesagt, er wäre abends hier gewesen. Er ist immer erst spät nach Hause gekommen, und mein Großvater war währenddessen bei mir.«

»Leider weiß ich auch nicht, wo er gewesen sein könnte.« Und das ist die Wahrheit. Wo ist er bitte gewesen? Hier jedenfalls nicht.

Will schaut zu Boden. »Dann hat er mich angelogen.«

»Nein, Schatz, ich kann mir nicht vorstellen, dass er dich belogen hat.« Ich gehe vor ihm in die Hocke, damit er nicht das Gefühl hat, ich behandle ihn – typisch Erwachsene – von oben herab. Was ich ihm sagen muss, ist schwer, aber er hat verdient, dass man ehrlich zu ihm ist. »Will, wahrscheinlich werden wir uns in Zukunft nicht mehr sehen.«

»Warum nicht? Ziehst du weg?« Er späht an mir vorbei in

die Wohnung. »Du musst mit dem Packen beginnen. Das wird ewig dauern.«

»Nein.« Ich muss schlucken. Das Letzte, was der Arme jetzt braucht, ist, dass ich ihm etwas vorheule. »Die Dinge zwischen deinem Vater und mir sind … haben sich verändert.«

»Aber deshalb muss sich doch zwischen uns nichts ändern«, sagt er. Sein Kinderverstand bemüht sich, ein Erwachsenenproblem zu verarbeiten. Dann trifft er mich mitten ins Herz, als er hinzufügt: »Ich dachte, wir wären Freunde, Annie.«

»Es tut mir leid, Will. Das wird nicht gehen. Dein Dad will nichts mehr mit mir zu tun haben.«

»Na und? Wen interessiert, was mein Vater will? Du und ich können trotzdem Freunde sein. Du bist toll. Und wenn ich nicht gewesen wäre, hätte Dad das niemals verstanden. Er darf jetzt nicht einfach so eine Entscheidung treffen.« Die ersten Tränen beginnen zu kullern. »Ich habe das für ihn gemacht, er hatte nicht den Mut dazu. Ich habe euch zwei zusammengebracht.«

Meine Güte, dieser kleinen Kuppler. Ich wusste es. Er hat es die ganze Zeit gesehen. Wenn er Henry nur dazu bringen könnte, es ebenfalls zu erkennen.

»Glaub mir, ich möchte auch, dass wir Freunde bleiben. Aber dein Vater hat entschieden, und wir beide müssen das respektieren.«

Nun kommt doch der kleine Junge zum Vorschein, als er schnell von Trauer zu Wut wechselt. Er nimmt den Umschlag und das Namensschild und reißt alles in Stücke.

»Ich hasse das«, sagt er. »Bücherschreiben. Es macht alle Leute nur unglücklich. Mein Vater ist die ganze Zeit schlecht drauf deswegen. Mein Großvater war immer schlecht drauf, bis er sich aus dem Geschäft zurückgezogen hat. Und jetzt geht es dir auch schlecht. Und du schreibst nicht mal selbst!«

Er hat nicht ganz unrecht.»Das bringt mich, um ehrlich zu sein, auch zum Nachdenken.«»Ihr seid doch alle nur egoistisch. Ihr benutzt das Schreiben als Ausrede. ›Ich kann mich jetzt nicht mit dir beschäftigen, ich muss schreiben.‹ Das ist so arm. Es sind nur Bücher.«

Ich will ihn in die Arme nehmen, um ihn zu trösten, aber er stößt mich weg.

»Wenn ich groß bin«, sagt er,»werde ich Bücher verbieten. Dann können alle wieder glücklich sein.«

»Ich wünschte, es wäre so einfach.«

Er stampft mit dem Fuß auf.»Ist es aber. Es ist so einfach.«

»Will …« Ich fühle mich hilflos.»Komm, ich begleite dich wenigstens noch nach unten.«

Aber er ist schon halb aus der Tür und schreit mit seiner wackligen Jungenstimme:»Ich will dich nie wiedersehen. Ich hasse dich, Annie. Ich hoffe, dein Buch ist es wert.«

Nicht so sehr wie ich mich selbst, Will, glaub mir. Ich weiß, wie es in dir aussieht. Immer lassen Erwachsene Kinder unter ihrer eigenen Unfähigkeit zu lieben leiden.

Ich fühle mich wie erstarrt. Ich knie immer noch auf dem Boden vor meiner Haustür, aber ich bin zu traurig und geschockt, um die Tränen fließen zu lassen. Henry, ich hasse dich für das, was ich deinetwegen gerade tun musste. Aber ich liebe dich dafür, dass du diesen wundervollen kleinen Mann in die Welt gesetzt hast. Er ist die Verkörperung all deiner guten Seiten. Er hat alles von dir, in das ich mich verliebt habe. Hoffentlich lernt er aus unseren Fehlern und tut nicht später dasselbe einem anderen Kind an.

Und da wir gerade von Fehlern sprechen: Henry scheint sich von dem Fehler, den er mit mir gemacht hat, bereits erholt zu haben, wenn er seine Nächte offenbar woanders verbringt.

Und ich habe eine Vorahnung, wo das ist.

54

HENRY

Amber und ich dinieren in einem schuhkartongroßen Restaurant mit französisch-asiatischer Küche in der Nähe ihres Büros. Amber verschwindet kurz auf die Damentoilette. Währenddessen nutze ich die Gelegenheit, um Annie zu schreiben und ihr mitzuteilen, dass ich es heute nicht schaffen werde, noch vorbeizukommen. Keine Nennung von Gründen, nur Wischiwaschi-Andeutungen. Ich sehe keinen Sinn darin, ihr die Wahrheit zu sagen, denn die letzten Abende habe ich mit meiner Ex-Verlobten verbracht. Das diskutieren wir besser in einem Gespräch von Angesicht zu Angesicht. In einem, für das ich gerade noch nicht bereit bin. Ich bin mir immer noch nicht sicher, warum ich sie gemieden habe. War es, weil ich sie nicht verletzen wollte? Oder weil ich weiß, dass ich mich selbst verletze und sie mich darauf hinweisen würde?

Ich starre aufs Display, warte auf die Textblasen, und es erscheinen keine. Seltsam. Normalerweise antwortet sie mit Lichtgeschwindigkeit. Aber heute kriege ich nicht einmal eine Lesebestätigung. Was ist da los?

Amber kommt zum Tisch zurück und sieht mir sofort an, dass ich frustriert bin. »Was ist?«

»Nur Annie wieder mal.«

»Wir waren doch gerade bei anderen Themen.«

Und mit »anderen Themen« meint sie sicher sich selbst. »Aber wie du den Resnick-Vorfall gemanagt hast, war meisterlich. Er hat geglaubt, er wird der Journalist der Stunde. Stattdessen gilt er jetzt als abschreckendes Beispiel.«

Sie nippt an ihrem Getränk. »Durch Mindy Grant und was danach kam, bist du wieder da und besser denn je. Bei Autoren und Verlagen heiß begehrt. Du kannst mir danken, wann immer dir danach ist.«

Interessante Sichtweise, Amber. »Danken? Wofür?«

»Komm schon, Henry. Erst als du fürchten musstest, deinen Job und deine Klienten an mich zu verlieren, bist du in die Gänge gekommen. Ich wollte nicht länger zusehen, wie du nach unten durchgereicht wirst, während ich dastehe wie ein Dummchen, das den Prinzen geküsst hat, der sich in einen Frosch verwandelt. Ich wusste, wenn ich dir helfe und du erst wieder Erfolg hast, wirst du begreifen, dass wir zusammengehören.« Sie lächelt. Das Weiß ihrer Zähne blendet mich. »Du bist kein Mann, der subtile Signale registriert. Was das angeht, bist du wie die meisten Männer.«

Ich erlaube mir Zweifel an ihrer Darstellung. Nach meiner Erinnerung bin ich jedes Mal, wenn Amber mir vors Schienenbein getreten hatte, zu Annie gerannt, und sie hat mir geraten, was ich tun soll. Und sie hatte immer recht. Aber an dem Ganzen stört mich eigentlich nur eine Sache: »Hast du dich wirklich für unsere Beziehung geschämt?«

»Selbstverständlich. Ich verschwende meine Gefühle nicht an einen Versager. Ob wir zusammen sind oder getrennt, ich habe einen Ruf zu wahren. Du musst mich nicht zurückhaben wollen. Das ist okay. Beziehungen sind endlich, die meisten jedenfalls. Aber ich will nicht bereuen müssen, dass ich dir drei Jahre meiner wertvollen Lebenszeit geschenkt habe.«

Ich bin sprachlos, vermutlich war das ihre Absicht.

»Ich fliege morgen zu einem Podium nach England«, sagt sie. »Du solltest mitkommen. Du hast dir ein paar freie Tage verdient.«

Ich lache. »Ich war schon einmal mit dir im Urlaub. Von Entspannung kann man da nicht sprechen.«

»Ich finde, es wäre für dich der perfekte Ort, um mir einen Antrag zu machen. Zum zweiten Mal.«

Sie öffnet ihre Handtasche, nimmt ein kleines Etui heraus und schiebt es mir hin. Ich weiß sofort, was es enthält – den Verlobungsring, den ich ihr vor mehr als drei Jahren geschenkt habe. Sie hat ihn die ganze Zeit griffbereit gehabt und auf den richtigen Moment gewartet.

Und ich liebe ihre unnachahmliche Art, mich darüber zu informieren, dass ich sie diesmal heiraten werde. Wahrscheinlich war das der Haken beim ersten Mal. *Ich* hatte *ihr* einen Antrag gemacht, und das gibt es nicht in Ambers Welt.

»Was meinst du?«, fragt sie jetzt. »Bereit, den größten Fehler deines Lebens zu korrigieren?«

Ich starre wie paralysiert den Ring an, bin erneut sprachlos. »Henry, du warst es, der mich angerufen hat. Du hast mir gesagt, wir sollten es noch einmal miteinander versuchen.« Sie streckt die Hand über den Tisch, entnimmt den Ring und steckt ihn sich auf den Finger. Die Diamanten des Rings funkeln im Licht der Hängelampe. »Oder habe ich da etwas falsch interpretiert?«

Ich hebe eine Augenbraue. »Ich glaube, ich habe mich einfach etwas überrumpelt gefühlt.«

»Wirklich?« Sie schaut mich an, als wäre ich ein kompletter Idiot. »Was stellst du dir vor, sollen wir tun? Die Jungverliebten spielen? Erspare mir, das ganze Kennenlern-Prozedere nochmal abzuarbeiten. Ich weiß, wie du tickst. Du brauchst mich.«

Es bleibt noch eine Frage, die mir keine Ruhe lässt. »Aber brauchst du mich?«

»Ich bin gern mit dir zusammen. Wir sind ein gutes Team. Aber ob ich dich *brauche*? Ich bin nicht sicher, dass ich irgendjemanden *brauche*.« Sie zuckt mit den Schultern. »Wenn ich hundertprozentig ehrlich sein will.«

Und wenn ich hundertprozentig ehrlich sein will, muss ich zugeben, dass ich mich genau deshalb immer wieder zu Amber hingezogen fühle. Deshalb fühlte ich mich ohne sie verloren, selbst in Annies Anwesenheit. Sie betrachtet mich als angenehmes Accessoire, und mehr muss ich nicht sein. In dieser Funktion fühle ich mich am wohlsten, darin liegt meine Stärke. Auch für Edward war ich eine Art schmückendes Beiwerk, er wollte aus mir eine Miniaturausgabe seiner selbst machen. Amber hat mich nur an der Stelle abgeholt, an der ich bereits war. Sie wollte ebenfalls, dass ich wie Edward werde, dass ich buchstäblich Edward bin. Das verstehe ich nun.

Annie Shepherd dagegen wollte, dass ich Henry Higgins bin. Aber wer ist das? Ich weiß, wer er war. Es war verdammt schwer, so zu sein wie er. Er war unabhängig. Ich bin erschöpft seit dem Tag, als sie sich Zugang zu meinem Büro verschaffte. Um zu dem Mann zu werden, in den Annie Shepherd sich verliebte, waren Dinge nötig, die man zuvor nie von mir verlangt hatte – geschweige denn, von mir gewollt hatte.

Und dies ist die größte Ironie: Annie Shepherd musste gar nichts tun, damit ich mich in sie verliebte. Sie musste nur sie selbst sein. Das ist die einzige Rolle, die sie tatsächlich spielen kann. Sie mag keine echte Autorin sein, aber sie ist ein echter Mensch. Ich bin vielleicht ein echter Agent, aber ich bin kein echte Henry Higgins. Und immer, wenn ich mit Annie zusammen bin, habe ich Angst, sie könne dahinterkommen. Es ist nicht ihr Geheimnis, für das ich mich schäme. Ich schäme mich für mich selber. Wann immer sie mich ansieht, fürchte ich, sie könne die Leere in meinem Inneren sehen.

Wie ich bereits sagte, wir leben in einer unseligen Welt, in der Amber immer recht hat. Ich brauche sie. Ich brauche sie für mein seelisches Gleichgewicht. Ich brauche sie, um mich zu vergessen. Sie ist das perfekte Antidot für die Fantasie, die Annie anbietet. Die Fantasie, die ich für bare Münze genommen habe, bis sie uns eingeholt hat.

Ambers Stimme lässt mich aufschrecken. »Worüber denkst du nach?«

Ich bin ihr noch eine Antwort schuldig. »Kann ich dir nicht sagen.«

»Zögerst du wegen Annie?«

»Woher weißt du —«

Sie lacht silberhell. »Diese Branche ist schrecklich klein.« Sie wirft das Haar zurück, die rote Flut gleitet in seidigen Kaskaden über ihre Schultern auf den Rücken. »Keine Angst, es stört mich nicht, falls ihr ein kleines Techtelmechtel gehabt haben solltet. Ich kann von mir auch nicht behaupten, dass ich auf einem Eisblock gesessen und darauf gewartet hätte, dass du deine Prioritäten sortierst.«

»Was ich auch weder verlangt noch erwartet habe«, entgegne ich, unsicher darüber, wie ich auf Ambers offenen Hinweis, dass sie stets sexuell aktiv war, reagieren soll.

»Ich hatte bereits die Ehre, Annie kennenzulernen«, sagt Amber. »Sie ist wundervoll. Aber sie ist nicht die Richtige für dich, Henry.«

Ich lehne mich näher zu ihr über den Tisch, in der Hoffnung, sie habe ein Gegenmittel gegen das Problem, dass meine Beine bei der bloßen Erwähnung von Annies Namen weich werden. »Warum ist sie nicht die Richtige für mich?«

Amber bekommt keine Chance, darauf zu antworten, weil

ihr Handy surrt. Selbstverständlich schaut sie auch jetzt nach, wer der Anrufer ist. Dann hält Amber das Handy hoch, mit dem Display zu mir. »Es ist Annie. Ich frage mich, was sie von mir will?«

Ja, Amber, das würde mich auch interessieren, brennend sogar.

55

HENRY

Wie zum Teufel hat Annie herausgefunden, dass ich mich mit Amber treffe? Lasst uns nicht in Gedankenspielereien verlieren, dieser Anruf war weder ein Unfall noch Intuition. Dafür ist sie zu gerissen. Sie weiß etwas, und ich muss herausfinden, was es ist. Und damit sie nicht denkt, sie habe mich aus der Fassung gebracht, habe ich bereits den perfekten Konter in petto: Wo sind meine Manuskriptseiten?

Sie hat mir die letzten fünf Tage kein einziges Wort geschickt. Und ich habe nicht danach gefragt, weil es ohnehin alles so sinnlos erschien. Seit der Resnick-Sache fühle ich mich derart verloren, dass mir das Buch herzlich egal war. Aber jetzt, da Annie Amber mit reingezogen und unser heimliches Treffen aufgedeckt hat, bin ich wieder klar im Kopf.

Ich bin ihr Agent. Ich will das Manuskript, das ihre Karriere retten wird und für das ich mich so abgerackert habe.

Endlich stehe ich vor ihrer Wohnung. Ich klopfe an. Und mit Klopfen meine ich Hämmern. Warum bin ich so wütend? Bin ich so aufgebracht, weil sie mich dabei erwischt hat, wie ich zurück zu Amber gekrochen bin, oder weil ich mir selbst nicht sicher bin, ob ich das Richtige getan habe, meine Entscheidung jetzt aber vor ihr verteidigen muss? Ich hämmere weiter gegen die Tür.

Endlich öffnet sie die Tür unerträglich langsam, Zentimeter um Zentimeter.

Sie sieht grauenhaft aus. Strähniges Haar. Sie steckt in einer Jeans und einer Art Rugby-Shirt, von ihrem Hals baumelt eine lange Kette. Wenigstens etwas, das mich an die alte Annie erinnert. Glaubt sie, das Glitzerding könnte von dem restlichen Desaster ablenken? Das wird nicht funktionieren, wie ich, der ich selbst lange genug bloß Accessoire gewesen bin, allzu gut weiß. Ich bin wie diese Kette.

»Kannst du bitte leiser sein?«, fragt sie, als die Tür endlich ganz offen ist. »Es ist bereits nach zehn, und ich habe Nachbarn.«

Mir schwellen die Zornesadern. »In der Tat. Und wem hast du das zu verdanken?«

»Willst du da stehen bleiben und mich anschreien? Oder möchtest du hereinkommen?«

»Weiß ich noch nicht!«, blaffe ich.

»Deine Entscheidung. Aber dein Getrippel ist besorgniserregend.«

Sie hat absolut recht. Ich trabe auf der Stelle. Ich bin außer mir. Ich kann nicht stillstehen. Das ist die Wirkung, die Annie Shepherd auf mich hat. Ich verliere die Kontrolle über meinen Körper. Sei's drum. Ich stoße den Atem seufzend aus und trete ein.

»Wieso hast du Amber angerufen?«, frage ich. »Was wolltest du von ihr?«

»Ich weiß nicht, Henry. Was hast du von ihr gewollt?«

»Ich habe zuerst gefragt.«

»Ja.« Sie grinst spöttisch. »Aber meine Frage ist interessanter.«

»Wir waren essen.«

Sie lacht. »Wie ich gehört habe, ist es ein bisschen mehr als das.«

»Von wem hast du das gehört?«

»Von Will«, antwortet sie. »Er hat ein bisschen für mich recherchiert. Und hat mich beim Berufsinformationstag auf den neusten Stand gebracht.«

»Berufsinformationstag?« Haben sich denn alle gegen mich verschworen? »Mir hat er gesagt, du würdest nicht kommen.«

»Eigentlich wollte ich auch nicht, aber dann dachte ich bei mir, warum nicht? Weshalb das einzige männliche Wesen der Higgins-Familie bestrafen, das mich zu schätzen weiß? Also habe ich ihn überrascht und bin erschienen. Ich habe sogar selbstgebackene Kekse und Punsch mitgebracht. Und Autogramme gegeben.«

Sie hat mich auf frischer Tat ertappt. Verdammt.

»Dachtest du wirklich, du kommst sang- und klanglos wieder mit Amber zusammen, ohne dass Will das mitbekommt? Du weißt, er kann sie nicht leiden. Er hat es dir gesagt.«

Ich atme tief durch. »Will hat dabei kein Mitspracherecht. Ich entscheide, mit wem ich zusammen sein will.«

Sie rollt mit den Augen. »Vielleicht solltest du das nicht allein entscheiden. Aber wenn du zu ihr zurückkehrst, schuldest du Will und mir eine Erklärung. Ansonsten bist du für die, die dir am nächsten stehen, bloß ein Lügner.«

»*Ich* bin ein Lügner? *Ich* schulde dir eine Erklärung?«, schreie ich. »Du hast mir diesen Resnick verschwiegen. Beinahe hättest du uns mit deiner hirnrissigen Idee in Teufels Küche gebracht. *Du* schuldest mir etwas, nach allem, was ich für dich getan habe. Ganz zu schweigen davon, dass du es fünf Jahre lang nicht für nötig gehalten hast, mich, deinen Agenten, davon in Kenntnis zu setzen, dass kein einziges Wort in vierzehn – ich wiederhole: *vierzehn* – Trust-Me-Bänden aus deiner Feder stammt. Unsere Beziehung ist von Anfang bis Ende auf Lügen aufgebaut. Du hast mir von Anfang an absichtlich Informationen vorenthalten. Ich habe das nie getan. Ich habe nie irgendetwas vor dir versteckt.«

Annie schaut zu Boden.»Nur dich selbst. Du hast mir nie gezeigt, wie wundervoll du sein kannst. Ich habe nur meine Fehler versteckt. Und was Resnick angeht, du weißt, ich habe ihm das Manuskript nicht mit der Absicht gegeben, dich zu verletzen.«

»Du kannst nicht so tun, als seist du fehlerlos und gleichzeitig erwarten, dass man dich liebt«, sage ich.»Jedes Mal, wenn ich glaube, nun weiß ich, wer du wirklich bist, kommt ein weiterer Skandal um die Ecke. Und das alles nur wegen dieser einen ersten Lüge. Wir kommen nicht darüber hinweg.«

»Was Resnick geschrieben hat, hat mich nicht verletzt. Die Wahrheit kann nicht verletzen. Verletzend war nur die Art, wie du mich behandelt hast.«

»Ich habe an dich geglaubt. Und du hast uns fast ruiniert – ohne Grund, aus reinem Egoismus.«

Sie schüttelt den Kopf.»Du hast nicht an mich geglaubt. Sonst wärst du nicht mit Amber zum Essen aus gewesen. Du hast geglaubt, was du glauben wolltest, damit du den Mut hattest, mich zu lieben. Und als die Wirklichkeit nicht mit deinen Erwartungen übereinstimmte, hast du die Flucht ergriffen und bist zu Amber gelaufen.« Sie stößt den Zeigefinger wie einen Dolch in meine Richtung.»In dem Moment, als ich dich brauchte, als Mensch, nicht als Agent, hast du da Angst bekommen? Angst, weil das die vielleicht unbequeme Realität ist?«

»Nein«, beharre ich, obwohl sie nicht ganz unrecht hat. »Amber und ich haben eine sehr erwachsene Beziehung. Sie lügt nie. Und sie hat auch keine dieser verrückten Hochs und Tiefs.«

»Weil es keine Liebe ist.«

Okay, Schluss jetzt. Diese Diskussion führt uns nicht weiter. Also komme ich auf meinen Konter zurück:»Annie, warum schickst du mir keine Seiten mehr?«

Sie schüttelt enttäuscht den Kopf.

»Bravo, alle meine Einwände abwürgen und sich hinter dem Buch verstecken, dem ach so wichtigen. Glaubst du wirklich, dass es noch irgendetwas bedeutet?«

»Das Buch bedeutet alles«, sage ich.»Ohne das besteht die Gefahr, dass noch eine Million Resnicks aus dem Gebüsch kommen.«

»Wir beide wissen, dass das nicht passieren wird. An mir wird sich niemand mehr vergreifen, nach dem, was du mit ihm gemacht hast.«

»Weil ich dein Agent bin«, sage ich.»Das tut ein guter Agent nun mal. Er schützt seine Autoren, egal wie viel Mist sie bauen.«

Ihre Augen röten sich.»Warum wirst du immer dann, wenn jemand sich menschlich zeigt, zum schlimmsten Menschen der Welt?« Ich warte auf die Tränen.»Du hast Resnick nicht vernichtet, weil du ein guter Agent bist. Sondern weil du mich liebst. Um mich zu schützen. Du hast die Grenze zwischen Beruflichem und Privatem überschritten, und das hat dir eine Scheißangst eingejagt. Für dich muss alles eindeutig sein. Deswegen hast du das, was dir unangenehm war, schnell abgestoßen. Mich. Damit ich wieder nur deine Klientin war.«

»Und als dein Agent sage ich dir, dass du dein Buch nicht als Druckmittel benutzen kannst, weil ich mit dir Schluss gemacht habe. Sind wir hier in der Schule? Sei doch einmal in deinem Leben professionell.«

»Du hast nicht mit mir Schluss gemacht«, sagt sie.»Noch nicht mal dazu hast du genug Mumm. Du bist einfach abgetaucht.«

Da bricht es aus mir heraus, ohne dass ich auch nur einmal innehalte, um nachzudenken. Weil ich mich in die Ecke gedrängt fühle. »Ich mache mit dir Schluss.«

Sie wischt sich über die Nase, will nicht glauben, was ich gerade gesagt habe. »Wie kannst du es wagen, mich unprofessionell zu nennen? Ich bin so unprofessionell, dass ich deine Karriere gerettet habe. Du hättest keine Amber, zu der du zurückkehren könntest, wenn ich dir nicht gezeigt hätte, wie. Wenn ich nicht gewesen wäre, hätte jetzt Amber deinen Job.«

»Und du wärst obdachlos. Und mittellos. Und wenn ich nicht gewesen wäre, wüssten alle, dass du keine Schriftstellerin bist.«

»Was sagt das dir?«, fragt sie. »Kann es sein, dass es ein Hinweis darauf ist, dass wir Partner sind?«

»Du bist keine Partnerin, Annie«, sage ich. »Du bist eine Katastrophe.«

Sie bricht in Tränen aus. »Weil ich Fehler mache?«

»Sieh es doch ein. Das sind nicht nur Fehler. Ein Fehler ist es, wenn man seine Autoschlüssel verlegt oder wenn man das Abendessen anbrennen lässt. Du verursachst Desaster. Ich bin nicht dein Partner. Ich bin das, was ich immer war. Der Dienstbote, der hinter dir aufwischt. Darin bin ich eben einfach der Beste.«

»Aber die größte Katastrophe wirst du nicht wieder hinbiegen«, sagt sie. »Was tust du meinem Herzen an?«

»Ich kündige hiermit offiziell meine Dienste als Partner. Ich möchte wieder nur dein Agent sein. Und als dein Agent will ich jetzt Manuskriptseiten sehen.«

Das war der Grund. Ich verstehe es jetzt. Das war die eine Sache, die alles änderte.

»Es tut mir leid, Henry«, sagt sie. »Ich glaube, du hast nie erkannt, wie sehr ich dich geliebt habe. Nur so kann ich mir dein Verhalten erklären.«

»Vielleicht liegt es an dem, was nötig war, um dich zu lieben«, sage ich. »Es sollte einfach nicht so harte Arbeit sein.«

»Es ist keine harte Arbeit, wenn man liebt.«

Ich ertrage es nicht mehr. Sie lässt mich an mir und meinen Entscheidungen zweifeln. Das Folgende sage ich nur, um wieder festen Boden unter den Füßen zu bekommen: »Ich fliege morgen nach England. Mit Amber. Wir heiraten.« Sie schüttelt den Kopf, aber es wirkt nicht traurig. Eher so, als sei sie tief enttäuscht von mir. Tja, das bin ich auch. Aber getan ist getan.

»Macht es dir wirklich so viel Angst, dich wie ein Mensch zu zeigen? Bei Amber wirst du das nicht können. Da bist du nur ... ein Agent.«

»Immerhin kann ich diesen Anspruch erfüllen.« Ich verteidige die Blase, in der ich mich sicher fühle. »Ich bin kein Schriftsteller, der nicht schreibt.«

»Aber ich sage nicht, dass ich eine Schriftstellerin bin.«

»Wie schön, wir dürfen uns alle glücklich schätzen«, sage ich, weil ich weiß, dass sie nun auf meine Schwachstellen zielen wird und ich ihr zuvorkommen will. »Schreiben ist Magie. Aber das kann nur jemand begreifen, der es erlebt hat. Ich verstehe es. Ich durfte es mit jemandem erleben, den ich geliebt habe.«

»Nein«, sagt sie. »Du hattest kein Recht, Charlies Buch zu beenden. Du hast ihre Stimme gestohlen.«

»Wie kannst du es wagen? Das ist eine Frechheit!« Wie kommt sie dazu, Charlies Namen in den Mund zu nehmen? »Du hast sie nicht gekannt.«

»Das muss ich auch nicht«, sagt sie. »Ich kenne dich. Du traust dich nicht, etwas anderes zu sein als ein Literaturagent. Du erträgst es nicht wenn jemand dich aus deinem selbstgewählten Schneckenhaus ziehen will. Du bist Charlies Agent geblieben, auch nach ihrem Tod. So hast du um sie getrauert.

Du hast deine Trauer in etwas verwandelt, was du verarbeiten konntest, versteh das doch. In deinen Job. Wenn du von ihr sprichst, geht es immer nur um ihr Talent. Deswegen ist es auch so schlimm, dass ich diese Bücher nicht geschrieben habe. Weil du nicht mein Literaturagent sein kannst. Dir bleibt nur, mich zu lieben, um meiner selbst willen.«

Ihre Unterlippe zittert, als wäre sie nahe daran, in Tränen auszubrechen.

»Ich habe immer geglaubt, du würdest auf alle anderen herabschauen, weil du dich für besser hältst als sie. Aber jetzt habe ich's begriffen. Du schaust auf sie herab, weil sie etwas können, was du nicht kannst. Sie stehen zu ihren Schwächen, zu ihren Fehlern. Sie fürchten sich nicht, Menschen zu sein, die andere Menschen brauchen. Du bist derjenige, der sich schämt, und das wirfst du ihnen vor.« Sie richtet sich auf und hebt den Kopf. »Ich mag als Schriftstellerin ein Fake sein, aber an dir ist alles fake.«

Möglicherweise hat sie recht. Während des Dinners mit Amber habe ich die gleichen Gedanken gehabt. Aber niemand hat das Recht, so mit mir zu sprechen, nachdem er meine Beziehung zu Charlie, zu meinem Sohn und ja, mich selbst infrage gestellt hat.

»Nun, Annie«, sage ich. »Kann sein, dass ich mich geirrt habe. Vielleicht bist du doch eine Schriftstellerin. Das wäre doch ein Thema, über das du schreiben kannst. Das könnte die Stimme sein, nach der du gesucht hast. Schreib über das, was du kennst.« Ich werfe einen sehnsüchtigen Blick zur Tür. »Schreib einfach irgendetwas und schick es mir.«

Ich blicke hinunter auf meine Schuhe. Stolz bin ich nicht auf mich. Aber die Liebe ist ein Nullsummenspiel, und ich will es nicht mehr mit Annie spielen. Ich will mein neues Leben beginnen, das genauso aussieht wie mein altes. »Verschwinde, Henry«, sagt sie.

Mit Erleichterung höre ich diese Worte. Ich kann den Schmerz auf ihrem Gesicht nicht länger ertragen.

Sie sieht aus wie jemand, der einen Schlag auf die Zwölf bekommen hat und es erst mit Verzögerung realisiert.

Bitte hasst mich nicht, wenn ihr denselben Fehler wie Annie gemacht und mehr von mir erwartet habt, als ich geben kann.

56

ANNIE

Oh mein Gott, das tut weh! So weh, dass ich unfähig bin,
mich zu rühren. Ich möchte nichts lieber tun, als nach oben
zu gehen, mich ins Bett zu legen und der Welt den Rücken
zuzukehren. Aber selbst dazu kann ich mich nicht aufraffen.
Ich kauere mich in der Sofaecke zusammen. Vom Magen her
breitet sich ein dumpfer Schmerz in meiner Brust aus und
schnürt mir die Luft ab. Dann brechen die Dämme, und ich
fange an zu weinen. Erst sind es nur ein paar Tränen, die über
meine Wangen rollen. Dann fallen mir die Dinge ein, die
Henry mir an den Kopf geworfen hat. Mehr Tränen. Denn
auch, wenn er wütend war, als er all das gesagt hat, muss er es
ja vorher irgendwann gedacht haben. Es ist ihm nicht einfach
so herausgerutscht. Niemand könnte das spontan so präzise.
Also ist das seine Meinung von mir. Dass ich eine Versagerin
bin, vollkommen nutz- und wertlos.

Für sich allein genommen klingt es schon ziemlich übel,
aber stellt euch vor, es wird euch mit einem britischen Upperclass-Akzent entgegengeschleudert. Ich weiß nicht, warum, aber mit dieser vornehmen Aussprache treffen einen
Kränkungen wie vergiftete Nadelstiche. Man fühlt sich, als
würde man von einem Universitätsprofessor vor versammel-
ter Mannschaft Punkt für Punkt darüber belehrt, warum du,
Annie Shepherd, den Ansprüchen nicht genügst. Die Vor-

stellung setzt sich in meinen Gedanken fest und führt dazu, dass die Tränen unaufhaltsam strömen. Sie überfluten mein Gesicht mit flüssigem Schmerz. Wie von selbst klappt mein Mund auf. Kein Laut kommt heraus, aber ich spüre Luft an meinen Zähnen, auf meiner Zunge. Wahrscheinlich passiert das, damit ich weiteratmen kann, weil meine Nase immer mehr verstopft.

Und das Gedankenkarussell dreht sich weiter. Morgen fliegt er nach England und wird sich mit Amber verloben. Weil ich einen Fehler gemacht habe. Das ist verrückt! Aber es kommt noch besser. Offenbar bin ich als Frau so entbehrlich und leicht zu vergessen, dass er eine Woche nach unserem Zerwürfnis beschließt, eine andere zu heiraten. Und es interessiert ihn reichlich wenig, dass er mir damit womöglich das Herz bricht. Er ist über mich hinweg. Dieser Mistkerl steigt morgen mit Amber ins Flugzeug, während ich, Annie Shepherd, auf dem Sofa liege, mit offenem Mund und vom vielen Weinen verschwollenen roten Augen. Nachdem mir bewusst wird, wie mies er mich behandelt hat, kommen die Geräusche. Aus meinem offen stehenden Mund dringt ein Mittelding zwischen Schnarchen und Krächzen. Was ist das denn? Ich muss an eine Ente denken, die, von einem Nickerchen erwacht, zu einem kleinen Spaziergang aufbricht und plötzlich merkt, dass sie in den Straßenverkehr watschelt. Es hat dieses Kieksen entsetzter Überraschung: »Huch, wo kommen all die Autos her?«

Ich dachte, die Ente wäre der akustische Ausdruck meiner größten Seelenpein. Irrtum. Hier die jüngste und bestürzendste Erkenntnis: Ich liebe ihn immer noch.

Er hat die hässlichen Dinge nur gesagt, weil ich ihm Angst eingejagt habe. Er ist es nicht gewohnt, als Mensch gefordert zu sein. Aber er war so nahe dran, für einen kurzen Moment hat sich der echte Henry Higgins gezeigt. Vielleicht käme er unter idealen Bedingungen ganz zum Vorschein. Aber so funktioniert das nicht mit der Liebe. Was man bei eitel Sonnenschein fühlt, ist bestenfalls Verliebtheit. Wahre Liebe zeigt sich, wenn der erste Sturm aufzieht. Deshalb wusste ich ja, er ist der Richtige. Er war da, als es mir dreckig ging. Nicht, als ich reich und berühmt war, ihn durch Paris und Mailand geschleift habe. Auch nicht, als ich ihn reich gemacht habe. Nein. Er entdeckte seine Gefühle für mich, als ich typisch Annie Shepherd war, was, um Henry Higgins Gerechtigkeit widerfahren zu lassen, durchaus etwas von Dramaqueen hat. Verdammt, Henry, genau das hat dich so besonders gemacht. Zumindest für mich.

Oh nein. Parallel zum Aufwallen meiner Emotionen haben sich meine unfreiwilligen Lautäußerungen verändert. Es ist nicht mehr nur ein unmelodisches, an- und abschwellendes jammervolles Winseln. Wir haben etwas Neues. Es klingt wie eine Mischung von Schluckauf und euphorischem Seehund im Zoo, wenn er den Zweibeiner mit dem Fischeimer kommen sieht. Siehst du, was du mir angetan hast, Henry Higgins?

Annie! Reiß dich zusammen. Hol dir ein Glas Wasser. Hol deinen Inhalator. Hol dir eine Tüte zum Reinpusten.

Leider kann ich nicht aufstehen. Dieses Monster tiefer Traurigkeit ist mir wie Blei in die Glieder gekrochen. Ich komme nicht vom Sofa hoch. Aber die Euphorischer-Seehund-Hickser beschleunigen sich. Hoch mit dir, Annie!

Ich komme zu dem Schluss, dass es einfacher ist, vom Sofa herunterzurutschen und über den Boden zu kriechen. Der eigenproduzierte Soundtrack hört nicht auf. Also lasse ich mich auf den Boden fallen. Nicht beirren lassen, Annie. Du bist großartig. Du bewegst dich vorwärts, noch dazu auf eine Art, die zu deinem euphorischen Seehund passt.

Beim Kühlschrank angekommen, nehme ich eine Flasche

Wasser heraus und versuche zu trinken. Schwierig, erstens wegen des Schluckaufs, und zweitens habe ich vom vielen Weinen einen Kloß im Hals. Bleibt die Papiertüte. Ich entdecke eine im zweiten Kühlschrankfach. Sie stammt vom Fast-Food-Lieferanten und enthält den Rest meiner Mahlzeit von gestern.

Nicht weinen, reiß dich zusammen. Mach die verdammte Tüte auf und atme. Okay. Ich öffne die Tüte und puste kräftig hinein, ohne erst den Inhalt zu entnehmen.

Natürlich reißt der Boden der Tüte auf. Jetzt weine ich nicht nur, und ich bin nicht nur außer Atem, der übrig gebliebene halbe Hamburger landet auch noch in meinem Schoß.

Hervorragend. Jetzt bin ich auch noch mit kalten Fleischbrocken und Tomatenketchup bekleckert. Und habe keine Tüte mehr, um hineinzupusten. Das nennt man wohl vom Pech verfolgt sein. Der Euphorischer-Seehund ist offenbar seine Hickser losgeworden, aber er bleibt ein Seehund.

Ich lasse mich frustriert auf den Boden fallen und schließe dabei unabsichtlich mit meinem Kopf die metallene Kühlschranktür. Rums! Das tut weh. So weh, dass ich noch mehr weinen muss und die Hickser wieder mit dem Seehund ein Duett bilden.

Ich schaue nach oben, um mein Schicksal zu verfluchen, und erblicke an der Kühlschranktür das Foto von Joe und mir aus unserem letzten Urlaub in Key West. Wir stehen vor dem Gartentor des Hauses von Hemingway. Wir tragen Sonnenbrillen, lächeln beide und haben uns gegenseitig den Arm um die Hüften gelegt. Ich ertappe mich dabei, dass ich – unterbrochen von Seehund-Hicksern – mit dem Foto meines toten Lebensgefährten spreche.

»Joe«, sage ich, »ich glaube, ich muss sterben. Mir ist klar, dass es bescheuert ist, so etwas zu jemandem zu sagen, der schon gestorben ist, aber ich habe ehrlich das Gefühl, dass wir bald wieder vereint sein werden.« Ich fasse den Entschluss, ins Wohnzimmer zurückzukehren und auf das weiche Sofa. Aber ich liege noch auf dem Rücken und habe keine Lust, mich umzudrehen. Zu anstrengend. Also schiebe ich mich auf dem Rücken über den Marmorboden ins Wohnzimmer und hieve mich zurück auf die Couch.

Als ich mich auf dem Sofa bequem gebettet habe und glaube, ich hätte die Talsohle des Elends durchschritten, bricht ungebeten etwas Neues aus mir heraus. Ich fange an zu schreien. Gleichzeitig stelle ich fest, dass keine der anderen Auffälligkeiten verschwindet. Wir haben nach wie vor die Tränen, die Hickser, den euphorischen Seehund, aber dazwischen entringt sich mir in Abständen immer wieder ein unartikulierter Aufschrei.

Ich glaube, dieses neue Stadium ist Wut. Aber das geht über normale Wut weit hinaus. Von einem Moment auf den anderen bin ich so auf hundertachtzig, derart angefressen, dass ich nicht mehr sehen kann. Es ist, als würde ich mit Höchstgeschwindigkeit durch einen stockfinsteren Tunnel rasen.

Was bildet er sich ein, dieser Henry Higgins? Er ist schuld, dass ich mit mir und der Welt zerfallen bin. Wie kann er es wagen, mich zu zerstören, damit er sich nicht seinen eigenen Unzulänglichkeiten stellen muss! Wie kann er es wagen, meine Liebe wie Abfall wegzuwerfen, damit er nicht über seine eigene Unfähigkeit zu lieben nachdenken muss! Amber ist nicht fähig zu lieben. Vermutlich ist sie nicht einmal fähig, überhaupt eine aufrichtige Gefühlsregung zu zeigen. Sie ist zu nichts anderem fähig, als Henry Higgins ungestört in seiner Schublade vertrocknen zu lassen, bis zu seinem unseligen Ende. Und das hat er *mir* vorgezogen!

Liebe Güte, dieser Schrei, der da aus mir herausgekommen ist, war lauter als jeder zuvor. Ich muss mich unbedingt beruhigen, bevor die Nachbarn die Polizei rufen. Obwohl Polizisten mich lieben. Ob ihr's glaubt oder nicht, in ihren Reihen finden sich die größten Elizabeth-Fans. Sie mögen ihre wilde Art. Vielleicht könnte ich einen von ihnen dazu bringen, Henry Higgins zu verhaften.

»Wessen beschuldigen Sie ihn, Madam?«

»Ich kann Ihnen sagen, wessen ich ihn beschuldige, Officer: Er hat mir mein wunderschönes verdammtes Herz gebrochen.«

Ich rolle mich vom Rücken auf die Seite und starre an die Wand. Und da ist sie! Elizabeth, in meinem Bücherregal.

»Elizabeth«, sage ich zu meiner Schöpfung oder wenigstens der Schöpfung, die durch mich zu einer internationalen Marke geworden ist, »Elizabeth, was soll ich tun?«

Ja! Oh ja! Plötzlich kommt mir die Erleuchtung. Plötzlich greifen die Bremsen bei meiner Höllenfahrt durch den finsteren Tunnel. *Elizabeth.* Das ist die Antwort. WWET?

Nun, eins ganz gewiss. Sie würde Vergeltung üben. Sie würde alles nehmen, was Henry Higgins gesagt hat, und es gegen ihn verwenden, würde als Rachegöttin über ihn kommen, aus einer Richtung, die er nicht vermutet, und ihn erledigen, ihn mit seinen eigenen Waffen schlagen. Das ist, was Elizabeth tun würde!

Ich stütze mich auf den Ellenbogen und angle den Laptop vom Couchtisch. Ich öffne ein neues Dokument, während ich gleichzeitig weine und schreie. Meine Tränen fallen auf die Tastatur, tropfen auf die einzelnen Buchstaben. Und als hätte jemand einen Schalter umgelegt, fange ich an zu tippen:

Elizabeth wartete jetzt seit einer Dreiviertelstunde auf das Erscheinen des Hollywood-Starlets. Was ist das nur mit diesen Prominenten? Woher nehmen sie sich das Recht zu erwarten, dass man sich nach ihnen richtet? Warum lassen sie uns immer warten? Das ist der wirksamste passiv-aggressive Trick, den es gibt.

Was passiert da? Ich schreibe. Ich schreibe wirklich. Und es ist nicht schlecht. Ganz gut sogar. Ich schaue noch einmal zu meinem Bücherregal aus Fake-Büchern hinüber, dann tippe ich weiter.

Ich schreibe gerade den dritten Absatz, als ich Joes Stimme im Hinterkopf höre. »Leiden. Manchmal muss man leiden, um wirklich schreiben zu können, mit seiner eigenen, authentischen Stimme.«

Wie recht du hattest, Joe. Das bin ich. Das ist meine Stimme. Es läuft, es fließt sintflutartiger als meine Tränen, ich kann es nicht stoppen. Es sind schon tausend Worte. Meine Finger fliegen über die tränenbenetzte Tastatur. Ich kann nicht einmal beurteilen, ob das, was da ameisengleich über den Bildschirm läuft, überhaupt einen Sinn ergibt, aber eins weiß ich: Das bin wirklich ich, die authentische Annie Shepherd, entfesselt, frei von der Meinung anderer. Ich denke zurück an die Stationen des Wegs, der zu diesem Moment geführt hat. Endlich habe ich Klarheit.

Verflucht seist du, Joe. Ich liebe dich, das werde ich immer, aber du hast mir von dem Moment an, als ich deinen Seminarraum betrat, einen Maulkorb verpasst, damit du mich als deine Werbemarionette benutzen konntest, die dir hilft, genug Kohle zu machen, um deine vielen Verflossenen auszuzahlen.

Und verflucht seist du, Chris. Für deine Herumpfuscherei an dem Konzept, an dem mein Herz hing. Du mit deinen Spannungsdiagrammen und deiner ausgefeilten minimalistischen Prosa. Ich hasse dich dafür, wie du mein Buch verhunzt hast. *Mein Buch*, das du mir nicht gelassen hast, weil du unbedingt Henry beeindrucken wolltest.

Und das größte, das am meisten von Herzen kommende, das welterschütterndste Verflucht-seist-du-auf-ewig ist für Henry Higgins reserviert. Du hast es so gewollt. Du hast mir geraten, über das zu schreiben, was ich kenne. Und was ich kenne, ist das Gefühl, von dir verletzt zu werden, so schwer, so rücksichtslos, dass es die Mauer um meine Gefühle zum Einsturz brachte, die mich vom Schreiben abgehalten hat. Durch dich habe ich eine ziemlich gute Vorstellung davon bekommen, was ich erzählen will und wie ich es erzählen will. Und ich garantiere dir – es wird dir nicht gefallen.

Ich öffne die Datei mit dem Buch, das alle außer mir geschrieben haben. Das Buch, das unter meinem Namen erscheinen soll, obwohl nicht ein einziges Wort von mir stammt.

Und ich drücke auf ENTFERNEN.

Es gibt kein Zurück.

Die Welt wird sich wohl oder übel mit der echten Annie Shepherd anfreunden müssen.

Sie hat eine Botschaft: Alle Männer in ihrem Leben sollen gefälligst die Finger von ihrem Buch lassen, weil Elizabeth endlich was zu sagen hat.

Spitzt die Ohren, Jungs.

57

HENRY

Amber und ich beschlossen, den eigentlich nur als Kurztrip geplanten Sprung über den großen Teich auf einen zweiwöchigen Urlaub auszudehnen. Wir beide hatten eine Pause verdient. Und ich habe mich neu in London verliebt. Da gibt es diese erstaunlichen Einrichtungen, die man »Buchladen« nennt. In meiner neuen Heimat sind sie vom Aussterben bedroht, aber dort, im guten alten England, existieren sie noch. Daneben gibt es eine weitere Erfindung – das »Theater«. Nein. Das hat nichts zu tun mit zu opulenten Musicals umgemodelten Hollywood-Filmreihen, die eher fürs Vaudeville passen als für die Bühne. In meiner Stadt führt man echte Stücke auf, mit gesprochenem Text, nicht mit Songs. Amber und ich haben drei Aufführungen besucht, darunter eine über Partnertausch, in deren Verlauf sie sich zu mir beugte und meinte, diesmal könnten wir das mit der Monogamie vielleicht etwas lockerer sehen. Diese Frau ist so witzig. Wie kommt sie nur auf sowas? Sie macht Spaß, oder?

Und einen kleinen Trommelwirbel, bitte. Es ist offiziell. Amber wird Mrs. Henry C. Higgins. Sie hat sich beim Mittagessen selbst die große Frage gestellt, mir verkündet, dass ich sie heiraten werde, und sich den Ring an den Finger gesteckt. Ich habe zu allem genickt. In weniger als zwei Minuten war es vorbei. Ein Heiratsantrag ganz nach meinem

Geschmack. Ein Termin steht noch nicht fest, aber wir haben den Frühling dafür angedacht. Sie sagte, ich brauche nichts weiter zu tun, als pünktlich zur Stelle zu sein. Mir recht. Nun beginnt mein Leben als dekoratives Beiwerk. Und ich bin glücklich. So will ich es haben. Deshalb gleich nochmal: Ich, Henry Higgins, bin glücklich. Man kann es gar nicht oft genug sagen.

Bisher habe ich noch nicht mit Annie gesprochen. Aber für mich ist das Experiment beendet. Es ist genug gesagt worden – tolle Frau, aber nicht für den alten Higgins. Ihr Schweigen ist segensreich, es hat mich von meiner Telefon-Phobie geheilt. Im Ernst. In der Zeit, in der ich mit ihr zu tun hatte, geriet ich jedes Mal in Panik, wenn das Handy eine Nachricht von ihr anzeigte. Man wusste nie, welche Hiobsbotschaft einen erwartete. Aus demselben Grund hatte ich übrigens die Push-Mitteilungen meiner Nachrichten-App ausgeschaltet, nachdem Donald Trump Präsident geworden war.

Aber wie jede gute Auszeit muss auch die unsere zu einem Ende kommen. Heute bin ich wieder im Büro, sitze hinter meinem Schreibtisch, sortiere Post und beantworte E-Mails, von denen Daphne entschieden hatte, sie könnten bis zu meiner Rückkehr warten. Das Telefon klingelt. Ein Anruf auf der Direktleitung. Das ist komisch. Nur wenige Personen haben diese Nummer. So ziemlich alle Anrufe führen erst über Daphne.

»Henry Higgins«, melde ich mich.

»Henry, Goldschatz«, tönt es zurück, und ich weiß sofort, wer dran ist. Victoria. Wahrscheinlich will sie sich nach dem neuen Trust-Me-Band erkundigen, dessen Abgabe in weniger als achtundvierzig Stunden fällig ist. Aber bisher herrscht in meinem Posteingang gähnende Leere. Bis zum Schluss habe ich gehofft, dass Annie nachgeben und mir das fertige Manuskript ohne großes Drama schicken würde. Ich hätte es besser wissen müssen. Annie Shepherd lässt keine Gelegenheit aus, um mir Ärger zu machen.

»Vicki«, säusele ich honigsüß. »Wie schön, von dir zu hören.«

»Du hast mich zur glücklichsten Frau in der gesamten Verlagswelt gemacht«, sagt sie.

Ich habe nicht den Schimmer einer Ahnung, was sie meint, aber es passiert einem nicht jeden Tag, dass die CEO eines Verlagskonzerns anruft und voll des Lobes ist, deshalb werde ich den Teufel tun und nachfragen.

»Nun ja«, antworte ich unverbindlich, »du weißt, ich bin immer darauf bedacht, mein Bestes zu geben.«

»Darling, du bist zu bescheiden«, lacht sie. Darling? Herrje, ich muss etwas wahrhaft Großes vollbracht haben, so dick, wie sie aufträgt. »Wie hast du das hingekriegt? Ich meine, keiner hat mit so etwas gerechnet.«

Lass dir was einfallen, Higgins. Du musst herausfinden, womit du dieses Lob verdienst. »Vicki, du glaubst nicht, wie sehr es mich freut, dich so enthusiastisch zu hören.«

»Bloß enthusiastisch? Ich bin überwältigt! Eine Reihe, die schon so lange läuft, quasi noch einmal neu zu erfinden. Das neue Buch ist nicht nur das Beste der Reihe, es ist ohne Übertreibung eine der vielversprechendsten Neuerscheinungen in unserem Haus für dieses Jahr. Es hat gute Aussichten, das Buch des Jahres zu werden und in massenweise Zeitschriften Erwähnungen zu finden. Ich habe eben veranlasst, dass New York sich mit der Druckerei in Verbindung setzt und zwei Millionen weitere Exemplare ordert. Damit wird sie eine ganz neue Generation von Fans für sich gewinnen.«

Verflucht, das gibt es nicht. Victoria schwärmt von *Trust Me*. Annie muss das Manuskript fertiggestellt und ohne den Umweg über mich an den Verlag geschickt haben. *Das beste*

Buch der Reihe. *Eine der vielversprechendsten Neuerscheinungen.* Ich habe zwei Drittel des Buches gelesen, und das war bestenfalls passabel. Was dahintersteckt, muss ich später zu ergründen versuchen, vorerst gilt es herauszufinden, was im Detail Annie getan hat, ohne Victoria merken zu lassen, dass ich total auf dem Schlauch stehe.

»Das war der Plan. Wir wussten, das Format zu verändern war riskant, aber wir hatten das Gefühl, dass die Fans etwas Neues wollen.«

»Wie groß ist dein Anteil daran, Darling?«

»Oh.« Ich bemühe mich, bescheiden zu wirken, aber den großen Macher durchscheinen zu lassen, obwohl ich keine Ahnung habe, wovon sie spricht. »Ich habe hauptsächlich moralische Unterstützung geleistet.«

»Ich frage, weil Annie in ihrem Roman kein gutes Haar an deinem Berufsstand lässt. Sie muss über Insiderwissen verfügen. Komm schon, Henry, sei nicht schüchtern.«

»Meinem Berufsstand? Agenten?« Ich bin verblüfft.

»Sie macht euch nach Strich und Faden nieder. Das Buch kommt von jemandem, der eure Spezies aus tiefstem Herzen verabscheut.« Sie lacht. »Glücklicherweise hast du deinen Schwerpunkt von Literatur auf Film und Fernsehen verlegt, sonst gäbe es Anlass zu Vermutungen … Hat da jemand alte Rechnungen zu begleichen, Henry?«

Ich tappe völlig im Dunkeln, aber ich werde hier gebauchpinselt für einen genialen Coup, den ich offenbar gelandet habe, also heißt es mitzuspielen. »Wir fanden, es wäre für die Geschichte essenziell, Elizabeths Ex einen Beruf zu geben, der es dem Leser leicht macht, ihn zu hassen.«

»Ihrem Ex?«, fragt Victoria. »Habe ich was überlesen?«

Überlesen? Darum dreht sich doch die ganze Handlung. Annie! Annie, was zur Hölle hast du wieder angerichtet? Was hast du getan?

»Nein«, beeile ich mich zu versichern. »Sorry, ich bin noch nicht wieder ganz angekommen. Entschuldige, Vicki.«

Sie lacht. »Geschenkt. Ich wollte jedenfalls anrufen und dir persönlich danken. Du hast die Schlacht gewonnen, Henry. Sobald dieses Buch erschienen ist, sind Resnicks hochgelobte Algorithmen ad absurdum geführt, und die Blamage für ihn ist noch größer. Die einzigen Kriterien, nach denen dann geurteilt wird, sind die Millionen und Abermillionen Dollar, die Annie uns eingebracht hat.«

»Talent setzt sich eben durch. Sie hat schwere Zeiten durchgemacht ...«

»Das stimmt. Sie ist eine Kämpferin. Deshalb liebt man sie. Nach den Schlägen, die sie einstecken musste, mit dem besten Buch ihrer Karriere kontern. Bewundernswert.«

»Oh ja.« Ich beiße in meine Faust, um nicht die Beherrschung zu verlieren. »Alle lieben Annie.«

»Und ich liebe dich für das, was ihr beide gemeinsam vollbracht habt.« Victoria schickt ein paar Küsse durchs Telefon und legt auf.

Ich schieße aus meinem Schreibtischsessel hoch.

Jemand klopft an meine Tür. Ich habe jetzt keinen Nerv für Besucher. Annie ist mir von der Fahne gegangen. Und nicht nur das, sie hat offenbar zu schreiben gelernt. Der Türknauf dreht sich, und ich erkenne den Schatten, der auf meinen Zebrateppich fällt ...

Thacker. Es ist Thacker. Er kommt herein, bleibt bei meinem wundervollen Peloton Bike stehen und streicht mit der Hand über den Sattel.

Dann lächelt er und fängt an Beifall zu klatschen.

»Alter Schwede«, sagt er, »so ein Tausendsassa vor dem Herrn. Was für ein Start ins neue Jahr! Annies Verleger hängt mir schon den ganzen Morgen am Telefon. Das Buch des Jahres. Das Wort ist in aller Munde.«

Ich lächle. Was bleibt mir anderes übrig? »Wir haben gehofft, dass den Lesern der neue Ansatz gefällt.«

»Können Sie sich vorstellen, was das für die Neuverhandlung von Annies Vertrag bedeutet? Wir können ihren Verleger bluten lassen.«

Wir können sie bluten lassen. Normalerweise ist dieser Satz Musik in den Ohren jedes Agenten, aber in diesem Fall ist mir, als würde ich bereits bluten, und das ganz ohne Geld herauszuschlagen.

»Ich weiß, Sie haben bei diesem Projekt eng mit ihr zusammengearbeitet«, sagt Thacker.

Ich nicke. »Selbstverständlich. Sie ist unser bestes Pferd im Stall …«

Er unterbricht mich. »Weshalb es mich sehr wundert, dass sie anruft und mir mitteilt, dass sie nicht länger von Ihnen vertreten werden will.«

Der Boden schwankt unter meinen Füßen, ich halte mich an der Schreibtischkante fest. »Sie hat mich gefeuert?« Was fällt ihr ein? Ich bin es, der sie feuert. Nicht umgekehrt.

»Heute Morgen. Ich habe versucht, mich für Sie einzusetzen, aber sie blieb eisern.«

Ich höre nicht länger zu, komme hinter dem Schreibtisch hervor und reiße meinen Dufflecoat aus der Garderobe. Ich bin so unglaublich kolossal aufgebracht, dass ich ihn verkehrt herum anziehe und aussehe, als wäre ich der Irrenanstalt entflohen. Egal. Ich marschiere in meiner Dufflecoat-Zwangsjacke zum Aufzug.

58

HENRY

Dreißig Minuten später will ich am Security-Tresen in der Lobby vorbeirauschen, werde aber von dem uniformierten Concierge, der dahinter sitzt, angehalten.

»Mr. Higgins«, sagt er, »ich darf Sie nicht nach oben lassen.«

Was für eine neue Schikane ist das? »Was soll das heißen?«

»Strikte Anweisung von Miss Shepherd, ich zitiere: ›Lassen Sie Mr. Higgins nicht zu mir nach oben. Unter keinen Umständen.‹«

Das ist die Höhe, selbst für Annie. »Sind Sie ganz sicher?«

»Ganz sicher.« Der Mann zeigt mir das Display seines Handys. Unter der Betreffzeile *Unerwünschte Person* prangt ein Foto von mir, das von der Agenturwebseite stammt.

Ich starre auf mein Abbild. Sehe ich eigentlich immer so verbittert und miesepetrig aus? Selbst auf dieser professionellen Porträtaufnahme ziehe ich ein Gesicht wie drei Tage Regenwetter.

Ich zerre mein Handy aus meiner Jackentasche, verziehe mich in eine abgeschiedene Ecke der Eingangshalle und rufe Annie an. Es läutet fünfmal. Ich rechne damit, dass sie den Anruf an die Mailbox gehen lässt, aber zu meiner größten Überraschung meldet sie sich.

»Annie Shepherd«, zwitschert sie wie eine Disney-Prinzes-

431

sin, die allmorgendlich von den Gesängen allerliebster gelber Vögelchen vor ihrem Fenster geweckt wird, die ihr ein Ständchen bringen. »Wer ist da?«

»Du weißt verdammt genau, wer hier ist.«

»Ach, hallo, Henry«, sagt sie mit gespielter Überraschung. »Wie war London? Immer noch so majestätisch wie beim letzten Mal?«

Netter Versuch. Aber das zieht nicht, nicht bei mir! Wir werden jetzt keine offensichtlich absurden Nettigkeiten austauschen. »Was hast du getan?«, blaffe ich sie an.

»Welches ›Was‹ meinst du genau?«

Gute Frage. »Wie wär's, wenn du damit anfängst, mir das mit dem Buch zu erklären?«

»Natürlich, Henry, was könnte dich sonst interessieren? Das Geschäftliche kommt immer zuerst für meinen kleinen Superagenten.«

»Komm zum Punkt, Annie.«

»Tja, Henry. Ich habe es umgeschrieben.«

»Wie. Sehr. Genau?« Hinter jedem Wort steche ich mit dem Zeigefinger einen Punkt in die Luft.

»Von Anfang bis Ende.«

»Du hast, während ich in England war, das ganze Buch neu geschrieben?«, heule ich auf, erschrecke und dämpfe die Stimme. »Ich war nur dreizehn Tage weg.«

»Und ich habe nur elf Tage gebraucht. Danach habe ich mir einen Tag Pause gegönnt.«

Ich bin perplex, geplättet. »Du hast in elf Tagen ein ganzes Buch geschrieben?«

»Ich habe über das geschrieben, was ich kenne. Genau, wie du mir geraten hast. Erstaunlich, was ein bisschen Inspiration bewirken kann.«

Das kann nichts Gutes bedeuten. Offenbar hat sie sich von mir provoziert gefühlt, und dies ist ihre Art der Rache.

Typisch. Ich hätte es besser wissen müssen. »Hast du irgendwas von den anderen Fassungen beibehalten?«

»Nichts.«

Ich bin kurz davor, die Säule neben mir zu würgen. »Aber keine Sorge, ich werde das Buch trotz allem dir widmen. Wärst du nicht das größte Unglück gewesen, das mir je zugestoßen ist, hätte ich nie meine Stimme gefunden.«

»Du hast was gefunden? Deine Stimme?«

»Ja! Und soll ich dir was sagen? Meine Stimme hasst dich.«

»Annie …« Ich bin wie versteinert, als ich begreife, was das bedeutet.

»Deine Grausamkeit hat mir geholfen zu begreifen, dass nicht ein Mangel an Talent mich am Schreiben gehindert hat. Es waren Männer wie du.«

»Männer wie ich?«

»Du warst das schlimmste Exemplar, aber andere haben dir den Weg bereitet.«

»Annie«, ich senke die Stimme zu einem bedrohlichen Grollen. »Sag jetzt dem Typ hier unten Bescheid, dass er mich zur dir lässt, dann reden wir weiter. Das mit dem Handy ist doch lächerlich.«

»Tut mir leid«, sagt sie, und ihr Tonfall verrät, dass sie jede Sekunde genießt. »In absehbarer Zeit habe ich keinen Termin frei.«

In meinem Frust trete ich so heftig gegen die Säule, dass der Schmerz mich in die Knie zwingt. Verdammt, ist die aus Marmor? Trotz des Pochens in meinem Fuß versuche ich die Fassung zu bewahren. »Können wir wenigstens darüber sprechen, warum du mich gefeuert hast? Warum du mich vor meinem Boss demütigen musstest?«

»Du hast dir selbst ein Bein gestellt, als du deine beste Klientin so behandelt hast. Oder um es mit deinen Worten zu sagen: Das war unprofessionell.«

Nun schreie ich, ob vor Schmerz oder aus Ärger kann ich in diesem Moment selbst nicht sagen. »Annie, wenn du mich feuerst …«

»Vergiss das Wenn. Ist bereits geschehen.«

»Du lässt dich bei deinen Entscheidungen von Emotionen leiten. Das ist kindisch. Du weißt genau, was ich für dich getan habe …«

»Echt? Weiß ich das?«

Vorsicht, Higgins. Sie ist bereit, zuzuschlagen.

»Du bist aus der Tür gestürmt und hast mich in meinem Elend sitzen gelassen, aber stimmt, damit hast du mir was Gutes getan. Da habe ich verstanden, dass ich mich nur auf mich selbst verlassen kann, dass ich auf mich hören muss, nicht auf andere. Ich konnte Elizabeth zu meiner Elizabeth machen.«

Schadensbegrenzung, Higgins. »Hast du einen neuen Agenten?«

»Ich prüfe meine Optionen. Schließlich möchte ich keine ›emotionale Entscheidung‹ treffen. Elizabeth ist ein globaler Aktivposten, für sie ist nur das Beste gut genug.«

Ich umklammere mein Handy so fest, als wollte ich jemanden – ratet, wen – erwürgen. »Annie, das ist kein Spiel. Was verdammt steht in diesem Buch?«

»Ich hab's dir geschickt, Arschloch«, antwortet sie. »Vor drei Tagen. Du wüsstest es, wenn du ausnahmsweise mal lesen würdest, was deine Autoren geschrieben haben.«

Sie legt auf. Ich renne quer durch die Eingangshalle zum Ausgang, so schnell, dass zwischen Schuhsohlen und Marmorboden Funken sprühen.

Ich muss irgendwohin, wo ich in Ruhe dieses Buch lesen kann. Und zwar sofort!

59

HENRY

Ich eile nach Hause, um das Buch zu lesen. Im Büro, in der Nähe meiner Kollegen, ist es mir zu riskant, für den Fall, dass ich das Bedürfnis verspüre, um mich herum alles kurz und klein zu schlagen. Ich setze mich in mein Arbeitszimmer, scrolle durch meine E-Mails, und wahrhaftig, da ist die Mail plus Anhang von Annie. Da schaust du dumm aus der Wäsche, Higgins, und, mit Blick auf was schon hinter dir liegt, wahrscheinlich nicht zum letzten Mal.

Ich fange an zu lesen. Erster Eindruck? Der Plot ist ein völlig anderer. Elizabeth wird von einem Starlet engagiert, das sich scheiden lassen will. Gut, das kennt man. Aber die Sache hat einen Haken. Sie haben unter dem Ritus einer bizarren, in Kalifornien beheimateten Sekte geheiratet, in der die Auflösung einer Ehe durch eigene Statuten geregelt ist. Das ist raffiniert, Annie. Chapeau. Hübsches unerwartetes Hindernis.

Jedenfalls stellt Elizabeth unermüdlich Nachforschungen an und findet tatsächlich einen Passus im Kleingedruckten des Ehevertrags, wonach dem Ehemann zum Verhängnis wird, dass er in der Öffentlichkeit Fleisch verzehrt hat. In dieser esoterischen Sekte der Westküste ein zwingender Scheidungsgrund. Im Nullkommanichts ist die Scheidung über die Bühne, und der Frau wird die Hälfte des Vermögens ihres nunmehr Ex-Ehemanns zugesprochen. Ebenso im Nullkommanichts ist Elizabeth ihrerseits in Hollywood ein Star auf ihrem Gebiet und die erste Adresse für Promischeidungen.

Ich kann objektiv urteilen. Ich bin zuerst Agent und in zweiter Linie verschmähter Liebhaber. Das ist ein beachtlicher Anfang, Annie. Er versetzt Elizabeth in eine gänzlich neue Welt mit neuen Regeln, deren innerste Strukturen und schwärzesten Geheimnisse Annie dank der Verfilmung ihrer Bücher nur zu gut kennt.

Eines Tages erscheint ein ungewöhnlicher Besucher in Elizabeths Büro, ungewöhnlich deshalb, weil es sich diesmal um einen Mann handelt, nicht ihre eigentliche Klientel. Sein Name ist Harold Hightsman. Hm, äußerst subtil, ich frage mich, wer das sein könnte. Dieser Hightsman ist einer von Hollywoods größten und exklusivsten Schauspielagenten. Er trägt maßgeschneiderte Anzüge, eine Sonnenbrille als permanentes Accessoire und hat welliges braunes Haar. Vielen Dank, Annie. Wenigstens ist er schlank. Man nimmt, was man kriegen kann.

Oh, und er ist Engländer. Wer hätte das gedacht? Sie gibt sich keine sonderliche Mühe, zu verbergen, wer als Vorbild für ihren Protagonisten diente, aber das ist in Ordnung so, die Identität vieler berühmter literarischer Gestalten ist vom jeweiligen Autor nur unzureichend verschleiert worden. Es ist ziemlich klar, auf wem Fitzgeralds Monroe Stahr basiert, an wen Aldous Huxley bei Jo Stoyte dachte und – der bekannteste Fall –wen Budd Schulberg wirklich mit Sammy Glick gemeint hat. Meinetwegen. Bin ich eben Annies Inspiration für Harold Hightsman.

Hör auf, herumzueiern, Higgins. Lies weiter, und warte ab, wie bitter die Pille ist, die du schlucken musst.

Harold Hightsman hat die Geschichten über Elizabeth

gehört und ist fasziniert, fast schon besessen von ihr. Und er hat Pläne. Als Erstes will er ihre Autobiografie herausbringen, nicht von ihr selbst verfasst, versteht sich, sie habe ja keine Zeit, sie zu schreiben. Aber sie soll mit all den pikanten Details aus ihrer Vergangenheit gefüllt sein: ihren zahlreichen Liebhabern, ihren berühmtesten Fällen und inwieweit ihr Ex-Ehemann dafür verantwortlich ist, dass sie tut, was sie tut. Dann, sobald das Buch geschrieben ist, wird er es den Fernsehstudios anbieten, analog wie digital, und einen Bieterkrieg für Elizabeths eigene Reality-Show entfesseln. Er wird sie zu einem Superstar machen. Er wird sie reich machen, unvorstellbar reich.

Wieder einmal muss ich – unter Außerachtlassung meiner persönlichen Gefühle – zugeben, dass Annie eine absolut detailgetreue Schilderung der Agentenmachik gelungen ist. Mehr noch, während ich Hightsmans Monologe lese, wird mir zum ersten Mal mit peinlicher Deutlichkeit bewusst, wie die Redeweise von uns Agenten auf Außenstehende wirken muss. Wir hören uns an wie Schakale, wie Marktschreier, wie der rhetorisch gewandte Skorpion aus der Fabel mit dem Frosch. Und doppelt peinlich: Was Annie da wiedergibt, ist ihr Eindruck von mir. Es spiegelt deutlich wider, wie ich sie fühlen lassen habe.

Mal sehen, wie es weitergeht. Elizabeth erzählt Harold, dass sie ihre Autobiografie lieber selbst schreiben möchte. Wer könnte ihr Leben authentischer erzählen als sie? Aber Harold wischt die Idee sofort beiseite. Erklärt ihr, die Leute wären nicht an ihrer Stimme interessiert, sondern an dem, was sie erlebt hat. Elizabeth hält ihm entgegen: »*Es ist nicht unterhaltsamer Klatsch. Es ist mein Leben. Und wenn ich es nicht selbst erzähle, wirkt es billig.*«

Er ignoriert diesen Einwand und ihre Wünsche und bringt sie mit einem Ghostwriter zusammen. Dieser wird dann ihr

Leben in eine absolut Elizabeth-freie Prosa umsetzen, ausgerichtet auf den kleinsten gemeinsamen Nenner.

Während der Ghostwriter Elizabeths Leben ausschlachtet, fängt Harold an, sie zu umwerben, lockt sie in die Glamourwelt von Hollywood, nimmt sie zu Partys mit, macht sie mit den Größen des Filmgeschäfts bekannt und mietet für sie ein luxuriöses Apartment in der Nähe seines eigenen, von dem aus man sowohl den Strand als auch das Lichtermeer der Stadt bestaunen kann. Die ganze Zeit über fühlt Elizabeth, wie sie sich mehr und mehr an ihn verliert und er sie mehr und mehr vereinnahmt, aber sie sagt nichts, weil sie glaubt, es ist Liebe, sich einredet, irgendwann werde Harold mehr in ihr sehen als nur ein Produkt, eine hochpreisige Handelsware. Sie glaubt, sie kann den Menschen Harold Hightsman erkennen, hinter der Fassade, die er der Welt zeigt. *Hey, wir sind in Hollywood,* denkt sie, *Harold lebt in einer Welt des schönen Scheins, aber ich bin es, der er einmal sein Herz öffnen wird.* Sie sucht nach dem Riss in seinem Panzer und ignoriert die Warnsignale, weil Liebe das nun einmal mit einem macht. Sie macht dich wortwörtlich blind.

Okay. Fairerweise sollte man an dieser Stelle erwähnen, dass Annie mir gegenüber nie den Wunsch geäußert hat, den neusten Trust-Me-Band selbst zu schreiben. Sie kam zu mir und sagte, sie habe kein schriftstellerisches Talent.

Was hat sie von mir erwartet? Dass ich ihr vormache: »Doch, hast du, du kannst das«?

Fuck. Das ist genau die Antwort auf meine Ursprungsfrage, denn gottverdammt, das hätte ich tun sollen. Ich war schon von Berufs wegen verpflichtet, nicht so zu sein wie alle anderen Männer in ihrem Leben. Sie nicht zu behandeln wie ein Produkt, ihr nicht zu sagen, dass sie die Entscheidungen den Männern im Raum überlassen soll. Ich hätte der Mann sein sollen, der an sie glaubt und sie darin bestärkt, dass sie es allein schaffen kann. Ich schlage mit der Faust auf den Tisch. Mehrmals. Es tut weh, aber das ist nichts verglichen mit dem Schmerz, der in meiner Brust wütet. Ich habe nie an Annie geglaubt. Schande über mich. Habe ich je an einen meiner Autoren geglaubt? Sosehr es mich schmerzt, das zu sagen, auch an Charlie habe ich nicht geglaubt. Immer hatte ich Angst, dass meinen Schützlingen das gewisse Etwas fehlt, der Biss, dass sie nichts zustande bringen könnten, wenn ich nicht Regie führe. Das kann man nicht gerade als Fördern, Unterstützen, Motivieren bezeichnen. Ich habe das Gegenteil von dem getan, was Edward versuchte, mir beizubringen. Jedes Buch, an dem ich mitgewirkt habe, wurde nicht wegen meiner Mitarbeit ein Erfolg, sondern *trotz* meiner Mitarbeit. Deshalb ist Annies Buch so großartig. Sie hat es geschrieben, während sie frei und ich weit weg war, auf der anderen Seite des großen Teichs.

Und es geht weiter. Annie ist noch lange nicht fertig mit mir. Also: Elizabeths »Autobiografie« ist geschrieben und verkauft, die Reality Show geht in die nächste Staffel, und Harold hat seiner Schöpfung seine Liebe gestanden. Alles wunderbar, doch dann erhält Elizabeth unerwarteten Besuch.

Von Harold Hightsmans Ehefrau. Er ist die ganze Zeit verheiratet gewesen. Auch wenn er und seine Frau eine offene Beziehung führen, die Ehe hält seit mittlerweile zwanzig Jahren. Frau Hightsman rät Elizabeth, sich nicht gefühlsmäßig an ihn zu binden, und erklärt ihr, dass ihr Ehemann seinen Lebensunterhalt damit verdiene, Menschen zu umgarnen, zu belügen, bis er sie leer gesaugt hat, dann kehre er zurück zu Frau Hightsman, seinem sicheren Hafen. Elizabeth will wissen, warum die Frau ihr das alles erzählt, und die antwortet: *»Ich mag Sie, Elizabeth. Harold hat mich Ihr Buch lesen lassen. Sie sind wirklich gut. Und ich möchte Sie davor bewahren, denselben Fehler ein zweites Mal zu begehen. Ihr Ex-Mann und*

Harold bedienen den gleichen Hebel. Sie mögen eine sehr gute Detektivin sein, Liebes, aber sie haben einen beschissenen Geschmack, was Männer angeht.«

Ich höre dich laut und deutlich, Annie. Hightsmans Angetraute ist Amber. Nachdem ich Annie ausgepresst hatte, bin ich zu Amber zurückgekehrt. Und du bist eine sehr gute Schriftstellerin mit einem beschissenen Geschmack, was Männer angeht, Annie.

Aber es kommt noch schlimmer. Elizabeth ist am Boden zerstört. Sie geht zu Harold, konfrontiert ihn mit dem, was sie erfahren hat, und er sagt:

»Ich habe dich nie angelogen. Jeder Deal ist wie eine Droge. Das größte High, das es gibt. Solange es andauert, liebe ich alle. Dich habe ich mehr als alle anderen geliebt. Aber wenn es vorbei ist, kehre ich immer wieder zurück zu meiner Frau.«

Unter Tränen wirft Elizabeth ihm vor: *»Wie kannst du Menschen so schamlos ausnutzen?«*

»Ich nutze sie nicht aus. Meine Gefühle sind echt. Ich platze förmlich vor Liebe. So muss es auch sein, damit ich meine Arbeit machen kann. Währenddessen bin ich mit Leib und Seele und zu hundert Prozent für meine Klienten da, aber sobald der Deal gelaufen ist, kehre ich zurück in die Realität. Und in der Realität bin ich der einzige Mensch, den ich liebe, der einzige Mensch, auf den ich mich verlassen kann.«

Elizabeth feuert ihn auf der Stelle, cancelt ihre Unterstützung bei der Vermarktung von Buch und Show. Sie zerreißt die Verträge. Dann steigt sie in ihr Auto und lässt alles hinter sich, Ruhm und Reichtum, Luxusapartment, Designermode, Schmuck. Sie weiß nicht, wohin ihr Weg sie führen wird. Nach Hause, nach Manhattan und zurück in ihre Agentur? Oder einfach ins Blaue hinein? Auf jeden Fall nie wieder nach Hollywood.

Während sie in den kalifornischen Sonnenuntergang hineinfährt, fängt sie an zu lachen und zu weinen, weil sie weiß, sie lässt ihr altes Leben hinter sich und kann endlich nach vorn schauen, unbelastet von der Vergangenheit. Ihr ist ein Mann begegnet, der noch weniger taugt als der Ex-Ehemann, der ihre erste große Enttäuschung war und wegen dem sie zu einer Kämpferin für Scheidungsopfer wurde. Sie ist endlich in der Lage, die Verletzung von damals zu verzeihen, weil es einen Harold Hightsman gibt, der sie noch tiefer verletzt hat – und das, ohne sich seiner Schuld bewusst zu sein, denn sie war für ihn nur ein Projekt.

Nun setzt sich das Puzzle zu einem Ganzen zusammen. Joe mag sie als Autorin vorgeschickt haben, aber immerhin hat er sie geliebt. Ich habe ihr gesagt, ich würde sie lieben, und habe sie gleichzeitig gefangen gehalten, statt sie zu ermutigen, die Flügel auszubreiten. Elizabeth ist angekommen, bei sich. Und Harold Hightsmans Betrug hat ihr dazu verholfen. Jetzt ist sie frei.

Ende. Ich klappe den Laptop zu. Das Buch ist brillant. Das Beste, das je einer meiner Autoren zustande gebracht hat. Und das, weil ich sie gegen mich aufgebracht habe. Mehr habe ich nicht dazu beigetragen. Wie konnte es nur so weit kommen? Wie konnte ich vor Annies Talent nur so lange die Augen verschließen?

Genauso wie Harold Hightsman klammere ich mich an meine Klienten, in der Hoffnung, dass ihr Glaube in sich selbst auch mir erlaubt, an mich zu glauben. Darum wollte ich nie ein perfektes Buch vertreten. Ein solches hätte ich nicht »retten« können, ich hätte es nicht als Selbstbestätigung, als Beleg meiner Überlegenheit, als Nachweis meiner Daseinsberechtigung hochhalten können. Ich habe die Leistung des Autors geschmälert, um mir den Löwenanteil zuschreiben zu können und damit mein Ego zu polstern.

Bei dieser Erkenntnis kommen mir die Tränen. Annie hat

mich durchschaut. Ich bin ein hohles Gefäß auf der Suche nach etwas, das meinen Zusammenbruch verhindert. Ich bin sechsundvierzig Jahre alt und habe nie einen Menschen gekannt, wirklich gekannt, nicht einmal mich selbst. Aber es kommt noch schlimmer. Ich hatte mich in Annie verliebt. Und nie bin ich glücklicher gewesen, deswegen musste ich sie zurückweisen. Zum ersten Mal in meinem Leben fühlte ich mich mit mir selbst versöhnt, durch sie. Ich mochte den Henry Higgins, den ich in ihren Augen sah. Aber ich war noch zu schwach. Kaum wehte mir ein Hauch von Menschlichkeit ins Gesicht, gab ich auf und kehrte als leere Hülle zu Amber zurück.

Elizabeths neustes Abenteuer ist das *Fick dich*, das ich verdiene. Für sie ist es ein Ende, aber für mich ist es erst der Anfang. Es liegt an mir, was ich daraus mache. Sie hat mir die Gebrauchsanweisung geschrieben. Sie hat mir die Karte gezeichnet, mit den vielen Punkten, an denen ich falsch abgebogen bin. Jetzt muss ich die Chance nutzen, begangene Fehler wiedergutzumachen.

Ich bin nicht so weit, dass ich an Henry Higgins glauben kann, aber ich glaube an Annie Shepherd. Ich glaube an das, was sie in mir gesehen hat. Das ist der Mensch, der ich sein will, und ich vertraue darauf, dass ich noch einen Versuch frei habe. Daran halte ich mich fest, egal wie verrückt es sich anhört. Sonst wäre das Leben sinnlos.

Ich muss ihr beweisen, dass ich weiß, welcher Mann ich von dem Moment an hätte sein sollen, in dem sie mir ihr Geheimnis anvertraut hat. Ich hätte der Mann sein sollen, der an sie glaubt. Du magst mich jetzt hassen, Annie, aber du hast mich gerettet. Und so wirst du auch uns beide retten. Ich werde nicht aufhören, dafür zu kämpfen.

60

ANNIE

Sechs Monate später

Nun ist es sechs Monate her, dass ich Elizabeths neustes Abenteuer abgegeben habe. Das glaube ich zumindest, denn die Zeit ist wie im Flug vergangen. Ich müsste meine persönliche Assistentin nach dem exakten Datum fragen. Richtig. Ich habe eine eigene Assistentin. Ihr Name ist Lacey. Lacey Duke.

Ja, ihr habt richtig gelesen. Ich habe sie eingestellt, nachdem ich über ihren unverschämten Versuch, mich um mein Vermögen zu bringen, hinweggekommen bin. Das hat übrigens seine Zeit gedauert, und es sind dabei auch einige Haushaltsgegenstände durch die Luft geflogen.

Zu guter Letzt haben Lacey und ich unsere Differenzen beigelegt und sind jetzt beste Freundinnen. Wirklich, ich sage es ohne eine Spur von Ironie – sie ist Joes letztes Abschiedsgeschenk an mich.

Der Verlag war so aus dem Häuschen über den neuen Trust-Me-Roman, dass man den gesamten Marketingplan neu konzipiert hat. Der Umfang meiner Tour wurde verdoppelt, meine Fernsehauftritte verdreifacht, das Werbebudget vervierfacht. Ich kann euch sagen, man hat Elizabeth und mich wirklich angepriesen. Oder besser gesagt: Man hat *mich* angepriesen. Denn Elizabeth ist nun wirklich ganz mein Geschöpf. Manchmal kommt es mir vor, als würde ich für ein öffentliches Amt kandidieren. Morgens gebe ich Interviews, mal schriftlich, mal persönlich, dann ein paar Lesungen, gefolgt von einer Signierstunde für die Fans, und den Abschluss des Tages bildet entweder eine Late-Night-Show oder noch ein paar Interviews für ausländische Sender. Schließlich ist Elizabeth ein globales Produkt, die verschiedenen Zeitzonen ihrer Zuschauer müssen bedient werden. Aber das ist nicht mal das Verrückteste.

Und wer taucht bei jeder Lesung auf, sei es in Kalifornien oder Connecticut, Kansas City oder Kentucky?

Henry Higgins. Leibhaftig. Er sitzt bei jedem Auftritt im Publikum, und jedes Mal, wenn ich die Leute auffordere, Fragen zu stellen, schießt seine Hand in die Höhe und bleibt da, manchmal sogar bis zu einer Stunde. Ich hätte nie gedacht, dass seine Glieder über solche Ausdauer verfügen. Hätte er eine Beharrlichkeit dieses Kalibers doch an den Tag gelegt, als ich noch seine Klientin war oder die Liebe seines Lebens. Aber warum hätte er das tun sollen? Das wäre ja sinnvoll gewesen.

Selbstverständlich habe ich ihn nie aufgerufen. Ich vermeide sogar jeden Blickkontakt. Ein paarmal, als ich absolut keine Lust auf ihn hatte, habe ich die Security gebeten, ihn aus dem Saal zu entfernen, er wäre ein aufdringlicher Fan. Streng genommen ist er das ja auch. Er folgt mir durch das ganze Land. Aber was ich auch tue, er hört den Schuss nicht. Erst gestern war ich bei einem Forum von Mystery-Autoren, und er hat versucht, mir eine anonym gestellte Frage unterzujubeln. Wisst ihr, was der Versager geschrieben hat?

»Was ist Ihrer Meinung nach die wichtigste Eigenschaft eines Literaturagenten?«

Ehrlich. Als wüsste ich nicht, von wem das kommt, Henry.

Für wie dumm hältst du mich? Ach ja, fast vergessen. Für sehr dumm.

Warum gibt er nicht einfach auf? Er hat seine Chance verspielt. Langsam verkommt er zur Witzfigur. Und hat er nicht einen Job, um den er sich kümmern sollte? Ich meine, er hat sich als Agent nicht totgeschuftet, aber hat seine Agentur ihm sechs Monate Urlaub genehmigt, um seiner privaten Besessenheit zu frönen? Oder ist seine Abwesenheit niemandem aufgefallen? Mich wundert auch, dass seine Verlobte, die alte Hexe, ihm erlaubt hat, mich rund um den Globus zu stalken.

Ich habe noch keinen Nachfolger für ihn gefunden. Zeitlich bedingt. Ich war beruflich total eingespannt. Außerdem habe ich nicht vor, mich Hals über Kopf in eine derart wichtige Beziehung zu stürzen. Der nächste Agent wird auf Herz und Nieren geprüft, darauf könnt ihr wetten. Ich kann es mir nicht leisten, noch mehr Lebenszeit mit den Folgen einer übereilt getroffenen Entscheidung zu verschwenden.

Und nein, ich date momentan niemanden. Ehrlich gesagt habe ich gelernt, mit meiner eigenen Gesellschaft zufrieden zu sein. Seit ich dreiundzwanzig bin, bin ich nie Single gewesen. Ja, es fühlt sich irgendwie komisch an, manchmal ist es auch einsam. Viel gelacht habe ich auch nicht. Und ich könnte echt etwas, wie soll ich sagen, *sexual healing* gebrauchen. Aber mit Niveau. Sexual healing mit Niveau.

Da wir gerade davon sprechen, weiß jemand von euch, was Chris Dake so treibt? Hat jemand was Neues von ihm gehört? – Nur ein kleiner Spaß. Aber man muss es ihm lassen, er war wirklich gut.

Zum Glück habe ich Lacey, die mir Gesellschaft leistet. Aber sie ist mit Joes Anwalt, Frank, verlobt, deshalb können wir nicht so viel Zeit miteinander verbringen, als wenn wir beide Singles wären. Was Frank angeht – ich bin mir noch nicht ganz sicher, ob ich ihm verzeihen kann, aber wir alle wissen, man sagt nichts Schlechtes über die Person, mit der ein Freund oder eine Freundin zusammen ist. Jedenfalls nicht, wenn man Wert darauf legt, den Freund oder die Freundin zu behalten. Auch wenn dieser Frank mir mit seinen Anwaltstricks mein ganzes Geld gestohlen hat. Glaubt nicht, dass es mir leichtfällt, diese Tatsache mit höflichem Schweigen zu übergehen. Aber lassen wir das.

Heute ist der letzte Tag meiner Lesereise. Ich bin wieder dort, wo alles angefangen hat, zu Hause, in Manhattan, und die Lesung ist bei Barnes & Noble am Union Square. Genau in dieser Sekunde genieße ich meinen Venti Cold Foam Cappuccino, während ich darauf warte, dass es losgeht. Man hat den Beginn der Lesung schon mehrmals verschoben, weil immer mehr Menschen kommen. Sie stehen eingequetscht wie die Ölsardinen zwischen den Bücherregalen.

Dreizehn Jahre Elizabeth, und nie habe ich solche Menschenmassen angezogen. Lasst euch das eine Lehre sein, ihr angehenden Autoren und Autorinnen da draußen. Vertraut auf eure Stimme. Wenn ihr ehrlich seid, authentisch, werden die Menschen es merken und sich von euch berühren lassen. Denn deshalb lesen Menschen, weil sie berührt werden wollen.

61

ANNIE

Ich steige auf das Podium, nehme einen letzten Schluck von meinem Cappuccino und lasse den Blick über die Menge wandern.

Er ist nicht da. Henry Higgins ist nicht da. Das kann nicht sein. Hat er endlich aufgegeben? Bin ich ihm so wenig wert? Wenn er mich zurückhaben will, muss er durchhalten, so lange es dauert, ohne Bestätigung, ohne Ermutigung meinerseits. Ich habe mir keine bestimmte Frist gesetzt, bis zu der ich unversöhnlich bleibe, kein Limit, wie oft ich ihn übergehe, wenn er sich meldet. Er kennt mich doch. Ich bin so dumm. Wie konnte ich glauben, dass er in der Lage ist, sich zu ändern? Warte. Warte. Schau noch einmal hin. Die Menschen sind so dicht gedrängt, dass man leicht ein Gesicht übersehen kann. Lass dir Zeit. Und ...

Nein. Er ist definitiv nicht hier. Der Mistkerl hat aufgegeben. Wie kann er es wagen! Wart's ab, Henry Higgins, in dieser Lesung werde ich Feuer und Schwefel auf dich regnen lassen! In welchem Kapitel kommt Henry/Harold am schlechtesten weg? Es sind so viele, dass die Wahl schwerfällt, aber ich nehme das Kapitel, in dem er Elizabeth gesteht, dass er verheiratet ist. Das ist echt hart. Ich räuspere mich und fange an ...

Nach der Lesung und der darauffolgenden Fragerunde kommt das, weswegen die meisten hier sind – sie wollen mir ein paar Sekunden nahe sein und ihr Buch signieren lassen. Ich kann ihnen nicht übelnehmen, dass sie aufgeregt sind. Es ist auch für mich der schönste Teil einer Lesung. Ich weiß, es klingt albern, aber für mich ist es genauso ein Höhepunkt wie für sie. Es hat etwas Magisches, vielleicht wie bei zwei Brieffreunden, zwischen denen sich im Lauf der Jahre eine tiefe Verbundenheit entwickelt hat und die sich nun zum ersten Mal gegenüberstehen.

Ich schaue auf die Schlange der Wartenden, die sich durch den Laden windet. Das sieht nach Schwerstarbeit aus, ich werde zwischen den Widmungen kaum Zeit haben, einmal den Blick zu heben.

Und genauso kommt es. Die Menschen verschwimmen zu einer gesichtslosen Masse, ich sage »Hi«, schüttle Hände und unterschreibe in Endlosschleife. Nach einer halben Stunde ist mein Handgelenk verkrampft und meine Stimme heiser. Dann ist mein Stift leer, ich muss mich bücken, um aus dem Fach unter dem Tisch einen neuen zu holen. Noch im Hochkommen nehme ich die Kappe von dem neuen Stift, damit keine unnötige Verzögerung eintritt, und frage, ohne aufzuschauen:

»Und was soll ich bei Ihnen hinschreiben?«

»Für Will Higgins.«

Will Higgins? Es hört sich tatsächlich an wie Will, diesen Akzent erkenne ich überall. Ich richte mich auf, den Stift einsatzbereit zwischen den Fingern. Oh mein Gott, er ist es wahrhaftig. Es ist Will.

»Will.« Ich freue mich wirklich, ihn zu sehen. »Bist du nicht etwas zu jung für diesen Lesestoff?«

»Annie«, sagt er, »du weißt, dass ich keine Bücher lese. Ich bin nur hier, um mir ein Autogramm zu holen.«

»Willst du das Buch dann bei eBay verscherbeln?«, frage ich lachend und fange an zu schreiben.

»Nein. Das darf man erst mit achtzehn.«

»Du wirst einen Weg finden, dich an dem Verbot vorbeizumogeln. Schließlich bist du ja mein kleiner Informant.«

»Ich weiß.« Dann verstummt er. Ich sehe, wie er unruhig mit den Füßen scharrt. »In Wirklichkeit bin ich hier, um mich zu verabschieden.«

Ich schaue ihn an. »Ist was passiert?« »Mein Dad und ich ziehen zurück nach London. Unser Flug geht morgen.« Er lächelt traurig. »Aber ich wollte nicht weg, ohne dir vorher Auf Wiedersehen gesagt zu haben.«

Aha, das erklärt, warum Henry nicht mehr aufgetaucht ist. Er hat nicht aufgegeben, er hat nicht resigniert. Er hat beschlossen, das Land zu verlassen. Auch eine Möglichkeit, über mich hinwegzukommen – indem er ein paar tausend Meilen Wasser zwischen ihn und mich bringt.

»Aus beruflichen Gründen? Hat die Agentur ihn nach England zurückversetzt?«

»Nein. Er hat schon vor ein paar Monaten gekündigt. Er will in London eine eigene Agentur gründen. Die Räume hat er bereits angemietet. Ich bin aber vorläufig noch der einzige Angestellte.«

Ich muss lachen. »In welcher Funktion denn?«

Er überlegt kurz. »Assistent der Geschäftsführung. Ich glaube, so nennt man das.«

»Ich kann gar nicht glauben, dass dein Vater hingeschmissen hat.« Aber gleichzeitig denke ich: Gut für ihn. Es war Zeit. Vielleicht kann er jetzt endlich zu sich finden, an sich glauben und aus Edwards Schatten treten. Der erste Schritt ist gemacht. Aber ich spreche es nicht aus. »Aus welchem Grund denn?«

»Er sagt, sie hätten ihn ausgekauft. Was immer das bedeutet.«

Die Schlange wird ungeduldig, weil es nicht vorangeht.

449

Mir bleibt nicht mehr viel Zeit, um ihn auszufragen, sonst gibt es einen Aufstand. Am liebsten würde ich ihnen sagen, dass Elizabeth so ein Verhalten nicht billigen würde, aber ich lasse es. Vielleicht ist es der Zeitdruck, aber ich überrasche mich selbst mit der nächsten Frage, obwohl mir bis gerade nicht mal klar war, dass ich die Antwort darauf hören will: »Amber wird euch beide vermutlich begleiten. Was wird dann aus ihrer Agentur?«

Wieder schüttelt Will den Kopf. »Sie kommt nicht mit. Sie haben sich auch diesmal wieder getrennt, ungefähr zur selben Zeit, als Dad auch die Agentur verlassen hat.«

»Das muss schwer für deinen Vater gewesen sein.«

»Er sagte bloß, er sei nun doch froh, dass er keine Katze zu sich geholt hat.«

»Jetzt seid ihr wieder nur zu zweit.«

Er lächelt traurig. »Ja, nur noch wir zwei.« Er nimmt sein Buch und schaut sich nach den Fans hinter ihm um, die immer nervöser werden. »Ich sollte lieber gehen. Ich wollte dich nur noch ein letztes Mal sehen.« Er beugt sich über den Tisch, drückt mir einen Schmatz auf die Wange und taucht in der Menge unter.

Wow. Henry Higgins hat die Agentur verlassen, seine Verlobte abserviert und wird das Land verlassen. Das erklärt, wieso er bei jeder Etappe meiner Lesereise vor Ort sein konnte. Ist es falsch, wenn ich mir diese radikale Neugestaltung seines Lebens zugutehalte? Könnte ich so großen Einfluss auf ihn haben? Vor dem Tag X hatte ich den jedenfalls nicht. Ich werde es wohl nie erfahren, nachdem er jetzt das Land verlässt. Und wisst ihr was? Ich glaube, ich kann gut ohne eine Antwort leben.

62

ANNIE

Später in der Nacht ist es Party Time! Nach der eher wehmü-
tigen Begegnung mit Will kann ich wirklich etwas Aufmun-
terung gebrauchen. Der neuste Teil der Trust-Me-Reihe hat
am schnellsten von allen Bänden die Grenze von einer Million verkaufter Exemplare überschritten. Es ist ein bemerkenswerter Meilenstein in der Geschichte der Reihe, und um
das gebührend zu feiern, spendiert mein Verlag eine grandiose Soiree in einem hippen Club in der Innenstadt. Die Gäs-
teliste ist vom Feinsten. Die Geschäftsleitung ist anwesend.
Hallo, Victoria. Und die Leute aus dem New Yorker Büro,
die Seite an Seite mit mir an den Trust-Me-Büchern arbeiten. Und da ist Christine! Sie ist für das große Ereignis extra
aus London eingeflogen. Ich glaube, sie ist seit Jahren nicht
mehr so lange aufgeblieben, ohne dass es darum ging, den
kleinen Teddy zu stillen. Hoffentlich legt sie nicht aus reiner
Gewohnheit auf der Tanzfläche eine Brust frei.

Ich lasse den Blick weiter schweifen. Da sind Mindy und
alle Mommy-Blogger. Sie waren die ersten Gäste, und ich
fürchte, dass sie sich etwas zu hemmungslos auf die alko-
holischen Freigetränke stürzen. Nicht übertreiben, Mädels.
Quatsch, lasst es krachen, das hier ist eine Party!

Offen gesagt, ich fühle mich auch schon etwas beschwipst.
Aber Lacey knackt alle Rekorde. Jemand sollte sie bremsen.

Doch ich mach's nicht. Niemand bremst Lacey, wenn sie so richtig in Fahrt ist, ich weiß das, ich habe es bereits versucht. Das überlasse ich lieber Frank. Geschieht ihm recht.

Bevor ich meine Runde durch den Raum beende, stoße ich noch mit den Produzenten und dem Regisseur der Trust-Me-Filme an. Und natürlich ist Julia Roberts hier! Man kann keine Trust-Me-Party ohne sie veranstalten. Es wäre nicht richtig, Elizabeth zu feiern, ohne dass Julia dabei ist. Und sie hat einige ihrer Freunde mitgebracht. Da ist George Clooney, der Eyecatcher schlechthin. Aber Julia hat noch einen besonderen Freund mitgebracht. Mr. Hugh Grant persönlich. Er ist im Gespräch für die Rolle des Harold Hightsman im Film, genauso wie Jude Law und Benedict Cumberbatch. Aber seien wir ehrlich, wenn man Hugh Grant kriegen kann, nimmt man Hugh Grant. Ich liebe ihn. Und ich fürchte, er hat es gemerkt, als er mir die Hand schüttelte und ich in den Super-Fan-Modus verfallen bin. Ich habe seine Hand fünf Minuten lang festgehalten. Ich war hin und weg.

Mein Gott, ich brauche noch einen Drink. Ich bin hoffnungslos bei Anlässen wie diesen, und damit meine ich Anlässe, bei denen ich im Mittelpunkt stehe. Lesungen, Podien, Fernsehauftritte machen mich nicht nervös, weil es da um die Bücher geht. Dort fühle ich mich als die Botschafterin von Elizabeth. Aber auf Partys habe ich kein Alter Ego, hinter dem ich mich verstecken kann. Auch heute sind alle wegen Annie Shepherd gekommen, und ihr könnt mir glauben, Annie Shepherd fühlt sich ganz schön unbehaglich. Ich bin total von der Rolle. Und das war schon so, bevor ich Hugh Grant gegenübergestanden habe.

Ich brauche eine Auszeit, ein bisschen Freiraum, ein paar Minuten für mich. Ich gehe die teppichbelegten Stufen hinunter in die dritte Etage, wo es noch eine Bar gibt. Ich dränge mich durch die Menge und stelle mich zu der Gruppe, die sich bemüht, die Aufmerksamkeit des Barkeepers zu erregen. In meinem Kopf wirbeln die Gedanken. Die Musik wummert. Ich denke an Hugh Grant. Ich denke daran, wie seltsam es ist, den Erfolg ohne Joe an meiner Seite zu feiern. Ich denke daran, wie stolz er auf mich wäre. Ich denke an die Begegnung mit Will am Nachmittag, daran, dass Henry zurück nach London geht und neu anfangen will. Ich denke daran …

… wie mir jemand den Arm um die Taille legt. Was soll das bitte? Wie aufdringlich. Dann höre ich seine Stimme.

»He, Erfolgsautorin«, sagt er, »dein Buch ist echt gut geworden. Trotzdem gefällt mir meine eigene Version besser.«

Es ist Chris Dake. Ich bin so verdutzt, dass ich weg- und wieder hinschauen muss, um sicherzugehen, dass ich mich nicht geirrt habe. Kein Irrtum. Es ist immer noch Chris Dake.

»Was machst du hier?«, frage ich.

Er deutet mit dem Kopf auf eine VIP-Nische in der Ecke. Dort sehe ich Zena sitzen, inmitten einer Gruppe männlicher und weiblicher Models.

»Zena hat Geburtstag«, antwortet er. »Wir sind mit ein paar von ihren Leuten hier.«

»Oh. Seid ihr zwei zusammen?«

»Wir sind nicht zusammen, wir sind aber auch nicht getrennt.« Er zuckt mit den Schultern. »Wir wollen der Sache kein Etikett aufdrücken.«

Ich nicke. Was immer das bedeuten mag. Dann mustere ich ihn mit meinem strengen Blick. »Du hast Nerven, mich anzusprechen.«

Er macht ein verblüfftes Gesicht. »Wieso?«

»Du hast mich im Stich gelassen.« Ich muss laut sprechen, um die Musik zu übertönen. »Kaum hat dir einer ein besseres Angebot gemacht, war ich abgemeldet. Du hast nicht einmal den Anstand gehabt, es mir ins Gesicht zu sagen. Du bist einfach abgehauen.«

Er sieht wirklich ratlos aus. »Was meinst du damit?«

»Du hast einen Agenten für dein Buch gefunden, und sofort hieß es: *Adios*, Annie. Du hast mich in den Wind geschossen, um deinen eigenen Traum zu verwirklichen.«

Er lacht kurz auf. »Schön wär's, wenn mein Buch einen Agenten hätte.«

Ich fasse ihn bei den Schultern. Mmh, ich hatte vergessen, wie breit und muskulös sie sind.

Hör auf, Annie. Konzentration. »Was soll das heißen?«

Er legt mir seinerseits die Hände auf die Schultern und lächelt zu mir hinunter. »Kann es sein, dass wir aneinander vorbeireden?«

»Du hast keinen Agenten?«

»Nein. Genau genommen habe ich einen verloren. Mr. Higgins hat mich gefeuert.«

»Wie bitte?« Ich schreie entgeistert auf. »Henry hat dich gefeuert?«

»Er hat mich angerufen und mir gesagt, das Arrangement würde nicht funktionieren.«

»Was hat nicht funktioniert?«

»Alles. Er meinte, ich würde deine Stimme ersticken. Was ich schreibe, würde sich nicht genug nach *Trust Me* anhören. Ich würde den charakteristischen Duktus verfälschen.«

Ich muss lachen. »Henry hat sich für meine Stimme eingesetzt?«

»Genau. Ich habe ihm gesagt, dass ich mich bemühe, den Stil originalgetreu nachzuahmen.« Chris nimmt einen Schluck aus seinem Glas. »Dann hat er noch gesagt, er selbst werde das Buch mit dir schreiben, weil er weiß, wie es klingen muss. Ich wäre nur Zeitverschwendung.«

Moment. Sekunde. Henry hat Chris gefeuert, weil er das Buch mit mir zusammen schreiben wollte. Also hat nicht Chris hingeschmissen, und Henry ist in die Bresche gesprun-

454

gen. Henry hat Chris zum Sündenbock gemacht und sich mir als Retter in der Not präsentiert. Oh mein Gott. Er hat mich damals schon geliebt. So sehr geliebt, dass er meine Stimme erhalten wollte.

»Ich habe ihn zur Rede gestellt«, fährt Chris fort. »Ich habe ihm klipp und klar gesagt, ihm ginge es nicht um den Schreibstil, daran gäbe es nichts auszusetzen. Er wäre eifersüchtig. Eifersüchtig auf das, was wir beide hatten, du und ich.«

Ich ziehe eine Augenbraue hoch. »Was wir hatten?«

»Ja. Ich meine ... ich bin echt auf dich abgefahren.«

»Du hast mich auf dem Weihnachtsmarkt für Zena stehen lassen.«

»Damit du mich wieder beachtest. Mir kam's nämlich vor, als würdest du mehr auf Mr. Higgins abfahren als auf mich.«

»Ich bin auf ihn abgefahren? Das konntest du damals schon erkennen?«

»Aber sicher. Und er auf dich. Er hat es zugegeben. Wie gesagt, ich habe ihm auf den Kopf zugesagt, er wäre eifersüchtig. Und er hat gesagt, dass ich recht habe. Und dass er dich liebt. Wie verrückt. Dann hat er mir zwanzig Riesen angeboten, damit ich weggehe und nie wieder von mir hören lasse.«

»Du spinnst doch. Henry ist der geizigste Mensch, den ich kenne.«

»Aber so ist es gewesen. Ich fand die Zusammenarbeit mit dir toll. Von selbst wäre ich nicht gegangen. Nie. Aber Mr. Higgins hat es geschafft, mich zu überreden.« Er lacht. »Was hat er dir erzählt?«

Ich schüttele den Kopf. »Nicht so wichtig.«

Aber es ist wichtig. Wieso hat Henry mir nicht die Wahrheit gesagt? Und stattdessen die Geschichte erfunden, dass Chris sich grußlos davongemacht hätte, um seine eigene Karriere zu verfolgen.

»Meine Aktion auf dem Weihnachtsmarkt fand ich anschließend nicht mehr so gut, deshalb habe ich dir am nächsten Tag eine Nachricht geschickt«, sagt Chris. »Ich habe dir geschrieben, ich wäre in Gefahr, mich ernsthaft in dich zu verlieben.«

In meinem Kopf überschlagen sich die Gedanken. »Ich habe keine Nachricht bekommen.«

»Aber ich weiß genau, dass ich sie abgeschickt habe.«

Liebe Güte. Henry. Er muss sie gelöscht haben. Bei Snoop & Martha hatte er meine Handtasche in Verwahrung wie bei allen meinen Auftritten. Langsam ergibt sich ein Bild.

Rekapitulieren wir die Untaten des Henry Higgins. Nicht nur hat er Chris als Konkurrenten ausgeschaltet, er könnte auch unsere Beziehung sabotiert haben, damit der Weg zu mir frei ist. Wer ist dieser Henry Higgins? Er hat das Herz eines Poeten, und gleichzeitig benimmt er sich wie ein Stalker. Niemals hätte ich das gedacht.

Ich sage nicht, dass ich ihn falsch eingeschätzt habe. Aber es ergibt jetzt Sinn, dass er wegen Resnick so wütend auf mich war. Nach allem, was er unternommen hatte, um sich mir unentbehrlich zu machen. So sehr hat er mich geliebt. Und ich kann ihm auch nicht wirklich vorwerfen, mich belogen zu haben, er hat mir nur manches nicht gesagt, zum Beispiel, was er alles getan hat, um in meiner Nähe sein zu können. Ich dagegen habe ihn jahrelang in dem Glauben gelassen, ich hätte die Trust-Me-Romane geschrieben. Ich habe ihm nicht gesagt, dass ich das Buch eigentlich selbst schreiben will. Und ich habe ihm verschwiegen, wie ich Resnick benutzt habe, um Joe zu blamieren. Ich hatte nie so viel Vertrauen zu Henry wie er zu mir.

Er mag ein Arschloch sein, aber nun glaube ich sogar, dass er mich mehr geliebt hat als ich ihn. Kein Wunder, dass er so am Boden zerstört war.

»Ich bin sicher, dass du sie abgeschickt hast«, sage ich. »Ich glaube dir.«

Chris kippt den Rest von seinem Drink hinunter. »Mehr kann ich dir nicht sagen.«

»Macht nichts. Das hat schon gereicht.«

»Okay.« Er konzentriert sich wieder auf mich. »Was meint du? Sollten wir einen zweiten Versuch starten?«

Ist das sein Ernst? »Einen zweiten Versuch?«

»Mit uns.«

»Chris«, sage ich, »auch wenn es mir schmeichelt, dass du dir ganze zwanzigtausend hast zahlen lassen, um mich im Stich zu lassen, muss ich dankend ablehnen. Nicht zu vergessen, dass du hier bist, um mit deiner Freundin ihren Geburtstag zu feiern.«

»Ich habe dir doch gesagt, das ist nichts Festes.«

»Wiedersehen, Chris.« Ich mache mich von ihm los. »War nett, dich getroffen zu haben, aber ...«

»Kein Ding«, sagt er, während wir auseinandergehen, »ich versteh schon, das war ein ziemlicher Schock. Überleg's dir. Ich habe noch dieselbe Nummer, du kannst ja mal anrufen, wenn du das alles verarbeitet hast.«

Ich antworte nicht. Ich muss mit Henry sprechen. Ich brauche Antworten.

Ich schreibe Christine, dass ich die Party verlasse, dass ich mich kurzfristig um etwas kümmern muss und dass ich sie morgen auf den neusten Stand bringe.

Ein Blick auf die Uhr. Viertel vor drei morgens. Ich bin angetrunken und trage Stöckelschuhe. Will sagt, er fliegt heute früh. Kann sein, dass Henry noch beim Packen ist. Und auch, wenn ich ihn wecken muss, er wird mit mir sprechen.

Jetzt.

63

ANNIE

Dass eines klar ist: Ich will bloß Antworten auf meine Fragen. Und falls mir diese gefallen, könnte ich eventuell in Erwägung ziehen, Henry zu vergeben, aber damit hat sich's definitiv. Für mehr wäre eine viel längere Probezeit erforderlich. Viel länger. So weit die Theorie, aber im Aufzug zu seiner Wohnung schlägt mein Magen vor Aufregung Purzelbäume, weil ich ihn gleich wiedersehen werde. Das muss aufhören. Beruhige dich, Annie. Einen Gang zurückschalten. Ja, er hat herkulische Anstrengungen unternommen, um dir nahe sein zu können, um seine Konkurrenz auszuschalten, dir zu beichten, dass er mich liebt. Aber man kann es auch anders sehen: Obwohl er all das getan hat, hat er dich bei der ersten kleinen Schwierigkeit fallengelassen. Wie stark kann seine Liebe da sein?

Na bitte, das hat funktioniert. Jetzt ist er wieder hassenswert, wenn auch mit unerwarteten, zu seinen Gunsten sprechenden Qualitäten.

Die Aufzugtüren öffnen sich auf seiner Etage. Ich gehe den Flur entlang. Nicht so schnell, Annie, lass dir Zeit. Lass ihn warten, er soll schwitzen. Du weißt ja schon, dass er dich sehen will. Der Wachmann in der Lobby hat ihn angerufen und dir gesagt, du sollst gleich raufkommen. Da ist seine Tür. Sie steht schon halb offen, ich brauche nicht einmal zu klingeln. Die Tür schwingt auf, mein Atem stockt …

Aber es ist nicht Henry, der vor mir steht. Es ist Edward. In einem maßgeschneiderten seidenen Morgenmantel. Echt erstaunlich, der Kleidungsstil dieses Mannes. Wir sind hier nicht auf einer Übernachtungsparty in der Playboy-Villa 1973. »Annie, was für eine schöne Überraschung«, begrüßt er mich. »Komm herein.«

Sofort ist mir die Situation unglaublich peinlich, und ich fange an, mich zu entschuldigen. Der Mann ist fünfundsiebzig. Entweder ich habe ihn gerade aus seinem wohlverdienten Schlaf gerissen, oder ich habe ihn beim Frühstücken gestört. »Edward, es tut mir so leid. Es ist viel zu spät und –«

»Blödsinn. Für dich ist es nie zu spät, Liebes.« Er macht eine einladende Handbewegung. »Gehen wir ins Wohnzimmer.«

Ich folge der Aufforderung und stelle fest, dass sämtliches Mobiliar unter einem Patchwork von Decken, Planen und Klebeband verschwunden ist. Vollgepackte Kartons stapeln sich bis zur Decke. Die Wände sind nackt.

»Ich nehme an, du bist hergekommen, um mit Henry zu sprechen?«

Ich nicke. »Ja, eigentlich schon.«

Er lacht. »Zu schade, ich habe gehofft, ich wäre der Glückliche.«

Ich kann nicht anders, ich muss ebenfalls lachen. Der alte Schlawiner ist immer gut für ein amüsantes Geplänkel.

»Vermutlich habe ich meine Chance verpasst.«

»Ich vermische nicht gern Arbeit und Vergnügen.«

Er schnippt mit den Fingern. »Ich habe schon immer deine Gabe bewundert, Rosen erblühen zu lassen, wo Steine waren.«

»Leider muss ich dir sagen«, fährt Edward fort, »dass du Henry und Will knapp verpasst hast. Sie haben sich vor einer halben Stunde auf den Weg zum Flughafen gemacht. Mich hat man beauftragt, auf die Möbelpacker zu warten.«

Zu spät, Annie. Das war's. Alles aus. »Mir war nicht klar,

dass sie schon so früh abfliegen. Will sagte, sie fliegen morgens.«

»Du weißt doch, wie das mit Flügen nach Übersee ist. Henry nimmt immer die erste Maschine. Das ist wahrscheinlich meine Schuld, ich habe es ihm vorgemacht. Meine Überlegung war dabei stets, je später am Tag, desto betrunkener womöglich der Pilot.« Er lacht. »Man wird nicht so alt wie ich, ohne strikte Risikovermeidung.«

Ich lächele geistesabwesend. »Ein guter Tipp.«

»Du weißt bestimmt, dass er drüben seine eigene Agentur gründen will. Ich bin sehr stolz auf ihn. Höchste Zeit, dass er selbstständig wird, ich hatte die Hoffnung schon fast aufgegeben. Er hat immer geglaubt, ich liebe ihn nur, wenn er mir alles recht macht, und ich habe ihm nie begreiflich machen können, dass er mir damit den größten Kummer bereitet. Er wird ein großartiger Agent sein, nachdem er jetzt seinen eigenen Weg gefunden hat.«

Er schnippt wieder mit den Fingern. »Tatsächlich trifft es sich gut, dass du vorbeigekommen bist. Das erspart mir einiges an Aufwand. Henry hat etwas hiergelassen, das ich dir bei Gelegenheit geben soll. Möchtest du es jetzt haben?«

»Ja. Ja, gern.«

Ich habe keine Ahnung, was es sein könnte. Vielleicht ein Brief, in dem das alles steht, was er sich nicht zu sagen getraut hat. Eine Universal-Entschuldigung, vielleicht. Nicht so wichtig, Hauptsache, ich finde Antworten auf meine Fragen. Da ist immer noch so vieles, was ich nicht weiß.

Edward kommt mit einem braunen Umschlag aus dem Schlafzimmer zurück.

»Weißt du, was drin ist?«, frage ich.

Er schüttelt den Kopf und hält mir den Umschlag hin. »Er hat ein großes Geheimnis darum gemacht. Ich durfte ihn nicht öffnen.«

Ich öffne den Umschlag, greife hinein und nehme den Inhalt heraus. Es ist ein Buch. Ich drehe es ratlos hin und her. Ein Buch? Was für eine romantische Geste soll das sein? Dann lese ich, was auf der Titelseite steht, und langsam fange ich an zu begreifen:

DER WEG ZU MEINER STIMME
von ANNIE SHEPHERD

Was ist das, was hat er gemacht? Ich blättere um. Oh. Mein. Gott. Es sind die Kurzgeschichten, die ich im College geschrieben habe, die meisten davon in Joes Seminar. Ich blättere durch die Seiten und erforsche Henrys mysteriöses Geschenk. Er hat die Geschichten redigiert, chronologisch geordnet und binden lassen. Ich überfliege die Zeilen, erkenne wieder, was ich vor so vielen Jahren zu Papier gebracht habe, in einem anderen Leben, so kommt es mir vor. Ich behandle jede Seite so vorsichtig, als könnten die Worte darauf zu Staub werden und davonwehen, genau wie meine Jugend. Der Titel ist perfekt. Gott, dieser Mann versteht mich. Ich muss die Tränen zurückhalten, während ich weiterblättere zur letzten Seite. Daran ist ein Vertrag seiner neuen Agentur geheftet, und auf dem Vertrag klebt ein eng beschriebenes Post-it:

Annie,
ich habe nie aufgehört, an dich zu glauben, ich habe nur nicht mehr an mich geglaubt. Aber ich werde immer ein Auge auf dich haben, und ich werde nie aufhören, dich zu lieben. Bitte komm zurück. Bitte sei meine Klientin, die einzige, die ich brauche, die ich will.
In Liebe
Henry

Ich lasse die Hand mit dem Buch sinken und wische mir mit der anderen die Tränen aus den Augen. Okay, ich vergebe ihm. Ich liebe ihn. Aufrichtig. Seine Bewährungszeit ist um. Er hat mich erobert, ganz und gar. Und ehrlich gesagt, er hat lange genug dafür gebraucht. Langsam habe ich wirklich schon Angst bekommen, ich müsse allein durchs Leben gehen.

Eine Frage habe ich trotz allem noch. »Von wem hat Henry die Geschichten bekommen?«

Er lächelt. »Von mir natürlich.«

Ich starre ihn an. »Und woher hast du sie?«

»Zu Anfang hatte ich keine so hohe Meinung von dir.« Er hebt die Schultern und lächelt entschuldigend. »Als Joe mit dem Plan zu mir kam, dich als Autorin von *Trust Me* auszugeben, war mir nicht wohl dabei. Ich konnte mir nicht vorstellen, dass diese junge Frau, diese Studentin, das Format haben könnte, die Welt von ihrer Autorenschaft zu überzeugen. Deshalb hat er mir deine bis dato angefertigten Arbeiten gegeben, damit ich sehe, dass du blitzgescheit bist. Dass du Talent hast. Und dass *Trust Me* bei dir in guten Händen wäre.«

Ich kann's nicht glauben. Da bilde ich mir zwölf Jahre lang ein, Edward wäre von der ersten Stunde an mein größter Fan gewesen, und nun das. Was wird noch alles ans Licht kommen? Meine Geschichte ist fast zu Ende erzählt, und ich habe das Gefühl, dass ich weniger weiß als am Anfang.

Edward fährt fort: »Ich war damals schon sehr angetan von deinem Stil, aber mit diesen Geschichten hättest du mir keinen roten Heller eingebracht.« Er legt mir den Arm um die Schultern. »Henry ist für diese Literaturgattung der Richtige. Deshalb war ich so frei, ihm deine Arbeiten zu geben.« Er schaut mir lächelnd in die Augen. »Ich war der richtige Agent für Joe, aber ich wäre nicht der richtige für dich gewesen.«

Okay. Ernsthaft. Jetzt fließen die Tränen, wieder mal. »Mein Sohn liebt dich«, höre ich Edward sagen. »Von ganzem Herzen. Ich weiß nicht genau, was zwischen euch beiden vorgefallen ist, aber ich weiß, er gibt sich die Schuld daran. Es quält ihn, es treibt ihn um.« Er sieht aus, als kämen auch ihm gleich die Tränen. »Wenn du ihm noch eine Chance gibst, wäre er der glücklichste Mensch auf der Welt. Abgesehen von Will.«

»Aber sie sind weg«, sage ich. »Es ist zu spät.«

Er zieht Henrys Autoschlüssel aus der Morgenmanteltasche. »Du hast noch eine Stunde. Wenn du es bis dahin zum JFK schaffst, kannst du sie noch abfangen.«

»Ich kann mich nicht mehr erinnern, wann ich zum letzten Mal Auto gefahren bin.«

»Nicht schlimm«, sagt er. »Um diese Uhrzeit sind die Straßen so gut wie leer.«

Ich nehme den Schlüssel. Recht hat er, und überhaupt: Ich habe in letzter Zeit so viel er- und überlebt. Den Verlust von Joe. Als Betrügerin durch die Medien geschleift zu werden. Ganz auf mich allein gestellt den besten Band der Trust-Me-Reihe zu schreiben und von dem Mann verlassen zu werden, den ich liebe.

Wie schlimm kann Autofahren sein?

64

ANNIE

Autofahren ist der Albtraum aller Albträume. Ich weiß wieder, weshalb ich seit zwölf Jahren dankend darauf verzichtet habe. Ich habe nicht den blassesten Schimmer, was ich hier tue. Nicht, dass ich den je gehabt hätte, daher meine Vorliebe für ein Leben in der Großstadt. Wenigstens gelingt es mir, den Wagen auf der Straße zu halten, meistens zumindest. Das größte Problem ist das Gaspedal. Es ist hochsensibel, und ich trage High Heels, das heißt, ich kann sehr schlecht abschätzen, wie fest ich es herunterdrücke. Wenn ich sie an der nächsten Ampel ausziehe, kann ich dieses Geschoss vielleicht bändigen.

Ich habe zweimal Grün und brause vorbei an Leuten, die ihre mobile Kaffeebar die Straße hinauf zu ihrem Standort ziehen, um dort den morgendlichen Ansturm zu erwarten.

Die nächste Ampel steht auf Rot. Endlich. Ich halte dicht am Straßenrand und beuge mich in den Fußraum, um die Pumps auszuziehen. Während ich in der schmalen Lücke zwischen Gas- und Bremspedal herumfuhrwerke, wird die Beifahrertür geöffnet.

»Hi, ich bin John«, sagt der Typ, lässt sich auf den Sitz fallen und nimmt seine Reisetasche auf den Schoß.

Er sieht aus wie Mitte zwanzig, hat volles, stachlig vom Kopf abstehendes gefärbtes Haar und am Unterarm zahlreiche farbenfrohe Tattoos. In seiner sonoren Baritonstimme schwingt ein leichter Akzent mit.

»Was soll das? Was willst du? Verschwinde!«, kreische ich und dresche mit dem Schuh, den ich gerade in der Hand habe, auf ihn ein.

»Meine Güte«, sagt er und hebt beide Arme, um die Schläge abzublocken, »was bist du denn für ein komischer Uber?«

»Ich bin kein Uber!« Ich bearbeite ihn weiter mit dem Schuhabsatz. »Ich fahre zum Flughafen.«

»Da muss ich auch hin.«

»Mir egal, wo du hinmusst!«, schreie ich und treffe ihn mit der Spitze des Stilettos an der Schläfe. »Das ist mein Auto!« Bei jedem Wort schlage ich noch einmal zu.

»Sorry. Ehrlich, tut mir leid. Das ist der bekloppteste Uber, den ich je erwischt habe.« Er tastet nach dem Türgriff und schickt sich an, die Flucht zu ergreifen.

Warte eine Sekunde, Annie. Überleg mal. Dir läuft die Zeit davon. Dir bleibt weniger als eine Stunde für die Fahrt zum JFK, wenn du noch rechtzeitig ankommen willst. Und du bist eine miserable Autofahrerin, das steht zweifelsfrei fest. Bis du am Flughafen angekommen bist, ist die Maschine mit Henry und Will auf halbem Weg nach England. Außerdem hast du keine Ahnung, wo's langgeht. Du hast geglaubt, das Navi in diesem Flitzer wäre die aufgemotzte Version eines Autoradios, aber von wegen. Das Armaturenbrett sieht aus wie das Cockpit einer Mondrakete. Wenn du Glück hast, kennt der Typ, der dein Auto geentert hat, entweder die Strecke oder sich mit Mondraketen aus.

John ist schon halb draußen, als ich ihn an der Jeans packe und zurück ins Auto zerre. »Kannst du Auto fahren?«

Er mustert mich nahezu entsetzt. »Echt, Ma'am, ich glaube nicht, dass man Sie auf die Menschheit loslassen sollte. Von wem haben Sie denn Ihre Fahrerlaubnis gekriegt?«

465

»Ich stelle hier die Fragen«, sage ich ganz geschäftsmäßig und den Schuh drohend erhoben. »Kannst du fahren? Ja oder nein?«

Er grinst. »Jep, ich kann fahren. Ja, Ma'am, ganz bestimmt kann ich das.«

»Warum brauchst du dann einen Uber?«

»Keine Sorge«, sagt er und tätschelt beruhigend mein Knie. »Rutschen Sie einfach rüber.«

»John«, mir ist mulmig, »ich hätte gern eine Antwort«, aber ich werde ignoriert. Er schiebt sich über mich hinweg und quetscht sich hinter das Lenkrad. Ehe ich mich's versehe, bin ich auf dem Beifahrersitz gelandet.

»Ich habe den Führerschein verloren«, sagt er und tritt das Gaspedal durch. Wir schießen die Straße entlang, als hätte ein Düsentriebwerk gezündet.

»Der süße Klang von dreihundert Pferdestärken«, sagt er, und ich sehe mit Grauen, dass er lässig mit nur einer Hand lenkt. »Die haben nicht gelogen, als sie behauptet haben, das Baby ist in unter fünf Sekunden von null auf hundert.«

Gegen diesen John sieht Henry aus wie ein Fahrschullehrer. Ich bin in der Gewalt eines PS-Psychopathen. Ich kneife die Augen zu. Mein Magen macht Bocksprünge.

»John …« Sosehr ich mich vor dem fürchte, was ich hören werde, ich muss es wissen. »John, wenn du sagst, du hast deinen Führerschein verloren, meinst du damit, er ist dir beim Waschtag aus der Tasche gefallen oder die Polizei hat ihn dir abgenommen?«

Wieder grinst er. »Die Bullen haben ihn kassiert.« Er schaltet, und ich höre den Motor erzürnt aufbrüllen.

»Und warum?«

»Straßenrennen.« Er schaltet zurück, als vor uns eine Ampel auf Rot springt. Wunderbar, wenigstens so weit respektiert er die Verkehrsregeln. »Drüben in Queens. Ich hatte eine Wette laufen mit ein paar Typen von den Triaden. Alles cool, die Bullen haben einfach keinen Sinn für Humor.«

Ich habe mich geirrt. Er will nicht anhalten. Er rast bei Rot über die Kreuzung. Ich klammere mich an allen erreichbaren Vorsprüngen fest. »Weshalb musst du zum Flughafen? Sag mir bitte, dass du kein Pilot bist.«

»Nope. Der Job ist zu öde. Ich bin Kofferschmeißer. Sie haben keine Ahnung, was für einen Scheiß die Leute mit sich durch die Weltgeschichte schleppen. Irre.« Er grinst. »Total.«

Die Ampel ist dunkelgelb, und für John bedeutet das nur eins: volle Kraft voraus.

Ich melde mich zaghaft wieder zu Wort. »John ... Der Mann, den ich liebe, wird in weniger als einer Stunde in einem Flugzeug sitzen. Ich muss am Leben sein, um ihn noch einmal zu sehen.«

»Echt jetzt?« Er schaut mich an. »Der Mann, den Sie lieben?«

»Augen auf die Straße«, japse ich.

Er tut meine Bedenken mit einer Handbewegung ab. Mit einer Bewegung der Hand, die mit der anderen zusammen am Lenkrad sein sollte. »Alles unter Kontrolle.«

»Ja«, sage ich schwach, nachdem ich ein paarmal durchgeatmet habe. »Der Mann, den ich liebe. Und ich kann ihn nicht mehr lieben, wenn ich tot bin.«

»Liebe«, sagt er verträumt, »das höchste aller Gefühle.« Dann lächelt er. »Und da gibt es nur eine Lösung: Das Baby muss fliegen.« Damit drückt er das Gaspedal durch bis zum Bodenblech. »Sie erwischen dieses Flugzeug, Ma'am.«

Ich fühle einen Schrei in meiner Kehle hochsteigen, aber er bleibt auf halbem Weg stecken, weil John sein Versprechen gehalten hat. Wir sind da. Kein Scherz. Es ging so schnell. Er fährt geradewegs zum Eingang von United Airlines und bremst wahrhaftig, um mich aussteigen zu lassen.

»Ich stelle den Wagen auf den Langzeitparkplatz«, sagt er und zwinkert mir zu, als ich aussteige. »Für den Fall, dass Sie nicht so schnell zurückkommen.«

Ich öffne den Mund, um ihn zu fragen, wie wir das mit dem Schlüssel machen sollen, aber er hat die Beifahrertür schon zugezogen und fährt mit quietschenden Reifen davon. Meine innere Stimme sagt mir: *Möglicherweise kann ich Henrys Auto jetzt als gestohlen betrachten. Hoffentlich ist er ausreichend versichert.* Oder ich denke wieder einmal zu schlecht von den Menschen, und John wird den Schlüssel im Auto lassen, und alles ist gut. Was ist jetzt wichtiger, Henrys Auto oder Henry? Genau! Also los.

65

ANNIE

Ich stürme ins Gebäude, zum Check-in und mustere die Leute, die ihr Gepäck aufgeben oder für den Boardingpass Schlange stehen. Aber Henry und Will entdecke ich nicht. Sie müssen schon in der Abflughalle sein. Ich schaue auf die Uhr, knapp eine halbe Stunde, bis die Maschine abhebt. Sie können nicht mehr hier sein. Wenn man einmal mit Henry gereist ist, weiß man das. Ich muss zum Gate. Aber wie? Selbst wenn ich ein Ticket kaufe – ich habe meinen Pass nicht dabei. Hör auf zu denken. Tu was.

Die Schuhe in der Hand sprinte ich zur Schlange am Security-Check. Ich bin barfuß, aber das ist mir egal. Solange es mir hilft, schneller zu sein.

Gott sei Dank herrscht um diese Uhrzeit kaum Betrieb. Ich hüpfe auf und ab, um einen Blick über die Leute hinwegzuwerfen und besser einschätzen zu können, wie lange ich noch warten muss. Kommt schon, Leute, haltet eure Papiere bereit, nicht trödeln, weitergehen, weitergehen. Ich muss meine Liebe gestehen, bevor meine Zukunft gen London entschwindet.

Endlich bin ich vorne. Es gibt zwei Kontrolleure. Ich stürze mich auf den ersten, den ich sehe, während seine Kollegin seelenruhig in dem Buch schmökert, das sie in der Hand hält, und mich nicht beachtet.

»Hi«, stoße ich atemlos hervor, »also ich habe kein Ticket und keinen Pass, aber mein Ehemann und mein Sohn oder nein, der Mann und der Junge, von denen ich möchte, dass sie mein Ehemann und mein Sohn werden, steigen gleich in die Maschine nach London, und ich muss zu ihnen, ich muss.«

Das klingt gut, oder? Er kann gar nicht anders, als eine Ausnahme für mich zu machen.

»Sorry, Miss«, sagt der Mann, »ohne Pass kann ich Sie nicht durchlassen.«

Es ist zum Verzweifeln, aber ich gebe nicht auf. »Was für einen Pass brauche ich denn?«

»Es gibt für Ehepartner oder Kinder Passierscheine, um den Fluggast in die Abflughalle zu begleiten, auch wenn sie selbst nicht mitfliegen.«

»Wunderbar«, sage ich. »Wie kriege ich so einen Pass?«

»Sie müssen ihn drei Wochen vor dem Abflugtermin beantragen.«

»Aber die Zeit habe ich nicht.«

Während dieses Wortwechsels hat die zweite Angestellte, die mit dem Buch, immer wieder kurz zu mir geschaut und dann weitergelesen.

»Bedaure, Miss«, wiederholt der Mann. »Sie brauchen einen Reisepass oder einen Passierschein. Bitte gehen Sie weiter.«

Ich fange an zu weinen. »Bitte, ich flehe Sie an.«

Und bevor meine Stimme in den Tränen untergeht, nimmt die Frau ihre Hand vom Bucheinband, und es ist meins. Sie liest Elizabeth. Sie stutzt, mustert das Foto der Autorin hinten auf dem Schutzumschlag und dann mich.

»Das bin ich!«, rufe ich zu ihr hinüber. »Das bin ich. Sie lesen mein Buch.«

Und sie jauchzt: »Oh mein Gott. Ich weiß! Ich habe Sie erkannt!«

470

Sie kommt angelaufen und schließt mich in die Arme. »Annie Shepherd«, sagt sie, »Sie sind meine Lieblingsautorin. Ihr erstes Buch hat mir durch meine Scheidung geholfen. Seitdem wüsste ich nicht, wie ich ohne Elizabeth nachts einschlafen sollte. Sie ist fantastisch.«

Ich erwidere ihre Umarmung. »Sie wissen gar nicht, wie glücklich mich das macht.«

Sie lässt mich los und schaut mich besorgt an. »Gibt es hier Probleme?«

»Der Mann, der mich liebt und den ich auch liebe, wird in ein Flugzeug nach London steigen, ohne zu wissen, dass ich dasselbe für ihn empfinde. Er wird ein neues Leben beginnen, und ich muss ihn aufhalten. Er muss hier bei mir bleiben.« Ich tänzele auf der Stelle, weil der Boden unter meinen nackten Füßen sich anfühlt wie ein Eisblock. »Können Sie mir helfen?«

Sie strahlt. »Wie in einem Ihrer Romane.« Sie zeigt mir das Cover des neuen Trust-Me-Bands. »Wahrscheinlich bekommen Sie daher alle Ihre Ideen.«

Ich beiße mir auf die Unterlippe. »Erst in letzter Zeit, eigentlich.«

Sie schaut zu ihrem Kollegen, und er nickt unmerklich. Sie heben das Absperrseil hoch und winken mich hindurch.

»Schnappen Sie ihn sich«, sagt meine Retterin, und ich renne los. Ich höre, wie sie den Sicherheitsbeamten weiter vorn zuruft: »Lasst sie durch. Sie ist sauber. Es ist Annie Shepherd!«

Ich renne, renne vorbei an den einzelnen Gates, suche nach dem Sechs-Uhr-Flug nach London.

Ich biege um eine Ecke, laufe an den Duty-free-Shops vorbei, dem Starbucks und bin versucht, ernsthaft versucht, stehen zu bleiben. Ich bin seit fast vierundzwanzig Stunden auf den Beinen. Nein, Annie, keine Zeit. Wie weit weg kann das Gate sein? Und sieht es nur so aus oder flüchten die Menschen tatsächlich in Scharen aus den Vereinigten Staaten? Kann sein. Es gibt viele Unzufriedene. Aber jetzt ist nicht die Zeit für Soziologie.

Und da ist es. Endlich! Das Gate für den Sechs-Uhr-Flug nach London. Jetzt ist es zwanzig vor. Ich hab's geschafft. Gerade noch rechtzeitig. Weiter hätte ich auch nicht mehr laufen können, ich bin total außer Atem. Eigentlich dachte ich, ich wäre besser in Form. Wenn ich das alles hier hinter mir habe, werde ich mich um meine Fitness kümmern, das ist sicher. Ich bleibe stehen.

Das darf nicht wahr sein …

Sie sind schon an Bord gegangen. Kein Fluggast ist mehr zu sehen. Ich stürze zur Tür hin. Abgeschlossen. Sie sitzen in der Maschine.

Ich habe sie verpasst. Henry und Will sind fort. Ich konnte sie nicht aufhalten. Ich konnte sie nicht bitten hierzubleiben, hier, in Manhattan, der Stadt, in der ich sie beide hätte lieben können, statt in ein Land mit grässlichem Klima zu fliegen. Ich wollte doch nur die Chance haben, es ihm zu sagen.

Die Erkenntnis trifft mich wie ein Schlag. Henry hat mir gefehlt. So schrecklich gefehlt. Mein Leben hat ohne ihn und den kleinen Kuppler einfach keinen Sinn gemacht.

Jetzt gibt es nur noch eine Sache, die ich versuchen kann, eine letzte Sache. Ich krame nach meinem Handy und wähle Henrys Nummer. Er soll gefälligst wieder aus diesem Flugzeug steigen, hierherkommen und mich in die Arme schließen. Aber statt seiner Stimme empfängt mich nur die Mailbox. Ich könnte heulen. Nein, Annie, reiß dich zusammen. Beweg dich. Geh. Zumindest kannst du dir jetzt einen Cappuccino von Starbucks holen.

Als ich mich auf den Weg mache, holt mich die Erschöpfung ein. Solange die Zeit drängt, merkt man nicht, wie anstrengend die Hetzerei ist, aber in dem Augenblick, in dem man zur Ruhe kommt, fühlt man sich wie durch den Wolf gedreht.

Genauso ergeht es mir in diesem Moment. Meine Füße brennen höllisch. Mein Nacken schmerzt, als hätte ich mir bei der Raserei mit John ein Schleudertrauma eingefangen. Oha, da fällt mir was ein … John hat versprochen, Henrys Auto auf dem Langzeitparkplatz abzustellen, aber mir schwant, dass er ebenso gut gerade nach Mexiko unterwegs sein könnte. Was bedeutet, ich sitze womöglich hier am Flughafen fest.

Mit hängendem Kopf mache ich mich auf den Rückweg. Was um mich herum passiert, nehme ich kaum wahr, ein Wunder, dass ich es trotzdem vermeiden kann, mit jemandem zusammenzustoßen. Lieber Gott, das Weinen schüttelt mich regelrecht, hoffentlich schaffe ich es bis ins Innere von Starbucks, bevor ich wieder Schluckauf kriege oder der euphorische Seehund sich meldet. Das wäre echt ein Schauspiel für die Leute.

Ich bin so müde. Ich möchte mich hinlegen und zwanzig Stunden an einem Stück durchschlafen. Fast kann ich spüren, wie meine Augen glasig werden und die Lider sich senken.

Dann höre ich jemanden meinen Namen rufen: »Annie! Annie!«

Glückwunsch, ich höre Stimmen. Einsetzendes Delirium, Anzeichen extremer Erschöpfung. Was kommt wohl als Nächstes? Aber dann sehe ich verschwommen eine Gestalt auf mich zulaufen.

Oh mein Gott! Es ist Will. Er kommt mit weit geöffneten Armen angerannt. Ich breite ebenfalls die Arme aus, um ihn aufzufangen, und er springt mich an wie ein Welpe, der sich seiner Größe und seiner Kraft nicht bewusst ist.

»Ich habe geglaubt, ihr wärt schon in der Luft«, schluchze

ich. »Ich dachte, ich hätte euch verpasst. Wieso seid ihr noch hier?«

Dann höre ich Henrys Stimme, und sie ist ganz nah. »Entschuldige, Kumpel«, sagt er lachend und schiebt Will zur Seite. »Ich übernehme.«

Ich fühle seine Arme, die mich umfangen, mich halten, an seine Brust drücken.

»Warum seid ihr nicht geflogen?« Ich schaue in sein Gesicht, fahre mit den Händen durch seine Haare, ich muss mich einfach vergewissern, dass er kein Phantom ist, sondern echt. »Ich verstehe das nicht.«

»Edward hat angerufen. Er hat gesagt, ich darf unter keinen Umständen in dieses Flugzeug steigen.« Henry nimmt mein Gesicht zwischen die Hände, und ich bin so übervoll von Staunen, Freude, Glück, dass ich nach Atem ringen muss. »Bist du gelaufen?«, fragt er. »Du hörst dich an wie ich auf meinem Peloton Bike.«

Ich versetze ihm einen zärtlichen Klaps. »Du siehst mich nach einer Ewigkeit endlich wieder, und du hast mir nichts Netteres zu sagen?«

»Eigentlich will ich gar nicht reden.« Er küsst mich, und es ist … es ist … Ich finde nicht die Worte, um zu beschreiben, wie sich das anfühlt, wenn man wartet, träumt, monatelang, dass etwas Bestimmtes passiert, und es dann endlich wahr wird …

Außerdem bin ich jetzt eine echte Autorin. Ich schlinge die Arme um ihn und drücke ihn an mich, ganz fest. Die Wirklichkeit versinkt, wir sind eins. Schließlich löst er seine Lippen von meinen, hebt den Kopf und schaut mir in die Augen. »Heißt das, du verzeihst mir?«

Ich lächle. »Ich bin hier, oder nicht?«

Er lächelt. »Mehr bekomme ich nicht?«

»Für den Moment nicht.«

Zu guter Letzt verliert Will die Geduld und legt die Arme um uns beide. »Jetzt versöhnt euch endlich. Ich warte seit Monaten darauf, dass ihr aufhört mit dem kindischen Getue. Ihr wollt doch die Erwachsenen sein. Dabei wärt ihr ohne mich gar nicht zusammen.«

Wir brechen beide in Gelächter aus. »Entschuldige, Sohn«, sagt Henry. »In Zukunft werden wir dir ein besseres Beispiel geben.«

»Hoffentlich!«

Henry und ich ziehen Will dicht an uns heran, und alle Mitglieder unserer kleinen Patchworkfamilie sind in einer Umarmung vereint.

EPILOG

ANNIE

Mit diesem Schlussbild muss ich mich von euch, meinen neugefundenen Freunden, verabschieden. Aber wir sehen uns bald wieder, versprochen. Uns verbindet ein festes Band. Ihr habt meine Hochs und Tiefs miterlebt. Ihr wart während der ganzen Achterbahnfahrt an meiner Seite. Ich habe nichts vor euch verborgen. Weshalb auch? Alle tiefen, dauerhaften Beziehungen werden in diesem Feuer geschmiedet. Ihr durftet meine guten und meine schlechten Seiten kennenlernen, meine Höhen und Tiefen, und wie ihr alle, bin ich eine Mischung von beidem, auch wenn ich persönlich finde, dass sich die Waagschale etwas mehr nach der guten Seite neigt. Ihr habt natürlich das Recht, euch eine eigene Meinung zu bilden, aber falls ihr zu einem anderen Ergebnis kommt, habe ich eine Bitte: Könntet ihr trotzdem darauf verzichten, *Trust Me* bei Amazon und Goodreads zu scharf zu kritisieren? Ich habe ein richtig gutes Standing bei beiden und würde es gern behalten. Was sagt ihr? Wir sind alles Freunde hier. Ich meine, wir haben es mehr als einhunderttausend Wörter miteinander ausgehalten; wenn ihr das geschafft habt, müsst ihr mich wirklich mögen.

Nachdem ich jetzt eine »richtige« Schriftstellerin bin, kann ich euch in dieser Eigenschaft verraten, dass bei einem

Buch der Schluss immer das Schwerste ist. Er bedeutet, dass man Abschied nehmen muss. Ihr werdet mir fehlen, ihr alle. Ich kriege schon wieder feuchte Augen. Aber keine Sorge, ihr habt nicht zum letzten Mal von Annie Shepherd und Henry Higgins gehört.

Ich wünsche euch allen Glück und überhaupt nur das Beste. Oh, und denkt daran: Eure große Liebe ist meistens jemand, an den ihr zuletzt gedacht hättet, und in den allermeisten Fällen habt ihr die Person direkt vor eurer Nase.

Und wenn er oder sie Brite oder Britin ist – halb so schlimm. Man gewöhnt sich dran. Ich spreche aus Erfahrung.

Für Träume ist es nie zu spät

Tanja Huthmacher
IST DER LACK AB,
STREU KONFETTI DRAUF
Roman

448 Seiten
ISBN 978-3-404-18434-7

Die Kinder sind groß, die Ehe ist in die Jahre gekommen, und die 46-jährige Natalie fragt sich: Was nun? Umso mehr, als sie vor dem Überraschungsgeschenk ihres Gatten Julian zum zwanzigsten Jahrestag steht: eine Ackerscholle zum Selbstbepflanzen. Dabei ist sie zur Gartenfee nun wirklich nicht berufen. Lieber erfüllt sie sich endlich ihren lang gehegten Traum und tritt einer Theatergruppe bei. In Gesellschaft von sechs ganz unterschiedlichen Frauen nimmt schon bald ein furioses Stück Gestalt an. Natalie entdeckt sich selbst neu und blüht auf, während ihre Ehe im Sinkflug begriffen ist. Bis ein unerwartetes Ereignis sie vor eine folgenreiche Entscheidung stellt …

Lübbe

Wenn die Kinder aus dem Haus sind und der Hund tot ist, fängt das Leben an ...

Marie Schwarzkopff
SEX IST IMMER NOCH
SCHÖN, ABER
WEIHNACHTEN IST
ÖFTER
Roman

304 Seiten
ISBN 978-3-404-18354-8

... sagt man. Doch Anna und Morten merken davon nichts. Der Nachwuchs ist flügge, endlich wäre Zeit zum Schnäbeln und Turteln. Doch stattdessen fliegen zwischen den beiden plötzlich die Federn. Ein Sommer in einem Strandhaus auf einer winzigen dänischen Insel soll die Liebe retten. Doch in der skandinavischen Idylle entdeckt Anna ein ganz neues Leben, und Morten muss feststellen, dass er nicht mehr der Hahn im Korb ist. Ist die gemeinsame Flucht aus dem Familiennest der Anfang vom Ende? Oder ein Neubeginn?
Wundervoller Roman mit Humor und Tiefgang über das, was kommt, wenn die Kinder aus dem Haus sind

Lübbe

Die Community für alle, die Bücher lieben

- In der Lesejury kannst du Bücher lesen und rezensieren, die noch nicht erschienen sind
- Gemeinsam mit anderen buchbegeisterten Menschen in Leserunden diskutieren
- Autoren persönlich kennenlernen
- An exklusiven Gewinnspielen und Aktionen teilnehmen
- Bonuspunkte sammeln und diese gegen tolle Prämien eintauschen

Jetzt kostenlos registrieren: www.lesejury.de

Folge uns auf Instagram & Facebook:
www.instagram.com/lesejury
www.facebook.com/lesejury